Քսան Հազար Լիգա Ծովի Տակ

Գլուխ 1:

Փոփոխվող Ջրավազան

1866 թվականը ազդարարվեց մի ուշագրավ դեպքի, խորհրդավոր և տարակուսիչ երևույթի մասին, որը, անկասկած, դեռևս ոչ ոք չի մոռացել: Էլ չենք խոսում այն լուրերի մասին, որոնք գրգռում էին ծովային բնակչությունը և ոգևորում հասարակության միտքը, նույնիսկ մայրցամաքների ինտերիերում ծովային տղամարդկանց հատկապես ոգևորում էին: առևտրականները, հասարակ նավաստիները, նավերի նավապետները, դահուկորդները, և՛ եվրոպայում, և՛ ամերիկայում, բոլոր երկրների ռազմածովային սպաներ, և երկու մայրցամաքների մի շարք պետությունների կառավարություններ, խորապես հետաքրքրված էին այդ հարցով:

Որոշ ժամանակ անց նավերին հանդիպեցին «ահռելի բան», երկար առարկա ՝ բշտիկաձև, երբեմն ֆոսֆորեսցենտ և իր շարժումներում անսահմանորեն ավելի մեծ և ավելի արագ, քան մի կետ:

Այս ապարատի հետ կապված փաստերը (մուտքագրվել են տարբեր մատյանների գրքեր) ամենից շատ համաձայնեցված են տվյալ առարկայի կամ արարածի ձևի, նրա շարժումների անխնա արագության, տեղաշարժի զարմանալի ուժի և առանձնահատուկ կյանքի մասին, որի հետ այն կարծես օժտված էր: եթե դա էր, ապա չափը գերազանցում էր բոլոր նրանց, ովքեր մինչ այժմ դասակարգվել էին գիտության մեջ: հաշվի առնելով զանազան ժամանակներում կատարված դիտարկումների միջինությունը. Մերժելով այդ օբյեկտին երկու հարյուր մետր երկարություն ունեցող անձանց երկչոտ գնահատականը ՝ հավասարապես ուռճացված կարծիքների հետ, որոնք այն սահմանել են որպես մղոն լայնությամբ և երեք երկարությամբ: արդարացիորեն կարող է եզրակացնել, որ այս խորհրդավոր լինելը գերազանցում է սովորածների կողմից ընդունված բոլոր չափսերըօրվա, եթե դա ընդհանրապես գոյություն ուներ: և որ այն գոյություն ուներ, անհերքելի փաստ էր. և, այն միտումով, որը մարդկային միտքը կթողնի սքանչելիի օգտին, մենք կարող ենք հասկանալ ամբողջ աշխարհում արտադրված հուզմունքն այս գերբնական տեսքով: ինչ վերաբերում է այն առակների ցուցակագրմանը, գաղափարը դուրս էր մնացել:

1866-ի հուլիսի 20-ին, կալկաթայի և այրվող գոլորշու նավիգացիոն ընկերության գոլորշու նահանգապետ - ը հանդիպել էր այս շարժվող զանգվածին ավստրալիայի արևելյան ափից հինգ մղոն հեռավորության վրա: կապիտան հացթուխը սկզբում մտածեց, որ ինքը անհայտ ավազաշղթայի ներկայության մեջ է. Նա նույնիսկ պատրաստ էր պարզելու իր ճշգրիտ դիրքը, երբ խորհրդավոր առարկայի կողմից նախագծված երկու սյունակ ջուրը հարյուր հիսուն ոտքով կրակոտելով աղաղակող աղմուկով բարձրացրեց օդ: այժմ, քանի դեռ ավազաթուղթը չի ներկայացվել գեյզերի ընդհատվող ժայթքումին, նահանգապետ - ը ստիպված էր անել ոչ ավելին, ոչ էլ պակաս, քան ջրային կաթնասունի հետ, որը մինչ այդ անհայտ էր, որը նետեց իր հարվածային անցքերից սյուները ջրի հետ խառնված օդով: և գոլորշի:

Նմանատիպ փաստեր դիտվել են նույն թվականի հուլիսի 23-ին ՝ խաղաղ օվկիանոսում, կոլումբուսի, արևմտյան հնդկաստանի և խաղաղ օվկիանոսով նավարկության ընկերության կողմից: բայց այս արտառոց արարածը կարող էր տեղափոխել իրեն մի տեղից մյուսը զարմանալի արագությամբ: քանի որ երեք օրվա ընթացքում, մարզպետ հիգինսոնը և կոլումբոսը նկատել էին այն գծապատկերի երկու տարբեր կետերում ՝ առանձնացված լինելով ավելի քան յոթ հարյուր ծովային լիգայից:

Տասնհինգ օր անց, երկու հազար մղոն հեռավորության վրա, արքայական փոստով գոլորշու ընկերության ընկերության հելվետիան, ազնվությունը և շանոնը, նավարկելով դեպի միացյալ նահանգներ և եվրոպան միջև ընկած ատլանտի այդ հատվածում քամուց դեպի ახատարը: հրեշ միմյանց համար 42 ° 15 ': լատ. և 60 ° 35 'վտ: երկար. Այս միաժամանակյա դիտարկումներում նրանք կարծում էին, որ իրենց արդարացված են գնահատել կաթնասունի նվազագույն երկարությունը ավելի քան երեք հարյուր հիսուն ոտքով, քանի որ շաննոն և հելվետիան ավելի փոքր չափեր էին, քան այն, չնայած նրանք բոլորից չափում էին երեք հարյուր ոտք:

Այժմ խոշորագույն - ները, որոնք հաճախակի են անում ծովի այն հատվածները, որոնք շրջում են ալեվյան, կուլամակ և ուգղիչ կղզիները, երբեք չեն անցել վաթսուն յարդի երկարությունից, եթե հասնեն դրան:

Մեծ հանգստավայրի ամեն վայրում հրեշը նորաձև էր: նրանք դա սրճարաններում էին երգում, ծաղրում էին թղթերում և ներկայացնում էին բեմում: դրա վերաբերյալ շրջանառվում էին բոլոր տեսակի պատմություններ: թղթերում հայտնվեցին յուրաքանչյուր հսկա և երևակայական արարածի ծաղրանկարներ ՝ սպիտակ կետից, ենթաքաղցկեղային շրջանների սարսափելի «մոբիլ դիկից», մինչև հսկայական կռունկը, որի թիրախները կարող էին խորտակել հինգ հարյուր տոննա նավ և շտապել այն դեպի օվկիանոսի անդունդ: նույնիսկ հին ժամանակների լեգենդները վերածնվեցին:

Այնուհետև փչացրեց անհավատալի և գիտական ամսագրերի հասարակություններում հավատացյալների և անհավատների միջև եղած անվերջ վիճաբանությունը: «հրեշի հարցը» բորբոքեց բոլոր միտքերը: գիտական ամսագրերի խմբագիրներ, վիճաբանելով այս հիշարժան արշավի ընթացքում գերբնական, թանաքի ծովերով թանաք թափած հավատացյալների հետ, ոմանք նույնիսկ արյուն են նկարում. Քանի որ ծովային օձից նրանք եկել էին անհատականություններ ուղղելու:

1867 թվականի առաջին ամիսների ընթացքում հարցը կարծես թաղված էր ՝ երբեք չվերածնվելու, երբ հասարակության առջև բերվեցին նոր փաստեր: այն ժամանակ այլևս գիտական խնդիր չէր լուծվել, այլ պետք էր խուսափել լուրջ վտանգից: հարցը լրիվ այլ ձև ստացավ: հրեշը դարձավ փոքր կղզի, ժայռ, առագաստանավ, բայց անորոշ և փոփոխվող համամասնությունների առագաստանավ:

Մարտի 5-ին, 1867, մոնրեալ օվկիանոսի ընկերության բարոյականությունը, գտնվելով գիշերվա ընթացքում, 27 ° 30 'լատ: և 72 ° 15 'երկարությամբ, հարվածեց նրա աստղադաշտի քառորդի մի ժայռին, որը գծանշված չէ ծովի այդ հատվածի համար: քամու և նրա չորս հարյուր ձիաուժի համատեղ ջանքերով այն անցնում էր տասներեք հանգույցի չափով: եթե չլիներ մորավայի կեղևի բարձրակարգ ուժը, նա ցնցվում էր ցնցումներից և կիջնի այն 237 ուղևորների հետ, որոնք նա բերում էր տուն կանադայից:

Վթարը տեղի է ունեցել առավոտյան ժամը հինգին մոտ, քանի որ օրը ցրվում էր: քառորդ տախտակամածի սպաները շտապեցին նավի նավի հետևյալ մասը: նրանք առավել ուշադիր ուշադրությամբ ուսումնասիրեցին ծովը: նրանք ոչինչ չտեսան, բայց երեք մալուխի երկարության հեռավորության վրա գտնվող ուժեղ բեկոր էր, կարծես մակերեսը բռնությամբ բռնկվել էր: տեղամասի առանցքակալները տեղափոխվել են ճշգրիտ, և մարավացին շարունակել է իր ուղին առանց ակնհայտ վնասների: հարվածե՞լ էր ընկղմված ժայռին, թե՞ իսկայական ավերակի վրա: նրանք չէին կարող ասել; սակայն, վերանորոգումը կատարելիս նավի ներքևի մասում զննելիս պարզվել է, որ կոթողի մի մասը կոտրվել է:

Այս փաստը, որն ինքնին այնքան ծանր է, հնարավոր է, որ մոռացության մատնվեր շատերի նման, եթե երեք շաբաթ անց այն չվերականգնվեր նման պայմաններում: բայց, ցնցման զոհի ազգային պատկանելիության շնորհիվ, այն ընկերության հեղինակության շնորհիվ, որին պատկանում էր նավը, հանգամանքը լայնորեն տարածվեց:

Ապրիլի 18-ին, 1867 թ., ծովը գեղեցիկ լինելով, քամու բարենպաստությունը, - ը ՝ ընկերության գծի մեջ, հայտնվեց իրեն 15 ° 12 'երկարությամբ: և 45 ° 37 'լատ: նա գնում էր տասներեք հանգույց և կես արագությամբ:

Կեսօրին անցած չորս տասնյոթ րոպեի ընթացքում, երբ ուղևորները հավաքվում էին լանչի մեծ սրահում ճաշելու ժամանակ, փոքրիկ ցնցում էր զգացվում շոտլանդիայի գանգի վրա, նրա թաղամասում ՝ նավահանգիստի մի փոքր ունակ:

Շոտլանդիան չէր հարվածել, բայց նրան հարվածել էին, և թվում էր ՝ ինչ-որ կտրուկ և թափանցող բան, քան բութ: ցնցումն այնքան աննշան էր, որ ոչ ոք չէր ահազանգել, չլիներ որ չլիներ ատաղձագործի ժամացույցի գոռոցները, որոնք շտապեցին դեպի կամուրջը ՝ բացականչելով ՝ «մենք խորտակվում ենք, մենք խորտակում ենք»: սկզբում ուղևորները շատ վախեցած էին, բայց կապիտան անդերսոնը շտապեց վստահեցնել նրանց: վտանգը չէր կարող անսխալ լինել: ուժեղ բաժանումներով յոթ խցիկների բաժանված սկոտիաները կարող էին համարձակվել անպատժելիության ցանկացած արտահոսքի: կապիտան անդերսոնը անմիջապես ցած իջավ: նա գտավ, որ ծովը թափվում է հինգերորդ խցում. և ներհոսքի արագությունը ապացուցեց, որ ջրի ուժը զգալի էր: բարեբախտաբար, այս խցիկը չի պահել կաթսաները, կամ հրդեհներն անմիջապես մարվել են: կապիտան անդերսոնը հրամայեց շարժիչները միանգամից դադարեցնել, և տղամարդիկ մեկն ընկան ՝ վնասվածքի չափը ճշտելու համար: մի քանի րոպե անց նրանք հայտնաբերեցին նավի խորքում ՝ մեծ տրամագծով երկու բակեր: այդպիսի արտահոսքը հնարավոր չէր կանգնեցնել. Իսկ սկոտիաները, նրա թիկնոցները կիսով չափ ընկղմված, պարտավոր էին շարունակել իր ընթացքը: նա այն ժամանակ երեք հարյուր մղոն հեռու էր եղել կափարիչից մաքուր, և երեք օրվա ուշացումից հետո, որը մեծ անհանգստություն էր առաջացրել լիմբուլում, նա մտավ ընկերության ավազան:

Ինժեներներն այցելել են սկոտիա, որը դրվել է չոր նավահանգստի մեջ: նրանք հազիվ թե հավատային, որ դա հնարավոր է; երկու բակերից և կեսից ցածր ջրի նշանի տակ սովորական վարձավճար էր ՝ իզոզելես եռանկյունու տեսքով: երկաթե ափսեներում կոտրված տեղը այնքան լավ էր սահմանված, որ դանակով ավելի կոկիկ չէր կարող արվել: այնուհետև պարզ էր, որ պերֆորացիան արտադրող գործիքը սովորական դրոշմակնիք չէ, և իսկայական ուժով քշելուց հետո և 1 3/8 դյույմ հաստությամբ երկաթե ափսեի պիրսինգը հանելուց հետո ինքնաբացարկ էր հայտնել հետընթաց շարժումով:

Այդպիսին էր վերջին փաստը, ինչը և մեկ անգամ հուզեց հասարակական կարծիքի տարափը: այս պահից բոլոր անհաջող զոհերը, որոնք այլ կերպ չէին կարող հաշվի առնել, ընկան հրեշին:

Այս երևակայական արարածի վրա դրված էր բոլոր այդ նավի բեռնափոխադրումների պատասխանատվությունը, որոնք, ցավոք, զգալի էին: այն երեք հազար նավերի համար, որոնց կորուստը տարեկան գրանցվում էր '- ում, նավարկության և շոգենավերի քանակը ենթադրվում էր, որ բոլորովին կորած կլինեն, բոլոր նորությունների բացակայությունից, կազմեց ոչ պակաս, քան երկու հարյուր:

Այժմ այն «հրեշն» էր, որը, արդար կամ անարդարացիորեն, մեղադրվում էր նրանց անհետացման մեջ, և դրա շնորհիվ տարբեր մայրցամաքների միջև շփումն ավելի ու ավելի վտանգավոր դարձավ: հանրությունը կտրուկ պահանջեց, որ ծովերն ամեն գնով պետք է ազատվեն այս հոյակապ նավաստանից: [1]

[1] ընտանիքի անդամ:

Գլուխ

Կողմ և կոն

Այն ժամանակաշրջանում, երբ տեղի ունեցան այս իրադարձությունները, ես նոր էի վերադարձել մի գիտական հետազոտություն նեբրասկա նահանգի դժբախտ տարածքում, միացյալ նահանգներում: փարիզի բնական պատմության թանգարանում իմ ՝ որպես պրոֆեսոր, իմ պաշտոնավարման պատճառով, ֆրանսիայի կառավարությունն ինձ կցել էր այդ արշավախմբին: նեբրասկա նահանգում վեց ամիս անց ես հասա նոր յորք ՝ մարտի վերջին, թանկարժեք հավաքածուով բեռնված: իմ մեկնելը ֆրանսիա ամրագրված էր մայիս ամսվա առաջին օրերին: միևնույն ժամանակ ես զբաղվում էի իմ հանքարդյունաբերական, բուսաբանական և կենդանաբանական հարստությունները դասակարգելու ժամանակ, երբ վթարը տեղի էր ունեցել շոտլանդացիների մոտ:

Ես հիանալիորեն էի վերաբերվում այն թեմային, որը օրվա հարցն էր: ինչպե՞ս կարող էի այլ կերպ լինել: ես կարդացել և կարդացել էի բոլոր ամերիկյան և եվրոպական թերթերը ՝ առանց որևէ եզրակացության մոտենալու: այս առեղծվածը զարմացրեց ինձ: կարծիքի ձևավորման անհնարինության ներքո ես ցատկեցի մի ծայրահեղությունից մյուսը: որ իրոք ինչ-որ բան չէր կարելի կասկածել, և աներևակայելի հրավիրված էին հրավիրել իրենց մատը շոտլանդիայի վերքի վրա:

Նոր յորք ժամանելիս հարցն իր բարձրության վրա էր: լողացող կղզու տեսությունը և անհասանելի ավազակախումբը, որոնք դատավճիռ կայացնելու համար փոքրիկ իրավասու մտքերով աջակցում էին, չեղյալ հայտարարվեց: և, իսկապես, եթե այս կոշիկը մեքենա չուներ իր ստամոքսում, ինչպե՞ս կարող էր փոխել իր դիրքը նման զարմանալի արագությամբ:

Նույն պատճառաբանությունից հրաժարվեց իսկայական խորտակված լողացող լողալու գաղափարը:

Այդ դեպքում մնացին հարցի միայն երկու հնարավոր լուծումներ, որոնք ստեղծեցին երկու հստակ կողմեր. Մի կողմից `նրանք, ովքեր կողմ էին կոռուպցիոն ուժի հրեշին. Մյուս կողմից `նրանք, ովքեր կողմնակից էին սուզանավային իսկայական շարժիչ ուժի նավին:

Բայց այս վերջին տեսությունը, ինչպես որ ընդունելի էր, չկարողացավ կանգնել երկու աշխարհներում էլ արված հարցումների դեմ: որ մասնավոր ջենտլմենը իր հրամանով պետք է ունենա այդպիսի մեքենա, հավանական չէր: որտեղ, երբ և ինչպես է այն կառուցվել: և ինչպե՞ս կարող էր գաղտնի պահել դրա շինարարությունը: անշուշտ, կառավարությունը կարող է տիրապետել այդպիսի ապակառուցողական մեքենայի: և այս աղետալի ժամանակներում, երբ մարդու սրամտությունը բազմապատկեց պատերազմի զենքի ուժը, հնարավոր էր, որ առանց ուրիշների իմացության, պետությունը կարողանա փորձել աշխատել նման ահռելի շարժիչով:

Բայց պատերազմի մեքենայի գաղափարը ընկավ կառավարությունների հռչակագրից առաջ: քանի որ խոսքը վերաբերում էր հանրային հետաքրքրությանը, և տրանսատլանտյան հաղորդակցությունները տուժեցին, դրանց ճշմարտացիությունը կասկածել չէր կարող: բայց ինչպե՞ս խոստովանենք, որ այս սուզանավային նավի կառուցումը փախչել էր հասարակության ուշադրությունից: մի մասնավոր ջենթլմենն այդպիսի պայմաններում գաղտնի պահելը շատ դժվար կլիներ, և մի պետության համար, որի յուրաքանչյուր գործողություն համառորեն դիտվում է ուժեղ մրցակիցների կողմից, իհարկե անհնար է:

Նոր յորք ժամանելիս ինձ մի քանի հոգի ստիպեցին ինձ խորհրդակցել տվյալ երևույթի վերաբերյալ: ես Ֆրանսիայում հրատարակել էի քառյակի մի աշխատություն, երկու հատորով, որը վերնագրված էր մեծ սուզանավային հիմքերի առեղծվածներին: այս գիրքը, որը վավերացվել է սովորած աշխարհում, ինձ համար առանձնահատուկ հեղինակություն է ձեռք բերել բնական պատմության այս բավականին անպարկեշտ ճյուղում: իմ խորհուրդը հարցրեց. Քանի դեռ ես կարող էի հերքել փաստի իրողությունը, ես սահմանափակվում էի որոշված բացասականի մեջ: բայց շուտով, ինքս ինձ մի անկյուն մղված գտնելով, ես պարտավոր էի կետ առ կետ բացատրել ինձ: ես հարցը քննարկել եմ դրա բոլոր ձևերով ՝ քաղաքական և գիտականորեն; և ես այստեղ բերում եմ մի մանրակրկիտ ուսումնասիրված հոդված, որը ես հրապարակել եմ ապրիլի 30-ի համարով: այն անցավ հետևյալ կերպ.

«մեկը մեկ առ մեկ տարբեր տեսություններ ուսումնասիրելուց հետո, մերժելով բոլոր մյուս առաջարկությունները, անհրաժեշտ է ընդունել հսկայական ուժի ծովային կենդանու գոյությունը:

«օվկիանոսի մեծ խորքերը մեզ համար ամբողջովին անհայտ են: ծայնագրությունները չեն կարող հասնել դրանց: ինչն է անցնում այդ հեռավոր խորություններում՝ ինչ էակներ են ապրում, կամ կարող են ապրել, ջրերի մակերեսի տակ տասներկու կամ տասնհինգ մղոններ. Ի՞նչ է կազմակերպվում դրանցից: կենդանիներ, մենք դժվար թե մենք ենթադրենք, սակայն, ինձ ներկայացրած խնդրի լուծումը կարող է փոփոխել երկընտրանքի ձևը, կամ մենք գիտենք բոլոր էակների այն տեսակները, որոնք մարդիկ են մեր մոլորակը, կամ մենք չգիտենք, եթե դրանք չգիտենք բոլորը. Եթե բնությունը մեզ համար դեռ գաղտնիքներ ունի, ապա բանն ավելի բանական չէ, քան բանականությունը, քան ձկնորսությունը կամ այլ տեսակի կամ նույնիսկ նոր տեսակների կենդանիների գոյությունը ընդունելը, որը ստեղծվել է բնակեցված շերտերից անհասանելի հնչյունների համար , և որը ինչ-որ տեսակի վթար երկար ընդմիջումներով բերեց օվկիանոսի վերին մակարդակին:

«եթե, ընդհակառակը, մենք գիտենք բոլոր կենդանի տեսակների մասին, ապա մենք անպայման պետք է որոնենք այդ կենդանուն արդեն իսկ դասակարգված ծովայինների միջև, և այդ դեպքում ես պետք է տրամադրվեմ ընդունելու հսկա նարխալի գոյությունը:

«սովորական նարխալը կամ ծովի միաեղջյուրը հաճախ հասնում է վաթսուն ոտքի երկարության: մեծացրեք դրա չափը հինգ անգամ կամ տասնապատիկը, դրան ուժ տվեք համաչափ իր չափի հետ, երկարացրեք դրա կործանարար զենքերը, և դուք կստանաք պահանջվող կենդանին: շանոնի սպաների կողմից որոշված համամասնությունները, շոտլանդիայի շնչառության համար անհրաժեշտ գործիքը և շոգենավի կեղևը պոկելու համար անհրաժեշտ ուժը:

«իսկապես, նարխալը զինված է մի տեսակ փղոսկրյա սուրով, հալբարդով, ըստ որոշ բնագետների արտահայտության: հիմնական մրգը ունի պողպատե կարծրություն: այս կոճղերից մի քանիսը հայտնաբերվել են թաղված - ի մարմիններում, որոնք միաեղջյուրը միշտ հարձակվում է հաջողությամբ, իսկ մյուսները նկարվել են ոչ առանց դժվարության նավերի ներքևի մասերից, որոնք նրանք խոցել էին իրենց միջով և անցնելով, քանի որ գիմլետը բար է մղում մեկ բարելի: փարիզի բժշկության Ֆակուլտետի թանգարանն ունի դրանցից մեկը: պաշտպանական զենք, երկու բակեր և մեկ քառորդ երկարություն, իսկ բազայի տրամագծով տասնիինգ դյույմ:

«շատ լավ, ենթադրենք, որ այս զենքը վեց անգամ ավելի ուժեղ է, իսկ կենդանին՝ տասն անգամ ավելի հզոր, գործարկել այն ժամում քսան մղոն արագությամբ, և դուք կստանաք ցնցում, որը կարող է արտադրել պահանջվող աղետը: մինչև լրացուցիչ տեղեկատվություն, հետևաբար, ես այն պետք է պահպանի այն որպես ծայրահեղ ծայրահեղ ծովային միաեղջյուր, որը զինված է ոչ թե կաղապարով, այլ իսկական խթանով, քանի որ զրահապատ Ֆրեգատները կամ պատերազմի «խոյերը», որոնց զանգվածային ուժն ու շարժիչ ուժը միաժամանակ ուներ: այսպիսով, կարող է բացատրվել այս տարակուսելի երևույթը, եթե չլինի որևէ բան վերևից և ոչ ավելին, որ մեկը երբևէ ենթադրել է, տեսել, ընկալել կամ փորձել է, ինչը պարզապես հնարավորության սահմաններում է »:

Այս վերջին խոսքերը վախկոտ էին իմ կողմից. Բայց, մինչև որոշակի պահի, ես ցանկանում էի պատսպարել իմ արժանապատվությունը որպես պրոֆեսոր և ծիծաղի չափազանց մեծ առիթ չտալ այն ամերիկացիներին, ովքեր ծիծաղելիս լավ ծիծաղում են: ես ինձ համար վերապահում էի փախուստի միջոց: իրականում, սակայն, ես ընդունեցի «հրեշի» գոյությունը: իմ հոդվածը ջերմորեն քննարկվեց, ինչը նրան բարձր հեղինակություն էր բերում: այն հավաքեց իր շուրջը որոշակի քանակությամբ : առաջարկած լուծումը, համենայն դեպս, լիակատար ազատություն էր տալիս երևակայությանը: մարդկային միտքը հիանում է գերբնական էակների հիանալի պատկերացումներով: և ծովը հենց նրանց լավագույն տրանսպորտային միջոցն է, միակ միջոցը, որի միջոցով այդ հսկաները (որոնց դեմ ցամաքային կենդանիները, ինչպիսիք են փղերը կամ ռնգեղջյուրները, որպես ոչինչ) հնարավոր է արտադրել կամ զարգացնել:

Արդյունաբերական և առևտրային թերթերը հարցը վերաբերվում էին գլխավորապես այս տեսանկյունից: բեռնափոխադրման և բենզինի թերթը, լոյսի ցանկը, փաթեթային նավը և ծովային և գաղութատիրական վերլուծությունը, ապահովագրական ընկերություններին նվիրված բոլոր փաստաթղթերը, որոնք սպառնում էին բարձրացնել իրենց պրեմիումի տոկոսադրույքները, միակարծիք էին այս հարցում: հանրային կարծիքը արտահայտվել էր: միացյալ նահանգները դաշտում առաջինն էին. և նոր յորքում նրանք պատրաստվել են արշավախմբի, որը նպատակաուղղված էր հետապնդել այս նարռկին: մեծ արագության Ֆրեգատ ՝ աբրահամի լինքոլնը, հնարավորինս շուտ գործի դրվեց: զինանոցները բացվեցին հրամանատար Ֆարրագուտի համար, որը շտապեց իր Ֆրեգատի զինումը. Բայց, ինչպես միշտ լինում է, այն պահից, երբ որոշվեց հետապնդել հրեշին, հրեշը չհայտնվեց: երկու ամիս շարունակ ոչ ոք չէր լսում դրա մասին: ոչ մի նավ դրան չի հանդիպել: թվում էր, թե այս միաեղջյուրը գիտեր դրա շուրջը հյուսելը: այդքան շատ էր խոսվում, նույնիսկ ատլանտյան մալուխի միջոցով, որ կատակասերները ձևացնում էին, թե այս թռիչքային թռիչքը դադարեցրել է հեռագրով հեռագիրը և օգտվելով առավելագույնից:

Այնպես որ, երբ ֆրեգատը զինված էր երկար արշավի համար և ապահովում էր ուժեղ ծկնորսական ապարատ, ոչ ոք չէր կարող ասել, թե ինչ ընթացք ունի: անհամբերությունն աճում էր, երբ հուլիսի 2-ին նրանք իմացան, որ սան ֆրանցիսկոյի գիծի շոգենավը ՝ կալիֆոռնիայից մինչև շանհայ, կենդանուն տեսել է երեք շաբաթ առաջ հյուսիսային խաղաղ օվկիանոսում: այս լուրի պատճառած հուզմունքը ծայրահեղ էր: նավը վերանայվել էր և լավ պաշարված էր ածուխով:

Երեք ժամ առաջ, երբ աբրահամի լինքոլնը դուրս եկավ բրոշինյան պիրզից, ես ստացա հետևյալ նամակը ՝

Մ. Արոնաքս, պրոֆեսոր փարիզի թանգարանում, հինգերորդ պողոտայի հյուրանոցում, նոր յորք:

Սըր, եթե դուք համաձայնեք միանալ աբրահամի լինքոլնին այս արշավախմբում, միացյալ նահանգների կառավարությունը հաճույքով կտեսնի ձեռնարկությունում ներկայացված ֆրանսիան: հրամանատար - ը ձեր տրամադրության տակ ունի տնակ:

Շատ սրտանց քոնն է, , ծովային նախարար:

Գլուխ

Ես ձևավորում եմ իմ բանաձևը

 - ի նամակի գալուց երեք վայրկյան առաջ ես այլևս չէի մտածում միաեղջյուր հետապնդելու, քան հյուսիսային ծովի անցումը փորձելու մասին: ծովային պատվավոր քարտուղարի նամակը կարդալուց երեք վայրկյան հետո ես զգացի, որ իմ իրական մասնագիտությունը, իմ կյանքի միակ վերջը, պետք է հետապնդել այս անհանգստացնող հրեշին և մաքրել այն աշխարհից:

Բայց ես նոր էի վերադարձել հոգնեցուցիչ ճանապարհորդությունից ՝ հոգնած և լիցքաթափելու կարոտով: ես ոչ ոքի չէի ձգտում, քան նորից տեսնել իմ երկիրը, իմ ընկերները, - ի իմ փոքրիկ բնակավայրը, իմ սիրելի և թանկարժեք հավաքածուները, բայց ոչինչ չէր կարող ինձ հետ պահել: ես մոռացա բոլորը ՝ հոգնածությունը, ընկերներն ու հավաքածուները, և առանց վարանելու ընդունեցի ամերիկյան կառավարության առաջարկը:

«բացի այդ», - մտածեցի ես, - բոլոր ճանապարհները դեպի եվրոպա են տանում, և միաեղջյուրը կարող է լինել սիրալիր, որպեսզի շտապեն ինձ դեպի Ֆրանսիայի ափերը: այս արժանի կենդանին կարող է թույլ տալ, որ իրեն բռնի եվրոպայի ծովերում (իմ առանձնահատկության համար), և ես չեմ վերադարձնի նրա փղոսկրյա - ի կեսից ավելի բակը բնական պատմության թանգարանին »: միևնույն ժամանակ, ես պետք է փնտրեմ այս նարխալը հյուսիսային խաղաղօվկիանոսյան օվկիանոսում, որը, վերադառնալու Ֆրանսիա, անցնում էր հակոդների ճանապարհը:

«կոնսիլ», - անհամբեր ձայնով զանգեցի ես:

- ը իմ ծառան էր, իսկական, նվիրված ֆլամանդացի տղա, որն ինձ ուղեկցում էր իմ բոլոր ճանապարհորդություններում: ինձ դուր եկավ նրան, և նա լավ վերադարձավ նմանությունը: նա բնության մեջ հանգիստ էր, սկզբունքորեն կանոնավոր, նախանձախնդիր սովորությունից, փոքր-ինչ խանգարելով կյանքի տարբեր անակնկալներին, շատ արագ ձեռքերով ձեռք բերելով և ընդունակ էր իրենից պահանջվող ցանկացած ծառայության: և, չնայած նրա անվանմանը, երբեք խորհուրդ չի տալիս, նույնիսկ երբ դա խնդրել են:

- ը հետևում էր ինձ վերջին տասը տարիների ընթացքում, որտեղ էլ առաջնորդվել է գիտությունը: ոչ մի անգամ նա չի բողոքել ճամփորդության երկարության կամ հոգնածության մասին, երբեք առարկություն չի առաջարկել փաթեթավորել իր պորտալարը այն երկրի համար, որը կարող է լինել, կամ, այնուամենայնիվ, հեռու, լինի չինաստան կամ կոնգա: այս ամենից բացի, նա ուներ լավ առողջություն, որը դեմ էր բոլոր հիվանդություններին և ամուր մկաններին, բայց նյարդեր չէր ունենում. Լավ բարքերը հասկանում են: այս տղան երեսուն տարեկան էր, և նրա տարիքը մինչև իր տիրոջը ՝ տասնիինգից քսան: կարո՞ղ եմ արդարացված լինել այն բանի համար, որ ասում եմ, որ ես քառասուն տարեկան էի:

Բայց կեղևը մի մեղք ուներ. Նա աստիճանի հանդիսավոր էր և երբեք չէր խոսի ինձ հետ, այլ երրորդ անձի մոտ, որը երբեմն հրահիրում էր:

- կոնսիլ, - նորից ասացի ես ՝ կատաղած ձեռքերով սկսելով պատրաստվել իմ մեկնելու համար:

Իհարկե ես վստահ էի այս նվիրված տղայի համար: որպես կանոն, ես նրան երբեք չեմ հարցրել, թե իր համար հարմար՞ է, թե՞ ոչ, հետևում է ինձ իմ ճանապարհորդություններին. Բայց այս անգամ այդ արշավախումբը կարող է երկարաձգվել, և ձեռնարկությունը կարող է վտանգավոր լինել այնպիսի կենդանու հետապնդելու համար, որը ունակ է խորտակել ֆրիգատը, ինչպես հեշտությամբ: այստեղ նույնիսկ արտացոլման խնդիր կար նույնիսկ աշխարհի ամենաանվիրական մարդուն: ինչ կասեր

«կոնսիլ», - ես երրորդ անգամ զանգեցի:

Հայտնվեց կոնսիլը:

- զանգեցիր, պարոն: ասաց նա ՝ մտնելով:

«այո, իմ տղա, պատրաստվեք նաև ինձ և ինքներդ ձեզ: մենք երկու ժամից մեկնում ենք»:

- ինչպես կցանկանայիք, պարոն, - պատասխանեց հանգիստ քողարկվածը:

«կորցնելու ակնթարթ չէ. Իմ բեռնախցիկում փակեք բոլոր ճանապարհորդական պարագաները, վերարկուները, վերնաշապիկը և բաճկոնը ՝ առանց հաշվելու, որքան հնարավոր է, և շտապեք»:

«և քո հավաքածուները, պարոն»: դիտարկված ուռուցիկ:

«նրանք նրանց կպահեն հյուրանոցում»:

«մենք չենք վերադառնում փարիզ, այդ դեպքում»: ասաց կոնսիլը:

«հա, իհարկե», - պատասխանեցի ես, - խուսափելով, - «կորը դարձնելով»:

«կլորակը կխնդրեմ ձեզ, պարոն»:

«ախ, դա ոչինչ չի լինի; ոչ այնքան ուղիղ ճանապարհ, այսինքն ՝ բոլորը: մենք մեր անցումը վերցնում ենք աբրահամի մոտ, լինքոլն»:

- ինչպե՞ս ճիշտ եք կարծում, պարո՛ն, - սառնասրտորեն պատասխանեց կոնսիլը:

«տեսնում ես, իմ ընկեր, դա կապ ունի հրեշի հետ ՝ հայտնի նարխալը: մենք պատրաստվում ենք այն մաքրել ծովերից: փառահեղ առաքելություն, բայց վտանգավոր է. Մենք չենք կարող ասել, թե ուր կարող ենք գնալ, այս կենդանիները կարող են լինել շատ քմահաճ. Բայց մենք կգնանք, թե ոչ, մենք ունենք կապիտան, ով բավականին լայն արթուն է »:

Մեր ուղեբեռը անմիջապես տեղափոխվեց ֆրեգատի տախտակամած: ես շտապեցի նավի վրա և խնդրեցի հրամանատար Ֆարրագուտին: նավաստիներից մեկը ինձ տարավ գետաբերան, որտեղ ես հայտնվեցի բարեսիրտ սպայի ներկայությամբ, որը ձեռքը բռնեց ինձ վրա:

" ?" ասաց նա:

- ինքը, - պատասխանեց ես: «հրամանատար Ֆարրագուտ»:

«դուք բարի գալուստ, պրոֆեսոր, ձեր տնակը պատրաստ է ձեզ համար»:

Ես խոնարհվեցի և ցանկացա անցկացնել իմ համար նախատեսված տնակում:

Աբրահամի լինքոլնը լավ ընտրված էր և հագեցած էր իր նոր վայրում: Նա մեծ արագության ֆրեգատ էր, հագեցած էր բարձր ճնշման շարժիչներով, որոնք ընդունում էին յոթ մթնոլորտային ճնշում: այսպիսով, աբրահամի լինքոլնը հասավ գրեթե տասնութ հանգույցի միջին արագությունը և մեկ ժամ երրորդը ՝ նշանակալի արագություն, բայց, այնուամենայնիվ, անբավարար էր այդ հսկա ցետասի հետ հաղթահարելու համար:

Ֆրեգատի ներքին պայմանավորվածությունները համապատասխանում էին նրա ծովային հատկություններին: ես լավ գոհ էի իմ տնակից, որը հետո էր գտնվում, բացվեց հրացանի վրա:

«մենք այստեղ լավ կլինենք», - ասացի ես:

«ինչպես նաև քո պատվո արձակուրդով ՝ որպես ճգնավոր խեցգետնի ճարմանդում», - ասաց կոնսիլը:

Ես թողեցի զամբյուղ ՝ հարմարավետորեն հեռու պահելու մեր կոճղերը, և վերստին վերադարձրեցի գետը ՝ ուսումնասիրելու մեկնման նախապատրաստությունները:

Այդ պահին հրամանատար Ֆարրագուտը հրամայում էր արձակել վերջին քերելիները, որոնք աբրահամի լինքոլնը պահում էին բրոյկլիկի գագաթին: այնպես որ, քառորդ ժամվա ընթացքում, գուցե ավելի քիչ, Ֆրեգատը առանց ինձ նավարկեր: ես պետք է կարոտեի այս արտառոց, գերբնական և անհավատալի արշավախումբը, որի ամուսնքը գուցե ինչ-որ կասկածանքով հանդիպեր:

Բայց հրամանատար Փարագուտը ոչ մի օր և ոչ մի ժամ չէր կորցնի ծովերը մաքրելու մեջ, որոնցում կենդանին տեսել էր: նա ուղարկեց ինժեներին:

«արդյո՞ք գոլորշին լցված է»: հարցրեց նա:

- այո, պարոն, - պատասխանեց ինժեները:

- առաջ գնացեք, - գոչեց հրամանատար Փարագուտը:

Գլուխ

հող

Կապիտան Փարրագուտը լավ ծովագնաց էր, արժանի էր իր հրամանատարության Ֆրեգատին: Նրա նավը և նա մեկն էին: նա դրա հոգին էր: հրեշի հարցի շուրջ նրա մտքում ոչ մի կասկած չկար, և նա թույլ չէր տա, որ կենդանու գոյությունը վիճարկվի նավի վրա: նա հավատում էր դրան, քանի որ որոշ լավ կանայք հավատում են լևիաթանին `հավատքով, ոչ թե բանականորեն: հրեշը գոյություն ուներ, և նա երդվել էր ազատել ծովերը դրանից: կամ կապիտան Փարագուտը կսպաներ նարխալին, կամ նարխալը կսպաներ կապիտանին: երրորդ դասընթաց չկար:

Նավի վրա գտնվող սպաները կիսեցին իրենց ղեկավարի կարծիքը: Նրանք երբևէ զրուցում էին, քննարկում և հաշվարկում էին հանդիպման տարբեր հնարավորությունները, նայում էին օվկիանոսի իսկայական մակերեսը: ավելի քան մեկը իր ինքնակամ վերցրեց խաչմերուկներում, որոնք ցանկացած այլ պարագայում անիծեին այդպիսի որոգայթ: քանի դեռ արևը նկարագրում էր իր ամենօրյա ընթացքը, կեղծիքը լեփ-լեցուն էր նավաստիներով, որոնց ոտքերը այրվում էին տախտակամածի տապի այնպիսի աստիճանի, որ այն դարձնում էր անտանելի: դեռևս աբրահամի լինքոլնը դեռ չէր կրծել խաղաղօվկիանոսի կասկածելի ջրերը: ինչ վերաբերում է նավի ընկերությանը, նրանք ոչ այլ ինչ էին ուզում, քան հանդիպել միաեղջյուրին, հալեցնել այն, բարձրացնել այն նավի վրա և վտարել այն: նրանք անհամբեր ուշադրությամբ դիտում էին ծովը:

Բացի այդ, նավապետ Ֆարրագուտը խոսել է երկու հազար դոլար գումարի մասին, առանձնացնելով նրան, ով նախ պետք է տեսնի հրեշին, լինի նա տնակ-տղա, հասարակ նավաստի կամ սպա:

Ես ձեզ թողնում եմ, որ դատեք, թե ինչպես էին աչքերը օգտագործվում աբրահամի լինքոլնի վրա:

Իմ կողմից ես չէի հետևում մյուսներին և ոչ մեկին չէի թողնում ամենօրյա դիտարկումների իմ բաժինը: Ֆրեգատը կարող էր կոչվել արգուս, հարյուր պատճառներով: մեր մեջ միայն մեկը, կարծես, բողոքեց իր անտարբերության դեմ այն հարցի շուրջ, որը մեզ բոլորիս հետաքրքրեց, և կարծես զերծ մնաց օդանավում ընդհանուր ոգևորությունից:

Ես ասել եմ, որ կապիտան Ֆարրագուտը իր նավը զգուշորեն տրամադրել էր իսկան եղջերավոր նավը բռնելու համար: ոչ մի երբևէ ավելի լավ զինված չէր: մենք տիրապետում էինք յուրաքանչյուր հայտնի շարժիչի ՝ ձեռքի կողմից նետված բծախնդրությունից մինչև անթերի բեկորային նետերը և բադերի զենքի պայթուցիկ գնդակները: նախագծի վրա դրված էր կրծքավանդակի բեռնատար ատրճանակի կատարելությունը, որը շատ խիտ էր կրծքավանդակի մեջ և ծայրամասում շատ նեղ, որի մոդելը 1867-ի ցուցահանդեսում էր: ամերիկյան ծագման այս թանկարժեք զենքը կարող էր հեշտությամբ նետել կոնաձև: հրետանի ինը ֆունտ ՝ տասը մղոնի միջին հեռավորության վրա:

Այդպիսով, աբրահամի լինքոլնը ոչ մի կերպ չէր ցանկանում ոչնչացնել: և, ինչը ավելի լավն էր դեռևս նա ուներ օդանավում գտնվող հողատարածք, որսագողերի իշխան:

Նեդ երկիրը կանադական էր, ձեռքի հազվագյուտ արագություն, և որը հավասարաչափ չգիտեր իր վտանգավոր զբաղմունքի մեջ: հմտություն, զովություն, լկտիություն և խորամանկություն, որը նա տիրապետում էր վերադաս աստիճանի, և դա պետք է լինի խորամանկ մի սուլոց, որպեսզի խուսափի իր բծախնդրության հարվածներից:

հողը քառասուն տարեկան էր. Նա բարձրահասակ մարդ էր (ավելի քան վեց ոտնաչափ բարձր), ուժեղ կառուցված, գերեզման և լուռ, երբեմն բռնի և շատ կրքոտ, երբ հակասում էր: նրա անձը ուշադրություն գրավեց, բայց ամենից առաջ նրա հայացքի համարձակությունը, որը եզակի արտահայտություն էր հաղորդում նրա դեմքին:

Ով իրեն կանադական է անվանում, իրեն ֆրանսիացի է անվանում; և, քիչ շփվող, ինչպես չկար հողը, պետք է խոստովանեմ, որ նա ինձ համար որոշակի դուր եկավ: իմ ազգությունը նրան տարավ ինձ, անկասկած: դա առիթ էր նրա համար ՝ խոսելու, և ինձ համար լսել, ռաբելայի հին լեզուն, որը դեռ կիրառվում է կանադայի որոշ նահանգներում: խարույկների ընտանիքը ծագումով քվեբեկից էր, և արդեն քրտնաջան ձկնորսների ցեղ էր, երբ այս քաղաքը պատկանում էր Ֆրանսիային:

Քիչ-քիչ, չեզոք երկիրը զվարճանալու համը ձեռք բերեց, և ես շատ էի սիրում լսել բևեռային ծովերում նրա արկածների ասույթը: նա կապեց իր ձկնորսությունը և նրա կռիվները արտահայտման բնական պոեզիայի հետ. Նրա ասմունքն էպիկական բանաստեղծության ձև էր, և ես, կարծես, լսում էի մի կանադացի հոմեր, որը երգում էր հյուսիսային շրջանների :

Ես պատկերացնում եմ այս դժվարին ընկերոջը, քանի որ ես իսկապես ճանաչում էի նրան: մենք այժմ հին ընկերներ ենք, միավորված ենք այն անփոփոխ բարեկամության մեջ, որը ծնվել և ամրապնդվում է ծայրահեղ վտանգների պայմաններում: ախ, քաջ նեդ: ես խնդրում եմ ոչ ավելին, քան հարյուր տարի ավելի ապրել, որպեսզի կարողանամ ավելի շատ ժամանակ ունենալ ավելի երկար ժամանակ պահելու ձեր հիշողությանը:

Հիմա ո՞րն էր հողի կարծիքը ծովային հրեշի հարցում: պետք է խոստովանեմ, որ նա չէր հավատում միաեղջյուրին և ինքնաթիռում միակն էր, ով չէր կիսում այդ համընդհանուր համոզմունքը: նա նույնիսկ խուսափեց այն թեմայից, որը ես մի օր կարծում էի, որ պարտադիր է նրա վրա ճնշում գործադրել: մի հոյակապ երեկո ՝ 30-րդ հուլիսին (այսինքն ՝ մեր մեկնումից երեք շաբաթ անց), ֆրեգատը զիջում էր կապույտ բլանկին, երեսուն մղոն `դեպի պաթագոնիայի ափերը լքելու համար: մենք հատել էինք այծեղջյուրի արևադարձը, և մագիլանի նեղուցները բացվում էին դեպի հարավ ընկած յոթ հարյուր մղոնից պակաս: մինչ ութ օր աբրահամի ավարտը լիներ, լինքոլնը կթաղեր խաղաղօվկիանոսի ջրերը:

Նստած գետնին, չքավոր հողի վրա, և ես զրուցում էի մի բանի մասին, երբ մենք նայում էինք այս խորհրդավոր ծովը, որի մեծ խորքերը մինչև այս պահը անհասանելի էին մարդու աչքի համար: ես, բնականաբար, հասցրեցի զրույցը դեպի իսկա միաեղջյուրը և ուսումնասիրեցի արշավախմբի հաջողության կամ ձախողման տարբեր հնարավորությունները: բայց, տեսնելով, որ այդ հողը թույլ է տալիս խոսել, առանց ինքն իրեն չափազանց շատ ասելու, ես ավելի սաստիկ սեղմեցի նրան:

«դե, հա՛յր, - ասաց ես, - հնարավո՞ր է, որ դուք համոզված չեք այս եղջերաթաղանթի գոյության մեջ, որին մենք հետևում ենք: դուք ունեք որևէ առանձնահատուկ պատճառ այդքան անհավատալի լինելու համար»:

Մուրաբանը պատասխանելուց որոշ պահեր ինձ նայեց հաստատուն, նայեց ձեռքի լայն ճակատը (նրա սովորությունը), ասես հավաքել իրեն, և վերջապես ասաց. «երևի ես ունեմ, պարոն արոնաքս»:

«բայց, ահա, դուք, մասնագիտորեն , ծանոթ լինելով բոլոր ծովային մեծ կաթնասուներին. Դուք պետք է վերջինը լինեք կասկածելու նման պայմաններում»:

«դա հենց ձեզ է խաբում, պրոֆեսոր», - պատասխանեց նեդը: «որպես ես հետևել եմ բազկաթոռի շատերին, մեծ քանակությամբ պաշարել և սպանել մի քանիսին, բայց, որքան էլ որ ուժեղ կամ լավ զինված լինեին, գուցե նրանք լինեին, ոչ նրանց պոչերը, ոչ էլ զենքը չէին կարողանա նույնիսկ քերծել երկաթե թիթեղները շոգենավ »:

«բայց, չնայած, նրանք պատմում են այն նավերի մասին, որոնք նարնջի ատամները փորել են և անցել»:

«փայտե նավերը դա հնարավոր է, - պատասխանեց կանադացին, - բայց ես երբևէ չեմ տեսել դա արված, և, մինչև հետագա ապացույցը, ես ժխտում եմ, որ - ը, կենդանիները կամ ծովային միաեղջյուրները կարող են երբևէ արդյունք տալ ձեր նկարագրած ազդեցության վրա»:

«դե, հեչ, ես դա կրկնում եմ համոզմամբ ՝ ապավինելով փաստերի տրամաբանությանը: ես հավատում եմ, որ լիովին կազմակերպված կաթնասունական ուժի առկայությունն է, որը պատկանում է ողնաշարավորների ճյուղին, ինչպես որսերը, պահախոտերը կամ դելֆինները և կահավորված: մեծ թափանցող ուժի պաշտպանության եղջյուրով »:

«հում»: ասաց մորթուցչը ՝ գլուխը թափահարելով մի մարդու օդով, որը համոզված չէր:

«մի բան նկատեք, իմ արժանի կանադացի», - վերսկսեցի ես: «եթե այդպիսի կենդանություն գոյություն ունի, եթե բնակվում է օվկիանոսի խորքերը, եթե այն հաճախակիացնում է ջրի մակերևույթից մի քանի մղոն ընկած շերտերը, ապա դա անպայման պետք է տիրապետի այնպիսի կազմակերպությանը, որի ուժը կհամապատասխանի բոլոր համեմատություններին»:

«իսկ ինչու՞ է այս հզոր կազմակերպությունը»: պահանջեց նեդ:

«որովհետև անթույլատրելի ուժ է պահանջում այդ անձի մեջ պահելը և նրանց ճնշմանը դիմակայելու համար: լսեք ինձ: եկեք ընդունենք, որ մթնոլորտի ճնշումը ներկայացված է երեսուն և երկու ոտնաչափ բարձրության վրա ջրի սյունի ծանրությամբ: իրականում ջրի սյունը ավելի կարճ կլիներ, քանի որ մենք խոսում ենք ծովային ջրի մասին, որի խտությունը ավելի մեծ է, քան մաքուր ջուրը: շատ լավ, երբ սուզվում ես, չես կարող, քանի անգամ 32 ոտնաչափ ջուր, քան քո վերևում: ձեր մարմինը բազմաթիվ անգամներ կրում է այնպիսի ճնշում, որը հավասար է մթնոլորտի ճնշմանը, այսինքն ` իր մակերեսի յուրաքանչյուր քառակուսի սանտիմետրի համար 15 լ /, հետևաբար հետևում է, որ 320 ոտնաչափով այս ճնշումը հավասար է 10 մթնոլորտի, այն 100-ի: մթնոլորտները 3,200 ոտնաչափով, իսկ 1 000 մթնոլորտը 32,000 ոտնաչափով, այսինքն ` մոտ 6 մղոն, ինչը համարժեք է ասել, որ եթե կարողանաք հասնել այս խորությանը օվկիանոսում, յուրաքանչյուր քառակուսի երեք-ութերորդը մեկ դյույմ մակերեսով ձեր մարմնի ճնշում կգար 5,600 լ., իմ քաջ նեդ, գիտե՞ք ինչպես մարդ քառակուսի դյույմ եք կրում ձեր մարմնի մակերեսին »:

«ես գաղափար չունեմ, պարոն արոնաքս»:

«մոտ 6.500; և, ինչպես իրականում, մթնոլորտային ճնշումը կազմում է քառակուսի դյույմ մոտ 15 , ձեր 6,500 քառակուսի դյույմ կրողն այս պահին կրում է 97,500 ճնշում»:

«առանց իմ ընկալման»:

«առանց ձեր ընկալման, և եթե դուք չեք ջախջախվել այդպիսի ճնշումից, դա այն է, որ օդը հավասար ճնշմամբ ներթափանցում է ձեր մարմնի ներքին տարածքը: հետևաբար կատարյալ հավասարակշռություն ներքին և արտաքին ճնշման միջև, որոնք այդպիսով միմյանց չեզոքացնում են, և որը թույլ է տալիս կրել այն առանց անհարմարության, բայց ջրի մեջ դա այլ բան է »:

«այո, ես հասկանում եմ», - պատասխանեց նադը ՝ դառնալով ավելի ուշադիր; «քանի որ ջուրն ինձ շրջապատում է, բայց չի ներթափանցում»:

«ճշգրիտ, չհաջողված. Այնպես, որ ծովի մակերևույթի տակ 32 ոտնաչափի վրա դուք ենթարկվեիք 97,500 ճնշման: 320 ոտքերի վրա, այդ ճնշման տասն անգամը, 3,200 ոտքերի վրա, այդ ճնշումը հարյուր անգամ, վերջապես ՝ 32,000 ոտնաչափ: , հազար անգամ այդ ճնշումը կկազմեր 97,500,000 . Այսինքն ՝ կխստացնեիք, կարծես հիդրավլիկ մեքենայի թիթեղներից եք քաշվել »:

«սատանան»: բացականչեց նեդը:

«շատ լավ, իմ արժանի խոզապուխտը, եթե ինչ-որ ողնաշարավոր, մի քանի հարյուր բակեր երկարությամբ և համամասնությամբ մեծ, կարող է իրեն պահպանել այդպիսի խորություններում. Նրանցից, որոնց մակերեսը ներկայացված է միլիոնավոր քառակուսի դյույմներով, այսինքն ՝ տասնյակ միլիոնավոր ֆունտներով, մենք պետք է գնահատենք այն ճնշումները, որ նրանք կրում են: հետևաբար հաշվի առեք, թե որն է նրանց ոսկորային կառուցվածքի դիմադրությունը և նրանց կազմակերպության ուժը `դիմակայելու այդպիսի ճնշումներին»:

«ինչու»: - բացականչեց անիրավ հողը. «դրանք պետք է պատրաստված լինեն երկաթե թիթեղներից ութ դյույմ հաստությամբ, ինչպես զրահապատ ֆրեգատները»:

«ինչպես ասում եք, չհամոզվեք և մտածեք, թե ինչպիսի ոչնչացում կհանգեցնի այդպիսի զանգվածի, եթե արագընթաց գնացքի արագությամբ հասցվի նավի գայլուկի»:

«այո, իհարկե, գուցե», - պատասխանեց կանադացին, ցնցված այդ թվերից, բայց դեռ պատրաստ չլինելու ցանկությանը:

«դե, ես ձեզ համոզե՞լ եմ»:

«դուք ինձ համոզեցիք մի բանի մասին, պարոն, դա այն է, որ եթե այդպիսի կենդանիներ ծովերի հատակում գոյություն ունեն, ապա դրանք անպայման պետք է նույնքան ուժեղ լինեն, որքան ասում եք»:

«բայց եթե դրանք գոյություն չունեն, իմ անպաշտպան ոգեշնչող, ինչպե՞ս բացատրել վթարը շոտլանդիային»:

Գլուխ

Ձեռնարկության մեջ

Աբրահամի լինքոլնի ճանապարհորդությունը երկար ժամանակ նշվում էր առանց որևէ հատուկ միջադեպի: բայց տեղի ունեցավ մի հանգամանք, որը ցույց տվեց չքաշված հողի հիանալի ճարտարությունը և ապացուցեց, թե ինչ վստահություն կարող ենք ունենալ նրա մեջ:

Յունիսի 30-ին, Ֆրեգատը խոսեց ամերիկյան որոշ - ից, որոնցից իմացանք, որ նրանք ոչինչ չգիտեն նարխալի մասին: բայց նրանցից մեկը ՝ մոնրոյի կապիտան, իմանալով, որ անմաքուր երկիրը առաքվել է աբրահամի լինքոլնի տախտակի վրա, աղաչում էր իր օգնությանը ՝ տեսադաշտում պահելով իրենց տեսադաշտում գտնվող մի սուլոց: հրամանատար Ֆարագուտը, ցանկանալով տեսնել վայրում աշխատավայրը, նրան թույլ տվեց մոնրոյի վրա նստել: և ճակատագիրը այնքան լավ ծառայեց մեր կանադականին, որ մեկ գուլպայի փոխարեն նա երկակի հարվածով երկուսին պարկեշտացրեց, մեկը հարվածեց ուղիղ սրտին և մի քանի րոպե հետապնդումներից հետո բռնելով մյուսին:

Վճռականորեն, եթե հրեշը երբևէ առնչություն ունենար չհաշված հողի պուրակի հետ, ես նրա օգտին չէի խաղադրի:

Ֆրեգատը մեծ արագությամբ շրջանցեց ամերիկայի հարավ-արևելյան ափը: հուլիսի 3-ին մենք գտնվում էինք մագիլանի նեղուցների բացման մակարդակի վրա, կափարիչներով ծածկոցներով մակարդակ: բայց հրամանատար Ֆարագուտը չէր տանի տանջալից անցում, բայց կրկնապատկեց կապույտի եղջյուրը:

Նավի անձնակազմը համաձայնեց նրա հետ: և, իհարկե, հնարավոր էր, որ նրանք կարողանային հանդիպել նարխալին այս նեղ անցնում: նավաստիներից շատերը հաստատեցին, որ հրեշը չի կարող անցնել այնտեղ, «որ նա չափազանց մեծ էր դրա համար»:

Յուլիսի 6-ին, կեսօրին մոտ երեք ժամ, աբրահամի լինքոլնը ՝ հարավային մասում տասնիինգ մղոնով, կրկնապատկեց մենակ կղզին ՝ այս կորած ժայռը ամերիկյան մայրցամաքի ծայրամասում, որին որոշ իռլանդացի նավաստիներ կոչեցին նրանց հարազատ քաղաքը, ծովախոզուկը դասընթացն ընթանում էր դեպի հյուսիս-արևմուտք, և հաջորդ օրը Փրեգատի պտուտակը վերջապես ծեծում էր խաղաղ օվկիանոսի ջրերին:

«ձեր աչքերը բաց պահեք»: կանչեցին նավաստիներին:

և դրանք լայնորեն բացվեցին: և՛ աչքերը, և՛ ակնոցները, մի փոքր շեղված, ճիշտ է, երկու հազար դոլար ակնկալիքով, ակնթարթային դիպված չէր ունեցել:

Ես ինքս, ում համար փողը հմայքը չուներ, օդանավում ամենաքիչը ուշադիր չէր: տալով մի քանի րոպե իմ կերակուրներին, բայց մի քանի ժամ քնել ` անտարբեր լինելով անձրևից և արևից, ես չէի թողնում նավի անոթը: հիմա հենվելով նախշի ցանցի վրա, հիմա ` տապանի վրա, ես փափագով կուլ տվեցի փափուկ փրփուրը, որը ծավալի սպիտակեցնում էր ծովը, որքանով հասնում էր աչքը: և որքան հաճախ եմ ես կիսել անձնակազմի մեծամասնության զգացմունքները, երբ ինչ-որ քմահաճ որսորդներ վեր բարձրացրին ալիքներից վեր սև թիկունքը: նավի նավը մի պահի լեփ-լեցուն էր: տնակները թափեցին նավաստիների և սպաների մի հորդոր, որոնցից յուրաքանչյուրը կծկում էր կրծքագեղձը և աչքի ընկնում ` նայելով ցետասեղանի ընթացքին: ես նայեցի և նայեցի մինչև ես գրեթե կույր էի, մինչդեռ փորիկը անընդհատ կրկնում էր հանդարտ ձայնով.

«եթե, պարոն, այդքան չփախցնեիք, ավելի լավ կտեսնեիք»:

Բայց ապարդյուն հուզմունք: աբրահամի լինքոլնը ստուգեց իր արագությունը և պատրաստեց կենդանուն ազդանշանային, մի պարզ սավան կամ սովորական խաչոտան, որը շուտով անհետացավ չարաշահման փոթորկի արդյունքում:

Բայց եղանակը լավ էր: ճանապարհորդությունն իրականացվում էր առավել բարենպաստ հովանու ներքո: այդ ժամանակ ավստրալիայում անցկացվող վատ սեզոնն էր, այդ գոտու հուլիսը, որը համապատասխանում էր եվրոպայում մեր հունվարին, բայց ծովը գեղեցիկ էր և հեշտությամբ սկանավորվում էր իսկայական շրջագծով:

Հուլիսի 20-ին, այծեղջյուրի արևադարձը կտրվեց երկայնություն 105, իսկ նույն ամսվա 27-ին մենք անցանք հասարակածի վրա 110-րդ - ին: սա անցավ, Ֆրեգատը ավելի վճռականորեն ուղղեց ուղղությունը և քշեց խաղաղ օվկիանոսի կենտրոնական ջրերը: հրամանատար Ֆարրագուտը և մտածելով, որ ավելի լավ է խորը ջրի մեջ մնալ և մաքրել մայրցամաքներից կամ կղզիներից, որոնք գազանն ինքն էր կարծես փախցնում (գուցե այն պատճառով, որ նրա համար բավարար ջուր չկար) առաջարկեց մեծ մասը: անձնակազմ): Ֆրեգատը անցավ ինչ-որ հեռավորության վրա մարկետաններից և սենդվիչ կղզիներից, անցավ քաղցկեղի արևադարձը և պատրաստեց չինաստանի ծովերը: մենք գտնվում էինք հրեշի վերջին դիվերսիաների թատրոնում. և, ճշմարտությունն ասած, մենք այլևս չէինք ապրում նավի վրա: նավի ամբողջ անձնակազմը անցնում էր նյարդային հուզմունքով, որից ես գաղափար չեմ կարող տալ. Նրանք չէին կարող ուտել, չէին կարող քնել օրական քսան անգամ, սխալ ընկալումը կամ տաՖրայի վրա նստած որոշ նավաստի օպտիկական պատրանք առաջացնելը կարող էր սարսափելի պատճառ դառնալ: քրքրումները, և այս հույզերը, քսան անգամ կրկնելով, մեզ հուզմունքով էին պահում այնքան բռնի, որ արձագանքը անխուսափելի էր:

և իսկապես, արձագանքը շուտով ցույց տվեց: երեք ամիս, որի ընթացքում մի օր դարաշրջան էր թվում, աբրահամի լինքոլնը հալեցնում էր հյուսիսային խաղաղօվկիանոսի բոլոր ջրերը, վազում ձուլվածքի վրա, կտրուկ շեղումներ անում իր ընթացքից, կտրում հանկարծակի մի խցիկից մյուսը, հանկարծակի կանգ առնում, դնում գոլորշի: և միշտ ու անոնին սատարելը իր մեքենաները փչացնելու ռիսկով, և ճապոնական կամ ամերիկյան ափերի ոչ մի կետ չթողվեց աննկատ:

Ձեռնարկության ամենաթեժ - ն այժմ դարձան նրա ամենաառաջին ջարդարարները: արձագանքները, որոնք հավաքվել էին անձնակազմից դեպի կապիտան, և, իհարկե, եթե չլիներ վճռական վճռականությունը կապիտան Ֆարագուտի կողմից, Ֆրեգատը կուղևորվեր դեպի հարավ: այս անօգուտ որոնումը չէր կարող շատ ավելի երկար տևել: աբրահամի լինքոլնը իրեն հանդիմանելու ոչինչ չուներ, նա ամեն ինչ արել էր հաջողության հասնելու համար: երբևէ ամերիկյան նավի անձնակազմը ավելի մեծ եռանդ կամ համբերատարություն չի ցուցաբերել. Դրա ձախողումը չէր կարող նրանց պատասխանատվության ենթարկել. Վերադառնալու ոչինչ չի մնացել:

Սա ներկայացված էր հրամանատարին: նավաստիները չէին կարող թաքցնել իրենց դժգոհությունը, և ծառայությունը տուժեց: ես չեմ ասի, որ խեղաթյուրում է եղել ինքնաթիռում, բայց խելամիտ ողջամիտ ժամանակահատվածից հետո կապիտան Ֆարագուտը (ինչպես դա արեց կոլումբուսը) խնդրեց երեք օրվա համբերություն: եթե երեք օրվա ընթացքում հրեշը չհայտնվեր, ղեկին կանգնած մարդը պետք է անիվի երեք պտույտ տա, իսկ աբրահամի լինքոլնը պետք է կատարեր եվրոպական ծովերի համար:

Այս խոստումը կատարվել է նոյեմբերի 2-ին: դա ազդեցություն ունեցավ նավի անձնակազմի վրա հավաքելու վրա: օվկիանոսը դիտվում էր նորոգված ուշադրությամբ: յուրաքանչյուրը ցանկացավ վերջին հայացքը, որում ամփոփեց իր հիշատակը: ակնոցներն օգտագործվում էին տենդագ ակտիվությամբ: դա իսկայական դիմադրություն էր, որը տրվեց իսկա նարոլին, և նա հազիվ թե չկարողացավ պատասխանել կանչերին և «հայտնվել»:

Անցավ երկու օր, գոլորշին կես ճնշման տակ էր; հազար սխեմաներով փորձվել է գրավել ուշադրությունը և խթանել կենդանու ապատիան, եթե այն անհրաժեշտ լինի այդ մասերում: նավի մեծ մասում մեծ քանակությամբ խոզապուխտեր էին շեղվել ՝ շնաձկների մեծ բավարարման համար (պետք է ասեմ): փոքր արհեստը ճառագում էր աբրահամի լինքոլնի շուրջը եղած բոլոր ուղղություններով, երբ նա պառկած էր, և չնկատեց ծովի մի տեղ: բայց նոյեմբերի 4-ի գիշերը ժամանեց առանց այս սուզանավի առեղծվածի բացահայտման:

Հաջորդ օրը ՝ նոյեմբերի 5-ին, ժամը տասներկուսին, լրանալը (բառոյապես ասած) լրանում էր. Այդ ժամանակից հետո հրամանատար Ֆարագուտը, իր խոստմանը հավատարիմ, պետք է ուղղեր դեպի հարավ-արևելք և ընդմիշտ հրաժարվի խաղաղօվկիանոսի հյուսիսային շրջաններից:

Ֆրեգատն այն ժամանակ գտնվում էր 31 ° 15 '- ում: լատ. և 136 ° 42 'ե. Երկար. Ապոնիայի ափերը դեռ մնացին երկու հարյուր մղոնից ավելի հեռու մնալու համար: գիշերը մոտենում էր: նրանք պարզապես հարվածել էին ութ զանգին. Մեծ ամպերը ծածկեցին լուսնի դեմքը, այնուհետև առաջին եռամսյակում: ծովը խաղաղորեն զորակոչվեց նավի տակ գտնվող նավակի տակ:

Այդ պահին ես հենվում էի աստղադիտակի ցանցին: կոնսիլը, կանգնած էր իմ կողքին, նայում էր ուղիղ նրա առաջ: անձնակազմը, որը ընկած էր վանկերի շարքում, զննում էր այն աստիճանը, որը պայմանավորվում և մթնում էր այն հորիզոնը: սպաներն իրենց գիշերային ակնոցներով քողարկում էին աճող խավարը. Երբեմն օվկիանոսը կայծի տակ էր ընկնում լուսնի ճառագայթների տակ, որը թեքվում էր երկու ամպերի միջև, ապա լույսի բոլոր հետքերը կորչում էին մթության մեջ:

Զամբյուղը նայելիս ես տեսնում էի, որ նա ընդհանուր ազդեցության տակ էր ընկնում: համենայն դեպս ես այդպես էի մտածում: գուցե առաջին անգամ նրա նյարդերը թրթռացին հետաքրքրասիրության զգացողությամբ:

«արի, զամբյուղ, - ասաց ես, - սա երկու հազար դոլար գրպանելու վերջին հնարավորությունն է»:

«կարո՞ղ եմ ինձ թույլ տալ ասել, սըր, - պատասխանում է , - որ ես երբեք չեմ համարել մրցանակը ստանալը և, եթե միության կառավարությունը հարյուր հազար դոլար առաջարկեր, ապա դա ոչ մեկը չէր աղքատ կլիներ»:

«դուք ճիշտ եք, հասկացե՛ք. Ի վերջո դա հիմար գործ է, և որի վրա մենք շատ թեթև մտանք: ինչ ժամանակ կորցրեց, ինչ անօգուտ հույզեր: մենք պետք է վերադառնայինք Ֆրանսիայում վեց ամիս առաջ»:

- քո փոքրիկ սենյակում, սըր, - պատասխանեց կոնսիլը, - և ձեր թանգարանում, պարոն, և ես արդեն պետք է դասակարգեի ձեր բոլոր բրածոները, պարոն, և բաբիրուսան իր վանդակում պետք է տեղադրված լիներ և կլիներ: գծեց մայրաքաղաքի բոլոր հետաքրքրասեր մարդկանց »:

«ինչպես ասում եք, հե'ս, ես կցանկանայի, որ մենք ցավալի առիթ լինենք՝ ծիծաղելու համար »:

- դա միանգամայն համոզված է, - պատասխանեց հանգիստ ծիծաղելով. «կարծում եմ, որ նրանք ձեզ կզվարճացնեն, պարոն, և ես պետք է ասեմ դա»:

«շարունակիր, իմ լավ ընկերը»:

«դե, պարոն, դուք միայն ձեր անապատները կստանաք»:

"իսկապես!"

«երբ մեկը պատիվ ունի լինել խոնարհ, ինչպես դու ես, պարո՛ն, մարդը չպետք է ենթարկվի իրեն»:

- ը ժամանակ չուներ ավարտելու իր հաճոյախոսությունները: ընդհանուր լռության մեջ նոր ձայն էր լսվում: դա հողի վրա բղավող ձայնն էր.

«նայիր այնտեղ, հենց այն բանը, որը մենք փնտրում ենք. Մեր եղանակային ճառագայթին»:

Գլուխ

Լրիվ գոլորշով

Այս աղաղակի ժամանակ նավի ամբողջ անձնակազմը շտապեց դեպի բռունցքի հրամանատարը, սպաները, վարպետները, նավաստիները, տնակային տղաները. Նույնիսկ ինժեներները թողեցին իրենց շարժիչները, իսկ ձողերը ՝ իրենց վառարանները:

Նրան դադարեցնելու հրամանը տրվել էր, և ֆրեգատը պարզապես անցավ իր սեփական թափով: մութը այն ժամանակ խորն էր, և, որքան էլ լավն էին կանադացու աչքերը, ես ինքս ինձ հարցրեցի, թե ինչպես նա կարողացավ տեսնել, և ինչ էր նա կարողացել տեսնել: սիրտս ծեծում էր, կարծես կոտրվեր: բայց չօգտագործված հողը չի սխալվել, և մենք բոլորս ընկալել ենք նրա մատնանշած օբյեկտը: աբրահամի լինքոլնից երկու մալուխի երկարությամբ ՝ աստղաղաշտի թաղամասում, ծովը կարծես թե լուսավորված էր ամբողջությամբ: դա զուտ ֆոսֆորական երևույթ չէր: հրեշը ջրից դուրս եկավ որոշ ֆաթոմներ, այնուհետև դուրս հանեց այն շատ ուժեղ, բայց խորհրդավոր լույսը, որը նշված էր մի քանի կապիտանների զեկույցում: այս հոյակապ ճառագայթումը պետք է արտադրվեր մեծ փայլող ուժի գործակալ: լուսավոր մասը ծովի վրա հետք բերեց հսկայական օվալ, շատ երկարաձգված, որի կենտրոնը խտացրեց այրվող ջերմությունը, որի գերակշռող փայլը հանվեց հաջորդական աստիճանակարգերի միջոցով:

«դա միայն ֆոսֆորային մասնիկների զանգված է», - գոչեց սպաներից մեկը:

- ո՛չ, պարոն, իհարկե, ոչ, - պատասխանեցի ես: «այդ պայծառությունն, ըստ էության, էլեկտրական բնույթ է կրում: բացի այդ, տեսեք, տեսեք, այն շարժվում է. Այն առաջ է շարժվում դեպի առաջ, հետընթացով, այն նետվում է դեպի մեզ»:

Ֆրեգատից առաջացավ ընդհանուր ճիչ:

«լռություն»: ասաց նավապետը: «վերևի ղեկին, շարժիր շարժիչները»:

Գոլորշին անջատված էր, և աբրահամի լինքոլնը, ծեծելով նավահանգիստը, նկարագրեց կիսաշրջան:

- իշտ ղեկին, առաջ գնա՛, - գոչեց կապիտանը:

Այդ հրամանները կատարվել են, և ֆրեգատը արագորեն շարժվել է վառվող լույսից:

Ես սխալվեցի: նա փորձեց շեղվել, բայց գերբնական կենդանին արագությամբ մոտեցավ իր կրկնակի արագությանը:

Մենք գազալեցինք շունչը: հիմարությունից ավելի, քան վախը մեզ ստիպեց համր ու անշարժ: կենդանին ձեռք բերեց մեզ վրա, մարզվեց ալիքների հետ: այն պատրաստեց ֆրեգատի շուրջը, որը այնուհետև պատրաստում էր տասնչորս հանգույց և այն փակցնում էր իր էլեկտրական օղակներով ՝ լուսավոր փոշու պես:

Այնուհետև այն տեղափոխվեց երկու կամ երեք մղոն ՝ թողնելով ֆոսֆորեսցենտային հետք, ինչպես գոլորշու այն ծավալները, որոնք արագընթաց գնացքները թողնում են ետևում: միանգամից այն հորիզոնի մութ գծից, որտեղ նա դուրս էր եկել իր թափը ձեռք բերելու համար, հրեշը հանկարծակի շտապեց դեպի աբրահամի լինքոլնը ՝ տագնապալի արագությամբ, հանկարծ կանգ առնելով կեղտից քսան մետր հեռավորության վրա և մահացավ, չհեռանալով ջրի տակ: դրա փայլունությունը չի թուլացել, բայց հանկարծակի, և իբր թե այդ փայլուն արտանետման աղբյուրը սպառվել է: ապա այն կրկին հայտնվեց նավի մյուս կողմում, կարծես շրջվել և սայթաքել է գայլի տակ: ցանկացած պահի կարող էր տեղի ունենալ բախում, որը մեզ համար ճակատագրական կլիներ: այնուամենայնիվ, ես զարմացա ֆրեգատի մանևրներից: նա փախել է և չի հարձակվել:

Նավապետի դեմքին, ընդհանուր առմամբ, այդքան անառողջ, անհասկանալի զարմանքի արտահայտություն էր:

«տիկին արոնաքս», - ասաց նա, - ես չգիտեմ, թե ինչ ահռելի էությամբ եմ զբաղվում, և ես խելամիտ ռիսկի չեմ դիմի այս մթության մեջ իմ ֆրեգատը: բացի այդ, ինչպես հարձակվել այս անհայտ բանի վրա, ինչպես պաշտպանել սեփական անձը: դրանից սպասեք ցերեկային լույս, և տեսարանը կփոխվի »:

«դուք այլևս կասկած չունե՞ք, կապիտան, կենդանու բնույթից»:

«ոչ, պարոն, ակնհայտ է, որ հսկա նարխալ է, և էլեկտրական»:

- գուցե, - ավելացրեց ես, - կարելի է դրան միայն տորպեդով մոտենալ:

- անկասկած, - պատասխանեց կապիտանը, - եթե այն ունի այդպիսի ահավոր ուժ, ապա դա ամենաասարսափելի կենդանին է, որ երբևէ ստեղծվել է: այդ իսկ պատճառով, պարոն, ես պետք է իմ պահապան լինեմ:

Անձնակազմն ամբողջ գիշեր ոտքի վրա էր: ոչ ոք քուն չէր մտածում: աբրահամի լինքոլնը, չկարողանալով պայքարել նման արագության հետ, փոփոխեց իր տեմպը և նավարկեց կես արագությամբ: իր հերթին, նարխալը, ընդօրինակելով Փրեգատը, թույլ տվեց ալիքները ցնցել այն ըստ ցանկության և, կարծես, որոշեց չհեռանալ պայքարի տեսարանը: կեսգիշերին մոտ, այնուամենայնիվ, այն անհետացավ, կամ, ավելի հարմար տերմինի օգտագործմամբ, այն «մեռավ» մեծ շողքի նման: փախել էր կարելի էր միայն վախենալ, չհուսահատվել: բայց առավոտյան յոթ րոպեից մինչև երեկոյան ժամը 7-ը լսվում էր խուլ սուլիչ, ինչպիսին էր ջրի մարմինը, որը շտապում էր մեծ բռնությամբ:

Նավապետը, հողը, և ես այն ժամանակ գետնին էինք, անհամբերորեն նայում էինք խորը մթության մեջ:

«նայիր երկիր», - հարցրեց հրամանատարը, - դուք հաճախ եք լսել - ի կատաղությունը:

«հաճախ, պարոն, բայց երբեք այդպիսի - ը, որի տեսողությունը ինձ բերեց երկու հազար դոլարով, եթե ես կարողանամ մոտենալ միայն չորս պղպջակների երկարությանը»:

- բայց մոտենալ դրան, - ասաց հրամանատարը, - ես պետք է որ դնել ձեր տրամադրության տակ:

«իհարկե, պարոն»:

«դա մանրուք կլինի իմ տղամարդկանց կյանքով»:

«և իմն էլ», - ասաց պարզապես պահապանը:

Առավոտյան երկու ժամվա ընթացքում, վառվող լույսը նորից հայտնվեց, ոչ պակաս ինտենսիվ ՝ աբրահամի լինքոլնի քամուց մոտ հինգ մղոն հեռավորության վրա: չնայած հեռավորությանն ու քամու և ծովի աղմուկին ՝ հստակ լսվում էր կենդանու պոչի բարձր հարվածները և նույնիսկ նրա հյուծված շունչը: թվաց, որ այն պահին, երբ հսկայական նարնջը եկել էր շնչելու ջրի մակերևույթին, օդը փչում էր նրա թոքերում, ինչպես գոլորշին, երկու հազար ձիաուժ ունեցող մեքենայի հսկայական բալոնների մեջ:

«հում»: մտածեցի ես. «հեծելազորային գնդի ուժով մի գուլպան կդառնար բավականին սքանչելի»:

Մենք մինչև ցերեկը սպասում էինք մարտին և պատրաստվել մարտին: ձկնորսական սարքավորումները տեղադրվել են խոզապուխտի ցանցերի երկայնքով: երկրորդ լեյտենանտը բեռնում էր խայտաբղետ ավտոբուսները, որոնք կարող էին պարկուճներ նետել մի մղոնի հեռավորության վրա, իսկ երկար բադերի զենքերը ՝ պայթուցիկ փամփուշտներով, որոնք մահացու վերքեր էին հասցնում նույնիսկ ամենասարսափելի կենդանիներին: հողը իրեն գոհացրեց ՝ սրելով իր մորուքը ՝ սարսափելի զենքը ձեռքին:

Ժամը վեց ժամը սկսվեց կոտրվել; և, առաջին լույսի շողալով, նարխի էլեկտրական լույսը անհետացավ: ժամը յոթին օրը բավականաչափ առաջադեմ էր, բայց շատ խիտ ծովային մառախուղը մթնեցրեց մեր տեսակետը, և լավագույն լրտեսական ակնոցները չկարողացան խոցել այն: դա հիասթափություն և զայրույթ առաջացրեց:

Ես բարձրացա մզկիթի մանգաղը: որոշ սպաներ արդեն ընկղմված էին վարագույրների վրա: ժամը ութին մառախուղը մեծապես պառկած էր ալիքների վրա, և նրա հաստ պտտումները փոքր-ինչ բարձրանում էին: հորիզոնը միաժամանակ ավելի լայն ու պարզ դարձավ: հանկարծ, ինչպես նախորդ օրը, ձայնի հողի ձայն լսվեց.

«բանը ինքնին նավահանգստում»: գոչեց բռունցքը:

Յուրաքանչյուր աչք շեղվեց դեպի նշված կետը: այնտեղ, Ֆրեգատից մի մղոն և կես մղոն հեռավորության վրա, ալիքների վերևում բակ է դուրս եկել երկար սևամորթ մարմին: նրա պոչը, բռնությամբ բռնկված, զգալի կոպեկ էր առաջացնում: երբեք պոչը նման բռնություններով ծով չի ծեծել ծովը: հսկայական հետք, ցնցող սպիտակությամբ, նշանավորեց կենդանու անցումը և նկարագրեց երկար կորը:

Ֆրեգատը մոտեցավ եղևնին: մանրամասն ուսումնասիրեցի:

Շաննոնի և հելվետիայի մասին հաղորդումները բավականին ուռճացան դրա չափը, և ես դրա երկարությունը գնահատեցի ընդամենը երկու հարյուր հիսուն ոտքի վրա: ինչ վերաբերում է դրա չափերին, ես կարող էի միայն ենթադրել, որ դրանք հիանալի համամիտ կլինեն: մինչ ես հետևում էի այս երևույթին, նրա ջեռուցներից երկու ջրով գոլորշի և ջուր դուրս են բերվել և բարձրացել են 120 ոտնաչափ բարձրության վրա. Այդպիսով ես պարզեցի նրա շնչառության եղանակը: ես հաստատ համոզվեցի, որ այն պատկանում է ողնաշարավոր ճյուղին, դասի կաթնասուններին:

Անձնակազմը անհամբերությամբ սպասում էր իրենց ղեկավարի հրամաններին: վերջինս, կենդանին ուշադիր դիտելուց հետո, կանչեց ինժեներ: ինժեները վազեց նրա մոտ:

- սըր, - ասաց հրամանատարը, - դու գոլորշի ես առել:

- այո, պարոն, - պատասխանեց ինժեները:

«լավ, կազմեք ձեր հրդեհները և հագեք բոլոր գոլորշիները»:

Երեք հրաշքներ ողջունեցին այս հրամանը: հասել էր պայքարի ժամանակը: որոշ պահեր անց, ֆրեգատի երկու ծածարները փախում էին սև ծխի հորդորները, և կամուրջը ցնցվում էր կաթսաների դողման տակ:

Աբրահամի լինքոլնը, որի հրաշալի պտուտակով շարժվեց, ուղիղ գնաց կենդանու մոտ: վերջինս թույլ տվեց, որ այն ընկնի մալուխի կես երկարությամբ: հետո, կարծես արհամարհվելով սուզվելուց, մի փոքր շրջադարձ կատարեց և մի փոքր հեռավորություն կանգնեց:

Այս հետապնդումը տևեց ժամվա գրեթե երեք քառորդը ՝ առանց որմանկարը երկու բակեր չվաստակեց ցետասեղանի վրա: միանգամայն ակնհայտ էր, որ այդ տեմպերով մենք երբեք չպետք է հասնենք դրան:

- դե, պարո՛ն երկիր, - հարցրեց կապիտանը, - ինձ խորհուրդ եք տալիս նավակները ծով դուրս հանել:

- ոչ, պարոն, - պատասխանեց նեդ հողը. «որովհետև մենք այդ գազանը հեշտությամբ չենք վերցնի»:

«հետո ի՞նչ անենք»:

«եթե հնարավորության դեպքում ավելի շատ գոլորշի գցեք, պարո՛ն, ձեր արձակուրդով ես նկատի ունեմ ինքներս ձեզ փակցնել փորձնական տողի տակ, և եթե մենք հասնենք մորթուց հեռավորության վրա, ես նետեմ իմ մուրը»:

- գնա, նեդ, - ասաց կապիտանը: «ինժեներ, ավելի մեծ ճնշում գործադրիր»:

հողը գնաց իր պաշտոնին: հրդեհներն ավելացան, պտուտակն ակնթարթորեն պտտվեց քառասուն երեք անգամ ռոպեում, իսկ գոլորշին թափվեց փականներից: մենք ծանրեցինք գերանը և հաշվարկեցինք, որ աբրահամի լինքոլնը ժամում էր 18 1/2 մղոն արագությամբ:

Բայց անիծյալ կենդանին նույն արագությամբ լողացավ:

Մի ամբողջ ժամ Ֆրեգատը պահում էր այս տեմպը ՝ առանց վեց ոտքի հասնելու: դա նվաստացնում էր ամերիկյան նավատորմի ամենաարագ նավաստիներից մեկի համար: անձնակազմը գրավեց համառ զայրույթը. Նավաստիները չարաշահում էին հրեշին, որը, ինչպես նախկինում, արհամարհում էր պատասխանել նրանց. Նավապետն այլևս չբավարարվեց իր մորուքը թեքելով.

Ինժեներին նորից կանչեցին:

«դուք ամբողջովին գոլորշի եք միացրել»:

- այո, պարոն, - պատասխանեց ինժեները:

Ավելացավ աբրահամի լինքոլնի արագությունը: դրա տերերը դողում էին դեպի նրանց խորքային անցքերը, և ծխի ամպերը հազիվ թե ելք գտնեին նեղ ձագերից:

Նրանք երկրորդ անգամ ծանրացան գերանը:

«լավ»: հարցրեց ղեկին տղամարդու ղեկին:

«իննսուն մղոն և երեք տասներորդը, պարոն»:

«ծեծեք ավելի շատ գոլորշու վրա»:

Ինժեները հնազանդվեց: մանոմետրը ցույց տվեց տասը աստիճան: բայց ցետասեղանն ինքնին ջերմացավ, անկասկած. Քանի որ առանց իրեն նեղացնելու, այն կազմել է 19 3/10 մղոն:

Ինչ հետապնդում: ոչ, ես չեմ կարող նկարագրել այն հույզը, որը թրթռաց իմ միջով: հողը պահեց իր պաշտոնը, ձեռքի պոռնիկը: կենդանին մի քանի անգամ թող հասնի դրան: — «մենք կբռնենք այն, մենք կբռնենք»: գոչեց կանադացին: բայց ճիշտ այնպես, ինչպես նա պատրաստվում էր գործադուլ հայտարարել, ցետասանը գողացան արագությամբ, որը չի կարող գնահատվել ժամից պակաս քան երեսուն մղոն, և նույնիսկ մեր առավելագույն արագության ընթացքում այն գնդակոծել է ֆրեգատը ՝ պտտվելով և շրջելով այն: կատաղության ճիչ բոլորը կոտրեցին:

Կեսօրին մենք այլևս առաջադիմեցինք, քան առավոտյան ժամը 8-ը:

Նավապետն այնուհետև որոշեց ավելի անմիջական միջոցներ ձեռնարկել:

«ահ»: նա ասաց, որ «այդ կենդանին ավելի արագ է անցնում, քան աբրահամի լինքոլնը: շատ լավ, մենք կտեսնենք, թե դա կփախչի՞ այդ կոնաձև փամփուշտներից: ձեր տղամարդիկ ուղարկեք նախալեզ, սըր»:

Չրետանային հրացանն անմիջապես բեռնվեց և կլորացավ: բայց կրակոցը անցավ որոշ ոտքեր վերևում գտնվող ցետասեղանից, որը կես մղոն հեռավորության վրա էր:

«մեկ այլ ՝ ավելի շատ աջ», - գոչեց հրամանատարը, - և հինգ դոլար ՝ ով կխփի այդ անբնական գազանին »:

Մոխրագույն մորուքով մի հին հրացան, որը ես հիմա տեսնում եմ, կայուն աչքով և ծանր դեմքով, բարձրացավ հրացանը և երկար նպատակ դարձրեց: լսվեց բարձրաձայն զեկույց, որի հետ խառնվեցին անձնակազմի ուրախությունը:

Փամփուշտը կատարեց իր աշխատանքը. Այն հարվածեց կենդանուն և, կլորացված մակերևույթից սահելով, կորել էր ծովի երկու մղոն խորության վրա:

Հետապնդումը նորից սկսվեց, և նավապետը, հենվելով ինձ, ասաց.

«ես հետապնդելու եմ այդ գազանին մինչև իմ ֆրեգատը պայթել»:

«այո», - պատասխանեցի ես; «և դուք շատ ճիշտ կլինեք դա անելու»:

Ես կցանկանայի, որ գազանն ինքն իրեն սպառեր և գարշահոտ չէր լինի գոլորշու շարժիչի նման հոգնածության համար: բայց դա անօգուտ էր: անցան ժամեր ՝ առանց դրա սպառման նշաններ ցույց տալու:

Այնուամենայնիվ, պետք է ասել, որ գովաբանելով աբրահամի լինքոլնը, որ նա պայքարում էր անխորտակելիորեն: ես չեմ կարող հաշվի առնել այն հեռավորությունը, որը նա կատարել է երեք հարյուր մղոնի տակ այս անհաջող օրվա ընթացքում ՝ նոյեմբերի 6-ին: բայց գիշերը եկավ, և ստվերեց անմխիթար օվկիանոսը:

Հիմա ես կարծում էի, որ մեր արշավախումբն ավարտված է, և որ մենք այլևս չպետք է տեսնենք արտասովոր կենդանուն: ես սխալվեցի: երեկոյան տասը րոպեից մինչև տասնմեկ, էլեկտրական լույսը նորից հայտնվեց երեք մղոն դեպի Ֆրեգատի քամու կողմը ՝նույնքան մաքուր, նույնքան ուժեղ, որքան նախորդ գիշերվա ընթացքում:

Նարխալն անշարժ էր թվում; թերևս, հոգնած լինելով իր օրվա աշխատանքից, քնում էր ՝ թույլ տալով, որ ինքն իրեն լողանա ալիքների անթափանցմամբ: այժմ մի առիթ էր, որի կապիտանը որոշեց օգտվել:

Նա տվեց իր պատվերները: աբրահամի լինքոլնը շարունակում էր մնալ կես գոլորշիով և զգուշորեն առաջ ընթանալ, որպեսզի իր արշավանքին չթողնի: հազվադեպ չէ հանդիպել օվկիանոսի սուլոցների մեջտեղում այնքան քնած, որ նրանք կարող են հաջողությամբ գրոհվել, և քնի ժամանակ քողարկված երկիրը մեկից ավելի բռնել էր: կանադացին գնաց իր տեղը նորից գրավել - ի տակ:

Ֆրեգատը աղմկոտ մոտեցավ, կանգ առավ կենդանու երկու մալուխի երկարության վրա և հետևեց նրա հետքերին: ոչ ոք չէր շնչում; կամուրջի վրա տիրում էր խոր լռություն: մենք վառվող ուշադրությունից հարյուր մետր չէինք հեռանում, որի լույսը մեծացնում և շողում էր մեր աչքերը:

Այս պահին, հենվելով գետնանմուշների վրա, տեսա իմ ներքևում մի երկիր, որը մի կողմից մարինգալը կեղտոտեց, մյուս կողմից իր սարսափելի մորթուց հափշտակելով, իսկ մյուս կողմից ՝ հազիվ քսան ոտք անշարժ կենդանուց: հանկարծ նրա թևը ուղղվեց, և խոզապուխտը նետվեց. Ես լսեցի զենքի որսորդ հարվածը, որը կարծես թե ծանր մարմնով հարվածեց: էլեկտրական լույսը հանկարծակի դուրս եկավ, և երկու հսկայական ջրհոսքեր կոտրեցին Փրեգատի կամուրջը ՝ ջարդի պես ցողելով ցողունից դեպի խստություն, մարդկանց տապալելով և ջարդելով ջարդերի ճարմանդը: վախից ցնցվեց, և, նետվելով երկաթուղով, առանց ժամանակ կանգ առնելու ինքս ինձ, ես ընկա ծովը:

Գլուխ

Սուլոցի անհայտ տեսակ

Այս անսպասելի անկումը ինձ այնպես ապշեցրեց, որ ես ժամանակին հստակ հիշում չեմ զգում իմ սենսացիաներին: ես սկզբում քաշվեցի մոտ քսան ոտնաչափ խորության վրա: ես լավ լողորդ եմ (չնայած առանց ձևանալու, թե մրցակցում եմ բեյրոնին կամ էդգար պոյին, որոնք արվեստի վարպետ էին), և այդ սանդուղքում ես չէի կորցնում իմ մտքի ներկայությունը: երկու ուժգին հարվածներ ինձ բերեցին ջրի երես: իմ առաջին խնամքը ֆրեգատը փնտրելն էր: արդյո՞ք անձնակազմը տեսել է ինձ անհետանալ: արդյո՞ք աբրահամի լինքոլնը շրջվեց: կապիտանը նավը հանե՞ց: կարո՞ղ եմ հույս ունենալ, որ կփրկվեմ:

Խավարը ինտենսիվ էր: ես բռնել էի արևելքում անհայտացող սև զանգվածի հայացքը, և դրա փարոս լույսերը մեռնում էին հեռավորության վրա: դա ֆրեգատն էր: ես կորել էի

«օգնիր, օգնիր»: ես բղավեցի ՝ հուսահատության մեջ լողելով աբրահամի լինքոլնի ուղղությամբ:

Իմ հագուստները ծածկեցին ինձ. Նրանք կարծես սոսնձված էին իմ մարմնին և կաթվածահարացնում էին իմ շարժումները:

Ես խորտակվում էի: ես շնչահեղձ էի:

"օգնություն!"

Սա իմ վերջին աղաղակն էր: իմ բերանը ջրով լցված; ես պայքարում էի անդունդը գցելու դեմ: հանկարծ հագուստս ուժեղ ձեռքով բռնվեց, և ես զգացի, որ արագորեն դուրս եմ եկել ծովի մակերևույթ: և ես լսեցի, այո, լսեցի իմ ականջում արտասանված այս խոսքերը.

«եթե վարպետն այնքան լավն էր, որ հենվեր ուսիս, վարպետը շատ ավելի հեշտությամբ լողում էր»:

Ես մի ձեռքով խլեցի իմ հավատարիմ կուռքի բազուկը:

«դա դու ես»: ասաց ես. «դու»:

- ես ինքս, - պատասխանեց կոնսիլը; «և սպասում վարպետի պատվերին»:

«այդ ցնցումը նետեց ձեզ, ինչպես նաև ինձ ծով»:

«ոչ, բայց, լինելով իմ տիրոջ ծառայության մեջ, ես հետևեցի նրան»:

Արժանի ընկերակիցը մտածում էր, բայց բնական էր:

«և ֆրեգատը»: ես հարցրեցի.

«ֆրեգատ»: պատասխանեց ագռավը ՝ միացնելով մեջքին. «կարծում եմ, որ վարպետն ավելի լավ էր իրեն շատ չհաշված»:

«դու այդպես ես կարծում»:

«ես ասում եմ, որ այն պահին, երբ ես նետվեցի ծով, ես լսեցի ղեկի մոտ կանգնած տղամարդկանց ասելու մասին.« պտուտակն ու կոճղը կոտրված են »:

"կոտրված?"

«այո, կոտրված հրեշի ատամներով: դա միակ վնասվածքն է, որը կրել է աբրահամի լինքոլնը: բայց դա մեզ համար վատ տեսք է. Նա այլևս չի պատասխանում իր ղեկին»:

«ուրեմն մենք կորած ենք»:

- գուցե այդպես է, - հանգիստ պատասխանեց կոնսիլը: «այնուամենայնիվ, մենք դեռ ունենք մի քանի ժամ առաջ, և կարելի է մի քանի ժամվա ընթացքում լավ գործ անել»:

- ի անսխալական զովությունը նորից ստեղծեց ինձ: ես ավելի ուժեղ լողացա; բայց, հագուստիցս ցնցված, որը կապույտ քաշի պես ինձ էր մնում, ես մեծ դժվարություն էի զգում կրելու համար: - ը դա տեսավ:

«վարպետը թույլ կտա ինձ ճեղքել»: ասաց նա; և, բաց դանակս սայթաքելով իմ հագուստի տակ, նա շատ արագ վերևից ներքև վերև քաշեց նրանց: ապա նա խելացիորեն դուրս հանեց նրանց ինձ, մինչդեռ ես երկուսով էլ էի լողում:

Հետո ես նույնն արեցի կվասի համար, և մենք շարունակեցինք լողալ միմյանց մոտ:

Այնուամենայնիվ, մեր իրավիճակը ոչ պակաս սարսափելի էր: թերևս մեր անհետացումը չէր նկատվել; և, եթե դա լիներ, Ֆրեգատը չէր կարող խցկվել ՝ լինելով առանց իր ղեկավարի: - ը վիճեց այս ենթադրության վրա և համապատասխանաբար դրեց իր ծրագրերը: այս հանգիստ տղան հիանալի ինքնազբաղված էր: այդ ժամանակ մենք որոշեցինք, որ, քանի որ անվտանգության մեր միակ հնարավորությունը հավաքվում էր աբրահամի լինքոլնի նավերով, մենք պետք է կարողանանք կառավարել այնպես, որ հնարավորինս սպասենք դրանց: ես այն ժամանակ վճռեցի ամուսնացնել մեր ուժը, որպեսզի երկուսն էլ միևնույն ժամանակ սպառվեն: ահա այսպես մենք կարողացանք. Մինչ մեզանից մեկը պառկած էր մեր մեջքին, միանգամայն կանգուն, ձեռքերով հատված, և ոտքերը ձգվում էին, մյուսը լողում էր, իսկ մյուսը `առաջ մղելով առջև: այս տարրողունակ բիզնեսը տևեց յուրաքանչյուրից ավելի քան տասը րոպե. և այսպիսով միմյանց ազատվելով ՝ մենք կարող էինք մի քանի ժամ լողալ, հնարավոր է ՝ մինչև ցերեկային ընդմիջում: վատ հնարավորություն: բայց հույսն այնքան ամուր արմատավորված է մարդու սրտում: ավելին, մեզանից երկուսն էին: իսկապես ես հայտարարում եմ (չնայած դա կարող է թվալ անհնարին), եթե ես ձգտում էի ոչնչացնել ամբողջ հույսը. Եթե ցանկանայի հուսահատվել, ես չէի կարող:

Ֆրեգատի բախումը ցետասանի հետ տեղի է ունեցել նախօրեի երեկոյան ժամը տասնմեկին: ես մտածեցի, որ մենք պետք է ութ ժամ լողանք ունենանք նախքան արևածագը լողալը, մի գործողություն, որը միանգամայն գործնական է, եթե միմյանց ազատվենք: ծովը, շատ հանգիստ, մեր օգտին էր: երբեմն ես փորձում էի խոցել այն մութ խավարը, որը ցրվում էր միայն մեր շարժումների արդյունքում առաջացած ֆոսֆորեսկի կողմից: ես հետևում էի ձեռքս թափած լուսավոր ալիքներին, որի հայելիի նման մակերեսը բծախնդրորեն արծաթյա օղակներով էր: մեկը գուցե ասեր, որ մենք արագ լողանալու լոգարանում ենք:

Առավոտյան ժամը մեկին մոտ, ինձ բռնեցին սարսափելի հոգնածությունից: վերջույթներս սաստկացան բռնության ցնցումների ծանրության տակ: - ը պարտավոր էր ինձ պահել, և մեր պահպանումը միայն նրա վրա էր կախված: ես լսեցի խեղճ տղայի տաբատը; նրա շունչը կարճացավ և շտապեց: ես գտա, որ նա չի կարող ավելի երկար պահել:

«թողիր ինձ, թողիր ինձ»: ես ասացի նրան:

«թողեք իմ տերը. Երբեք»: պատասխանեց նա: «ես առաջին հերթին կխեղդեի»:

Հենց այդ ժամանակ լուսինը հայտնվեց մի խիտ ամպի միջով, որը քամին վարում էր դեպի արևելք: ծովի մակերեսը փայլում էր իր ճառագայթներով: այս սիրալիր լույսը վերակենդանացրեց մեզ: գլուխս նորից լավացավ: ես նայեցի հորիզոնի բոլոր կետերին: ես տեսա ֆրեգատը: նա մեզանից հինգ մղոն հեռավորության վրա էր, և նման էր մուգ զանգվածի, հազիվ թե տեսանելի: բայց ոչ նավակներ:

Ես աղաղակելու էի: բայց ինչ լավ կլիներ այդպիսի հեռավորության վրա: իմ ուռած շրթունքները ոչ մի ձայն չեն կարողացել արտասանել: զամբյուղը կարող էր ինչ-որ բառեր շարադրել, և ես լսել էի նրան, որ պարբերաբար կրկնում էր. «օգնիր, օգնիր»:

Մեր շարժումները միանգամից դադարեցվեցին. Մենք լսեցինք: դա կարող էր լինել միայն ականջի մեջ երգելը, բայց ինձ թվաց, թե ինչպես է աղաղակը պատասխանում աղացքից եղած ճիչին:

«լսե՞լ ես»: մրմնջացի:

"այո այո!"

և կոնսիլը ևս մեկ հուսահատ լաց տվեց:

Այս անգամ ոչ մի սխալ չի եղել: մարդկային ձայնը պատասխանեց մեր! Արդյո՞ք դա մեկ այլ դժբախտ արարածի ձայն էր, որը լքված էր օվկիանոսի մեջտեղում, նավի մեկ այլ զոհի ցնցումներից: ավելի ճիշտ ՝ նավը ֆրեգատից էր, որը կարկուտ էր տալիս մեզ մթության մեջ:

- ը վերջին ջանքեր գործադրեց, և հենվելով ուսիս, մինչ ես հուսահատորեն ջախջախվեցի, նա ջուրը կեսից բարձրացրեց, հետո ընկավ ուժասպառ:

«ի՞նչ տեսար»:

«ես տեսա» - մրթմնջաց նա. «ես տեսա, բայց մի՛ խոսիր. Վերապահիր քո ամբողջ ուժը»:

Ինչ էր նա տեսել հետո, չգիտեմ ինչու, հրեշի միտքն առաջին անգամ մտավ գլխիս: բայց այդ ձայնը: ժամանակն է անցել, որ - ն ապաստանեն - ի խոռոչներին: այնուամենայնիվ, ուռուցիկը նորից ինձ էր նետում: նա գլուխը բարձրացնում էր երբեմն, նայում էր մեր առջև և ասում էր ճանաչման ճիչ, որին պատասխանում էին մի ձայնով, որն ավելի մոտ ու մոտ էր: ես հազիվ լսել եմ դա: իմ ուժը սպառվեց. Մատներս խստացրին; իմ ձեռքը ինձ այլևս սատարում էր, բերանս, ցնցումներով բացված, աղով լցված ջրով: ցուրտ սողացողն ինձ վրա: գլուխս բարձրացրեցի վերջին անգամ, հետո խորտակվեց:

Այս պահին ծանր մարմին հարվածեց ինձ: ես կառչել էի դրանից, այն ժամանակ զգացի, որ պատրաստվում են, որ ինձ ջրի մակերես են բերում, որ կրծքավանդակը փլուզվում է.

Համոզված է, որ ես շուտով եկել եմ ՝ շնորհիվ իմ ստացած ուժեղ թափոնների: ես կեսը բացեցի աչքերս:

«կոնսիլ»: մրմնջացի:

«տերն ինձ է կանչում»: հարցրեց կոնսիլը:

Հենց այդ ժամանակ, լուսնի մթնեցող լույսը, որը թափվում էր դեպի հորիզոն, ես տեսա մի դեմք, որը բծախնդրություն չէր, և ես անմիջապես ճանաչեցի:

«նեդ»: ես լացեցի.

«նույնը, պարոն, ով փնտրում է իր մրցանակը»: պատասխանեց կանադացին:

«դուք ծով նետվեցիք ֆրեգատի ցնցումներից»:

«այո, պրոֆեսոր, բայց ձեզանից ավելի բախտավոր, ես կարողացա գրեթե ուղղակիորեն գտնել լողացող կղզու ոտքը»:

"կղզի?"

«կամ, ավելի ճիշտ ասած, մեր հսկա նարոլի վրա»:

«բացատրիր ինքդ քեզ»:

«միայն ես շուտով իմացա, թե ինչու է իմ մորուքը իր մաշկի մեջ չի մտել և մեղմվել»:

«ինչու, չես, ինչու»:

«որովհետև, պրոֆեսոր, այդ գազանը պատրաստված է թիթեղից»:

Կանադայի վերջին խոսքերը ուղեղումս հանկարծակի հեղափոխություն ստեղծեցին: ես արագորեն ծալվեցի գազաթին այն էության կամ օբյեկտի, ջրի կեսից դուրս, որը մեզ ծառայեց ապաստան ստանալու համար: ես մեկնեցի այն: ակնհայտորեն դա ծանր, անթափանցելի մարմին էր, և ոչ թե փափուկ նյութ, որը ձևավորում էր մեծ ծովային կաթնասունների մարմինները: բայց այս ծանր մարմինը կարող է լինել ոսկորների ծածկույթ, ինչպիսին է անեդիլուվյան կենդանիները: և ես պետք է ազատ լինեմ դասակարգելու այս հրեշին երկկենցաղային սողունների, ինչպիսիք են կրիաները կամ ալիգատորները:

Լավ, ոչ: ինձ սատարող սև գույնի մեջքը հարթ էր, փայլեցված, առանց կշեռքի: հարվածը առաջացրեց մետաղական ձայն; և, անհավատալի, չնայած որ կարող է լինել, կարծես, ես կարող եմ ասել, կարծես այն պատրաստված էր ողորկ ափսեներից:

Դրա մասին կասկած չկար: այս հրեշը, սովորական աշխարհը շփոթեցնող այս բնական երևույթը, և այն բանի վրա, որ նետեցին ու մոլորեցրեցին երկու կիսագնդերի նավաստիների երևակայությունը, այն պետք է պատկանել դեռևս ավելի զարմանալի երևույթ էր, քանի որ դա պարզապես մարդկային կառուցվածք էր:

Մենք կորցնելու ժամանակ դեռ չունեինք: մենք պառկեցինք մի տեսակ սուզանավի հետևի մասում, որը հայտնվեց (որքանով ես կարող էի դատել) պողպատե հսկայական ձկների պես: հողի միտքը կազմված էր այս կետից: - ը և ես միայն նրա հետ կարող էինք պայմանավորվել:

Հենց այդ ժամանակ այս տարօրինակ բանի ետևում սկսվեց մի փուչիկ (որը ակնհայտորեն մղվեց պտուտակով), և այն սկսեց շարժվել: մենք ընդամենը մի քիչ ժամանակ ունեինք գրավել վերին հատվածը, որը ջրից դուրս էր գալիս մոտ յոթ ոտք, և ուրախալիորեն դրա արագությունը մեծ չէր:

«քանի դեռ այն նավարկվում է հորիզոնական, - խեղճացրեց ցրտաշունչ հողը, - դեմ չեմ, բայց եթե հարկ լինի սուզվել, ապա ես իմ կյանքի համար երկու ծղոտ չէի տա»:

Կանադացին երևի դեռ ավելի քիչ բան էր ասում: իսկապես անհրաժեշտ եղավ շփվել էակների հետ, ինչպիսին էլ որ լինեին, փակվի մեքենայի ներսում: ես արտաքին կողմում փնտրեցի բացվածք, վահանակ կամ դիտահոր ՝ տեխնիկական արտահայտություն օգտագործելու համար; բայց երկաթե ափսեների գծերը, որոնք ամուր մղվում էին երկաթե թիթեղների հոդերի մեջ, պարզ և միատեսակ էին: բացի այդ, այդ ժամանակ լուսինը անհետացավ և մեզ թողեց ընդհանուր խավարում:

Վերջապես անցավ այս երկար գիշերը: իմ աննկարագրելի հիշողությունը խանգարում է նկարագրելու այն բոլոր տպավորությունները, որոնք արվել են: ես կարող եմ հիշել միայն մեկ հանգամանք: քամու և ծովի որոշ լճերի ընթացքում ես պատկերացնում էի, որ լսել եմ մի քանի անգամ անպարկեշտ հնչյուններ ՝ մի տեսակ փախուստական ներդաշնակություն, որն առաջացել է հրամանի բառերով: այդ դեպքում ո՞րն էր այս սուզանավային արհեստի առեղծվածը, որի մասին ամբողջ աշխարհը ապարդյուն փնտրում էր բացատրություն: ինչպիսի էակներ գոյություն ունեին այս տարօրինակ նավում: ինչ մեխանիկական գործակալ է առաջացրել իր հոյակապ արագությունը:

Ցերեկը հայտնվեց: առավոտյան խնկերը շրջապատեցին մեզ, բայց շուտով մաքրվեցին: ես պատրաստվում էի ուսումնասիրել գործը, որը ձևավորվեց տախտակամածի վրա մի տեսակ հորիզոնական հարթակ, երբ զգացի, որ աստիճանաբար խորտակվում է:

«օ!, շփոթեք դա»: աղաղակեց Նեդ hողը ՝ կռանալով գողացող ափսեը: «բացիր, դուք անհանդուրժող ռասխալներ»:

Երջանիկորեն խորտակված շարժումը դադարեց: հանկարծ մի աղմուկ, ինչպես երկաթյա գործերը, որոնք դաժանորեն մղվում էին մի կողմ, նավակի ներսից եկավ: մեկ երկաթե ափսե տեղափոխվեց, մի մարդ հայտնվեց, տարօրինակ ճիչ արտասանեց և անմիջապես անհայտացավ:

Որոշ պահեր անց, ութ ուժեղ տղամարդիկ, դիմակավորված դեմքերով, հայտնվեցին անաղմուկ և մեզ քաշեցին իրենց սարսափելի մեքենայի մեջ:

Գլուխ

Մոբիլներ - ում

Այդ բռնի հափշտակությունը, այդքան կոպիտ կերպով կատարված, իրականացվեց կայծակի արագությամբ: ես ցնցվեցի բոլորից: ում հետ գործ ունեինք: անկասկած ծովահենների մի նոր տեսակ, որոնք ծովն ուսումնասիրեցին իրենց ձևով: հազիվ թե նեղ վահանակը փակվեր ինձ վրա, երբ ես խավարում ծրարվեցի: իմ աչքերը, ցնցված արտաքին լույսից, ոչինչ չէին կարող առանձնացնել: ես զգացի, որ մերկ ոտքերը կպչում են երկաթյա սանդուղքի կոճղերին: հող ու զամբյուղ, ամուր բռնազավթված, հետևեց ինձ: սանդուղքի ներքևի մասում դուռ բացվեց, և անմիջապես փնչով փակվեց մեր հետևից:

Մենք մենակ էինք: որտեղ, ես չէի կարող ասել, հազիվ թե պատկերացնեի: ամեն ինչ սև էր, և այնպիսի խիտ սև, որ մի քանի րոպե անց աչքերս չկարողացան տարբերակել նույնիսկ ամենաթափուն փայլը:

Միևնույն ժամանակ, այս գործի ընթացքում վրդովված հողը ազատորեն տրամադրեց իր վրդովմունքը:

«շփոթեք դա»: Նա աղաղակեց. «ահա մարդիկ, ովքեր հյուրընկալության են գալիս գրկախառնոցի համար: նրանք պարզապես կարոտում են մարդակեր լինելու համար: ես չպետք է զարմանամ դրանով, բայց ես հայտարարում եմ, որ նրանք առանց իմ բողոքարկման չեն ուտելու ինձ»:

- հանգստացրեք ինքներդ ձեզ, ընկերնե՛ր, հանգստացեք ինքներդ ձեզ, - պատասխանեց հանգիստ քողարկված: «մի՛ աղաղակեք նախքան վիրավորվելը: մենք դեռ այնքան էլ արված չենք»:

- ոչ այնքան, - կտրուկ պատասխանեց կանադացին, - բայց շատ մոտ, ամեն դեպքում, իրադարձությունները սև են թվում: երջանիկ եմ, իմ աղեղի դանակն ունեմ դեռ, և ես միշտ կարող եմ լավ տեսնել, որ այն օգտագործեմ: այս ծովահեններից առաջինը, ով դնում է ձեռքը ինձ վրա » «մի՛ հուզիր ինքներդ ձեզ, ո՛չ», - ասացի ես բռնակալին, - և մեզ մի՛ վարկաբեկեք անօգուտ բռնություններով: ո՞վ գիտի, որ նրանք մեզ չեն լսի: թող ավելի շուտ փորձենք պարզել, թե որտեղ ենք մենք:

Ես մասին. Յինգ քայլով ես եկա երկաթե պատ, որը պատրաստված էր թիթեղները միասին: ետ դառնալով ՝ ես հարվածեցի փայտե սեղանին, որի մոտակայքում էին մի քանի աթոռակ: այս բանտի տախտակները կոծկվել էին խիտ պատվածքի տակ, ինչը մթնեցրել էր ոտքերի աղմուկը: մերկ պատերը ոչ մի պատուհանի կամ դռան հետք չեն հայտնաբերել: - ը, շրջելով հակառակ ճանապարհով, հանդիպեց ինձ, և մենք վերադարձանք տանիքի կեսին, որը տասը չափով մոտ քան ոտք էր չափում: ինչ վերաբերում է իր բարձրությանը, չհաշված հողը, չնայած իր մեծ բարձրությանը, չէր կարող այն չափել:

Արդեն կես ժամ էր անցել, առանց մեր իրավիճակի բարելավման, երբ խիտ խավարը հանկարծակի տվեց ծայրահեղ լույս: մեր բանտը հանկարծ լուսավորվեց, այսինքն ՝ այն լցվեց լուսավոր նյութով, այնքան ուժեղ, որ ես ի սկզբանե չկարողացա այն կրել: իր սպիտակության և ինտենսիվության մեջ ես գիտակցեցի, որ էլեկտրական լույսը, որը սուզանավային նավակի շուրջը խաղում էր, Ֆոսֆորեսցիայի հիանալի երևույթի պես էր: աչքերս ինքնակամ փակելուց հետո ես բացեցի դրանք և տեսա, որ այդ լուսավոր գործակալը եկել է կես աշխարհից, անթափանց, տեղադրված տնակում տանիքի մեջ:

«վերջապես կարելի է տեսնել», - գոչեց Նեդ երկիրը, ով ձեռքով դանակով կանգնած էր պաշտպանական կողմի վրա:

«այո», - ասացի ես; «բայց մենք դեռ խավարում ենք մեր մասին»:

«թող վարպետը համբերատար լինի», - ասաց անսանձ զամբյուղը:

Տնակի հանկարծակի լուսավորությունը ինձ հնարավորություն տվեց աննշանորեն զննել այն: այն պարունակում էր ընդամենը սեղան և հինգ աթոռակ: անտեսանելի դուռը կարող է հերմետիկորեն կնքվել: ոչ մի աղմուկ չլսվեց: բոլորը մեռած էին թվում այս նավակի ներքին մասում: շարժվել է, արդյո՞ք այն լողացել է օվկիանոսի մակերեսին, թե սուզվել է նրա խորքերը: ես չէի կարող կռահել:

Այժմ պտուտակների մի ձայն լսվեց, դուռը բացվեց, և հայտնվեցին երկու տղամարդ:

Մեկը կարճ, շատ մկանային, լայնաշերտ էր, ամուր վերջույթներով, ուժեղ գլուխով, սև մազերի առատությամբ, հաստ բեղերով, արագ թափանցող տեսքով և հարևան Ֆրանսիայի բնակչությունը բնութագրող կենսունակությամբ:

Երկրորդ անծանոթը արժանի է ավելի մանրամասն նկարագրության: ես ուղղակիորեն պարզեցի նրա գերակշռող հատկությունները. Ինքնավստահություն, որովհետև գլուխը լավ էր դրված ուսերին, և սև աչքերը սառը վստահությամբ էին նայում շուրջը. Համգստություն. Իր մաշկի համար, բավականին գունատ, ցույց էր տալիս իր արյան զովությունը: Էներգիա `վինված լինելով իր վիթխարի թռիչքների արագ սեղմվածությամբ. և քաջություն, որովհետև նրա խոր շունչը նշանակում էր թոքի մեծ ուժ:

Անկախ նրանից, թե այդ մարդը երեսունհինգ կամ հիսուն տարեկան էր, ես չէի կարող ասել: նա բարձրահասակ էր, ուներ մեծ ճակատ, ուղիղ քիթ, հստակ կտրված բերան, գեղեցիկ ատամներ, նուրբ փափուկ ձեռքերով, ինչը վկայում էր խիստ նյարդային խառնվածքի մասին: այս մարդը, անշուշտ, ամենահիասթափեցուցիչ նմուշն էր, որը ես երբևէ հանդիպել էի: մի առանձնահատկություն նրա աչքերն էին, միմյանցից հեռու, և որը կարող էր միանգամից տևել հորիզոնի գրեթե քառորդ մասը:

Այս ֆակուլտետը (ես այն հաստատեցի ավելի ուշ) նրան տվեցի մի տեսողության մի շարք, որոնք գերազանցում են չհամապատասխան հողերը: երբ այս անծանոթը ֆիքսել էր մի առարկա, նրա հոնքերը հանդիպել էին, նրա մեծ կոպերը փակվում էին այնպես, որ պայմանավորվում էին նրա տեսողության միջակայքում, և նա կարծես նա մեծացնում էր հեռավորության վրա պակասեցված առարկաները, ասես նա այդ ծակոտկեն ջուրը խփեց այնքան անթափանց մեր աչքերի առաջ և կարծես նա կարդում է ծովերի խորքերը:

Երկու անծանոթները, ծովային ճանկերի մորթուց պատրաստված գլխարկներով և կաշեպատ մաշկի ծովային կոշիկներով հագած, հագնվել էին հատուկ հյուսվածքի հագուստով, ինչը թույլ էր տալիս վերջույթների ազատ տեղաշարժը: երկուսի բարձրահասակը, ըստ երևույթին, ղեկավարի պաշտոնը, մեզ մեծ ուշադրությամբ զննում էր մեզ ՝ առանց որևէ բառ ասելու; այնուհետև, դիմելով իր ընկերոջը, նրա հետ զրուցեցինք անծանոթ լեզվով: դա հնչյունական, ներդաշնակ և ճկուն բարբառ էր, այն ձայնավորները, որոնք կարծես ընդունում էին շատ բազմազան շեշտադրումներ:

Մյուսը պատասխանեց գլխի ցնցումով և ավելացրեց երկու-երեք հիանալի անհասկանալի բառ: հետո նա կարծես հարցականի տակ էր առնում ինձ:

Ես լավ ֆրանսերեն պատասխանեցի, որ չգիտեմ նրա լեզուն; բայց նա, կարծես, չհասկացավ ինձ, և իմ իրավիճակը ավելի ամաչեց:

«եթե վարպետը պատմեր մեր պատմությունը», - ասում է , - «գուցե այս պարոնայք որոշ բառեր հասկանան»:

Ես սկսեցի պատմել մեր արկածների մասին ՝ հստակ շարադրելով յուրաքանչյուր վանկը և առանց մեկ մանրամասների բաց թողնելու: ես հայտարարեցի մեր անուններն ու աստիճանը ՝ անձամբ ներկայացնելով պրոֆեսոր արոնաքսին, նրա ծառային կոնքին և տիրապետող հողին ՝ բռնակալին:

Մեղմ, հանգիստ աչքերով մարդը լսում էր ինձ հանգիստ, նույնիսկ քաղաքավարի և ծայրահեղ ուշադրությամբ: բայց նրա դեմքին ոչինչ ցույց չէր տալիս, որ նա հասկացել էր իմ պատմությունը: երբ ես ավարտեցի, նա ոչ մի բառ ասաց.

Մնաց մեկ ռեսուրս ՝ անգլերեն խոսել: գուցե նրանք իմանային այս գրեթե համընդհանուր լեզուն: ես դա գիտեի, ինչպես նաև գերմաներենը, լավ, որ սահուն կարդայի, բայց ոչ այն ճիշտ խոսելու համար: բայց, միևնույն է, մենք պետք է ինքներս մեզ հասկացանք:

«շարունակեք ձեր հերթին», - ասացի ես բռնակին: «խոսիր քո լավագույն անգլ-սաքսոնը և փորձիր ավելի լավ անել, քան ես»:

Նեդը չի մուրացել և վերստին պատմել մեր պատմությունը:

Իր մեծ գարշանքից, պոռնիկը կարծես թե իրեն ավելի հասկանալի չէր դարձնում, քան ես ունեի: մեր այցելուները չէին խառնվել: նրանք ակնհայտորեն չէին հասկանում ոչ անգլիայի լեզուն, ոչ ֆրանսիան:

Շատ ամաչելով, մեր խոսակցական պաշարները անօգուտ սպառելուց հետո ես չգիտեի, թե ինչ մասնակցություն ունեմ, երբ կոնսիլն ասաց.

«եթե վարպետը ինձ թույլ տա, ես դա կասեմ գերմաներենով»:

Բայց չնայած պատմողի էլեգանտ տերմիններին և լավ շեշտադրումներին, գերմաներեն լեզուն ոչ մի հաջողություն չուներ: վերջապես, չքննարկված, ես փորձեցի հիշել իմ առաջին դասերը և լատիներեն պատմել մեր արկածները, բայց ոչ ավելի հաջողակ: այս վերջին փորձն անօգուտ էր, երկու անծանոթ մարդիկ մի քանի բառ փոխանակեցին իրենց անհայտ լեզվով և թոշակի անցան:

Դուռը փակվեց:

«դա տխրահռչակ ամոթ է», - գոչեց նեդ երկիրը, որը բռնկվեց քսաներորդ անգամ: «մենք այդ ամբարտավանների հետ խոսում ենք ֆրանսերեն, անգլերեն, գերմաներեն և լատիներեն լեզուներով, և նրանցից ոչ մեկը չունի պատասխանելու քաղաքավարություն»:

«հանգստացրեք ինքներդ ձեզ», - ասացի ես անթափանց նեդին. «բարկությունը ոչ մի լավ բան չի անի»:

- բայց տեսնո՞ւմ ես, պրոֆեսոր, - պատասխանեց մեր անառողջ ուղեկիցը, - որ մենք միանգամից սովից կմեռնենք այս երկաթյա վանդակում:

«բահ»: ասել է , փիլիսոփայորեն; «մենք դեռ կարող ենք որոշ ժամանակ անցկացնել»:

«իմ ընկերները, - ասացի ես, - մենք չպետք է հուսահատվենք: մենք դրանից ավելի վատն ենք եղել: ինձ օգնիր, որ մի փոքր սպասեմ՝ նախքան այս նավի մասին հրամանատարի և անձնակազմի մասին կարծիք ձևավորելը»:

«իմ կարծիքը ձևավորվել է, - պատասխանեց կտրուկ հողը: «դրանք կատաղած են»:

«լավ է, և որ երկրից»:

«ամբոխների երկրից»:

«իմ քաջարի, այդ երկիրը իստակորեն նշված չէ աշխարհի քարտեզի վրա; բայց ես ընդունում եմ, որ այդ երկու անծանոթների ազգությունը դժվար է որոշել: ոչ անգլերեն, ոչ ֆրանսերեն և ոչ գերմանական, դա միանգամայն վստահ է, բայց ես այդպիսին եմ: հակված եմ մտածել, որ հրամանատարը և նրա ուղեկիցը ծնվել են ցածր լայնություններում, դրանցում հարավային արյուն կա, բայց ես չեմ կարող իրենց արտաքին տեսքով որոշել, թե նրանք իսպանացիներ են, թրքեր, արաբներ կամ հնդկացիներ: ինչ վերաբերում է նրանց լեզվին, ապա դա անհասկանալի է: »»

«կա բոլոր լեզուները չգիտելու անբարենպաստություն, - ասաց կասիլը, - կամ մեկ համընդհանուր լեզու չունենալու անբարենպաստությունը»:

Քանի որ նա ասաց այս խոսքերը, դուռը բացվեց: մի տնտեսավար մտավ: նա մեզ բերեց հագուստ, բաճկոններ և տաբատ, պատրաստված մի կտորից, որը ես չգիտեի: ես շտապեցի հագնվել, և իմ ուղեկիցները հետևեցին իմ օրինակին: այդ ընթացքում տնտեսուհին ՝ համր, գուցե և խուլը, սեղան էր կազմակերպել և երեք թիթեղներ դրել:

«սա նման բան է»: ասաց կոնսիլը:

«բահ»: ասաց զայրացած մորթուցը. «ի՞նչ եք ենթադրում, որ նրանք այստեղ են ուտում: կեղտոտել լյարդը, ֆիլե շնաձուկը և ծովախոտերից տավարի սթեյքերը»:

«մենք կտեսնենք», - ասաց կոնսիլը:

Ափսեները, զանգակատաղից, դրված էին սեղանի վրա, և մենք տեղերը գրավեցինք: անկասկած մենք կապ ունեինք քաղաքակիրթ մարդկանց հետ, և եթե չլիներ էլեկտրական լույսը, որը հեղեղեց մեզ, ես կարող էի պատկերացնել, որ ես գտնվում էի լիմպոլի ադելֆի հյուրանոցի ճաշասենյակում կամ փարիզի մեծ հյուրանոցում: պետք է ասեմ, որ ոչ հաց կար, ոչ էլ գինի: ջուրը թարմ էր և պարզ, բայց ջուր էր և չէր համապատասխանում հողի համը: մեզ մոտ բերված ուտեստների շարքում ես ճանաչեցի մի քանի ձկների նրբորեն հագնված; բայց ոմանց համար, չնայած գերազանց, ես չէի կարող որևէ կարծիք տալ, ոչ էլ կարող էի ասել, թե որ թագավորությունն էին նրանք պատկանել ՝ կենդանին թե բանջարեղեն: ինչ վերաբերում է ընթրիքին, այն էլեգանտ էր և կատարյալ համով: յուրաքանչյուր ափսե ՝ գդալ, պատառաքաղ, դանակ, ափսե, դրա վրա փորագրված էր մի նամակ, որի վերևում նշանաբան էր, որից այն ճշգրիտ Փաքսիմիլ է.

տառը, անկասկած, ծովային ծովի հատակում հրամայող անձի անվան սկզբնաղբյուրն էր:

Նեդը և կոնսիլը շատ բան չէին արտացոլում: նրանք կերան կերակուրը, և ես այդպես էլ արեցի: բացի այդ, ես վստահ էի, թե ինչպես է վերաբերվում մեր ճակատագրին. և ակնհայտ էր թվում, որ մեր հաղորդավարները մեզ թույլ չեն տա մեռնել ցանկության պատճառով:

Այնուամենայնիվ, ամեն ինչ վերջ ունի, ամեն ինչ անցնում է, նույնիսկ այն մարդկանց քաղցը, ովքեր տասնհինգ ժամ չեն կերել: մեր ախորժակները գոհ էին, մենք զգացինք հաղթահարված քունից:

«հավատք, ես լավ քնելու եմ», - ասաց - ը:

- այդպես էլ ես, - պատասխանեց նեդ հողը:

Իմ երկու ուղեկիցները ձգվում էին տնակային գորգի վրա և շուտով քնած էին: իմ իսկ կողմից, շատ մտքեր լեփ-լեցուն էին ուղեղս, չափազանց շատ անլուծելի հարցեր ինձ վրա սեղմված, չափազանց շատ երկրպագուները աչքերս կիսով չափ էին պահում: ո՞ւր էինք մենք ինչ տարօրինակ ուժ է մեզ տեղափոխել: ես զգացի, կամ, ավելի շուտ, հաճելի զգացողությունս. Սարքը ընկղմվում էր դեպի ծովի ամենացածր մահճակալները: ահավոր մղձավանջներ ինձ մոտ; ես տեսա այս խորհրդավոր ափիլներում անծանոթ կենդանիների մի աշխարհ, որի մեջ այդ սուզանավային նավակը թվում էր, թե դրանք նույն տեսակի, կենդանի, շարժվող և հոյակապ են, որքան նրանք: այդ ժամանակ ուղեղս ավելի հանդարտվեց, իմ երևակայությունը թափառեց անորոշ անգիտակից վիճակում, և ես շուտով ընկա խոր քնի մեջ:

Գլուխ

հողի գայթակղիչները

Ինչքա՞ն ժամանակ ենք քնել, չգիտեմ; բայց մեր քունը պետք է երկար տևեր, որովհետև այն մեզ լիովին հանգստացրեց մեր հոգնածությունից: նախ արթնացա: իմ ուղեկիցները չէին շարժվել և դեռ ձգվում էին իրենց անկյունում:

Հազիվ ցնցվելով իմ փոքր-ինչ ծանր անկողնուց, ես զգացի, որ ուղեղս ազատված է, միտքս պարզ է: այնուհետև ես սկսեցի ուշադիր զննել մեր բջիջը: ներսում ոչինչ չի փոխվել: բանտը դեռ բանտ էր. Բանտարկյալները, բանտարկյալները: այնուամենայնիվ, տնտեսը, մեր քունի ընթացքում, մաքրել էր սեղանը: ես դժվարությամբ շնչեցի: ծանր օդը կարծես ճնշում էր թոքերս: չնայած բջիջը մեծ էր, մենք ակնհայտորեն սպառել էինք այն պարունակող թթվածնի մեծ մասը: իսկապես, յուրաքանչյուր մարդ սպառում է մեկ ժամվա ընթացքում թթվածնի պարունակությունը, որը պարունակվում է ավելի քան 176 պինդ օդում, և այս օդը, որը լիցքավորված է (ինչպես այդ ժամանակ), գրեթե հավասար քանակությամբ ածխաթթու պարունակությամբ, դառնում է անթափանցելի:

Հարկ եղավ վերականգնել մեր բանտի մթնոլորտը, և անկասկած ամբողջը սուզանավային նավի մեջ: դա իմ մտքում հարց առաջացրեց: ինչպե՞ս կշարունակեր այս լողացող բնակավայրի հրամանատարը: արդյո՞ք նա օդը կստանա քիմիական եղանակով ` տաքացնելով թթվասերի քլորաթում պարունակվող թթվածինը և ածխաթթուն կլաստիկ պոտաշով ներծծելու միջոցով: կամ — ավելի հարմար, տնտեսական և, հետևաբար ավելի հավանական, այլընտրանքային, արդյո՞ք նա կբավարարվեր վեր բարձրանալու և շնչելու ջրի մակերևույթի վրա, ինչպես է սուլիչը, և այդպիսով քսան չորս ժամ կվերականգնի մթնոլորտային պաշարները:

Փաստորեն, ես արդեն պարտավոր էի մեծացնել իմ շնչառությունը `այս բջիջից դուրս հանելու համար այն քիչ թթվածին, որը պարունակում էր այն ժամանակ, երբ հանկարծ թարմացվեց մաքուր օդի հոսքով և օծանելիքով լցվեց աղի արտանետումներով: դա աշխուժ ծովային արյուն էր, որը մեղադրվում էր յոդով: բերանս լայն բացեցի, և թոքերս հագեցած էին թարմ մասնիկներով:

Միևնույն ժամանակ ես զգացի, որ նավակը շարժվում է: երկաթե հրեշն ակնհայտորեն նոր էր բարձրանալ օվկիանոսի մակերևույթին `շնչելու համար, ուլզների նորաձևությունից հետո: ես պարզեցի, որ նավը օդափոխելու ռեժիմը:

Երբ ես ազատորեն ներծծեցի այս օդը, ես ձգտեցի ջրահեռացման խողովակին, որը մեզ փոխանցեց օգտակար սուլիչը, և ես երկար չէի գտել այն: դռան վերևում տեղադրվում էր օդափոխիչ, որի միջոցով թարմ օդի ծավալները վերականգնում էին խցում աղքատ մթնոլորտը:

Ես անում էի իմ դիտարկումները, երբ նեդը և կոնսիլը գրեթե նույն ժամանակ արթնացան ` վերածնվող այս օդի ազդեցության տակ: նրանք քսում էին աչքերը, ձգվում և ոտքի վրա էին միանգամից:

«վարպետը լավ քնի՞»: հարցրեց կոնսիլը ` իր սովորական քաղաքավարությամբ:

- շատ լավ, իմ քաջ տղա, և դու, պարո՛ն, երկիր:

«լավ, պրոֆեսոր, բայց չգիտեմ` ճիշտ եմ, թե ոչ, կարծես ծովային քամի կա »:

Ծովագնացը չէր կարելի սխալվել, և ես կանադացիներին պատմեցի այն ամենը, ինչ անցել էր նրա քնի ընթացքում:

«լավ»: ասաց նա: «դա հաշվի է առնում այն լուրերը, որոնք մենք լսել ենք, երբ ենթադրյալ նարոն տեսավ աբրահամի լինքոլնին»:

«միանգամայն, տիրապետող երկիր, շունչ քաշեց»:

«միայն, պարոն արոնաքս, ես գաղափար չունեմ, թե ժամը որ է, քանի դեռ ընթրիք չէ»:

«աշի ժամանակ. Բարի ընկեր իմ, ավելի շուտ ասեք նախաճաշի ժամանակը, որովհետև մենք, իհարկե, սկսեցինք մեկ այլ օր»:

- ուրեմն, - ասաց , - քնել ենք քանչորս ժամ:

«դա իմ կարծիքն է»:

- ես քեզ չեմ հակադրի, - պատասխանեց հողը: «բայց, ընթրիք կամ նախաճաշ, բորտուղեկցորդուհին ողջունելի կլինի, ով էլ որ բերի»:

«տիրապետող երկիր, մենք պետք է համապատասխանենք տախտակի կանոններին, և ենթադրում եմ, որ մեր ախորժակը ընթրիքի ժամին նախօրոք է»:

«դա ծեզ պես է, ընկեր կոնսիլի», - ասաց նեդը ՝ անհամբերությամբ: «դուք երբեք խառնվածքից դուրս եք, միշտ հանգիստ. Դուք կվերադառնայինք շնորհակալության շնորհիվ շնորհքից առաջ և կմահանայինք սովից, քան դժգոհում»:

Ժամանակն անցնում էր, և մենք վախից սոված էինք. և այս անգամ տնտեսը չհայտնվեց: մեզ թողնելը բավականին երկար էր, եթե նրանք իսկապես լավ մտադրություններ ունեին մեր հանդեպ: հողը, որը տանջվում էր քաղցի քաղցրությունից, ավելի զայրացավ: և, չնայած նրա խոստմանը, ես վախեցի պայթյունից, երբ նա հայտնվեց անձնակազմի մեկի հետ:

Երկու ժամվա ընթացքում ավելացավ հողի նկատմամբ ավելի ցածր ջերմաստիճանը. Նա աղաղակեց, նա գոռաց, բայց ապարդյուն: պատերը խուլ էին: նավում ձայն չէր լվում. Բոլորը դեռ մահվան պես էին: այն չի շարժվել, քանի որ ես պետք է զգայի գանգի դողացող շարժումը պտուտակի ազդեցության տակ: ջրվելով ջրերի խորքում ՝ այն այլևս չէր պատկանում երկրին. Այս լռությունը սարսափելի էր:

Ես սարսափելի զգացի, ուռուցիկը հանգիստ էր, հեզ հողը հո՜չ եկավ:

Հենց այդ ժամանակ դրսում աղմուկ էր լսվում: քայլերը հնչում էին մետաղական դրոշների վրա: կողպեքները շրջվեցին, դուռը բացվեց, և հայտնվեց տնտեսը:

Նախքան ես շտապեի առաջ կանգ առնել նրան կանգնեցնելու համար, կանադացին նետել էր նրան և կոկորդով պահել նրան: տնտեսը խեղդում էր իր հզոր ձեռքի բռնելով:

- ը արդեն փորձում էր քողարկել ձեռամբ իր կիսաքաղցված զոհից, և ես պատրաստվում էի թռչել դեպի փրկարար, երբ հանկարծ ես եղունգավորվեցի տեղում ՝ ֆրանսերենով լսելով այս խոսքերը.

«լռիր, տեր երկիր, և դու, պրոֆեսոր, կարո՞ղ ես այնքան լավ լինել, որ ինձ լսես»:

Ծովերի մարդը

Դա նավակի հրամանատարն էր, ով այսպես խոսեց:

Այս խոսքերով, հանկարծակի հող բարձրացավ: տնտեսը, համարյա խեղդված, շշնջաց իր տիրոջ նշանով: բայց այդպիսին էր հրամանատարի ուժը նավի վրա, որը ոչ մի ժեստ չէր դավաճանում այն վրդովմունքի դեմ, որը այս մարդը պետք է զգար կանադացու նկատմամբ: զարմացած, չնայած ինքն իրեն, ես ապշեցի, լռությամբ սպասեցի այս տեսարանի արդյունքին:

Հրամանատարը, ձեռքերով ծալած սեղանի անկյունին հենվելով, խորը ուշադրությամբ սկանեց մեզ: նա հապաղեց խոսելու մասին: արդյո՞ք նա զղջացել է Ֆրանսերեն լեզվով ասած բառերի համար: կարելի է համարյա թե այդպես մտածել:

Որոշ լռության պահերից հետո, որը մեզանից ոչ մեկը չէր երազում կոտրել, «պարոնայք», - ասաց նա, հանգիստ և թափանցող ձայնով. «ես հավասարապես լավ եմ խոսում Ֆրանսերեն, անգլերեն, գերմաներեն և լատիներեն: ես կարող էի, հետևաբար, պատասխանել դուք մեր առաջին հարցազրույցում, բայց ես ցանկացա նախ ձեզ իմանալ, այնուհետև արտացոլել: յուրաքանչյուրի պատմած պատմությունը, ամբողջությամբ համաձայնեցնելով հիմնական կետերում, համոզեց ինձ ձեր ինքնության մեջ: գիտեմ, որ հիմա այդ հնարավորությունը բերել է իմ առջև: , փարիզի թանգարանի բնական պատմության պրոֆեսոր, որին վստահված էր արտասահմանում գիտական առաքելություն, կոնսիլի, նրա ծառայի և կանադական ծագում ունեցող հողը չիրականացնելու մասին, ամերիկայի միացյալ նահանգների նավատորմի նավատորմում գտնվող ֆրեգատ աբրահամի լինքոլնին տապանի վրա պահող »:

Խոնարհվեցի համաձայնությունը: հարց չէր, որ իրամանատարն ինձ դրեց: հետևաբար պատասխան չկար: այս մարդը արտահայտվեց իրեն կատարյալ հեշտությամբ, առանց որևէ շեշտադրման: նրա նախադասությունները լավ էին շրջվել, նրա բառերը պարզ էին, և խոսքի սահունը `ուշագրավ: բայց ես նրա մեջ հայրենակից չեմ ճանաչել:

Նա շարունակեց զրույցը այս պայմաններով.

«դուք անկասկած մտածել եք, պարոն, որ ես շատ եմ ուշացել այս երկրորդ այցը ձեզ վճարելուց: պատճառն այն է, որ ձեր ինքնությունը ճանաչվել է, ես կցանկանայի հասունորեն կշռել, թե ինչ մասն է գործելու ձեր նկատմամբ: ես շատ եմ երկմտել: ձեզ բերեց մի մարդու ներկայությամբ, որը կոտրել է մարդկության բոլոր կապերը:

«աննկատ»: ասաց ես

«աննկատ»: պատասխանեց անծանոթը ` մի փոքր բարձրացնելով նրա ձայնը: «արդյո՞ք աննպատակահարմար էր, որ աբրահամի լինքոլնը հետապնդում էր ինձ ամբողջ ծովեզերքը, արդյո՞ք աննպատակ էր, որ անցնեիք այս ֆրեգատում: արդյո՞ք աննպատակահարմար էր, որ ձեր թնդանոթային գնդակները վերածնվեն իմ նավի ափսեը: արդյո՞ք աննպատակ էր այդ պարոն հողը: հարվածեց ինձ իր բամբուկով »:

Ես այս բառերում զսպված գրգռություն եմ հայտնաբերել: բայց այս մեղադրանքների համար ես շատ բնական պատասխան ունեի, և ես դա արեցի:

- պարոն, - ասաց ես, - անկասկած, դուք անտեղյակ եք այն քննարկումներից, որոնք տեղի են ունեցել ձեզ մոտ ամերիկայում և եվրոպայում: դուք չգիտեք, որ ձեր սուզանավի մեքենայի հետ բախման հետևանքով զանազան վթարներ, հուզմունք են առաջացրել երկուսի մեջ մայրցամաքներ. Ես բաց չեմ թողնում այն տեսությունները, առանց որոնց թվի, որի միջոցով փորձ էր արվում բացատրել, թե որից դուք միայն տիրապետում եք գաղտնիքին, բայց պետք է հասկանաք, որ ձեզ հետապնդելով խաղաղ օվկիանոսի բարձր ծովեզերքում, աբրահամի լինքոլնը հավատում էր, որ ինքն իրեն հետապնդում է ոմանք հզոր ծովային հրեշ, որից անհրաժեշտ էր ցանկացած գնով ազատել օվկիանոսը »:

Կես ժպիտը գանգրացրեց հրամանատարի շուրթերը. Յետո, ավելի հանդարտ տոնով.

«մ. Արոնաքս», - պատասխանեց նա, - համարձակվում եք հաստատել, որ ձեր Ֆրեգատը շուտով չէր հետապնդեր և հրեշի տակ պահեց սուզանավային նավը:

Այս հարցը ինձ ամաչեց, քանի որ, անշուշտ, կապիտան Ֆարագուտը գուցե չէր հապաղել: նա գուցե մտածեր, որ իր պարտականությունն է ոչնչացնել այսպիսի բծախնդրությունը, քանի որ նա հսկա նարոլ էր:

- դու հասկանում ես, պարոն, - շարունակեց անծանոթը, - որ ես իրավունք ունեմ քեզ վերաբերվել որպես թշնամիներ:

Ես ոչինչ չպատասխանեցի, դիտավորյալ: ի՞նչ օգուտ կլինի այդպիսի առաջարկի քննարկումը, երբ ուժը կարող էր ոչնչացնել լավագույն փաստարկները:

«ես որոշ ժամանակ հապաղել եմ», - շարունակեց հրամանատարը. «ոչինչ ինձ չի պարտադրում ձեզ հյուրընկալություն ցուցաբերել: եթե ես որոշեի առանձնացնել ձեզնից, ես այլևս չպետք է հետաքրքրվեմ ձեզ կրկին տեսնելու; ես կարող էի ձեզ տեղադրել այս նավի այն տախտակամածի վրա, որը ծառայել է ձեզ որպես ապաստան, ես կարող էի ընկղմվել տակ ջրերը և մոռացեք, որ դու երբևէ գոյություն ունեիր. Մի՞թե սա իմ իրավունքն չէր »:

«դա կարող էր լինել վայրիի իրավունք», - պատասխանեցի ես, - բայց քաղաքակիրթ մարդը չէ »:

- պրոֆեսոր, - պատասխանեց հրամանատարը, արագորեն, - ես այն չեմ, ինչ դուք քաղաքակիրթ մարդ եք անվանում: ես արել եմ հասարակության հետ ամբողջությամբ, այն պատճառներից, որոնց մասին ես միայն գնահատելու իրավունք ունեմ: ես, հետևաբար, չեմ հնազանդվում նրա օրենքներին, և անկանում եմ, որ դուք այլևս չասեք նրանց առաջ իմ առաջ »:

Սա պարզ ասվեց: բարկության և արհամարհանքի մի բոց `վառվելով անհայտի աչքերում, և ես հայացքս նետեցի սարսափելի անցյալի այս մարդու կյանքում: նա ոչ միայն իրեն դրեց մարդկային օրենքների գունատությունից, այլև ինքն էր նրանցից անկախ դարձնում ` ազատ լինելով բառի խստագույն ընդունմամբ, նրանց սահմաններից դուրս: այդ դեպքում ո՞վ կհամարձակվեր հետապնդել նրան ծովի հատակի տակ, երբ նրա մակերեսի վրա նա դեմ էր առնում նրա դեմ կատարված բոլոր փորձերը:

Ինչ նավը կարող էր դիմակայել իր սուզանավ մոնիտորի ցնցմանը: ո՞ր խորանարդը, որքան էլ հաստ, կարող էր դիմակայել իր խթանի հարվածներին: ոչ ոք չէր կարող նրանից պահանջել իր արարքների մասին հաշիվ. Աստված, եթե նա հավատում էր մեկին. Իր խիղճը, եթե ուներ մեկը, միակ դատավորներն էին, որոնց պատասխանատու էին:

Այս արտացոլումները արագորեն անցան միտքս, մինչդեռ անծանոթ անձնավորությունը լուռ էր, կլանված և կարծես իր մեջ փաթաթված: ես նրան համարեցի վախի հետ խառնված վախից, քանի որ, անկասկած, ոքիպոսը համարեց սֆինքսը:

Բավականին երկար լռությունից հետո հրամանատարը վերսկսեց խոսակցությունը:

«ես երկմտել եմ, - ասաց նա, - բայց ես մտածել եմ, որ իմ հետաքրքրությունը կարող է հաշտվել այն խղճահարության հետ, որին յուրաքանչյուր մարդ իրավունք ունի: դուք կմնաք իմ նավի վրա, քանի որ ճակատագիրը ձեզ գցեց այնտեղ: անվճար, և այս ազատության դիմաց ես միայն մեկ պայման պայման կներկայացնեմ: քո պատվո խոսքը դրան ներկայացնելը կբավականացնի »:

- խոսիր, պարոն, - պատասխանեցի ես: «կարծում եմ՝ այս պայմանը մեկն է, որը կարող է ընդունել պատվավոր մարդը »:

«այո, պարոն, դա սա է. Հնարավոր է, որ որոշակի իրադարձություններ, չնախատեսված, կարող են պարտավորեցնել ինձ, որ ձեզ որոշ ժամեր կամ մի քանի օր ձեզ ուղարկեն ձեր տնակներ, ինչպես որ պատահի, քանի որ ես կկարողանամ երբևէ բռնություն գործադրել, ես ակնկալում եմ ձեզնից, քան մնացած բոլորը, պասիվ հնազանդություն: այսպիսով գործելով ՝ ես ստանձնում եմ ամբողջ պատասխանատվությունը. Ամբողջովին արդարացնում եմ ձեզ, որովհետև ձեզ համար անհնարին է դարձնում տեսնել, թե ինչ չպետք է տեսնեք: դուք ընդունո՞ւմ եք այս պայմանը: ? »

Այդ ժամանակ տեղի ունեցան այնպիսի իրեր, որոնք, մեղմ ասած, եզակի էին, և որոնք չպետք է տեսնեին այն մարդիկ, ովքեր տեղադրված չէին սոցիալական օրենքների գունատությունից այն կողմ: անակնկալների թվում, որոնք ապագան նախապատրաստում էին ինձ, սա գուցե ամենաքիչը չէր:

«մենք ընդունում ենք», - պատասխանեցի ես; «միայն ես կխնդրեմ ձեր թույլտվությունը, պարոն, ձեզ մի հարց ուղղեմ, միայն մեկը»:

«խոսիր, պարոն»:

«դուք ասացիք, որ մենք պետք է ազատ լինենք օդանավում»:

«ամբողջությամբ»:

«ես հարցնում եմ ձեզ, ուրեմն, ի՞նչ նկատի ունեք այս ազատությունը»:

«պարզապես ազատ գնալը, գալը, տեսնելը, դիտելու համար նույնիսկ այն ամենը, ինչ անցնում է այստեղ, բացառությամբ հազվագյուտ հանգամանքների. Մի խոսքով ՝ ազատություն, մի խոսքով, որը մենք վայելում ենք մեզ, իմ ուղեկիցներին և ես»:

Ակնհայտ էր, որ մենք իրար չէինք հասկանում:

«ներեցե՛ք ինձ, պարոն, - վերսկսեցի ես, - բայց այս ազատությունը միայն այն է, ինչ յուրաքանչյուր բանտարկյալ ունի իր բանտը դնելու համար: դա մեզ չի կարող բավարարել»:

«այնուամենայնիվ, դա ձեզ պետք է բավարարի»:

«ի՞նչ, մենք պետք է հրաժարվենք ՝ երբևէ տեսնելով մեր երկիրը, մեր ընկերները, մեր հարաբերությունները նորից»:

«այո, պարոն, բայց հրաժարվել այդ աշխարհից անխորտակելի լուծից, որը տղամարդիկ համարում են ազատություն, միգուցե այնքան ցավալի չէ, որքան կարծում եք»:

«դե, - բացականչեց ցածրաձայն երկիրը, - երբեք չեմ տա իմ պատվի խոսքը, որ չփորձեմ խուսափել»:

«ես քեզ չեմ խնդրել քո պատվի խոսքը, տեր երկիր», - սառը պատասխանեց հրամանատարը:

- սըր, - պատասխանեցի ես ՝ սկսելով բարկանալ ՝ չնայած իմ անձին, - դուք չարաշահում եք ձեր իրավիճակը մեր նկատմամբ, դա դաժանություն է:

«ոչ, պարո՛ն, մաքուր է. Դուք իմ ռազմագերիներն եք: ես ձեզ պահում եմ, երբ կարող եմ մի խոսքով, ձեզ սուզել օվկիանոսի խորքերը: դուք հարձակվել եք ինձ վրա: դուք եկել եք զարմացնելու մի գաղտնիքի, որը ոչ ոք չի աշխարհում պետք է ներթափանցեն իմ ողջ գոյության գաղտնիքը, և կարծում եք, որ ես ձեզ կուղարկեմ այն աշխարհ, որը ինձ այլևս չպետք է ճանաչի: երբեք ձեզ պահելու մեջ դուք այն չեք, ում ես պաշտպանում եմ: ինքս ինձ."

Այս խոսքերը մատնանշում էին հրամանատարի կողմից ընդունված բանաձևը, որի դեմ ոչ մի փաստարկ չի գերակա:

- ուրեմն, պարոն, - նորից եմ, - դուք մեզ պարզապես ընտրություն եք տալիս կյանքի և մահի միջև:

«պարզապես»:

«իմ ընկերները, - ասաց ես, - այսպես ասած մի հարցի, պատասխանելու բան չկա: բայց ոչ մի պատվո խոսք մեզ չի կապում այս նավի տիրոջ հետ»:

- ոչ մեկը, պարոն, - պատասխանեց անհայտը:

Ապա, ավելի մեղմ տոնով, նա շարունակեց.

«հիմա թույլ տվեք ինձ ավարտել այն, ինչ պետք է ասեմ ձեզ: ես գիտեմ ձեզ, մ.արոնաքս: դուք և ձեր ուղեկիցները, հնարավոր է, այնքան դժգոհելու հնարավորություն չունենաք այն հնարավորությունից, որը ձեզ կապել է իմ ճակատագրի հետ: կգտնեք իմ սիրած ուսումնասիրության այն գրքերի շարքում, որոնք դուք հրատարակել եք «ծովի խորքերը»: ես հաճախ եմ կարդացել դա: դուք իրականացրել եք ձեր աշխատանքը այնքանով, որքանով որ ձեզ թույլ են տվել երկրային գիտությունը, բայց դուք չգիտեք բոլորը, դուք չեք տեսել բոլորը: թույլ տվեք ասել ձեզ այն ժամանակ, պրոֆեսոր, որ դուք չեք փոշմանելու անցած ժամանակի համար վրան նստեք իմ նավի վրա: դուք պատրաստվում եք այցելել հրաշքների երկիր »:

Հրամանատարի այս խոսքերը մեծ ազդեցություն թողեցին ինձ վրա: ես դա չեմ կարող ժխտել: իմ թույլ կետը շոշափվեց. և ես մի պահ մոռացա, որ այս վեհ առարկաների մտորումը արժանի չեն ազատության կորստի: բացի այդ, ես ապավինեցի ապագային, որպեսզի որոշեի այս ծանր հարցը: այնպես որ ես գոհացա ինձ ասելով.

«ո՞ր անունով եմ ուզում դիմել ձեզ»:

- սըր, - պատասխանեց հրամանատարը, - ես ձեզ համար ուրիշ բան չեմ, քան կապիտան Նեմո, և դու և քո ուղեկիցները ինձ համար ոչ այլ ինչ եք, քան նավատորմի ուղևորները:

Կապիտան Նեմոն զանգեց: հայտնվեց մի տնտեսուհի: կապիտանը նրան հրամաններ տվեց այն տարօրինակ լեզվով, որը ես չէի հասկանում: այնուհետև, շրջվելով դեպի կանադական և կոնսիլի:

«ձեր տնակում սպասում է ռեպաստոր», - ասաց նա: «եղեք այնքան լավ, որ հետևեք այս մարդուն:

«եվ այժմ, մեր նախաճաշը պատրաստ է, թույլ տվեք, որ ես տանեմ այդ ճանապարհը»:

«ես ձեր ծառայության մեջ եմ, կապիտան»:

Ես հետևեցի նավապետ Նեմոյին. Իսկ դուռը անցնելուն պես ես գտա մի տեսակ անցուղի, որը լուսավորված էր էլեկտրականությամբ ՝ նավի նման իրան: տասնյակից բակեր անցնելուց հետո, իմ առջև բացվեց երկրորդ դուռը:

Այնուհետև մտա ճաշասենյակ ՝ զարդարված և կահավորված ծանր համով: բարձր կաղնու կողային տախտակները, որոնք ներկված էին գարշահոտությամբ, կանգնած էին սենյակի երկու ծայրամասերում և նրանց դարակների վրա փայլում էին չինաստանը, ճենապակը և աննկարագրելի արժեքի բաժակը: սեղանի ափսեը փայլում էր ճառագայթների միջից, որոնք թափվում էին լուսավոր առաստաղը, մինչդեռ լույսը խառնվում և փափկացնում էր նրբագեղ նկարները:

Սենյակի կենտրոնում սեղան էր առատորեն դրված: կապիտան նեմոն ցույց տվեց այն տեղը, որը ես պետք է զբաղեցնեի:

Նախաճաշը բաղկացած էր որոշակի քանակությամբ ուտեստներից, որոնց պարունակությունը պատրաստվում էր միայն ծովով. և ես անտեղյակ էի նրանցից ոմանց պատրաստման բնույթին և եղանակին: ես խոստովանեցի, որ նրանք լավն են, բայց նրանք ունեին յուրահատուկ բույր, որին ես հեշտությամբ սովոր էի: այս տարբեր ալիմենտները ինձ թվում էին, որ հարուստ են ֆոսֆորով, և ես կարծում էի, որ դրանք պետք է ծովային ծագում ունենան:

Կապիտան նեմոն նայեց ինձ: ես նրան հարցեր չտվեցի, բայց նա կռահեց իմ մտքերը և ինքնուրույն պատասխանեց այն հարցերին, որոնք ես այրում էի նրան ուղղելու համար:

«այս ուտեստների մեծ մասը ձեզ համար անհայտ է», - ասաց նա ինձ: «սակայն դուք կարող եք նրանցից վախենալ նրանցից առանց վախի: նրանք առողջ են և սնուցողներ: երկար ժամանակ ես հրաժարվել եմ երկրի կերակուրից և ես երբեք չեմ հիվանդացել: իմ անձնակազմը, որը առողջ է, սնվում է նույն սննդի վրա »»

- այսպիսով, - ասաց ես, - այս բոլոր ուտելիքները ծովի արտադրանք են:

«այո, պրոֆեսոր, ծովը մատակարարում է իմ բոլոր ցանկությունները: երբեմն ես ցանցերս գցում եմ, և դրանք պատրաստում եմ կոտրելու: երբեմն որսում եմ այս տարրի մեջ, որը, կարծես, անհասանելի է մարդու համար և քանդում խաղ, որը բնակվում է իմ սուզանավային անտառներում: իմ հոտերը, ինչպես Նեպտունի հին հովիվները, անվախորեն արածում են օվկիանոսի հսկայական գորգերի մեջ: ես այնտեղ ունեմ հսկայական ունեցվածք, որը ես եմ մշակում և որը միշտ ցանում եմ ձեռքով: ամեն ինչի ստեղծող »:

«ես կարող եմ լավ հասկանալ, պարոն, որ ձեր ցանցերը գերազանց ձուկ են պատրաստում ձեր սեղանի համար. Ես կարող եմ նաև հասկանալ, որ ջրային խաղ եք որսում ձեր սուզանավային անտառներում, բայց ես ընդհանրապես չեմ կարող հասկանալ, թե ինչպես միս մի մասնիկը, որքան էլ փոքր լինի, կարող է ցույց տվեք ձեր ուղեվարձի գինը »:

«սա, որը դու կարծում ես, որ միս է, պրոֆեսոր, ոչ այլ ինչ է, քան կրիայի ֆիլեը: ահա նաև դելֆինների մի քանի լյարդ, որոնք դու վերցնում ես որպես խոզի մի կտոր: իմ խոհարարը խելացի ընկեր է, որը գերազանց է այս տարբեր տեսակի հագնվելու մեջ: օվկիանոսի արտադրանքները. Համտեսեք այս բոլոր ուտեստները: ահա մի ծովային վարունգի պահածոներ, որը մալայացին կհայտարարեր, որ աշխարհում աննկատելի է. Ահա մի սերուցք, որի կաթը կահավորվել է ցետասեով, և շաքարը: հյուսիսային ծովի մեծ ֆուկուսով և, վերջապես, թույլ տվեք ինձ առաջարկել ձեզ անիմեների մի քանի պահածոներ, ինչը հավասար է առավել համեղ պտուղների »:

Ես ավելի շատ հետաքրքրասիրությունից էի համտեսում, քան որպես գիտակ, մինչդեռ կապիտան Նեմոն կախարդեց ինձ իր արտասովոր պատմություններով:

«ձեզ դուր է գալիս ծովը, կապիտան»:

«այո, ես սիրում եմ դա: ծովը ամեն ինչ է. Այն ծածկում է ցամաքային երկրագնդի յոթ տասներորդը: նրա շունչը մաքուր և առողջ է: դա իսկայական անապատ է, որտեղ մարդը երբեք մենակ չէ, քանի որ նա զգում է կյանքը բորբոքում բոլոր կողմերից: ծովը միայն գերբնական և հիանալի գոյության մարմնացումն է, այն ոչ այլ ինչ է, քան սերն ու հույզը, դա «կենդանի անսահմանություն» է, ինչպես ասել է ձեր բանաստեղծներից մեկը: իրականում, պրոֆեսոր, բնությունն իրեն դրսևորում է դրանում իր երեք թագավորությունների միջոցով: ծմերուկ, բանջարեղեն և կենդանական աշխարհ. Ծովը բնության իսկայական ջրամբար է: երկրագունդը սկսվեց ծովով, այսպես ասած, և ո՞վ գիտի, որ դրանով չի ավարտվի: արդյո՞ք դա գերագույն հանգստություն է: ծովը չի պատկանում նրա մակերեսով տղամարդիկ դեռ կարող են գործադրել անիրավ օրենքներ, կռվել, պոկել միմյանց կտորներով և տարվել երկրային սարսափներով, բայց նրա մակարդակից ցածր երեսուն ոտքի վրա նրանց իշխանությունը դադարում է, նրանց ազդեցությունը չեղյալ է հայտարարվում, և նրանց ուժը վերանում է: ա !հ, պարո ,ն, ապրեք — ապրեք ջրերի ծոցում. Միայն անկախությունն է այնտեղ, ես ոչ մի վարպետ չեմ ճանաչում: այնտեղ ես ազատ եմ »:

Կապիտան Նեմոն հանկարծ լռեց այս խանդավառության մեջ, որով նա իրեն բավականին տարավ: մի քանի վայրկյան նա թեքվեց վեր ու վար ՝ շատ գրգռված: հետո նա ավելի հանդարտվեց, վերականգնեց իր սովոր արտահայտված սառնությունը և շրջվեց դեպի ինձ:

«հիմա, պրոֆեսոր, - ասաց նա, - եթե ցանկանում եք անցնել ծովագնացությունը, ես ձեր ծառայության մեջ եմ»:

Կապիտան Նեմո վարդը բարձրացավ: ես հետևեցի նրան: ճաշասենյակի հետևի մասում գտնվող երկտեղանոց դուռը, որը բացվեց, և ես մտա սենյակ, որը հավասար էր այն չափերին, ինչ ես նոր էի լքել:

Դա գրադարան էր: կաիույքի բարձր կտորներ, սև մանուշակագույն սաղարթից պղնձով ներկված, իրենց լայն դարակների վրա ապահովված էին մեծ թվով գրքեր, որոնք միատեսակ կապվում էին: նրանք հետևում էին սենյակի ձևին ՝ ավարտելով ստորին մասում հսկայական դիվաններ, շագանակագույն կաշվով ծածկված, որոնք կոր էին, որպեսզի ապահովեն առավելագույն հարմարավետությունը: թեթև շարժական գրասեղաններ, որոնք պատրաստված էին ներսից կամ դուրս սահելու համար, թույլ տվեց մեկին կարդալիս հանգստացնել մեկի գիրքը: կենտրոնում կանգնած էր մի հսկայական սեղան, որը ծածկված էր բրոշյուրներով, որոնց շարքում կան որոշ թերթեր, որոնք արդեն հին ժամանակներից էին: էլեկտրական լույսը լցվեց ամեն ինչ; այն թափվում էր չորս չմշակված գլոբուսներից, որոնք ընկղմված էին առաստաղի վոլտերի մեջ: ես իսկական հիացմունքով նայեցի այս սենյակում, այնքան սրամտորեն տեղավորվեցի, և ես հազիվ էի հավատում իմ աչքերին:

«կապիտան նեմո», - ասացի ես իմ հյուրընկալողի մոտ, որը նոր էր նետել դիվանցիներից մեկի վրա, - «սա գրադարան է, որը պատիվ կներկայացնի մայրցամաքային պալատներից մեկից ավելին, և ես բացարձակապես ապշած եմ, երբ համարում եմ, որ դա կարող է ձեզ հետևել ծովերի հատակին »:

«ո՞ւր կարող է գտնել ավելի մեծ մենություն կամ լռություն, պրոֆեսոր»: պատասխանեց կապիտան նեմո: «թանգարանում ձեր ուսումը թույլ տվեց ձեզ այդպիսի կատարյալ հանգիստ»:

«ոչ, սըր, և ես պետք է խոստովանեմ, որ այն շատ աղքատ է ձեր հետևից: դուք այստեղ պետք է ունենաք վեց կամ յոթ հազար հատ հատ»:

«տասներկու հազար հազար դրամ. Սրանք միայն կապերն են, որոնք ինձ կապում են երկրի հետ, բայց ես դա արել էի աշխարհի հետ այն օրը, երբ իմ նավատորմը առաջին անգամ ջրհեղեղի տակ էր ընկել: այդ օրը ես գնեցի իմ վերջին հատորները, իմ վերջին գրքույկները, իմ վերջին թերթերը, և այդ ժամանակվանից ես ուզում եմ մտածել, որ տղամարդիկ այլևս չեն մտածում և չեն գրում: այս գրքերը, պրոֆեսոր, բացի այդ, ձեր ծառայության մեջ են, և դուք կարող եք դրանք օգտագործել ազատ »:

Ես շնորհակալություն հայտնեցի կապիտան նեմոյին և բարձրացա գրադարանի դարակաշարերը: աշխատություններ գիտության, բարքերի և գրականության վերաբերյալ, որոնք կան ամեն լեզվով, բայց ես չտեսա մեկ առանձին աշխատանք քաղաքական տնտեսության վերաբերյալ. Այդ թեման կարծես խստորեն հետախուզվում էր: տարօրինակ է ասել, որ այս բոլոր գրքերը անկանոն կերպով դասավորվել էին, ինչ լեզվով էլ գրված լինեին. և այս խառնաշփոթը ապացուցեց, որ նավապետի կապիտանը անխախտ կարդում էր այն գրքերը, որոնք պատահաբար վերցրել էր իրեն:

- տե՛ր, - ասաց ես կապիտանին, - ես շնորհակալություն եմ հայտնում, որ այս գրադարանը իմ տրամադրության տակ եք տեղադրել: այն պարունակում է գիտության գանձեր, և ես դրանցից կշահեմ:

«այս սենյակը ոչ միայն գրադարան է, - ասաց կապիտան նեմոն, - այն նաև ծխելու սենյակ է»:

«ծխելու սենյակ»: ես լացեցի. «ուրեմն մեկը կարող է օդանավում ծխել»:

«անշուշտ»:

«այդ դեպքում, պարոն, ես ստիպված եմ հավատալ, որ դուք շարունակեցիք շփվել հավանայի հետ»:

- ոչ մի, - պատասխանեց նավապետը: «ընդունիր այս սիգարը, մ. Արոնաքս, և, չնայած որ դա հավանայից չի գալիս, քեզանից գոհ կլինես, եթե գիտակ ես»:

Ես վերցրեցի ինձ առաջարկվող սիգարը. Դրա ձևը հիշում էր լոնդոնյանները, բայց թվում էր, թե այն պատրաստված է ոսկու տերևներից: ես լուսավորեցի այն մի փոքր անճոռնի վրա, որն ապահովված էր բրոնզե նրբագեղ ցողունի վրա և առաջին սուլցները նկարում էի ծխախոտի սիրահարին հաճույքով, որը երկու օր չի ծխել:

«դա գերազանց է, բայց ծխախոտ չէ»:

«ոչ»: պատասխանեց նավապետին. «այս ծխախոտը ոչ հասավանից է գալիս, ոչ էլ արևելք: դա ծովախոտի մի տեսակ է, հարուստ նիկոտինով, որի հետ ծովն ինձ ապահովում է, բայց ինչ-որ չափով խնայում է»:

Այդ պահին կապիտան նեմոն բացեց մի դուռ, որը կանգնած էր այն դիմաց, որով ես մտել էի գրադարան, և ես անցա մի հսկայական նկարասրահ, որը շքեղորեն լուսավորված էր:

Դա հսկայական, քառանկյուն սենյակ էր, երեսուն ոտք, տասնութ տասնհինգ լայն և տասնհինգ բարձրություն: լուսավոր առաստաղը, որը զարդարված էր թեթև - ով, փափուկ պարզ լույս էր սփռում այս թանգարանում կուտակված բոլոր հրաշալիքների վրա: քանի որ այն փաստորեն թանգարան էր, որում խելացի և անգին ձեռքը հավաքել էր բնության և արվեստի բոլոր գանձերը ՝ գեղարվեստական խառնաշփոթով, որն առանձնացնում էր նկարչի արվեստանոցը:

Երեսուն առաջին կարգի նկարներ, միատեսակ շրջանակված, պայծառ փխրուններով առանձնացված, զարդարում էին պատերը, որոնք կախված էին խիստ դիզայնի գոբելեն: ես տեսա մեծ արժեքներ ներկայացնող գործեր, որոնց մեծ մասը ես հիացել էի եվրոպայի հատուկ հավաքածուներում և նկարների ցուցահանդեսներում: հին վարպետների մի քանի դպրոցներ ներկայացված էին ռաֆայելայի մադոնանով, լեոնարդո դա վինչիի կույսով, կորեժոյի նիմֆով, տիտանացի կինով, վիրոնեսի պաշտմամբ, միրիլոյի ենթադրությամբ, հոլբենի դիմանկարով, մի վանական , - ի նահատակ, ռուբենների տոնավաճառ, տենդերի երկու ֆլամանդական լանդշաֆտներ, - ի, - ի և - ի երեք փոքրիկ «ժանրերի» նկարներ, - ի և - ի երկու նմուշներ և որոշ ծովային կտորներ - ի և - ի: . Ժամանակակից նկարիչների աշխատանքների շարքում էին նկարներ `սելավրոյի, ներկերի, դետալների, տրոյոնի, միսոնիոնի, դյուբինգիի և այլնի ստորագրություններով: և մարմարից և բրոնզից մի քանի հիանալի արձաններ, լավագույն հնաոճ մոդելներից հետո, կանգնած էին պատվանդանների վրա այս հոյակապ թանգարանի անկյուններում: զարմանքը, ինչպես կանխատեսել էր նավաստի նավապետը, արդեն սկսել էր տիրանալ ինձ:

«պրոֆեսոր, - ասաց այս տարօրինակ մարդը, - դուք պետք է արդարացնեք ձեզ համար ընդունելի չհիմնավորված եղանակը և այս սենյակի անկարգությունը»:

- սըր, - պատասխանեցի ես, - առանց ուզում եմ իմանալ, թե ով ես դու, քո մեջ նկարիչ եմ ճանաչում:

«սիրողական, ոչ այլ ինչ, պարոն. Նախկինում ես շատ էի սիրում հավաքել մարդու ձեռքով ստեղծված այս գեղեցիկ գործերը: ես նրանց ագահորեն ձգտում էի, և անվերապահորեն դուրս էի հանում դրանք, և ես կարողացա միասնաբար հավաքել մեծ արժեքների մի քանի առարկաներ: ինձ համար մեռած են այդ աշխարհի իմ վերջին հուշանվերները: իմ կարծիքով, ձեր ժամանակակից նկարիչները արդեն ծեր են. Նրանք ունեն երկու-երեք հազար տարվա գոյություն; ես շփոթում եմ նրանց իմ մտքում: վարպետները տարիք չունեն: "

«և այս երաժիշտները»: ասել եմ ես ՝ մատնանշելով վեբերի, ռոսինիի, մոցարտի, բեթհովենի, - ի, - ի, - ի, - ի, - ի, - ի և մի շարք այլ ստեղծագործություններ, ցրված մի մեծ մոդելի դաշնամուր-օրգանի վրա, որը զբաղեցնում էր պանելների վահանակներից մեկը: նկարչության սենյակ.

- այս երաժիշտները, - պատասխանեց կապիտան Նեմո, - նրանք – ի ժամանակակիցներն են, որովհետև մահացածների հիշատակին բոլոր ժամանակագրական տարբերությունները կատարվում են, և ես մեռած եմ, պրոֆեսոր, նույնքան մեռած, որքան ձեր ընկերների նրանք, ովքեր վեց ոտք քնում են տակ մոլորակը!"

Կապիտան Նեմոն լռում էր, և թվում էր, թե կորած է խորին ռևերում: ես մտածեցի նրան խորը հետաքրքրությամբ ՝ լռությամբ վերլուծելով նրա դեմքի տարօրինակ արտահայտությունը: ելնելով իր արմունկից `թանկարժեք խճանկարների սեղանի անկյունից, նա այլևս չտեսավ ինձ, նա մոռացել էր իմ ներկայությունը:

Ես չխանգարեցի այս արձագանքը և շարունակեցի իմ դիտողությունը գեղասաիքի մեջ հարստացրած հետաքրքրասիրությունների մասին:

Ապակե նրբագեղ պատյանների տակ, որոնք ամրագրված էին պղնձե փրփուրներով, դասակարգվել և պիտակավորվել են ծովի ամենաթանկարժեք արտադրությունները, որոնք երբևէ ներկայացվել էին բնագետի աչքին: իմ հրճվանքը որպես պրոֆեսոր կարող է բեղմնավորված լինել:

Զոոֆիտները պարունակող բաժանումը ներկայացրեց պոլիպի և էխինոդերմների երկու խմբերի առավել հետաքրքրաշարժ նմուշները: առաջին խմբում ՝ տուբիպորները, երկրպագուների պես կազմակերպված գորգոններ էին, սիրիայի փափուկ սպունգներ, մոլուկայի, պեննատուլների , նորվեգիայի ծովերի հիացական վիրուսային, տարատեսակ , , մի շարք շարք , որոնք իմ վարպետ Էդվարդսը այնքան խելացիորեն դասակարգվել է, որոնց թվում ես նշել եմ բուրբոնի կղզու մի քանի հիանալի , հնությունների «նեպտունի մեքենա», մարջանների հոյակապ տեսակներ. Մի խոսքով ՝ այդ հետաքրքրասեր պոլիպի յուրաքանչյուր տեսակը, որից ձևավորվում են ամբողջ կղզիները, որը մի օր կդառնա մայրցամաքներ: էխինոդերմներից, հատկանշական են ողնաշարի, աստղերի, ծովային աստղերի, պանտակրինայի, կոմատուլների, աստերոֆոնների, էխինիի, հոլոթուրիի և այլնի ծածկույթների համար, որոնք անհատապես ներկայացնում էին այս խմբի ամբողջական հավաքածուն:

Ինչ-որ չափով նյարդայնացած կոնցիլոլոգը, անշուշտ, կթողներ այլ ավելի շատ դեպքերից առաջ, որոնցում դասակարգվում էին մոլլուսների նմուշները: դա անգնահատելի արժեքի հավաքածու էր, որը ժամանակն ինձ թույլ չի տալիս մանրակրկիտ նկարագրել: այս նմուշների մեջ ես հիշողությունից կներկայացնեմ միայն հնդկական օվկիանոսի նրբագեղ թագավորական մուրճը, որի կանոնավոր սպիտակ բծերը վառ կերպով աչքի էին ընկնում կարմիր և շագանակագույն գետնի վրա, կայսերական սպոնդիլ, պայծառ գույնով, ողնաշարավորներով ճզմված, հազվագյուտ նմուշ: եվրոպական թանգարանները (ես դրա արժեքը գնահատեցի ոչ պակաս, քան 1000): Նոր հոլանդական ծովերի ընդհանուր մուրճ-ձուկ, որը միայն դժվարությամբ է ձեռք բերվում. Սենեգալի էկզոտիկ բուկկարդիա; փխրուն սպիտակ երկբևեռ կճեպներ, որոնք շունչը կարող են փչել օճառի պղպջակների պես; - ի - ի մի քանի սորտեր, մի տեսակ կրաքարային խողովակ, տերևավոր ծալքերով եզրեր, և շատ բանավեճեր սիրողականների կողմից; մի ամբողջ շարք տրոչի, ոմանք կանաչավուն-դեղնավուն, որոնք հայտնաբերվել են ամերիկյան ծովերում, մյուսները ՝ կարմրավուն-շագանակագույն, ավստրալական ջրերի բնիկներ; ուրիշներ մեքսիկական ծոցից, հատկանշական են իրենց գունաթափված կեղևի համար. Հարավային ծովերում հայտնաբերված ; և վերջապես, բոլորի հազվագյուտ Նոր զելանդիայի հոյակապ մղումը. և նուրբ և փխրուն կճեպների յուրաքանչյուր նկարագրություն, որոնց մասին գիտությունը տվել է համապատասխան անուններ:

Բացի այդ, առանձին խցիկներում տարածվեցին մեծագույն գեղեցկության մարգարիտների մասեր, որոնք արտացոլում էին էլեկտրական լույսը կրակի փոքր կայծերի մեջ: վարդագույն մարգարիտներ, պատռված կարմիր ծովի պինա-մարինայից; կանաչ մարգարիտներ հալիոտիդային իրիսով; դեղին, կապույտ և սև մարգարիտներ, յուրաքանչյուր օվկիանոսի ջրիմուռների, ինչպես նաև հյուսիսային ջրային հոսքերի որոշակի մոլախոտերի հետաքրքրաշարժ արտադրություններ. Վերջապես, աննկարագրելի արժեքի մի քանի նմուշ, որոնք հավաքվել էին հազվագյուտ պինդադիններից: այդ մարգարիտներից մի քանիսը ավելի մեծ էին, քան աղավնիի ձուն, և արժեր նույնքան, և ավելին, քան այն, ինչը ճանապարհորդի պանդոկն էր վաճառում պարսկաստանի շահին երեք միլիոն դոլարով և գերազանցեց մեկին, որը տիրապետում էր մուսկաթի իմամին, որը ես հավատում էր, որ անզուգական է աշխարհում:

Հետևաբար, այս հավաքածուի արժեքը գնահատելն ուղղակի անհնար էր: կապիտան նեմոն պետք է միլիոններ ծախսեր այս տարբեր նմուշների ձեռքբերման մեջ, և ես մտածում էի, թե նա որտեղից կարող էր վերցնել աղբյուրը, որպեսզի կարողանար այդպիսով ուրախացնել իր ֆանտազիան հավաքելու համար, երբ ես ընդհատվում էի այս խոսքերով.

«դուք ուսումնասիրում եք իմ կեղևները, պրոֆեսոր, անկասկած, դրանք պետք է հետաքրքիր լինեն բնագետի համար, բայց ինձ համար դրանք շատ ավելի մեծ հմայք ունեն, որովհետև ես բոլորն իմ ձեռքով եմ հավաքել, և երեսին ծով չկա: երկրագունդը, որը փախել է իմ հետազոտությունները »:

«ես կարող եմ հասկանալ, կապիտան, այդպիսի հարստությունների մեջ թափառելու հրճվանքը: դուք մեկն եք նրանցից, ովքեր իրենք են հավաքել իրենց գանձերը: եվրոպայում ոչ մի թանգարան չունի օվկիանոսի արտադրանքի այդպիսի հավաքածու: իմ բոլոր հիացմունքը դրանով, ես այն չեմ ունենա այն նավը, որը կրում է այն: ես չեմ ուզում փախչել ձեր գաղտնիքները, բայց ես պետք է խոստովանեմ, որ այս ծովագնացը ՝ դրանում սահմանափակված շարժիչ ուժով, այն հակացուցումները, որոնք հնարավորություն են տալիս այն աշխատելու համար, այն հրահրող ուժեղ գործակալը, բոլորը հուզում են իմ հետաքրքրասիրությունը բարձրագույն գագաթին: ես տեսնում եմ, որ կասեցված են այս սենյակի գործիքների պատերին, որոնց գործածումը ես անտեղյակ եմ »:

«դուք կգտնեք այս նույն գործիքները իմ իսկ սենյակում, պրոֆեսոր, որտեղ ես շատ հաճույք կպատճառեմ ձեզ դրանց օգտագործման մասին բացատրելու համար: բայց նախ եկեք և ստուգեք ձեր սեփական օգտագործման համար առանձնացված տնակը: դուք պետք է տեսնեք, թե ինչպես եք լինելու տեղավորվում էր ծովային նավը »:

Ես հետևեցի կապիտան Նեմոյին, ով նկարիչ-սենյակի յուրաքանչյուր վահանակից բացված դռներից մեկի միջով վերականգնեց իրան: նա ինձ ուղղեց դեպի աղեղը, և այնտեղ ես գտա ոչ թե տնակ, այլ էլեգանտ սենյակ ՝ մահճակալով, հագնվելու սեղանով և գերազանց կահույքի մի քանի այլ կտորներով:

Ես կարող էի միայն շնորհակալություն հայտնել իմ հաղորդավարին:

«Ձեր սենյակը հարում է իմը», - ասաց նա, դուռ բացելով, - և իմը բացվում է այն սենյակի դահլիճը, որը մենք նոր ենք թողել »:

Ես մտա կապիտան սենյակ. Այն ուներ դաժան, համարյա մոնոկկային կոդմ: մի երկաթյա անկողնային անկողնային սեղան, սեղան, զուգարանի համար որոշ հոդվածներ. Ամբողջ լուսավորված լուսարձակով: ոչ հարմարավետություններ, միայն ամենախիստ անհրաժեշտությունները:

Կապիտան նեմոն ցույց տվեց մի տեղ:

«եղեք այնքան լավ, որ նստեք», - ասաց նա: ես նստեցի ինքս ինձ, և նա սկսեց այսպես.

Գլուխ

Բոլորը էլեկտրաէներգիայի միջոցով

- սըր, - ասաց կապիտան նեմոն ՝ ցույց տալով ինձ իր սենյակի պատերին կախված գործիքները, - ահա ծովային նավարկության համար պահանջվող բծախնդրությունները: այստեղ, ինչպես խաղասենյակում, դրանք միշտ ունեմ իմ աչքերի տակ, և դրանք ցույց են տալիս օվկիանոսի մեջտեղում իմ դիրքը և ճշգրիտ ուղղությունը: ձեզանից ոմանք հայտնի են, օրինակ` ջերմաչափը, որը տալիս է նավատորմի ներքին ջերմաստիճանը; բարոմետր, որը ցույց է տալիս օդի ծանրությունը և կանխագուշակում է փոփոխությունները եղանակը, հիգմետրը, որը նշում է մթնոլորտի չորությունը; փոթորիկ-ապակին, որի պարունակությունը, քայքայվելով, հայտարարում է գայթակղությունների մոտեցումը, կողմնացույցը, որն առաջնորդում է իմ ընթացքը; հատվածը, որը ցույց է տալիս լայնությունը արևի բարձրություն, ժամանակաչափեր, որոնց միջոցով ես հաշվարկում եմ երկայնությունը և օրվա և գիշերվա բաժակները, որոնք ես օգտագործում եմ հորիզոնի կետերը ուսումնասիրելու համար, երբ ծովագնացը բարձրանում է ալիքների մակերեսին »:

«սրանք սովորական ծովային գործիքներ են, - պատասխանեցի ես, - և ես գիտեմ դրանց օգտագործումը, բայց այս մյուսները, անկասկած, պատասխանում են ծովային հատուկ պահանջներին: այս շարժական ասեղով հավաքված այս հավաքողը մանաչափ է, այդպես չէ՞: »

«դա իրականում մանոմետր է, բայց ջրի հետ հաղորդակցվելով, որի արտաքին ճնշումը ցույց է տալիս, այն միևնույն ժամանակ տալիս է մեր խորությունը»:

«եվ այս այլ գործիքները, որոնց օգտագործումը ես չեմ կարող կռահել»:

«այստեղ, պրոֆեսոր, ես պետք է ձեզ որոշ բացատրություններ տամ. Արդյո՞ք դու բարի կլինես ինձ լսելու համար»:

Նա մի քանի վայրկյան լռեց, հետո ասաց.

«գոյություն ունի հզոր գործակալ, հնազանդ, արագ, հեշտ, որը համապատասխանում է ամեն օգտագործման և տիրում է գերագույն իմ նավի վրա: ամեն ինչ արվում է դրա միջոցով: այն լույս է տալիս, տաքացնում է այն և իմ մեխանիկական ապարատի հոգին է: այս գործակալը էլեկտրականությունն է »:

«էլեկտրաէներգիա»: ես անակնկալ լաց եղա:

"այո պարոն."

«այնուամենայնիվ, կապիտան, դուք տիրապետում եք շարժման ծայրահեղ արագության, որը լավ համաձայն չէ էլեկտրաէներգիայի հզորության հետ: մինչ այժմ դրա դինամիկ ուժը մնացել է զսպման տակ, և միայն կարողացել է արտադրել փոքր քանակությամբ ուժ»:

«պրոֆեսոր, - ասաց կապիտան նեմո, - իմ էլեկտրաէներգիան բոլորը չէ, գիտեք, թե ծովի ջուրը ինչից է բաղկացած: հազար գրամում հայտնաբերված է 96 1/2 տոկոս ջուր և մոտ 2 2/3 տոկոս: նատրիումի քլորիդից, ապա ավելի փոքր քանակությամբ `մագնեզիումի և կալիումի քլորիդները, մագնեզիումի բրոմիդը, մագնեզիումի սուլֆատը, կրաքարի սուլֆատը և կարբոնատը: տեսնում եք, որ այդ նատրիումի քլորիդը կազմում է դրա մեծ մասը: դա նատրիումն է, որը ես հանում եմ ծովային ջրից, և որոնցից ես կազմում եմ իմ բաղադրիչները: բոլորին պարտական եմ օվկիանոսին. Այն էլեկտրաէներգիա է արտադրում, իսկ էլեկտրականությունը տալիս է ջերմություն, լույս, շարժում և, մի խոսքով, կյանք նաուտիլուս »:

«բայց ոչ այն օդը, որը դուք շնչում եք»:

«օ!, ես կարող էի արտադրել իմ սպառման համար անհրաժեշտ օդը, բայց անօգուտ է, քանի որ ես ուզում եմ ջրի մակերեսին բարձրանալ, երբ ուզում եմ, բայց եթե էլեկտրականությունը ինձ չի մատակարարում օդ շնչելու համար, ապա այն աշխատում է գոնե հզոր պոմպեր, որոնք պահվում են ընդարձակ ջրամբարներում, և որոնք ինձ հնարավորություն են տալիս երկարացնել կարիքի անհրաժեշտությունը, և ինչքան կցանկանամ, իմ մնալը ծովի խորքերում: այն տալիս է միատեսակ և անխռով լույս, որը արևը հիմա չէ: այս ժամացույցում; այն էլեկտրական է և անցնում է կանոնավորությամբ, որը հակասում է լավագույն քրոնոմետրերին: ես այն բաժանել եմ քսաներկու ժամվա ընթացքում, ինչպես իտալական ժամացույցները, քանի որ ինձ համար չկա ո՛չ գիշեր, և՛ օր, և՛ արև, և՛ լուսին, այլ միայն այդ փաստական լույսը, որը ես վերցնում եմ ինձ հետ ծովի հատակին, նայեք. Հենց հիմա, առավոտյան ժամը տասն է »:

«ճշգրիտ»:

«էլեկտրաէներգիայի մեկ այլ կիրառություն. Մեր դիմաց կախված այս զանգը ցույց է տալիս նավատորմի արագությունը: էլեկտրական թելը այն կապում է պտուտակի հետ, իսկ ասեղը ցույց է տալիս իրական արագությունը: նայեք, հիմա մենք պտտվում ենք միատեսակ արագությամբ: ժամից տասնհինգ մղոն »:

«դա զարմանալի է, և ես տեսնում եմ, կապիտան, դուք ճիշտ եք օգտագործել այս գործակալը, որը քամու, ջրի և գոլորշու տեղ է գրավում»:

- մենք չենք ավարտել, մ. Արոնաքս, - ասաց կապիտան նեմոն ՝ ոտքի կանգնելով: «եթե ինձ թույլ տաս, մենք կուսումնասիրենք նավատորմի խստությունը»:

Իսկապես, ես արդեն գիտեի այս սուզանավային նավակի նախավերջին մասը, որի ճշգրիտ բաժանումն է ՝ սկսած նավի գլխից ՝ ճաշասենյակ, հինգ բակեր երկարությամբ, գրադարանից անջատված ջրային հատվածով: գրադարան, հինգ բակեր երկար; մեծ նկարասրահը, տասը բակեր երկարությամբ, կապիտան սենյակից բաժանված էր երկրորդ ջրով խիտ բաժանման; նշված սենյակը ՝ հինգ բակեր երկարությամբ; իմ, երկու ու կես բակեր; վերջապես, օդային ջրամբար ՝ յոթ ու կես բակեր, որոնք տարածվում էին դեպի աղեղները: ընդհանուր երկարությունը երեսունհինգ բակ, կամ հարյուր հինգ ոտք: միջնապատերը ունեին դռներ, որոնք հերմետիկորեն փակված էին հնդկական ռետինե գործիքներով, և դրանք ապահովում էին ծովային անվտանգության անվտանգությունը արտահոսքի դեպքում:

Ես հետևեցի նավապետ նեմոյին իրանով և հասա նավակի կենտրոնում: կար մի տեսակ ջրհոր, որը բացվեց երկու միջնապատերի միջև: երկաթյա սանդուղք, որը երկաթյա մանգաղով ամրացված էր բաժանմանը, բերեց վերին ծայրին: ես հարցրեցի կապիտանին, թե ինչի համար է օգտագործվում սանդուղքը:

«դա տանում է դեպի փոքր նավակ», - ասաց նա:

«ի՞նչ, նավ ունե՞ք»: ես զարմացա ՝ բացականչելով:

«իհարկե; հիանալի նավ, թեթև և անխորտակելի նավթ, որը ծառայում է կամ որպես ձկնորսության կամ որպես հաճույք նավակի»:

«բայց հետո, երբ ցանկանաք նավարկվել, դուք պարտավոր եք ջրի երես դուրս գալ»:

«ամենևին էլ չէ: այս նավը կցված է նավթիլուսի գայլի վերին մասում և զբաղեցնում է դրա համար պատրաստված խոռոչ: այն տախտակամած է, բավականին ջրային և ամուր պտուտակներով միավորված է: այս սանդուղքը տանում է դեպի տղամարդը - նավթիլուսի կույտի մեջ պատրաստված մի կտոր, որը համապատասխանում է նավակի կողքին պատրաստված նման փոսին: այս կրկնակի բացմամբ ես մտնում եմ փոքր նավի մեջ: նրանք փակում են նավատորմին պատկանող մեկը; պտուտակային ճնշման միջոցով. Ես վերացնում եմ պտուտակները, և փոքրիկ նավակը հոյակապ արագությամբ բարձրանում է ծովի մակերևույթ, այնուհետև բացում եմ կամրջի վահանակը, զգուշորեն փակելով մինչ այդ. Ես վարպետացնում եմ այն, առագաստը բարձրացնում եմ, վերցնում եմ ականջները , և ես հեռացել եմ »:

«բայց ինչպե՞ս ես վերադառնում նավի վրա»:

«ես չեմ վերադառնում, մ. ; նավատորմը գալիս է ինձ մոտ»:

«ձեր պատվերով»:

«իմ պատվերով. էլեկտրական շարանը կապում է մեզ: ես հեռագրում եմ դրան, և դա բավարար է»:

- իրոք, - ասացի ես զարմացած այս զարմանքներից, - ոչինչ չի կարող ավելի պարզ լինել:

Սանդուղքի վանդակի միջով անցնելուց հետո, որը նետվեց դեպի հարթակ, ես տեսա մի տնակ վեց ոտքի երկարություն, որի մեջ եղած ուռուցիկներով ու հորդառատ հողերով զարդարված ուռուցիկ հողը փչում էին այն անաղարտությամբ: այնուհետև դուռը բացվեց խոհանոցի մեջ ՝ ինը ոտնաչափ երկարությամբ, որը գտնվում է մեծ խանութների սենյակների միջև: այնտեղ էլեկտրաէներգիան, ավելի լավ, քան ինքնին գազն էր, պատրաստեց ամբողջ պատրաստումը: վառարանների տակ գտնվող հոսքերը պլատինայի սպունգերին տվեցին մի ջերմություն, որը պարբերաբար պահվում և տարածվում էր: նրանք նաև ջեռուցում էին թորիչ ապարատը, որը, գոլորշիացնելով, ապահովում էր գերազանց խմելու ջուր: այս խոհանոցի հարևանությամբ ուներ հարմարավետ կահավորված բաղնիք ՝ տաք և սառը ջրային խցիկներով:

Խոհանոցի կողքին կանգնած էր նավի տապանը ՝ տասնվեց ոտք երկարությամբ: բայց դուռը փակվեց, և ես չկարողացա տեսնել դրա կառավարումը, որը կարող էր ինձ գաղափար հաղորդել ծովային նավում աշխատող տղամարդկանց թվի մասին:

Ներքևում կանգնած էր չորրորդ բաժինը, որն այս գրասենյակը առանձնացնում էր շարժիչի սենյակից: դուռը բացվեց, և ես հայտնվեցի այն խցիկում, որտեղ կապիտան Նեմոն, իհարկե շատ բարձր կարգի ինժեներ էր, կազմակերպել էր իր լոկոմոտիվային տեխնիկան: այս շարժիչի սենյակը, որը հստակ լուսավորված էր, չէր չափում վաթսունիինգ ոտնաչափ երկարությունից: այն բաժանվեց երկու մասի. Առաջինը պարունակում էր էլեկտրաէներգիա արտադրելու համար նյութեր, իսկ երկրորդը `մեքենաները, որոնք այն միացնում էին պտուտակով: ես մեծ հետաքրքրությամբ ուսումնասիրեցի այն, որպեսզի հասկանայի նավաստի մեքենաները:

- տեսնու՞մ ես, - ասաց կապիտանը, - ես օգտագործում եմ բունսենի հակասությունները, ոչ թե ռուհմկորֆը: դրանք բավականաչափ հզոր չէին լինի: բունսենի քանակը քիչ է, բայց ուժեղ և մեծ, ինչը փորձը ցույց է տալիս, որ լավագույնն է, արտադրված էլեկտրաէներգիան անցնում է առաջ , որտեղ այն աշխատում է, մեծ չափի էլեկտրամագնիսներով, լծակների և ճարմանդային անիվների համակարգի վրա, որը փոխանցում է շարժումը պտուտակի առանցքին, սա է, որի տրամագիծը տասնինը վեց ոտք է, իսկ շարանը քսաներեք ոտքեր, վայրկյանում կատարում է մոտ 120 հեղափոխություն »:

«եվ դուք ստանում եք այն ժամանակ»:

«ժամում հիսուն մղոն արագություն»:

«ես տեսել եմ ծովային զորավարժությունը մինչև աբրահամի լինքոլնը և ես ունեմ իմ գաղափարները դրա արագության մասին: բայց դա բավարար չէ: մենք պետք է տեսնենք, թե ուր ենք գնում: մենք պետք է կարողանանք ուղղել այն դեպի աջ, ձախ վերևում, ներքևում, ինչպես եք հասնում այն մեծ խորություններին, որտեղ գտնում եք աճող դիմադրություն, որը գնահատվում է հարյուրավոր մթնոլորտներով, ինչպես եք վերադառնում օվկիանոսի մակերևույթ և ինչպե՞ս եք պահպանում ձեզ անհրաժեշտ միջոցի մեջ: ? Ես շատ եմ հարցնում:

- ամենևին էլ, պրոֆեսոր, - պատասխանեց կապիտանը ՝ մի փոքր վարանելով: «քանի որ դուք երբեք չեք կարող լքել այս սուզանավային նավը: մտնեք սրահ, դա մեր սովորական ուսումնասիրությունն է, և այնտեղ դուք կսովորեք այն ամենը, ինչ ցանկանում եք իմանալ նավատորմի մասին»:

Գլուխ

Որոշ թվեր

Մի պահ այն բանից հետո, երբ մենք նստեցինք սալոնի ծխելիս մի դիակի վրա: կապիտանը ինձ ցույց տվեց մի ուրվագիծ, որը տալիս էր նութիլուսի հատակագիծը, հատվածը և բարձրացումը: ապա նա սկսեց իր նկարագրությունը այս խոսքով.

«ահա, . , ձեր ներսում գտնվող նավի մի քանի չափսերն են: այն երկարաձգված մխոց է կոնաձև ծայրերով: այն շատ նման է ծխախոտի ձևի, մի ձև, որն արդեն ընդունված է լոնդոնում միևնույն տեսակի մի քանի շինություններում: այս մխոցի երկարությունը ՝ ցողունից մինչև խստություն, ճշգրիտ 232 ոտք է, իսկ դրա առավելագույն լայնությունը քսան վեց ոտք է: այն չի կառուցված այնպես, ինչպես ձեր երկար ճանապարհորդող շոգեքարշները, բայց դրա տողերը բավականաչափ երկար են, և դրա կորերը բավական երկար են թույլ տալ, որ ջուրը հեշտությամբ սահի, և դեմ չլինի դրա անցմանը որևէ խոչընդոտ: այս երկու չափերը հնարավորություն են տալիս պարզ հաշվարկով ձեռք բերել նութիլուսի մակերեսը և խորանարդ պարունակությունը: Նրա տարածքը չափում է 6,032 ոտնաչափ, իսկ դրա պարունակությունը ՝ շուրջ 1,500 խորանարդ բակեր, այսինքն ՝ ամբողջովին ընկղմվելիս այն տեղավորում է 50,000 ոտնաչափ ջուր կամ կշռում է 1500 տոննա:

«երբ ես պատրաստեցի այս սուզանավային նավի պլանները, ես նկատի ունեի, որ ինը տասներորդը պետք է ընկղմվեն. Հետևաբար պետք է միայն տեղահանել դրա մեծ մասի ինը տասներորդը, այսինքն ՝ միայն այդ կշիռը պետք է կշռել: , հետևաբար, այդ քաշը գերազանցելուց ՝ այն կառուցելով վերոհիշյալ հարթություններում:

«նավատորմը բաղկացած է երկու կեղևից, որոնց ներսում, մյուսը դրսում, միացված են - ձևավորված արդուկներով, որոնք այն դարձնում են շատ ուժեղ: իսկապես, բջջային այս պայմանավորվածության շնորհիվ այն դիմադրում է բլոկի պես, կարծես պինդ լիներ նրա կողմերը: չի կարող զիջել, այն համահունչ է համակցված, և ոչ թե իր պտուտակների հարազատությամբ, և նյութերի կատարյալ միացումը հնարավորություն է տալիս նրան հակառակորդել ամենադաժան ծովերը:

«այս երկու կեռերը կազմված են պողպատե սալերից, որոնց խտությունը ջրի 0,7-ից 0,8 է: առաջինը ոչ պակաս, քան երկու դյույմ և կես հաստ և կշռում է 394 տոննա: երկրորդ ծրարը ՝ կելլը, քսան դյույմ բարձրությունը և տասը հաստ, կշռում է ընդամենը վաթսուն երկու տոննա: շարժիչը, բալաստը, մի քանի պարագաներն ու ապարատային հավելվածները, միջնապատերը և փամփուշտները կշռում են 961,62 տոննա: դուք հետևո՞ւմ եք այս ամենին »:

"համաձայն եմ."

«այդ դեպքում, երբ նավթիլուսն այս պայմաններում ջրազրկված է, մեկ տասներորդը ջրից դուրս է: հիմա, եթե ես պատրաստել եմ այս տասներորդին հավասար չափի ջրամբարներ, կամ ունակ եմ պահել 150 տոննա, իսկ եթե դրանք լցնեմ ջրով: , նավը, որը կշռում է ավելի քան 1,507 տոննա, ամբողջովին ընկղմվելու է: դա տեղի է ունենալու, պրոֆեսոր, այս ջրամբարները գտնվում են նավատորմի ստորին մասում: ես միացնում եմ ծորակները և դրանք լցնում, և նավը թափվում է, որը նոր էր մակարդակի հետ: մակերեւույթ."

«դե, կապիտան, բայց հիմա մենք հասանք իրական դժվարության: ես կարող եմ հասկանալ ձեր մակերևույթի բարձրանալը; բայց մակերևույթի տակ սուզվելով, ձեր սուզանավային շրջապատը ճնշման չի ենթարկվում, և, հետևաբար, յուրաքանչյուր մթնոլորտի վրա դեպի վեր բարձրացնում է մեկ մթնոլորտ: երեսուն ոտք ջուր, ընդամենը տասնիինգ ֆունտ մեկ քառակուսի դյույմ »:

«հենց այդպես, պարոն»:

«այդ դեպքում, քանի դեռ լիովին չեք լցնում նավատորմը, ես չեմ տեսնում, թե ինչպես կարող եք այն հասցնել այդ խորքերին»:

«պրոֆեսոր, դուք չպետք է խառնեք ստատիկան դինամիկայի հետ, կամ ենթարկվեք լուրջ սխալների: օվկիանոսի ստորին շրջանները հասնելու համար ծախսվում է շատ քիչ աշխատանք, քանի որ բոլոր մարմինները խորտակվելու միտում ունեն: երբ ես ուզում էի պարզել նավթիլուսը խորտակելու համար անհրաժեշտ քաշի ավելացում, ես միայն պետք է հաշվարկեի ծավալի ջուրը ձեռք բերելու ծավալի կրճատումը ըստ խորության: »

«դա ակնհայտ է»:

«այժմ, եթե ջուրը բացարձակապես անհամատեղելի չէ, ապա այն առնվազն ի վիճակի է շատ փոքր սեղմման: իսկապես, վերջին հաշվարկներից հետո այս կրճատումը միայն խորության յուրաքանչյուր երեսուն ոտքի համար մթնոլորտի ընդամենը 1000436 է: եթե մենք ուզում ենք ընկղմվել 3000 ոտք ես պետք է հաշվի առնեմ, որ զանգվածի իջեցումը հազար ոտնաչափ ջրի սյունակի հավասար ճնշման տակ: հաշվարկը հեշտությամբ ստուգվում է: այժմ ես ունեմ լրացուցիչ ջրամբարներ, որոնք ունակ են հարյուր տոննա պահել, ուստի ես կարող եմ ընկղմվել զգալի խորություն. երբ ես ուզում եմ բարձրանալ ծովի մակարդակ, ես միայն ջուրը բաց եմ թողնում և դատարկեցնում եմ բոլոր ջրամբարները, եթե ուզում եմ, որ նավատորմը դուրս գա իր ընդհանուր կարողության տասներորդ մասից »:

Ես այդ պատճառաբանություններին առարկելու ոչինչ չունեի:

«ես ընդունում եմ ձեր հաշվարկները, կապիտան», - պատասխանեցի ես; «ես պետք է սխալ լինեմ նրանց հետ վիճարկել, քանի որ ամենօրյա փորձը հաստատում է դրանք, բայց ես ճանապարհի իրական դժվարություն եմ կանխատեսում»:

- ի՞նչ, պարոն:

«երբ դու գտնվում ես շուրջ 1000 ոտնաչափ խորության վրա, նավատորմի պատերը կրում են 100 մթնոլորտային ճնշում: եթե, ուրեմն, հենց հիմա դուք պետք է դատարկեք լրացուցիչ ջրամբարները, նավը թեթևացնեք և դուրս գաք մակերեսին, պոմպերը: պետք է հաղթահարել 100 մթնոլորտի ճնշումը, որը 1,500 լիտր է ՝ մեկ քառակուսի սանտիմետրով: այդ ուժից »:

«միայն այդ էլեկտրաէներգիան կարող է տալ», - շտապեց կապիտանը: «ես կրկնում եմ, պարոն, որ իմ շարժիչների դինամիկ ուժը գրեթե անսահման է: նավթիլուսի պոմպերը հսկայական ուժ ունեն, ինչպես դուք պետք է նկատել եք, երբ նրանց ջրատարները ջրհեղեղի պես թափվում են աբրահամի լինքոլնի վրա հեղեղատարի պես: բացի այդ, ես օգտագործում եմ դուստր ձեռնարկությունների ջրամբարները միայն հասնելու 750-ից 1000 ֆաթոմների միջին խորության, և դա ՝ նպատակ ունենալով ղեկավարել իմ մեքենաները, ինչպես նաև, երբ ես միտք ունեմ այցելել օվկիանոսի խորքերը հինգ կամ վեց միլիեր մակերեսից ցածր, ես օգտվում եմ դանդաղ, բայց ոչ պակաս անսխալական միջոցներ »:

«ի՞նչ են նրանք, կապիտան»:

«դա նշանակում է, որ ես ձեզ ասում եմ, թե ինչպես է աշխատում նավատորմը»:

«ես անհամբեր եմ սովորել»:

«այս նավը դեպի աստղադիտարան կամ նավահանգիստ քշելու համար, մի խոսքով, հորիզոնական հատակագծին հետևելու համար, ես օգտագործում եմ խստաշունչ փայտի հետևի մասում ամրագրված սովորական պարան, և մեկ անիվով և մի փոքր շոշափելով՝ ղեկավարելու համար: կարող է նաև նավթիլուսը վեր բարձրանալ և ընկղմվել, և խորտակվել և բարձրանալ ՝ ուղղահայաց շարժումով իր երկու կողմերով ամրացված երկու ինքնաթիռների միջոցով, իր կողքին ամրացված երկու թեք ինքնաթիռներով, ֆլոտացիայի կենտրոնի դիմաց, ինքնաթիռներ, որոնք շարժվում են ամեն ուղղությամբ, և որոնք աշխատում են հզոր լծակների կողմից ինտերիեր. Եթե ինքնաթիռները պահվում են նավակի հետ զուգահեռ, այն շարժվում է հորիզոնական: եթե թեքված է, նավատորմը, ըստ այս թեքության և պտուտակի ազդեցության տակ, կամ ընկղմվում է անկյունագծով, կամ բարձրանում է , քանի որ այն ինձ հարմար է, և նույնիսկ եթե ես ցանկանում եմ ավելի արագ բարձրանալ մակերեսին, ես պտուտակն եմ առաքում, և ջրի ճնշումը ստիպում է, որ նավատորմը ուղղահայաց վեր բարձրանա ջրածնի պես օդապարիկի պես »:

«բրավո, կապիտան, բայց ինչպե՞ս վարողը կարող է հետևել երթուղին ջրերի մեջտեղում»:

«- ը տեղադրված է ապակեպատ տուփի մեջ, որը բարձրացվում է ծովային գայլի շուրջը և կահավորված ոսպնյակներով»:

«արդյո՞ք այդ ոսպնյակները ունակ են դիմակայել նման ճնշմանը»:

«հիանալի. Ապակին, որը հարված է հասցնում հարվածին, այնուամենայնիվ, ունակ է մեծ դիմադրություն առաջարկել: 1864 թվականին հյուսիսային ծովերում էլեկտրական լույսի միջոցով ձկնորսության որոշ փորձերի ընթացքում մենք տեսանք, որ թիզի մեկ երրորդից պակաս երրորդը պակաս ափսեներ են դիմադրում ճնշմանը: տասնվեց մթնոլորտից: այժմ ապակիները, որոնք ես օգտագործում եմ, երեսուն անգամ ավելի խիտ չեն »:

«շնորհվեց, բայց, ի վերջո, տեսնելու համար լույսը պետք է գերազանցի խավարը, և ջրի մեջ մթության մեջ ընկած հատվածում, ինչպե՞ս կարող ես տեսնել»:

«- ի վանդակի ետևում տեղադրված է հզոր էլեկտրական ռեֆլեկտոր, որի ճառագայթները, որից ճառագայթում են ծովը, դիմացը կես մղոնով»:

«ահ, բրավո, բրավո, կապիտան, հիմա ես կարող եմ այս ֆոսֆորեսկի համար պատասխան տալ այն ենթադրյալ նարնջում, որը մեզ այդպես է զարմացրել: այժմ ես ձեզ հարցնում եմ ՝ արդյո՞ք այդպիսի աղմուկ բարձրացրած նավթիլուսի և շոտլանդիայի նստավայրը: պատահական ռեկոնտրի արդյունք? »:

«շատ պատահական, պարոն. Ես ցնցումի պես նավարկում էի միայն մեկ ֆաթոմ ջրի ջրի մակերևույթի տակ: դա ոչ մի վատ արդյունք չուներ»:

- ոչ մեկը, պարոն, բայց հիմա, աբրահամի լինքոլնի հետ ձեր վերահաշվարկի մասին:

«պրոֆեսոր, ես ցավում եմ ամերիկյան նավատորմի լավագույն նավերից մեկի համար; բայց նրանք հարձակվեցին ինձ վրա, և ես ստիպված էի պաշտպանվել ինքս ինձ: ես գոհ մնաց ինքս, այնուամենայնիվ, ֆրեգատի ձիավորումը մարտական տեղ դնելով. Նա որևէ դժվարություն չի ունենա հաջորդ նավահանգստում վերանորոգման աշխատանքների ժամանակ »:

«հա, հրամանատար, ձեր նավատորմը, անշուշտ, զարմանալի նավ է»:

«այո, պրոֆեսոր, և ես դա սիրում եմ այնպես, կարծես ինքս մաս լինեի: եթե վտանգը սպառնում է օվկիանոսում գտնվող ձեր անոթներից որևէ մեկին, առաջին տպավորությունն այն է, որ վերևից և ներքևում գտնվող անդունդ է զգացվում: նավթիլուսի տղամարդկանց սրտերը նրանց երբեք չեն ձախողում: ոչ մի թերություն չվախենալու համար, քանի որ կրկնակի կեղևը երկաթից պես ամուր է, ոչ մի խարդախություն, որին չպետք է մասնակցեն, քամին առագաստանավ չի տեղափոխում, ոչ կաթսաները պետք է պայթեն, ոչ մի կրակ վախենալու համար, քանի որ նավը պատրաստված է երկաթից, ոչ փայտից, ոչ մի ածուխ կարճ հոսելու համար, որովհետև էլեկտրաէներգիան միակ մեխանիկական գործակալն է, ոչ մի բախում ՝ վախենալու համար, որ միայնակ է խորը ջրի մեջ լողում, քաջության ոչ մի գայթակղություն, որովհետև երբ ջրի տակ սուզվում է, հասնում է բացարձակ հանգստության: սըր, դա անոթների կատարելագործումն է, և եթե ճշմարիտ է, որ ճարտարագետը ավելի շատ վստահություն ունի նավի վրա, քան շինարարը, և շինարարը, քան ինքն իրեն նավապետը, դուք հասկանում եք այն վստահությունը, որը ես կրում եմ իմ նավատորմում, քանի որ ես միանգամից եմ կապիտան, շինարար և ինժեներ »:

«բայց ինչպե՞ս կարողացաք գաղտնի կառուցել այս հիանալի նավատորմը»:

«յուրաքանչյուր առանձին հատված ՝ մ. , բերվել էր աշխարհի տարբեր մասերից»:

«բայց այդ մասերը պետք է հավաքվեին և դասավորվեին»:

«պրոֆեսոր, ես իմ արհեստանոցները հիմնել էի օվկիանոսի անապատային կղզու վրա: այնտեղ իմ աշխատողները, այսինքն ՝ այն քաջ մարդիկ, որոնք ես հանձնարարել և կրթել եմ, և ես ինքս եմ միասին հավաքել մեր ծովագնացությունը: այն ժամանակ, երբ գործն ավարտվեց , կրակը ոչնչացրեց մեր կղզու մեր դատավարությունների բոլոր հետքերը, որ ես կարող էի ցատկել, եթե ցանկանայի »:

«այդ դեպքում այդ նավի արժեքը մեծ է»:

«Մ. Արոնաքս, երկաթյա նավը մեկ տոննայի համար արժե $ 145, իսկ այժմ ծովային կշռումը կշռում էր 1.500 մարդ, այնուհետև հասավ 67.500-ի, իսկ դրա տեղակայման համար ՝ ավելի քան 80 000 լիտր ՝ արվեստի գործերով և այն հավաքածուները »:

«մեկ վերջին հարց, կապիտան նեմո»:

«հարցրու, պրոֆեսոր»:

«դու հարուստ ես»:

«անչափ հարուստ, պարոն, և ես կարող էի, առանց այն կորցնելու, վճարել ֆրանսիայի ազգային պարտքը »:

Ես հայացքս նետեցի եզակի մարդուն, ով այդպես էր խոսում: նա խաղում էր իմ դավաճանության վրա: ապագան դա կորոշի:

Գլուխ

Սև գետը

Ջրով ծածկված ցամաքային երկրագնդի այն մասը գնահատվում է մինչև ութսուն միլիոն ակր: այս հեղուկ զանգվածը բաղկացած է երկու միլիարդ երկու հարյուր հիսուն միլիոն խորանարդ մղոնից ՝ կազմելով վաթսուն լիգայի տրամագծի գնդաձև մարմին, որի քաշը կկազմեր երեք քվինտիլիոն տոննա: այս թվերի իմաստը հասկանալու համար անհրաժեշտ է դիտարկել, որ քվինտիլիոնը կազմում է մեկ միլիարդ, քանի որ միլիարդը միասնությանն է. Այլ կերպ ասած, քվինտիլում նույնքան միլիարդներ կան, որքան միլիարդի մեջ կա միավորներ: հեղուկի այս զանգվածը հավասար է ջրի քանակին, որը կլցվի երկրի բոլոր գետերը քառասուն հազար տարվա ընթացքում:

Երկրաբանական դարաշրջանների ընթացքում օվկիանոսը ի սկզբանե գերակայում էր ամենուր: այնուհետև աստիճանաբար, սիլիական ժամանակաշրջանում սկսեցին հայտնվել լեռների գագաթները, հայտնվեցին կղզիները, այնուհետև անհետացան մասնակի ջրհեղեղներում, նորից հայտնվեցին, հաստատվեցին, ստեղծվեցին մայրցամաքներ, մինչև որ երկարությամբ երկիրը աշխարհագրականորեն դասավորվեց, ինչպես տեսնում ենք ներկա օրը պինդ հեղուկը ընկած էր երեսունյոթ միլիոն վեց հարյուր հիսուն յոթ քառակուսի մղոնից, որը հավասար էր տասներկու միլիարդ ինը հարյուր վաթսուն միլիոն ակր:

Մայրցամաքների ձևը թույլ է տալիս ջրերը բաժանել հինգ հիանալի մասերի ՝ արկտիկական կամ սառեցված օվկիանոս, անտարկտիկ կամ սառեցված օվկիանոս, հնդկական, ատլանտյան և խաղաղ օվկիանոսներ:

Խաղաղ օվկիանոսը տարածվում է հյուսիսից հարավ երկու բևեռային շրջանակների միջև, իսկ արևելքից արևմուտք ՝ ասիայի և ամերիկայի միջև, երկայնության երկարությամբ ավելի քան 145 աստիճանով: դա ծովերի ամենախաղաղն է. Դրա հոսանքները լայն և դանդաղ են, ունի միջին մակընթացություն և առատ անձրև: այդպիսին էր այն օվկիանոսը, որ իմ ճակատագիրը ինձ նախևառաջ ստիպեց ճանապարհորդել այս տարօրինակ պայմաններում:

- սըր, - ասաց կապիտան Նեմո, - մենք, եթե ցանկանում եք, կվերցնենք մեր առանցքակալները և կուղղենք այս ճանապարհորդության սկզբնակետը: դա քառորդից տասներկուսն է. Ես նորից կբարձրանամ մակերեսով:

Կապիտանը երեք անգամ սեղմել է էլեկտրական ժամացույցը: պոմպերը սկսեցին ջուրը տանկերից քշել; մանոմետրի ասեղը, որը նշանավորվեց այլ ճնշմամբ, ծովագնացության վերելքը, այնուհետև այն դադարեց:

«մենք ժամանել ենք», - ասաց կապիտանը:

Ես գնացի դեպի կենտրոնական սանդուղք, որը բացվում էր դեպի հարթակ, ես հավաքեցի երկաթյա քայլերը և հայտնվեցի ծովային վերին մասում:

Յարթակը ջրից ընդամենը երեք մետր էր: ծովափի առջևի և հետևի մասում այն պտտաձև ձև էր, որը արդարացիորեն համեմատեց սիգարի հետ: ես նկատեցի, որ դրա երկաթե ափսեներ, միմյանց մի փոքր ծածկելով, նման էին այն կեղևին, որը հագնում էր մեր խոշոր երկրային սողունների մարմինները: այն բացատրեց ինձ համար, թե որքան բնական էր, չնայած բոլոր ակնոցներին, որ այդ նավը պետք է ծովային կենդանու համար տարվեր:

Յարթակի կեսին երկարատև նավը, որը նավի մեջտեղում թաղված էր կիսով չափ, փոքրիկ էքստրասենս էր ստեղծում: ճակատի և հետքի բարձրացել են միջին բարձրության երկու վանդակ ՝ թեք կողմերով, իսկ մասամբ փակված են հաստ ոսպնյակներով բաժակներով; մեկը նախատեսված էր այն նավաբանի համար, ով ուղղում էր ծովագնացությունը, մյուսը ՝ փայլուն լապտեր պարունակող, ճանապարհին լույս տալու համար:

Ծովը գեղեցիկ էր, երկինքը ՝ մաքուր: հազիվ թե երկար փոխադրամիջոցը զգա օվկիանոսի լայն անթափանցումները: արևելքից մի թեթև մի քամի ծալեց ջրերի մակերեսը: մառախուղից զերծ հորիզոնը հեշտացրեց դիտարկումը: ոչինչ չէր երևում: ոչ մի արագընթաց երկիր, ոչ էլ կղզի: իսկայական անապատ:

Կապիտան Նեմոն իր հատվածի օգնությամբ վերցրեց արևի բարձրությունը, որը նաև պետք է տա լայնություն: Նա սպասում էր որոշ պահերի, մինչև սկավառակը դիպչեր այդ հորիզոնին: մինչ դիտողություններ չկատարելով մկանների շարժվելը, գործիքը չէր կարող ավելի անշարժ շարժվել մարմարի ձեռքով:

- Ժամը տասներկու, պարոն, - ասաց նա: «երբ դուր ես գալիս»

Ես վերջին հայացքը նետեցի դեպի ծովը, որը փոքր-ինչ դեղնավում էր ճապոնական ափերով և իջա սրահ:

«եվ հիմա, պարոն, ես ձեզ եմ թողնում ձեր ուսումնասիրություններին», - ավելացրեց կապիտանը: «մեր ընթացքը է, մեր խորությունը քսան վեց ֆաթոմ է. Ահա քարտեզները մեծ մասշտաբով, որոնց միջոցով դուք կարող եք հետևել դրան: սրահը ձեր տրամադրության տակ է, և ձեր թույլտվությամբ ես կհանձնվեմ»: կապիտան նեմոն խոնարհվեց, և ես մնացի մենակ, կորցրեցի մտքերի մեջ բոլորը, որոնք կրում էին նավատորմի հրամանատարը:

Մի ամբողջ ժամ ես խորանում էի այդ արտացոլումների մեջ ՝ ձգտելով խոցել այս առեղծվածը ինձ համար այնքան հետաքրքիր: այդ ժամանակ աչքերս ընկան սեղանի վրա տարածված հսկայական հատակի վրա և ես մատս դրեցի այն տեղում, որտեղ հատվում էին տվյալ լայնությունը և երկայնությունը:

Ծովն ունի իր մեծ գետերը, ինչպես մայրցամաքները: դրանք հատուկ հոսանքներ են, որոնք հայտնի են իրենց ջերմաստիճանի և գույնի միջոցով: դրանցից առավել ուշագրավը հայտնի է ծոցի հոսքի անունով: գիտությունը երկրագնդի վրա որոշում է կայացրել հինգ հիմնական հոսանքների ուղղություն. Մեկը հյուսիսային ատլանտայում, երկրորդը հարավում, երրորդը հյուսիսային խաղաղօվկիանոսում, չորրորդը հարավում և հինգերորդը ՝ հնդկաստանի հարավային հարավում: նույնիսկ հավանական է, որ վեցերորդ հոսանք գոյություն ուներ միանգամից մի ժամանակ հյուսիսային հնդկական օվկիանոսում, երբ ձևավորվել էին կասպյան և աղեղավոր ծովեր, բայց մեկ հսկայական ջուր:

Ապոնիայում նշված կետում այս հոսանքներից մեկը պտտվում էր, ճապոնական կուրո-սկիվոն, ճապոնական սև գետը, որը, թողնելով բենգալի ծոցը, որտեղ այն տաքանում է արևադարձային արևի ուղղահայաց ճառագայթներով, անցնում է նեղուցները ասիայի ափի երկայնքով մալաքայի պատճառով, վերածվում է դեպի հյուսիսային խաղաղօվկիանոսյան ալեվյան կղզիներ ՝ իր հետ տանելով ճամբար-ծառերի և այլ բնիկների արտադրության կոճղեր և օվկիանոսի ալիքները ծգելով իր տաք ջրի մաքուր բնիկով: հենց այս հոսանքն էր, որ պետք էր հետևեր ծովագնացը: ես հետևեցի դրան իմ աչքով; տեսավ, որ իրեն կորցնում է խաղաղ օվկիանոսի անշարժության մեջ և ես ինձ զգում էի դրան հետ տարված, երբ սրահի դռան մոտ հայտնվեցին չեզոք երկիր և բամբակ:

Իմ երկու քաջ ուղեկիցները մնացին մանրապատկեր ՝ իրենց առջև տարածված հրաշալիքների տեսադաշտում:

«ո՞ւր ենք մենք, ո՞ւր ենք մենք»: բացականչեց կանադացին: «թանգարանում, քյեբբում»:

«ընկերներս», - պատասխանեցի ես ՝ նշան անելով, որ նրանք մուտք գործեն, - դու կանադայում չես, այլ ծովային նավի վրա ՝ ծովի մակարդակից ցածր հիսուն բակեր »:

- բայց, մ. Արոնաքս, - ասաց նեդ հողը, - կարո՞ղ ես ինձ ասել, թե քանի մարդ կա նավի վրա, տասը, քսան, հիսուն, հարյուր:

«ես չեմ կարող ձեզ պատասխանել, պարո՛ն երկիր, ավելի լավ է մի որոշ ժամանակ հրաժարվել ծովագնացությունը գրավելու կամ դրանից փախչելու բոլոր գաղափարներով: այս նավը ժամանակակից արդյունաբերության գլուխգործոց է, և պետք է ցավեմ, որ շատերը չէին տեսել: մարդիկ ընդունում էին մեզ վրա պարտադրված իրավիճակը, եթե միայն տեղափոխվեինք այդպիսի հրաշալիքների մեջ: ուստի հանգիստ եղեք և եկեք փորձենք տեսնել, թե ինչն է անցնում մեր շուրջը »:

"տեսնել!" բացականչեց բռունցքը, «բայց այս երկաթյա բանտում մենք ոչինչ չենք կարող տեսնել: մենք քայլում ենք. Մենք նավարկում ենք. Կուրորեն»:

- ը հազիվ արտասանեց այս խոսքերը, երբ հանկարծ բոլորը մթության մեջ էին: լուսավոր առաստաղը անհետացավ, և այնքան արագ, որ աչքերս ցավալի տպավորություն ստացան:

Մենք մնացինք լուռ, չխառնելով և չգիտակցելով, թե մեզ ինչ անակնկալ է սպասում ՝ լինի դա հաճելի, թե անհամաձայնելի: լսվեց լոգարիթմական աղմուկ. Մեկը կասեր, որ վահանակներն աշխատում են նավատորմի կողմերում:

«դա վերջի վերջն է»: ասաց նեդ հողը:

Յանկարծ լույսը կոտրվեց սրահի յուրաքանչյուր կողմում ՝ երկու երկարավուն բացվածքով: հեղուկ զանգվածը վառ լուսավորված էր էլեկտրական փայլով: երկու բյուրեղյա ափսեներ մեզ առանձնացրին ծովից: սկզբում ես դողում էի այն մտքից, որ այս անսարք հատվածը կարող է կոտրվել, բայց պղնձի ուժեղ կապանքները կապում էին նրանց ՝ տալով դիմադրության գրեթե անսահման ուժ:

Ծովն ակնհայտորեն երևում էր մի նավ ՝ ամբողջ ծովային նավով: ինչպիսի տեսարան: ինչ գրիչով կարող է այն նկարագրել: ո՞վ կարող էր լույսի ազդեցությունը ներկել այդ թափանցիկ թերթերի միջոցով, և հաջորդական աստիճանների փափկությունը `ստորինից մինչև օվկիանոսի վերադաս շերտերը:

Մենք գիտենք ծովի թափանցիկությունը, և որ դրա մաքրությունը շատ ավելին է, քան ռոք-ջրից: հանքային և օրգանական նյութերը, որոնք դրանք դադարեցված է պահպանում, բարձրացնում են դրա թափանցիկությունը: օվկիանոսի որոշ հատվածներում ՝ հակաքայլերում, յոթանասունհինգ հոգու ջրի տակ, զարմանալի մաքրությամբ կարելի է տեսնել ավազի մահճակալ: արեգակնային ճառագայթների ներթափանցող ուժը կարծես չի դադարում հարյուր հիսուն ֆաթոմ խորության համար: բայց այս նավթի միջով անցած այս միջին հեղուկում էլեկտրական պայծառությունն արտադրվում էր նույնիսկ ալիքների ծոցում: այն այլևս լուսավոր ջուր չէր, այլ հեղուկ լույս:

Յուրաքանչյուր կողմում մի պատուհան բացվեց այս անբացատրելի անդունդի մեջ: սրահի անպարկեշտությունը ցույց տվեց, որ դրսի պայծառությունն առավելություն ունի, և մենք նայեցինք այնպես, կարծես այս մաքուր բյուրեղը հսկայական ակվարիումի բաժակն էր:

«դուք ցանկացաք տեսնել, ընկե՛ր, լավ, հիմա տեսնում եք»:

«հետաքրքրասեր, հետաքրքրասեր»: գոչեց կանադացուն, որը, մոռանալով իր վատ վերաբերմունքը, թվում էր, որ ենթարկվում էր անդիմադրելի գրավչության. «եվ մեկը կգա ավելին, քան սա, հիանալու այդպիսի տեսարանով»:

«ահ»: ես ինքս ինձ մտածեցի. «ես հասկանում եմ այս մարդու կյանքը. Նա իր համար աշխարհ է ստեղծել, որում նա գանձեր է անում իր ամենամեծ մեծագույն հրաշալիքների համար»:

Երկու ամբողջ ժամվա ընթացքում ջրային բանակը ուղեկցում էր ծովային նավը: խաղերի ընթացքում, նրանց սահմանները, միմյանց հետ մրցելով գեղեցկության, պայծառության և արագության մեջ, ես առանձնացնում էի կանաչ լաբերը: կապակցված ցանքածածկը, որը նշանավորվում է սև երկակի գծով. Կլոր պոչով գոբին, սպիտակ գույնի, հետի մասում մանուշակագույն բծերով; ճապոնական - ը, այս ծովերի մի գեղեցիկ սկումբրիա, կապույտ մարմինով և արծաթափայլ գլուխով; այն փայլուն - ը, որի անունը միայնակ հակասում է նկարագրությանը. Որոշ կապակցված պահեստամասեր ՝ կապույտ և դեղին գույնի բազմաշերտ կտորներով; ծովերի փայտե փայտերը, որոնցից մի քանի նմուշ երկարությամբ հասնում են բակ. Ճապոնական սալամանդեր, սարդի ճարմանդներ, օձեր ՝ վեց ոտք ունեցող երկարությամբ, աչքերով փոքր և աշխույժ, և իսկայական բերանը ՝ ատամներով փռված; շատ այլ տեսակների հետ:

Մեր երևակայությունը պահվում էր իր բարձրության վրա, արագորեն հաջորդում էին միմյանց: նեղ անունով ձուկ և զամբյուղը դասակարգեց նրանց: ես գտնվում էի արտագնա իրավիճակներում իրենց շարժումների կենսունակությամբ և դրանց ձևերի գեղեցկությամբ: ինձ երբեք չի տրվել զարմացնել այս կենդանիներին ՝ կենդանի և ազատության մեջ, իրենց բնական տարրով: ես չեմ նշի այն բոլոր սորտերը, որոնք անցել են իմ շողոքորթ աչքերի առաջ, չինաստանի և ապոնիայի ծովերի ամբողջ հավաքածուն: այս ձկները, որոնք ավելի շատ են, քան օդային թռչունները, եկան, գրավեցին, անկասկած, էլեկտրական լույսի փայլուն ուշադրության կենտրոնում:

Հանկարծ սրահում ցերեկային լույս կար, երկաթե վահանակները նորից փակվեցին, և կախարդական տեսողությունը անհետացավ: բայց ես երկար ժամանակ երազում էի, մինչև աչքս ընկավ բաժանման վրա կախված գործիքների վրա: կողմնացույցը դեռ ցույց էր տալիս, որ պետք է անցնել դեպի հունը, մանոմետրը ցույց տվեց հինգ մթնոլորտի ճնշում, որը համարժեք է քսանհինգ փաթոմ խորության, իսկ էլեկտրական տեղեկամատյանը տալիս էր ժամային տասնհինգ մղոն արագություն: ես սպասում էի կապիտան նեմոյին, բայց նա չներկայացավ: ժամացույցը նշում էր հինգ ժամը:

հողն ու զամբյուղը վերադարձան իրենց տնակ, և ես թռշակի անցա իմ պալատը: իմ ընթրիքը պատրաստ էր: այն բաղկացած էր կրիայի ապուրից, որը պատրաստված էր նրբագեղ խոզանակ օրինագծերից, մաղձով մածուկով մատուցվող սուրմուլետից (որի լյարդը, որն ինքնուրույն պատրաստում էր, առավել համեղ էր), և կայսեր-հոլոքանցի ֆիլեներից, որոնց համը թվում էր ինձ գերազանցում է նույնիսկ սաղմոնը:

Երեկոյան անցա ընթերցանության, գրելու և մտածելու: հետո քունը գերակշռում էր ինձ, և ես ձգվում էի զոստորայի իմ բազմոցին և խորը քնում, մինչդեռ նավատորմը արագորեն սահում էր սև գետի հոսանքին:

Գլուխ

Հրավերի նոտա

Հաջորդ օրը նոյեմբերի 9-ին էր: արթնացա տասներկու ժամ տևող քնելուց հետո: - ը եկել էր, սովորության համաձայն, իմանալու «ինչպես ես անցել գիշերը» և առաջարկել նրա ծառայությունները: նա իր ընկերոջը թողել էր կանադական, որը քնում էր մի մարդու պես, որը իր կյանքի ընթացքում երբեք ոչինչ չէր արել: ես թույլ տվեցի, որ արժանի ընկերակիցը զվարճանա, քանի որ նա ցանկացավ, առանց հոգ տանելու նրան: ես նախապես մտածում էի կապիտան բացակայության մասին նախորդ օրվա մեր նստաշրջանի ընթացքում և հուսով էի, որ տեսնելու եմ նրան մինչ օրս:

Հագնվելուն պես մտա սրահ: այն ամայի էր: ես ընկել եմ ակնոցների հետևում թաքնված կեղևի գանձերի ուսումնասիրության վրա:

Ամբողջ օրն անցավ, առանց ինձ պատիվ ունենալով կապիտան նեմոյի այցից: սրահի վահանակները չբացվեցին: թերևս նրանք չէին ցանկանա, որ մենք հոգնած լինենք այս գեղեցիկ բաներից:

Նավատիրոջ ընթացքն էր, նրա արագությունը ՝ տասներկու հանգույց, խորքը մակերեսի տակ քսանհինգ և երեսուն ֆաթոմների միջև:

Հաջորդ օրը ՝ նոյեմբերի 10-ին, նույն դասալիքությունը, նույն մենությունը: ես չտեսա նավի անձնակազմից որևէ մեկը. և օրվա մեծ մասն անցկացրին ինձ հետ: նրանք զարմացած էին կապիտանի տարակուսելի բացակայությունից: արդյո՞ք հիվանդ էր այս եզակի մարդը. Նա փոխեց իր մտադրությունները մեր նկատմամբ:

Ի վերջո, ինչպես ասում է , մենք վայելում էինք կատարյալ ազատություն, նրբորեն և առատորեն սնվում էինք: մեր հաղորդավարը պահպանում էր իր պայմանագրի պայմանները: մենք չէինք կարող բողոքել, և, իրոք, մեր ճակատագրի եզակիությունը մեզ համար այնպիսի հիանալի փոխհատուցում էր, որ մինչ այժմ իրավունք չունեինք մեղադրելու:

Այդ օրը ես սկսեցի այս արկածների ամսագիրը, որն ինձ հնարավորություն տվեց պատմել նրանց ավելի բծախնդրորեն ճշգրիտ ճշգրտության և րոպեի մանրամասների հետ:

11-ը նոյեմբերի, վաղ առավոտյան: ծովային ինտերիերի վրա տարածված մաքուր օդը ինձ ասաց, որ մենք եկել ենք օվկիանոսի մակերես ՝ թթվածնի մատակարարումը նորացնելու համար: քայլերս ուղղեցի դեպի կենտրոնական սանդուղք և տեղադրեցի հարթակը:

Ժամը վեցն էր, եղանակը ամպամած էր, ծովը ՝ մոխրագույն, բայց հանգիստ: հազիվ մի փունջ: կապիտան Նեմո, որին ես հույս ունեի հանդիպել, նա կարո՞ղ է այնտեղ լինել: ես ոչ ոքի չեմ տեսել, բայց ղողոնը, որը բանտարկված է իր ապակե վանդակում: նստած գազաթնակետի կեղևի մոտ ձևավորված կանխատեսման վրա, ես ուրախությամբ ներշնչեցի աղի քամի:

Աստիճանաբար մառախուղն անհետացավ արևի ճառագայթների ազդեցության տակ, պայծառ գունդ բարձրացավ արևելյան հորիզոնի հետևից: ծովը իր հայացքի տակ բոցավառվեց ՝ ինչպես զամբյուղի գնացք: բարձունքներում ցրված ամպերը գունավորվում էին գեղեցիկ երանգների աշխույժ երանգներով, և բազմաթիվ «արջուկների պոչեր», որոնք քամի էին հանում այդ օրվա համար: բայց ի՞նչ էր քամին այս ծովագնացին, որը գայթակղիչները չէին կարող վախեցնել:

Ես հիանում էի արևի այս ուրախալի բարձրանալով, այսպես գեյ և այդպիսով կյանքով ապրող, երբ ես լսել էի այդ հարթակին մոտենալու քայլերը։ Ես պատրաստ էի ողջունել կապիտան Նեմոյին, բայց դա նրա երկրորդ (որին ես արդեն տեսել էի նավապետի առաջին այցի ժամանակ), ով հայտնվեց։ Նա առաջադիմեց հարթակում՝ կարծես թե չտեսնելով ինձ։ Իր ակնոցով իր հզոր ապակիով նա մեծ ուշադրությամբ սկանեց հորիզոնի յուրաքանչյուր կետ։ Այս փորձաքննությունն ավարտվելով՝ նա մոտեցավ պալատին և նախադասություն արտասանեց հենց այս տերմիններով։ Ես դա հիշել եմ։ Ամեն առավոտ կրկնվում էր հենց նույն պայմաններում։ Այն այսպես էր ձևակերպվել.

« »։

Ինչ նշանակում էր, ես չէի կարող ասել։

Այս բառերը արտասանեցին, երկրորդը իջավ։ Ես մտածեցի, որ նավատորմը պատրաստվում էր վերադառնալ իր սուզանավային նավարկություն։ Ես նորից վերականգնեցի վահանակը և վերադարձա իմ պալատը։

Հինգ օր տևեց այսպիսով՝ առանց մեր իրավիճակի փոփոխության։ Ամեն առավոտ ես տեղադրեցի հարթակը։ Նույն արտահայտությունն արտասանվեց նույն անհատի կողմից։ Բայց կապիտան Նեմոն չհայտնվեց։

Ես հասկացել էի, որ այլևս չպետք է տեսնեմ նրան, երբ նոյեմբերի 16-ին, չեզոք և զամբյուղով վերադառնալով իմ սենյակ, սեղանիս վրա գտա ինձ ուղղված գրություն։ Անհամբերությամբ բացեցի այն։ Այն գրվել էր համարձակ, պարզ ձեռքով, կերպարները ավելի շուտ մատնանշվում էին՝ հիշեցնելով գերմանական տիպը։ Գրությունը ձևակերպվել է հետևյալ կերպ.

Պրոֆեսոր արոնաքսին ՝ ծովային նավին: նոյեմբերի 16-ին, 1867:

Կապիտան նեմոն պրոֆեսոր արոնաքսին հրավիրում է որսորդական երեկույթ, որը տեղի կունենա վաղը առավոտյան քրեսպո կղզու անտառներում: նա հույս ունի, որ ոչինչ չի խանգարի պրոֆեսորին ներկա լինելուն, և նա հաճույքով կտեսնի, որ իրեն միանում են իր ուղեկիցները:

Կապիտան նեմո, նավատորմի հրամանատար:

«որս»: բացականչեց նեդը:

«և քրեսփո կղզու անտառներում»: ավելացված կոնաձև:

«օ!, ապա ջենտլմենը գնում է »: պատասխանեց հողը:

«ինձ թվում է, որ դա հստակ նշվում է», - ասաց ես ՝ ևս մեկ անգամ կարդալով նամակը:

«դե, մենք պետք է ընդունենք», - ասաց կանադացին: «բայց մեկ անգամ ևս չոր տեղում, մենք պետք է իմանանք, թե ինչ պետք է անենք: իրոք, ես չեմ ցավում, որ ուտում եմ մի նոր թարմ հացահատիկ»:

Չփորձելով հաշտեցնել այն, ինչը հակասում էր կապիտան Նեմոյի կողմից կղզիներն ու մայրցամաքները հակադարձելու միջև և անտառում որսալու նրա իրավերը, ես զոհունակությամբ պատասխանեցի.

«եկեք նախ տեսնենք, թե որտեղ է գտնվում կրեսպոյի կղզին»:

Ես խորհրդակցել եմ պլանիֆերայի հետ և 32 ° 40 '-ում: լատ. և 157 ° 50 'վտ: երկար., ես գտա մի փոքրիկ կղզի, որը 1801 թ.-ին ճանաչվեց կապիտան կրեսպոյի կողմից և հին իսպանական քարտեզներում նշվեց որպես , որի իմաստը արծաթե ժայռն է: մենք այն ժամանակ տասնութ հարյուր մղոն հեռավորության վրա էինք գտնվում մեր սկզբնակետից, և ծովագնացության ընթացքը, մի փոքր փոխված, այն բերում էր դեպի հարավ-արևելք:

Ես ցույց տվեցի իմ ուղեկիցներին կորցրած այս փոքրիկ ժայռը, որը կորցվեց հյուսիսային խաղաղության մեջտեղում:

«եթե կապիտան Նեմոն երբեմն չոր տեղում է գնում, - ասաց ես, - նա գոնե ընտրում է անապատային կղզիներ»:

երկիրը սեղմեց ուսերը, առանց խոսելու, և կեղծիքն ու նա թողեցին ինձ:

Ընթրիքից հետո, որը սպասարկվում էր տնտեսի կողմից, լուռ և անբարեխիղճ, ես գնացի քնելու, առանց որևէ անհանգստության:

Հաջորդ առավոտ `նոյեմբերի 17-ին, զարթոնքի ժամանակ, ես զգացի, որ ծովագնացությունը կատարելապես դեռևս գտնվում է: ես արագ հագնվեցի և մտա սրահ:

Կապիտան Նեմոն այնտեղ էր, սպասում էր ինձ: նա ոտքի կանգնեց, խոնարհվեց և հարցրեց ինձ, արդյոք ինձ համար հարմար է նրան ուղեկցելը: քանի որ նա վերջին ութ օրվա ընթացքում որևէ բացատրություն չտվեց նրա բացակայության վերաբերյալ, ես դա չնշեցի, և պարզապես պատասխանեցի, որ իմ ուղեկիցները և ես պատրաստ ենք հետևել նրան:

Մենք մտանք ճաշասենյակ, որտեղ մատուցվում էր նախաճաշ:

«Մ. Արոնաքս», - ասաց կապիտանը, - աղոթեք, առանց իմ արարողության բաժանեք իմ նախաճաշը, մենք կխոսենք այնպես, ինչպես ուտում ենք, քանի որ, չնայած ես ձեզ խոստացել էի զբոսնել անտառում, ես չէի ստանձնել այնտեղ հյուրանոցներ գտնել: մի մարդ, ով, ամենայն հավանականությամբ, իր ճաշը չի ունենա մինչև շատ ուշ »:

Ես պատիվ եմ հղել: այն բաղկացած էր մի քանի տեսակի ձկներից, ծովի վարունգի կտորներից և տարբեր տեսակի ջրիմուռներից: մեր ըմպելիքը բաղկացած էր մաքուր ջրից, որին կապիտանը ավելացրեց ֆերմենտացված հեղուկի մի քանի կաթիլներ, որոնք քաղված էին մեթոդով ՝ ջրիմուռներից, որոնք հայտնի են ռոդոմենիայի պալմատա անվամբ: կապիտան Նեմոն սկզբում կերավ առանց որևէ բառ ասելու: հետո նա սկսեց.

«սըր, երբ ես ձեզ առաջարկեցի որսալ իմ կրպակների սուզանավային անտառում, ակնհայտ է, որ ես ինձ խելագարեցիք: սըր, դուք երբեք չպետք է մեղմ դատեք որևէ մեկի դեմ»:

«բայց կապիտան, հավատացեք ինձ»:

«եղեք բարի եղեք լսելու համար, և այդ ժամանակ կտեսնեք, արդյոք դուք որևէ պատճառ ունե՞ք ինձ մեղադրելու հիմարության և հակասության մեջ»:

«ես լսում եմ»:

«դուք գիտեք, ինչպես և ես անում եմ, պրոֆեսոր, որ մարդը կարող է ապրել ջրի տակ ՝ ապահովելով, որ իր հետ կրում է շնչառական օդի բավարար մատակարարում: սուզանավային գործերում, աշխատողը, անթափանց հագուստով հագած, գլուխը մետաղական սաղավարտով: , վերևից օդ է ստանում պոմպերի և կարգավորիչ սարքերի միջոցով »:

«դա սուզող սարք է», - ասաց ես:

«հենց այդպես, բայց այս պայմաններում մարդը ազատության մեջ չէ, նրան կցված են այն պոմպը, որը նրան օդ է ուղարկում ռետինե ռետինե խողովակով, և եթե մենք պարտավոր էինք այդպիսով պահել դեպի նավատորմ, մենք չէինք կարող գնալ հեռու »»

«և ազատվելու միջոցները»: ես հարցրեցի.

«դա ձեր սեփական հայրենակիցների երկու կողմից հորինել է ապարատը, որը ես կատարելության եմ բերել իմ սեփական օգտագործման համար, և որը թույլ կտա ձեզ ռիսկի դիմել այս նոր ֆիզիոլոգիական պայմաններում ՝ առանց որևէ օրգանի, ինչից էլ տառապանք լինի: խիտ երկաթե թիթեղների ջրամբար, որի մեջ ես պահում եմ օդը հիսուն մթնոլորտային ճնշման տակ: այս ջրամբարը ամրացված է հետևի մասում ՝ փակագծերի միջոցով, ինչպես զինվորի դանակով, դրա վերին մասը կազմում է տուփ, որի մեջ պահվում է օդը: ռակվայոլի ապարատում, ինչպիսին մենք օգտագործում ենք, երկու հնդկական ռետինե խողովակները թողնում են այս տուփը և միանում են մի տեսակ վրանի, որը պահում է քիթը և բերանը, մեկը `թարմ օդ ներմուծելը: , մյուսը `թույլ չտալու համար մեղքը, և լեզուն փակում է մեկը կամ մյուսը` ըստ ռեսպիրատորի ցանկության: բայց ես, ծովի հատակին մեծ ճնշումներին հանդիպելու դեպքում, ես պարտավոր էի գլուխս փակել, ինչպես ջրասուզակ պղնձի գնդակում; դ պղնձի այս գնդակի համար է, որ բացվեն երկու խողովակները ՝ ոգեշնչողը և էքսկսիզատորը »:

«հիանալի, կապիտան նեմո, բայց շուտով պետք է օգտագործվի այն օդը, որը դուք ձեզ հետ եք տեղափոխում. Երբ այն պարունակում է ընդամենը թթվածնի տասնհինգ տոկոս: թթվածին այն այլևս պիտանի չէ շնչելու»:

«!Իշտ է, բայց ես ձեզ ասացի, մ. , որ ծովային պոմպերը ինձ թույլ են տալիս պահել զգալի օդի ճնշման տակ օդը, և այդ պայմաններում ապարատի ջրամբարը կարող է ինը կամ տաս ժամվա ընթացքում ապահովել շնչառական օդը»:

«ես այլ առարկություններ չունեմ անելու», - պատասխանեցի ես: «ես ձեզ միայն մի բան կխնդրեմ, կապիտան. Ինչպե՞ս կարող եք լուսավորել ձեր ճանապարհը ծովի հատակին»:

«ռուհմորորֆի ապարատով, մ. ; մեկը կրում է հետևի մասում, մյուսը ամրացվում է իրանով: այն կազմված է բունսենի կույտից, որը ես չեմ աշխատում բութրոմի բիչրոմատի հետ, այլ նատրիումի հետ: մետաղալար է: ներմուծված, որը հավաքում է արտադրված էլեկտրաէներգիան, և ուղղորդում է դեպի մասնավորապես պատրաստված լապտեր, այս լապտերի մեջ պարուրաձև ապակիներ են, որոնք պարունակում են փոքր քանակությամբ ածխածնային գազ: երբ ապարատը աշխատում է, այդ գազը դառնում է լուսավոր, տալով սպիտակ և շարունակական լույս: այսպիսով, ես կարող եմ շնչել և կարող եմ տեսնել »:

«կապիտան նեմո, իմ բոլոր առարկություններին, դուք անում եք այնպիսի ջախջախիչ պատասխաններ, որոնք ես այլևս չեմ համարձակվում կասկածել, բայց, եթե ես ստիպված եմ լինում ընդունել ռուկայոլի և ռուիմկորֆի ապարատը, ապա ինձ պետք է թույլատրվեն որոշ վերապահումներ ՝ կապված զենքի հետ, որը ես կրում եմ: »

- բայց դա փոշու համար զենք չէ, - պատասխանեց կապիտանը:

«ուրեմն դա օդային զենք է»:

«անկասկած, ինչպե՞ս ես ստիպված լիներ ինձ վրա արտադրել հրացանի փոշի ՝ առանց աղի, ծծմբի կամ փայտածուխի»:

«բացի այդ, - ավելացրեց ես, - ջրի տակ կրակ ունենալու համար միջին ութ հարյուր հիսունհինգ անգամ ավելի խիտ, քան օդը, մենք պետք է նվաճենք շատ զգալի դիմադրություն»:

«դա դժվարություն չի լինի: ֆուլթոնի համաձայն, կան հրացաններ, որոնք կատարելագործվել են անգլիայում՝ -

ով և - ով, Ֆրանսիայում մորթուցներով, իսկ իտալիայում `- ով, որոնք կահավորված են փակման յուրահատուկ համակարգով, որոնք կարող են կրակել դրանց տակ: պայմաններ. Բայց կրկնում եմ ՝ փոշի չունենալով, ես մեծ ճնշման տակ օգտագործում եմ օդը, որը ծովային պոմպերը առատորեն մատակարարում են »:

«բայց այս օդը պետք է արագ օգտագործվի»:

«դե, ես մի՞թե ես չունեմ իմ ռուչայոլ ջրամբարը, որը կարող է անհրաժեշտության դեպքում կահավորել այն: բոլորը պահանջվում է: ծխնելույզը: բացի մ. - ից, դուք ինքներդ էլ պետք է տեսնեք, որ մեր սուզանավային որսի ժամանակ մենք կարող ենք ծախսել շատ քիչ օդ և քիչ քանակությամբ գնդակներ »:

«բայց ինձ թվում է, որ այս մթնշաղի և այս հեղուկի մեջտեղում, որը մթնոլորտի համեմատ շատ խիտ է, կրակոցները չէին կարող հեռու գնալ, ոչ էլ հեշտությամբ կարող էին մահկանացուն ապացուցել»:

«պարոն, ընդհակառակը, այս հրացանի հետ յուրաքանչյուր հարված մահկանացու է, և, թեև թեթևակիորեն շոշափվում է կենդանին, ընկնում է այնպես, կարծես հարվածում է որոտից»:

«ինչո՞ւ»:

«քանի որ այս հրացանի կողմից ուղարկված գնդակները սովորական գնդակներ չեն, բայց ապակու քիչ դեպքեր: այս ապակյա պատյանները պատված են պողպատե պատյանով և կշռվում են կապարի գնդիկով. Դրանք իրական լեյդենային շշեր են, որոնց մեջ էլեկտրաէներգիան ստիպված է աննշան ցնցումներով նրանք լիցքաթափվում են, և կենդանին, որքան էլ որ ուժեղ լինի, մեռնում է: ես պետք է ասեմ ձեզ, որ այս դեպքերը թիվ չորս չափսեր են, և որ սովորական իրացանի համար վճարը կլինի տասը: »»

«ես այլևս չեմ վիճելու», - պատասխանեցի ես ՝ բարձրանալով սեղանից: «ինձ ոչինչ չի մնում, քան զենքս վերցնելը: ամեն դեպքում, ես կգնամ այնտեղ, որտեղ դու կգնաս»:

Կապիտան Նեմոն այն ժամանակ ինձ առաջնորդեց. և անցնելով Նեդի և կոնսիլի տնակից առաջ, ես զանգեցի իմ երկու ուղեկիցներին, ովքեր անմիջապես հետևեցին: մենք այն ժամանակ հասանք մեքենայական սենյակի մոտակայքում գտնվող մի խցում, որում մենք հագեցինք մեր շրջազգեստը:

Գլուխ

Զբոսանք ծովի հատակին

Այս բջիջը, ճիշտ ասած, ծովային զինանոցն ու զգեստապահարանն էր: մեր օգտագործումը սպասող բաժանման մի քանի տասնյակ սուզվելու սարքեր են կախված:

Չտեսնված երկիրը, տեսնելով նրանց, ցույց տվեց, որ ակնհայտ վայելչություն ունի իրեն մեկով հագնելու համար:

«բայց, իմ արժանի Նեդ, քրեսպո կղզու անտառները ոչ այլ ինչ են, քան սուզանավային անտառները»:

«լավ»: ասաց հիասթափված մսագործը, ով տեսավ իր թարմ մսի երազները, մարում է: «եվ դու, մ. Արոնաքս, պատրաստվում ես ինքներդ այդ հագուստով հագնվել»:

«այլընտրանք չկա, վարպետ Նեդ»:

- ինչպես կցանկանայիք, պարոն, - պատասխանեց մորթահորը ՝ ուսերը ծալելով. «բայց, ինչ վերաբերում է ինձ, քանի դեռ ես ստիպված չեմ լինի, ես երբեք չեմ դառնա մեկի մեջ»:

«ոչ ոք ձեզ չի ստիպի, վարպետ Նեդ», - ասաց կապիտան Նեմոն:

«արդյո՞ք կեղծիքը պատրաստվում է ռիսկի դիմել»: հարցրեց Նեդ:

«ես հետևում եմ իմ տիրոջը, ուր էլ որ գնա», - պատասխանեց - ը:

Նավապետի կանչի ժամանակ նավի անձնակազմից երկուսը օգնեցին մեզ հագնվելու այս ծանր և անթափանց հագուստով, որը պատրաստվել է հնդկահավից առանց կարագի, և կառուցվել է պարզորեն `զգալի ճնշումներին դիմակայելու համար: մեկը դա կարծելու էր զրահի հագուստ, թե՛ փափուկ և թե՛ դիմադրողական: այս կոստյումը ձևավորեց տաբատ և իրան: տաբատն ավարտվել էր հաստ կոշիկներով, ծանրությամբ ՝ ծանր կապարի կոշիկներով։ գոտկատեղի հյուսվածքը հավաքվում էին պղնձի ժապավեններով, որոնք անցնում էին կրծքավանդակը, այն պաշտպանում էին ջրի մեծ ճնշումից և թոքերն ազատ թողնում գործելու համար. Թևերն ավարտվեցին ձեռնոցներով, ինչը ոչ մի կերպ չի զսպում ձեռքերի շարժումը։ այդ հոյակապ ապարատների և հին խցանափայտի կրծկալների, բաճկոնների և նորաձևության մեջ եղած այլ խառնուրդների միջև նկատելի էր տասնութերորդ դարում։

Կապիտան նեմոն և նրա ուղեկիցներից մեկը (մի տեսակ հերկուլ, որը պետք է մեծ ուժ ունենար), կեղեվը և ես շուտով ծրվեցինք զգեստների մեջ։ այլ բան չէր մնում անել, բայց մեր գլուխները մետաղական տուփով փակելու համար։ բայց նախքան այս գործողությունը անցնելը, ես խնդրեցի կապիտանին թույլ տալ ստուգել զենքերը։

Նավթիլուսներից մեկը ինձ տվեց մի պարզ հրացան, որի հետույքի ծայրը, պողպատից պատրաստված, կենտրոնում խոռոչ, բավականին մեծ էր։ այն ծառայում էր որպես սեղմված օդի ջրամբար, որը մի փականի, որի միջոցով աշխատել էր աղբյուրը, թույլ տվեց փախչել մետաղական խողովակի մեջ։ հետույքի ծայրի հաստության միջանցքում գտնվող արկղի արկղը պարունակում էր այս էլեկտրական գնդիկներից մոտ քսան, որոնք աղբյուրի միջոցով ստիպված էին մուտք գործել ատրճանակի տակառ։ հենց որ մեկ կրակոց արձակվեց, մյուսը պատրաստ էր։

- կապիտան նեմո, - ասաց ես, - այս թևը կատարյալ է և հեշտությամբ է գործածվում. Ես միայն խնդրում եմ, որ թույլատրվի փորձել այն, բայց ինչպե՞ս հասնենք ծովի հատակին։

«այս պահին, պրոֆեսոր, նավատորմը հինգ մանրամասներով խրված է, և մենք այլ բան չունենք անելու, քան սկսենք»:

«բայց ինչպե՞ս պետք է դուրս գանք»:

«կտեսնեք»:

Կապիտան Նեմոն գլուխը գցեց սաղավարտի վրա, ուռուցիկն ու ես այդպես էլ արեցի, առանց հեգնանքի «լավ մարզանք» լսելու: կանադականից: մեր հագուստի վերին մասը դադարեցված էր պղնձե մանյակով, որի վրա պտուտակված էր մետաղական սաղավարտը: երեք անցք, որոնք պաշտպանված էին հաստ ապակուց, մեզ թույլ տվեցին տեսնել բոլոր ուղղություններով ՝ պարզապես գլուխը շրջելով գլխի զգեստի ինտերիերում: հենց դիրքավորվելուն պես ՝ մեր մեջքին ռուկայոլի ապարատը սկսեց գործել; և, իմ հերթին, ես կարող էի հեշտությամբ շնչել:

Իմ գոտուց կախված ռուհկորֆի լամպով և զենքը ձեռքին պատրաստ էի պատրաստվել: բայց ճշմարտությունը խոսելու համար, բանտարկված այս ծանր հագուստներով և իմ տապակած հենակների վրա տախտակամածով սոսնձված, ինձ համար անհնար էր քայլ անել:

Բայց իրերի այս վիճակն ապահովված էր: ես զգացի, որ ինձ ներխուժում են զգեստապահարանների սենյակից մի փոքրիկ սենյակ: իմ ուղեկիցները հետևում էին, նույն կերպ էին շրջում: ես լսեցի ջրով փակ դռան մասին, որը կահավորված էր կափարիչով թիթեղներով, մեզ մոտ էր, և մենք փաթաթված էինք խորը մթության մեջ:

Մի քանի րոպե անց բարձր ձայն լսվեց: ես զգացի ցուրտ լեռը ոտքերիցս մինչև կրծքիս: ակնհայտ է, որ նրանք նավի մի մասից ունեին, ծորակի միջոցով, ջրի մուտք ունենալով, որը մեզ ներխուժում էր, և որի հետ սենյակը շուտով լցվեց: այնուհետև բացվեց երկրորդ դուռը, որը կտրված էր ծովային կողմում: մենք տեսանք նոսր լույս: մեկ այլ ակնթարթում մեր ոտքերը կոխկում են ծովի հատակը:

և հիմա, ինչպե՞ս կարող եմ հետ վերցնել այն տպավորությունը, որն ինձ վրա թողել է ջրերի տակ քայլելը: բառերը անզոր են նման հրաշալիքները պատմելու համար: կապիտան նեմոն քայլում էր առջևում, նրա ուղեկիցը հետևում էր մի քանի քայլ ետևից: - ը և ես մնացինք իրար մոտ, ասես բառերի փոխանակում հնարավոր եղավ մեր մետաղական դեպքերով: ես այլևս չզգացի իմ հագուստի, կամ կոշիկներիս, օդի իմ ջրամբարի կամ իմ խիտ սաղավարտի ծանրությունը, որի մեջ իմ գլուխը նետվելով նուշի նման էր իր կճեպում:

Լույսը, որը հողը լուսավորեց օվկիանոսի մակերեսից երեսուն ոտքի տակ, զարմացրեց ինձ իր զորությամբ: արեգակնային ճառագայթները հեշտությամբ փայլում էին ջրային զանգվածի միջով և փչացնում էին բոլոր գույնը, և ես հստակ առանձնացնում էի առարկաները հարյուր հիսուն բակերից հեռավորության վրա: դրանից դուրս երանգները մթնում էին ուլտրամարինի նուրբ աստիճանավորումների մեջ և մթագնում էին անորոշ մթության մեջ: իսկապես այս ջուրը, որն ինձ շրջապատեց, այլ մեկ այլ օդ ավելի խիտ էր, քան ցամաքային մթնոլորտը, բայց գրեթե նույնքան թափանցիկ: ինձանից վեր էր ծովի հանգիստ մակերեսը: մենք քայլում էինք նուրբ, նույնիսկ ավազի վրա, առանց կնճիռի, ինչպես հարթ ափին, որը պահպանում է ալիքների տպավորությունը: այս ցնցող գորգը, իրոք, ռեֆլեկտոր լինելով, հրաշալի ինտենսիվությամբ հետ մղեց արևի ճառագայթները, ինչը կազմում էր թրթիռը, որը թափանցում էր հեղուկի յուրաքանչյուր ատոմ: մի՞թե ես կիավատա, երբ ասեմ, որ երեսուն ոտքի խորության տակ ես կարող էի տեսնել, կարծես թե ցերեկային լույսի ներքո եմ:

Մեկ քառորդ ժամվա ընթացքում ես նետվեցի այս ավազի վրա, որը ցանվում է կճեպների անթափանց փոշու հետ: ծովային գայլուկը, որը նման է երկար կոշիկի, աստիճանաբար անհետացավ. Բայց դրա լապտերը, երբ խավարը պետք է մեզ վրա գա ջրերում, կօգնի իր ուղիղ ճառագայթներով մեզ առաջնորդելու:

Շուտով տեսանելի էին հեռավորության վրա պատկերված առարկաների ձևերը: ես ճանաչեցի հոյակապ ժայռեր, որոնք կախվել էին ամենագեղեցիկ տեսակի զոուֆիտների գոբելենով, և ես առաջին հերթին զարմացա այս միջավայրի յուրահատուկ ազդեցության վրա:

Առավոտյան ժամը տասն էր, արեգակի ճառագայթները հարվածում էին ալիքների մակերեսին ավելի շեղանկյուն անկյունով, իսկ ճրագի լույսի հպման ժամանակ, որը քայքայվում էր ճեղքման միջոցով, քանի որ պրիզմայով, ծաղիկները, ժայռերը, բույսերը, կճեպը և պոլիպը եզրեր էին ստվերում: յոթ արևային գույներ: դա զարմանալի էր, տոն էր աչքերի համար, գունավոր երանգների այս բարդություն, կանաչ, դեղին, նարնջագույն, մանուշակագույն, ինդիգո և կապույտ կատարյալ կալիեոսկոպ: մի խոսքով `խանդավառ գունագեղագետի ամբողջ պալիտրա: ինչու չէի կարող շփվել `ուղեղիս վրա հենվող աշխույժ սենսացիաները հասկացնելու համար և մրցակցում նրան հիացմունքի արտահայտության մեջ: որովհետև ես գիտեի, որ կապիտան Նեմոն և նրա ուղեկիցը կարող էին մտքեր փոխանակել նախկինում համաձայնեցված նշանների միջոցով: այնպես որ, ավելի լավ ցանկանալու համար ես խոսեցի ինքս ինձ հետ. Ես հայտարարեցի պղնձե տուփի մեջ, որը ծածկում էր գլուխս, դրանով իսկ ապարդյուն բառերով ավելի շատ օդ ծախսել, քան գուցե իմաստուն էր:

Զանազան տեսակի , մաքուր տուֆ-մարջան, փշոտ սնկերի և անիմոնների կլաստերներ, ձևավորեցին ծաղիկների փայլուն պարտեզ, որոնք պատված էին կապույտ թրթուրներով պատրաստված իրերով, ծովի աստղերով ՝ փշրելով ավազոտ հատակը: ինձ համար իսկական վիշտ էր կոտրել ոտքերիս տակ մոլեկուլների փայլուն նմուշները, որոնք հողը փչացրին հազարներով ՝ մուրճերով գլխարկներով, դոնակներով (իսկապես կապող կճեպով), աստիճանահարթակներով, կարմիր սաղավարտներով, հրեշտակներով թևերով և շատ ուրիշներով: արտադրված է այս անսպառ օվկիանոսի կողմից: բայց մենք ստիպված էինք քայլել, այնպես որ մենք շարունակեցինք, մինչ մեր գլխին վերևից ծածանվեցին մեդուզաներ, որոնց օպալները կամ վարդագույն-վարդագույն հովանոցները, կապույտ կապույտով կապելով, մեզ պատսպարեցին արևի ճառագայթներից և կրակոտ - ից, որոնք, մթություն, մեր ճանապարհը պիտի ցածեր ֆոսֆորեսցենտ լույսով:

Այս բոլոր հրաշքները ես տեսա քառորդ մղոնի տարածության մեջ, հազիվ կանգ առնելով և հետևելով նավապետ նեմոյին, որը նշաններով կանչեց ինձ: շուտով փոխվեց հողի բնույթը; ավազոտ հարթավայրին հաջողվեց մի բարակ ցեխ, որը ամերիկացիներն անվանում են «օձ», որը բաղկացած էր մետաքսյա և կրաքարային կճեպի հավասար մասերից: մենք այնուհետև ճանապարհորդեցինք վայրի և շքեղ բուսականությամբ լճի մի շարք ջրիմուռներով: այս թուրը հարուստ հյուսվածք ուներ և ոտքերին փափուկ էր և մրցակցում էր մարդու ձեռքով հյուսված մեղմ գորգի հետ: բայց մինչ դատավճիռը տարածվում էր մեր ոտքերի վրա, այն չհեռացավ մեր գլուխներից: ծովային բույսերի մի թեթև ցանց, այդ ծովային ջրերի անսպառ ընտանիքից, որի մասին հայտնի են ավելի քան երկու հազար տեսակ, աճեց ջրի մակերեսին:

Ես նկատեցի, որ կանաչ բույսերը գտնվում էին ծովի գագաթին ավելի մոտ, մինչդեռ կարմիրներն ավելի մեծ խորության վրա էին, սև կամ շագանակագույններին թողնելով օվկիանոսի հեռավոր անկողնային անկյուններում այգիներ և զուգահեռներ ձևավորելու խնամքը:

Մենք շուրջ մեկուկես ժամ հեռացրել էինք նավատորմը: կեսօրին մոտ էր; ես գիտեի արևի ճառագայթների ծայրահեղ առանձնահատկության մասին, որոնք այլևս չվերադարձվեցին: կախարդական գույները աստիճանաբար անհետացան, և զմրուխտի և շափյուղայի երանգները եղան: մենք քայլեցինք մի կանոնավոր քայլով, որը զարմանալի ինտենսիվությամբ էր հնչում գետնին: աննշան աղմուկը փոխանցվեց այն արագությամբ, որի ականջը երկրի վրա անօգուտ է: իսկապես, ջուրն ավելի լավ ձայնային հաղորդիչ է, քան օդը `չորսի և մեկ հարաբերակցությամբ: այս ժամանակահատվածում երկիրը թեքվեց ներքև. Լույսը վերցրեց միատեսակ երանգ: մենք գտնվում էինք հարյուրիինգ բակերում և քսան դյույմ խորության վրա ` ենթարկվելով վեց մթնոլորտի ճնշման:

Այս խորության վրա ես դեռ կարող էի տեսնել արևի ճառագայթները, չնայած հուսալի; նրանց ինտենսիվ փայլունությանը հաջողվեց կարմրավուն մթնշաղ, որը ցերեկային և օրվա ամենացածր վիճակն էր. Բայց մենք դեռ կարող էինք լավ լավ տեսնել; առայժմ պետք չէր դիմել ռուհմկորֆի ապարատին: այս պահին կապիտան նեմոն կանգ առավ. Նա սպասեց, մինչև ես միացնեմ նրան, իսկ հետո մատնանշեց մի աննկատ զանգված, որը ստվերում էր հայտնվել ՝ կարճ հեռավորության վրա:

«դա կրեսպոյի կղզու անտառն է», - մտածեցի ես; և ես չէի սխալվում:

Գլուխ

Սուզանավային անտառ

Մենք վերջապես հասանք այս անտառի սահմաններին ՝ անկասկած կապիտան նեմոյի իսկայական տիրույթներից մեկը: նա նայեց դրան որպես իր սեփականը և համարեց, որ իր վրա նույն իրավունքն ունի, ինչ առաջին մարդիկ ունեցել են աշխարհի առաջին օրերին: և, իսկապես, ո՞վ է վիճելու նրա հետ այս սուզանավային ունեցվածքի տիրապետման մասին: ի՞նչ ուրիշ դժվար ռահվիրա կգա, ձեռքը ծռած ՝ մութ ծածկները կտրելու համար:

Այս անտառը կազմված էր մեծ ծառաբույսերից; և այն պահը, երբ մենք ներթափանցեցինք նրա իսկայական կամարների տակ, ինձ զարմացրեց նրանց մասնաճյուղերի եզակի դիրքը. Մի դիրք, որը ես դեռ չէի նկատել:

Ո՛չ մի խոտ, որը գորգում էր գետինը, և ո՛չ էլ ծառերը հագած ճյուղը, ո՛չ կոտրվել, ո՛չ թեքվել, ո՛չ էլ հորիզոնական են տարածվել: բոլորը ձգվում էին մինչև օվկիանոսի մակերեսը: ոչ մի թելիկ, ոչ ժապավեն, որքան էլ որ դրանք բարակ լինեն, բայց դրանք ուղիղ երկաթի ձողի պես պահվեն: - Ն ու - Ն աճում էին կոշտ ուղղահայաց գծերով ՝ դրանց արտադրած տարրի խտության պատճառով: դեռևս անշարժ, երբ ձեռքով մի կողմում թեքվեցին, նրանք ուղղակիորեն վերսկսեցին իրենց նախկին դիրքերը: իսկապես, դա շրջակա միջավայրի տարածքն էր:

Ես շուտով սովորեցի այս ֆանտաստիկ դիրքին, ինչպես նաև համեմատական մթությանը, որը շրջապատեց մեզ: անտառի հողը կարծես ծածկված էր սուր բլոկներով, դժվար էր խուսափել: սուզանավային բուսական աշխարհը ինձ հարվածեց որպես շատ կատարյալ և ավելի հարուստ, քան այն կլիներ արկտիկական կամ արևադարձային գոտիներում, որտեղ այդ արտադրություններն այնքան էլ շատ չեն: բայց մի քանի րոպե կամավոր կերպով շփոթում էի սեռերը ՝ կենդանիներ վերցնելով բույսերի համար. Իսկ ո՞վ չէր սխալվի: կենդանական աշխարհը և բուսական աշխարհը չափազանց սերտորեն կապված են այս սուզանավային աշխարհում:

Այս բույսերը ինքնամշակվում են, և դրանց գոյության սկզբունքը ջրի մեջ է, որը պահպանում և սնուցում է դրանք: տերևների փոխարեն ավելի մեծ թվով քմահաճ ձևերի շեղբերներ ՝ գույների մի մասշտաբով ՝ վարդագույն, կարմին, կանաչ, ձիթապտղի, տհաճ և շագանակագույն:

«հետաքրքրասեր անոմալիա, ֆանտաստիկ տարր»: ասաց սրամիտ բնագետ, «որի մեջ ծաղկում է կենդանական թագավորությունը, և բանջարեղենը չէ»:

Մոտ մեկ ժամվա ընթացքում կապիտան Նեմոն ազդանշանը դադարեցրեց. Ես, իմ հերթին, ցավում էի, և մենք ձգվեցինք ալարիայի արմատի տակ, որի երկար բարակ շեղբերները կանգնած էին նետերի պես:

Այս կարճ հանգիստն ինձ համար համեղ էր թվում; անկացող ոչինչ չկար, քան խոսակցության հմայքը. Բայց, խոսելը անհնար է, պատասխանելն անհնար է, ես միայն մեծ պղնձի գլուխը դնում եմ ուռուցիկին: Ես տեսա, որ արժանի ընկերոջ աչքերը փայլում էին հրճվանքով և, իր գոհունակությունը ցույց տալու համար, նա ցնցվեց ինքնաթիռի կրծքավանդակի մեջ ՝ աշխարհի ամենատխուր ձևով:

Այս քայլելուց չորս ժամ անց ես զարմացա, որ ինձ սարսափելի սոված չգտա: ինչպես հաշվարկել ստամոքսի այս վիճակը, որը ես չէի կարող ասել: բայց փոխարենը ես զգացի քնելու անհաղթահարելի ցանկություն, ինչը պատահում է բոլոր ջրասույզների մոտ: և աչքերս շուտով փակվեցին հաստ ապակիների հետևում, և ես ընկա ծանր խճճվածի մեջ, որը նախկինում միայն շարժումն էր կանխել: կապիտան Նեմոն և նրա ամուր ուղեկիցը, որոնք ձգվել էին մաքուր բյուրեղով, մեզ օրինակ են բերել:

Որքան ժամանակ ես մնացի թաղված այս քնկոտության մեջ, ես չեմ կարող դատել, բայց, երբ արթնացա, արևը կարծես թափվում էր դեպի հորիզոն: կապիտան Նեմոն արդեն բարձրանում էր, և ես սկսում էի ձգվել վերջույթներս, երբ անսպասելի ապարատը ինձ կոպտորեն բերեց ոտքերս:

Մի քանի քայլ հեռավորության վրա, մի հրեշավոր ծովային սարդ, մոտ երեսուն ութ դյույմ բարձրությամբ, ինձ նայում էր քրտնած աչքերով, պատրաստ էր ցարնանը տալ ինձ։ չնայած իմ ջրասուզակի զգեստը բավականաչափ հաստ էր, որպեսզի պաշտպաներ ինձ այս կենդանու խայթոցից, ես սարսափով չկարողացա ցնցվել։ - ը և նավաստի նավաստի այս պահին արթնացան։ կապիտան նեմոն մատնանշեց այն կեղտոտ խեցգետնը, որը հրացանի ծայրամասից հարված էր հասցնում, և ես տեսա հրեշի գրած սարսափելի ճիրանները սարսափելի ցնցումներով։ այս դեպքը հիշեցրեց ինձ, որ վախենալու այլ կենդանիներ կարող են հետապնդել այդ անպարկեշտ խորքերը, որոնց դեմ հարձակումները չհաշված ինձ։ ես նախկինում չէի մտածել այդ մասին, բայց ես հիմա վճռել էի լինել իմ պահակի վրա։ իսկապես, ես մտածեցի, որ այս դադարեցումը կնշանակի մեր քայլքի դադարեցումը. Բայց ես սխալվեցի, քանի որ նավատորմ վերադառնալու փոխարեն կապիտան նեմոն շարունակեց իր համարձակ էքսկուրսը։ գետինը դեռ շեղված էր, կարծես թե նրա խորությունը մեծանում էր, և մեզ ավելի խորքեր էր տանում։ այն պետք է որ լիներ մոտ երեք ժամ, երբ հասանք նեղ հովիտ, բարձր ուղղանկյուն պատերի միջև, որը գտնվում էր շուրջ յոթանասունհինգ ֆաթոմ խորության վրա։ մեր ապարատների կատարելագործման շնորհիվ մենք քառասունհինգ ֆաթոմ էինք այն սահմանից, որը բնությունը, կարծես թե, պարտադրել էր մարդուն ՝ իր սուզանավային էքսկուրսիաների համար։

Ես ասում եմ, որ յոթանասունհինգ ֆաթոմներ, չնայած ես չունեի որևէ գործիք, որով կարող էի դատել հեռավորությունը։ բայց ես գիտեի, որ նույնիսկ ամենապարզ ջրերում արևի ճառագայթները այլևս չեն կարող թափանցել։ և ըստ այդմ խավարը խորացավ։ տասը կետով ոչ մի առարկա տեսանելի չէր։ ես նայում էի ճանապարհս, երբ հանկարծ տեսա սպիտակ փայլուն լույս։ կապիտան նեմոն նոր էր գործածել իր էլեկտրական ապարատը. Նրա ուղեկիցը նույնն արեց, և կասիլն ու ես հետևեցինք նրանց օրինակին: պտուտակով պտտվելով ՝ ես հաղորդակցվեցի մետաղալարերի և պարույր ապակիի միջև, և մեր չորս լապտերների կողմից լուսավորված ծովը լուսավորվեց երեսունվեց վեց բակերից բաղկացած օղակի համար:

Քանի որ քայլում էինք, ես մտածեցի, որ մեր ռուհմկորֆի ապարատի լույսը չի կարող չհասցնել ինչ-որ բնակչի քաշել իր մութ բազմոցից: բայց եթե նրանք մոտենային մեզ, նրանք գոնե որսորդների հարգալից հեռավորության վրա էին պահում: մի քանի անգամ տեսա, որ կապիտան նեմոն կանգ է առնում, հրացանը դրեց իր ուսին, և որոշ պահերից հետո այն գցեց և քայլեցի: վերջապես, մոտ չորս ժամ անց, ավարտվեց այս սքանչելի էքսկուրսիան: հոյակապ ժայռերի պատը, պարտադրող զանգվածի մեջ, մեր առջև բարձրացավ, հսկայական բլոկների կույտ, հսկայական, կտրուկ գրանիտային ափ, ձևավորելով մուգ գորշեր, բայց որը գործնական թեքություն չէր ներկայացնում. Դա կրեսպոյի կղզու գետն էր: դա երկիրն էր: կապիտան նեմոն հանկարծ կանգ առավ: նրա ժեստը բոլորիս դադարեցրեց: և, որքան էլ ցանկալի լիներ, որ պատը սանդղակեմ, ես պարտավոր էի կանգ առնել: այստեղ ավարտվեց կապիտան նեմոյի տիրույթները: և նա չէր անցնի նրանցից այն կողմ: այնուհետև այն երկրագնդի մի մասն էր, որին նա գուցե չխեղդեր:

Վերադարձը սկսվեց: կապիտան նեմոն վերադարձել էր իր փոքրիկ խմբի ղեկավարին ՝ առանց վարանելու ուղղորդելով նրանց ընթացքը: ես մտածեցի, որ մենք չենք հետևում նույն ճանապարհը ՝ նավատորմ վերադառնալու համար: նոր ճանապարհը շատ կտրուկ էր և, հետևաբար, շատ ցավոտ: մենք արագորեն մոտեցանք ծովի մակերեսին: բայց վերադառնալ վերին շերտերին վերադառնալը այնքան էլ հանկարծակի չէր, որ կարող էր արագորեն ազատվել ճնշումից, ինչը կարող էր լուրջ անկարգություն առաջացնել մեր կազմակերպությունում և բերեց ներքին վնասվածքներ, ինչը ճակատագրական էր ջրասուզակների համար: շատ շուտով լույսը նորից հայտնվեց և մեծացավ, և արևը ցածր լինելով հորիզոնում, ճեղքումն տարբեր առարկաներ էր պտտեցնում սպեկտրալալային օղակով: տասը բակերում և կես խորությամբ մենք քայլում էինք ամեն տեսակի փոքր ձկների կոշիկի միջով ՝ ավելի շատ, քան օդային թռչունները, ինչպես նաև ավելի արագաշարժ; բայց ոչ մի ջրային խաղ, որն արժանի էր կրակոցի, դեռ չէր բավարարել մեր հայացքը, երբ այդ պահին ես տեսա կապիտանին ուսին արագորեն հրացանը և հետևելով թփերի մեջ շարժվող առարկային: նա կրակեց; ես լսեցի մի փոքր ծիծաղելի, և մի արարած մեզանից ինչ-որ հեռավորության վրա ապշեց: դա հոյակապ ծովային օթոր էր, ուժեղացուցիչ, միակ բացառապես ծովային քառանկյունը: այս քորը հինգ մետր երկարություն ուներ և պետք է որ շատ արժեքավոր լիներ: դրա մաշկը, վերևից շագանակագույն-շագանակագույնը և ներքևի արծաթը կդարձնեին այն գեղեցիկ մորթուց մեկը, որը այսպես կոչված էր ռուսաստանի և չինաստանի շուկաներում. Դրա բաճկոնի ամբողջականությունն ու փայլը, անշուշտ, կտարածվեին 80: ես հիացա այս հետաքրքրաշարժ կաթնասունով, որի շուրջը կլորացված գլուխը զարդարված էր կարճ ականջներով, կլոր աչքերով և սպիտակ շշերով, ինչպես կատվի նման, վեբ ոտնաթաթերով և եղունգներով և պոչով պոչով: ձկնորսների որսորդության և հետապնդման այս թանկարժեք կենդանին այժմ դարձել է շատ հազվադեպ և հիմնականում ապաստան է ստացել խաղաղ օվկիանոսի հյուսիսային մասերում, կամ, հավանաբար, նրա մրցավազքը շուտով կվերանա:

Կապիտան Նեմոյի ուղեկիցը վերցրեց գազանը, գցեց ուսին և մենք շարունակեցինք մեր ճանապարհը: մեկ ժամվա ընթացքում մեր առջև ձգվեց ավազի մի հարթություն: երբեմն այն բարձրանում էր երկու բակերում և ջրի մակերեսի որոշ դյույմներով: այնուհետև ես տեսա, որ մեր պատկերը հստակ արտացոլված է, նկարվել է հակադարձ, և վերևում հայտնվել է միանման խումբ, որն արտացոլում է մեր շարժումները և մեր գործողությունները: մի խոսքով, մեզ պես յուրաքանչյուր կետում, բացի նրանից, որ նրանք գլուխներով քայլում էին դեպի ներքև և ոտքերը օդում:

Ես նկատեցի ևս մեկ ազդեցություն, որը հաստ ամպերի անցումն էր, որը արագ ձևավորվեց և անհետացավ. Բայց արտացոլման մասին ես հասկացա, որ այդ թվացող ամպերը պայմանավորված են ներքևի մասում եղնիկների տարբեր հաստությամբ, և ես նույնիսկ կարող էի տեսնել փնթփնթոց փրփուրը, որը նրանց կոտրված գագաթները բազմապատկվում էին ջրի վրա, և մեր գլխավերևից անցնող մեծ թռչունների ստվերները, որի արագ թռիչքը ես կարող էի տարբերակել ծովի մակերևույթին:

Այս առիթով ես ականատես եղա հրաշալի կրակոցներից մեկի վրա, որը երբևէ հուզել էր որսորդի նյարդերը: թևի լայն լայնության մի մեծ թռչուն, որը պարզ երևում էր, մոտեցավ ՝ սավառնելով մեզ վրա: կապիտան Նեմոյի ուղեկիցը կրում էր զենքը և կրակում, երբ այն ալիքներից վեր էր միայն մի քանի բակեր: արարածը ապշած ընկավ, և նրա անկման ուժը նրան բերեց ճարպիկ որսորդի բռնելով: դա լավագույն տեսակի ալբատրոս էր:

Մեր երթը չէր ընդհատվել այս դեպքից: երկու ժամ մենք հետևեցինք այս ավազոտ հարթավայրերին, այնուհետև ջրիմուռների դաշտերը շատ դժգոհ են հատելու համար:

անկեղծ, ես այլևս չէի կարողանա անել, երբ տեսա լույսի շող, որը կես մղոնով անցավ ջրերի խավարը: դա նավատորմի լապտերն էր: քսան րոպե անցնելուց առաջ մենք պետք է լինեինք նավի վրա, և ես պետք է կարողանայի հեշտությամբ շնչել, քանի որ թվում էր, թե իմ ջրամբարը օդը թթվածնի շատ անբավարար մատակարարում է: բայց ես չհաշվեցի պատահական հանդիպման մասին, որը որոշ ժամանակ հետաձգեց մեր ժամանումը:

Ես մնացել էի որոշ քայլեր ետևից, երբ ներկայումս տեսա, որ կապիտան Նեմոն շտապում էր դեպի ինձ: իր ուժեղ ձեռքով նա ինձ թեքեց գետնին, և նրա ուղեկիցը նույնն էր անում, ինչով պետք է որսացին: սկզբում ես չգիտեի, թե ինչ պետք է մտածել այս հանկարծակի հարձակման մասին, բայց ես շուտով համոզվեցի ՝ տեսնելով, որ կապիտանը պառկած է իմ կողքին և մնում է անշարժ:

Ես ձգվել էի գետնին, ջրիմուռների մի թփի տակ, երբ գլուխս բարձրացնելով ՝ ես տեսա մի հսկայական զանգված, ֆոսֆորեսցենտ փայլեր գցելով, պայծառորեն անցնելով կողքով:

Իմ արյունը սառեց իմ երակների մեջ, քանի որ ես ճանաչեցի երկու ահռելի շնաձկներ, որոնք սպառնում էին մեզ: դա մի քանի , սարսափելի արարածներ էին, հսկայական պոչերով և մռայլ ապակու հայացքով, ֆոսֆորեսթային նյութը, որը դուրս էր մղվում դնչի շուրջը պիրսված: հրեշավոր ! Որը կկտրեր մի ամբողջ մարդու երկաթե ծնոտի մեջ: ես չգիտեի, թե արդյոք կավե կիլոմետրը դադարեց դասակարգել դրանք. Իմ կողմից ես նկատեցի նրանց արծաթե փորը, և նրանց հսկայական բերանները ատամներով փռվելով ՝ շատ ոչ գիտակրթական տեսանկյունից, և ավելին ՝ որպես հնարավոր զոհ, քան որպես բնագետ:

Երջանիկորեն անառողջ արարածները լավ չեն տեսնում: նրանք անցան առանց մեզ տեսնելու, մեզ խոզանակելով իրենց դարչնագույն շեղբերով, և մենք հրաշքով փրկեցինք վտանգից, որն ավելի մեծ է, քան անտառում վագրի ամբողջ դեմքը հանդիպելը: կես ժամ անց, առաջնորդվելով էլեկտրական լույսով, հասանք նավատորմ: դրսի դուռը բաց էր մնացել, և կապիտան նեմոն փակեց այն հենց շուտ, երբ մենք մտանք առաջին խցը: նա այնուհետև սեղմեց մի գլխիկ: ես լսեցի նավի պոմպերը, որոնք աշխատում էին նավի մեջտեղում, ես զգացի, որ ջուրը թափվում է իմ շրջանից, և մի քանի վայրկյանում խցը ամբողջովին դատարկ էր: ներսի դուռը այնուհետև բացվեց, և մենք մտանք գորգ:

Այնտեղ մեր սուզվելու հագուստը հանվեց, առանց որևէ դժվարության և, ես բավականին մաշված լինելով սննդի և քնի ցանկությունից, ես վերադարձա իմ սենյակ ` զարմանալիորեն զարմանալով ծովի հատակի այս զարմանալի էքսկուրսիայի վրա:

Գլուխ

Խաղաղ օվկիանոսի տակ չորս հազար լիգա

Հաջորդ առավոտ ` նոյեմբերի 18-ին, ես բավականին ապաքինվել էի նախորդ օրվա իմ հոգնածությունից և ես բարձրացա հարթակ, այնպես, ինչպես երկրորդ լեյտենանտն էր արտասանում իր առօրյա արտահայտությունը:

Ես հիանում էի օվկիանոսի հիանալի կողմերով, երբ հայտնվեց կապիտան Նեմոն: Նա կարծես տեղյակ չէր իմ ներկայության մասին և սկսեց մի շարք աստղագիտական դիտարկումներ: հետո, երբ նա ավարտեց, նա գնաց ու հենվեց ժամացույցի վանդակի վանդակի վրա և ծայրաստիճան հայացքով նայեց օվկիանոսին: միևնույն ժամանակ, մի նավատորմի մի շարք նավաստիներ, բոլոր ուժեղ և առողջ տղամարդիկ, դուրս էին եկել հարթակ: Նրանք եկել էին ամբողջ գիշեր տեղադրված ցանցերը կազմելու համար: այդ նավաստիները ակնհայտորեն տարբեր ազգեր էին, չնայած եվրոպական տեսակը բոլորի մեջ երևում էր: ես ճանաչեցի մի քանի անսխալ իռլանդացիների, ֆրանսիացիների, որոշ սլավների, և մի հույնի կամ թեկնածուի: նրանք քաղաքացիական էին և իրար մեջ օգտագործում էին միայն այդ տարօրինակ լեզուն, որի ծագումը ես չէի կարող կռահել, ոչ էլ կարող էի կասկածել նրանց:

Ցանցերը ներխուժվել էին: դրանք մեծ քանակությամբ «շալյուտներ» էին, ինչպես Նորմանդյան ափերին գտնվող մեծերը, մեծ գրպանները, որոնք ալիքներն ու փոքր ցանցերում ամրացված ցանցը բաց էին պահում: երկաթե բևեռներով գծված այս գրպանները թափվում էին ջրի մեջ և հավաքվում ամեն ինչ իրենց հունով: այդ օրը նրանք բերեցին հետաքրքրաշարժ նմուշներ այդ արտադրական ափերից:

Ես նկատեցի, որ բեռնափոխադրումը բերել է ավելի քան ինը հարյուր քաշ ձուկ: դա հիանալի ճանապարհ էր, բայց չպետք է զարմանալ: իսկապես, ցանցերը մի քանի ժամ իջնում են, և դրանց ցանցերում փակվում են անսահման բազմազանություն։ մենք հիանալի սննդի պակաս չենք ունեցել, և նավատորմի արագությունը և էլեկտրական լույսի գրավումը միշտ կարող էին նորացնել մեր մատակարարումը։ Ծովի այս մի քանի արտադրություններ անմիջապես վահանակի միջով իջեցվեցին դեպի տնտեսավարի սենյակ, ոմանք թարմ ուտելու համար, իսկ մյուսները՝ թթու։

Ձկնորսությունն ավարտվեց, օդի ապահովումը վերականգնվեց, ես մտածեցի, որ նավատորմը պատրաստվում է շարունակել իր սուզանավային էքսկուրսիան և պատրաստվում էր վերադառնալ իմ սենյակ, երբ, առանց հետագա նախաբանի, նավապետը դիմեց ինձ, ասելով.

«պրոֆեսոր, մի՛թե օվկիանոսը օժտված չէ իրական կյանքով։ այն ունի իր գայթակղությունները և մեղմ տրամադրությունները։ երեկ քնում էր, ինչպես մենք, և հիմա հանգիստ գիշերից հետո արթնացավ։ նայեք»։ նա շարունակեց. «արթնանում է արևի կուրծքի տակ։ այն պատրաստվում է թարմացնել իր օրագրային գոյությունը։ դա հետաքրքիր ուսումնասիրություն է իր կազմակերպության խաղերը դիտելու համար։ այն ունի զարկերակ, զարկերակներ, սպազմեր; և ես համաձայն եմ սովորածի հետ։ մաուրին, ով դրա մեջ հայտնաբերեց շրջանառություն նույնքան իրական, որքան կենդանիների արյան շրջանառությունը։

«այո, օվկիանոսը իսկապես շրջանառություն ունի, և այն խթանելու համար ստեղծողը պատճառ է դարձել, որ իրերը բազմապատկվեն՝ կալորիականությամբ, աղով և կենդանիներով»։

Երբ կապիտան Նեմոն խոսեց այսպես, նա կարծես ամբողջովին փոխվեց և արտառոց հույզ առաջացրեց իմ մեջ:

«նույնպես», - ավելացրեց նա, - իսկական գոյություն կա այնտեղ, և ես պատկերացնում եմ ծովային քաղաքների հիմքերը, սուզանավային տների կլաստերները, որոնք, ինչպես նավատորմը, ամեն առավոտ բարձրանում էին շնչելու ջրի մակերեսին ՝ ազատ քաղաքներ, անկախ քաղաքներ, բայց ո՞վ գիտի ՝ ո՞վ է տապալում »

Կապիտան Նեմոն իր պատիժն ավարտեց բռնի ժեստով: ապա, դիմելով ինձ, ասես հետապնդելով ինչ-որ տխուր մտքից ՝

«Մ. Արոնաքս», - հարցրեց նա, - գիտե՞ք օվկիանոսի խորությունը:

«ես գիտեմ միայն, կապիտան, այն, ինչ մեզ սովորեցրել են հիմնական հնչյունները»:

«կարո՞ղ ես ինձ ասել, որ ես համապատասխանեմ նրանց իմ նպատակին»:

«սրանք մի քանիսն են, - պատասխանեցի ես, - որ հիշում եմ, եթե չեմ սխալվում, 8000 բակեր խորություն է հայտնաբերվել հյուսիսային ատլանտի մեջ, իսկ 2500 բակեր ՝ միջերկրածովյանում: առավել ուշագրավ հնչյուններ արվել են հարավում ատլանտ, երեսունիհինգերորդ զուգահեռի մոտակայքում, և նրանք տվեցին 12,000 բակեր, 14,000 բակեր և 15,000 բակեր: ամփոփելու համար բոլորը, համարվում է, որ եթե ծովի հատակը հավասարեցվեին, ապա դրա միջին խորությունը կկազմեր մեկ և երեք- քառորդ լիգաներ »:

- դե, պրոֆեսոր, - պատասխանեց կապիտանը, - մենք ձեզ ավելի լավ ցույց կտանք, քան հույս ունեմ: ինչ վերաբերում է խաղաղօվկիանոսի այս հատվածի միջին խորությանը, ես ասում եմ ձեզ, որ դա ընդամենը 4000 բակեր է:

Այս ասելով ՝ կապիտան Նեմոն գնաց դեպի վահանակ և անհայտացավ սանդուղքով: ես հետևեցի նրան և մտա մեծ նկարասրահ: պտուտակն անմիջապես գործի դրվեց, իսկ տեղեկամատյանը ժամում քսան մղոն տվեց:

Անցած օրերի և շաբաթների ընթացքում կապիտան Նեմոն շատ էր խնայում իր այցերը: ես հազվադեպ էի տեսնում նրան: փոխգնդապետը կանոնավոր կերպով փչացրեց նավի ընթացքը գծապատկերում, այնպես որ ես միշտ կարող էի պատմել ծովագնացության ճշգրիտ ուղին:

Համարյա ամեն օր, որոշ ժամանակ, բացվում էին գեղասրահի վահանակները, և մենք երբեք չէինք հոգնել սուզանավային աշխարհի խորհրդավորությունները ներթափանցելուց:

Նավատորմի ընդհանուր ուղղությունը հարավ-արևելք էր, և այն պահպանում էր 100-ից 150 խորության խորություն: մի օր, սակայն, չգիտեմ, թե ինչու, թեքված ինքնաթիռների միջոցով անկյունագծով գծվելով, դիպավ ծովի մահճակալին: ջերմաչափը ցույց է տվել 4,25 (ցենտ) ջերմաստիճան. Ջերմաստիճան, որն այս խորության մեջ ընդհանուր էր թվում բոլոր լայնություններում:

Նոյեմբերի 26-ի առավոտյան ժամը երեքին, նավատորմը 172 ° երկարությամբ հատել է քաղցկեղի արևադարձը: 27-ին ակնթարթորեն տեսավ սենդվիչ կղզիները, որտեղ խոհարարը մահացավ, 1779-ի փետրվարի 14-ին: մենք

այն ժամանակ մեկնեցինք կետից 4860 լիգա:
առավոտյան, երբ ես գնացի հարթակ, ես տեսա երկու մղոն դեպի քամի դեպի հյուսիս ՝ հավային ՝ խումբը կազմող յոթ կղզիներից ամենամեծը: ես տեսա հստակ մշակված լեռնաշղթաները, և մի քանի լեռնաշղթաներ, որոնք կողք կողքի են անցնում, և մունա-ռա սողացող հրաբուխները, որոնք ծովի մակարդակից բարձրանում են 5000 բակեր: բացի այլ բաներից, որոնք առաջացել են ցանցերը, մի քանի և նազելի պոլիպներ էին, որոնք յուրահատուկ էին օվկիանոսի այդ հատվածի համար: նավատորմի ուղղությունը դեռ դեպի հարավ-արևելք էր: դեկտեմբերի 14-ին այն անցել է հասարակածից 142 ° երկարությամբ; և նույն ամսվա 4-ին, արագորեն անցնելուց և առանձնապես որևէ բանից պատահելուց հետո, մենք տեսանք մարկասների խմբին: ես տեսա, երեք մղոն հեռավորության վրա, մարտինի գագաթը `նուկա-հիվայում, խմբից ամենամեծը, որը պատկանում է Ֆրանսիային: ես տեսա միայն անտառապատ լեռները դեպի հորիզոն, քանի որ նավապետ նեմոն չցանկացավ նավը քամու հասցնել: այնտեղ ցանցերը բերեցին ձկների գեղեցիկ նմուշներ. Ոմանք ՝ գորշ կտորներով և պոչերով ոսկիով, որի միսը անզուգական է. Մասշտաբների գրեթե անմխիթար, բայց նուրբ բույրով. Ուրիշները ՝ ոսկորներով ծնոտներով և դեղնավուն գայլերով, բոնիտոյի պես լավ. Բոլոր ձկները, որոնք օգտակար կլինեին մեզ համար: Ֆրանսիական դրոշով պաշտպանված այս հմայիչ կղզիները թողնելուց հետո, 4-ից դեկտեմբերի 11-ը, նավատորմը նավարկեց շուրջ 2000 մղոն:

Դեկտեմբերի 11-ի ցերեկվա ընթացքում ես զբաղված էի կարդալով մեծ նկարասրահում: հողը և զամբյուղը դիտեցին լուսավոր ջուրը կիսաբաց վահանակների միջով: նավատորմը անշարժ էր: մինչ նրա ջրամբարները լցվում էին, այն պահվում էր 1000 բակի խորության վրա, մի շրջան, որը հազվադեպ էր այցելվում օվկիանոսում, և որի մեջ մեծ ձկներ հազվադեպ էին երևում:

Ես այդ ժամանակ կարդում էի հմայիչ գիրք `' - ով, ստամոքսի ծառաներով, և ես սովորում էի դրանից ինչ-որ արժեքավոր դասեր քաղելիս, երբ կեղևը ընդհատեց ինձ:

«վարպետը մի պահ կգա այստեղ»: ասաց նա հետաքրքրասեր ձայնով:

«ո՞րն է գործը, կեղևը»:

«ես ուզում եմ, որ վարպետը տեսնի»:

Ես բարձրացա, գնացի և հենվեցի արմունկներիս պանելների առաջ և դիտեցի:

Լրիվ էլեկտրական լույսի ներքո ջրերի մեջ կասեցվեց հսկայական սև զանգված, բավականին անշարժ: ես ուշադիր նայում էի այն ` ձգտելով պարզել այս հսկա եղջերվաբուծության բնույթը: բայց հանկարծ միտքը անցավ միտքս: «անոթ»: ասացի, կես բարձրաձայն:

- այո, - պատասխանեց կանադացին, - հաշմանդամություն ունեցող նավը, որը խորտակվել է ուղղահայաց »:

 հողը ճիշտ էր; մենք մոտ էինք մի նավի, որի արցունքաբեր ծածկոցները դեռ կախ էին իրենց շղթաներից: կինը կարծես լավ կարգի էր, և այն քանդվել էր առավելագույնը մի քանի ժամվա ընթացքում: կամուրջներից մոտ երկու մետր հեռավորության վրա կոտրված վարպետների երեք կոճղեր ցույց տվեցին, որ նավը ստիպված էր զոհաբերել իր տերերը: բայց իր կողմում պառկած ` լցվել էր, և այն կուղղվեր դեպի նավահանգիստ: նախկինում եղածի այս կմախքը տխուր տեսարան էր, քանի որ այն ընկած էր ալիքների տակ, բայց ավելի տխուր էր կամրջի տեսողությունը, որտեղ դեռևս պառկած էին որոշ դիակներ, որոնք կապված էին պարաններով: ես հաշվում էի հինգ չորս տղամարդկանց, որոնցից մեկը կանգնած էր ղեկին, և մի կին, որը կանգնած էր գետնի տակ, և նորածին էր պահում նրա գրկում: նա բավականին երիտասարդ էր: ես կարող էի տարբերակել նրա առանձնահատկությունները, որոնք ջուրը չէր քայքայվել ՝ լուսավոր լույսը ծովահենից: մի հուսահատական ջանքերով նա իր նորածինն էր բարձրացրել իր գլխավերևում `աղքատ փոքրիկ բան, - որի զենքը շրջապատեց մոր վիզը: չորս նավաստիների վերաբերմունքը սարսափելի էր, խեղաթյուրված, քանի որ դրանք տեղի էին ունենում իրենց ցնցող շարժումներով, մինչդեռ վերջին ջանքերը գործադրում էին իրենց ազատելու համար այն լարերից, որոնք դրանք կապում էին նավի հետ: մենակ, հանգիստ, ծանր, պարզ դեմքով գորշ մազերը, որոնք սոսնձված էին ճակատին, և ձեռքը սեղմելով ղեկի անիվը, թվում էր, թե այդ ժամանակ էլ թվում էր, թե առաջնորդվում է երեք կոտրված վարպետները օվկիանոսի խորքերում:

Ինչ տեսարան է: մենք համր էինք; մեր սրտերը արագորեն ծեծում էին այս նավի խորտակվելուց առաջ, որը վերցված էր կյանքից և լուսանկարվում էր վերջին պահերին: և ես արդեն տեսա, որ դրանով մոտենում են սոված աչքերով, հսկայական շնաձկներ, որոնք ներգրավված են մարդու մարմնի կողմից:

Այնուամենայնիվ, ծովագնացը շրջվելով շրջվել է ընկղմված նավը և մի ակնթարթում կարդացել եմ խստորեն «Ֆլորիդա, արևի երկիր»:

Գլուխ

Վանիկորո

Այս սարսափելի տեսարանը ծովային աղետների շարքի նախադրյալն էր, որը նավատորմին վիճակված էր հանդիպել իր երթուղով: քանի դեռ անցնում էր ավելի հաճախակի ջրերի միջով, մենք հաճախ տեսնում էինք խորտակված անոթների կեռերը, որոնք փտում էին խորքերը, և խորանում էին թնդանոթները, փամփուշտները, խարիսխները, շղթաները և երկաթե այլ հազարավոր նյութեր, որոնք ուտում էին ժանգի միջով: այնուամենայնիվ, դեկտեմբերի 11-ին մենք տեսանք պոմոտուի կղզիները ՝ բուգաունվիլի հին «վտանգավոր խումբը», որը տարածվում է 500 լիգայի տարածության վրա, այն էլ մինչև ՝ կղզու դյուցիից մինչև լազարեֆի կղզին: այս խումբը ընդգրկում է 370 քառակուսի լիգա տարածք, և այն կազմված է կղզիների վաթսուն խմբավորումներից, որոնց թվում ուշագրավ է գամբի խումբը, որի շուրջ պտտվում են ֆրանսիական զորավարժությունները: սրանք մարջան կղզիներ են, դանդաղ բարձրացված, բայց շարունակական, որոնք ստեղծվել են պոլիպիի ամենօրյա աշխատանքով: այնուհետև այս նոր կղզին ավելի ուշ կմիանա հարևան խմբերին, և հինգերորդ մայրցամաքը կտարածվի նոր զելանդիայից և նոր կալեդոնայից, իսկ այնտեղից էլ դեպի մարկասներ:

Մի օր, երբ ես առաջարկում էի այս տեսությունը կապիտան նեմոյին, նա սառը պատասխանեց.

«երկիրը չի ուզում նոր մայրցամաքներ, այլ նոր տղամարդիկ»:

Պատահականությունը ծովագնացությունն իրականացրել էր խմբից առավել հետաքրքրասերներից մեկը `կլերմոն-տոներե կղզին, որը հայտնաբերվել է 1822-ին` մինվվայի կապիտան զանգով: ես հիմա կարող էի ուսումնասիրել այն խելահեղ համակարգը, որի պատճառով կղզիներն են այս օվկիանոսի մեջ:

- ը (որը չպետք է սխալվի կորալների համար) ունեն հյուսվածքային կեղևով ծածկված հյուսվածք, և դրա կառուցվածքի փոփոխությունները առաջացրել են մ: միլնե էդվարդս, իմ արժանի վարպետ, դասակարգել դրանք հինգ բաժինների: ծովային պոլիպուսի գաղտնիքների կենդանի այն բջիջը, որի բջիջների ներքևում ապրում են միլիոնավոր մարդիկ: դրանց կրաքարային հանքավայրերը դառնում են ժայռեր, առագաստեր և մեծ ու փոքր կղզիներ: այստեղ նրանք օղակ են ձևավորում ՝ մի փոքր ներքին լիճը շրջապատող, որը ծովի հետ շփվում է բացերի միջոցով: այնտեղ նրանք ստեղծում են առյուծների խոչընդոտներ, ինչպես նոր կալեդոնիայի և տարբեր պոմոտոնի կղզիների ափերին: այլ վայրերում, ինչպես վերամիավորման և մորեխի պես, նրանք բարձրացնում են եզրագծեր, բարձր, ուղիղ պատեր, որոնց մոտ օվկիանոսի խորությունը զգալի է:

Կլերմոն կղզու ափերից մի քանի մալուխային երկարություն, ես հիանում էի այդ մանրադիտակի աշխատողների կողմից կատարված հսկայական գործով: այդ պատերը հատուկ են այն խելագարների, պորիտների, մադպրորների և ասթրեյների անունները, որոնք հայտնի են որպես մոլեպրորներ: այդ պոլիպերը հայտնաբերվում են մասնավորապես ծովի կոպիտ անկողնում, մակերեսի մոտակայքում: և, հետևաբար, վերին մասից է, որ նրանք սկսում են իրենց գործողությունները, որոնցում իրենք աստիճանաբար թաղում են իրենց սատարող սեկրեցների բեկորներով: այդպիսին է, համենայն դեպս, - ի տեսությունը, որն այսպիսով բացատրում է ատոլների ձևավորումը, վերադաս տեսություն (իմ կարծիքով), այն հիմքի վրա, որը տրված է մադրերպորիստական գործերի, գագաթների լեռների կամ հրաբուխների հիմքի վրա, որոնք ընկղմված են մի քանի ոտքերի տակ ծովի մակարդակը:

Ես կարող էի ուշադիր հետևել այս հետաքրքրասեր պատերին, քանի որ ուղղահայաց դրանք խորությամբ ավելի քան 300 բակեր էին, և մեր էլեկտրական սավանները փայլում էին այս կրակոտ նյութը: պատասխանելով մի հարցի, որը հարցրեց, թե ինչքանով են այդ մեծ խոչընդոտները բարձրացնելու ժամանակը, ես նրան շատ զարմացրեցի ՝ ասելով, որ սովորած տղամարդիկ դա հարյուր տարվա ընթացքում համարում են դա դյույմի ութերորդի մասին:

Դեպի երեկոյան կլերմոնտ-տոննրը կորած էր հեռավորության վրա, իսկ նավատորմի երթուղին ՝ խելամիտորեն փոխված: 135 ° երկայնությամբ այծեղջյուրի արևադարձը հատելուց հետո նա նավարկեց ՝ դարձնելով արևադարձային գոտի: չնայած ամառային արևը շատ ուժեղ էր, բայց մենք տառապանք չէինք ունենում, քանի որ մակերեսի տակ տասնիինգ կամ քսան ֆաթոմ է, ջերմաստիճանը տասից տասներկու աստիճանով չի բարձրանում:

Դեկտեմբերի 15-ին մենք դեպի արևելք թողեցինք հասարակությունների բծախնդիր խումբը և խաղաղ օվկիանոսի թագուհու հեզաճկուն թահիթին: ես տեսա առավոտյան, կղզու բարձրացող գագաթները մի քանի մղոն դեպի քամու ուղղությամբ: այս ջրերը կահավորեցին մեր սեղանը հիանալի ձկներով, սկումբրիայից, բոնիտոներից և ծովային օձի որոշ տեսակներ:

Դեկտեմբերի 25-ին նավատորմը նավարկեց 1606-ին քվիրների կողմից հայտնաբերված նոր հերբիդների մեջ, և այդ բուգաունվիլը հետազոտեց 1768-ին, և որի խոհարարը տվեց իր ներկայիս անունը 1773-ին: այս խումբը բաղկացած է հիմնականում ինը խոշոր կղզիներից, որոնք կազմում են 120 լիգայի նսնից խումբ `-ի միջև, 15 ° -ից 2 ° -ից ցածր: լատ., և 164 ճ. և 168 ° երկարություն: մենք անցանք հուսալիորեն մոտ կղզու մոտ, որը կեսօրին նման էր կանաչ անտառների զանգվածի, որը գերազանցվում էր մեծ բարձրության գագաթով:

Այդ օրը, լինելով սուրբ ծննդյան օր, ցրված երկիրը, ցավոք, ցավում էր, որ ցավում է «սուրբ ծննդյան» տոնի առթիվ, որի ընտանիքի նախահայրը այդքան սիրված է: ես մեկ շաբաթ չէի տեսել նավապետ նեմոյին, երբ 27-ի առավոտյան նա մտավ մեծ խաղասենյակ ` միշտ թվալով, ասես տեսնելով քեզ քեզ հինգ րոպե առաջ: ես զբաղվածորեն հետևում էի ծովագնացության երթուղին պլանիֆերատում: կապիտան եկավ ինձ մոտ, մատը մի կետի վրա դրեց գծապատկերին և ասաց այս մեկ բառը:

«վանիխորո»:

Էֆեկտը կախարդական էր: դա այն կղզիների անունն էր, որոնց վրա կորել էր պաուռուսը: ես հանկարծակի բարձրացա:

«նավատորմը մեզ բերել է վանիկորո»: ես հարցրեցի.

- այո, պրոֆեսոր, - ասաց կապիտանը:

«եվ ես կարո՞ղ եմ այցելել նշանավոր կղզիներ, որտեղ հարվածել են բուսահեղուկը և աստղաբաշխը»:

«եթե ցանկանում ես, պրոֆեսոր»:

«ե՞րբ ենք մենք այնտեղ լինելու»:

«մենք հիմա այնտեղ ենք»:

Որին հետևեց կապիտան նեմոն, ես բարձրացա հարթակ և ագահորեն սկանեցի հորիզոնը:

Դեպի նոր ՝ երկու հրաբխային կղզիներ դուրս եկան անհավասար չափսերից, շրջապատված էին մարջանային ջրավազանով, որը չափում էր շրջագծով քառասուն մղոն: մենք մոտ էինք վանիկորոյին, իսկապես այն մեկը, որին դումոնտ դյուրվիլը տվեց անվանումը, և հենց բախվում էր վանուի փոքրիկ նավահանգստի վրա, որը գտնվում է 16 ° 4-ի տարածքում: լատ., և 164 ° 32 'ե. Երկար. Երկիրը կարծես ծածկված էր ափից մինչև ներքին գագաթներ, որոնք պսակված էին կապոգով լեռով ՝ 476 ոտնաչափ բարձրություն ունեցող: նավատորմը, անցնելով ժայռերի արտաքին գոտին նեղ նեղուցով, հայտնվեց այն անջատիչների մեջ, որտեղ ծովը գտնվում էր երեսունից քառասուն ֆաթոմ խորությամբ: որոշ թանգարանների թափուր ստվերի տակ ես ընկալեցի մի քանի վայրագություններ, որոնք շատ զարմացած էին մեր մոտեցումից: երկար սև մարմնում, քամու և ջրի միջև շարժվելուց, մի՞թե նրանք չտեսան մի այնպիսի ահռելի ցետասիա, որը նրանք համարում էին կասկածանքով:

Հենց այդ ժամանակ կապիտան Նեմոն հարցրեց ինձ, թե ինչ գիտեմ լա պերուզի ավերակների մասին:

«միայն այն, ինչ բոլորն էլ գիտեն, կապիտան», - պատասխանեցի ես:

«և կարո՞ղ ես ինձ ասել, թե բոլորն ինչ գիտեն այդ մասին»: նա հեգնական հարցրեց.

"հեշտությամբ."

Ես պատմում էի նրա հետ այն ամենի մասին, ինչ հայտնի էին դարձել դումոնտ դուրվիլի վերջին գործերը. Գործեր, որոնցից հետևյալը համառոտ պատմություն է:

- ը, և նրա երկրորդ ՝ կապիտան դե լանգլը, - ին, 1785 թ., ուղարկվել են շրջագայության ճամփորդության վրա: նրանք ձեռնամուխ եղան կորվետների բուսասեղանին և աստղադիտակին, որոնցից ոչ մեկը նորից չէր լսում: 1791 թ.-ին Ֆրանսիայի կառավարությունը, արդարորեն անհանգստացած լինելով այս երկու փնջերի ճակատագրի համար, ղեկավարեց երկու խոշոր առևտրականներ ՝ ռեցերժին և Էսպերանտը, որոնք թողեցին բրեստ դենտրասկաստաուի հրամանատարության ներքո սեպտեմբերի 28-ին:

Երկու ամիս անց նրանք ալբեմարլի հրամանատարից աղեղից իմացան, որ նավախցիկներով տապալված նավերի բեկորները տեսել են Նոր երկրի ափին: բայց '- ը, անտեսելով այդ հաղորդակցությունը, ինչը անորոշ է, բացի այդ, իր ուղին ուղղեց դեպի ծովակալության կղզիներ, որոնք նշված էին կապիտան որսորդի զեկույցում որպես այն վայր, որտեղ խորտակվել էր լեռնագնացությունը:

Նրանք ապարդյուն ծգտեցին: Էսպերանսը և խաչմերուկը անցան վանիկորոյի առաջ, առանց կանգ առնելու այնտեղ, և, փաստորեն, այս ճանապարհորդությունն առավել աղետալի էր, քանի որ դա արժեր '- ի իր կյանքը, և նրա երկու լեյտենանտներից երկուսը, բացի իր անձնակազմի մի քանի մասերից:

Կապիտան դիլոնը ՝ խորամանկ հին խաղաղօվկիանոսյան նավաստին, առաջինն էր, որ գտավ ավերածությունների անթաքույց հետքեր: 1824-ի մայիսի 15-ին նրա նավը ՝ փ. Պատրիկ, անցավ մոտիկ տիկոպիայի մոտ, նոր հերեբիդներից մեկը: այնտեղ մի լաքար էր եկել նավարկության կողքին և նրան վաճառեց արծաթով սուրի բռնիչ, որը կրում էր տանիքի վրա փորագրված նիշերի տպումը: լասկարը ձևացնում էր, որ վեց տարի առաջ վանիկիորոնում գտնվելու ընթացքում նա տեսել է երկու եվրոպացու, որոնք պատկանել են որոշ նավերի, որոնք տարիներ առաջ շրջապատված էին առագաստանավերով:

Դիլոնը կռահեց, որ նա նկատի ունի - ին, որի անհետացումը անհանգստացրեց ամբողջ աշխարհը: նա փորձեց անցնել վանիխորո, որտեղ, ըստ լասկարի, նա կգտնի աղբի բազմաթիվ բեկորներ, բայց քամիներն ու մակընթացությունները խանգարում էին նրան:

Դիլոնը վերադարձավ կալկաթա: այնտեղ նա բացահայտեց շահագրգիռ ասիատիկ հասարակությունը և հնդկական ընկերությունը: նավը, որին տրվել էր գրադարանի անունը, նրա ձեռքը դրվեց, և նա սահմանեց, 1827-ի 23-րդ հունվար, Ֆրանսիացի գործակալի ուղեկցությամբ:

Վերակացուն, խաղաղ օվկիանոսի մի քանի կետերում շրջափելուց հետո, խարիսխ գցեց վանիկորոյի առջև, 7-ը հուլիս, 1827 թ., այն նույն նավահանգստի վանուի մոտ, որտեղ այս պահին գտնվում էր նավատորմը:

Այնտեղ հավաքեց ավերակների երկաթե իրերի, խարիսխների, պղնձաձողերի, պտտվող հրացանների, 18 լբ կրակոց մասի, աստղագիտական գործիքների բեկորների, պսակադրության մի կտոր և բրոնզե ժամացույցի բազմաթիվ մասունքներ, որոնք կրում էին այս մակագրությունը »: ' , «զինանոցում ձուլվածքի նշանը մոտ 1785 թվականին: այս մասին այլևս կասկած չէր կարող լինել:

Դիլոնը, կատարելով բոլոր հարցումները, մնաց անհաջող վայրում մինչև հոկտեմբեր: ապա նա լքեց վանիխորոն և իր ուղին ուղղեց դեպի նոր զելանդիա. 1828 թ. Ապրիլի 7-ին ընկավ կալկաթա, և վերադարձավ Ֆրանսիա, որտեղ նրան ջերմորեն ընդունեցին - ը:

Բայց միևնույն ժամանակ, առանց իմանալու դիլլոնի շարժումները, դումոնտ դյուրվիլն արդեն ձեռնամուխ էր եղել գտնելու ավերածությունների տեսարանը: և նրանք -ից էին իմացել, որ որոշ մեդալներ և փողոցի խաչ: լուիսին գտել էին լուիզադեի և նոր կալեդոնիայի որոշ վայրի կենդանիների ձեռքին: դոմոնտ դյուրվիլը, աստղադաշտի հրամանատարը, այնուհետև նավարկեց, և դիլոնը հեռացավ վանիկորոյից երկու ամիս անց, նա մտցրեց հոբարտ քաղաք: այնտեղ նա իմացավ դիլլոնի հարցումների արդյունքների մասին և պարզեց, որ եմսի հոբբսը ՝ կալկաթայի միության երկրորդ լեյտենանտ, 8 ° 18-ի կղզու վրա վայրէջք կատարելուց հետո: լատ., և 156 ° 30 'ե: երկար ժամանակ, տեսել էին որոշ երկաթյա ձողեր և կարմիր իրեր, որոնք օգտագործվում էին այս մասերի բնիկների կողմից: '- ը, շատ տարակուսած և չգիտեր, թե ինչպես կարելի է վարկավորել ցածր կարգի ամսագրերի զեկույցները, որոշեց հետևել դիլլոնի ուղուն:

1828 թ. Փետրվարի 10-ին աստղադիտակը հայտնվեց տիկոպիա քաղաքից և որպես ուղեցույց և թարգմանիչ վերցրեց կղզում գտնված անապատին. Նա ճանապարհ ընկավ դեպի վանիկորո, տեսնելով այն 12-րդ դարում, պառկեցրեց առագաստների շարքը մինչև 14-ը, և մինչև 20-ը նա խարիսխ գցեց վանուի նավահանգստում գտնվող պատնեշի մեջ:

23-ին մի քանի սպաներ շրջեցին կղզին և հետ բերեցին աննշան մանրուքներ: բնիկները, ընդունելով ժխտողականության և խուսափողականությունների համակարգ, հրաժարվեցին նրանց տանել անբախտ վայր: այս երկիմաստ պահվածքը նրանց ստիպեց հավատալ, որ բնիկները վատ վերաբերմունք են ունեցել գետերի վրա, և, իրոք, թվում էր, թե վախենում են, որ դումոնտ դուրվիլը եկել է վրեժ լուծելու - ին և նրա դժբախտ անձնակազմին:

Այնուամենայնիվ, 26-ին, որոշ նվերների դուր եկած և հասկանալով, որ վախենալով պատասխան չեն ստացել, նրանք առաջնորդեցին մ. - ը խորտակված վայրի վայրում:

Այնտեղ, երեք կամ չորս ֆաթոմ ջրի մեջ, պակուի և վանուի ժայռերի միջև ընկնում են խարիսխներ, թնդանոթներ, կապարի և երկաթի խոզեր ` ներկառուցված լինելով կրաքարային բետոններում: մեծ նավը և աստղադաշտին պատկանող - ը ուղարկվել են այս վայր, և, առանց որևէ դժվարության, նրանց անձնակազմերը հավաքել են 1800 լիտր քաշ ունեցող խարիսխ, մի փողային ատրճանակ, երկաթի որոշ խոզեր և երկու պղնձե պտտվող հրացաններ:

'- ը, կասկածի տակ դնելով բնիկներին, իմացավ նաև, որ այդ կղզու առագաստների վրա իր երկու անոթները կորցնելուց հետո լա պերուզեն նույնպես կառուցել է ավելի փոքր նավ ՝ միայն երկրորդ անգամ կորսվելու համար: որտեղ, ոչ ոք չգիտեր:

Բայց Ֆրանսիայի կառավարությունը, վախենալով, որ դումոնտ դյուրվիլը ծանոթ չէ դիլլոնի շարժումներին, լեգոարանտ դե տրոմելինի հրամանատարությամբ սողունի բայոնեզը ուղարկել էր դեպի վանիկորո, որը տեղակայված էր ամերիկայի արևմտյան ափին: բայոնեզը իր խարիսխը նետեց աստղագնդակի մեկնումից մի քանի ամիս անց վանիկորոյի առաջ, բայց ոչ մի նոր փաստաթուղթ չգտավ. Բայց հայտարարել է, որ վայրի բնակիչները հարգում էին լա պերուզի հուշարձանը: դա այն է, ինչ ես ասացի կապիտան նեմոյին:

«եվ այսպես, - ասաց նա, - այժմ ոչ ոք չգիտի, թե որտեղ է ոչնչացել երրորդ նավը, որը կառուցվել է վանիկորո կղզու նավարկությունների կողմից»:

"ոչ ոք չգիտի."

Կապիտան նեմոն ոչինչ չասաց, բայց ստորագրեց ինձ ՝ հետևելու նրան մեծ սրահում: նավատորմը ալիքների տակ ընկավ մի քանի բակեր, և վահանակները բացվեցին:

Ես շտապեցի բացվածքի տակ և մարջանների փշրանքների տակ, ծածկված սնկով, սիֆոնուլներով, ալկիոններով, խելագարվածությամբ, հմայիչ ձկների `գիրելների, գլիպիսիդրիի, պոմֆերիդների, դիասոպների և հալոցենտրների միջոցով ծածկված մորթուցներով: ի վիճակի է պոկել. Երկաթյա խառնուրդներ, խարիսխներ, թնդանոթներ, փամփուշտներ, կապան կցամասեր, նավի ցողուն, բոլոր առարկաներ, որոնք հստակ ապացուցում են ինչ-որ նավի նավի խորտակումը, և այժմ գորգ են կենդանի ծաղիկներով: մինչ ես նայում էի այս ամայի տեսարանը, կապիտան նեմոն տխուր ձայնով ասաց.

«հրամանատար - ը նախանշեց 1785 թ. Դեկտեմբերի 7-ը ՝ իր նավերով և բրոզոլայով և աստղադիտակով: նա նախ խարիսխ գցեց բուսաբանական ծոցում, այցելեց բարեկամական կղզիներ, նոր կալեդոնիա, այնուհետև իր ուղին ուղղեց դեպի սանտա քրուզ, և դրեց նամուկա ՝ մեկը խմբի կողմից, այնուհետև նրա անոթները հարվածեցին վանիկորոյի անհայտ առագաստներին, իսկ առաջին նավը, որը անցավ առաջինը, շրջվեց հարավային ծովի ափին, իսկ աստղաբույրը օգնության հասավ և նույնպես վազեց: առաջին նավը գրեթե անմիջապես քանդվեց: երկրորդը `քամու տակ ընկած, մի քանի օր դիմադրություն ցույց տալու: բնիկները ողջունեցին գետերը, նրանք կղզում տեղադրեցին և երկու մեծերի բեկորներով փոքր նավ կառուցեցին: որոշ նավաստիներ պատրաստակամորեն մնացին վանիկորոյում, մյուսները `նրանք թույլ և հիվանդ էին, որոնք դուրս էին եկել լեռնաշղթաներով: նրանք ուղղեցին իրենց ճանապարհը դեպի սողոմոն կղզիներ, և այնտեղ ամեն ինչ կորչեց ՝ խմբի գլխավոր կղզու խղճուկ ափին ՝ ծայրահեղ խաբեության և գոհունակության միջև »:

«ինչպե՞ս գիտես դա»:

«սրանով ես գտա այն տեղում, որտեղ վերջին ավերակ էր»:

Կապիտան Նեմոն ինձ ցույց տվեց անագի ափսեի տուփ, որը դրոշմված էր Ֆրանսիական ձեռքերով և կոռոզիվում էր աղի ջրով: նա բացեց այն, և ես տեսա թղթերի մի փաթեթ, դեղին, բայց դեռ ընթեռնելի:

Դրանք նավատորմի նախարարի իրահանգներն էին հրամանատար լա պերուսին, որը լուսանկարի տակ էր դրված լուի - ի ձեռագրում:

«հա, դա լավ մահ է նավաստի համար»: ասաց ավագ նեմո, վերջապես: «մարջան գերեզմանը հանգիստ գերեզման է անում, և ես վստահում եմ, որ ես և իմ զինակիցները ուրիշ չենք գտնի»:

Գլուխ

նեղուցում

Դեկտեմբերի 27-ի կամ 28-ի գիշերվա ընթացքում ծովահենները մեծ արագությամբ լքեցին վանիկորոյի ափերը: նրա ընթացքը հարավ-արևմտյան էր, և երեք օրվա ընթացքում նա անցել էր 750 լիգա, որոնք այն առանձնացնում էին լա-պաուս խմբից և պապուայի հարավ-արևելքից:

1863-ի հունվարի 1-ի վաղ առավոտյան, զամբյուղը միացավ ինձ հարթակի վրա:

«վարպետ, թույլ կտա՞ք ինձ մաղթել երջանիկ նոր տարի»:

«ինչ, hասկացա. Ճիշտ այնպես, ասես ես պատահականորեն մասնակցում էի - ում իմ ուսմանը: դե, ես ընդունում եմ ձեր բարեմաղթանքները և շնորհակալություն եմ հայտնում նրանց համար: միայն, ես կխնդրեմ ձեզ, թե ինչ նկատի ունեք« երջանիկ նոր տարի »: «մեր պայմաններում, նկատի ունե՞ք այն տարին, որը մեզ կբերի բանտարկության ավարտին, թե՞ տարին, որը մեզ տեսնում է, շարունակում է այս տարօրինակ ճանապարհորդությունը»:

«իսկապես, ես չգիտեմ ինչպես պատասխանել, վարպետ. Մենք վստահ ենք, որ հետաքրքրասեր բաներ ենք տեսնում, և վերջին երկու ամիսների ընթացքում մենք չենք ունեցել ձանձրացնելու ժամանակը: վերջին հրաշքը միշտ ամենազարմանալին է, և եթե շարունակենք սա առաջընթաց, ես չգիտեմ, թե ինչպես դա կավարտվի: կարծում եմ, որ մենք այլևս երբեք նման բան չենք տեսնի: կարծում եմ, որ առանց որևէ հանցանքի տիրապետելու, որ երջանիկ տարին կլիներ այն ժամանակ, որտեղ մենք կարող էինք տեսնել ամեն ինչ »:

Չապոնիայի ծովերում մեր մեկնարկային կետից ի վեր, մենք հունվարի 2-ին պատրաստել էինք 11,340 մղոն կամ 5,250 ֆրանսիական լիգա: մինչ նավի գլուխը ձգվում էր մարջան ծովի վտանգավոր ափերը ՝ ավստրալիայի հյուսիսարևելյան ափին: մեր նավը պառկած էր այն անհավատալի բանկից մի քանի մղոն հեռավորության վրա, որի վրա կորել էր խոհարարի նավը, 1770-ի 10-ը հունիսը: այն նավը, որի մեջ խոհարարը խփվեց ժայռի վրա, և եթե այն չէր խորտակվում, դա պայմանավորված էր մի կտոր մարջանով, որը կոտրվել է ցնցումից և ամրագրել կոտրված կեչի մեջ:

Ես ցանկություն ունեի այցելել լեռնաշխարհ, 360 լիգա երկար, որի դեմ ծովը, միշտ կոպիտ, կոտրվեց մեծ բռնությամբ, ամպրոպի պես աղմուկով: բայց հենց այդ ժամանակ թեքված ինքնաթիռները ծովագնացները քաշեցին մեծ խորության վրա, և ես չէի կարող տեսնել բարձր մարջան պատերից ոչինչ: ես ստիպված էի գոհ լինել ցանցերի կողմից բերված ձկների տարբեր նմուշների հետ: ես նշել եմ, ի թիվս այլոց, որոշ մանր եղևնիներ, սկումբրիայի տեսակ, մի մեծ քանակությամբ անձրևանոց, կապտություն կապույտ կողմերով և գծավոր լայնակի կապերով, որոնք անհետանում են կենդանու կյանքի հետ:

Այս ձկները կոշիկներով հետևեցին մեզ և կահավորեցին մեզ շատ նուրբ սնունդով: մենք վերցրեցինք նաև մեծ թվով ոսկեզօծ գլուխներ ՝ շուրջ մեկուկես դյույմ երկարությամբ, համտեսելով պես դռների նման; և սուզանավերի պես թռչող պիրպատներ, որոնք մութ գիշերներում իրենց ֆոսֆորեսցենտ լույսով լույս են տալիս օդը և ջուրը: մոլլուսների և զոոֆիտների մեջ ես գտա ցանցի ցանցի մի քանի տեսակների ալկոհոնարյաններ, էխինի, մուրճեր, պտտահողեր, բարբառներ, սերիտներ և հիալյեներ: բուսական աշխարհը ներկայացված էր գեղեցիկ լողացող ծովախեցգետիններով, լամինարիաներով և մակրոզիստներով, որոնք արտանետվել էին լորձաթաղանթով, որը փոխանցվում է իրենց ծակոտիներով; և որոնց շարքում ես հավաքեցի հիացական , որը դասակարգվեց թանգարանի բնական հետաքրքրասիրության մեջ:

Կորալ ծովն անցնելուց երկու օր անց ՝ 4-րդ հունվար, մենք տեսանք պապուանի ափերը: այս առիթով կապիտան Նեմոն ինձ տեղեկացրեց, որ իր մտադրությունն էր հնդկական օվկիանոս մուտք գործել տորորների նեղուցով: նրա հաղորդակցությունը այնտեղ ավարտվեց:

նեղուցները կազմում են շուրջ երեսուն չորս լիգա, բայց նրանց խանգարում են անթիվ քանակությամբ կղզիներ, կղզիներ, անջատիչներ և ժայռեր, որոնք նրա նավարկությունը գրեթե անիրագործելի են դարձնում. Այնպես, որ կապիտան նեմոն բոլոր անհրաժեշտ նախազգուշական միջոցները ձեռնարկեց դրանք հատելու համար: նավատորմը, լողացող քամին և ջուրը, անցան չափավոր տեմպերով: նրա պտուտակը, ինչպես եղջերաթաղանթի պոչը, դանդաղ ծեծեց ալիքներին:

Օգնում տալով դրանով ՝ ես և իմ երկու ուղեկիցները բարձրացանք դեպի ամայի հարթակ: մեզանից առաջ ղեկավարի վանդակն էր, և ես սպասում էի, որ կապիտան նեմոն այնտեղ էր, որը ուղղորդում էր ծովային ճանապարհը: ես իմ առջև ունեի նեղուցի նեղուցների գերազանց գծապատկերները և ուշադիր խորհրդակցում էի նրանց հետ: ծովային ծովով շրջապատված ծովը կատաղորեն ցրվեց: ալիքների ընթացքը, որը հարավ-արևելքից հյուսիս-արևմուտք անցնում էր երկուսուկես մղոնի արագությամբ, կոտրվեց այն մարջանի վրա, որը իրեն դրսևորեց այստեղ և այնտեղ:

«սա վատ ծով է»: նշել է չեզոք հողը:

«գարշելի է իսկապես, և նա, ով նավակի պես չի տեղավորվում նավատիրոջ նման»:

«կապիտանը պետք է շատ վստահ լինի իր երթուղին, քանի որ ես տեսնում եմ, որ այնտեղ կան մարջան կտորներ, որոնք կանեին նրա կոկորդի համար, եթե միայն թեթևակի դիպչեր նրանց»:

Իրոք, վտանգավոր էր իրավիճակը, բայց նավատորմը կարծես մոգության պես սայթաքեց այս ժայռերից: այն ճշգրտորեն չէր հետևում աստղաքաբի և զելեների ճանապարհներին, քանի որ դրանք ապացուցեցին, որ ճակատագրական են եղել դումոնտ դյուրվիլի համար: այն ավելի շատ հյուսիս էր հյուսել, ծովեզրյա կղզիներ կղզիներ էր նետում և հարավ-արևմուտք էր վերադառնում դեպի կամբերլանդական անցում: ես մտածում էի, որ այն անցնելու է այն ժամանակ, երբ վերադառնալով հյուսիս-արևմուտք, այն անցնում էր մեծ քանակությամբ կղզիներ և կղզիներ, որոնք քիչ հայտնի էին ` դեպի կղզու ծայնային և ջրանցքների մոուբերներ:

Ես մտածում էի, եթե կապիտան նեմոն, անխելքորեն անմտորեն, իր նավը կուղարկի այն անցուղի, որտեղ դումոնտ դյուրվիլի երկու կորիզները դիպչում էին. Երբ նորից պտտվեց և ուղիղ դեպի արևմուտք ընկավ, նա ուղղվեց դեպի գիլբա կղզի:

Ցերեկը երեքն էր: մակընթացությունը սկսեց նահանջել ` լինելով բավականին լի: նավատորմը մոտեցավ կղզին, որը ես դեռ տեսա, պտուտակավոր սալիկների ուշագրավ սահմանով: նա կանգնեց այն մոտ երկու մղոնի հեռավորության վրա: հանկարծ ցնցումը տապալեց ինձ: նավատորմը պարզապես դիպչեց մի ժայռ և մնաց անշարժ, թեթևակի պառկելով նավահանգստի կողմը:

Երբ ես բարձրացա, ես ընկալեցի կապիտան նեմոն և նրա լեյտենանտը հարթակում: նրանք ուսումնասիրում էին նավի վիճակը և բառեր էին փոխանակում իրենց անհասկանալի բարբառով:

Նա գտնվում էր այսպես. Երկու մղոն, աստղադաշտի կողմում, հայտնվեց գիլբա, որը հյուսիսից արևմուտք ձգվում էր հսկայական բազկի պես: դեպի հարավ և արևելք ընկած հատվածում որոշ մարջան ցույց տվեց, որը թողնում էր ջրհորի հետևից: մենք շրջապատված էինք, և այն ծովերից մեկում, որտեղ մակընթացությունները խառնվում են. Ափսոսում է ծովային նավը լողալը: այնուամենայնիվ նավը չէր տուժել, քանի որ նրա դագաղը ամուր միացավ: բայց եթե նա չկարողացավ սահել և չշարժվել, ապա նա վտանգում էր այդ ժայռերի վրա ավելի ու ավելի ամրացված լինել, և այդ ժամանակ կապիտան Նեմոյի սուզանավային նավը կկատարվեր:

Ես այդպես էի արտացոլում, երբ կապիտան, սառը և հանգիստ, միշտ ինքն իրեն վարպետ, մոտեցավ ինձ:

"վթար?" ես հարցրեցի.

«ոչ, դեպք»:

«բայց մի դեպք, որը ձեզ կպարտավորեցնի երևի դառնալ այս հողի բնակիչ, որից դուք փախչում եք»:

Կապիտան Նեմոն հետաքրքրասիրորեն նայեց ինձ և բացասական ժեստ արեց, այնքանով, որքանով ասեմ, որ ոչինչ չի ստիպի նրան նորից ոտք դնել տեռա ֆիրմայի վրա: ապա նա ասաց.

«բացի այդ, մ. , նավատորմը չի կորչում, այն ձեզ դեռ կտանի օվկիանոսի հրաշալիքների մեջտեղում: մեր ճանապարհորդությունը միայն մեկնարկել է, և ես չեմ ցանկանում, որ շուտով զրկվի ձեր ընկերության պատվից: »»

- այնուամենայնիվ, կապիտան Նեմո, - պատասխանեցի ես ՝ չնկատելով նրա արտահայտության հեգնական շրջադարձը, - ծովագնացը շրջվեց բաց ծովում: այժմ մակընթացությունները խաղաղ չեն խաղաղ օվկիանոսի մեջ, և, եթե չկարողանաք լուսավորել նավատորմը, ես չեմ տեսեք, թե ինչպես է այն նորից ներկրվելու »:

«մակընթացությունները խաղաղ չեն խաղաղ օվկիանոսի մեջ. Դուք այնտեղ եք ճիշտ, պրոֆեսոր, բայց տորոր նեղուցներում դեռ գտնվում է բակի և կեսի տարբերություն բարձր և ցածր ծովի մակարդակի միջև: մինչ օրս 4-րդ հունվարն է, իսկ հինգ օր լուսինը լեցուն կլինի: հիմա ես շատ կզարմանամ, եթե այդ արբանյակը բավարար չափով չբարձրացնի այս զանգվածները ջուրը և ինձ մատուցի այնպիսի ծառայություն, որի համար ես պետք է պարտք լինեմ նրան »:

Այս մասին ասելով ՝ կապիտան նեմո, որին հետևեց նրա փոխգնդապետը, նորից վերափոխվեց դեպի ծովային ինտերիեր: ինչ վերաբերում է նավին, ապա այն շարժվեց ոչ և անշարժ էր, կարծես կոկորդի պոլիպին արդեն իսկ պատել էր այն քանդվող ցեմենտով:

- լավ, պարոն: ասաց չեզոք երկիր, որը եկավ ինձ մոտ նավապետի հեռանալուց հետո:

«լավ, ընկեր ջան, մենք համբերությամբ կսպասենք մթնոլորտին 9-րդ րոպեին, որովհետև երևում է, որ լուսինը նորից դուրս մղելու բարություն է ունենալու»:

«իրոք»:

«իրոք»:

«եվ այս կապիտանը ամենևին չի պատրաստվում խարիսխ գցել, քանի որ ալիքը բավարար կլինի»: ասել է , պարզապես:

Կանադացին նայում էր ուռուցիկին, հետո ուսերը սեղմում:

«պարոն, դուք կարող եք հավատալ ինձ, երբ ես ասեմ ձեզ, որ երկաթի այս կտորը այլևս չի նավարկվի ո՛չ ծովի տակ, ո՛չ էլ ծովի տակ. Դա միայն տեղին է վաճառվել իր քաշի համար: կարծում եմ, հետևաբար, կարծում եմ, որ եկել է ժամանակը, որ մաս կազմի ընկերությունը: կապիտան նեմոյի հետ »:

«ընկեր ջան, ես չեմ հուսահատվում այս գայթակղիչ նավատորմից, ինչպես դուք եք անում, և չորս օրվա ընթացքում մենք կիմանանք, թե ինչով պետք է անցկացնենք խաղաղ խաղաղ մակընթացությունները: բացի այդ, թռիչքը հնարավոր կլինի, եթե մենք նկատի ունենայինք անգլիական կամ փործագիտական ծովեզերքը: ; բայց պապուանյան ափերին դա այլ բան է, և բավական կլինի ժամանակ հասնել այդ ծայրամասին, եթե նավատորմը նորից չվերականգնվի, ինչը ես նայում եմ որպես ծանր իրադարձություն »:

«բայց նրանք գիտեն, համենայն դեպս, ինչպես վարվել շրջակա միջավայրի հետ. Կա մի կղզի. Այդ կղզու վրա կան ծառեր. Այդ ծառերի տակ ՝ ցամաքային կենդանիներ, կոտլետների և տապակած տավարի կրողներ, որոնց ես պատրաստակամորեն փործություն կտայի»:

«սրանում, ընկեր նեդը ճիշտ է», - ասաց կասիլը, - և ես համաձայն եմ նրա հետ: չէի կարողանա տիրոջը թույլտվություն ստանալ իր ընկեր նավապետ նեմոյից, որ մեզ ցամաք գցի, եթե միայն այնպես չկորցնի ամուրի վրա նետվելու սովորությունը: մեր մոլորակի մասերը »:

«ես կարող եմ հարցնել նրան, բայց նա կիրաժարվի»:

«վարպետը ռիսկի կդնի՞»: հարցրեց . «եվ մենք պիտի իմանանք, թե ինչպես ապավենել նավապետի ամայությանը»:

Ի զարմանս ինձ ՝ կապիտան նեմոն ինձ տվեց այն խնդրանքը, որը ես խնդրեցի, և նա շատ հաճելիորեն տվեց այն ՝ առանց նույնիսկ իմ կողմից հաստատելու նավը վերադառնալու խոստում: բայց նոր գվինեայի թռիչքը կարող է շատ վտանգավոր լինել, և ես չպետք է խորհուրդ տայի այդ հողը փորձելու համար: ավելի լավ է լինել նավատորմի վրա գտնվող բանտարկյալ, քան ընկնել բնիկների ձեռքը:

Ժամը ութին, զինվելով զենքով և գլխարկներով, մենք իջանք նավատորմից: ծովը բավականին հանգիստ էր. Մի փոքր քամի բռնկվեց ցամաքում: քանի որ մենք լողացինք, մենք արագորեն շարժվեցինք երկայնքով և շարժվեցինք ուղիղ հատվածում, որը խանգարողներն էին թողնում նրանց միջև: նավը լավ վարվեց և արագ շարժվեց:

հողը չէր կարող զսպել իր ուրախությունը: նա նման էր բանտարկյալի, որը փախել էր բանտից, և չգիտեր, որ անհրաժեշտ է նորից մտնել:

«միս, մենք միս ենք ուտելու, և ի՞նչ միս»: նա պատասխանեց. «իսկական խաղ. Ոչ, հաց, իրոք»:

«ես չեմ ասում, որ ձուկը լավը չէ, մենք չպետք է չարաշահենք այն, բայց կենդանի ածուխի վրա խորոված թարմ մի կտոր, որը համաձայն կլինի, փոխելու է մեր սովորական ընթացքը»:

«գլյուտոն»: ասաց , «նա իմ բերանը ջուր է դարձնում»:

«մնում է տեսնել, - ասացի ես, - եթե այս անտառները լի են խաղով, և եթե խաղն այնպիսին չէ, ինչպիսին որսորդն է, ինքը կխփի»:

- լավ ասաց, մ. Արոնաքս, - պատասխանեց կանադացին, որի ատամները կարծես խստացրած էին գլխարկի եզրին: «բայց ես կուտեմ վագր. Վագրին ուռը. Եթե այս կղզու վրա չլինի մեկ այլ քառյակ»:

«ընկեր Նադը անհանգստացած է այդ կապակցությամբ», - ասաց - ը:

«ինչ էլ որ լինի, - շարունակեց Նեդ հողը, - յուրաքանչյուր կենդանի չորս թաթով առանց փետուրի կամ երկու թաթով առանց փետուրների, կսողջանա իմ առաջին կրակոցով»:

«Շատ լավ, սկսվում են տերերի իմայքը»:

«երբեք մի վախեցիր, մ. Արոնաքս», - պատասխանեց կանադացին. «ես չեմ ուզում քսանիինգ րոպե ձեզ ուտեստ առաջարկելու համար, իմ տեսակով»:

Անցած ութերորդ կեսին ծովային նավը մեղմորեն շրջապատվեց ծանր ավազի վրա, այն բանից հետո, երբ ուրախությամբ անցավ կոճղի կղզին շրջապատող մարջանային առագաստը:

Գլուխ

Մի քանի օր ցամաքում

Ես շատ տպավորված էի հպվելով հողից: Նեդ երկիրը ոտքերով փորձեց հողը, կարծես տիրանալ դրան: այնուամենայնիվ, ընդամենը երկու ամիս առաջ էր, որ մենք դառնայինք, ըստ կապիտան Նեմոյի, «ուղևորները նավով նստած», բայց, իրականում, նրա հրամանատարի բանտարկյալները:

Մի քանի րոպեի ընթացքում մենք գտնվում էինք ափի մուշկ-կրակոցի տակ: ամբողջ հորիզոնը թաքնված էր անտառների մի գեղեցիկ վարագույրի ետևում: հսկայական ծառեր, որոնց կոճղերը հասնում էին 200 ոտնաչափ բարձրության, միմյանց հետ կապվում էին կապույտ, իրական բնական դամբարանախաղերի զարդանախշերով, որոնց միջով ցնցվում էր թեթև քամի: դրանք միմոզա, թուզ, հիբիսկի և արմավենիներ էին, որոնք խառնվում էին խորամանկության մեջ: և նրանց երեսպատման տապանակի տակ պահվում էին խոլորձներ, փշատերև բույսեր և ժայռեր:

Բայց, չնկատելով պապուան բուսական աշխարհի այս բոլոր գեղեցիկ նմուշները, կանադացին լքեց օգտակարը օգտակարության համար: նա հայտնաբերեց կոկո ծառ, ջարդեց պտուղներից մի քանիսը, կոտրեց դրանք, և մենք խմեցինք կաթը և ուտեցինք ընկույզը գոհունակությամբ, որը բողոք էր անում ծովաբողի վրա սովորական սննդի դեմ:

«գերազանց»: ասաց Նեդ հողը:

«նուրբ»: պատասխանեց կոնսիլը:

«և ես չեմ կարծում, - ասաց կանադացին, - որ նա դեմ կլինի, որ մենք տանիք ենք բերում կոկոսի ընկույզ բեռներ»:

«չեմ կարծում, որ նա կուզեր, բայց նա չէր համտեսի նրանց»:

«Նրա համար շատ ավելի վատն է», - ասաց - ը:

«եվ մեզ համար այնքան լավը», - պատասխանեց հողը: «մեզ համար ավելի շատ բան կլինի»:

«միայն մեկ բառ, վարպետ երկիր», - ասացի ես այն մարշագործին, որը սկսում էր փչացնել մեկ այլ կոկոսի ընկույզ: «կոկոսի ընկույզները լավ բաներ են, բայց նախքան նրանց հետ նավը լցնելը իմաստուն կլինի վերանայել և տեսնել, թե կղզին ինչ-որ ոչ պակաս օգտակար նյութեր չի արտադրում: թարմ բանջարեղենը լավ կլիներ ծովահենների վրա»:

«վարպետը ճիշտ է», - պատասխանեց ագռավը; «և ես առաջարկում եմ մեր նավում պահել երեք տեղ, մեկը ՝ մրգերի համար, մյուսը ՝ բանջարեղենի, իսկ երրորդը ՝ վեներոնի համար, որոնցից ես դեռ չեմ տեսել ամենափոքր նմուշը»:

«քեզ, մենք չպետք է հուսահատվենք», - ասաց կանադացին:

«եկեք շարունակենք, - ես վերադարձա», և սպասեք. Չնայած կղզին կարծես անմարդաբնակ է, այն կարող է դեռ ներառել որոշ անհատներ, որոնք ավելի քիչ դժվար կլինեն, քան մենք ՝ խաղի բնույթով »:

«հո հո»: ասաց նեդ հողը ՝ զգալիորեն շարժելով նրա ծնոտները:

«դե, նեդ»: ասաց կոնսիլը:

"իմ աշխարհը!" վերադարձրել է կանադացին, «ես սկսում եմ հասկանալ մարդաբանության հմայքը»:

«չէ՞ որ, ինչ ես ասում. Դու, մարդ-ուտող: ես չպետք է քեզ հետ ապահով զգամ, մանավանդ որ ես կիսում եմ քո տնակը: միգուցե մի օր արթնանամ, որ գտնեմ ինձ կիսաթափված»:

«ընկեր , ես քեզ շատ եմ դուր գալիս, բայց բավարար չէ քեզ անտեղի ուտելու համար»:

«ես քեզ չէի հավատա», - պատասխանեց կոնսիլը: «բայց բավական է. Մենք պետք է բացարձակապես ինչ-որ խաղ տանք, որպեսզի բավարարենք այս մարդակերը, կամ այլապես այս լավ առավոտներից մեկը, վարպետը կգտնի միայն իր ծառայի կտորները, որպեսզի նրան ծառայի»:

Մինչ մենք այսպես էինք խոսում, ներթափանցում էինք անտառի գորշ կամարները, և երկու ժամ մենք ուսումնասիրում էինք այն բոլոր ուղղություններով:

Պատահականությունը հատուցեց ուտելի բանջարեղենի որոնումը, և արևադարձային գոտիների ամենաօգտակար ապրանքներից մեկը մեզ կահավորեց թանկարժեք սնունդ, որը մենք կարոտում էինք նավի վրա: ես չէի խոսել հաց-մրգի ծառի, շատ առատ է կղզու . և ես հիմնականում նշել եմ սերմերի անպիտանությունը, որը մալայա է կրում «ռիմա» անվանումը:

Նեղ երկիրը լավ գիտեր այդ պտուղները: նա արդեն կերել շատերը ժամանակ իր բազմաթիվ ճանապարհորդությունների, եւ նա գիտեր, թե ինչպես պետք է պատրաստել ուտելի նյութ: ավելին, նրանց տեսողությունը հուզեց նրան, և նա այլևս չէր կարող իրեն պարունակել:

- վարպետ, - ասաց նա, - ես կմեռնեմ, եթե մի քիչ համտեսեմ այս հաց-մրգահացը:

«համտեսիր այն, ընկեր, ջան, համտեսիր այնպես, ինչպես ուզում ես: մենք այստեղ ենք փորձեր անելու համար»:

«դա երկար չի տևի», - ասաց կանադացին:

և, ոսպով ապահովելով, նա վառեց մեռած փայտի կրակը, որը ցնցվեց ուրախությամբ: այս ընթացքում կոնսիլը և ես ընտրեցինք հաց-մրգերի լավագույն պտուղները: ոմանք այն ժամանակ չէին հասել հասունության բավականաչափ աստիճանի. և նրանց խիտ մաշկը ծածկում էր սպիտակ, բայց բավականին թելքավոր մաղձ: մյուսները ՝ ավելի մեծ թվով դեղին և դոնդող, սպասում էին միայն ընտրության:

Այդ պտուղները կցվում ոչ միջուկը: - ը բերեց մի տասնյակ չմշակված երկիր, որը դրանք ածուխի կրակի վրա դրեց ՝ դրանք կտրելով հաստ կտորներով, և դա կրկնելուց հետո.

«դուք կտեսնեք, վարպետ, ինչքանով է լավ այս հացը: ավելին, երբ մեկը այդքան ժամանակ զրկվել է դրանից: նույնիսկ հացը չէ, - ավելացրեց նա, - այլ նուրբ խմորեղեն. Դուք ոչ մեկ չեք կերել, տեր»:

«ոչ, չես»:

«շատ լավ, պատրաստվեք ծեզ հյութալի բանի համար: եթե դուք ավելին չեք գալիս, ես այլևս պոռնիկների թագավոր չեմ»:

Մի քանի րոպե անց ամբողջությամբ տապակվեց մրգերի այն մասը, որը ենթարկվում էր կրակի: ինտերիերը նման էր սպիտակ մածուկի, մի տեսակ փափուկ փշրման, որի համը նման էր արտիճուկի:

Պետք է խոստովանենք, որ այս հացը հիանալի էր, և ես ուտեցի դրանից մեծ հաճույքով:

"ժամը քանիսն է?" հարցրեց կանադացին:

- գոնե երկու ժամ, - պատասխանեց կոնսիլը:

«ինչպես է ժամանակը թռչում ամուր հողի վրա»: հառաչեց հողը:

- եկեք հեռու մնանք, - պատասխանեց կոնսիլը:

Մենք վերադարձանք անտառի միջով և մեր հավաքածուն ավարտեցինք կաղամբ-ափի վրա արշավանքով, որը հավաքեցինք ծառերի գագաթներից, փոքր լոբի, որը ես ճանաչում էի որպես չարորակների «ծիրան» և գերադասելի որջեր:

Մենք բեռնված էինք, երբ հասանք նավակ: բայց չեզոք հողը բավարար չի գտել նրա դրույթները: ճակատագիրը, սակայն, մեզ նպաստեց: ճիշտ այնպես, ինչպես մենք էինք հանում, նա ընկալեց մի քանի ծառ ՝ քսանհինգից մինչև երեսուն ոտքի բարձրության վրա, արմավենի մի տեսակ:

Վերջապես, երեկոյան ժամը հինգին, մեր հարստությամբ բեռնված, դուրս եկանք ափը, իսկ կես ժամ անց մենք բարձրացրեցինք նավատորմը: ոչ ոք չի եկել մեր ժամանում: իսկայական երկաթե մխոցը կարծես ամայի էր: դրույթները սկսվեց, ես իջա իմ պալատը, և ընթրիքից հետո առողջ քնեցի:

Հաջորդ օրը ՝ 6-ը հունվար, նավի վրա ոչ մի նոր բան չկա: ներսում ոչ ձայն, ոչ էլ կյանքի նշան: նավը հենվեց եզրին այն երկայնքով, նույն տեղում, որի մեջ մենք թողել էինք այն: մենք որոշեցինք վերադառնալ կղզի: հողը հույս ուներ ավելի բախտավոր լինել, քան նախորդ օրը որսի հետ կապված և ցանկացավ այցելել անտառի մեկ այլ մաս:

Լուսաբացին մենք մեկնեցինք: նավը, որը վարվում էր դեպի ափ ընկած ալիքներով, մի քանի րոպե անց հասավ կղզի:

Մենք վայրէջք կատարեցինք և, կարծելով, որ ավելի լավ է հանձնել կանադացուն, մենք հետևեցինք չեզոք հողին, որի երկար վերջույթները սպառնում էին մեզ հեռավորության վրա: նա ջարդեց ափերը դեպի արևմուտք. Այնուհետև, պահպանելով որոշ հեղեղներ, ձեռք բերեց բարձրադիր հարթավայրը, որը սահմանակից էր հիանալի անտառներով: որոշ արքայազններ ջարդուփշուրի միջով էին անցնում, բայց թույլ չէին տալիս, որ իրենք մոտենան: Նրանց շրջահայեցություն ապացուցել է ինձ, որ այդ թռչունները գիտեր, թե ինչ կարելի է ակնկալել մեր տեսակների, եւ ես եզրակացրել է, որ, եթե կղզին չի բնակեցվել, գոնե մարդկային էակներ երբեմն հաճախակի այն.

Բավական մեծ ծովեզրը հատելուց հետո հասանք մի փոքրիկ փայտի փեշեր, որոնք աշխուժացնում էին մեծ թվով թռչունների երգերն ու թռիչքը:

«միայն թռչուններ կան», - ասաց - ը:

- բայց դրանք ուտելի են, - պատասխանեց մուրը:

«ես համաձայն չեմ ձեզ հետ, ընկեր ջան, որովհետև այնտեղ միայն թութակները եմ տեսնում»:

«ընկեր կոնսիլ», - ասաց նեղը, ծանրորեն, - «թութակը նման է փիրուզենի նրանց, ովքեր ուրիշ ոչինչ չունեն»:

«և, - ավելացրեց ես, - այս թռչունը, որը պատշաճ կերպով պատրաստված է, արժե դանակ և պատառաքաղ»:

Իսկապես, այս փայտի խիտ սաղարթի տակ թութակների մի աշխարհ էր թռչում մասնաճյուղից մինչև ճյուղ, և միայն մարդկային լեզվով խոսելու համար անհրաժեշտ էր զգույշ կրթություն: այս պահի դրությամբ նրանք զրուցում էին բոլոր գույների թութակների և ծանր կոկտոների հետ, որոնք, կարծես, խորհում էին ինչ-որ փիլիսոփայական խնդրի մասին, մինչդեռ փայլուն կարմիր լոռները անցնում էին փռված մի կտորով, որը տարվում էր նիզակով, պապուաններով, ամենալավ գորշ գույներով, և բոլոր թևավոր բաների մեջ ամենից շատ իմայիչ է, բայց քիչ ուտելիքներ:

Այնուամենայնիվ, այս հավաքածուներում ցանկալի էր այս հողերին բնորոշ թռչուն, և որը երբեք չի անցել նետերի և պապուան կղզիների սահմանները: բայց բախտը վաղուց վերապահեց ինձ համար:

Չափավոր հաստ պատուհանի միջով անցնելուց հետո, մենք գտանք թփերի խցանված մի հարթավայր: ես այդ ժամանակ տեսա այդ հոյակապ թռչուններին, որոնց երկար փետուրների տրամադրությունը նրանց պարտավորեցնում է թռչել քամու դեմ: նրանց հիասքանչ թռիչքը, նազելի օդային կորերը և նրանց գույների ստվերումը գրավում և հմայում էին մարդու տեսքը: ես ոչ մի դժվարություն չունեի նրանց ճանաչելու մեջ:

«դրախտի թռչուններ»: ես բացականչեցի:

մալայացիների, որոնք իրականացնում է մի մեծ առեւտրի այդ թռչունների հետ չինական, պետք է մի քանի միջոցներ, որոնք մենք կարող ենք ոչ թե աշխատանքի վերցնելու համար նրանց. Երբեմն դրանք բարձրորակ ծառերի գագաթին կադրեր են դնում, որոնք դրախտի թռչունները գերադասում են հաճախակի: երբեմն դրանք բռնում են մածուցիկ թռչնաշորի հետ, որը պարալիզացնում է նրանց շարժումները: նրանք նույնիսկ այնքան հեռու են գնում, որ թունավորեն այն շատրվանները, որից թռչունները հիմնականում խմում են: բայց մենք պարտավոր էինք կրակել նրանց թռիչքի ժամանակ, որը տվել է մեզ քանի անգամ հնարավորություն են բերում նրանց ներքեւ. և, իրոք, մենք ապարդյուն սպառեցինք մեր զինամթերքի կեսը:

Առավոտյան ժամը տասնմեկին անցել են կղզու կենտրոնը կազմող լեռների առաջին շարքը, և մենք ոչինչ չենք սպանել: քաղց քշում մեզ. Որսորդները հենվել էին հալածանքի արտադրանքների վրա և սխալ էին գործում: ուրախությամբ հասկանալով իր մեծ անակնկալին ` կրկնակի կրակոց արձակեց և ապահովեց նախաճաշը: նա բերեց ցած սպիտակ աղավնի, եւ փայտանյութի-աղավնի, որը, խելացիորեն եւ կասեցվել է մի շիշ էր աղացած մինչեւ կարմիր կրակի մահացած փայտի. Մինչ այս հետաքրքիր թռչունները եփում էին, պատրաստեց հացահատիկի պտուղը։ այն ժամանակ փայտի աղավնիները կուլ տրվեցին ոսկորներին և հայտարարվեցին գերազանց։ մշկընկույզ, որի հետ նրանք գտնվում են սովորություն լցնում իրենց բերքը, համային իրենց մարմինը եւ մատուցում համեղ ուտում.

«հիմա, նեդ, հիմա ինչ ես կարոտում»։

«որոշ քառասուն խաղ խաղ, մ. Արոնաքս. Այս բոլոր աղավնիները միայն կողքի ափսեներ և մանրուքներ են, և քանի դեռ չեմ սպանել կենդանին դանակներով, ես գոհ չեմ լինի»։

«ոչ ես, ոչ, եթե ես դրախտի թռչուն չեմ բռնում»։

«եկեք շարունակենք որս», - պատասխանեց կոնսիլը։ «եկեք գնանք դեպի ծով։ մենք հասել ենք լեռների առաջին տեղանքներին, և կարծում եմ, որ ավելի լավ վերականգնեցինք անտառների շրջանը»։

Դա խելամիտ խորհուրդ էր և հետևում էր դրան։ մեկ ժամ քայլելուց հետո հասանք սաղարթախիտ անտառ։ որոշ աննկատ օձեր սողոսկեցին մեզանից։ թռչունները դրախտ փախան մեր մոտեցման, եւ իսկապես ես հուսալքված ստանալու մեկի մոտ, երբ , ով քայլում է ձեր առջեւ, հանկարծ կռացավ, որից հետո հաղթական ճիչը, եւ վերադառնում է ինձ հետ բերելով մի հոյակապ անձնավորություն։

«ա !խ, բրավո, զամբյուղ»։

«վարպետը շատ լավն է»։

«ո՛չ, տղա՛ս, դու հիանալի հարված կատարեցիր: վերցրու այս կենդանի թռչուններից մեկին և տարիր քո ձեռքին»:

«եթե վարպետը քննի դա, կտեսնի, որ ես մեծ արժանիքների չեմ արժանի»:

«ինչու, կոնսիլ»:

«որովհետև այս թռչունը նույնքան հարբած է որպես լոր»:

"խմած!"

«այո, պարոն, հարբած մշկընկույզներից, որոնք նա քերել է մշկընկույզի տակ, որի տակ ես գտել եմ դա: տես, ընկեր ջան, տե՛ս անհամապատասխանության հրեշավոր հետևանքները»:

«ջովով»: բացականչեց կանադացին, «քանի որ երկու ամիս է ՝ ինչ խմել եմ ջին, դու ինձ նախատելու կարիք ունես»:

Այնուամենայնիվ, ես ուսումնասիրեցի հետաքրքրասեր թռչունին: զամբյուղը ճիշտ էր: հյութով հարբած թռչունը բավականին անզոր էր: այն չէր կարող թռչել; հազիվ էր քայլում:

Այս թռչունը պատկանում էր ութ տեսակներից ամենագեղեցիկին, որոնք հանդիպում են պապուայում և հարևան կղզիներում: դա «մեծ զմրուխտ թռչունն էր, ամենատարածված տեսակը»: այն չափում էր երեք ոտք երկարությամբ: նրա գլուխն էր, համեմատաբար փոքր, իր աչքերը տեղադրված մոտ բացմանը քիթ, ինչպես նաեւ փոքր. Բայց երանգներ գույնի գեղեցիկ են, որոնք ունեն դեղին քիթ, շագանակագույն ոտքերը եւ , ընկույզ, գունավոր թեւերը հետ խորհուրդներ, գունատ դեղին է հետեւի պարանոցի եւ գլխի, եւ զմրուխտ գույնի կոկորդի, շագանակագույն վրա կրծքի, որովայնի . Երկու եղջյուրավոր, ներքևից ներքև ցանցեր էին բարձրանում պոչի ներքևից, որոնք երկարացնում էին հիացական նրբության երկար թեթև փետուրները, և նրանք ավարտեցին այս զարմանահրաշ թռչունի ամբողջությունը, որ բնիկները բնիկորեն բանաստեղծորեն անվանեցին «արևի թռչուն»:

Բայց եթե իմ ցանկությունները բավարարվում էին դրախտի թռչունին տիրապետելով, կանադացիները դեռ չէին: երջանիկորեն, մոտ երկու ժամվա ընթացքում, չեզոք հողը հանեց մի հոյակապ խոզ: այդ կրտսերից, բնիկները անվանում են «բարի-օտանգ»: կենդանին ժամանակին եկավ, որ մենք պատրաստենք իսկական քառապատ միս, և նա լավ ընդունվեց: հողը շատ հպարտացավ իր կրակոցով: էլեկտրական գնդակի հարվածով խոզը ընկել է քարի տակ: կանադացի մաշկը մաքրել և մաքրել այն պատշաճ կերպով, կես տասնյակ կոտլետներ վերցնելուց հետո, նախօրեին երեկոն որոշել է մեզ հացաբուլկեղենով պատրաստել: այնուհետև վերսկսվեց որսը, որը դեռևս առավել նշանավորվեց Նեդի և կոնսիլի շահագործմամբ:

Իսկապես, երկու ընկերները, ծեծելով թփերը, բարձրացրին կենգուրուների մի նախիր, որը փախուստի էր դիմում և երկայնքով կապվում իրենց առաձգական թաթերի վրա: բայց այս կենդանիները այդքան արագ չէին թռիչք կատարել, բայց այն, ինչ էլեկտրական պարկուճը կարող էր դադարեցնել իրենց ընթացքը:

«հա, պրոֆեսոր»: աղաղակեց ցամաքային հողը, որը բռնել էր հալածանքի հրճվանքով, «ինչ հիանալի խաղ է և շոգեխաշած, նույնպես ինչպիսի՞ մատակարարում է ծովայինի համար. Երկու, երեք, հինգ հատ ներքև, և մտածել, որ մենք կուտենք այդ մարմինը և որ նավի վրա եղած ապուշները փշրանք չեն ունենա »:

Կարծում եմ, որ իր ուրախության չափից ավելին ՝ կանադացին, եթե նա այդքան չխոսեր, կսպաներ նրանց բոլորին: բայց ինքն իրեն գոհացրեց այս հետաքրքիր մարսուպցիների մեկ տասնյակից: այդ կենդանիները փոքր էին: դրանք «կենգուրու նապաստակների» տեսակ էին, որոնք սովորաբար ապրում են ծառերի փոսերում, և որոնց արագությունը ծայրահեղ է: բայց դրանք չափավոր ճարպ են և ապահովում են առնվազն գնահատելի սնունդ: մենք շատ գոհ էինք որսի արդյունքներից: երջանիկ Նեդը առաջարկեց հաջորդ օրը վերադառնալ այս հմայիչ կղզի, քանի որ նա ցանկացավ այն վերացնել բոլոր ուտելի քառանկյուններից: բայց նա հաշվի էր առել առանց իր հյուրընկալողի:

Ժամը վեցը երեկոյան մենք էինք վերականգնել ափին. Մեր նավը պարուրվեց սովորական վայրում: , նման երկար ժայռի, առաջացել են ալիքների երկու մղոն հեռավորության վրա լողափ. Յողը, առանց սպասելու, զբաղեցրեց իրեն կարևոր ընթրիքի բիզնեսի վերաբերյալ: նա լավ հասկացավ ամեն ինչ պատրաստելու մասին: ածուխի վրա խորոված «բարի-ելքը», շուտով օդը հոտեց համեղ հոտով:

Իսկապես, ընթրիքը գերազանց էր: փայտի երկու աղավնիներ ավարտեցին այս արտառոց ընտրացանկը: խմորանման, որ հաց, որոշ , կես տասնյակ , եւ լիկյոր ինչ-որ կաղին, անչափ ուրախ է մեզ. Ես նույնիսկ կարծում եմ, որ իմ արժանի ուղեկիցները գաղափարները ունեցել ոչ բոլոր պարզությունը ցանկալի:

«ենթադրենք ՝ մենք այս երեկո չենք վերադառնում նավատորմ»: ասաց կոնսիլը:

«ենթադրենք՝ մենք երբեք չենք վերադառնում »: ավելացրեց նեղ հողը:

Հենց այդ ժամանակ մի քար ընկավ մեր ոտքերի վրա և կարճեց բամբասողի առաջարկը:

Գլուխ

Կապիտան Նեմոյի որոտը

Մենք նայեցինք անտառի եզրին, առանց բարձրանալու, ձեռքս կանգ առնելով այն բերանը դնելու գործի վրա, չհամաձայնեցնելով, որ հողն ավարտի իր գրասենյակը:

«քարերը երկնքից չեն ընկնում», - նշել է զամբյուղը, - կամ նրանք արժանի կլինեին անվանման աերոլիտներին »:

Երկրորդ քարը ՝ խնամքով ուղղված, որը կեղտոտ աղավնիի ոտքը փչացրեց կեղևի ձեռքից, ավելի մեծ քաշ տվեց նրա դիտարկմանը: բոլորս երեքը ոտքի կանգնեցինք, զինեցինք մեր զենքերը և պատրաստ էինք պատասխան տալ ցանկացած հարձակման:

«նրանք մեղրե՞ր են»: աղաղակեց նեղ հողը:

«շատ մոտ, նրանք վայրենիներ են»:

«դեպի նավը»: ասացի ՝ շտապելով ծով:

Իսկապես անհրաժեշտ էր նահանջը ծեծել, քանզի քսան քսան բնիկ, որոնք զինված էին աղեղներով և ճոճանակներով, հայտնվեցին մի կտորի փեշերի վրա, որոնք դիմակավորված էին հորիզոնից աջ, մեր կողմից հազիվ հարյուր քայլ:

Մեր նավը փակվեց մեզանից վաթսուն ոտքով: վայրի կենդանիները մոտեցան մեզ ՝ ոչ թե վազելով, այլ թշնամական ցույցեր անելով: քարերն ու նետերը խիտ ընկան:

հողը չէր ցանկանա լքել իր դրույթները. և, չնայած իր մոտալուտ վտանգին, մի կողմից նրա խոզը, իսկ մյուս կողմից `կենգուրուները, նա անցավ հուսալիորեն արագ: երկու րոպեի ընթացքում մենք ափին էինք: նավը պարագաներով և զենքով բեռնելը, այն ծովեզերք մղելը և օձերը առաքելը ակնթարթային աշխատանք էր: չէինք գնացել երկու կաբելային երկարությունները, երբ մի քանի հարյուր վայրենիներ, ոռնացող եւ , մտել ջուրը մինչեւ մեջքներին: ես նայում էի ՝ տեսնելով, թե արդյոք նրանց տեսքը մի քանի տղամարդկանց ծովագնացությունից կբերի՞ հարթակ: բայց ոչ. Յսկայական մեքենան, պառկած, բացարձակապես ամայի էր:

Քսան րոպե անց մենք նավի մեջ էինք: վահանակները բաց էին: նավակը արագորեն սարքելուց հետո մենք մտանք նավատիրոջ ինտերիեր:

Ես իջա նկարասրահ, որտեղից էլ լսել եմ որոշ ակորդներ: կապիտան Նեմոն այնտեղ էր, թեքում էր իր օրգանը և ընկնում երաժշտական էքստազի մեջ:

«կապիտան»:

Նա ինձ չլսեց:

«կապիտան»: ասացի ՝ դիպչելով նրա ձեռքին:

Նա ցնցվեց, և շրջվելով ՝ ասաց. «հա, դու պրոֆեսորն ես, լավ, լավ որս ես ունեցել, հաջողությամբ բուսաբանե՞լ ես»:

«այո կապիտան, բայց մենք, ցավոք, բերեցինք երկսեռի զորք, որի հարևանությունը ինձ անհանգստացնում է»:

«ի՞նչ երկբեզ»:

«վայրենիներ»:

«վայրենիներ»: նա հեգնանքով արձագանքեց. «այսպիսով, դուք զարմացած եք, պրոֆեսոր, երբ ոտք եք դրել տարօրինակ հողի վրա և վայրի կենդանիներ գտնելիս: վայրի՞կներ: որտեղի՞ց չկան: բացի այդ, մի՞թե նրանք ավելի վատն են, քան մյուսները, սրանք, ում անվանում եք վայրիություն»:

«բայց կապիտան»

«քանի՞ եք հաշվել»:

«գոնե հարյուր»:

«Մ. Արոնաքս», - պատասխանեց կապիտան Նեմոն ՝ մատները դնելով օրգանի վրա, - երբ այս ափի մոտ հավաքվեն պապուայի բոլոր բնիկները, նավատորմը նրանց հարձակումներից վախենալու բան չի ունենա »:

Կապիտան մատները այնուհետև վազում էին գործիքի բանալիների վրա, և ես նկատեցի, որ նա դիպչում էր միայն սև ստեղներին, որոնք իր մեղեդիներին տալիս էին ըստ էության շոտլանդական կերպար: շուտով նա մոռացել էր իմ ներկայությունը և ընկղմվում էր այն ակնածանքի վրա, որը ես չէի անհանգստացնում: ես նորից բարձրացա հարթակ. Գիշերն արդեն ընկել էր. Քանի որ այս ցածր լայնության մեջ արևը արագ և առանց մթնշաղի է ընկնում: ես կղզին միայն աննկատ տեսա. Բայց լողափում լուսավորված բազմաթիվ հրդեհները ցույց տվեցին, որ բնիկները չեն մտածում այն լքելու մասին: ես մի քանի ժամ մենակ էի, երբեմն մտածում էի բնիկների մասին, բայց առանց նրանց վախի, որովհետև կապիտանի անսխալական վստահությունը բռնում էր. Երբեմն մոռանալով նրանց հիանալ արևադարձային տոնի գիշերային շքեղությամբ: իմ հիշողությունները Ֆրանսիայում անցան կենդանակերպի այն աստղերի գնացքում, որոնք փայլում էին որոշ ժամերի ընթացքում: լուսինը փայլեց զենիթի համաստեղությունների մեջտեղում:

Գիշերը տապալվեց առանց որևէ դժբախտության, կղզիներն անվախորեն վախեցան ՝ գետի մեջ շրջապատված հրեշի աչքի առաջ: վահանակները բաց էին, և կառաջարկեր հեշտ մուտք դեպի ծովային ինտերիեր:

Ժամը 8-ի առավոտյան ժամը 8-ին ես բարձրացա հարթակ: լուսաբացը կոտրվում էր: որ կղզին շուտով ցույց տվեց իրեն միջոցով մառախուղներ, առաջին ափին, ապա գագաթնաժողովներին:

Բնիկները այնտեղ էին, շատ ավելի շատ, քան նախորդ օրը, հավանաբար, հինգ կամ վեց հարյուրը. Նրանցից ոմանք, ցածր ջրով օգուտ տալով, եկել էին մարջան ՝ ծովային երկու մալուխից պակաս հեռավորության վրա: ես նրանց առանձնացնում էի հեշտությամբ. Դրանք իսկական պապուաններ էին, մարզական գործիչներ, լավ ցեղի մարդիկ, մեծ բարձր ճակատներ, մեծ, բայց ոչ լայն և հարթ և սպիտակ ատամներ: նրանց բրդյա մազերը, կարմրավուն երանգով, ցույց էին տալիս իրենց սև փայլուն մարմիններին, ինչպես նուբիացիները: նրանց ականջների օղերից ՝ կտրված և շեղված, ոսկորների կախովի մատուռներ: այդ վայրագությունների մեծ մասը մերկ էին: նրանց մեջ ես նշեցի, որ որոշ կանանց, որոնք կոճերից մինչև ծնկ էին հագնում բուսական բծախնդրությամբ, որոնք ապահովում էին բուսական գոտի: որոշ պետեր զարդարում էին վիզը կիսալուսնով և ապակյա ուլունքներով մանյակներով, կարմիր և սպիտակներով; համարյա բոլորը զինված էին աղեղներով, սլաքներով և վահաններով և իրենց ուսերին տանում էին մի տեսակ ցանց, որը պարունակում էր այն կլոր քարեր, որոնք մեծ հմտությամբ էին նետում իրենց տողերից: մեկը այդ պետերի, այլ մոտ , ուսումնասիրել այն ուշադիր. Նա եղել է, թերեւս, մի «» բարձր կոչման, որովհետեւ նա է խսիրի վրա բանան տերեւների, կլոր եզրեր, եւ ճամփա է փայլուն գույներով.

Ես կարող էի հեշտությամբ բախել այս հարազատին, որը կարճ երկարությամբ էր: բայց ես կարծում էի, որ ավելի լավ է սպասել իսկական թշնամական ցույցերի: եվրոպացիների և վայրենիների միջև տեղին է, որ եվրոպացիները կտրուկ փախչեն, ոչ թե հարձակվեն:

Ածր ջրի ընթացքում բնիկները շրջում էին ծովագնացության մերձակայքում, բայց անհանգիստ չէին. Ես լսում էի նրանց, որ հաճախակի կրկնում էին «» բառը, և նրանց ժեստերով ես հասկանում էի, որ ինձ հրավիրում են գնալ երկիր ՝ հրավեր, որը ես մերժեցի:

Այնպես, որ այդ օրը նավը չշեղվեց, դեպի վարպետ հողի մեծ դժգոհությունը, որը չկարողացավ լրացնել իր դրույթները:

Այս ծովատառ կանադացին իր ժամանակն օգտագործեց կղզուց դուրս բերված վիենդներն ու միսը պատրաստելու գործում: ինչ վերաբերում է վայրագներին, նրանք վերադարձան ափ ՝ առավոտյան ժամը տասնմեկին մոտ, հենց որ մարջան գագաթները սկսեցին անհետանալ աճող ալիքի տակ. Բայց ես տեսա, որ նրանց թիվը զգալիորեն աճել է ափին: հավանաբար նրանք եկել են հարևան կղզիներից, կամ, հավանաբար, պապուայից: այնուամենայնիվ, ես չէի տեսել ոչ մի հայրենի կիրճ: չունենալով ավելի լավ բան անել, ես մտածեցի քարշ տալու այս գեղեցիկ ջրիմուռ ջրերը, որոնց տակ ես տեսա կճեպի, զոոֆթների և ծովային բույսերի խորամանկություն: ավելին, վերջին օրն էր, որ նավատորմը անցնում էր այս մասերում, եթե հաջորդ օրը նա լողանա բաց ծովում, ըստ կապիտան Նեմոյի խոստման:

Ուստի ես կանչեցի կոսին, որը բերեց ինձ մի փոքր թեթև ձգձգում, շատ նման էր ոստրեների ձկնատեսակների համար: հիմա աշխատել: երկու ժամ անընդմեջ ձկնորսեցինք, բայց առանց հազվագյուտների տեղ հասցնելու: քաշքշուկը լցված էր ականջներով, եղջյուրներով, մելամաներով և մասնավորապես առավել գեղեցիկ մուրճներով, որոնք ես երբևէ տեսել եմ: մենք բերեցինք նաև ծովային խարամներ, մարգարիտ ոստրեներ և տասնյակ փոքրիկ կրիաներ, որոնք պահվում էին տախտակի վրա մորթուց:

Բայց հենց այն ժամանակ, երբ ես դա ամենաքիչը ակնկալում էի, ես զարմանում եմ ձեռքի վրա, ես կարող եմ ասել բնական դեֆորմացիա, որի հետ շատ հազվադեպ եմ հանդիպում: զամբյուղը նոր էր քարշ տալիս, և նրա ցանցը լցվեց զանազան սովորական կճեպով, երբ միանգամից նա տեսավ, որ ես արագորեն ընկնում եմ բազուկս ցանցի մեջ, կեղև հանելու, և լսեց, որ արտասավում է:

«ինչ է պատահել, սըր». Նա անակնկալ հարցրեց. «վարպետը կծե՞լ է»:

«ոչ, իմ տղա, բայց ես պատրաստակամորեն կտայի մատնված իմ հայտնագործության համար»:

«ի՞նչ հայտնագործություն»:

- այս կեղևը, - ասացի ես ՝ պահպանելով իմ հաղթանակի առարկան:

«դա պարզապես ծիթապտղի , սեռ ծիթապտուղ, կարգը , դասը , ենթաօրենսդրական կարգի »:

«այո, զամբյուղ, բայց, փոխարենը աջից ձախ գլորվելով, այս ծիթապտուղը շրջվում է ձախից աջ»:

"դա հնարավոր է?"

«այո, իմ տղա, դա ձախ կճեպ է»:

Ռումբերն աչլիկ են, հազվադեպ բացառություններ. և, երբ պատահականորեն մնում է նրանց պարույրը, սիրողականները պատրաստ են վճարել իրենց քաշը ոսկով:

- ը և ես կլանվեցինք մեր գանձի մտորումների մեջ և ես խոստանում էի ինքս ինձ հարստացնել թանգարանը դրանով, երբ, ցավոք, մի քար, որը, ցավոք, նետվել է հարազատի կողմից, հարվածեց դեմ ու կոտրեց թանկարժեք իրը ձեռքի ձեռքին: ես հուսահատության ճիչ արտասանեցի: վերցրեց հրացանը, եւ ուղղված է վայրենի, որը իր պարսատիկ է տասը բակերում նրանից: ես կդադարեցնեի նրան, բայց նրա հարվածն ուժի մեջ մղեց և կոտրեց ամուլետների ձեռնաշղթան, որը շրջապատում էր վայրի ձեռքը:

«կոնսիլ»: գոչեցի ես: «կոնսիլ»:

- դե, պարոն, չե՞ք տեսնում, որ մարդակեր սկսվել է հարձակումը:

«կճեպը արժանի չէ մարդու կյանքին», - ասաց ես:

«ախ! Սրիկա» աղաղակեց ագռավ; «ես նախընտրում էի, որ նա կոտրեր իմ ուսը»:

Չամբյուղը լուրջ էր, բայց ես նրա կարծիքին չէի: այնուամենայնիվ, իրավիճակը փոխվել էր մի քանի րոպե առաջ, և մենք չէինք ընկալել: մի շարք շրջապատեց նավատորմը: այդ , դուրս է միջքաղաքային մի ծառի, երկար, նեղ, ինչպես նաեւ հարմարեցված արագությամբ էին հավասարակշռվում միջոցով երկար բամբուկի բեւեռի, որը լողում է ջրի. Նրանց կառավարում էին հմուտ, կիսամերկ թաիկներ, և ես նրանց անհաջողությամբ հետևում էի դրանց առաջընթացին:

ակնհայտ էր, որ այդ պապուաններն արդեն գործ ունեին եվրոպացիների հետ և գիտեին իրենց նավերը: բայց այս երկաթե երկար մխոցը խարսխված է ծովածոցում, առանց մագիստրոսների կամ ծխնելույզների, ի՞նչ կարող էին մտածել դրա մասին: ոչ մի լավ բան, քանի որ սկզբում նրանք պահում էին հարգալից հեռավորության վրա: այնուամենայնիվ, տեսնելով այն անշարժ, աստիճանաբար նրանք քաջություն դրսևորեցին և փորձեցին ծանոթանալ դրան: այժմ այդ ծանոթությունը հենց այն էր, ինչից պետք էր խուսափել: մեր զենքերը, որոնք աննկատելի էին, կարող էին միայն չափավոր ազդեցություն թողնել վայրի կենդանիների վրա, ովքեր քիչ հարգանք են տածում ոչ բոլոր, բայց պայթեցնող բաների նկատմամբ: առանց ամպրոպի արծագանքների ամպրոպը կվախեցներ մարդուն, բայց քիչ, չնայած որ վտանգը կայծակի մեջ է, ոչ թե աղմուկի մեջ:

Այս պահին կանոնները մոտեցան ծովագնացին և նետերի ցնցուղը նայեց նրա վրա:

Ես իջա սրահ, բայց ոչ ոք այնտեղ չգտա: ես ձեռնամուխ եղա կապել դուռը, որը բացվեց նավապետի սենյակում: «ներս մտնել», - էր պատասխանը:

Ես մտա և գտա կապիտան Նեմո ՝ և այլ քանակությունների հանրահաշվական հաշվարկների մեջ:

«ես ձեզ խանգարում եմ», - ասացի ես ես ՝ քաղաքավարության համար:

- դա ճշմարիտ է, մ. Արոնաքս, - պատասխանեց կապիտանը; «բայց ես կարծում եմ, որ դուք ունեք լուրջ պատճառներ, որոնք ցանկանում եք տեսնել ինձ»:

«շատ ծանր մարդիկ են, բնիկները շրջապատում են մեզ իրենց ձորերով, և մի քանի րոպեի ընթացքում մենք, անշուշտ, պետք է հարձակվենք հարյուրավոր վայրագների կողմից»:

«ահ»: ասաց նավապետ նեմոն հանգիստ, - նրանք եկել են իրենց կանոներով:

"այո պարոն."

«դե, պարոն, մենք պետք է փակենք փակագծերը»:

«ճշգրիտ, և ես եկա ասելու քեզ»

«ոչինչ ավելի պարզ չի կարող լինել», - ասաց կապիտան նեմոն: և, սեղմելով էլեկտրական կոճակը, նա հրամանը փոխանցեց նավի անձնակազմին:

«ամեն ինչ արված է, պարոն», - ասաց նա, որոշ պահերից հետո: «գագաթնակետը պատրաստ է, իսկ գլխարկները փակ են: դուք չեք վախենում, ես պատկերացնում եմ, որ այս պարոնայք կարող են պատեր դնել այն պատերին, որոնց վրա ձեր ֆրեգատի գնդակները ոչ մի արդյունք չեն ունեցել»:

«ոչ, կապիտան, բայց վտանգ դեռ կա»:

«ի՞նչ է դա, պարոն»:

«դա վաղն է, մոտավորապես այս ժամին մենք պետք է բացիկներ բացենք ծովահենների օդը թարմացնելու համար: հիմա, եթե, այս պահի դրությամբ, պապուանները պետք է գրավեն հարթակը, ես չեմ

տեսնում, թե ինչպես կարող էիք կանխել դրանք մուտքից
»:

- այդ դեպքում, պարոն, դուք ենթադրում եք, որ նրանք մեզ կընկնեն:

«ես դրանում համոզված եմ»:

«դե, պարո՛ն, թող նրանք գան: ես չեմ տեսնում նրանց խանգարելու որևէ պատճառ: ի վերջո, այդ պապուաններն աղքատ արարածներ են, և ես պատրաստ չեմ, որ իմ այցը կզգի պետք է արժեր այդ խորտակվածներից մեկի կյանքը»:

Դրա համար ես հեռանում էի. Բայց կապիտան Նեմոն ինձ ձերբակալեց և խնդրեց, որ նստեմ նրա կողքին: նա հետաքրքրությամբ հարցրեց ինձ ափին մեր էքսկուրսիաների և մեր որսի մասին. և, կարծես, չհասկացավ կանադացի տիրապետող մսի փափագը: այնուհետև խոսակցությունն անդրադարձավ տարբեր թեմաների, և, առանց հաղորդակցվելու ավելի շատ, կապիտան Նեմոն իրեն ավելի զվարթ դրսևորեց:

Ի թիվս այլ բաների, մենք պատահեցինք, որ խոսենք ծովագնացության իրավիճակի մասին, վազվզվենք հենց նույն նեղուցի այն վայրում, որտեղ գրեթե կորած էր դումոնտ դուրվիլը: այս մասին.

«սա դյուվիլը ձեր հիանալի նավաստիներից մեկն էր, - ասաց ինձ նավապետը, - ձեր ամենախելացի նավարկողներից մեկը: նա ձեզ ֆրանսիացիների նավապետն է, նա ձեզ ֆրանսիացիների նավապետն է, գիտության դժբախտ մարդ, հարավային բևեռի սառցաբեկորները քաջացնելուց հետո: , օվկիանոսի մորջորյա առագաստները, խաղաղօվկիանոսի մարդակերները դժբախտաբար կորչեն երկաթուղային գնացքում: եթե այս եռանդուն մարդը կարող էր արտացոլել իր կյանքի վերջին պահերին, ի՞նչ է պետք ենթադրել իր վերջին մտքերում վերին աստիճանի: »

Այսպիսով, նավապետ Նեմոն կարծես տեղափոխված էր, և նրա հույզն ինձ ավելի լավ կարծիք էր տալիս նրա մասին: այնուհետև, ծեռքի տակ եղած գծագրով, մենք վերանայեցինք ֆրանսիացի նավարկողի ճանապարհորդությունները, նրա շրջագայության շրջագայությունները, նրա կրկնակի կալանքը հարավային բևեռում, ինչը հանգեցրեց ադելաիդի և լուի ֆիլիպեի հայտնագործության, ինչպես նաև ամրագրելով օվկիանոսի հիմնական կղզիների հիդրոգրաֆիական առանցքակալները .

«այն, ինչ արել է քո դուռը ծովի մակերևույթի վրա», - ասաց կապիտան նեմոն, - որ ես արել եմ նրանց տակ և ավելի հեշտությամբ ՝ ավելի լավ, քան ինքն է: աստղաբաբը և զառին, անդադար նետվելով փոթորկի հետևանքով , չէր կարող արժանի լինել ծովային, հանգիստ պահեստի աշխատանքի, որը նա է, իսկապես անշարժ է ջրերի մեջ:

«վաղը», - ավելացրեց կապիտանը ՝ բարձրանալով, - «վաղը, երեկոյան քսան րոպեից երեքը երեկոյան, ծովագնացը պետք է լողա և անթափանցի թողնի ջաիերի նեղուցը»:

Այս բառերը խստորեն արտասանելով ՝ կապիտան նեմոն մի փոքր խոնարհվեց: սա էր ինձ աշխատանքից հեռացնելու համար, և ես վերադարձա իմ սենյակ:

Այնտեղ ես գտա աբեղա, որը ցանկացավ իմանալ կապիտան հետ հարցազրույցի արդյունքը:

- իմ տղա, - ասաց ես, - երբ ես ուզում էի հավատալ, որ նրա ծովահորը սպառնում է պապուայի բնիկներին, կապիտանը պատասխանեց ինձ շատ ծիծաղելիորեն: ես ունեմ, բայց մի բան պետք է ասեմ ձեզ. Վստահություն ունենաք նրա հանդեպ և գնացեք քնել խաղաղության մեջ »:

«դուք կարիք չունեք իմ ծառայություններից, պարոն»:

- ո՛չ, իմ ընկեր: ի՞նչ է դա անում հողը:

- եթե ինձ կներեք, սըր, - պատասխանեց զամբյուղը, - ընկեր նեդը զբաղված է կենգուրու-կարկանդակ պատրաստելով, որը հիանալի կլինի:

Ես մնացի մենակ և գնացի քնելու, բայց անտարբեր քնել էի: ես լսել եմ վայրի կենդանիների աղմուկը, որոնք դրոշմակնիք էին նետում հարթակում՝ արտասանելով խուլ աղաղակներ: գիշերն անցավ դրանով՝ չխանգարելով անձնակազմի սովորական կեցվածքին: այդ մարդակերների առկայությունը նրանց վրա ազդեց ոչ ավելին, քան դիմակավորված մարտկոցի զինվորները խնամում էին այն ճակատից դուրս գալու միջոցներին:

Առավոտյան ժամը վեցին ես բարձրացա: բացվածքները բացված չէին: ներքին օդը չվերականգնվեց, բայց ջրամբարները, որոնք պատրաստ էին ցանկացած արտակարգ իրավիճակների, պատրաստ էին այժմ, և թթվածնի մի քանի խորանարդ ոտնաչափ լցնում էին ծովային սպառված մթնոլորտի մեջ:

Ես աշխատել եմ իմ սենյակում մինչև կեսօր, առանց տեսնելու կապիտան նեմո, նույնիսկ մի պահ: օդանավում մեկնելու համար նախապատրաստություններ չէին նկատվում:

Ես դեռ սպասեցի որոշ ժամանակ, այնուհետև մտա մեծ սրահ: ժամացույցը նշված էր կիսով չափ անցած երկուսով: տասը րոպեի ընթացքում դա բավականաչափ լարված կլիներ. և, եթե կապիտան նեմոն չմտածեր չմտածված խոստումը, ծովագնացը անմիջապես կհեռացվեր: եթե ոչ, շատ ամիսներ կանցնեին, երբ նա կարող էր լքել մարջանի մահճակալը:

Այնուամենայնիվ, որոշ նախազգուշական թրթռանքներ սկսեցին զգալ նավի մեջ: ես լսել էի, որ կեղտոտվում էր մարջանային խութի կոպիտ հատիկավոր հատակի դեմ:

Հինգ-քսան րոպե երեքից երեք րոպեի ընթացքում նավապետ նեմոն հայտնվեց սրահում:

«մենք պատրաստվում ենք սկսել», - ասաց նա:

«ահ»: պատասխանեց ես:

«ես հրաման եմ տվել բացել բացերը»:

«և պապուանները»:

«պապուանները»: պատասխանեց կապիտան նեմոն ՝ մի փոքր սեղմելով ուսերը:

«մի՞թե նրանք չեն մտնելու նավատիրոջ ներս»:

«ինչպես»:

«միայն ձեր բացած բացվածքների վրա ցատկելով»:

«մ. Արոնաքս», - հանգիստ պատասխանեց կապիտան Նեմոն, - նրանք այդ ճանապարհով չեն մտնի ծովեզերքի գլխարկներ, թեկուզև բաց լինեին »:

Նայեցի նավապետին:

"դուք չեք հասկանում?" ասաց նա:

«հազիվ»:

«լավ, արի ու կտեսնես»:

Ես քայլերս ուղղեցի դեպի կենտրոնական սանդուղք: այնտեղ չկարողացող հողը և կեղծիքը խորամանկորեն հետևում էին նավի անձնակազմի որոշ ներկայացուցիչներին, որոնք բացում էին գլխարկները, իսկ ցասման աղաղակներն ու վախի ձայնը բարձրաձայնում էին դրսում:

Նավահանգստի կափարիչները դուրս են քաշվել դրսում: հայտնվեցին քսան սարսափելի դեմքեր: բայց առաջին հարազատը, ով ձեռքը դրեց սանդուղքի վրա, հետևից հարվածեց աներևույթ ինչ-որ անտեսանելի ուժի, ես չգիտեմ, թե ինչից, փախավ ՝ ասելով ամենավախ վախող աղաղակները և դարձրեց վայրի ամենալավ տեսակները:

Նրա ուղեկիցներից տասը հետևեցին նրան: նրանք հանդիպեցին նույն ճակատագրին:

Զամբյուղը արտառոց վիճակում էր: իր բռնի բնազդներով տարված հողը շտապեց դեպի սանդուղք: բայց այն պահից, երբ նա երկու ձեռքով գրավեց երկաթուղին, նա իր հերթին տապալվեց:

«ինձ հարվածում է ամպրոպից», - գոչեց նա երդումով:

Սա բացատրեց բոլորը: դա երկաթուղի չէր; բայց տախտակամածից հաղորդակցվող մետաղական մալուխ: ով որ դիպչեր դրան, ուժեղ ցնցում էր զգում. և այդ ցնցումը կլիներ մահկանացու, եթե կապիտան Նեմոն դիրիժորով դուրս գար հոսանքի ամբողջ ուժը: իսկապես կարելի է ասել, որ իր հարձակվողների և իր միջև ընկած ժամանակահատվածում նա ձգվել էր էլեկտրաէներգիայի ցանց, որը ոչ ոք չէր կարող անցնել անպատժելիությամբ:

Մինչդեռ, սաստիկ պապուանները ծեծի էին ենթարկել նահանջին, որը կաթվածահար էր ահաբեկչությամբ: ինչ վերաբերում է մեզ, կիսով չափ ծիծաղելով, մենք մխիթարեցինք և քողարկեցինք այն դժբախտ Նեդ երկիրը, ով երդվում էր ինչպես իր ունեցվածքը:

Բայց այս պահին ծովային վերջին ալիքներով բարձրացված նավատորմը դուրս եկավ նրա մարջան մահճակալը հենց այն քառասուներորդ րոպեի ընթացքում, որը հաստատեց կապիտանը: Նրա պտուտակը ջրերը դանդաղ և հոյակապ կերպով մաքրեց: Նրա արագությունը աստիճանաբար աճում էր և, նավարկելով օվկիանոսի մակերևույթին, նա դուրս եկավ անվտանգ և հնչեցրեց ջահերի նեղուցների վտանգավոր անցուղիները:

Գլուխ

« »

Հաջորդ օրը ՝ 10-րդ հունվարին, ծովագնացությունը շարունակեց իր ընթացքը երկու ծովերի միջև, բայց այնպիսի նշանակալի արագությամբ, որը ես չէի կարող գնահատել դա ժամը քառասունհինգ մղոնից պակաս ժամում: Նրա պտուտակի արագությունն այնպիսին էր, որ ես չէի կարող հետևել, ոչ էլ հաշվել դրա հեղափոխությունները: երբ ես արտացոլեցի, որ այս հիանալի էլեկտրական գործակալը, շարժումը, ջերմությունն ու լույսը ծովահենին թույլ տալուց հետո, նա դեռ պաշտպանեց նրան արտաքին հարձակումից և նրան վերածեց անվտանգության տապանակի, որը ոչ մի անպիտան ձեռքը չէր կարող դիպչել առանց ամպրոպի նվագարկվելու, իմ հիացմունքն էր: անսահման, եւ կառուցվածքի, այն երկարաձգվում է ինժեներ, ով կոչ էր անում այն գոյության.

Մեր դասընթացն ուղղված էր դեպի արևմուտք, և հունվարի 11-ին կրկնապատկեցինք կապույտ նավակը, իրավիճակը 135 ° երկարությամբ: և 10 ° վրկ: լատ., որը կազմում է - ի ծոցի արևելյան կետը: առագաստները դեռ շատ էին, բայց ավելի հավասարեցված և գծապատկերում նշվում էին ծայրահեղ ճշգրտությամբ: նավատորմը հեշտությամբ խուսափեց նավահանգիստից փողի խափանումներից, իսկ վիկտորիայի ափերը դեպի աստղադիտակ, տեղադրված էին 130 ° երկարության վրա: և 10-րդ զուգահեռ, որին մենք խստորեն հետևեցինք:

Հունվարի 13-ին կապիտան նեմոն ժամանեց թիմորի ծով և 122 ° երկարությամբ ճանաչեց այդ անվանման կղզին:

Այս պահից նուսթիլուսի ուղղությունը `հակված դեպի հարավ-արևմուտք: գլուխը դրվեց հնդկական օվկիանոսի համար: որտեղի՞ց էր մեզ հաջորդ կապիտան նեմոյի սիրտը: կվերադառնա՞ ասիայի ափեր, թե՞ նորից կմոտենար եվրոպայի ափերին: անհնարին ենթադրություններ երկուսն էլ ` մի մարդու, որը փախել էր բնակեցված մայրցամաքներից: այդ դեպքում նա կիջնի՞ դեպի հարավ: արդյո՞ք նա պատրաստվում էր կրկնապատկել բարի հույսի ծայրը, այնուհետև կապույտ եղջյուր և վերջապես գնալ այնքանով, որքանով է անտարկտիկական բևեռը: վերջապես նա վերադառնալու էր խաղաղ օվկիանոս, որտեղ նրա նավատորմը կարող էր ազատ և ինքնուրույն նավարկել: ժամանակը ցույց կտա:

Հեղուկի հեղուկի դեմ պինդ կավերի ավազները, ծմեռնուկը, սերինգապաթամը և բծախնդրությունը խստացնելուց հետո, ամուրի վերջին ջանքերը հեղուկ տարրի դեմ, հունվարի 14-ին մենք միասին կորցրեցինք տեսողությունը: ծովային արագությունը զգալիորեն կրճատվել էր, և անկանոն ընթացքով նա երբեմն լողում էր ջրերի ծոցում, երբեմն լողում էր նրանց մակերեսին:

Անապարհորդության այս ժամանակահատվածում կապիտան նեմոն որոշ հետաքրքիր փորձեր է կատարել ծովի փոփոխական ջերմաստիճանի, տարբեր անկողնում: սովորական պայմաններում այդ դիտարկումներն արվում են բավականին բարդ գործիքների միջոցով, և ինչ-որ չափով կասկածելի արդյունքների դեպքում `ջերմաչափական ծայնային հաղորդիչների միջոցով, բաժակները, որոնք հաճախ ջարդվում են ջրի ճնշման տակ, կամ ապարատը, որը հիմնավորված է դիմադրության դիմադրության փոփոխությունների վրա: մետաղներ էլեկտրական հոսանքներին: այսպիսով ստացված արդյունքները չեն կարող ճիշտ հաշվարկվել: ընդհակառակը, կապիտան Նեմոն ինքն իրեն գնաց ՝ ծովի խորքում ջերմաստիճանը ստուգելու համար, և նրա ջերմաչափը, որը տեղադրվում էր ջրի տարբեր սավանների հետ շփման մեջ, նրան անմիջապես և ճշգրիտ տվեց պահանջվող աստիճանը:

Այդպիսով եղավ, որ կամ ծանրաբեռնելով նրա ջրամբարները, կամ թեքվելով իր թեքված ինքնաթիռների միջոցով, նավատորմը հաջորդաբար հասավ երեք, չորս, հինգ, յոթ, ինը և տաս հազար բակերերի խորությանը և այս փորձի միանշանակ արդյունքի այն էր, որ ծովը պահպանել էր չորս աստիճան և կես միջին ջերմաստիճան ՝ հինգ հազար խորության խորության ներքո, բոլոր լայնություններում:

Յունվարի 16-ին, նավատորմը կարծես հալվեց ալիքների մակերեսի տակ գտնվող ընդամենը մի քանի բակեր: նրա էլեկտրական ապարատը մնաց անգործ, իսկ անշարժ շարժիչ պտուտակը նրան թողեց հոսելու հոսանքների ողորմության տակ: ես ենթադրում էի, որ անձնակազմը զբաղված էր ներքին հարդարմամբ, ինչը անհրաժեշտ էր մեքենայի մեխանիկական շարժումների բռնությամբ:

Իմ ուղեկիցները և ես այն ժամանակ ականատես եղանք հետաքրքրաշարժ տեսարանի: սրահի բացվածքները բաց էին, և, քանի որ Նացիթոսի փարոս լույսը գործի չէր դրվում, ջրերի մեջ թագավորվում էր մի մռայլ մթնոլորտ: այս պայմաններում ես նկատեցի ծովի վիճակը, և ամենամեծ ձուկը ինձ հայտնվեց ոչ ավելին, քան հազվադեպ սահմանված ստվերները, երբ ծովահենը հայտնվեց, որ հանկարծ տեղափոխվեց լույսի լույսի ներքո: սկզբում ես մտածեցի, որ փարոսը լույս է տվել և իր էլեկտրական պայծառությունը հեղուկ զանգվածի մեջ էր զգում: ես սխալվեցի և արագ հետազոտությունից հետո ընկալեցի իմ սխալը:

Ծովագնացը լողում էր ֆոսֆորեսցենտային մահճակալի մեջտեղում, որն այս անպարկեշտության մեջ դառնում էր բավականին ցնցող: այն արտադրվում էր շողոքորթ կենդանիների բազմության կողմից, որոնց փայլը մեծացավ, քանի որ նրանք սահում էին նավի մետաղական կեռին: ես զարմացա կայծակներից այս լուսավոր թերթերի մեջտեղում, քանի որ կարծես դրանք կապարի վարդագույն հալված էին բուռն վառարանում կամ սպիտակ ջերմության մեջ բերված մետաղական զանգվածների մեջ, այնպես որ, հակադրության ուժով, լույսի որոշ մասեր հայտնվեցին ընդհանուր ստվերի մեջ գտնվող մի ստվեր, որից բոլոր ստվերը կարծես վտարված էին: ոչ; սա մեր սովորական կայծակի հանգիստ ճառագայթահարումը չէր: անսովոր կյանք և եռանդ կար. Սա իսկապես կենդանի լույս էր:

Իրականում դա գունավոր - ի, դոնդողի իսկական գլոբուլների անսահման ագլոմերացիա էր, ապահովված էր թևավոր շեղբով, և որից քանիհինգ հազարը հաշվել էին երկու խորանարդ կես դյույմ ջրի պակասից:

Մի քանի ժամվա ընթացքում նավատորմը լողում էր այս փայլուն ալիքների մեջ, և մեր հիացմունքն աճում էր, երբ մենք նայում էինք ծովային հրեշներին, որոնք իրենց արտաքսում էին սալամանդերի նման: ես տեսա այնտեղ, այս կրակի մեջտեղում, որը այրում է ոչ թե արագ և էլեգանտ ծակոտկենը (օվկիանոսի անխորտակելի ծաղրածուն), և մի քանի տասնորդ ոտք ունեցող թուրեր, այդ մարգարեական մարգարեներն այն փոթորիկի այն մարգարեներն են, որոնց ահռելի թուրը հիմա կկարողանար, ապա հարվածեց բաժակին: սրահը:

այնուհետև հայտնվեցին փոքր ձկները ՝ բալիստան, ցատկող սկումբրիան, գայլը փուշ-պոչը և հարյուր ուրիշներ, որոնք լողում էին լուսավոր մթնոլորտը: այս ցնցող տեսարանը հիանալի էր: միգուցե մթնոլորտային որոշ պայմաններ մեծացրել են այս երևույթի ինտենսիվությունը: միգուցե որոշ փոթորիկ գրգռեցին ալիքների մակերեսը: բայց որոշ բակերում գտնվող այս խորության վրա, նավատորմը չհանգստացավ իր կատաղությամբ և խաղաղ կերպով դիմավորեց դեռևս ջրի մեջ:

Ուստի մենք առաջադիմեցինք ՝ անընդհատ հմայիչ որոշ նոր հրաշքներով: օրերն արագորեն անցնում էին, և ես դրանցից ոչ մի բան չէի հաշվի առնում: , ըստ սովորության, փորձել է տարբերակել դիետան տախտակում: խխունջների պես մենք ամրագրված էինք մեր կճեպի վրա, և ես ասում եմ, որ հեշտ է օձի կյանքը վարելը:

Այսպիսով, այս կյանքը թվաց հեշտ և բնական, և մենք այլևս չէինք մտածում այն կյանքի մասին, որը մենք վարեցինք ցամաքով: բայց ինչ-որ բան պատահեց, որ մեզ հիշեցնեին մեր իրավիճակի տարօրինակությունը:

Յունվարի 18-ին նավատորմը գտնվում էր 105 ° երկարությամբ: և 15 ° վրկ: լատ. Եղանակը սպառնում էր, ծովը ՝ կոպիտ և գլորվում: արևելյան ուժեղ քամի կար: բարոմետրը, որն իջնում էր մի քանի օր, կանխագուշակեց գալիք փոթորիկը: ես բարձրացա հարթակ այն ժամանակ, երբ երկրորդ լեյտենանտը ձեռնարկում էր սարսափելի անկյունների չափը և սպասում էի, սովորության համաձայն, մինչև ասվում էր ամենօրյա արտահայտությունը: բայց այս օրը փոխանակվեց մեկ այլ բառակապակցություն ՝ոչ պակաս անիհասկանալի: համարյա ուղղակիորեն, ես տեսա, որ կապիտան նեմոն ապակուց երևում է դեպի հորիզոն:

Մի քանի րոպե նա անշարժ էր, առանց աչքի հանելու դիտարկման կետը: հետո նա իջեցրեց իր բաժակը և մի քանի խոսք փոխանակեց իր փոխգնդապետի հետ: վերջինս թվում էր, թե ինչ-որ հույզերի զոհ է, որ նա ապարդյուն փորձեց ճնշել: կապիտան նեմոն, ավելի շատ իրաման ունենալով ինքն իր վրա, հոյակապ էր: նա նույնպես թվում էր, թե ինչ-որ առարկություններ է առաջացնում, որոնց մասին լեյտենանտը պատասխանել է պաշտոնական հավաստիացումներով: համենայն դեպս ես այդպես եմ եզրակացրել ՝ դրանց երանգների և ժեստերի տարբերությամբ: ինձ համար ես ուշադիր նայում էի նշված ուղղությամբ ՝ առանց որևէ բան տեսնելու: երկինքը և ջուրը կորել էին հորիզոնի հստակ գծում:

Այնուամենայնիվ, կապիտան նեմոն քայլում էր պլատֆորմի մի ծայրից մյուսը ՝ առանց ինձ նայելու, միգուցե առանց ինձ տեսնելու: նրա քայլը հաստատուն էր, բայց սովորականից պակաս կանոնավոր: նա երբեմն կանգ էր առնում, ձեռքերը անցնում և դիտում ծովը: ի՞նչ կարող էր որոնել այդ հսկայական տարածության վրա:

Ծովային նավը այն ժամանակ հարյուրավոր մղոններ էր հեռավորության վրա մոտակա ափերից:

Լեյտենանտը վերցրել էր բաժակը և անսասան զննում էր հորիզոնը, գնում և գալիս էր, ոտքը դրոշմելով և ավելի նյարդային գրգռվածություն էր ցուցաբերում, քան իր վերադաս սպան: բացի այդ, այս առեղծվածը անպայմանորեն պետք է լուծվի, և շատ շուտ; քանի որ, նավապետ նեմոյի հրամանով, շարժիչը, մեծացնելով իր շարժիչ ուժը, ստիպեց պտուտակն ավելի արագ շրջվել:

Հենց այդ ժամանակ լեյտենանտը նորից գրավեց կապիտանի ուշադրությունը: վերջինս դադարեց քայլել և իր ապակին ուղղեց դեպի նշված վայրը: նա երկար նայեց: ես շատ տարակուսանքով էի զգում և իջա գրաֆիկական սենյակ և հանեցի հիանալի աստղադիտակ, որը ես սովորաբար օգտագործում էի: այնուհետև, հենվելով պլատֆորմի առջևի մասում դուրս եկող ժամացույցի լույսի վանդակի վրա, ես ստիպեցի ինձ նայել երկնքի և ծովի բոլոր գծերին:

Բայց իմ աչքը շուտ չէր կիրառվում ապակու վրա, քան այն արագորեն բռնվում էր ձեռքիցս:

Ես շրջվեցի: կապիտան Նեմոն իմ առջևում էր, բայց ես նրան չէի ճանաչում: նրա դեմքը կերպարանափոխվեց: նրա աչքերը փնթփնթում էին միամիտ; ատամները դրված էին. Նրա թունդ մարմինը, սեղմված բռունցքները և գլուխը սեղմված ուսերի միջև ընկած դավաճանությունները դավաճանեցին այն բռնարարական շարժողականությանը, որը տարածվում էր նրա ամբողջ շրջանակի վրա: նա չի շարժվել: իմ բաժակը, որը ընկել էր նրա ձեռքից, գլորվել էր նրա ոտքերի վրա:

Արդյո՞ք ես ակամա հրահրել էի զայրույթի այս հարմարությունը: արդյո՞ք այդ անհասկանալի մարդը պատկերացրեց, որ ես գտել եմ ինչ-որ արգելված գաղտնիք: ոչ; ես այդ ատելության առարկա չէի, որովհետև նա ինձ չէր նայում. Նրա աչքը կայուն ամրագրված էր հորիզոնի անանցանելի կետի վրա: վերջապես կապիտան Նեմոն վերականգնվեց իրեն: նրա գրգռումը թուլացավ: նա օտար լեզվով ինչ-որ բառեր ուղղեց իր լեյտենանտին, ապա դիմեց ինձ: «մ. Արոնաքս», - ասաց նա, բավականին հոյակապ տոնով, - ես պահանջում եմ, որ դուք պահեք այն պայմաններից մեկը, որը ձեզ կապում է ինձ հետ »:

«ի՞նչ է դա, կապիտան»:

«դուք պետք է սահմանափակված լինեք ձեր ուղեկիցների հետ, քանի դեռ չեմ կարծում, որ տեղին է ձեզ ազատ արձակել»:

- դու տեր ես, - պատասխանեցի ես ՝ անսասան նայելով նրան: «բայց կարո՞ղ եմ ձեզ մեկ հարց տալ»:

«ոչ մեկը, պարոն»:

Չկար դիմադրություն այս կայսեր հրամանին, անօգուտ կլիներ: ես իջա տնակ և զսպանակով զբաղեցրած տնակ և ասացի նրանց նավապետի վճռականության մասին: դուք կարող եք դատել, թե ինչպես է այս հաղորդակցությունը ստացել կանադայի կողմից:

Բայց ժամանակ չկար փոփոխությունների: անձնակազմից չորսը սպասում էին դռան մոտ և մեզ տանում էին այն բջիջ, որտեղ մենք անցանք մեր առաջին գիշերը ծովագնացության տանիքին:

հողը պիտի ցուցադրեր, բայց դուռը փակվեց նրա վրա:

«վարպետը կասի ինձ, թե դա ինչ է նշանակում»: հարցրեց կոնսիլը:

Ես իմ ուղեկիցներին պատմեցի, թե ինչ է անցել: նրանք նույնքան զարմացան, որքան ես, և հավասարապես կորուստ ունեցան, թե ինչպես պետք է պատասխան տալ դրան:

Միևնույն ժամանակ, ես կլանված էի իմ սեփական արտացոլումներով և չէի կարող մտածել ոչ մի բանի մասին, քան այն տարօրինակ վախը, որը պատկերված էր նավապետի դեմքում: ես միանգամայն կորուստ էի զգում դրա համար, երբ իմ վեճերը խանգարում էին չհեռացված երկրից այս խոսքերին.

«! Նախաճաշը պատրաստ է»:

Իսկապես սեղանը դրվեց: ակնհայտ է, որ կապիտան Նեմոն միաժամանակ տվել էր այդ հրամանը, որ նա շտապել էր ծովային արագությունը:

«վարպետը ինձ թույլ կտա առաջարկություն անել»: խնդրեց :

«այո, իմ տղա»:

«դե, սա է, որ վարպետ նախաճաշը. Դա խելամիտ է, քանի որ մենք չգիտենք, թե ինչ կարող է պատահել»:

«դու ճիշտ ես, հե'ս»:

«ավոք, - ասաց Նադ երկիրը, - նրանք մեզ միայն մեզ են տվել նավի ուղեվարձը»:

- ընկեր ջան, - հարցրեց կոնսիլիան, - ի՞նչ կասեիր, եթե նախաճաշը ամբողջովին մոռացվի:

Այս փաստարկը կարճեցրեց - ի մեղադրանքները:

Նստեցինք սեղանի շուրջ: կերակուրը լուռ կերվեց:

Հենց այդ ժամանակ դուրս եկավ բջիջը լուսավորող լուսավոր աշխարհը, և մեզ թողեց ամբողջ խավարում: հողատարածք շուտով քնած, եւ այն, ինչ զարմացրեց ինձ, որ գնաց ծանր քնից. Ես մտածում էի, թե ինչ կարող է բերել նրա անդիմադրելի քնկոտությունը, երբ զգացի, որ ուղեղս ապուշանում է: չնայած իմ աչքերը բաց պահելու իմ ջանքերին, նրանք կփակվեին: ցավոտ կասկածը զավթեց ինձ: ակնհայտորեն սոսկորային նյութեր խառնվեցին մեր նոր ստացված սննդի հետ: ազատազրկումը բավարար չէր կապիտան Նեմոյի նախագծերը մեզանից թաքցնելու համար, քունն ավելի անհրաժեշտ էր: հետո լսեցի, որ վահանակները փակված են: դադարեցին ծովի անթափանցումները, որոնք թեթևակի շարժակազմ առաջացան: մի՞թե Նավատորմը դուրս էր եկել օվկիանոսի մակերեսից: վերադառնում էր ջրի անշարժ անկողնում: փորձեցի դիմակայել քունին: դա անհնար էր: իմ շնչառությունը թուլացավ: ես զգացի, որ մահկանացու ցուրտը սառեցնում է իմ թունդ և կիսաթափված վերջույթները: իմ աչքերի կափարիչները, ինչպես կապարի գլխարկները, ընկան աչքերիս վրա: ես չէի կարող դրանք բարձրացնել; հիվանդացած քունը ՝ հալյուսիններով լի, ինձ հեռացրեց իմ էությունից: այնուհետև տեսիլքները անհետացան և ինձ թողեցին լիակատար աննկարագրելիություն:

Մարջանի թագավորությունը

Հաջորդ օրը ես արթնացա գլուխս եզակի պարզորեն: ի զարմանս ինձ, ես գտնվում էի իմ սեփական սենյակում: իմ ուղեկիցները, անկասկած, վերականգնվել էին իրենց տնակում ՝ առանց ես դա այլևս ընկալելու: այն, ինչ անցել էր գիշերվա ընթացքում նրանք նույնքան անգիտակցական էին, որքան ես, և այդ առեղծվածը թափանցելու համար ես միայն հաշվի էի առնում ապագայի շանսերը:

Հետո մտածեցի սենյակս դուրս գալու մասին: նորից ազատ էի, թե բանտարկյալ: բավականին անվճար: դուռը բացեցի, գնացի կիսամերկ, բարձրացա կենտրոնական աստիճաններով: վահանակները, որոնք փակվել էին երեկոյան, բաց էին: ես գնացի հարթակ:

հող ու զամբյուղ այնտեղ սպասում էին ինձ: ես հարցրեցի նրանց. Նրանք ոչինչ չգիտեին: կորցրեցին ծանր քնի մեջ, որում նրանք ամբողջովին անգիտակից վիճակում էին, զարմացած էին իրենց տնակում գտնվելիս:

Ինչ վերաբերում է ծովայինին, ապա այն միշտ թվաց հանգիստ և խորհրդավոր: այն լողում էր ալիքների մակերեսին չափավոր տեմպերով: ինքնաթիռում ոչինչ չի փոխվել:

Երկրորդ լեյտենանտն այնուհետև մտավ հարթակ և սովորական հրամանը տվեց ստորև:

Ինչ վերաբերում է նավապետ Նեմոյին, նա չներկայացավ:

Ինքնաթիռում գտնվող մարդկանցից ես միայն տեսա այն անբարեխիղճ տնտեսին, ով ինձ սովորեցրեց համր կանոնավորությամբ:

Մոտ երկու ժամվա ընթացքում ես գտնվում էի խաղասենյակում և զբաղված էի գրառումներս կազմակերպելու համար, երբ կապիտանը բացեց դուռը և հայտնվեց: Խոնարհվեցի: Նա փոխարենը մի փոքր հակում արեց՝ առանց խոսելու: Ես վերսկսեցի իմ աշխատանքը՝ հուսալով, որ նա միգուցե ինչ-որ բացատրություն կտա նախորդ գիշերվա իրադարձությունների վերաբերյալ: Նա ոչ մեկը չստեղծեց: Ես նայեցի նրան: Նա կարծես հոգնած էր: Նրա ծանր աչքերը չեն թարմացվել քունից: Նրա դեմքը շատ ցավալի էր թվում: Նա քայլում էր դեպի և առջևում, նստեց և նորից վեր կացավ, վերցրեց առիթի գիրքը, դրեց այն, խորհրդակցեց իր գործիքների հետ՝ առանց սովորական նոտաներ վերցնելու, և թվում էր անհանգիստ և անհանգիստ: Վերջապես նա եկավ ինձ մոտ և ասաց.

«Դու բժիշկ ես, պարոն Արոնաքս»:

Ես այնքան քիչ էի սպասում նման հարցի, որ ես առանց որոշելու հայացքս նայում էի նրա վրա:

"Դուք բժիշկ եք?" կրկնեց: «Ձեր գործընկերներից մի քանիսը սովորել են բժշկությունը»:

- Լավ, - ասաց ես, - ես բժիշկ եմ և ռեզիդենտ վիրաբույժ եմ հիվանդանոցում: Ես մի քանի տարի պարապել եմ թանգարան մտնելուց առաջ:

«Շատ լավ է, սըր»:

Իմ պատասխանը ակնհայտորեն բավարարեց կապիտանը: Բայց չգիտեմ, թե նա ինչ է ասելու հաջորդը, ես սպասում էի այլ հարցերի՝ վերապահելով իմ պատասխանները ըստ հանգամանքների:

«Մ. Արոնաքս, համաձայնու՞մ ես ինձ նշանակել իմ տղամարդկանցից մեկի համար»: Նա հարցրեց.

«Նա հիվանդ է»:

«այո»:

«ես պատրաստ եմ հետևել ձեզ»:

«արի, ուրեմն»:

Ես պատկանում եմ իմ սիրտը ծեծին, չգիտեմ ինչու: ես տեսա որոշակի կապ անձնակազմի մեկի հիվանդության և նախորդ օրվա իրադարձությունների միջև. և այս առեղծվածը ինձ հետաքրքրեց գոնե այնքան, որքան հիվանդ մարդը:

Կապիտան Նեմոն ինձ տարավ նավարկության գետը և տարավ ինձ նավաինցիկների թաղամասի մոտակայքում գտնվող տնակում:

Այնտեղ, մահճակալի վրա, պառկեք մարդուն մոտ քառասուն տարեկան, վճռական արտահայտությամբ, անգլո-սաքսոնի իրական տեսակով:

Ես նայում եմ նրան: նա ոչ միայն հիվանդ էր, նա վիրավորվեց: նրա գլուխը, որը փաթաթված էր արյունով ծածկված վիրակապերով, պառկեց բարձի վրա: ես վիրահատեցի վիրակապերը, և վիրավորը մեծ աչքերով նայեց ինձ և ցավի նշան չտվեց, ինչպես դա արեցի: սարսափելի վերք էր: ինչ-որ մահացու զենքով ցրված գանգը թողեց ուղեղը ենթարկված, ինչը շատ վիրավորվեց: արյունն է հավաքվել ՝ կապտած և կոտրված զանգվածի մեջ, գինու գույնի պես գույնի նման:

Կար ինչպես խառնաշփոթ, այնպես էլ ուղեղի ճնշում: նրա շնչառությունը դանդաղ էր ընթանում, և մկանների որոշ սպազմոդիկ շարժումներ առաջացնում էին նրա դեմքը: զգացի նրա զարկերակը: ընդհատված էր: մարմնի ծայրերը արդեն ցրվում էին, և ես տեսա, որ մահը անխուսափելիորեն պետք է բխի: դժբախտ մարդու վերքերը հագնելուց հետո ես գլուխը գլորեցի վիրակապերը և դիմացի կապիտան նեմոյի:

«ի՞նչն է պատճառել այս վերքը»: ես հարցրեցի.

«ի՞նչ է դա նշանակում»: նա պատասխանեց ՝ խուսափողականորեն: «նցումը կոտրել է շարժիչի լծակներից մեկը, որը հարվածել է ինձ: բայց ձեր կարծիքը նրա վիճակի մասին»:

Ես տատանվեցի տալուց առաջ:

- գուցե խոսես, - ասաց կապիտանը: «այս մարդը ֆրանսերեն չի հասկանում»:

Ես վերջին հայացքս տվեցի վիրավորին:

«նա երկու ժամից կմահանա»:

«նրան ոչինչ չի կարող փրկել»:

«ոչինչ»:

Կապիտան նեմոյի ձեռքը կապեց, և նրա աչքերի մեջ փայլում էին մի քանի արցունքներ, ինչը ես կարծում էի, որ ի վիճակի չէ որևէ բան թափել:

Որոշ պահեր ես դեռ հետևում էի մահացող տղամարդուն, որի կյանքը դանդաղ էր ընթանում։ Նրա մուգ գույնը բարձրացավ էլեկտրական լույսի տակ, որը թափվում էր նրա մահճակալի վրա։ Ես նայում էի նրա խելացի ճակատին, փորված վաղաժամ կնճիռներով, որոնք, հավանաբար, առաջացել էին դժբախտության և վշտի կողմից։ Ես փորձեցի սովորել նրա կյանքի գաղտնիքը վերջին շուրթերից փախչող վերջին բառերից։

«Դուք հիմա կարող եք գնալ, մ. », - ասաց կապիտանը։

Ես նրան թողեցի մահացող մարդու տնակում և վերադարձա իմ սենյակ, որը շատ տուժեց այս տեսարանից։ ամբողջ օրվա ընթացքում ինձ անհանգստացնում էին անհարմար կասկածները, և գիշերները ես վատ քնում էի, և իմ կոտրված երազների միջև ես զվարճանում էի, լսում էի հեռավոր հոգոցներ, ինչպես թաղման սաղմոսի նոտաները։ արդյո՞ք նրանք մեռելոց աղոթքներն էին, տրտնջում էին այդ լեզվով, որ ես չէի կարողանում հասկանալ։

Հաջորդ առավոտ ես գնացի կամուրջ։ կապիտան նեմոն իմ առջևում էր։ երբ նա ինձ ընկալեց, նա եկավ ինձ մոտ։

«պրոֆեսոր, ձեզ համար հարմար կլինի՞ առօրյա սուզանավային Էքսկուրսիա անել»։

«Ընկերներիս հետ»։ ես հարցրեցի։

«Եթե ցանկանում են»։

«մենք հնազանդվում ենք ձեր հրամաններին, կապիտան»։

«կարո՞ղ եք այնքան լավ լինել, որ ձեր խցանյա բաճկոնները հագնեք»:

Դա մահվան կամ մահանալու հարց չէր: ես նորից միացա չեզոք հողին և զամբյուղին և նրանց պատմեցի կապիտան նեմոյի առաջարկության մասին: կոնսիլը շտապեց ընդունել այն, և այս անգամ կանադացին կարծես թե պատրաստ էր հետևել մեր օրինակին:

Առավոտյան ժամը ութն էր: կեսին անցած ութի ընթացքում մենք հագեցած էինք այս նոր էքսկուրսիայի համար և ապահովեցինք լույսի և շնչառության երկու հակադրություն: կրկնակի դուռը բաց էր; և, նավապետ նեմոյի ուղեկցությամբ, որին հետևում էին անձնակազմի տասնյակը, մենք ոտք դրեցինք ՝ մոտ երեսուն ոտքի խորության վրա, այն ամուր հատակին, որի վրա հենվել էր նավատորմը:

Մի փոքր կտրվածքն ավարտվեց անհավասար հատակով ՝ տասնհինգ ֆաթոմսի խորության վրա: այս հատակը ամբողջովին տարբերվում էր այն այցից, որը ես այցելել էի խաղաղ օվկիանոսի ջրերի տակ իմ առաջին շրջագայության ժամանակ: այստեղ ոչ մի լավ ավազ կար, ոչ էլ սուզանավային ծովեզերք, ոչ ծովային անտառ: ես անմիջապես ճանաչեցի այդ հիասքանչ շրջանը, որում այդ օրը կապիտանը մեզ համար պատիվներ արեց: դա մարջանի թագավորությունն էր:

Լույսը արտադրեց հազար հմայիչ սորտեր ՝ խաղալով այն ճյուղերի մեջ, որոնք այնքան վառ գույնի էին: ես թվացի, որ ջրային ջրազերծման տակ դողում էին թաղանթ և գլանաձև խողովակները: ես գայթակղվեցի հավաքել նրանց թարմ ծաղկաթերթերը, զարդարված նուրբ թրթուրներով, ոմանք պարզապես պայթեցրեցին, մյուսները `փչելով, մինչդեռ մի փոքր ձուկ, որը արագորեն լողում էր, մի փոքր դիպչում էր նրանց, ինչպես թռչունների թռիչքները: բայց եթե իմ ձեռքը մոտենում էր այս կենդանի ծաղիկներին, այս անիմացիոն, զգայուն բույսերին, ամբողջ գաղութը ահազանգում էր: սպիտակ ծաղկաթերթերը նորից մտան իրենց կարմիր պատյանները, ծաղիկները խունացավ, ինչպես ես նայեցի, և թփը վերածվեց քարքարոտ գլխիկների բլոկի:

Պատահական պատուհանը ինձ նետեց զոոֆիթի ամենաթանկ նմուշներով: այս մարջանն ավելի արժեքավոր էր, քան գտնվեց միջերկրական ծովում ՝ Ֆրանսիայի, իտալիայի և բարբարոսների ափին: դրա երանգները արդարացնում էին «արյան ծաղիկ» և «արյան փրփուր» բանաստեղծական անունները, որոնք առևտուրը տվել է իր ամենագեղեցիկ արտադրություններին: մարջանը վաճառվում է 1 ունցիայի դիմաց 20 լումայի համար; և այս վայրում ջրային մահճակալները կդարձնեն կորալային ջրասույզների ընկերության բախտը: այս թանկագին նյութը, որը հաճախ շփոթված էր այլ - ի հետ, ձևավորեց այն ժամանակ «» կոչվող անքակտելի հողամասերը, որոնց վրա ես նկատեցի վարդագույն մարջանի մի քանի գեղեցիկ նմուշներ:

Բայց շուտով թփերը պայմանագրվում են, և արբորիզացումները մեծանում են: մեր կողմից բացահայտվեցին իսկական մանրացված բծեր, ֆանտաստիկ ճարտարապետության երկար հողեր: կապիտան նեմոն իրեն դրեց մութ պատկերասրահի տակ, որտեղ փոքր-ինչ հորդորով հասանք հարյուր յարդ խորության: մեր լամպերից լույսն առաջացնում էր երբեմն կախարդական հետևանքներ ՝ հետևելով բնական կամարների և կախազարդերի կոպիտ ուրվագծերին, որոնք փորված էին փարոսների պես, որոնք օղակաձև էին կրակներով:

Վերջապես, երկու ժամ քայլելուց հետո մենք հասել էինք մոտ երեք հարյուր բակեր խորության, այսինքն ՝ այն ծայրահեղ սահմանը, որի վրա սկսում է ձևավորվել մարջան: բայց բարձրահասակ ծառերի ներքևում չկար մեկուսացված թփ և ոչ համեստ խոզանակ: դա հանքային խոշոր բուսականությունների իսկայական անտառ էր, ահռելի փորագրված ծառեր, որոնք միավորված էին նրբագեղ ծովային բամբակյա այգիների կողմից, որոնք զարդարված էին ամպերով և արտացոլումներով: մենք անցանք ազատ նրանց բարձր ճյուղերի տակ ՝ կորցրինք ալիքների ստվերում:

Կապիտան նեմոն կանգ էր առել: ես և իմ ուղեկիցները դադարեցինք, և շրջվելով ՝ ես տեսա, որ նրա մարդիկ իրենց գլխավորի շուրջը կազմում են կիսաշրջան: ուշադիր դիտելով ՝ ես նկատեցի, որ չորսն ուսերին կրում էին երկարավուն ձևի առարկա:

Մենք գրավեցինք, այս վայրում, սուզանավային անտառի բարձրահասակ սաղարթներով շրջապատված իսկայական ձեռնոցի կենտրոնը: մեր լամպերը գցեցին այս տեղը մի տեսակ պարզ մթնշաղի, որը եզակիորեն երկարեց ստվերները գետնին: սավառնի վերջում խավարը մեծացավ, և միայն թեթևացվեց մարջան կետերի կողմից արտացոլված փոքրիկ կայծերից:

հողն ու զամբյուղը իմ կողքին էին: մենք դիտեցինք, և ես մտածեցի, որ պատրաստվում եմ ականատես լինել տարօրինակ տեսարանի: գետնին դիտարկելով ՝ ես տեսա, որ այն աճեցվել է որոշ տեղերում ՝ կրաքարային հանքաքարերով ծածկված թեթև արտազատումներով, և տեղավորվել է այնպիսի օրինաչափությամբ, որը դավաճանել է մարդու ձեռքը:

Սավառնի մեջտեղում, ժայռերի կոպի պատվանդանի վրա, որը կանգնած էր կոճղի մի խաչի վրա, որը երկարացնում էր նրա երկար ձեռքերը, որոնք, կարծես թե, կարծում էին, թե պատրաստված են մանրացված արյունից: նավոյի նավից մի նշանի վրա, տղամարդիկ մեկն առաջ անցավ. և խաչից մի քանի ոտքի վրա նա սկսեց փոս փորել փայտիկով, որը նա վերցրեց իր գոտուց: ես հասկացա բոլորը: այս սահնակը գերեզմանոց էր, այս անցքը ՝ գերեզման, այս երկարավուն առարկան ՝ այն մարդու մարմինը, որը մահացել էր գիշերը: նավապետը և նրա մարդիկ եկել էին թաղելու իրենց ուղեկիցին այս ընդհանուր հանգստավայրում ՝ այս անհասանելի օվկիանոսի վերջում:

Գերեզմանը դանդաղ փորված էր. Ձկները բոլոր կողմերից փախան, մինչդեռ նրանց նահանջն այդպիսով խանգարում էր. Ես լսեցի պիկաքսեի հարվածները, որոնք կայծ էին առաջացնում այն ժամանակ, երբ այն հարվածում էր ջրերի ստորին մասում կորցրած ինչ-որ կրծքին: անցքը շուտով մեծ և բավական խոր էր `մարմինը ստանալու համար: այն ժամանակ կրողները մոտեցան. Մարմինը, սպիտակ ծրարի հյուսվածքով ծրարով, իջեցվեց խոնավ գերեզմանի մեջ: կապիտան նեմո, ձեռքերը հատելով կրծքին, և բոլոր նրանց ընկերները, ովքեր սիրում էին նրանց, ծնկի եկան աղոթքով:

Գերեզմանն այնուհետև լցվեց գետնից վերցված աղբով, որը ձևավորեց մի փոքր բամբակ: երբ դա արվեց, կապիտան նեմոն և նրա մարդիկ բարձրացան. Այնուհետև, մոտենալով գերեզմանը, նրանք նորից ծնկի եկան, և բոլորը ձեռքերը երկարեցին ՝ ի նշան վերջին - ի: այնուհետև հուղարկավորության երթը վերադարձավ ծովեզերք ՝ անցնելով անտառի կամարների տակ, խիտ կտորների մեջ, մարջան թփերի երկայնքով և դեռևս վերելքի վրա: վերջապես հայտնվեց նավի լույսը, և նրա լուսավոր ուղին մեզ առաջնորդեց դեպի ծովագնացություն: ժամը մեկին մենք վերադարձել էինք:

Յագուստս փոխելուն պես բարձրացա հարթակ, և իսկասական հույզերի որս էին, ես նստեցի բունկի մոտ: կապիտան Նեմոն միացավ ինձ: ես բարձրացա և ասացի նրան.

«ուստի, ինչպես ես ասացի, որ կցանկանար, այս մարդը մահացավ գիշերը»:

«այո, Մ. Արոնաքս»:

«եվ նա հանգստանում է հիմա ՝ իր ուղեկիցների կողքին, մարջան գերեզմանատանը»:

«այո, մոռացել են բոլորը ուրիշ, բայց ոչ մեր կողմից: մենք փորել գերեզմանը, եւ պարտավորվում են կնքում, մահացածներին հավերժության համար»: և, արագորեն թաղելով դեմքը ձեռքին, նա ապարդյուն փորձեց ճնշել սթրեսը: ապա նա ավելացրեց. «մեր խաղաղ գերեզմանատունը այնտեղ է, հարյուր մետր բարձրությամբ ալիքների մակերեսից»:

«ձեր մեռածը հանգիստ քնում է, համենայն դեպս, կապիտան, շնաձկներից դուրս»:

- այո, պարոն, շնաձկներ և տղամարդիկ, - կտրուկ պատասխանեց նավապետը:

Երկրորդ մասը

Գլուխ

Հնդկական օվկիանոսը

Մենք հիմա գալիս ենք ծովի տակ գտնվող մեր ճանապարհորդության երկրորդ մասը: առաջին ավարտվեց շարժվող դեպքի վայր է մարջանե գերեզմանոցում, որը թողել է նման խոր տպավորություն է իմ մտքում. Այսպիսով, այս մեծ ծովի կեսին, կապիտան նեմոյի կյանքը անցնում էր, նույնիսկ նրա գերեզմանին, որը նա պատրաստել էր իր խորը անդունդից մեկում: այնտեղ, օվկիանոսի հրեշներից ոչ մեկը չէր կարող անհանգստացնել նավատորմի անձնակազմի վերջին քունը, այն ընկերները, ովքեր միմյանց հետ էին կապում մահվան մեջ, ինչպես կյանքում: «և ոչ էլ որևէ մարդ», - ավելացրեց կապիտանը: դեռ նույն կատաղի, անթույլատրելի դիմադրությունը մարդկային հասարակության հանդեպ:

Ես այլևս չէի կարողանա գոհ լինել այն տեսությունը, որը գոհացնում էր զամբյուղը:

Այդ արժանի ընկերը համառեց նավթի հրամանատարի մեջ տեսնել այն անհայտ փրկարարներից մեկը, որը վերադարձնում է մարդկությունը արհամարհում անտարբերության համար: Նրա համար նա սխալ ընկալելի հանճար էր, որը հոգնել էր երկրի խաբեություններից, ապաստան գտավ այս անհասանելի միջավայրում, որտեղ կարող էր ազատորեն հետևել իր բնազդներին: իմ կարծիքով, սա բացատրում է, բայց կապիտան Նեմոյի բնավորության մի կողմը: իսկապես, այդ անցած գիշերվա առեղծվածը, որի ընթացքում մենք բանտարկվել էինք բանտում, քունը և այն կանխարգելիչ զգուշությունը, որը բռնությամբ վերցրել էր կապիտանը, իմ աչքերից խլելով այն ապակին, որը ես բարձրացրել էի ՝ հորիզոնը մաքրելու համար, մարդու մահացու վերքը: , ծովագնացության անթափանց ցնցման պատճառով, բոլորը ինձ նոր ուղու վրա դրեցին: ոչ; կապիտան Նեմոն չբավարարվեց ցնցող մարդուց: Նրա ահռելի ապարատը ոչ միայն տեղավորվում էր նրա ազատության բնազդը, այլև գուցե նաև որոշ սարսափելի վրեժխնդրության ճավորում:

Այս պահին ինձ համար ոչինչ պարզ չէ. Ես բռնում եմ, բայց լույսի մի հայացք ամբողջ մթության մեջ, և ես պետք է սահմանափակվեմ գրելու համար, քանի որ իրադարձությունները պետք է թելադրեն:

Այդ օրը ՝ 1868-ի հունվարի 24-ին, կեսօրին, երկրորդ սպան եկավ արևի բարձրությունը վերցնելու: ես տեղադրեցի պլատֆորմը, մի սիգար վառեցի և դիտեցի գործողությունը: ինձ թվում էր, որ տղամարդը ֆրանսերեն չի հասկանում; մի քանի անգամ ես բարձրաձայն հայտարարություններ արեցի, որոնք պետք է որից նրանից վերցնեին ուշադրության ոչ կամավոր նշան, եթե նա հասկանար դրանք: բայց նա մնաց անհայտ և համր:

Քանի որ նա դիտողություններ էր անում սեկթանայի հետ, նավատորմի նավաստիներից մեկը (ուժեղ մարդը, որն ուղեկցում էր մեզ մեր առաջին սուզանավային էքսկուրսիայում դեպի կրեսպո կղզի), եկավ մաքրելու լապտերի բաժակները: ես զննել եմ ապարատի կցամասերը, որոնց ուժը հարյուրապատիկ ավելացել է ոսպնյակային օղակներով, որոնք տեղադրվել են նման մի փարոս, և որոնք նախագծել են իրենց փայլը հորիզոնական հարթությունում: էլեկտրական լամպը համակցված էր այնպես, որ իր ամենահզոր լույսը հաղորդի: իսկապես, այն արտադրվում էր վակուում, որն ապահովագրում էր ինչպես իր կայունությունը, այնպես էլ դրա ինտենսիվությունը: այս վակուումը տնտեսացրեց գրաֆիտի այն կետերը, որոնց միջև ստեղծվեց լուսավոր աղեղը. Տնտեսության կարևոր կետ կապիտան նեմոյի համար, որը չէր կարող դրանք հեշտությամբ փոխարինել. և այս պայմաններում նրանց թափոններն անհասկանալի էին: երբ նավատորմը պատրաստ էր շարունակել իր սուզանավային ճանապարհորդությունը, ես իջա սրահ: վահանակը փակ էր, և ընթացքը նշվում էր ուղիղ արևմուտք:

Մենք հառաչում էինք հնդկական օվկիանոսի ջրերը ՝ իսկայական հեղուկ հարթավայր, որի մակերեսը կազմում էր 1,200,000,000 ակր, և որի ջրերը այնքան պարզ և թափանցիկ են, որ դրանցից հենվող յուրաքանչյուրը կդառնար նրբագեղ: նավատորմը սովորաբար լողում էր հիսունից հարյուր ֆաթոմ խորությամբ: մենք գնացինք, որպեսզի մի քանի օր: բոլորին, բայց ինքս ինձ, ով ծովային մեծ սեր ուներ, ժամերը թվացին երկար և միապաղաղ: բայց ամենօրյա զբոսանքները հարթակի վրա, երբ ես ինքս կպչում էի օվկիանոսի վերակենդանացնող օդում, սրահի պատուհանների միջով հարուստ ջրերի տեսարանը, գրադարանի գրքերը, իմ հուշերի կազմումը, ամբողջ ժամանակ վերցրեցին , և ինձ թողեց ոչ մի վայրկյան նախանձի կամ հոգնածության պահի:

Որոշ օրեր մենք տեսանք մեծ թվով ջրային թռչուններ, ծովախորշեր կամ գայլեր: ոմանք խելացիորեն սպանվել են և որոշակի ձևով պատրաստվելով ՝ շատ ընդունելի են դարձրել ջրային խաղ: մեծ թևավոր թռչունների մեջ, բոլոր երկրներից երկար հեռավորություն ունենալով և իրենց թռիչքի հոգնածությունից ալիքների վրա հենվելով, ես տեսա մի քանի հոյակապ ալբատրոսներ, որոնք ասում էին էշի խորտակման պես անբարեխիղճ ճիչեր, և երկարատև ընտանիքին պատկանող թռչուններ: - թևեր

Ինչ վերաբերում է ձկներին, ապա նրանք միշտ հրահրում էին մեր հիացմունքը, երբ բաց վահանակներով զարմացնում էինք նրանց ջրային կյանքի գաղտնիքները: ես տեսա բազմաթիվ տեսակներ, որոնք նախկինում դիտելու հնարավորություն չէի ունեցել:

Ես կնկատեմ հիմնականում ցրվածքները, որոնք բնորոշ են կարմիր ծովին, հնդկական օվկիանոսին և այն հատվածին, որը լվանում է արևադարձային ամերիկայի ափերը: այս ձկները, ինչպես կրիան, արմադիլոն, ծովային ոզնին և կեղևը, պաշտպանված են կրծկալով, որը ոչ կավիճ է, ոչ քարքար, այլ իրական ոսկոր: ոմանց մեջ այն տևում է ամուր եռանկյունի, իսկ մյուսներում ՝ ամուր քառանկյուն: եռանկյունի մեջ ես տեսա մի թիզ և կես դյույմ երկարություն, առողջ մարմնով և համեղ բույրով; դրանք պոչից շագանակագույն են, իսկ դեղնավունը ՝ դեղնավուներով, և ես խորհուրդ եմ տալիս դրանց մուտքը մաքուր ջուր, որի որոշակի ծովային ձկներ հեշտությամբ ընտելանում են իրենց: ես նաև կցանկանայի նշել քառանկյուն օղակները, հետևի մասում ունենալով չորս մեծ պալար; ոմանք մարմնի ստորին մասում սպիտակ բծերով խրված են, և որոնք կարող են թխվել թռչունների պես. Տրիգոններով ապահովված բծեր, որոնք ձևավորվել են իրենց ոսկորների կեղևի երկարաձգմամբ, և որոնք, իրենց տարօրինակ թալաններից, կոչվում են «ծովագնացներ». Նաև մեծ եղջերավոր թմբուկներ՝ կոնաձևի տեսքով, որի մարմինը շատ կոշտ և կաշվե է:

Այժմ ես վերցնում եմ վարպետ կոնսիլի ամենօրյա գրառումներից: «որոշակի ծովային տեսակի ձկներ, որոնք առանձնահատուկ են այդ ծովերի վրա, կարմիր մեջքի և սպիտակ կրծքավանդակների միջով, որոնք առանձնանում են երկայնական թելերի երեք շարքերով, իսկ որոշ էլեկտրական՝ յոթ դյույմ երկարությամբ, զարդարված՝ աշխույժ գույներով, այնուհետև, ինչպես այլ տեսակի նմուշներ: որոշ ձվաբջիջներ, որոնք նման են մուգ շագանակագույն գույնի ձվի, որոնք նշվում են սպիտակ կապանքներով և առանց պոչերի; դիոդոններ, իրական ծովախեցգետիններ, կահավորված կավով և ունակ են այտուցվել այնպես, որ նման են բարձիկների հետ բռունցքով նետված բարձերին. Չիպոկամպի, տարածված է յուրաքանչյուր օվկիանոսի համար; երկարաձգված եղունգներով պեգասի որոշ պեգասներ, որոնք դրանց պեկտորային փեղկերը, լինելով շատ երկարաձգված և ձևավորվելով թևերի տեսքով, թույլ են տալիս, եթե չթռչել, գոնե օդ մտնել, աղավնի սպաթուլա՝ ծածկված պոչերով: կեղևի բազմաթիվ օղակներով, երկար ծնոտներով մակրոգնաթի, հիանալի ձուկ, ինը դյույմ երկար և պայծառ, առավել հաճելի գույներով, գունատ գույնի կալիոմորներ, կոպիտ գլուխներով և բազում շագանակներ, երկար և ճյուղավոր մզկիթներով, որոնք ոչնչացնում են միջատներին կրակելով դրանք, ինչպես օդային զենքից, մեկ կաթիլ ջրով: սրանց մենք կարող ենք անվանել ծովերի թռիչքներ:

«ձկների ութսուներորդ իններորդ սեռում, դասակարգված ըստ լակեպեդի, որը պատկանում է ոսկորների երկրորդ ստորին դասին, որը բնութագրվում է վիրահատություններով և բրոնխային թաղանթներով, ես նշել եմ այն կարիճը, որի գլուխը կահավորված է բծերով, և որը ունի մեկ այլ պիրսեր եզ; այս արարածները ծածկված են, թե ոչ ՝ փոքր կճեպով, ըստ ենթադասի, որին նրանք պատկանում են: երկրորդ ենթակարգը մեզ տալիս է դիդակտիկ ոճերի նմուշներ ՝ տասնչորս կամ տասնհինգ դյույմ երկարությամբ, դեղին ճառագայթներով և գլխի առաջին ֆանտաստիկ տեսքը. Առաջին ենթադասակարգի դեպքում այն տալիս է այդ եզակի տեսք ունեցող ձկան մի քանի նմուշներ, որոնք համապատասխանաբար կոչվում են «ծովահեն», մեծ գլխով, երբեմն ծակոտկեն խոռոչներով, երբեմն այտուցված պրոտեկցիաներով, բծերով բռունցքով և ծածկված պալարներով ; այն ունի անկանոն և թշնամական եղջյուրներ, նրա մարմինը և պոչը ծածկված են կրակոտություններով; նրա խայթոցը վտանգավոր վերք է ստեղծում. Նայում է և՛ կեղծ, և՛ սարսափելի »:

Հունվարի 21-ից 23-ը ընկած ժամանակահատվածում ծովահենները քսան քառասուն ժամվա ընթացքում անցան երկու հարյուր հիսուն լիգա ՝ հինգ հարյուր քառասուն մղոն կամ ժամ քսան և երկու մղոն: եթե մենք ճանաչում էինք այդքան տարբեր տեսակի ձկներ, դա այն պատճառով էր, որ էլեկտրական լույսով գրավում էին, նրանք փորձում էին հետևել մեզ. Մեծ մասը, սակայն, շուտով հեռավորվեց մեր արագությունից, չնայած ոմանք որոշ ժամանակ իրենց տեղը պահում էին ծովային ջրերում: 24-ի առավոտյան, 12 ° 5-ին: ., և 94 ° 33 'երկարությամբ, մենք նկատեցինք կղզու կղզին, մարջան կազմավորումը, որը տնկվել է հոյակապ կոկովներով, և որոնք այցելել էին տիկին: եւ կապիտան . Շրջանցեց ափերը այս ամայի կղզում մի փոքր հեռավորության վրա: նրա ցանցեր բերել մինչեւ բազմաթիվ նմուշներ եւ հետաքրքրասեր ռումբերն : դելֆինուլայի տեսակների որոշ թանկարժեք արտադրություններ հարստացնում էին կապիտան նեմոյի գանձերը, որոնց վրա ես ավելացա ասթրայի պունկցիան, մի տեսակ մակաբույծային պոլիպուս, որը հաճախ հայտնաբերվում էր կեղևի վրա:

Շուտով կղզու կղզին անհետացավ հորիզոնից, և մեր ընթացքը ուղղվեց դեպի հյուսիս-արևմուտք ՝ հնդկական թերակղզու ուղղությամբ:

Կիլիկյան կղզուց մեր ընթացքը ավելի դանդաղ և փոփոխական էր, հաճախ մեզ խորքային խորքեր տանելով: մի քանի անգամ նրանք օգտագործեցին թեքված ինքնաթիռները, որոնք որոշ ներքին լծակներ տեղադրեցին ջրագծին: այդ ճանապարհով մենք գնացինք երկու մղոն, բայց առանց երբևէ ձեռք բերելու հնդկական ծովի ամենամեծ խորքերը, որոնց յոթ հազար ֆաթոմների ձայնագրությունները երբևէ չեն հասել: ինչ վերաբերում է ստորին շերտերի ջերմաստիճանին, ջերմաչափը անընդհատ ցույց է տալիս զրոյից բարձր 4 °: ես միայն նկատեցի, որ վերին շրջաններում ջուրը բարձր մակարդակներում միշտ ավելի ցուրտ էր, քան ծովի մակերևույթին:

Յունվարի 25-ին օվկիանոսը ամբողջությամբ անապատ էր. Նավատորմը օրը անցավ մակերևույթի վրա ՝ ծեծելով ալիքները իր հզոր պտուտակով և նրանց վերածելով մեծ բարձրության: ո՞վ է այդպիսի պայմաններում այն չէր վերցնի հսկա ցետասանի համար: այս օրվա երեք մաս ես ծախսել եմ հարթակում: ես նայում էի ծովը: ոչինչ հորիզոնում, մինչև երեկոյան ժամը չորսը մեր գրասեղանի վրա արևմուտք վարող մի շոգենավ: նրա տերերը ակնթարթորեն տեսանելի էին, բայց նա չկարողացավ տեսնել նավատորմը ՝ ջրի մեջ շատ ցածր լինելով: ես պատրաստել եմ, որ այս շոգենավը պատկանել է այն ընկերությանը, որն անցնում է ցեյլոնից մինչև սիդնեյ ՝ շոշափելով գեորգիի կետի և մելբուրնի:

Երեկոյան ժամը հինգին, նախքան այդ թռիչքային մթնշաղը, որը գիշերվա ընթացքում կապում էր արևադարձային գոտիներում, զամբյուղը և ես զարմացան հետաքրքրաշարժ տեսարանով:

Դա արգոնավատների կոշիկ էր, որոնք շրջում էին օվկիանոսի մակերևույթով: մենք կարող էինք հաշվել մի քանի հարյուր: դրանք պատկանել են տուբերկու տեսակին, որը առանձնահատուկ է հնդկական ծովերի համար:

Այս հեզաձկուն մոլլաները շարժվել էին դեպի հետընթաց իրենց լոկոմոտիվային խողովակի միջոցով, որի միջոցով նրանք մղեցին արդեն իսկ քաշված ջուրը իրենց ութ թիրախներից, վեցը երկարեցան, և ծգվեցին ջրով լողացող ջրերը, իսկ մյուս երկուսը ՝ գլորվելով հարթ, տարածվեցին թեթև առագուլի պես թևին: ես տեսա նրանց պարույրաձև և բշտիկավոր կճեպերը, որոնք քիվերը արդարորեն համեմատում են նրբագեղ դահուկի հետ: մի նավակ իսկապես: այն կրում է այն արարածին, որը նրան գաղտնիք է տալիս, առանց դրան հավատարիմ մնալուն:

Համարյա մեկ ժամ ծովագնացը լողում էր մկների այս կոշիկի մեջտեղում: այդ ժամանակ ես չգիտեմ, թե ինչ հանկարծակի վախն են վերցրել: բայց կարծես ազդանշանի համաձայն ամեն նավարկություն փչացավ, ձեռքերը ծալեցին, մարմինը ներս մտավ, կճեպները շրջվեցին, փոխելով իրենց ծանրության կենտրոնը, և ամբողջ նավատորմիքն անհետացավ ալիքների տակ: երբևէ ջոկատային զորավարժությունների նավերը ավելի մեծ միասնությամբ չեն անցկացրել:

Այդ պահին գիշերը հանկարծ ընկավ, և եղևնիները, որոնք հազիվ թե բարձրացվեն քամիով, խաղաղորեն պառկեցին ծովափի կողմերի տակ:

Հաջորդ օրը ՝ հունվարի 26-ին, մենք կտրեցինք հասարակածը ութսուն վայրկյան - ով և մտանք հյուսիսային կիսագնդ: օրվա ընթացքում մեզ ուղեկցեցին շնաձկների ահռելի մի խումբ ՝ սարսափելի արարածներ, որոնք բազմապատկվում են այդ ծովերում և դրանք շատ վտանգավոր են դարձնում: դրանք « » շնաձկներ էին, շագանակագույն հետևի մասերով և սպիտակավուն զանգվածներով, որոնք զինված էին տասնմեկ շարքով ատամներով (աչքերով շնաձկներով), որոնց կոկորդը նշանավորվում էր մի մեծ սև կետով, որը շրջապատված էր սպիտակ, ինչպես աչքի նման: կային նաև իզաբելլայի մի քանի շնաձկներ, որոնց շուրջ կլորավուն մռութներ նշվում էին մուգ կետերով: այս հզոր արարածները հաճախ բռնություն էին գործադրում սրահի պատուհանների առջև այնպիսի բռնություններով, որոնք մեզ շատ անապահով էին զգում: այդպիսի ժամանակներում հողը այլևս ինքն իրեն տեր չէր: նա ուզում էր դուրս գալ մակերես և գրավել հրեշներին, մասնավորապես ՝ որոշակի սահուն շնաձկներ, որոնց բերանը խճանկարով նման էր ատամների: և մեծ վագր շնաձկներ մոտ վեց բակեր երկարություն ունեն, որոնցից վերջին անունն առավելապես հուզում էր նրան: բայց նավատորմը, արագացնելով նրա արագությունը, հեշտությամբ թողեց նրանցից ամենաարագը:

Հունվարի 27-ին ՝ բենգալի իսկայական ծոցի մուտքի մոտ, մենք բազմիցս հանդիպեցինք արգելող տեսարան ՝ ջրի մակերեսին լողացող դիակներ: նրանք հնդկական գյուղերի մեռելներ էին, որոնք գանգերի միջոցով տեղափոխվում էին ծովի մակարդակ, և որոնց որգերը, երկրի միակ ձեռնարկատերերը, չէին կարողացել կուլ տալ: բայց շնաձկները չկարողացան օգնել իրենց թաղման աշխատանքներում:

Երեկոյան ժամը յոթին, ծովաhենը, կիսով չափ ընկղմված, նավով նավարկում էր ծովի կաթի մեջ: առաջին հայացքից օվկիանոսը կարծես լաքացված էր: դա արդյո՞ք լուսնային ճառագայթների ազդեցությունն էր: ոչ; լուսնի համար, որը հազիվ երկու օր էր, դեռ արևի ճառագայթների տակ փորված էր հորիզոնի տակ թաքնված: ամբողջ երկինքը, չնայած լուսավորված էր կողմնակի ճառագայթներից, ջրերի սպիտակության համեմատությամբ սև էր թվում:

- ը չէր կարող հավատալ նրա աչքերին և հարցրեց ինձ, թե որն է այս տարօրինակ երևույթի պատճառը: ուրախությամբ կարողացա պատասխանել նրան:

«այն կոչվում է կաթնային ծով», - բացատրեցի ես: «մեծ քանակությամբ սպիտակ ալիքների մասին, որոնք հաճախ կարելի է տեսնել - ի ափերին, և ծովի այս հատվածներում»:

- բայց, պարոն, - ասաց , - կարո՞ղ եք ինձ ասել, թե որն է այդպիսի հետևանքների պատճառը: որովհետև կարծում եմ, որ ջուրն իսկապես կաթի չի վերածվել:

«ոչ, տղա՛ս, և քեզ զարմացնում է սպիտակությունը, որը պայմանավորված է միայն - ի բազմազանության առկայությամբ, մի տեսակ լուսավոր փոքրիկ որդ, ժելատին և առանց գույնի, մազի հաստության, և որի երկարությունը յոթից ավելին չէ: մի թիզ հազարավոր. Այս միջատները միմյանց հետ պահպանում են երբեմն մի քանի լիգաներ »:

«մի քանի լիգա»: բացականչեց ագռավը:

«այո, իմ տղա, և դուք պետք չէ փորձել հաշվարկել այս - ի քանակը: դուք չեք կարողանա, քանի որ, եթե չեմ սխալվում, նավերը լողացել են այդ կաթի ծովերում ավելի քան քառասուն մղոն»:

Կեսգիշերին դեպի ծով հանկարծ վերսկսվեց իր սովորական գույնը. Բայց մեր ետևում, նույնիսկ հորիզոնի սահմանների սահմաններում, երկինքը արտացոլում էր սպիտակեցված ալիքները, և երկար ժամանակ թվում էր, թե խիտ լուսավորված շրթներկով են արտահայտվել ավրորա բորալիսը:

Գլուխ

Կապիտան Նեմոյի նոր առաջարկ

Փետրվարի 28-ին, երբ կեսօրին ծովագնացները դուրս եկան ծովի մակերևույթ ՝ 9 ° 4 '-ում: վերջապես, ութ մղոնից դեպի արևմուտք ընկած տարածքը կար: առաջին բանը, որ ես նկատեցի, լեռների մի շարք երկու հազար ոտք բարձրություն ուներ, որոնց ձևերը առավել քմահաճ էին: առանցքակալները վերցնելիս ես գիտեի, որ մենք մոտ ենք ցլոն կղզուն ՝ մարգարիտը, որը կախված է հնդկական թերակղզու օղակից:

Կապիտան Նեմոն և նրա երկրորդը հայտնվեցին այս պահին: կապիտանը հայացքով նայեց քարտեզին: հետո դիմելով ինձ ՝ ասաց.

«ցլոն կղզին, որը նշվում է իր մարգարիտ ձկնաբուծության համար. Կցանկանայի՞ք այցելել նրանցից որևէ մեկը, մ. Արոնաքս»:

«իհարկե, կապիտան»:

«դե ինչ, հեշտ է, չնայած եթե մենք տեսնում ենք ձկնորսություն, մենք չենք տեսնի ձկնորսներին: տարեկան արտահանումը դեռ չի սկսվել: միշտ մտքովս չի անցնի, ես հրամաններ կտամ պատրաստել մանանայի ծոցը, որտեղ մենք կգանք: գիշերը »:

Կապիտանը ինչ-որ բան ասաց իր երկրորդին, ով անմիջապես դուրս եկավ: շուտով ծովագնացը վերադարձավ իր հարազատ տարրը, և մանոմետրը ցույց տվեց, որ նա մոտ երեսուն ոտք խորություն ունի:

- դե, պարո՛ն, - ասաց կապիտան Նեմո, - դուք և ձեր ուղեկիցները կայցելեք մանարայի բանկ, և եթե պատահականորեն ինչ-որ ձկնորս այնտեղ լինի, մենք նրան կտեսնենք աշխատանքի մեջ:

«համաձայնեցիր, կապիտան»:

«հա՛յ, մ. Արոնաքս, դուք չեք վախենում շնաձկներից»:

«շնաձկներ»: բացականչեց ես:

Այս հարցը շատ ծանր էր թվում:

«լավ»: շարունակեց կապիտան նեմոն:

«ես ընդունում եմ, կապիտան, որ ես դեռ շատ ծանոթ չեմ այդ տեսակի ձկների հետ»:

«մենք սովոր ենք նրանց, - պատասխանեց կապիտան նեմո, - և ժամանակի ընթացքում դուք նույնպես կլինեք: այնուամենայնիվ, մենք զինված կլինենք, և ճանապարհին մենք կկարողանանք ցեղատեսակի մի քանիսը որսալ: հետաքրքիր է: վաղը, պարոն, և շուտ »:

Սա ասաց անհոգ տոնով, կապիտան նեմոն լքեց սրահը: հիմա, եթե դուք հրավիրվեիք արջը որսալ շվեյցարիայի լեռներում, ի՞նչ կասեք:

«շատ լավ, վաղը մենք կգնանք և կխփենք արջին»: եթե ձեզ խնդրեին առյուծը որսալ ատլասների հարթավայրում, կամ վագրը հնդկական ջունգլիներում, ի՞նչ կասեք:

«հա, հա, կարծես մենք պատրաստվում ենք որսալ վագրին կամ առյուծին»: բայց երբ ձեզ հրավիրում են շնաձկանը որսալու իր բնական տարրով, գուցե արտացոլեիք նախքան հրավերը ընդունելը: ինչ վերաբերում է ինքս ինձ, ես իմ ձեռքը փոխանցեցի ճակատին, որի վրա կանգնած էին ցուրտ քրտինքի մեծ կաթիլներ: «եկեք արտացոլենք, - ասաց ես, - և մեր ժամանակը վերցրեք: սուզանավային անտառներում որսալը, ինչպես մենք արեցինք կեսպրո կղզում, կանցնի, բայց ծովի հատակին բարձրանալով և վեր բարձրանալով, որտեղ մեկը գրեթե հաստատ է: հանդիպել շնաձկներին, միանգամայն այլ բան է: ես լավ գիտեմ, որ որոշ երկրներում, մասնավորապես ՝ կղզիներում, նեգրերը երբեք չեն հապաղում հարձակվել նրանց վրա մի դաշույնով, իսկ մյուս կողմից ՝հոսող քթով, բայց ես գիտեմ նաև, որ քչերն են նրանք, ովքեր դեմ են այդ արարածներին, երբևէ վերադառնում են կենդանի: այնուամենայնիվ, ես նեգրո չեմ, և եթե ես լիներ, կարծում եմ, որ այս դեպքում մի փոքր վարանելը վատառողջ չէր »:

Այս պահին ագռավը և կանադականը մտան, բավականին կազմված և նույնիսկ ուրախ: նրանք չգիտեին, թե ինչ է սպասում նրանց:

«հավատո՛ւ, պարո՛ն, - ասաց նեդ հողը, - ձեր նավապետ նեմո. Սատանան վերցրեք նրան. Նա պարզապես մեզ շատ հաճելի առաջարկ արեց»:

«ահ»: ասաց ես. «գիտե՞ք»:

«եթե ձեզ համար գոհ է, սըր, - ընդհատեց ագռավը, - նավատորմի հրամանատարը մեզ հրավիրել է այցելել վաղը ՝ ձեր ընկերությունում, ցեյլոնի հոյակապ ձկնորսություն, ձեր ընկերությունում. Նա դա արեց բարյացակամորեն, և վարվեց իսկական ջենթլմենի նման»:

- նա ավելին ասաց.

«այլևս ոչինչ, պարոն, բացառությամբ, որ նա արդեն խոսել էր ձեզ այս փոքրիկ զբոսանքի մասին»:

- սըր, - ասաց կոնսիլը, - մեզ կներկայացնե՞լ մարգարիտ ձկնորսության որոշ մանրամասներ:

«ինչ վերաբերում է ինքնին ձկնորսությանը, - հարցրեցի ես, - կամ միջադեպերը, ո՞րը»:

- ձկնորսության վրա, - պատասխանեց կանադացին. «գետնին մտնելուց առաջ պետք է ինչ-որ բան իմանալ դրա մասին»:

«շատ լավ, նստիր, ընկերներս, և ես կսովորեցնեմ քեզ»:

Նեդը և կոնսիլը նստեցին օսմանի վրա և առաջինը, ինչ հարցրեց կանադացին, հետևյալն էր.

- սըր, ինչ է մարգարիտը:

«իմ արժանի նեդ», - պատասխանեցի ես, - բանաստեղծին, մարգարիտը ծովի արցունք է. Արևելագետների համար դա ցրտի կաթիլ է ամուր, և տիկնայք ՝ դա երկարավուն վիճակի զարդ է, մայրության մարգարիտ նյութի փայլունությունը, որը նրանք կրում են մատների, պարանոցի կամ ականջների վրա, քիմիկոսի համար դա կրաքարի ֆոսֆատի և ածխածնի խառնուրդ է, մի փոքր ժելատինով, և վերջապես, բնագետների համար: պարզապես օրգանիզմի հիվանդացուն սեկրեցումը, որը մոր մարգարիտ է արտադրում որոշակի երկբևեռների մեջ »:

«մոլլուսների ճյուղ», - ասաց կոնսիլը:

«հենց այդպես, իմ սովորած ագռավը, և, ի թիվս այս փորձությունների, ականջի կեղևը, տրիդակնան, տուրբինը, մի խոսքով, բոլոր նրանք, որոնք թաքցնում են մոր մարգարիտը, այսինքն ՝ կապույտ, կապտավուն, մանուշակագույն կամ սպիտակ նյութը, որը գծեր են դրանց կեղևների ներքին հարդարանքը, ունակ են մարգարիտ արտադրել »:

«միսս նույնպես»: հարցրեց կանադացին:

«այո, սկոտլանդիայի, ուելսի, իռլանդիայի, սաքսոնիայի, բոհեմիայի և ֆրանսիայում որոշակի ջրերի միֆեր»:

«լավ, ապագայի համար ես ուշադրություն կդարձնեմ», - պատասխանեց կանադացին:

«բայց, - շարունակեցի ես», մարգարիտը գաղտնազերծող առանձնահատուկ մարգարիտը մարգարիտ-ոստրեն է, մելեգագրինա մարգարիտերֆեկտը, այդ թանկարժեք պինտադինը: կամ թաղված է արարածի ծալքերում: կեղևի վրա այն արագ է, մարմնի մեջ ՝ այն չամրացված; բայց միշտ մի միջուկի համար ունի մի փոքր կոշտ նյութ, կարող է լինել ամուլ ձու, կարող է լինել ավազի հացահատիկ, որի շուրջը մարգարիտ նյութը տարեցտարի ինքնուրույն ավանդներ է առաջացնում, իսկ բենզինային բարակ շերտերով »:

«շատ մարգարիտներ են հայտնաբերվել նույն ոստրեում»: հարցրեց կոնսիլը:

«այո, իմ տղա. Ոմանք կատարյալ զամբյուղ են: մի ոստրե է նշվել, չնայած թույլ եմ տալիս, որ կասկածեմ դրանում, քանի որ հարյուր հիսուն շնաձկներ են պարունակում»:

«հարյուր հիսուն շնաձուկ»: բացականչեց Նեդ հողը:

«ես ասացի շնաձկներ»: ասաց ես շտապ: «ես նկատի ունեի հարյուր հիսուն մարգարիտ ասել. Շնաձկները իմաստ չունեն»:

«իհարկե, ոչ», - ասաց ; «բայց հիմա մեզ կասե՞ք, թե ինչ միջոցներով են դրանք մարգարիտները հանում»:

«նրանք անցնում են տարբեր եղանակներով. Երբ կպչում են կճեպի հետ, ձկնորսները հաճախ դրանք պոկում են պաստառներով; բայց ամենատարածված միջոցը ոստրեները դնել ջրիմուռների գորգերի վրա, որոնք ծածկում են բանկերը, ուստի նրանք մահանում են բաց երկնքի տակ և տասը օրվա վերջում նրանք գտնվում են տարրալուծման վիճակում: դրանք դրվում են ծովի ջրի մեծ ջրամբարների մեջ, այնուհետև դրանք բացվում և լվանում են »:

«այդ մարգարիտների գինը տատանվում է ըստ դրանց չափի»: հարցրեց կոնսիլը:

«ոչ միայն ըստ նրանց չափի», - պատասխանեցի ես, - այլև ըստ դրանց ձևի, ջրի (այսինքն, գույնի) և դրանց փայլի: այսինքն ՝ այդ պայծառ և շաղախնդրոց կայծը, որը նրանց այդքան հմայիչ է դարձնում աչքի համար . Ամենագեղեցիկները կոչվում են կույս մարգարիտներ կամ պարագոններ, որոնք ձևավորվում են միայն մոլեխի հյուսվածքի մեջ, սպիտակ են, հաճախ անթափանց, և երբեմն օփալի թափանցիկություն ունեն. Դրանք հիմնականում կլոր կամ օվալաձև են: ապարանջան, ձվաձեւ , եւ, լինելով ավելի թանկ է, վաճառվում են մենակ: Նրանք, ովքեր հավատարիմ են մասին, որ ոստրե են ավելի անկանոն վիճակում, եւ քաշով: վերջապես, մի ցածր կարգի դասակարգվում են այդ փոքրիկ մարգարիտների հայտնի տակ սերմ-մարգարիտների անվանումը. Դրանք չափվում են չափերով և հատկապես օգտագործվում են ասեղնագործության մեջ եկեղեցական զարդարանքների համար »:

- բայց, - ասաց , - վտանգավոր է արդյոք այս մարգարիտ ձկնաբունծությունը:

- ոչ, - պատասխանեցի ես արագ, «մասնավորապես, եթե ձեռնարկվեն որոշակի նախազգուշական միջոցներ»:

«ի՞նչ է ռիսկը նման կոչման մեջ»: ասաց նեդ երկիրը. «ծով-ջրի մի քանի բերանի կուլ տալը»:

- ինչպես ասում ես, հապա հա՛յ, - ասացի ես, փորձելով վերցնել կապիտան նեմոյի անզգույշ երանգը, - վախենում ես շնաձկներից, խիզախ նեդ:

«ես»: պատասխանեց կանադացին. «մասնագիտությամբ խոզապուխտ, դրանց լույսը սևեռելը իմ առևտուրն է»:

- բայց, - ասաց ես, - հարց չէ, որ երկաթով պտտվելով նրանց համար ձկնորսություն անելն է, դրանք բեռնաթափել նավի մեջ, մի պղպեղի հարվածով կտրել նրանց պոչերը, հոշոտել դրանք, և նրանց սիրտը նետել դեպի: ծով »:

«այդ դեպքում հարց է»:

«ճշգրիտ»:

«ջրի մեջ»:

«ջրի մեջ»:

«հավատո՛վ, բարի պռռնիկով: գիտեք, սըր, այս շնաձկները չարամիտ գազաններ են: նրանք միացնում են իրենց փորը, որպեսզի ձեզ բռնեն, և այդ ժամանակ ...»:

հողը ուներ «գրավելու» ասելու մի միջոց, որը արյունս սառեցրեց:

«դե, իսկ դու, հե'ս, ի՞նչ ես մտածում շնաձկների մասին»:

«ես»: ասաց կոնսիլը: «ես անկեղծ կլինեմ, պարոն»:

«այնքան լավ, ավելի լավ», - մտածեցի ես:

«եթե դուք, պարոն, նկատի ունեք դիմակայել շնաձկներին, ես չեմ տեսնում, թե ինչու ձեր հավատարիմ ծառան չպետք է նրանց հետ բախվի ձեզ հետ»:

Գլուխ

Տաս միլիոն միլիոն մարգարիտ

Յաջորդ առավոտյան ժամը չորսին ես արթնացա այն տնտեսվարողի կողմից, որին կապիտան Նեմոն դրեց իմ ծառայության մեջ: ես շտապ բարձրացա, հագնվեցի և մտա սրահ:

Կապիտան Նեմոն սպասում էր ինձ:

- մ. , - ասաց նա, - պատրաստ եք սկսել:

"ես պատրաստ եմ."

«ուրեմն խնդրում եմ հետևեք ինձ»:

«և իմ ուղեկիցներ, կապիտան»:

«նրանց ասել են և սպասում են»:

«մի՞թե մենք չպետք է հագնենք մեր ջրասուզակների զգեստները»: հարցրեցի ես

«դեռ ոչ: ես թույլ չեմ տվել, որ նավատորմը նույնպես շատ գա այս ափին, և մենք գտնվում ենք մանյարի ափից մի փոքր հեռավորության վրա; բայց նավը պատրաստ է և մեզ կտանի տեղակայման ճշգրիտ կետում, ինչը մեզ երկար կփրկի դա կրում է մեր սուզվելու սարքը, որը մենք կներդրենք մեր սուզանավային ճանապարհորդությունը սկսելու ժամանակ »:

Կապիտան նեմոն ինձ տարավ կենտրոնական սանդուղք, որը տանում էր դեպի հարթակ: նեդը և կոնսիլը արդեն այնտեղ էին, ուրախացրին «նախասիրության» երեկույթի գաղափարը, որը պատրաստվում էր: ծովագնացներից հինգ նավաստիներ, իրենց արցունքներով, սպասում էին նավին, որը պատրաստվել էր արագ կողմում:

Գիշերը դեռ մութ էր: ամպերի շերտերը ծածկում էին երկինքը, ինչը թույլ էր տալիս տեսնել մի քանի աստղեր: ես նայեցի այն կողմին, որտեղ պառկած էր երկիրը, և ես ոչինչ չտեսա, քան մութ գիծը, որը պարունակում էր հորիզոնի երեք մասերը ՝ հարավ-արևմուտքից դեպի հյուսիս-արևմուտք: նավատորմը, որը վերադարձավ ցեյլոնի արևմտյան ափին գիշերվա ընթացքում, այժմ գտնվում էր ծովածոցից, ավելի ճիշտ ՝ ծոցերից, որը ձևավորվել էր մայրցամաքի և մանանա կղզու կողմից: այնտեղ, մութ ջրերի տակ, ձգվում էր պինտադինի ափը, մարգարիտների անսպառ դաշտը, որի երկարությունը ավելի քան քսան մղոն է:

Կապիտան նեմո, հող երկիր, զամբյուղ և ես մեր տեղերը գրավեցինք նավակի խստության տակ: վարպետը գնաց հողագործին; նրա չորս ուղեկիցները հենվել էին նրանց ձողերին, նկարիչը դուրս էր նետվել, և մենք բացվեցինք:

Նավը գնաց դեպի հարավ. Օդաչուները չէին շտապում: ես նկատեցի, որ նրանց հարվածները, որոնք ուժեղ են ջրի մեջ, միայն հետևում էին միմյանց յուրաքանչյուր տասը վայրկյանում, համաձայն ռազմածովային ուժերում ընդունված մեթոդի: մինչ արհեստը վարվում էր սեփական արագությամբ, հեղուկ կաթիլները հարվածում էին ալիքների մութ խորքերին, որոնք ճեղքված էին հալված կապարի պես: մի փոքր շաղ տալով ՝ լայնորեն տարածվելով ՝ նավակը մի փոքր գլորվեց, և դրա առջև թեքվեցին սամֆիրի մի քանի եղեգներ:

Մենք լռեցինք: ինչ էր մտածում կապիտան նեմոն: գուցե այն երկրից, որին նա մոտենում էր, և որը նա գտնում էր իրեն շատ մոտ, հակառակ կանադացիների կարծիքին, որը դա շատ հեռու էր համարում: ինչ վերաբերում է հասկանալուն, նա պարզապես այնտեղ էր հետաքրքրասիրությունից:

Հորիզոնում առաջին առաջին երանգները մոտ կես անցած հինգի վրա ավելի հստակ ցույց տվեցին ափերի վերին գիծը: բավականաչափ հարթ արևելքում, այն մի փոքր բարձրացավ դեպի հարավ: մեր միջև դեռ հինգ մղոն հեռավորության վրա էր, և ջրի տակ ընկած մառախուղի պատճառով անորոշ էր: ժամը վեցին հանկարծակի դարձավ ցերեկային լույս, այդ արագությունը յուրահատուկ էր արևադարձային շրջաններում, որոնք ոչ լուսաբաց գիտեն, ոչ էլ մթնշաղ: արեգակնային ճառագայթները խոցեցին ամպերի վարագույրը, հավաքվեցին արևելյան հորիզոնում, և պայծառ գունդ արագորեն բարձրացավ: ես հստակ տեսա հողը, այստեղից և այնտեղ ցրված մի քանի ծառեր: նավը մոտեցավ մանար կղզին, որը կլորացվում էր դեպի հարավ: կապիտան նեմոն բարձրացավ նստատեղից և դիտեց ծովը:

Նրա նշանով խարիսխը ցած էր գցում, բայց շղթան հազիվ վազեց, քանի որ բակի խորքից մի փոքր ավելին էր, և այս տեղը պինդադինների բանկի ամենաբարձր կետերից մեկն էր:

«ահա մենք ենք, . », - ասաց կապիտան նեմո: «տեսնու՞մ եք այդ պարսպապատ նավը: այստեղ, մեկ ամսվա ընթացքում հավաքվելու են արտահանողների բազմաթիվ ձկնորսական նավակներ, և սրանք այն ջրերն են, որոնց իրենց զանազան ջրերը կփախցնեն այդքան համարձակորեն: երջանիկորեն, այս ծովածոցը լավ տեղակայված է այդ տեսակի ձկնորսության համար: պատսպարվում է ամենաուժեղ քամիներից. Ծովն այստեղ երբեք կոպիտ չէ, ինչը բարենպաստ է դարձնում ջրասուզակների աշխատանքը: հիմա մենք հագնելու ենք մեր զգեստները և կսկսենք մեր քայլքը »:

Ես չպատասխանեցի և, մինչ կասկածելի ալիքները դիտելիս, նավաստիների օգնությամբ սկսեցի հագնել իմ ծանր ծովային զգեստը: կապիտան նեմոն և իմ ուղեկիցները նույնպես հագնվում էին: նավթիլուսից ոչ մեկը չէր ուղեկցի մեզ այս նոր էքսկուրսիայում:

Շուտով մենք փաթաթվեցինք կոկորդին հնդկական ռետինե հագուստով. Օդային ապարատը մեր մեջքին ամրացված փակագծերով: ինչ վերաբերում է ռուհմկորֆի ապարատին, ապա դրա համար անհրաժեշտություն չկար: գլուխս պղնձե գլխարկի մեջ դնելուց առաջ ես հարցրել էի նավապետի հարցը:

«դրանք անօգուտ կլինեին», - պատասխանեց նա: «մենք մեծ խորության չենք գնում, և արևի ճառագայթները բավարար կլինեն մեր զբոսանքը լուսավորելու համար: բացի այդ, խելամիտ չէր լինի այդ ջրերում էլեկտրական լույս վարելը; դրա փայլունությունը կարող է առավելագույնս գրավել ափերի վտանգավոր բնակիչների մի մասը: անհամեմատաբար »:

Քանի որ կապիտան արտասանվում այս խոսքերը, ես դիմել է եւ հողատարածք: բայց իմ երկու ընկերներն արդեն գլուխները ծածկել էին մետաղական գլխարկով, և նրանք ոչ կարող էին լսել, ոչ էլ պատասխանել:

Մնաց մեկ վերջին հարց `կապիտան նեմոյին հարցնել:

«և մեր ձեռքերը»: հարցրեցի ես; «մեր զենքերը»:

«զենք, ինչի՞ համար: մի՞թե լեռնագնացները ձեռքով դանակով ձեռքով չեն հարձակվում արջի վրա, և արդյո՞ք պողպատե ամրակ չէ, քան կապարը: այստեղ ուժեղ բերան է. Դրեք այն ձեր գոտում և մենք կսկսենք»:

Ես նայեցի իմ ուղեկիցներին. Նրանք մեզ պես զինված էին, և դրանից ավելին ՝ չեզոք հողը հսկայական խոզապուխտ էր պարունակում, որը նա նավում էր դրել նավատորմը թողնելուց առաջ:

Այնուհետև, կապիտանի օրինակին հետևելով, ես ինքս ինձ թույլ տվեցի հագնվել պղնձի ծանր սաղավարտով, և մեր օդային ջրամբարները միանգամից գործում էին: վայրէջք կատարելուց անմիջապես հետո, մեկը մյուսի հետևից, ջրի մոտ երկու բակերում հավասար ավազի վրա: կապիտան Նեմոն ձեռքով նշան արեց, և մենք նրան հետևեցինք մեղմ վճռականությամբ, մինչև անհետացանք ալիքների տակ:

Մեր ոտքերի վրա, ինչպես ցնցուղի մեջ խորտակված ախոռների նման, վարդի կոշիկներ բարձրացան ՝ սեռի միաեղջյուրից, որոնք այլ կտորներ չունեն, բացի իրենց պոչից: ես ճանաչեցի ճվանդանը, որի տակ երկու ու կես մետր երկարություն ունեցող իսկական օձ էր, ներքևի վառ գույնը, և որը հեշտությամբ կարող էր սխալվել կոնսերվացատների համար, եթե չլինեին նրա կողքին գտնվող ոսկե շերտերը: ստրոմատեուս սեռի մեջ, որի մարմինները շատ հարթ և օվալաձև են, ես տեսա որոշ փայլուն գույներ, որոնք իրենց ծալքավոր բաճկոնը կրում էին կարի պես: հիանալի ուտող ձուկ, որը, չորացրած և թթու, հայտնի է կարավադ անունով. Այնուհետև որոշ տրոիման պատեր, որոնք պատկանել են սեռին, որի մարմինը ծածկված է ութ երկայնական թիթեղների կավճով քուղով:

Բարձրացող արևը ավելի ու ավելի էր լուսավորում ջրերի զանգվածը: հողը աստիճանաբար փոխվեց: նուրբ ավազին հաջողվեց կատարել այն քարի կտորների կատարյալ ճանապարհ, որը ծածկված էր մոլլուսների և կենդանաբանական այգիների գորգով: այս մասնաճյուղերի նմուշների մեջ ես նկատեցի որոշ տարածքներ, բարակ անհավասար կճեպով, կարմիր ծովի և հնդկական օվկիանոսի յուրահատուկ օստրասիայով. Մի քանի նարնջագույն կլորացված կճեպով; երեք ոտքերը ու կես երկար, որը բարձրացրել են իրենց տակ ալիքների պես ձեռքում պատրաստ է գրավել մեկին. Կային նաև մի քանի պանոպիրներ ՝ մի փոքր լուսավոր; վերջապես, որոշ օկուլիններ, ինչպես հոյակապ երկրպագուները, ձևավորում են այս ծովերի ամենահարուստ բուսականությունը:

Այս կենդանի բույսերի մեջտեղում և հիդրոֆիտների զամբյուղների տակ ընկած էին անշնորհք հողերի շերտեր, մասնավորապես ՝ որոշ վարդագույններ, որոնց կարապակը ձևավորում էր մի փոքր կլորացված եռանկյուն; և մի քանի սարսափելի նայող պառենոպներ:

Մոտավորապես ժամը յոթին, մենք վերջապես հայտնվեցինք, թե ինչպես ենք զննում այն ոստրեները, որոնց վրա մարգարիտ-ոստրեները միլիոններ են վերարտադրում:

Կապիտան Նեմոն ձեռքով ցույց տվեց ոստրեների իսկայական կույտը. և ես կարող էի լավ հասկանալ, որ այս հանքը անսպառ էր, քանի որ բնության ստեղծագործական ուժը շատ ավելին է, քան մարդու ոչնչացման բնազդը: հողը, հավատարիմ մնալով իր բնազդին, շտապեց լրացնել ցանցը, որը նա իր կողմից կրում էր լավագույն նմուշներով: բայց մենք չկարողացանք կանգ առնել: մենք պետք է հետևենք կապիտանին, որը թվում էր, թե իրեն առաջնորդում է ինքն իրեն ճանաչող ճանապարհներով: գետինը զգայունորեն բարձրանում էր, և երբեմն, երբ ձեռքս բռնում էր, ծովի մակերևույթից վեր էր: այդ ժամանակ բանկի մակարդակը քմահաճ կթափվեր: հաճախ մենք կլորացնում էինք բուրգերի մեջ փորված բարձր ժայռերը: Նրանց մութ կոտրվածքների մեջ իսկայական ընդերքը, ընկած լինելով նրանց բարձր ճիրաններում, ինչպես ինչ-որ պատերազմական մեքենա, մեզ հետևում էր հաստատուն աչքերով և մեր ոտքերի տակ սողում էր տարատեսակ աննիլիդներ:

Այս պահին մեր առջև բացվեց մի մեծ պաստառ փորելով ժայռերի գեղատեսիլ կույտում և գորգավորվեց սուզանավային բուսական աշխարհի բոլոր խիտ խորշերով: սկզբում ինձ շատ մութ թվաց: արեգակնային ճառագայթները կարծես մարվել էին հաջորդական աստիճանակարգերով, մինչև նրա անորոշ թափանցիկությունը չդարձավ այլ բան, քան խեղդվող լույսը: կապիտան Նեմոն մտավ; մենք հետևեցինք: աչքերս շուտով ընտելացան մթության այս հարաբերական վիճակին: ես կարող էի տարբերակել հմայիչ աղբյուրները կամարները բնական սյուներից, որոնք լայնորեն կանգնած էին դրանց գրանիտային հիմքի վրա, ինչպես տոսկան ճարտարապետության ծանր սյուները: ինչո՞ւ մեր անհասկանալի ուղեցույցը մեզ տարավ այս սուզանավային խորանարդի հատակին: ես շուտով գիտեի: բավականին կտրուկ հորդառատ իջնելուց հետո մեր ոտքերը կոխկացնում են մի տեսակ շրջանաձև փոսի հատակին: այնտեղ կապիտան Նեմոն կանգ առավ և ձեռքով ցույց տվեց մի առարկա, որը ես դեռ չէի ընկալել: դա արտասովոր չափսերի ոստրե էր, հսկայական եռախորշ, գավաթ, որը կարող էր պարունակել մի ամբողջ սուրբ ջրի լիճ, ավազան, որի լայնությունը ավելի քան երկու բակեր և կես էր, հետևաբար և ավելի մեծ, քան այդ զարդարում էր սրահի նավատորմը: ես մոտեցա այս արտառոց մոլլուսին: այն իր թելիկներով կպչում էր գրանիտի սեղանին, և այնտեղ, մեկուսացված, այն զարգանում էր պառավի հանգիստ ջրերում: ես գնահատեցի այս տրիդաչնայի քաշը 600 : նման ոստրեը պարունակում է 30 լիտր միս; և դրանցից մի քանի տասնյակ քանդելու համար պետք է գարգանտի ստամոքս ունենալ:

Կապիտան Նեմոն ակնհայտորեն ծանոթ էր այս երկբևեռի գոյությանը և, կարծես, առանձնահատուկ դրդապատճառ ուներ այս տրիդաչնի իրական վիճակը ստուգելու համար: ռումբերն մի փոքր բաց էին; նավապետը մոտեցավ և իր դաշույնը դրեց, որպեսզի չփակվի նրանց փակումը: ապա իր ձեռքով նա բարձրացրեց մեմբրանն իր ծայրամասերով, որը արարածի համար թիկնոց էր ձևավորում: այնտեղ, ծալովի կտորների միջև, ես տեսա մի չամրացված մարգարիտ, որի չափը հավասար էր կոկոսի ընկույզի չափին: դրա գլոբալ ձևը, կատարյալ մաքրությունը և հիանալի փայլը այն ամբողջությամբ դարձնում էին անգնահատելի արժեքի զարդ: իմ հետաքրքրասիրության պատճառով, ես ձգեցի իմ ձեռքը ՝ այն առնելու, քաշելու և դիպչելու այն. Բայց կապիտանը կանգնեց ինձ, մերժեց նշան և արագորեն հանեց իր դաշույնը, և հանկարծակի փակվեցին երկու կճեպը: ես հետո հասկացա կապիտան Նեմոյի մտադրությունը: տրիդաչնայի թիկնոցում թաքնված այս մարգարիտը թույլ տալով, որ այն դանդաղ աճի: ամեն տարի մոլլուսի գաղտնիքները կավելացնեն նոր համակենտրոն շրջանակներ: ես դրա արժեքը առնվազն 500,000 գնահատեցի:

Տասը րոպե անց նավապետ Նեմոն հանկարծակի կանգ առավ: ես մտածեցի, որ նա նախկինում դադարել էր վերադառնալ: ոչ; մի ժեստով, որը նա մեզ հանձնեց, որ ժայռի խորը կոտրվածքով կողքից քանդենք նրա կողքը, ձեռքը մատնանշեց հեղուկ զանգվածի մի մասը, որը ես նայում էի ուշադիր:

Ինձնից մոտ հինգ բակեր ստվեր հայտնվեց և ընկավ գետնին: մտքովս անցած շնաձկների ցնցող գաղափարը, բայց ես սխալվեցի. և մեկ անգամ ևս օվկիանոսի իրեշը չէր, որ մենք որևէ կապ ունեինք:

Դա մի մարդ էր, կենդանի մարդ, հնդկացի, ձկնորս, աղքատ սատանան, որը, ենթադրում եմ, որ բերքից առաջ հավաքվել էր: ես տեսնում էի նրա նավակի հատակը, որը խարսխված էր նրա ոտքերից վեր բարձրության վրա: նա սուզվեց և հաջողությամբ բարձրացավ: ոտքերի մեջ պահված քարը, որը կտրեց շաքարի բոքոնով, իսկ պարանը կապեց նրա նավին և օգնեց, որ նա ավելի արագ իջնի: սա նրա ամբողջ ապարատն էր: հասնելով հատակին ՝ մոտ հինգ բակեր խորությամբ, նա գնաց ծնկներին և պատահականորեն հավաքված ոստրեներով լցրեց պայուսակը: այն ժամանակ նա բարձրացավ, դատարկեց այն, հանեց իր քարը և ևս մեկ անգամ սկսեց գործողությունը, որը տևեց երեսուն վայրկյան:

Ջրասուզակը մեզ չտեսավ: ժայռի ստվերը մեզ թաքցրեց տեսադաշտից: և ինչպե՞ս պետք է այս աղքատ հնդիկը երբևէ երազի, որ տղամարդիկ, իր նման էակներ լինելով, պետք է այնտեղ լինեն ջրի տակ ՝ հետևելով նրա շարժումներին և չեն կորցնում ձկնորսության որևէ մանրամասնություն: մի քանի անգամ նա բարձրացավ այս ճանապարհով և նորից սուզվեց: նա յուրաքանչյուր տրոհման ընթացքում տասից ավելի չէր տանում, քանի որ նա պարտավոր էր նրանց ուժեղ բեկորների միջոցով դուրս հանել այն բանկից, որին նրանք հավատարիմ էին: եւ ինչպես շատերն այն , որի համար նա իր կյանքը վտանգի ենթարկեց չուներ մարգարիտ է նրանց! Ես ուշադիր հետևում էի նրան. Նրա զորավարժությունները կանոնավոր էին; և կես ժամվա ընթացքում ոչ մի վտանգ չէր սպառնում նրան սպառնալու համար:

Ես սկսում էի ընտելանալ այս հետաքրքիր ձկնորսության տեսադաշտին, երբ հանկարծ, քանի որ հնդիկը գետնին էր, ես տեսա, որ նա սարսափելի ժեստ է անում, վեր բարձրանում և աղբյուր ստեղծում, որպեսզի վերադառնա ծովի մակերևույթ:

Ես հասկացա նրա վախը: մի հսկա ստվեր հայտնվեց հենց դժբախտ ջրասուզակի վերևում: դա հսկայական չափսերի շնաձկ էր, որը առաջ էր անցնում , նրա աչքերը կրակի վրա և ծնոտները բաց էին: ես լուռ էի սարսափով և չկարողացա շարժվել:

Անհեթեթ արարածը կրակել է դեպի հնդկացին, որը նետվել է մի կողմից ՝ շնաձկների թաթերից խուսափելու համար. Բայց ոչ նրա պոչը, քանի որ այն հարվածեց նրա կրծքին և ձգվեց գետնին:

Այս տեսարանը տևեց, բայց մի քանի վայրկյան. Շնաձուկը վերադարձավ և, մեջքի վրա շրջելով, պատրաստվեց հնդկացուն երկուսով կտրելու համար, երբ տեսա, որ նավապետ Նեմոն հանկարծակի բարձրանում է, և այնուհետև ձեռքի տակով դաշույն քայլում ուղիղ դեպի հրեշը, պատրաստ դեմ առ դեմ պայքարել նրա հետ: հենց այն պահին, երբ շնաձուկը պատրաստվում էր երկուսով պոկել դժբախտ ձկնորսին, նա ընկալեց իր նոր հակառակորդին և շրջվելով ՝ ուղիղ դեպի նրա կողմը:

Ես դեռ կարող եմ տեսնել նավապետ Նեմոյի դիրքը: իրեն լավ պահելով, նա սպասում էր շնաձկան հիանալի զովությամբ. և երբ նա շտապեց նրա վրա, հիանալի արագությամբ նետվեց մի կողմի վրա ՝ խուսափելով ցնցումներից և իր դաշույնը թաղելով խորը մեջը: բայց ամեն ինչ ավարտված չէր: տեղի ունեցավ ահավոր մարտ:

Կարծես, շնաձուկը մռնչում էր, եթե ես կարող էի այդպես ասել: արյունը թափվում էր իր վերքից հեղեղատարով:

ծովը կարմիր էր ներկված, և անթափանց հեղուկի միջոցով ես չէի կարող առանձնացնել ավելին: ոչինչ ավելի, մինչեւ այն պահը, երբ, կայծակի նման, ես տեսա, որ անվախ կապիտան կախված է մեկի կենդանու , պայքարում, քանի որ դա եղել է, ձեռքը բռնած հետ հրեշ, եւ զբաղվում է հաջորդական հարվածներ է իր թշնամին է, բայց դեռեւս չի կարողանում տալ որոշիչ:

Շնաձկների կռիվները ջղաձգում էին ջուրն այնպիսի կատաղությամբ, որ ճոճելը սպառնում էր ինձ նեղացնել:

Ես ուզում էի գնալ կապիտանի օգնության համար, բայց սարսափով մեխելով տեղում, ես չէի կարող խառնել:

Ես տեսա հյուծված աչքը. Ես տեսա պայքարի տարբեր փուլերը: նավապետը ընկել է երկրի վրա, խափանել է հսկայական զանգվածի, որը ծանրության է նրա վրա: շնաձկների ծնոտները լայն էին բացվում, ինչպես մի զույգ գործարանային , և կապիտան կապրեր կապիտան հետ: բայց, արագ, որքան մտքի, եռաժանի ձեռքին, հողատարածք շտապել դեպի եւ հարվածել այն իր սուր կետի:

Ալիքները ներծծվել էին արյան մի զանգվածով: նրանք ժայռեցին շնաձկան շարժումների տակ, ինչը նրանց ծեծեց աննկարագրելի կատաղությամբ: հողը բաց չէր թողել իր նպատակը: դա հրեշի մահն էր: հարվածեց սրտին, այն պայքարում էր սարսափելի ցնցումների մեջ, որի ցնցումը տապալեց ուռուցիկը:

Բայց չեզոք երկիրը հեռացրել էր կապիտանին, որը առանց վերքի վեր կենալով ՝ ուղիղ գնում էր հնդկացու հետ, արագորեն կտրեց լարը, որը նրան պահում էր իր քարի վրա, նրան գրկում էր նրա գրկում և, գարշապարի կտրուկ հարվածով, կեռվեց: մակերեսին:

Բոլորս հետևեցինք մի քանի վայրկյանում, փրկվելով հրաշքով և հասանք ձկնորսի նավակին:

Կապիտան Նեմոյի առաջին խնամքը `դժբախտ մարդուն կրկին կյանքի կոչելն էր: Ես չէի մտածում, որ նա կարող է հաջողության հասնել: Ես այդպես հույս ունեի, քանի որ աղքատ արարածի ընկղմումը երկար չէր. Բայց շնաձուկի պոչից հարվածը կարող էր լինել նրա մահվան հարվածը:

Երջանիկորեն, կապիտանի և կոնյակի կտրուկ շփման հետ, ես տեսա, որ գիտակցությունը աստիճանաբար վերադառնում է: Նա բացեց աչքերը: ինչ էր նրա անակնկալը, նույնիսկ իր սարսափը ` տեսնելով չորս հոյակապ պղնձե գլուխներ, որոնք հենվում էին նրա վրա: և, նախևառաջ, ինչ պետք է մտածեր այն ժամանակ, երբ կապիտան Նեմոն, իր զգեստի գրպանից վերցնելով մարգարիտ տոպրակ, դրեց այն իր ձեռքին: ռերի մարդուց մինչև աղքատ սինգալեսը այս զինված բարեգործությունն ընդունվեց դողացող ձեռքով: Նրա զարմանահրաշ աչքերը ցույց տվեցին, որ նա չգիտի, թե ինչ գերհագեցած էակներ են պարտք ինչպես բախտին, այնպես էլ կյանքը:

Նավապետի նշանով մենք վերականգնեցինք բանկը և, անցնելով արդեն անցած ճանապարհին, մոտ կես ժամվա ընթացքում եկանք այն խարիսխը, որը պահում էր նավատորմի նավը երկրի վրա:

Մի անգամ նավի վրա, մենք յուրաքանչյուրս, նավաստիների օգնությամբ, ազատվեցինք պղնձի ծանր սաղավարտից:

Կապիտան Նեմոյի առաջին խոսքը կանադականինն էր:

«շնորհակալ եմ, վարպետ երկիր», - ասաց նա:

«վրեժի մեջ էր, կապիտան», - պատասխանեց նեղ հողը: «ես դա քեզ պարտական եմ»:

Ա ահավոր ժպիտ անցավ նավապետը շուրթերին, եւ որ այդ ամենը:

«դեպի ծովային», - ասաց նա:

Նավը թռավ ալիքների միջով: մի քանի րոպե անց մենք հանդիպեցինք շնաձկների դիակը լողացող: իր կտորների ծայրամասի սև նշանով, ես ճանաչեցի հնդկական ծովերի սարսափելի մելանոպտերոնը `այսպես կոչված, շնաձկների տեսակներից: այն քսանիինգ ոտքից ավելի երկար էր. Նրա իսկայական բերանը զբաղեցնում էր իր մարմնի մեկ երրորդը: դա եղել է չափահաս, քանի որ հայտնի է իր վեց շարքերում ատամների տեղադրված հավասարասրուն եռանկյան է վերին ծնոտի.

Մինչ ես մտածում էի այս իներտ զանգվածի մասին, այդ անպիտան գազաններից տասնյակները հայտնվեցին նավակի շուրջը. և, չնկատելով մեզ, նրանք նետվեցին դիակի վրա և կտորների համար միմյանց հետ կռվեցին:

Կեսին անցած ութին մենք նորից նստեցինք նավատորմի վրա: այնտեղ ես անդրադարձա այն դեպքերին, որոնք տեղի են ունեցել մանաարի բանկ մեր էքսկուրսիայի ընթացքում:

Երկու եզրակացություններ, որոնք ես անխուսափելիորեն պետք է բերեմ դրանից. Մեկը ` կապիտան նեմոյի անզուգական քաջության, մյուսը ` մարդու հանդեպ նրա նվիրվածության, այն ցեղի ներկայացուցիչ, որից նա փախել է ծովի տակ: ինչ էլ որ ասեր, այս տարօրինակ մարդը դեռ չէր հասցրել ամբողջությամբ ջարդել նրա սիրտը:

Երբ ես այս դիտարկումն արեցի նրա նկատմամբ, նա մի փոքր շարժված տոնով պատասխանեց.

«այդ հնդիկը, պարոն, ճնշված երկրի բնակիչ է. և ես դեռևս մինչև վերջին շունչս եմ և կլինեմ նրանցից մեկը»:

Գլուխ

Կարմիր ծովը

Ի ընթացքում օրը 29 հունվարի կղզու անհետացել տակ հորիզոնում, եւ , ժամը արագությամբ քսան մղոն ժամում, մեջ լաբիրինթոսում ջրանցքների, որը բաժանում է մալդիվներում են : դա նույնիսկ կղզու , մի երկիր, ի սկզբանե , հայտնաբերվել է է 1499 թ.-եւ մեկը տասնինն հիմնական կղզիներում կղզիախումբ է, որը 10 ° եւ 14 ° 30 '. Լատ., և 69 ° 50 '72 "ե երկարություն:

Մենք ճապոնական ծովերի մեր ելակետից պատրաստել էինք 16,220 մղոն կամ 7,500 (ֆրանսիական) լիգա:

Հաջորդ օրը (30-ը հունվար), երբ ծովագնացը դուրս եկավ օվկիանոսի մակերես, տեսողության երկիր չկար: նրա ընթացքը եղել է ՝ օման ծովի ուղղությամբ, արաբիայի և հնդկական թերակղզու միջև, որը ծառայում է որպես ելք դեպի պարսից ծոց: դա ակնհայտորեն բլոկ էր ՝ առանց որևէ հնարավոր ելքի: որտեղ է մեզ տարել կապիտան նեմոն: ես չէի կարող ասել: սա, սակայն, չբավարարեց կանադացուն, ով այդ օրը եկավ ինձ հարցնելով, թե ուր ենք գնում:

«մենք պատրաստվում ենք, որտեղ մեր հրամանատարի բեկորն է ունենում մեզ, վարպետ "

«այդ ժամանակ նրա ֆանտազիան չի կարող մեզ հեռու պահել», - ասաց կանադացին: «պարսից ծոցի ելք չունի, եւ, եթե մենք անենք գնում է, ապա դա չի կարող երկար առաջ մենք դուրս կրկին."

«շատ լավ, այդ դեպքում մենք կրկին դուրս կգանք, տիրապետող երկիր. և եթե պարսկական ծոցից հետո ծովահենները կցանկանան այցելել կարմիր ծով, բաբ-էլ-մանդեբի նեղուցները այնտեղ են, որպեսզի մեզ մուտք տան»:

- ես քեզ պետք չեմ ասել, սըր, - ասաց նեդ երկիրը, - որ կարմիր ծովը նույնքան փակ է, որքան ծոցը, քանի որ սուեզի իշթմուսը դեռ կտրված չէ, և, եթե դա լիներ, նավը նույնքան խորհրդավոր էր, որքան մերը: ռիսկի չի ենթարկվում ջրանցքով կտրված ջրանցքով: և կրկին, կարմիր ծովը ճանապարհը չէ, որ մեզ հետ տանի եվրոպա »:

«բայց ես երբեք չեմ ասել, որ մենք պատրաստվում էին վերադառնալ դեպի եվրոպա»:

«ի՞նչ եք ենթադրում, ուրեմն»:

«ենթադրում եմ, որ արաբիայի և եգիպտոսի հետաքրքրաշարժ ափերը այցելելուց հետո նավատորմը նորից կիջնի հնդկական օվկիանոս, գուցե անցնի մոզամբիկի ալիքով, գուցե մկասկաններից դուրս, որպեսզի ձեռք բերի լավ հույսի կապույտ»:

«եվ մի անգամ լավ հույսի ծայրին»: հարցրեց կանադացին ՝ յուրահատուկ շեշտադրմամբ:

«դե, մենք պետք է ներթափանցենք այն ատլանտի մեջ, որը մենք դեռ չգիտենք: ահ, ընկեր, ջան, դուք հոգնած եք այս ճանապարհորդությունից ծովի տակ; դուք սուզվում եք սուզանավային հրաշալիքների անթափանց տարբերվող տեսարաններով: իմ մասով, ես պետք է կներեք, որ տեսնեք ճանապարհորդության ավարտը, որը այն տրված է այդքան քիչ մարդկանց համար »:

Չորս օր ՝ մինչև փետրվարի 3-ը, ծովագնացները ջարդեցին օմանի ծովը ՝ տարբեր արագություններով և տարբեր խորություններով: թվում էր, թե անցնում էր պատահականորեն, կարծես թե երկմտում էինք, թե որ ճանապարհից պետք է անցնի, բայց մենք երբեք քաղցկեղի արաբը չենք անցել:

Այս ծովը թողնելիս մենք ակնթարթորեն տեսանք մուսկաթը ՝ օմանի երկրի ամենակարևոր քաղաքներից մեկը: ես հիանում էի նրա տարօրինակ կողմով ՝ շրջապատված սև ժայռերով, որոնց վրա թեթևացած էին նրա սպիտակ տներն ու ամրոցները: ես տեսա, որ կլորացմամբ իր մզկիթները, էլեգանտ միավոր իր մինարեթներով, իր թարմ եւ անփորձ . Բայց դա միայն տեսիլք էր: նավատորմը շուտով թափվեց ծովի այդ հատվածի ալիքների տակ:

Մենք անցանք արաբական մահրայի և հադրամութի ափերի երկայնքով ՝ վեց մղոն հեռավորության վրա, լեռների անսահման գիծը ժամանակ առ ժամանակ ազատվում էր որոշ հին ավերակներից: փետրուարի 5-ին մենք վերջապես մտանք ադենի ծոց, մի կատարյալ ձագա՞, որը մտաւ բաբ-էլ-մանդեբի պարանոցին, որի միջոցով հնդկական ջրերը մտան կարմիր ծով:

Փետրվարի 6-ին, նավատորմը լողաց ադենի աչքերի առջև և ընկավ մի գիրք, որի վրա նեղ իշմուսը միանում է մայրցամաքին, մի տեսակ անհասանելի իբրալթար, որի ամրությունները 1839-ին տիրանալուց հետո վերակառուցվել են անգլիացիների կողմից: ես բռնել եմ հայացք այս քաղաքի ութանկյուն մինարեների մասին, որը մի ժամանակ ափի ամենահարուստ առևտրային ամսագիրն էր:

Ես, անշուշտ, կարծում էի, որ նավապետ նեմոն, որը հասել է այս պահին, կրկին դուրս կգա; բայց ես սխալվեցի, քանի որ նա նման բան չի արել, ինչն անակնկալ էր:

Յաջորդ օրը `փետրվարի 7-ին, մենք մտանք բաբ-էլ-մանդեբի նեղուցները, որոնց անունը, արաբերեն լեզվով, նշանակում է արցունքների դարպաս:

Լայնության քսան մղոնով, այն ընդամենը երեսուներկու երկարություն է: իսկ նավատորմի համար ՝ ամբողջ արագությամբ սկսվելով, անցումը հազիվ թե մեկ ժամվա աշխատանք էր: բայց ես ոչինչ չտեսա, նույնիսկ պերեմ կղզին, որի հետ բրիտանական կառավարությունը ամրապնդեց ադենի դիրքը: կային շատ անգլերենով կամ Ֆրանսերենով է գծի սուեզի բոմբեյ, կալկաթա , եւ բուրբոն է , այս նեղ անցումը, քանի որ է ճոխություն է ցույց տալ իրեն: այնպես որ այն զգուշորեն մնաց ներքևում: վերջապես մոտ կեսօրին մենք կարմիր ծովի ջրերում էինք:

Ես նույնիսկ չէի ձգտի հասկանալ այն քմահաճը, որը որոշում էր կապիտան նեմոն ՝ ծոցը մտնելու ժամանակ: բայց ես բավականին հավանություն տվեցի դրան մուտք գործած նավատորմին: դրա արագությունը նվազում էր. Երբեմն այն պահվում էր մակերևույթի վրա, երբեմն ջրվում էր նավից խուսափելու համար, և այդպիսով ես կարողացա դիտարկել այս հետաքրքրասեր ծովի վերին և ստորին մասերը:

Փետրվարի 8-ին, օրվա առաջին լուսաբացից, տեսավ մոխան, այժմ ավերված քաղաքը, որի պատերը ընկնելու էին հրազենային զենքի տակ, բայց ո՞ր ապաստարաններն են այստեղ և այնտեղ `որոշ դաժան ծառեր: ժամանակին մի կարևոր քաղաք, որը պարունակում էր վեց հանրային շուկա, և քսան վեց մզկիթ, և որի պատերը, որոնք պաշտպանվում էին տասնչորս ամրոցով, կազմեց շրջագծով երկու մղոն ունեցող գոտի:

Նավատորմը այնուհետև մոտեցավ աֆրիկյան ափին, որտեղ ծովի խորությունը ավելի մեծ էր: այնտեղ, երկու բյուրեղների պես պարզ երկու ջրերի միջև, բաց վահանակների միջով մենք մեզ թույլ տվեցինք խորհել փայլուն մարջան և ժայռերի մեծ բլոկների գեղեցիկ թփերի մասին, որոնք հագած էին կանաչ բազմազան վայրերով և լանդշաֆտներով շքեղ մորթուց, այս ավազաթմբերի և ջրիմուռների և ֆուզիերի երկայնքով: ինչ աննկարագրելի տեսարան, և ինչ բազմատեսակ վայրեր և լանդշաֆտներ այս ավազաթմբերի և հրաբխային կղզիների երկայնքով, որոնք կապում էին լիբիական ափերը: բայց այնտեղ, որտեղ այս թփերը երևացին, ամբողջ գեղեցկությունը գտնվում էր արևելյան ափին, որը շուտով ձեռք բերեց նավատորմը: դա թեհամա ծովի ափին էր, քանի որ այնտեղ ոչ միայն ծաղկավորվում էր զոոֆիտների այս ցուցադրությունը ծովի մակարդակի տակ, այլև նրանք ձևավորեցին գեղատեսիլ ներկապակցություններ, որոնք բացահայտվում էին իրենց մոտ մակերեսից վաթսուն ոտքերի վրա, ավելի քմահաճ, բայց պակաս բարձր գունավորված, քան նրանք, ում թարմությունը պահպանվում էր ջրերի կենսական իզորության շնորհիվ:

Ինչ հմայիչ ժամեր էի անցել այդպիսով սրահի պատուհանի մոտ: սուզանավային բուսական աշխարհի և կենդանական աշխարհի ինչ նոր նմուշներ հիացա մեր էլեկտրական լապտերի պայծառության տակ:

Փետրվարի 9-ին նավատորմը լողացավ կարմիր ծովի ամենալայն մասում, որը բաղկացած է սուակինի միջև, արևմտյան ափին և արևելքում գտնվող կոմֆիդա, արևելյան ափին ՝ իննսուն մղոն տրամագծով:

Այդ օրը կեսօրին, առանցքակալների վերցնելուց հետո, կապիտան նեմոն տեղադրեց այն հարթակը, որտեղ ես պատահել էի, և ես վճռեցի չթողնել նրան նորից իջնել առանց գոնե սեղմել նրան ՝ կապված իր արտաքին մասերի հետ: երբ նա տեսավ ինձ, նա մոտեցավ և գթասրտորեն ինձ առաջարկեց սիգար:

«դե, պարոն, կարո՞ղ է ձեզ այս կարմիր ծովը, բավականաչափ դիտե՞լ եք այն պատշաճ հրաշալիքները, որոնք ծածկում է նրա ձկները, նրա զուոֆիտները, սպունգերի մասերը և մարջանապատի անտառները: դուք բռնել եք նրա սահմանների քաղաքները: »

- այո, կապիտան նեմո, - պատասխանեցի ես; «եվ ծովագնացությունը հիանալի տեղավորվում է նման ուսումնասիրության համար: ա յ, դա խելացի նավ է»:

«այո, պարոն, խելացի և անխոցելի. Այն չի վախենում ոչ կարմիր ծովի սարսափելի գայթակղություններից, ոչ էլ նրա հոսանքներից, ոչ էլ ավազակներից»:

- իհարկե, - ասաց ես, - այս ծովը մեջբերվում է որպես վատթարագույններից մեկը, և նախնիների ժամանակ, եթե չեմ սխալվում, նրա հեղինակությունը խղճուկ էր:

«գարշելի, մ. Արոնաքս. Յույն և լատին պատմաբանները դրա մասին բարենպաստ չեն խոսում, և ստրաբոն ասում է, որ դա շատ վտանգավոր էթեզիական քամիների և անձրևոտ եղանակների ժամանակ: արաբական էդրիսը այն պատկերում է կոլցումի գորգի անվան տակ, և պատմում է, որ այնտեղ նավերը մեծ քանակությամբ ավերվել են ավազաթմբերի վրա, և որ ոչ ոք չի կարող վտանգել գիշերվա ընթացքում նավարկելը, դա, ծևացնում է նա, վախեցած փոթորիկների ենթակա ծով, որը ցրված է անհուսալի կղզիներով և «ինչը լավ բան չի առաջարկում: մակերեսը կամ դրա խորքերը »:

«կարելի է տեսնել», - պատասխանեցի ես, - «որ այդ պատմաբաններն երբեք խորհրդի »:

- հենց այդպես, - պատասխանեց կապիտանը ՝ ժպտալով. «եվ այդ առումով ժամանակակիցներն ավելի առաջադեմ չեն, քան հինավուրցները: դա պահանջում էր շատ դարեր՝ գոլորշու մեխանիկական ուժը պարզելու համար: ով գիտի, եթե այլ հարյուր տարի հետո մենք գուցե չտեսնվենք մի երկրորդ նավատորմ: առաջընթացը դանդաղ է, մ: արոնաքս »:

«ճիշտ է», - պատասխանեցի ես; «ձեր նավը գոնե մի դար առաջ է, գուցե դարաշրջան: ի նչ դժբախտություն է, որ նման գյուտի գաղտնիքը պետք է մահանա իր գյուտարարի հետ»:

Կապիտան նեմոն չպատասխանեց: մի քանի րոպե լռությունից հետո նա շարունակեց.

«դուք խոսում էիք հին պատմիչների կարծիքը կարմիր ծովի վտանգավոր նավարկության վերաբերյալ»:

«ճիշտ է», - ասաց ես; «բայց արդյո՞ք նրանց վախերը չափազանցված չէին»:

«այո, եւ ոչ, մ. », - պատասխանեց կապիտան , ով կարծես թե կարմիր ծովը անգիր. «այն, ինչն այլեւս վտանգավոր չէ ժամանակակից նավի համար, լավ կեղծված, ամուր կառուցված և սեփական կուրսի վարպետ, շնորհիվ հնազանդ գոլորշու, առաջարկել է բոլոր տեսակի վտանգներ նախնիների նավերին: պատկերացրեք ինքներդ ձեզ այն առաջին նավարկողները, որոնք զբաղվում են տախտակներից պատրաստված նավերը, որոնք կարված էին արմավենու ճարմանդներով, հագեցած ծովախոտի քուքով և ծածկված փոշիով խեժով: նրանք նույնիսկ գործիքներ չունեին, որոնց միջոցով կարող էին վերցնել իրենց առանցքակալները, և նրանք գուշակեցին, թե ինչպես են հոսանքները, որոնց մասին նրանք հազիվ թե իմանային որևէ բան . Նման պայմաններում էին, եւ պետք է եղել, բազմաթիվ, բայց մեր ժամանակի, վազում միջեւ եւ հարավային ծովերի ոչինչ չունենք ավելի վախենալու ցասումից այս վիհի, չնայած հակասող առեւտրային քամիների. Նավապետը եւ ուղևորները չեն պատրաստվում իրենց մեկնում `առաջարկելով զոհաբերական զոհաբերություններ, և նրանց վերադառնալուն պես նրանք այլևս չեն գնում ծաղկեպսակներ և ոսկեզօծ ֆիլեներով զարդարված՝ հարևան տաճարում աստվածներին շնորհակալություն հայտնելու համար »:

«ես համաձայն եմ ձեզ հետ», - ասացի ես; «և գոլորշին, կարծես, սպանեց բոլոր երախտագիտությունը նավաստիների սրտում: բայց, կապիտան, քանի որ ձեզ թվում է, որ դուք հատկապես ուսումնասիրել եք այս ծովը, կարո՞ղ եք ինձ ասել նրա անվան ծագումը»:

«գոյություն ունեն մի քանի պարզաբանումներ թեմայի, մ. : կցանկանայիք իմանալ կարծիքը մի պատմագիր տասնչորսերորդ դարում»:

«պատրաստակամորեն»:

«այս հանճարեղ գրողը ձևացնում է, որ իր անունը տրվել է այն իսրայելացիների կողմից անցնելուց հետո, երբ փարավոնը անհայտացավ ալիքների մեջ, որոնք փակվում էին մոզաների ձայնով»:

«բանաստեղծի բացատրությունը, կապիտան նեմո», - պատասխանեցի ես; «բայց ես չեմ կարող դրանով բավարարվել: ես խնդրում եմ ձեր անձնական կարծիքը»:

«ահա այն, . . Իմ գաղափարի համաձայն, մենք պետք է տեսնենք, որ կարմիր ծովի այս նշանակման մեջ եբրայերեն« »բառի թարգմանությունը է, և եթե նախնիները տվել են այդ անունը, ապա դա տեղի է ունեցել հենց այդ պատճառով: նրա ջրերի գույնը »:

«բայց մինչ այժմ ես ոչինչ չեմ տեսել, բացի թափանցիկ ալիքներից և առանց որևէ առանձնահատուկ գույնի»:

«շատ հավանական է, բայց քանի որ մենք նախօրոք ներքեւի մասում ծոցի, դուք կարող եք տեսնել այս եզակի տեսքը. Ես հիշում տեսնելով ծովածոցում ամբողջությամբ կարմիր, նման արյան ծով»:

«Եվ դուք այդ գույնը վերագրո՞ւմ եք մանրադիտակային լոռի առկայությանը»:

«այո»:

«ուրեմն, կապիտան Նեմո, առաջին անգամը չէ, որ դուք ծովագնացության վրա եք խլել կարմիր ծովը»:

"ոչ պարոն."

«քանի որ որոշ ժամանակ առաջ խոսեցիք իսրայելացիների անցումը և եգիպտացիներին աղետից տառապելու մասին, ես հարցնում եմ ՝ արդյո՞ք հանդիպե՞լ եք այս պատմական մեծ իրողության տակ եղած հետքերի հետ»:

«ոչ, պարոն, և լավ պատճառով»:

«ինչ է դա»:

«դա այն է, որ այն վայրը, որտեղ անցել են մզկիթներն ու նրա մարդիկ, այժմ այն այնքան ավերված է ավազով, որ ուղտերը հազիվ են լողանում իրենց ոտքերը այնտեղ: դու լավ կարող ես հասկանալ, որ իմ նավատորմը բավարար ջուր չի ունենա»:

«և տեղում»: ես հարցրեցի.

«կետը գտնվում է սուեսի իսմուսից մի փոքր վերևում, այն բազուկում, որը նախկինում խորը գետաբերան էր սարքել, երբ կարմիր ծովը տարածվում էր դեպի աղի լճեր: այժմ, անկախ նրանից, թե այս անցումը իրաշալի էր, թե ոչ, իսրայելացիները, այնուամենայնիվ, անցան այնտեղ հասնել խոստացված երկիր, և փարավոնի բանակը անհետացավ հենց այդ վայրում, և ես կարծում եմ, որ ավազի մեջտեղում կատարված պեղումները կբացահայտեն եգիպտական ծագման զենքի և գործիքների մեծ քանակություն »:

«դա ակնհայտ է», - պատասխանեցի ես; «և հանուն հնագետների, հուսանք, որ այդ պեղումներն արվելու են վաղ թե ուշ, երբ նոր քաղաքներ են հաստատվում իշթմուսում, սուեզի ջրանցքի կառուցումից հետո; ջրանցքը, այնուամենայնիվ, շատ անօգուտ է նավաստի նման նավին: »»

«շատ հավանական է, բայց օգտակար է ողջ աշխարհի համար», - ասաց նավապետ նեմոն: «նախնիները լավ հասկանում էին կարմիր ծովի և միջերկրածովյան կապի օգտակարությունը իրենց առևտրային գործերի համար. Բայց նրանք չէին մտածում ջրանցքը ուղղակիորեն փորելու մասին, և գետը վերցրեցին որպես միջանկյալ: հավանաբար այն ջրանցքն էր, որը միավորում էր գետը կարմիր ծովի սկսվեց , եթե մենք կարող ենք հավատալ, ավանդույթ. Մի բան հստակ է, որ տարվա 615 առջեւ, յիսուս քրիստոս, հանձն աշխատանքները, որը ստամոքսաղիքային տրակտի ջրերի նեղոս ողջ դաշտի եգիպտոսում, դեպի արաբիան դա տեւել է չորս օր է գնալ մինչեւ այդ ջրանցքով, եւ դա էր, այնքան մեծ, որ երկու կարող է գնալ միեվնույն. Դա իրականացվել է ի դարեհի որդու , եւ, հավանաբար, ավարտել է պտղոմեոս . Տեսա, որ ղեկը, բայց իրենը անկում տեսանկյունից մեկնելուց, մոտակայքում , կարմիր ծովի էր, այնքան փոքր է, որ դա եղել է ընդամենը նավարկելի մի քանի ամիս է տարվա ընթացքում: այս ջրանցքը պատասխանեց բոլոր առեւտրային նպատակներով տարեկանում , երբ այն էր, լքված եւ արգելափակվել մինչեւ ավազ, վերականգնում հրամանով խալիֆ օմար, դա միանշանակ է ոչնչացվել է 761 կամ 762-ի կրոնապետ ալ-, ով ցանկացել է կանխել ժամանումը դրույթների մուհամմեդ-բեն-աբդալլահ, ով էր ապստամբեցին նրա դեմ: եգիպտոսի արշավախմբի ընթացքում ձեր ընդհանուր բոնապարտը սուեզի անապատում հայտնաբերեց գործի հետքեր. և, զարմանալով իր ալիքից, նա գրեթե կորավ նախքան հաջարոթը վերականգնելը, հենց այն վայրում, որտեղ մզկիթները հավաքվել էին նրա առջևից երեք հազար տարի »:

«դե, կապիտան, այն, ինչ նախնիները համարձակվեցին չկատարել, երկու ծովերի միջև եղած այս հանգույցը, որը կփակի ճանապարհը կադիզից դեպի հնդկաստան, մ. Լրիպեներին հաջողվել է անել, և վաղուց նա աֆրիկան կվերածեր հսկայական կղզու: »

«այո, պարոն արոնաքս, դուք իրավունք ունեք հպարտանալու ձեր հայրենակիցով: այդպիսի մարդ ավելի մեծ պատիվ է բերում մի ազգի, քան մեծ կապիտանները: նա սկսեց, ինչպես և շատ ուրիշներ, զզվանքներով և հակահարվածներով, բայց նա հաղթեց, քանի որ նա ունի կամքի հանճար, և տխուր է մտածել, որ նմանատիպ մի գործ, որը պետք է լիներ միջազգային աշխատանք, և որը կբավականացներ իշխել իշխանի պատկերավոր, պետք է հաջողության հասներ մեկ մարդու էներգիայով: . Պակասորդներ »:

«այո, պատիվ մեծ քաղաքացուն», - պատասխանեցի ես ՝ զարմացած այն կապկապից, ինչով նոր էր ասել կապիտան նեմոն:

«ավոք, - շարունակեց նա, - ես չեմ կարող ձեզ հետ վերցնել սուեզի ջրանցքով, բայց դուք կկարողանաք տեսնել վաղ առավոտից հետո նավահանգստի երկար վիթխարի մասին, երբ մենք գտնվենք միջերկրական ծովում»:

«միջերկրածովյան»: ես բացականչեցի:

- այո, պարոն, զարմացնում է ձեզ:

«ինձ զարմացնում է այն կարծիքը, որ մենք վաղը հաջորդ օրը կլինենք այնտեղ»:

"իսկապես?"

«այո, կապիտան, չնայած մինչ այս պահը ես պետք է սովորեի ինձ զարմացնել ոչնչից, քանի որ ես եղել եմ ձեր նավի վրա:»

«բայց այս անակնկալի պատճառը»:

«դե, ահավոր արագություն է, որ դուք պետք է հագնվեք ծովագնացության վրա, եթե վաղվա օրը նա պետք է գտնվի միջերկրական ծովում ՝ աֆրիկայի շրջանը կազմելով և կրկնապատկեցնի լավ հույսի գլխարկը»:

«ո՞վ ասաց ձեզ, որ նա կդարձնի աֆրիկայի շրջանը և կրկնապատկելու է լավ հույսի ծայրը, պարոն»:

«դե, եթե նավատորմը չթողնի չոր հողի վրա և անցնի ——- ի վեր»:

«կամ դրա տակ, մ. Արոնաքս»:

«դրա տակ»:

«իհարկե», - պատասխանել կապիտան հանգիստ. «վաղուց առաջ բնությունը ստեղծեց այս երկրի հողի տակ այն, ինչ մարդն այս օրն ստեղծեց իր մակերեսին»:

«ի՞նչ, այդպիսի հատված կա»:

«այո, մի ստորգետնյա անցում, որը ես անվանել եմ արաբական թունել: այն մեզ տանում է սուեզի տակ և բացվում դեպի պելուսիայի ծոց»:

«բայց այս իշթմուսը բաղկացած է ոչ այլ ինչից, բայց արագ ավազներից»:

«որոշակի խորության վրա, բայց հիսունհինգ բակերում միայն ժայռի պինդ շերտ կա»:

«պատահական եք հայտնաբերել այս հատվածը»: ես ավելի ու ավելի զարմացած հարցրեցի:

«պատահականություն և բանականություն, պարոն, և նույնիսկ ավելին մտածելով, քան պատահական: ոչ միայն գոյություն ունի այս հատվածը, այլև ես մի քանի անգամ շահել եմ դրանից: առանց դրա ես չպետք է այս օրվանից ընկնեի անանցանելի կարմիր ծովի մեջ: ես նկատեցի, որ կարմիր ծովում և միջերկրական ծովում գոյություն ունեին որոշակի քանակությամբ ձկներ, որոնք միանգամայն նույնական էին: որոշակի փաստեր, ես ինքս ինձ հարցրեցի ՝ հնարավո՞ր է, որ երկու ծովերի միջև որևէ շփում չլիներ: եթե այդպիսին լիներ, ստորգետնյա հոսանքը պետք է: անհրաժեշտ է վազել կարմիր ծովից դեպի միջերկրածովյան, մակարդակի տարբերության միակ պատճառը, ես բռնել եմ մեծ քանակությամբ ձկներ սուեզի թաղամասում: ես պոչերի միջով անցա պղնձի օղակ և նրանց ետ նետեցի ծով: ամիսներ անց, սիրիայի ափերին, ես բռնում էի օղիով զարդարված իմ մի քանի ձկների, այդպիսով կապն ապացուցվեց երկուսի միջև, այնուհետև ես փնտրեցի այն իմ ծովային ճանապարհով. Ես գտա այն, գտա դրա մեջ և վաղուց սըր, դուք նույնպես կունենաք անցավ իմ արաբական թունելի միջով »:

Գլուխ

Արաբական թունելը

Այդ նույն երեկո ՝ 21 ° 30 ':., իսկ վրա մակերեւույթը ծովի, մոտենում է պարսից ափին: ես տեսա դեդդային ՝ եգիպտոսի, սիրիայի, հնդկահավի և հնդկաստանի ամենակարևոր հաշվարկ-տունը: ես բավականաչափ հստակ առանձնացա նրա շենքերը, նավակներում խարսխված անոթները և նրանց, ում ջրի արտահոսքը նրանց պարտադրում էր խարսխել ճանապարհներին: արևը, որը բավականին ցածր էր հորիզոնում, լցվեց ամբողջ քաղաքի տների վրա ՝ դուրս բերելով նրանց սպիտակությունը: դրսում, որոշ փայտե տնակներ, իսկ ոմանք ՝ եղեգից պատրաստված, ցույց տվեցին բեդուիններով բնակեցված թաղամասը: շուտով դեդադան դուրս էր մնացել տեսքից գիշերվա ստվերով, և ծովագնացը ջրի մեջ գտավ թեթև փոփորեսթ:

Հաջորդ օրը, փետրվարի 10-ին, մենք հեռատես մի քանի նավ վազում է քամու ուղղությամբ: նավատորմը վերադարձավ իր սուզանավային նավարկությանը. Բայց կեսօրին, երբ նրա առանցքակալները վերցվեցին, ծովն ամայի էր, նա նորից բարձրացավ դեպի ջրագիծ:

Նեդի և զամբյուղի ուղեկցությամբ ես նստած էի պլատֆորմի վրա: արևելյան կողմի ափերը նման էին խիտ խիտ մառախուղի վրա տպված զանգվածին:

Մենք հենվում էինք գագաթնակետի կողմերին, խոսում էինք մի բանի մասին, և մի այլ բանի մասին, երբ չկարողացող երկիր, ձեռքը ձգելով դեպի ծովի մի կետ, ասաց.

«դուք այնտեղ բան եք տեսնում, պարոն»:

«ոչ, ,« ես պատասխանեցի. «բայց ես քո աչքերը չունեմ, գիտես»:

- լավ նայիր, - ասաց նեդը, - այնտեղ, աստղադաշտի ճառագայթով, լապտերի բարձրության վրա, մի՞թե չեք տեսնում մի զանգված, որը, կարծես, շարժվում է:

- իհարկե, - ասաց ես, սերտ ուշադրությունից հետո; «ես տեսնում եմ երկար սև մարմնի նման մի բան ջրի վերևում»:

և, անշուշտ, երկար ժամանակ սև առարկան մեզանից մեկ մղոնից ավելին չէր: այն նման էր բաց ծովում պահվող հիանալի ավազաշղթայի: դա հսկա դուգոն էր:

հողը անհամբերությամբ էր նայում: Նրա աչքերը փայլում էին ագահությամբ ՝ կենդանու աչքի առաջ: Նրա ձեռքը պատրաստ էր կարծես զսպել այն: մեկը կմտածեր, որ սպասում է այն պահի, երբ իրեն նետեն ծովը և հարձակվեն դրա տարրով:

Այս պահին պլատֆորմի վրա հայտնվեց կապիտան Նեմոն: Նա տեսավ դուգոնին, հասկացավ կանադացու վերաբերմունքը և, դիմելով նրան, ասաց.

«եթե հենց հիմա պահես բամբակ, վարպետ հող, մի՞թե ձեռքը չի այրվի»:

«հենց այդպես, պարոն»:

«, եւ դուք չեք կարող լինել ցավում է վերադառնալ, մեկ օրը, քո առեւտրի ձկնորս եւ ավելացրեք այս ցուցակում նրանց, դուք արդեն սպանվել»:

«ես չպետք է, պարոն»:

«դե, կարող ես փորձել»:

- շնորհակալ եմ, սըր, - ասաց Նեդ երկիրը, աչքերը բոցավառեցին:

- միայն, - շարունակեց նավապետը, - ես ձեզ համար խորհուրդ եմ տալիս չթողնել արարածին:

«դուգոն վտանգավոր է հարձակման համար»: ես հարցրեցի ՝ չնայած կանադացիների ուսերին թոթափելուն:

- այո, - պատասխանեց կապիտանը; «երբեմն կենդանին դիմում է իր հարձակվողներին և տապալում նրանց նավը, բայց տերերի համար այդ վտանգը չի վախենա: նրա աչքը արագ է, իսկ նրա ձեռքը ՝ հաստատ»:

Այս պահին անձնակազմի յոթ տղամարդ, լուռ և անշարժ, ինչպես երբևէ, տեղադրեցին հարթակը: մեկը կրում էր խարույկ և մի գիծ, որը նման էր կետերի բռնում աշխատողներին: գագաթը բարձրացվեց կամուրջից, հանեց նրա վարդակից և իջավ ծովը: վեց օվկիանոս զբաղեցրեց իր տեղերը, և համահեղինակները գնացին գործի: , և ես գնացի նավակի հետևը:

«դուք չեք գալիս, կապիտան»: ես հարցրեցի.

«ոչ, պարոն, բայց ես ձեզ լավ մարզաձև եմ մաղթում»:

Նավը դուրս եկավ և վեց ձողի բարձրացմամբ արագորեն շարժվեց դեպի դուգոնգը, որը լողում էր ծովագնացությունից մոտ երկու մղոն հեռավորության վրա:

Ժամանեցին ցետասեղանից մի քանի երկարությամբ մալուխներ, արագությունը դանդաղեցվեց, և այտերն աղմկոտ ներխուժեցին հանգիստ ջրերի մեջ: հողը, ձեռքի ձեռքը, կանգնած էր նավի առաջին մասում: գուլպանը գցելու համար օգտագործվող ոռնոցը, ընդհանուր առմամբ, կցվում է շատ երկար լարի վրա, որը արագորեն դուրս է գալիս, քանի որ վիրավոր արարածը նրանից ետ է քաշում: բայց այստեղ լարը տևում էր տասը Փաթոմից ոչ ավելի, իսկ ծայրամասը կցված էր փոքրիկ տակառին, որը, լողալով, ցույց էր տալիս այն ընթացքը, որով դուգոնն անցնում էր ջրի տակ:

Կանգնեցի և ուշադիր հետևեցի կանադայի հակառակորդին: այս դուդոնգը, որը նույնպես կրում է խորտիկների անունը, սերտորեն նման է մանաթին. Նրա երկարավուն մարմինը դադարեցված է երկարաձգված պոչով, իսկ կողային ծայրերը ՝ կատարյալ մատներով: դրա տարբերությունը մանաթեից բաղկացած էր նրա վերին ծնոտից, որը զինված էր երկու երկար և մատնանշված ատամներով, որոնք ձևավորվում էին յուրաքանչյուր կողմում տարբերվող կոճղեր:

Այս դուբոնգը, որը պատրաստ էր հարձակման ենթարկել երկիրը, ուներ իսկայական չափսեր. Այն յոթ բակերից երկար էր: այն չի շարժվել, և թվում էր, թե նա քնում էր ալիքների վրա, ինչն էլ հանգամանքը դյուրին էր գրավել:

Նավը մոտեցավ կենդանու վեց բակերում: ձողերը հենվում էին շարասյուների վրա: ես կեսը բարձրացա: չկարողացող հողը, նրա մարմինը մի փոքր ետ շպրտեց, փորձառու ձեռքին հանեց մորուքը:

Յանկարծ ձայն լսվեց, և դուգոն անհայտացավ: մորթուց, չնայած մեծ ուժով նետվեց. Ակնհայտորեն միայն հարվածել էր ջուրը:

«անիծիր»: բղավեց կանադացին. «ես կարոտել եմ դա»:

- ոչ, - ասաց ես; «արարածը վիրավոր է. Նայիր արյունին, բայց քո զենքը նրա մարմնում չի խրվել»:

«իմ ջարդոն, իմ ջարդոն»: աղաղակեց նեդ հողը:

Նավաստիները թեքվեցին, և - ը պատրաստեց լողացող բարելի համար: պոռնիկը վերականգնվել է, մենք հետևել ենք կենդանուն հետապնդելուն:

Վերջինս եկել է հիմա, այնուհետև ՝ մակերես ՝ շնչելու: դրա վերքը չէր թուլացրել, քանի որ այն կրակեց հետագա մեծ արագությամբ:

Նավը, ուժեղ զենքերով շարված, թռավ նրա ուղու վրա: մի քանի անգամ մոտեցել շրջանակներում որոշ քանի բակերում, իսկ կանադական պատրաստ էր հարվածել, սակայն պատրաստված դուրս հանկարծակի ընկել, եւ դա անհնար է հասնել այն:

Պատկերացրեք այն կիրքը, որը ոգևորեց անհամբեր ցրված հողը: նա թռավ անսխալ արարածի վրա `անգլերեն լեզվով ամենաուժեղ բացատրությունները: իմ կողմից, ես միայն ջղայնացավ է տեսնել, որ փախչել մեր բոլոր հարձակումներին:

Մենք հետապնդել այն առանց հանգստի համար մեկ ժամ, եւ ես սկսեցի մտածել, որ դա կվկայեր դժվար է գրավել, երբ կենդանին, տիրապետվում հետ խոտորեալ գաղափարի վրեժխնդրության, որը նա ունեցել է առաջացնել ապաշխարել, դիմել վրայ նավակ եւ հարձակվել մեզ իր հերթին .

Այս մանեւրը չի խուսափել է կանադայի.

"ուշադրություն դարձնել!" նա լացեց.

 ղեկավար ասել է, որ որոշ բառեր նրա տարօրինակ լեզուն, անկասկած նախազգուշացնելով տղամարդիկ պահել իրենց պահակ.

Դուգոնգը նավակի քսան ոտքերի մեջ մտավ, կանգ առավ, խորտակեց օդը իր մեծ քթանցքով (ոչ թե ծակվելով ծայրամասում, այլ նրա մկանի վերին մասում)։ հետո աղբյուր վերցնելով ՝ նա նետվեց մեզ վրա։

Նավակ չէր կարող խուսափել շոկ, եւ կես խանգարված, առաքվել առնվազն երկու տոննա ջուր, որը պետք է դատարկվել. Բայց, շնորհիվ - ի, մենք բռնել ենք այն կողքից, ոչ թե առջեւում լիարժեք, այնպես որ այնքան էլ տապալված չէինք։ իսկ հողատարածք, է , հսկայական կենդանուն հարվածներ իր եռաժանի, կենդանու ատամները թաղված էին , եւ դա բարձրացրեց ամբողջ բան դուրս ջրի, որպես առյուծ անում է . Մենք հիասթափված են միմյանց, եւ ես գիտեմ, չէ, թե ինչպես արկածային կլիներ ավարտվել, եթե կանադական, դեռ զայրացրեց գազանին, չէր հարվածել այն սրտի.

Ես լսեցի, թե ինչպես են ատամները մանրում երկաթե ափսեի վրա, իսկ դուգոնն անհայտացավ, և նրա հետ տանելով պոռնիկ։ բայց տակառը շուտով վերադարձավ մակերես, և կենդանու մարմնից կարճ ժամանակ անց միացավ մեջքին։ Նավը հասավ դրանով, տարավ նրան և ուղղվեց դեպի նավատորմը։

Դա պահանջվում լուծել հսկայական ուժ գետից դեպի հարթակ։ այն կշռում էր 10,000 .

Հաջորդ օրը, փետրվարի 11, իսկ մառան է հարստացել է ինչ-որ ավելի նուրբ խաղում։ ծովային կուլերի մի թռիչք հենվում էր ծովային ծովի վրա։ այն էր, մի տեսակ է , բնորոշ է եգիպտոս. Նրա բեկը սև է, գլուխը մոխրագույն և մատնանշված, աչքը, որը շրջապատված է սպիտակ բծերով, յուղոտ գույնի մեջքին, թևերին և պոչին, փորը և կոկորդին սպիտակ, իսկ ճիրանները ՝ կարմիր։ նրանք վերցրին նաև մի քանի տասնյակ նիլ բադեր, բարձր բույրով վայրի թռչուն, նրա կոկորդը և գլխի վերին մասը ՝ սպիտակ, սև կետերով:

Երեկոյան ժամը հինգի մոտ մենք տեսանք դեպի հյուսիս ՝ ռաս-մուհամեդի ծայրամաս: այս կաբո ձեւավորում է ծայրահեղությունը արաբիայի , որում ընդգրկված միջեւ անդունդը եւ անդունդը :

Նավատորմը ներթափանցեց ուբալի նեղուցը, որը տանում է դեպի սուեզի ծոց: ես ակնհայտորեն տեսա մի բարձր լեռ, որը սողոսկում էր ռաս-մոհամմայի երկու ծոցի միջև: այն սարի գագաթ էր, որի վերին մասում մոզաները աստծուն դեմ առ դեմ էին տեսնում:

Ժամը վեցին, ծովահենները, երբեմն լողացող, երբեմն ընկղմված, անցնում էին ջահերից մի փոքր հեռավորության վրա, որը գտնվում էր ծոցի ծայրամասում, որի ջրերը կարծես թե կարմիր էին, դա արդեն նկատում էր նավապետ նեմոյի կողմից արված դիտողությունը: ապա գիշեր ընկել է մեջ մի ծանր լռության, երբեմն խախտվում է աղաղակներ արձակելով է հավալուսնը եւ այլ գիշերային թռչունների, եւ աղմուկի ալիքների կրճատել են մազութի վրա ափին, դեմ ժայռերի, կամ կերպարվեստի որոշ հեռուն շոգենավ ծոցելով ջրհեղեղի ջրերը ՝իր աղմկոտ լողերով:

Ժամը ութից իննը նութիլուսները մնացին մի քանի ֆաթոմներ ջրի տակ: ըստ իմ հաշվարկի մենք պետք է լինեինք շատ մոտ սուեզին: սրահի վահանակի միջով ես տեսա ժայռերի հատակը, որոնք փայլուն լուսավորված էին մեր էլեկտրական լամպի կողմից: մենք կարծես թե ավելի ու ավելի էինք թողնում նեղուցները մեր ետևից:

Ինը քառորդ քառորդ ժամին նավը վերադառնալով մակերես ՝ ես տեղադրեցի հարթակը: նավապետ նեմոյի թունելի միջով անցնելու համար առավել անհամբեր, ես չէի կարող մեկ վայրում մնալ, այնպես որ եկա շնչելու թարմ գիշերային օդը:

Շուտով ստվերում ես տեսա մի գունատ լույս, որը կիսով չափ գունաթափվեց մառախուղի միջով և փայլեց մեզանից մի մղոնի վրա:

«լողացող փարոս»: ասաց իմ մոտ ինչ-որ մեկը:

Շրջվեցի և տեսա նավապետին:

«դա սուեսի լողացող լույսն է», - շարունակեց նա: «դեռ երկար չի լինի, քան ձեռք կբերենք թունելի մուտքը»:

«մուտքը հեշտ չի՞ կարող լինել»:

«ոչ, սըր, այդ պատճառով ես սովոր է գնալ դեպի ղեկակալ վանդակի եւ ինքս ուղղել մեր ընթացքը, եւ այժմ, եթե դուք կնվազի, մ. , որ է գնում ալիքների տակ, եւ չի վերադառնալու մակերես, մինչև մենք անցանք արաբական թունելի միջով »:

Կապիտան Նեմոն ինձ առաջնորդեց դեպի կենտրոնական սանդուղք; կես ճանապարհին իջնում նա բացեց դուռը, շրջեց վերին տախտակամած, եւ վայրէջք է փորձնական վանդակի, որը այն կարող է հիշել բարձրացել է ծայրը հարթակ. Դա տնակ էր, որը չափում էր վեց ոտք քառակուսի, որը շատ նման էր օդաչուի կողմից տեղակայված միսիսիպիի կամ հադսոնի շոգենավերի վրա: մեջտեղում աշխատում էր մի անիվ, տեղադրվում էր ուղղահայաց և բռնում էր մինչև ուրվագիծը, որը վազում էր դեպի նավատորմի հետևը: ոսպով բաժակներով չորս թեթև նավահանգիստներ, որոնք տանիքի միջնամասում գտնվող անցքի մեջ էին, թույլ տվեցին ղեկին գտնվող տղամարդուն տեսնել բոլոր ուղղություններով:

Այս տնակը մութ էր; բայց շուտով իմ աչքերը սովոր են իրենց խավարից, եւ ես ընկալվում օդաչուին, ուժեղ մարդուն, իր ձեռքերը հանգստավայր է անիվ. Դրսում, ծովը վառ լուսավորված էր լուսանոցի կողքին, որն իր ճառագայթները թափում էր տնակից հետևից մինչև հարթակի մյուս ծայրամաս:

«հիմա», - ասել է կապիտան , «եկեք փորձենք դարձնել մեր անցումը»:

Էլեկտրական լարերը օդաչուի վանդակը կապում էին մեքենայական սենյակի հետ, և այնտեղից կապիտանը կարող էր միաժամանակ հաղորդակցվել իր նավատորմին ուղղության և արագության մասին: նա սեղմեց մետաղական գլխիկ և միանգամից պտուտակի արագությունը նվազեց:

Ես նայեցի լռության մեջ `բարձր ուղիղ պատի էինք վազում են այս պահին, անշարժ բազայի զանգվածային ավազոտ ափին. Մենք հետևեցինք դրանով մեկ ժամ միայն մի քանի բակերից դուրս:

Կապիտան նեմոն աչքից չհանեց գլխիկից, կասեցված տնակում գտնվող իր երկու համակենտրոն շրջանակներով: մի պարզ ժեստի միջոցով օդաչուն ամեն վայրկյան փոփոխում էր նավթիլուսի ընթացքը:

Ես դրել էր ինքս ժամը նավահանգիստ-ջրասույզ, եւ տեսա, որոշ հոյակապ ենթակառուցվածքները եւ , , լոռ, եւ , իրենց հսկայական , որը ձգվել դուրս է ժայռի:

Քառորդ տասնյակի ընթացքում, կապիտանն ինքը վերցրեց ղեկը: մեր առջև բացվեց մի մեծ պատկերասրահ ՝ սև և խորը: նավատորմը համարձակորեն մտավ դրա մեջ: մի տարօրինակ մռնչոց լսվեց նրա կողմերի շուրջը: դա կարմիր ծովի ջրերն էին, որոնք թունելի խճանկարը բռնի կերպով թափեցին դեպի միջերկրական ծով: հետ գնաց տարափ, արագ է որպես , չնայած ջանքերին, մեքենաների, որը, որպեսզի առաջարկել ավելի արդյունավետ դիմադրություն, ծեծի ալիքների հետ հակադարձվում է պտուտակ.

Պատերին նեղ ընդունումից ես կարող էի տեսնել, բայց ոչինչ փայլուն ճառագայթների, ուղիղ գծերի, ակոսներում կրակի, նկատելի է մեծ արագությամբ տակ փայլուն էլեկտրական լույսի. Սիրտս արագ ծեծեց:

Անցած տասը երեսունիհինգ րոպեի ընթացքում կապիտան Նեմոն դուրս եկավ ղեկից և, դիմելով ինձ, ասաց.

«միջերկրածովյան»:

Քսան րոպեից պակաս ժամանակում, հեղեղատարի կողքին անցկացվող նավատորմը անցավ սուեզի իշմուս:

Գլուխ

Գրեչյան արշիպելագը

Հաջորդ օրը՝ փետրվարի 12-ին, օրվա լուսաբացին, ծովագնացը մակերևույթ բարձրացավ: ես շտապեցի հարթակ: երեք մղոն դեպի հարավ ընկած էր պելուզիայի մռայլ ուրվագիծը: հեղեղը մեզ տարավ մի ծովից մյուսը: մոտավորապես ժամը յոթին չկար և կոնսիլը միացավ ինձ:

«լավ, սըր բնագետ», - ասել է կանադական, մի փոքր մարդամոտ տոնով »եւ միջերկրական»

«մենք լողում ենք նրա մակերևույթի վրա, ընկեր ջան:

"ինչ!" ասաց , «հենց այս գիշեր»:

«այո, հենց այս գիշեր; մի քանի րոպե անց մենք անցանք այս անանցանելի »:

- ես դա չեմ հավատում, - պատասխանեց կանադացին:

«ուրեմն դու սխալ ես, տեր երկիր», - շարունակեցի ես; «այս ցածր ափը, որը շրջվում է դեպի հարավ, եգիպտական ծովափն է: եվ դուք, ովքեր այդքան լավ աչքեր ունեք, բարի, դուք կարող եք տեսնել, որ նավահանգստի նավաստին ասում է, որ ձգվում է դեպի ծովը»:

Կանադացին ուշադիր նայեց:

«իհարկե դուք ճիշտ եք, պարոն, և ձեր կապիտանը առաջին կարգի մարդ է: մենք գտնվում ենք միջերկրական ծովում: լավ, հիմա, եթե ցանկանում եք, եկեք խոսեք մեր փոքրիկ գործի մասին, բայց այնպես, որ ոչ ոք մեզ չլսի»:

Ես տեսա, թե ինչ է ուզում կանադացին, և, ամեն դեպքում, կարծում էի, որ ավելի լավ է թույլ տալ, որ նա խոսի, ինչպես նա ցանկանա, ուստի մենք բոլորս գնացինք և նստեցինք լապտերի մոտ, որտեղ ավելի քիչ էինք ենթարկվում շեղբերների լակի:

«իիմա, չես, մենք լսում ենք, ի՞նչ ես ուզում մեզ ասել»:

«այն, ինչ ես պետք է ասեմ, որ դուք շատ պարզ է. Մենք գտնվում են եվրոպայում, եւ մինչ կապիտան ի քմահաճույքները քաշել մեզ եւս մեկ անգամ ներքեւի բեւեռային ծովերի, կամ տանում է դեպի օվկիանիայի, ես խնդրում եմ հեռանալ »:

Ես մաղթել ոչ մի կերպ երկաթե կապանքներծ շղթաներ է ազատություն իմ ուղեկիցները, բայց ես իիարկե զգում ցանկություն է հեռանալ կապիտան .

Նրա շնորհիվ և նրա ապարատների շնորհիվ ես ամեն օր մոտենում էի սուզանավերի ուսումնասիրություններիս ավարտին: և ես վերստեղծում էի սուզանավային խորությունների իմ գիրքը հենց իր տարրով: արդյո՞ք ես այլևս պետք է նման հնարավորություն ունենամ դիտելու օվկիանոսի հրաշալիքները: ոչ, իիարկե ոչ: և ես չէի կարող ինձ բերել այն բանի գաղափարը, որ լքել նավատորմը, նախքան քննության փուլը ավարտելը:

«ընկեր ջան, անկեղծ պատասխանիր ինձ, հոգնե՞լ ես այդ նավի մեջ լինելուց: ավում ես, որ ճակատագիրը մեզ նետեց կապիտան նեմոյի ձեռքերը»:

Կանադացին մնաց որոշ պահեր առանց պատասխանելու: ապա, ձեռքերը հատելով, նա ասաց.

«անկեղծ ասած, ես չեմ ափսոսում այս ճամփորդությունը տակ ծովերի. Ես ուրախ կլինենք կատարել այն, բայց, հիմա, որ դա կատարվել է, եկեք ես արել դրա հետ. Դա իմ գաղափարն»:

«այն ավարտին կհասնի, չեզոք»:

"որտեղ եւ երբ?"

«որտեղ ես չգիտեմ. Երբ չեմ կարող ասել, կամ, ավելի շուտ, ենթադրում եմ, որ այն կավարտվի, երբ այդ ծովերը մեզ այլ բան չունեն սովորեցնելու համար»:

«այդ դեպքում ինչի՞ հույս ունես»: պահանջեց կանադացին:

«այդ հանգամանքները կարող են պատահել, ինչպես նաև վեց ամիս, այնպես որ հիմա, որի միջոցով մենք կարող ենք և պետք է շահենք»:

«օ!»: ասաց Նեդ հողը. «իսկ որտե՞ղ ենք մենք վեց ամսվա ընթացքում, եթե ցանկանում եք, պարոն բնագետ»:

«միգուցե չինաստանում. Դուք գիտեք, որ նավատորմը արագ ճանապարհորդ է: այն անցնում է ջրի միջով օդով կուլ տալու պես կամ ցամաքի պես արտահայտիչ: այն չի վախենում հաճախակի ծովերից; ով կարող է ասել, որ կարող է չհաղթել ծովափերը Ֆրանսիա, անգլիա կամ ամերիկա, որի վրա թռիչքը հնարավոր է փորձել նույնքան ձեռնտու, որքան այստեղ »:

«մ. », - պատասխանել է կանադական «ձեր փաստարկները փտած է հիմնադրման դուք խոսում է ապագայում,՝ մենք պետք է լինի այնտեղ. Մենք պետք է լինի այստեղ »: ես խոսում եմ ներկայումս. «մենք այստեղ ենք, և դրանից պետք է շահենք»:

- ի տրամաբանությունը ինձ շատ ճնշեց, և ես զգացի, որ ծեծի եմ ենթարկվել այդ հողի վրա: ես չգիտեի, թե ինչ փաստարկ կասի այժմ իմ օգտին:

- սըր, - շարունակեց նեդը, - եկեք ենթադրենք անհնարինություն. Եթե կապիտան նեմոն այս օրը ձեզ ազատություն առաջարկի, կարո՞ղ եք դա ընդունել:

«չգիտեմ», - պատասխանեցի ես:

«եվ եթե, - ավելացրեց նա, - առաջարկն այն է, որ ձեզ այսօր առաջարկեց, որը երբեք չի թարմացվի, կարո՞ղ եք ընդունել դա:

«ընկերը , սա է իմ պատասխանը: ձեր պատճառաբանելով իմ դեմ. Մենք պետք է ոչ թե ապավինել կապիտան -ի բարի կամքի. Տարածված հեռատեսությունն արգելում է նրան, մեզ է ազատության: մյուս կողմում, հաշվենկատությունը հայտերը մեզ շահույթ է առաջին իսկ հնարավորության թողնել նավատորմը »:

«դե, մ. , դա իմաստունորեն ասվում է»:

«միայն մեկ դիտորդական - միայն մեկը: առիթը պետք է լինի լուրջ, եւ մեր առաջին փորձն պետք է հաջողության հասնել, եթե դա չստացվի, պետք է երբեք չի գտնել մեկ այլ, եւ կապիտան երբեք չի ներել մեզ»:

- այդ ամենը ճիշտ է, - պատասխանեց կանադացին: «բայց ձեր դիտարկումը հավասարապես վերաբերում է թռիչքի բոլոր փորձերին ՝ լինի դա երկու տարվա ընթացքում, թե երկու օրվա ընթացքում»: հարցը դեռ սա է. եթե բարենպաստ հնարավորությունը իրենից ներկայացնում է, ապա այն պետք է օգտագործվի »:

«համաձայնել! Եւ հիմա, , կարող եք ինձ ասել, թե ինչ նկատի ունեք մի նպաստավոր հնարավորությունից»:

«դա կլինի այն, ինչը մութ գիշերվա ընթացքում նավատորմը կարճ հեռավորություն կբերի եվրոպական որոշ ծովափերից»:

«եվ դուք կփորձեք ինքներդ ձեզ փրկել և լողալով»:

«այո, եթե մենք բավականաչափ մոտ լինեինք բանկին, և եթե նավը այդ պահին լողում էր: ոչ, եթե բանկը հեռու էր, և նավը ջրի տակ էր»:

«և այդ դեպքում»:

«այդ դեպքում ես պետք է փորձեմ ինքս ինձ տիրապետել գագաթնակետին: ես գիտեմ, թե ինչպես է այն աշխատում: մենք պետք է ներս մտնել, իսկ պտուտակները մեկ անգամ նկարելուց հետո հասնենք ջրի երես, առանց նույնիսկ օդաչուի, ով գտնվում է աղեղների մեջ ՝ ընկալելով մեր թռիչքը »:

«լավ, ջան, դիտիր այդ հնարավորությունը, բայց մի մոռացիր, որ մի հրեշ կփչացնի մեզ»:

«ես չեմ մոռանա, պարոն»:

«եվ հիմա, չես, կցանկանայի՞ք իմանալ, թե ինչ եմ մտածում ձեր նախագծի մասին»:

«անշուշտ, մ. »:

«դե, ես կարծում եմ. Ես չեմ ասում, որ հուսով եմ. Կարծում եմ, որ այս բարենպաստ հնարավորությունը երբեք չի ներկայանա»:

"ինչու ոչ?"

«քանի որ կապիտան Նեմոն չի կարող թաքցնել իրենից, որ մենք չենք հրաժարվել մեր ազատությունը վերականգնելու բոլոր հույսերից, և նա կլինի իր պահապանի վրա, նախևառաջ ՝ ծովերում և եվրոպական ծովափերի առջև»:

«մենք կտեսնենք», - պատասխանեց անիրական հողը ՝ վճռականորեն թափահարելով գլուխը:

«եվ հիմա, հողի երկիր», - ավելացրեց ես, - եկեք կանգ առնենք այստեղ. Թեմայի վերաբերյալ ոչ մի այլ խոսք. Այն օրը, երբ դուք պատրաստ կլինեք, արի և մեզ տեղյակ պահեք, և մենք ձեզ հետևելու ենք: ես լիովին ապավինում եմ ձեզ:

Այդպիսով ավարտվեց զրույցը, որը ոչ մի հեռու պահի չհանգեցրեց նման ծանր արդյունքների: այստեղ պետք է ասեմ, որ փաստերը, կարծես, հաստատում էին իմ կանխատեսումը ՝ կանադացի մեծ հուսահատության համար: կապիտան Նեմոն մեզ անվստահությո՞ւն էր տվել այս հաճախակի ծովերում: կամ միայն նա ցանկացավ թաքնվել բոլոր այն նավերից, բոլոր ազգերից, որոնք տնկեցին միջերկրածովյան: ես չէի կարող ասել; բայց մենք հաճախ ավելի հաճախ էինք ջրերի միջև և ափերից հեռու: կամ, եթե ծովային նավը ի հայտ եկավ, ոչինչ չէր կարելի տեսնել, քան օդաչուի վանդակը. և երբեմն այն անցնում էր մեծ խորություններ, որովհետև, գրեչյան արշիպելագի և ասիայի անչափահասի միջև, մենք չէինք կարող հպվել ներքևին ավելի քան հազար ֆաթով:

Այսպիսով ես միայն գիտեի, որ մենք գտնվում ենք կարպաթոս կղզու մոտակայքում ՝ սպորադներից մեկը, կապիտան Նեմո անունով ՝ ասելով, որ այս տողերը կույսից է.

« ,

 »,

Քանի որ նա մատնանշեց մի տեղ պլանիֆերայի վրա:

Դա իսկապես պրոտեուսի հին բնակավայրն էր, նեպտունի հոտերի հին հովիվը, այժմ ՝ սկարպանտո կղզին, որը գտնվում է հռոդոսի և կրետեի միջև: ես տեսա ոչ այլ բան, քան գրանիտային հիմքը սրահի ապակե վահանակների միջով:

Հաջորդ օրը ՝ փետրվարի 14-ին, ես որոշեցի մի քանի ժամ աշխատել ՝ արշիպելագի ձկները ուսումնասիրելու համար. Բայց ինչ-ինչ պատճառներով կամ այլ վահանակները մնացին հերմետիկորեն կնքված: նավթիլուսի ընթացքը վերցնելով ՝ ես գտա, որ մենք գնում ենք դեպի քենդիա, կրետեի հնագույն կղզի: այն ժամանակ, երբ ես ձեռնամուխ եղա աբրահամի լինքոլնին, այս կղզու ամբողջ տարածքը ապստամբության մեջ էր մտել թուրքերի արհամարհանքի դեմ: բայց թե ինչպես ապստամբների էին վերջը, քանի որ այդ ժամանակ ես բացարձակապես տգետ, եւ դա եղել է ոչ թե կապիտան , զրկվել է բոլոր ցամաքային հաղորդակցության, ովքեր կարող եմ ասել, ինձ:

Ես ոչ մի ակնարկ է այս դեպքում, երբ որ գիշերը ես գտա մենակ նրա հետ սրահում: բացի այդ, նա կարծես թե լռելյայն և մտահոգված էր: այնուհետև, հակառակ իր սովորության, նա հրամայեց երկու վահանակները բացել և, մեկը մյուսից անցնելով, ուշադիր հետևում էր ջրերի զանգվածին: ինչ նպատակով չեմ կարող կռահել; այսպիսով, իմ կողմից ես ժամանակս օգտագործեցի իմ աչքերի առաջ անցնող ձկները ուսումնասիրելու համար:

Ջրերի մեջտեղում հայտնվեց մի մարդ ՝ ջրասուզակ, որն իր գոտում կրում էր կաշվե դրամապանակ: այն ալիքներից լքված մարմին չէր. Կենդանի մարդ էր, ուժեղ ձեռքով լողում էր, երբեմն անհետանում, որ մակերեսին շունչ քաշեր:

Ես շրջվեցի դեպի կապիտան Նեմո, և հուզված ձայնով բացականչեցի.

«մարդը նավ է հայտնաբերվել: նա պետք է ամեն գնով փրկվի»:

Կապիտանը չպատասխանեց ինձ, բայց եկավ ու թեքվեց վահանակի դեմ:

Այդ մարդը մոտեցել, եւ, իր դեմքը դեմ ապակու, նայում էր մեզ:

Իմ մեծ զարմանքին, կապիտան Նեմոն ստորագրեց նրան: ջրասուզակն իր ձեռքով պատասխանեց, անմիջապես տեղադրվեց ջրի մակերեսին և նորից չհայտնվեց:

«մի անհարմար եղեք», - ասաց կապիտան Նեմոն: «դա կաբո , անունը . Նա հայտնի է բոլոր : համարձակ գրպանահատ! Ջուրը նրա տարր, եւ նա ապրում է ավելի, քան հողի վրա, պատրաստվում շարունակաբար մի կղզում մյուսը, նույնիսկ մինչեւ որպես կրեպ »:

«դու նրան ճանաչո՞ւմ ես, կապիտան»:

«ինչու ոչ, մ. Արոնաքս»:

Ասելով, որ կապիտան Նեմոն գնաց դեպի կահույքի մի կտոր, որը կանգնած էր սրահի ձախ վահանակի մոտ: կահույքի այս կտորին մոտ ես տեսա մի կրծքավանդակի, որը երկաթով կապած էր, որի ծածկի վրա պղնձե ափսե էր, որի սարքի հետ կրում էր Նավթիլուսի ծածկագիրը:

Այդ պահին կապիտանը, չնկատելով իմ ներկայությունը, բացեց կահույքի կտորը, մի տեսակ ուժեղ տուփ, որն իր մեջ պահում էր շատ մեծ ներդիրներ:

Դրանք ոսկուց ձագեր էին: որտեղից է եկել այս թանկարժեք մետաղը, որը իսկայական գումար էր: նավապետը որտեղից է հավաքել այդ ոսկին: և ի՞նչ էր պատրաստվում անել դրա հետ:

Ես ոչ մի բառ չասացի: ես նայեցի. Կապիտան Նեմոն մեկ առ մեկ վերցնում էր գազարները և դրանք մեթոդականորեն դասավորում էր կրծքավանդակի մեջ, որը նա ամբողջությամբ լցնում էր: ես բովանդակությունը գնահատեցի ավելի քան 4000 լիտր քաշի ոսկի, այսինքն `գրեթե 200,000:

Կրծքավանդակի էր ապահով ամրացվեն, իսկ կապիտան է գրել ուղերձ է խուփ, կերպարների, որոնք պետք է պատկանել են ժամանակակից հունաստանը:

Դա արվեց, կապիտան նեմոն սեղմեց գլխիկն, որի մետաղալարերը հաղորդակցվում էին անձնակազմի քառորդի հետ: հայտնվեց չորս տղամարդ, և, առանց որևէ դժվարության, կրծքավանդակը հանեց սրահից: հետո ես լսեցի, որ դրանք բարձրանում են երկաթյա սանդուղքով, խոզանակներով:

Այդ պահին կապիտան նեմոն դիմեց ինձ:

- իսկ դու ասում եսիր, պարոն: ասաց նա:

«ես ոչինչ չէի ասում, կապիտան»:

«ուրեմն, պարոն, եթե ինձ թույլ տաք, ես ձեզ բարի գիշեր կցանկանայի»:

Որից հետո նա շրջվեց և հեռացավ սրահից:

Ես վերադարձա իմ սենյակը շատ անհանգիստ, ինչպես կարող է հավատալ մեկը: ես ապարդյուն փորձել է քնել-ձգտում կապող օղակ երեւման գրպանահատ եւ կրծքավանդակի լցված ոսկի. Շուտով ես զգում էի քորոցման և նետելու որոշակի շարժումներ, որ նավատորմը խորքերը թողնում և վերադառնում է մակերես:

Հետո ես լսեցի քայլեր դեպի հարթակ; և ես գիտեի, որ նրանք ոչնչացնում են գագաթը և արձակում այն ալիքների վրա: մի ակնթարթում այն հարվածեց ծովագնացության կողմը, այնուհետև ամբողջ աղմուկը դադարեց:

Երկու ժամ անց նույն աղմուկը, նույն գնալը և գալը նորացվեցին. Նաւը կը հանրապետության հրապարակ խորհրդի, փոխարինվում է վարդակից, եւ կրկին տակ ալիքների:

Այդ պատճառով այդ միլիոնները տեղափոխվել էին իրենց հասցեով: մայրցամաքի ո՞ր կետին: ով էր կապիտան նեմոյի թղթակիցը:

Հաջորդ օրը ես վերաբերում էի զամբյուղի և կանադական գիշերվա իրադարձություններին, որոնք հուզել էին իմ հետաքրքրասիրությունը բարձրագույն աստիճանի: իմ ուղեկիցները ինքս էլ պակաս զարմացան:

«բայց որտե՞ղ է տանում իր միլիոնները»: հարցրեց Նեդ հողը:

Դրան հնարավոր պատասխան չկար: ես նախաճաշելուց հետո վերադարձա սրահ և սկսեցի աշխատել: մինչև երեկոյան ժամը հինգը ես ինքս աշխատանքի էի անցնում գրառումներս կազմակերպելու համար: այդ - (պարտաւոր ես դա վերագրել ինչ-որ յուրահատուկ) - այսքան մեծ ջերմության, որ ես պարտավոր էր դուրս իմ վերարկու. Տարօրինակ էր, քանի որ մենք գտնվում էինք ցածր լայնությունների տակ. և անգամ այդ ժամանակ ընկղմված նավատորմը, ինչպես և որ պետք է լիներ, չպետք է զգա ջերմաստիճանի փոփոխություն: ես նայեցի մանոմետրը. Այն ցույց տվեց, խորությունը վաթսուն ոտքերին, որի մթնոլորտային ջերմային երբեք չէր կարող հասնել:

Ես շարունակեցի իմ աշխատանքը, բայց ջերմաստիճանը բարձրացել է այնպիսի բարձրության, ինչպես պետք անհանդուրժելի:

«կարո՞ղ էր օդանավում կրակ լինել»: ինքս ինձ հարցրեցի:

Ես դուրս էի գալիս սրահից, երբ նավապետ Նեմոն մտավ; նա մոտեցել է ջերմաչափ, խորհրդակցել է այն, եւ, դառնալով դեպի ինձ, ասաց.

«քառասուներկու աստիճան»:

«ես դա նկատել եմ, կապիտան», - պատասխանեցի ես; «եվ եթե այն շատ տաքանա, մենք չենք կարող դա կրել»:

«ախ, պարոն, դա չի լավանա, եթե մենք դա չցանկանանք»:

«դուք կարող եք կրճատել այն, ինչպես ցանկանում եք, ուրեմն»:

«ոչ, բայց ես կարող եմ ավելի հեռու գնալ այն վառարանից, որը այն արտադրում է»:

«այն արտաքին է, ուրեմն»:

«իհարկե, մենք լողում ենք եռացող ջրի հոսքի մեջ»:

"դա հնարավոր է!" - բացականչեց.

"Նայել."

Վահանակները բացվեցին, և ես տեսա ծովը ամբողջովին սպիտակ: ա ծծմբային ծուխ էր գանգուր պայմաններում ալիքների, որը խաշած ջրի պես մի պղնձի. Ես տեղադրված իմ ձեռքը մեկի վրա ապակե, բայց շոգը էր, այնքան մեծ է, որ ես շատ արագ վերցրել այն կրկին.

"որտեղ ենք մենք?" ես հարցրեցի.

«մոտ կղզու , սըր», - պատասխանել կապիտանը: «ես ցանկացել է ձեզ մի աչքում, որ տեսարան մի սուզանավ ժայթքում»:

«ես կարծում էի», - ասել ես ", որ ձեւավորումը այդ նոր կղզիներում էր ավարտվել»:

«երբեք ոչինչ չի ավարտվել է հրաբխային մասերում ծովի», - պատասխանեց կապիտան . «եւ միշտ մշակվում է ստորգետնյա հրդեհների, արդեն, տասնիններորդ տարում մեր դարաշրջանում, ըստ եւ պլինիոս, նոր կղզի, (աստվածային), հայտնվել է հենց տեղում, որտեղ այդ կղզյակները վերջերս ստեղծվել ապա նրանք ալիքների տակ, որպեսզի առնէ տարվա 69, երբ նրանք կրկին հանդարտվեց. Քանի որ այդ ժամանակ, ինչպես մեր օրերում աշխատանքը կասեցվել է, բայց 3-ին փետրվարին, 1866, մի նոր կղզում, որը նրանք անվանել , առաջացել է մեջտեղն է ծծմբային գոլորշիների մոտ , եւ բնակություն կրկին 6-ի նույն ամսվա. Յոթ օր հետո, փետրվարի 13-, կղզու հայտնվել, թողնելով միջեւ եւ ինքն է ջրանցքը տասը բակերում լայն. Ես եղել եմ այդ ծովերի, երբ երեւույթը տեղի է ունեցել, եւ ես կարողացել հետեւաբար պետք է դիտարկել բոլոր տարբեր փուլերը. Կղզի , կլոր ձեւով, չափվում է 300 ոտքերը տրամագծով եւ 30 ոտքերը բարձրության., այն կազմված է սեւ եւ ապակենման լավա, խառնել կտոր . Եւ վերջապես, 10-ին երթի մի փոքր կղզի, որը կոչվում է , ցույց է տվել, իրեն մոտ , եւ դրանից հետո այդ երեք միացել են միասին, ձեւավորելով բայց մեկ եւ նույն կղզի »:

«եւ ջրանցքը, որը մենք այս պահին». Ես հարցրեցի.

«այստեղ այն է», - պատասխանեց կապիտան , ցույց տալով ինձ քարտեզը կղզիախումբ. «տեսնում եք, ես նշել եմ նոր կղզիները»:

Ես վերադարձա ապակին: այլեւս շարժվում, իսկ շոգը էր դառնում անտանելի: ծովը, որը մինչեւ այսօր եղել է սպիտակ, կարմիր էր, շնորհիվ ներկայությամբ աղերի երկաթի. Չնայած որ նավը լինելու հերմետիկ, որը անտանելի հոտ ծծմբի լցրել ճաշարան, եւ փայլով էլեկտրաէներգիայի ամբողջությամբ մարվել է վառ կարմիր կրակի. Ես լոգանքի մեջ էի, խեղդում էի, խոզվում էի:

«մենք կարող է մնալ այլեւս այս եռացող ջրի մեջ», - ասել է նավապետին:

- դա խելամիտ չէր լինի, - պատասխանեց անառողջ կապիտան նեմոն:

Հրաման է տրվել. Մասին եւ հեռացել վառարան այն չի կարող համարձակ ու անպատիժ մնալ: մի քառորդ ժամ հետո էինք շնչում թարմ օդ է մակերեսին. Միտքը, ապա հարվածել ինձ, որ, եթե հողատարածք ընտրել այդ մասը ծովի մեր թռիչքի, մենք երբեք չպետք են եկել կենդանի դուրս գալ այս կրակի ծովը.

Հաջորդ օրը, փետրվարի 16-ին, մենք թողել ավազանը, որը, միջեւ եւ ալեքսանդրիայում, որը հաշվի նստել է մոտ 1500 ի պատմության խորքում, իսկ , անցնելով որոշակի հեռավորության վրա , ազատվողներ կղզիախումբ հետո կրկնապատկվել կաբո :

Գլուխ

Միջերկրական քառասունութ ժամվա ընթացքում

Միջերկրական, կապույտ ծով գլխավորապես, «մեծ ծովը« եբրայեցիների, «ծովը» հույների, որ « " հռոմեացիների սահմանակից է նարնջագույն ծառերի, , եւ ծովային . Չետ օծանելիք է մրտենի, շրջապատված կոպիտ լեռներում, հագեցած մաքուր եւ թափանցիկ օդի, բայց անընդհատ աշխատել են ստորգետնյա հրդեհների, կատարյալ մարտադաշտի որը եւ պլուտո դեռ վիճարկել կայսրությունը աշխարհի.

Դա են այդ բանկերի, եւ այդ ջրերի, ասում է , որ մարդը նորոգւում մեկում ամենահզոր աշխարհում: բայց, ինչպիսին որ գեղեցիկ էր, ես կարող էի արագորեն նայել այն ավազանը, որի մակերեսային տարածքը երկու միլիոն քառակուսի բակեր է: նույնիսկ կապիտան գիտելիքները կորել էր ինձ համար, որովհետեւ սա շփոթության մեջ գցող անձը չի հայտնվել անգամ ժամանակ մեր ընդունումից է լրիվ արագությամբ. Ես գնահատվում ընթացքը, որի նաուտիլուսը տեւել տակ ծովի ալիքների մոտ վեց հարյուր լիգաներում, եւ այն իրականացվում է քառասունութ ժամվա ընթացքում: սկսած առավոտյան փետրվարի 16-ին դուրս ափին հունաստանի էինք անցել նեղուցներին ջիբրալթարի կողմից արեւածագի վրա 18:

Այն էր, պարզ է, ինձ համար, որ այս , կցվում ի մեջ այն երկրներին, որոնք նա ցանկանում է խուսափել էր նողկալի է կապիտան . Այդ ալիքների եւ այդ քամիները բերեց ետ չափազանց շատ հիշողությունները, եթե ոչ շատ, շատ ափսոսում է. Այստեղ նա ուներ այլեւս այդ անկախությունը եւ այդ ազատությունը քայլվածք, որը նա ուներ, երբ բաց ծովում, եւ նրա զգացի ինքնին ծանրաբեռնված միջեւ մերձավոր ափին աֆրիկայում եւ եվրոպայում:

Մեր արագությունը այժմ քսանիինգ մղոն մեկ ժամ: այն կարող է նաեւ հասկանալ, որ հողատարածք, իր մեծ զզվանքով, պարտավոր էր հրաժարվել նախատեսվող թռիչքը: Նա չի կարող գործարկել նավակ, պատրաստվում է տոկոսադրույքը տասներկու կամ տասներեք բակերում ամեն երկրորդ. Ինչպես դուրս գալ նման պայմաններում կլինի, քանի որ վատ են լեւոնը մի գնացքի պատրաստվում է լրիվ արագությամբ, անխոհեմ բանի, ասել, որ գոնե դրա: բացի այդ, մեր նավը միայն տեղադրված է մակերեսի վրա ալիքների գիշերը թարմացնելու իր ֆոնդային օդում; այն էր, ամբողջությամբ կողմնացույցի եւ մուտք.

Ես այլևս չտեսա այս միջերկրածովյան ինտերիերը, քան ճանապարհորդը `ուղևորատար գնացքով ընկալելով լանդշաֆտը, որը թռչում էր նրա աչքերի առաջ. Այսինքն, հեռավոր հորիզոնը, եւ ոչ թե ավելի մոտ այն օբյեկտները, որոնք անցնում նման ֆլաշ կայծակի.

Մենք էինք ապա անցնում միջեւ սիցիլիայի եւ ափին թունիսում: նեղ տարածության միջեւ եւ նեղուցների վերաբերյալ ներքեւի ծովի բարձրացել գրեթե հանկարծ. Կար մի կատարյալ բանկ, որի վրա եղել է ոչ ավելի, քան ինը ջուր, մինչդեռ կողմերում խորությունը եղել է իննսուն
:

Որ ստիպված է մանեւրել, շատ ուշադիր, որպեսզի ոչ թե գործադուլի դեմ այս սուզանավ արգելքը.

Ես ցույց տվեց , քարտեզի վրա միջերկրական, տեղում զբաղեցրած այս առագաստը փոքրացնել.

«բայց եթե դուք խնդրում եք, պարոն, - նկատեց փորագրությունը, - դա նման է իսկական իշթմուսին, որը եվրոպան կմտնի աֆրիկա»:

«այո, իմ տղան, այն կազմում է կատարյալ սանդղակը նեղուցն լիբիայում ծավալվող, եւ են սմիթի ապացուցեցին, որ նախկին ժամանակներում մայրցամաքների միջեւ եւ միացան»:

«ես չեմ կարող լավ հավատում դրան», - ասել է :

«ես կարող են ավելացնել», - շարունակեցի ես, - «որ նման խոչընդոտ գոյություն ունի ջիբրալթարի եւ սեուտա, որը երկրաբանական ժամանակներում ձեւավորված ամբողջ միջերկրական»:

«ինչ կլինի, եթե որոշ հրաբխային պոռթկում պետք է մեկ օր բարձրացնել այդ երկու արգելքները վերը ալիքների».

«դա ոչ թե հավանական է, »:

«լավ, բայց թույլ տվեք ավարտել, խնդրում ենք, սըր, եթե այս երեւույթը պետք է տեղի ունենա, ապա դա կլինի դժվար է մ. , ով իր վրա է վերցրել այնքան ցավերից թափանցել նեղուցը»:

«ես համաձայն եմ ձեզ հետ, բայց, կրկնում եմ, , այդ երեւույթը երբեք տեղի չի ունենա: բռնությունը ստորգետնյա ուժի երբեւէ նվազելու. Հրաբուխներ, այնպես որ, առատ առաջին օրերին աշխարհի են մարվել են աստիճանով, ներքին ջերմային թուլացել , ջերմաստիճանը ստորին շերտերի աշխարհում, որը իջեցվել է ընկալելի քանակի ամեն րդ դարի ի վնաս մեր աշխարհում, իր շոգ է իր կյանքը »:

«բայց արևը»:

«արեւը բավարար չէ, . Այն կարող է տալ շոգին է դիակի».

«ոչ դա ես գիտեմ»:

«լավ, իմ ընկերն է, այս երկիրը մի օր կդառնա, որ ցուրտ դիակ, այն կդառնա ոչ պիտանի եւ անմարդաբնակ, լուսնի պես, որն ունի երկար, քանի որ կորցրել է բոլոր իր կենսական շոգին»:

«քանի դարեր շարունակ»:

«մի քանի հարյուր հազար տարի հետո իմ տղան»:

«այդ դեպքում, - ասաց կիսիլը, - մենք ժամանակ կունենանք ավարտելու մեր ճանապարհորդությունը, այսինքն ՝ եթե չհամընկնել երկիրը դրան չի խանգարում»:

ԵՒ կոնսիլը, հավաստիացրած, վերադարձավ բանկի ուսումնասիրությանը, որը ծովահենը փչում էր միջին արագությամբ:

Գիշերվա ընթացքում 16-րդ եւ 17-րդ փետրվարին մենք մտել երկրորդ միջերկրածովյան ավազանում, մեծագույն խորությունը, որը 1450 : , ըստ ակցիայի իր անձնակազմի, ներքեւ թեքահարթակներ եւ թաղված է իրեն, իսկ ամենացածր խորքերը ծովի.

Փետրվարի 18-ին, առավոտյան ժամը երեքին, մենք գտնվում էինք իբրալթարի նեղուցների մուտքի մոտ: կա եւս մեկ գոյատեւեց երկու հոսանքներ: վերին մեկը, վաղուց արդեն ճանաչել, որը փոխանցում ջրերը օվկիանոսում մեջ ավազանում միջերկրական. և ավելի ցածր հակադարձ հոսանք, որի պատճառաբանությունն այժմ ցույց է տվել, որ գոյություն ունի: իրոք, ջրի ծավալը միջերկրական, անընդհատ ավելացրել է, ըստ ալիքների ատլանտյան եւ գետերի անկման մեջ այն է, որ յուրաքանչյուր տարի բարձրացնել մակարդակը այս ծովի, որովհետեւ նրա գոլորշիների բավարար չէ վերականգնել հավասարակշռությունը: քանի որ դա այդպես չէ, մենք պետք է անպայման ընդունենք, գոյությունը տակ ընթացիկ, որը թափվում ավազանի ատլանտյան միջոցով նեղուցներով ջիբրալթարի ավելցուկային ջրերի միջերկրական ծովում: մի փաստ իրոք, եւ դա է հակահարված ընթացիկ ըստ որի օգուտ: դա արագ առաջադիմում է նեղ անցնում. Մեկ ակնթարթում ես բռնել մի շող է գեղեցիկ փլատակների տաճարի հերկուլես, թաղված է գետնին, ըստ , եւ ցածր կղզում, որը աջակցում է այն. և մի քանի րոպե անց մենք լողացինք ատլանտի վրա:

Գլուխ

Ատլանտյան! Մի իսկայական թերթիկ ջրի որի մակերեսն ընդգրկում քսանիինգ միլիոնավոր քառակուսի մղոն, որի երկարությունը կազմում է ինը հազար մղոն, նրա միջին լայնություն երկու հազար յոթ հարյուր-օվկիանոսում որի զուգահեռ ոլորուն ափերը գրկել իսկայական շրջապատ, կողմից խոշորագույն գետերը աշխարհի սբ. , միսիսիպի, որ , որ , որ է, նիգերը, սենեգալի, , , եւ , որը ջուր կրել առավել քաղաքակիրթ, ինչպես նաեւ ամենավայրենի, երկրներ! Չոյակապ դաշտը ջրի, անընդհատ հերկել է անոթների ամեն ազգի, ապաստանած դրոշներով ամեն ազգի, եւ որը դադարում է այդ երկու սարսափելի նը այնքան վախենում ծովայինների, եւ կաբո :

զիլ էր ջուրը իր սուր գնդակն ուղարկեց դեպի, հետո աւարտեցի շուրջ տասը հազար լիգաներ երեք եւ կես ամիս, մի հեռավորության վրա, ավելի մեծ է, քան մեծ շրջանակի երկրի վրա. Ո՞ւր էինք գնում հիմա, և ի՞նչ էր վերապահված ապագային: , թողնելով նեղուցներին ջիբրալթարի, գնացել հեռու: այն վերադարձել է մակերեսի ալիքների, եւ մեր ամենօրյա զբոսանքներն, հարթակի վրա, վերականգնվել են մեզ:

Ես տեղադրված միանգամից, ուղեկցվում է հողի եւ : հեռավորության վրա մոտ տասներկու մղոն, . Էր աղոտ է երեւում, ձեւավորման հարավ-արեւմտյան կետ է իսպանական թերակղզում: ուժեղ հարավային հողմ էր փչում: ծովը ուռած է եւ ալեկոծ. Այն կազմել է ժայռին բռնությամբ: դա գրեթե անհնար է պահել իր ոտքը հարթակի վրա, որը ծանր գլանափաթեթներ ծովի պարտության մատնեց ամեն ակնթարթ: այնպես որ, մենք իջավ հետո որոշ պատառով թարմ օդ.

Ես վերադարձա իմ սենյակ ՝ զամբյուղելով նրա տնակը. Բայց կանադական, մի օդում, որին հաջորդում է ինձ. Մեր արագ ընդունումը ամբողջ միջերկրածովյան թույլ չէր տվել է իր նախագիծը կատարման, եւ նա չի կարող օգնել, ցույց տալով իր հիասթափությունն է: երբ դուռը իմ սենյակում փակվել, նա նստեց ու նայեց ինձ լուռ:

«ընկերը », - ասել ես, «ես հասկանում եմ քեզ, բայց դուք չեք կարող նախատինք ինքներդ. Արդեն փորձել է հեռանալ տակ հանգամանքների կլիներ հիմարություն»:

հողը չպատասխանեց; նրա սեղմված շուրթերը եւ խոժոռված ունք ցույց տվեց նրա հետ բռնի տիրապետման կայուն գաղափարը վերցրել իր մտքում.

«եկեք տեսնենք,« ես շարունակեցի. «մենք պետք է ոչ թե հուսահատվել դեռ. Մենք պատրաստվում ենք մինչեւ ափ պորտուգալիայի կրկին, Ֆրանսիա եւ անգլիա, որոնք ոչ հեռու, որտեղ մենք կարող ենք հեշտությամբ գտնել ապաստան. Այժմ, եթե է, թողնելով նեղուցներին ջիբրալթարի, գնացել դեպի հարավ, եթե դա էր իրականացվել դեպի տարածաշրջաններում, որտեղ չկային մայրցամաքներում, ես պետք է կիսել ձեր անհանգստություն, բայց մենք գիտենք, հիմա, որ կապիտան չի թռչել հեռու քաղաքակիրթ ծովերի, իսկ մի քանի օր ես կարծում եմ, որ դուք կարող է հանդես գալ անվտանգության համար »:

հողատարածք դեռ նայեց ինձ աչքերը սեվեռած. Երկարությամբ նրա Ֆիքսված շրթունքները բաժանվեցին, և նա ասաց. «գիշերվա համար է»:

Ես ոչ ոքի խաղաց ինձ հանկարծ. Ես, ես ընդունում եմ, քիչ նախապատրաստվել այս կապի. Ես ուզում էի պատասխանել է կանադայի, բայց բառերը չուզեցին գալ:

«մենք պայմանավորվել ենք սպասել առիթ», - շարունակեց հողն է », եւ հնարավորություն է ժամանել. Այս գիշեր պիտի լինենք, բայց մի քանի մղոն հեռավորության իսպանական ափի. Ամպամած է: քամին փչում ազատ. Ես ունեմ ձեր բառը, մ , , եւ ես ապավինում է ձեզ »:

Քանի որ ես լուռ էր, կանադական մոտեցավ ինձ:

«գիշեր, ժամը ինը», - ասաց նա: «ես բազմիցս նախազգուշացրել . Այդ պահը կապիտան կլինի փակել մինչեւ իր սենյակում, հավանաբար անկողնում. Ոչ ինժեներները, ոչ էլ նավի անձնակազմը կարող եք տեսնել մեզ: , եւ ես ձեռք բերել կենտրոնական սանդուղք, եւ ձեզ, մ. , կմնան գրադարանում, երկու քայլ հեռավորության մեզ, սպասում եմ իմ ազդանշան. Է , որ կայմ, եւ առագաստը են նավակ, ես նույնիսկ հաջողվել է ստանալ որոշ դրույթներ. Ես ձեռք է նաեւ անգլերեն պտուտակաբանալի, որպեսզի հեղույսներ, որոնք կցել այն մասին, որ . Որ ամեն ինչ պատրաստ է, մինչեւ այս գիշեր »:

«ծովը վատ է»:

«որ ես թույլ են տալիս», - պատասխանեց է կանադայի. «բայց մենք պետք է ռիսկի, որ. Ազատութիւն համար արժե վճարել, բացի այդ, մակույկը ուժեղ է, եւ մի քանի մղոն մի արդար քամու իրականացնում մեզ ոչ մի մեծ բան. Ով գիտի, բայց վաղն մենք կարող ենք լինել, որ մի քանի հարյուր լիգաներ հեռու թող հանգամանքները միայն հօգուտ մեզ, եւ տասը կամ տասնմեկ ժամը, մենք պետք է արդեն վայրէջք է որոշ տեղում ընկերությունը, կենդանի կամ մահացած, սակայն հրաժեշտ այժմ մինչեւ գիշեր »:

Այս խոսքերով կանադացին դուրս եկավ ՝ ինձ գրեթե համր թողնելով: ես կարող էի պատկերացնել, որ հնարավորություն գնացել, ես պետք է ժամանակ անդրադառնալ եւ քննարկել հարցը: իմ կամակոր ուղեկից էր տվել ինձ ժամանակ. Եւ, ի վերջո, ի՞նչ կարող էի ասել նրան: հողը հիանալի ճիշտ էր: կար գրեթե հնարավորություն է օգուտ են: կարող ես ետ վերցնել իմ խոսքը, եւ վերցնել ինձ վրա պատասխանատվությունը վարկաբեկելու ապագան իմ ուղեկիցները. Վաղը կապիտան կարող է մեզ հեռու ամէն հողի.

Այդ պահին, այլ ոչ թե բարձրաձայն սուլոցը աղմուկը ինձ ասաց, որ ջրամբարները են լրացնելու, եւ որ սուզվում էր ալիքների տակ ատլանտյան օվկիանոսից:

Տխուր օր ես անցել, միջեւ ցանկության վերականգնման ազատություն գործողությունների եւ դատարկման հրաշալի , եւ թողնելով իմ ստորջրյա ուսումս կիսատ է.

Թե ինչ սարսափելի ժամ ես անցել դրանով! Երբեմն տեսնելով ինձ եւ ուղեկիցները անվտանգ վայրէջք, երբեմն մաղթելով, չնայած իմ պատճառով, որ ոմանք անկանխատեսելի հանգամանքի, որ կանխել է իրացումը հողի նախագծի.

Երկու անգամ գնացի սրահ: ես ցանկացա խորհրդակցել կողմնացույցին: ես ցանկացել է տեսնել, եթե ուղղությամբ նաուտիլուսը վերցնում էր բերում մեզ կմոտենա, թե հաշվի առնելով մեզ հեռու ափին: բայց ոչ; պահվում է ... Ջրերում.

Ես պետք է, հետեւաբար, իմ մասը եւ պատրաստվել թռիչքի. Իմ ուղեբեռը չէր ծանր. Իմ գրառումները, ավելին:

Ինչպես նաեւ կապիտան , ես ինքս ինձ հարցրեցի, թե ինչ է նա մտածում մեր փախուստի. Թե ինչ տագնապ, թե ինչ սխալ է, որ դա կարող է հանգեցնել նրան, եւ այն, ինչ նա կարող է անել, եթե դրա բացահայտման կամ ձախողման: իհարկե, ես ոչ մի պատճառ բողոքելու նրան. Ընդհակառակը, երբեք հյուրասիրությունն ավելի ազատ չէր, քան իրը: ի թողնելով նրան ես չէի կարող հարկվելու ապերախտության ոչ երդումը պարտավորված է մեզ նրա հետ: դա եղել է ուժով հանգամանքներում ինքը հիմնվել, եւ ոչ թե մեր խոսքի, ամրագրել մեզ համար երբեւէ.

Ես չէի տեսել նավապետը, քանի որ մեր այցի կղզու : պատահա՞մ էր արդյոք, որ նա ներկայանա մինչև մեր մեկնելը: ես դա մաղթում էի, և ես վախենում էի դա միևնույն ժամանակ: ես լսում եթե ես կարող եմ լսել, որ քայլում սենյակ սահմանակից է ականի. Ոչ մի ձայն ականջիս չհասավ: ես զգացի անտանելի անհանգստությունը: սպասման այս օրը հավերժական էր թվում: ժամերը շատ դանդաղ էին հարվածում, որպեսզի անընդհատ քայլեմ իմ անհամբերությամբ:

Իմ ճաշ էր ծառայել իմ սենյակում, ինչպես միշտ. Ես ուտեցի, բայց քիչ; ես չափազանց զբաղված: ես հեռացել եմ սեղան յոթին: հարիւր եւ քսան րոպե (հաշվել նրանց) դեռեւս առանձնացված ինձ այն պահից, որտեղ ես էի միանալ հողը: իմ գրգռումը կրկնապատկվեց: իմ զարկերակային ծեծել բռնությամբ: ես չէի կարող հանգիստ մնալ: ես գնացի եւ եկան, հուսալով հանգստացնել իմ անհանգիստ հոգին անընդհատ շարժման. Գաղափարը անհաջողության մեր համարձակ ձեռնարկության էր առնվազն ցավոտ իմ , բայց միտքը տեսնելով մեր նախագիծը. Հայտնաբերվել մեկնելուց առաջ , լինելու բերել մինչեւ կապիտան , նյարդայնացած, կամ (ինչ ավելի վատ է եղել) տխրել է, իմ դասալքության, պատրաստված իմ սրտի ծեծում.

Ես ուզում էի տեսնել ճաշարան վերջին անգամ: ես իջավ աստիճաններից եւ ժամանել է թանգարանում, որտեղ ես անցել այնքան շատ օգտակար եւ հաճելի ժամ: ես նայեցի նրա բոլոր հարստությունները, իր բոլոր գանձերի, նման է մի մարդու վրա նախօրեին մի հավերժական աքսորի, ով թողնելով երբեք վերադառնալ:

Այդ հրաշքները, բնության, այդ գլուխգործոցներ արվեստի, ի թիվս որոնց համար այդքան օր իմ կյանքում եղել կենտրոնացված, ես պատրաստվում էր հրաժարվել դրանք երբեւէ! Ես ցանկանում եմ վերցրել վերջին հայացք միջոցով պատուհանների սրահում մեջ ջրերի ատլանտյան, բայց վահանակներ են հերմետիկ փակված է, եւ մի թիկնոց պողպատի առանձնացվել է ինձ այդ օվկիանոսից, որը ես դեռ չի ուսումնասիրվել:

Է անցնող սրահում, ես եկա մոտ դուռը թող մեջ անկյան որը բացվել մեջ կապիտանի սենյակում. Իմ մեծ զարմանս, սա դուռը կիսաբաց: ինքնակամ հետ քաշվեցի: եթե կապիտան պետք է լինի իր սենյակում, նա կարող է տեսնել ինձ: բայց ձայն չլսելով ՝ ավելի մոտիկ եղա: սենյակ էր ամայի. Ես հրեցի դուռը և մի քանի քայլ առաջ գնացի: դեռ միևնույն տեսանկյունից խճճված ծանրությունն է:

Հանկարծ ժամացույցը հարվածել ութ. Առաջին ծեծում ամբարձից վրա զանգը ինձ իմ երազների: ես դողում, եթե մի անտեսանելի աչքը էր մեջ իմ առավել գաղտնի մտքերը, եւ ես շտապեց սենյակի:

Այնտեղ աչքս ընկավ կողմնացույցի վրա: մեր ընթացքը դեռ հյուսիսում էր: մուտք նշված չափավոր արագությամբ, մի խորությունը մոտ վաթսուն ոտքերի հույսին.

Ես վերադարձա իմ սենյակում, հագած ինքս ջերմորեն-կոշիկներ, մի գլխարկ, մեծ վերարկու , կնճռոտ . Ես պատրաստ էի, ես սպասում էի: թրթռում է պտուտակով մենակ խախտել է խորը լռությունը, որը տիրում էր վրա խորիրդի. Ուշադիր լսեցի: չէր ոչ բարձրաձայն հանկարծ տեղեկացնել ինձ, որ հողատարածք էր զարմացրել է իր կանխատեսվող թռիչքի. Մահացու ահ կախված է ինձ համար, եւ ես ապարդյուն փորձել է վերականգնել իմ սովոր զովություն:

Մի քանի րոպե մինչեւ ինը, ես դնում եմ իմ ականջը կապիտանի դուռը: ոչ աղմուկը: ես թողեցի իմ սենյակը եւ վերադարձել է սրահում, որը գտնվում էր կես անհայտության, բայց ամայի.

Ես բացեցի դուռը հետ շփվելու գրադարանին: նույնն է անբավարար լույսը, որ նույն մենություն: ես տեղադրված ինքս դռան մոտ տանող կենտրոնական սանդուղք, եւ այնտեղ սպասեցի հողի ազդանշանի.

Այդ պահին դողում է պտուտակով ուշադրությամբ նվազեց, ապա այն դադարել ամբողջությամբ. Լռությունը այժմ միայն անհանգստացնում է ծեծի իմ սրտում. Հանկարծ մի փոքր ցնցում զգացվել. Եւ ես գիտեի, որ նաուտիլուսը դադարել էր ներքեւի մասում օվկիանոսում: անհանգստությունս ավելացավ: է կանադայի ի ազդանշանը չի եկել: ես զգացի, որ հակված եմ միանալու անմիտ հողին և խնդրում եմ, որ նա հետ մղի իր փորձը: ես զգացի, որ մենք սովորական պայմաններում չենք նավարկում:

Այս պահին դուռը մեծ սրահում բացվել, եւ կապիտան հայտնվել: նա տեսավ ինձ, եւ առանց հետագա նախաբանի սկսեց որպես բարեկամական դողացող ձայնով:

«ախ, սըր ես եղել եմ փնտրում քեզ համար. Դուք գիտեք, թե պատմությունը ».

Այժմ, հնարավոր է, սրտով իմանալ սեփական երկրի պատմությունը. Բայց այն պայմանով էի այդ ժամանակ, ինչպես նաեւ անհանգիստ մտքում եւ ղեկավար բավականին կորցրել, ես չէի կարող էին ասել մի խոսք դրա:

«լավ», - շարունակեց կապիտան «դուք լսել եք իմ հարցին! Դուք գիտեք պատմությունը ».

«շատ փոքր», - պատասխանեցի ես.

«լավ, այստեղ են սովորել ենք տղամարդիկ ունեն սովորելու», - ասել է կապիտան. «եկեք, նստել, եւ ես ձեզ մի հետաքրքիր դրվագ է այս պատմության մեջ. Սըր, լսել», - ասաց նա. «պատմությունը կհետաքրքրի ձեզ մի կողմի վրա, որովհետեւ դա կլինի պատասխանել այն հարցին, թե որն, անկասկած, դուք չեք կարողացել է լուծել»:

«ես լսել, կապիտան», ասացի ես, չիմանալով, թե ինչ է իմ զրուցակիցը, որը վարում էր, եւ մտածում էի, եթե այս դեպքը եղել կրելով մեր կանխատեսված թռիչքի.

«տէր, եթե դուք ունեք որեւէ առարկություն, ապա մենք պետք է վերադառնանք 1702. Դուք չեք կարող լինել տգետ, որ ձեր թագավոր, լյուդովիկոս , մտածելով, որ ժեստ է իզօրը բավարար էր բերել պիրենեյների տակ իր լծի էր կիրառվել , նրա թոռը, վրա իսպանացիների. Սա իշխանը թագավորեց ավելի կամ պակաս վատ անվան տակ, փիլիպպոսի , եւ ունեցել ուժեղ կուսակցություն նրա դեմ արտերկրում. Իրոք, նախորդ տարվա տները հոլանդիայի, ավստրիայի, եւ անգլիան կնքել պայմանագիրը դաշինքի ին հաագայում, հետ մտադրության թագը իսպանիայի ղեկավարի, փիլիպպոսի , եւ տեղադրելով այն է, որ մի ում նրանք վաղաժամկետ տվեց կոչում չարլզ .

«իսպանիան պետք է դիմակայել այս կոալիցիա, բայց նա էր գրեթե ամբողջությամբ անապահով հետ: կամ զինվորների կամ նավաստիների: սակայն, փողը չէր հաջողվում նրանց, պայմանով, որ իրենց , բեռնված ոսկով ու արծաթով է ամերիկայից, անգամ մտել են իրենց նավահանգիստները, իսկ ավարտի մասին 1702 նրանք ակնկալում է հարուստ շարասյունը, որը Ֆրանսիան էր ուղեկցելով մի նավատորմի քաններեք անոթների, պատվիրվել է ծովակալ â-ռենոն, որովհետեւ նավերի կոալիցիայի արդեն ծեծում էին ատլանտյան. Սա ուղեկցել գնալ , բայց ծովակալ, լսելով, որ անգլիական նավատորմը նավարկվում է այդ ջրերում, որոշեց պատրաստել Ֆրանսիական նավահանգիստ:

«իսպանիայի հրամանատարներն պահակախմբի առարկեց այս որոշման. Նրանք ցանկացել է ձեռնարկվեն, որպեսզի իսպանական նավահանգիստ, եւ, եթե ոչ á, մեջ , գտնվում է հյուսիս-արեւմտյան ափին իսպանիայում, եւ որը չի արգելափակվում:

«ծովակալ -ռենո ունեցել անխոհեմության հնազանդվելու այս արգելանք դրեց, իսկ մտել բեյ.

«ցավոք սրտի, այն ձեւավորվում է բաց ճանապարհ, որը չի կարող պաշտպանել է որեւէ կերպ. Նրանք պետք է, հետեւաբար, շտապել բեռնաթափել մինչեւ ժամանումը համակցված նավատորմի, եւ ժամանակն է, որ ոչ թե չի հաջողվել նրանց ունեցել ոչ մի խղճուկ հարցին մրցակցության հանկարծ ծագած.

«դուք հետեւում շղթա իրադարձությունների»: հարցրեց կապիտան նեմոն:

«կատարելապես», - ասել , չիմանալով, մինչեւ վերջ կողմից առաջարկված այս պատմական դասի.

«ես կշարունակեմ: սա, թե ինչ անցել. Վաճառականները առավելություն ուներ, ըստ որի նրանք իրավունք ունեին ստանալու բոլորը ապրանք եկող արեւմտյան , հիմա, բեռնաթափել այդ ծուլակտորներ նավահանգստում վիգո էր զրկելով նրանց իրենց իրավունքների նրանք բողոքել են մադրիդում, եւ ձեռք է բերել համաձայնություն տկարամիտ փիլիպպոսի, որ ուղեկցել, առանց լիցքաթափում է իր բեռները, պետք է մնում առանձնացրել են ճանապարհների մինչեւ թշնամին էր անհետացել:

«բայց միեւնույն գալիս է այս որոշման վրա, հոկտեմբերի 22-ը, 1702, անգլիական նավերը, ժամանել է վիգո , երբ ծովակալ -ռենո, չնայած վատ ուժերի, կռվել , բայց, տեսնելով, որ գանձ պետք է ընկնել հակառակորդի ձեռքերը, նա այրվել, եւ ջրասույզ ամեն , որը գնացել է ներքեւի իրենց հսկայական հարստութեան »:

Կապիտան նեմոն կանգ առավ: խոստովանեմ, որ դեռ չէի տեսել, թե ինչու պետք է ինձ հետաքրքրի այս պատմությունը:

«լավ»: ես հարցրեցի.

«լավ, մ. », - պատասխանեց , «մենք այդ , եւ խոսքն այն ինքներդ, թե արդյոք դուք կարող եք թափանցել իր խորհուրդները»․

Նավապետը վարդ, պատմում էր ինձ հետեւել նրան: ժամանակ ունեի վերականգնվել: ես հնազանդվեցի: սրահում մութ էր, բայց միջոցով թափանցիկ ապակու ալիքները են շողշողացող: ես նայեցի.

Ծովի ծովածոցի շուրջ կես մղոնով ջրերը կարծես լողանում էին էլեկտրական լույսի ներքո: ավազոտ հատակը մաքուր և պայծառ էր: որոշ նավի անձնակազմի իրենց -զգեստներով էին քլիրինգ հեռու կես-փտած բարել եւ դատարկ դեպքերը միջից սեւացած . Այդ դեպքերում եւ այդ բարել փախել է ձուլակտորների եւ արծաթի, հեղեղների եւ ոսկեգործության. Նրանց հետ ավազ էր հավաքվել: բեռնավորվածներ իրենց թանկարժեք կրծքեր, տղամարդիկ վերադարձել է , տրամադրված իրենց բեռից, եւ ետ գնաց այս անսպառ ձկնագործության ոսկու եւ արծաթի.

Ես հիմա հասկացա: սա էր տեսարան ճակատամարտում հոկտեմբերի 22-ը, 1702. Այստեղ, հենց այս տեղում լադենը իսպանիայի կառավարությունը էր ջրասույզ: մականուն կապիտան եկան, ըստ նրա ցանկության, հակ այդ միլիոնավոր որի հետ նա մտահոգ . Այն էր, նրա համար եւ նրան մենակ ամերիկան տվել մինչեւ իր թանկարժեք մետաղներ: նա եղել է ժառանգը ուղղակի, առանց որեւէ մեկին կիսել, այդ գանձերի պատռված են եւ ի նվաճել է .

«իսկ դուք գիտեք, սըր», - ասաց ժպտալով հարցրեց, «որ ծովի պարունակում է այնպիսի հարստութիւն»:

«ես գիտեի,« պատասխանեց, «որ նրանք գնահատում են գումար անցկացվում է կասեցման այդ ջրերում երկու միլիոնավոր»:

«անկասկած, բայց պետք է հանենք այդ գումարները ծախսը կլինի ավելի մեծ, քան շահույթի. Այստեղ, ընդհակառակը, ես պետք, բայց վերցնել այն, ինչ մարդը կորցրել է, եւ ոչ միայն , բայց մի հազար այլ նավահանգիստներ, որտեղ ունեն պատահել, եւ որոնք նշված են իմ սուզանավ քարտեզի վրա. Դուք կարող եք հասկանալ, թե այժմ աղբյուրը միլիոնավոր եմ ես արժանի? "

«ես հասկանում եմ, կապիտան: բայց թույլ տվեք պատմել ձեզ, որ ուսումնասիրել դուք միայն նախապես մրցակից հասարակության»:

«եւ որը"

«մի հասարակություն, որը ստացել է իսպանիայի կառավարության արտոնությունն ձգտում են հանգուցյալներին . Բաժնետերերը գլխավորած վրա են է իսկայական առատաձեռնություն, որովհետեւ նրանք գնահատում են այդ հարուստ է հինգ հարյուր միլիոնավոր»:

«հինգ հարյուր միլիոնավոր նրանք», - պատասխանեց կապիտան », բայց նրանք այնքան այլեւս»:

«պարզապես», - ասում ես. «եւ նախազգուշացում է այն բաժնետերերին կլիներ գթության արարք. Բայց ով գիտի, եթե դա կլինի լավ ընդունել, ինչ սովորաբար ափսոսում, նախեւառաջ ավելի քիչ է կորուստը իրենց գումար, քան իրենց անմիտ հույսերի. Ի վերջո, ես ափսոս նրանց ավելի քիչ քան հազարավոր է, ում այնքան հարստութիւնը լավ բաշխված կլիներ շահութաբեր, մինչդեռ նրանց համար, նրանք պիտի մնայ յաւիտեան ամուլ. "

Ես չունեի ոչ շուտ, արտահայտել այս ափսոսանք քան ես զգացի, որ դա պետք է վիրավորվել կապիտան .

«ամուլ» բացականչեց նա ՝ անիմացիայով: «ինչ եք կարծում, ապա, սըր, որ այդ հարստությունները կորել են, որովհետեւ ես քաղենք զանոնք: սա ինձ համար մենակ, ըստ ձեր գաղափարի, որ ես վերցնել խնդիրներ է հավաքել այդ գանձերը. Ով յայտնեց քեզ, որ ես չէի կատարել լավ օգտագործել դրանից? Ինչ եք կարծում, ես տգետ եմ, որ կան տառապող էակներ եւ ճնշված ցեղերի այս երկրի վրա, թշվառ արարածներ են մխիթարել, զոհերը վրեժխնդիր. Չեք հասկնար »:

Կապիտան Նեմոն կանգ առավ այս վերջին խոսքերի վրա ՝ ափսոսալով, որ գուցե շատ է խոսել: բայց ես էր , որ ինչ էլ շարժառիթը, որը նրան ստիպում է դիմել անկախությունը տակ ծովը, դա էր թողել նրան դեռ մի մարդ, որ իր սիրտը դեռ ծեծել տառապանքների մարդկության, եւ որ նրա հսկայական բարեգործական էր, ճնշված ցեղերի, ինչպես նաեւ որպես անհատներ: եւ ես, ապա հասկացա, ում համար այդ միլիոնավոր էին վիճակված որոնք փոխանցվում են կապիտան երբ նաուտիլուսը էր է ջրերի կրետեի:

Գլուխ

Ա անհետացել են մայրցամաքում

Հաջորդ առավոտ ՝ փետրվարի 19-ին, տեսա, որ կանադացին մտավ իմ սենյակ: ես ակնկալում եմ, այս այցելությունը: նա շատ հիասթափեցրեց:

- լավ, պարոն: ասաց նա:

«դե, չես, երեկվա բախտը մեր դեմ էր»:

«այո, որ նավապետը պետք է դադարեցնել հենց այդ ժամին մենք նախատեսված թողնելով իր նավը»:

«այո, չես, նա գործ ուներ իր բանկիրների մոտ»:

«Նրա բանկիրները»:

«կամ, ավելի ճիշտ, նրա բանկային տուն, ես նկատի ունեմ, օվկիանոսը, որտեղ նրա հարստությունները ավելի ապահով է, քան է պետության»:

Ես ապա կապված է կանադական միջադեպերի նախորդ գիշերը, հուսալով բերել նրան ետ գաղափարին չի լքելով նավապետը. Բայց իմ մենահամերգը չուներ այլ արդյունք, քան որպես եռանդուն ափսոսանք է հայտնել ից բեռնել, որ ինքը չի կարողացել վերցնել քայլել մարտադաշտում վիգո իր հաշվին:

«սակայն», - ասաց նա, «բոլոր ավարտված չէ դա միայն մի հարված է եռաժանի կորցրել. Չերթական անգամ մենք պետք է հաջողության հասնել, եւ այս գիշեր, եթե --»

«թե ինչ ուղղություն է նաուտիլուսը գնում»: ես հարցրեցի.

«ես չգիտեմ, թե," պատասխանել :

«դե, կեսօրին մենք կտեսնենք կետը»:

Կանադական վերադարձավ . Չագնվելու պես մտա սրահ: կողմնացույցը համոզիչ չէր: նավատորմի ընթացքը մենք մեր մեջքը շրջեցինք դեպի եվրոպան:

Ես սպասում որոշ անհամբերությունը մինչեւ նավ է տեղում էր ցավեցնում է աղյուսակում: ժամը մոտ կես տասնմեկ ջրամբարները են դատարկվում, եւ մեր նավը հասավ մակերեսի օվկիանոսում: ես շտապեցի դեպի հարթակ: հողը նախորդել էր ինձ: այլեւս ոչ մի երկիր: ոչ այլ ինչ է իսկայական ծովը. Որոշ առագաստներ հորիզոնում, անկասկած, նրանք, ովքեր գնում են սան ողորկ, բարենպաստ քամի փնտրելու համար `հույսի ծայրը կրկնապատկելու համար: եղանակը ամպամած էր: քամու գայլ էր պատրաստվում: , եւ փործել է թափանցել ամպամած հորիզոնը: նա դեռ հույս ուներ, որ այս ամենի ետեւում կանգնած մառախուղի տարածված երկիրը, նա այնքան էլ կարոտն առնելու համար:

Կեսօրին արեւը ցույց է տվել, իրեն համար մի ակնթարթում: երկրորդը շահեց այս պայծառությամբ `իր բարձրությունը վերցնելու համար: ապա, ծովը դառնում է ավելի , մենք իջավ, եւ վահանակը փակվել:

Մեկ ժամ հետո, խորհրդակցելով աղյուսակը, ես տեսա, պաշտոնը նշվել է 16 ° 17 'երկար., եւ 33 ° 22' լատ., 150 լիգաներում է մոտակա ափին: չկար միջոց թռիչքի, եւ ես ձեզ թողնում է պատկերացնել զայրույթ կանադայի, երբ ես իրեն տեղեկացրել է մեր իրավիճակից.

Ինձ համար, ես ոչ թե առանձնապես կներեք: ես զգացի թեթևացած այն ծանրաբեռնվածությունից, որն ինձ ճնշում էր, և կարողացա ինչ-որ աստիճանի հանդարտությամբ վերադառնալ իմ սովորական գործին:

Որ գիշերը, ժամը մոտ տասնմեկին, ես ստացել է առավել անսպասելի այցելություն կապիտան . Նա հարցրեց ինձ սիրալիր կերպով, եթե ես զգացի հոգնած իմ պահուն նախորդ գիշերը: ես բացասական պատասխան է:

«ապա, մ. , առաջարկում եմ մի հետաքրքիր էքսկուրսիա»:

«առաջարկեք, կապիտան»:

«դուք մինչ այժմ միայն այցելել են ստորջրյա խորքերը ըստ ծառի արանքում, տակ արեւի պայծառությունը. Կլիներ, որ արժեքներ, ձեզ է տեսնել նրանց մթության մեջ գիշերը«

«ամենայն պատրաստակամությամբ»:

«ես նախազգուշացնում եմ ձեզ, որ ճանապարհը հոգնեցնելու է: մենք քայլելու ճանապարհ կունենանք և պետք է բարձրանանք սար: ճանապարհները լավ չեն պահվում»:

«այն, ինչ դուք ասում եք, կապիտան, միայն մեծացնում իմ հետաքրքրասիրությունը. Ես պատրաստ եմ հետեւել ձեզ»:

«եկեք, ապա, սըր, մենք դնում մեր սուզվելու-զգեստներով."

Ժամանել է -սենյակ, ես տեսա, որ ոչ իմ ուղեկիցները, ոչ էլ որեւէ մեկը նավի անձնակազմի էին հետեւել մեզ այս էքսկուրսիայի: կապիտան Նեմոն անգամ չէր առաջարկել, որ ինձ հետ վերցնեմ ոչ ցած կամ զամբյուղ:

Մի քանի վայրկյան մենք դրել էինք մեր սուզվելու զգեստները; նրանք տեղադրված մեր մեջքին ջրամբարների, առատորեն լցված օդի, բայց ոչ էլեկտրական լամպեր էին նախապատրաստվել: ես կոչ ավագի ուշադրությունը հրավիրել այն փաստին,.

«նրանք անօգուտ կլինեն», - պատասխանեց նա:

Ես կարծում էի, որ չի լսել ճիշտ, բայց ես չէի կարող կրկնել իմ դիտարկմամբ, նավապետը ղեկավար արդեն անհետացել է իր մետաղական դեպքում. Ես ավարտել եմ ինքս ինձ: ես զգացի, որ Նրանք երկաթե - նշեց փայտ իմ ձեռքը, եւ մի քանի րոպե անց, հետո անցնում սովորական ձեւով, մենք ոտք է ներքեւի մասում ատլանտյան խորության վրա 150 : կեսգիշերը մոտ էր: ջուրը խորապես մութ, բայց կապիտան մատնացույց հեռավորության վրա կարմրավուն տեղում, մի տեսակ խոշոր լույսի փայլում փայլուն կերպով մոտ երկու մղոն հեռավորության վրա . Թե ինչ է սա կրակը կարող է լինել, թե ինչ կարող է կերակրել, թե ինչու եւ ինչպես է այն վառեց մինչեւ հեղուկ զանգվածը, չեմ կարող ասել: ցանկացած դեպքում, դա չէր լուսավորում են մեր ճանապարհը, , դա ճիշտ է, բայց ես շուտով սովոր եմ այն յուրահատուկ մթության մեջ, եւ ես հասկացա, այնպիսի հանգամանքներում, որ անիմաստության մասին ապարատի.

Երբ մենք առաջադիմեցինք, ես իմ գլխից վերև լսեցի մի տեսակ խթան: աղմուկը կրկնապատկում, երբեմն արտադրող շարունակական ցնցում, ես շուտով հասկացել է պատճառը. Այն էր, անձրեւ ընկնում բռնությամբ, եւ մակերեւույթը ալիքների: բնազդով այդ միտքը ամբողջ իմ մտքում, որ ես պետք է թաց միջոցով. Ի ջրի. Ջրի մեջ: ես չէի կարող օգնել ծիծաղում կենտ գաղափարի: բայց, իրոք, հաստ սուզվելու-հագուստով, հեղուկ տարրը չի զգացվում, եւ մեկ թվում է միայն մթնոլորտում փոքր-ինչ քան երկրային մթնոլորտում: ոչինչ ավելին.

Հետո կես ժամ քայլել հողը, դարձել է քարքարոտ. , մանրադիտակային ընդերքը և - ն այն թեթևակի վառեցին իրենց ֆոսֆորեսցենտ փայլով: ես բռնել մի շող է կտոր քարի ծածկված միլիոնավոր եւ զանգվածների ծովի մոլախոտերի. Ոտքերս հաճախ սայթաքեց վրա այս կպչուն գորգի ծովի մոլախոտերի եւ առանց իմ երկաթի-փայտով ես պետք է ընկել ավելի քան մեկ անգամ: ի դարձաւ ես կարող տեսնել դեռ ճերմակ կանթեղը է սկզբից գունատ է հեռավորության վրա:

Բայց, վարդագույն լույսը, որը առաջնորդվում է մեզ աճել, եւ վառեց հորիզոնում: ջրի տակ այս կրակի առկայությունը ինձ ամենաբարձր մակարդակով զարմացրեց: էր ես գնում դեպի բնական երեւույթի, ինչպես նաեւ դեռեւս անհայտ է երկրի. Կամ նույնիսկ (այս մտքի անցել իմ ուղեղը) ուներ մի մարդու բան պետք է անել այս հրդեհ. Արդյո՞ք նա բոցավառեց այս բոցը: իսկ ես հանդիպելու այդ խորքերը ուղեկիցները եւ ընկերներ կապիտան որին նա պատրաստվում է այցելել, եւ ով, նրա նման, հանգեցրել այդ տարօրինակ գոյությունը. Ես պետք է գտնել այնտեղ մի ամբողջ գաղութ աքսորյալների ով, հոգնած է աղետներին այս երկրի վրա էր, փնտրել եւ գտել անկախություն խոր օվկիանոսում. Այս բոլոր հիմար եւ անհիմն գաղափարներ հետապնդում էր ինձ: եւ այս վիճակում մտքի, ավելի քան-ոգեւորված իրավահաջորդության հրաշալիքներից շարունակաբար անցնող իմ աչքի առաջ, ես չպետք է զարմանա, հանդիպել է ներքեւի մասում ծովի մեկը այդ սուզանավ քաղաքներում, որոնց կապիտան երազել.

Մեր ճանապարհը թեթեւ ու թեթեւացավ: սպիտակ փայլը ճառագայթներ էր գալիս լեռան գագաթից մոտ 800 ոտնաչափ բարձրության վրա: բայց այն, ինչ ես տեսել էր պարզապես արտացոլանքն, մշակվել է հստակությամբ ջրերի վրայ: այս անբացատրելի լույսի աղբյուրը լեռան հակառակ կողմում կրակ էր:

Ի մեջ այս քարքարոտ լաբիրինթոս ներքեւի մասում ատլանտյան, կապիտան զարգացած, առանց վարանելու. Նա գիտեր այդ մռայլ ճանապարհը. Անկասկած նա հաճախ էր ճանապարհորդում դրա վրա և չէր կարողանում կորցնել իրեն: ես հետևեցի նրան անսասան վստահությամբ: նա ինձ թվաց, թե ծովի ջին է. և, քանի որ նա քայլում էր իմ առջև, ես չէի կարող հիանալ հիացմունքի նրա հասակը, որը սև գույնով պատկերված էր լուսավոր հորիզոնում:

Դա մեկն էր առավոտյան, երբ մենք հասանք առաջին լանջերին լեռը. Բայց նրանց մուտք գործելու համար մենք պետք է ձեռնարկվենք հսկայական մասնաբաժնի դժվարին ուղիներով:

Այո; մի մեռած ծառեր, առանց տերեւների, առանց , ծառերի քարացած կողմից գործողության մեջ ջրի եւ այստեղ, եւ այնտեղ կողմից իսկայական . Դա նման էր աճուխի- դեռ կանգնած, անցկացման արմատները կոտրված հողի, եւ որի ճյուղերը, նրբահամ սեւ թուղթ հատումներ, ցույց տվեց հստակ է ջրալի առաստաղը: նկար ինքներդ մի անտառ է կախված է երկու կողմերի լեռը, սակայն մի անտառ կլանվեց: ճանապարհները, որոնք ծանրաբեռնված է լոռ եւ , որոնց միջեւ մի ամբողջ աշխարհը : ես գնացի, բարձրանում ժայռերի, ավելի քան երկար կոճղերը, խախտելով ծովային կապել-, որը կախված է մեկ ծառից, մյուս. Եւ երկյուղալի ձկներ, որը թռավ ից մինչեւ մասնաճյուղի մասնաճյուղ: առաջ գալով ՝ ես հոգնածություն չզգացի: ես հետեւել իմ ուղեցույցը, որը երբեք չի եղել հոգնած. Ինչպիսի տեսարան: ինչպես կարող եմ արտահայտել դա: թե ինչպես նկարել առումով այդ անտառում ու ժայռերի այս միջին դրանց տակ մասեր մութ ու վայրի, վերին գունավոր կարմիր երանգներով, ըստ այդ լույսի որի արտահայտող լիազորությունները ջրերի կրկնապատկվել: մենք բարձրացել քարեր, որոնք ընկնում անմիջապես հետո, ինչպես իսկայական սահմաններում եւ ցածր է ավալանշ. Աջ և ձախ վազում էին երկար, մութ պատկերասրահներ, որտեղ տեսողությունը կորած էր: մականուն բացվել իսկայական որի ձեռքը մարդու թվում է, որ աշխատել. Եւ ես երբեմն ինքս ինձ հարց տվեցի, եթե որոշ բնակիչը այդ սուզանավ տարածաշրջանների չէր հանկարծ հայտնվում է ինձ:

Բայց կապիտան շարունակում էր մոնտաժ. Ես չէի կարող հետ մնալ: ես համարձակորեն հետևեցի: իմ փայտով ինձ տվեց լավ օգնություն: կեղծ քայլ կլիներ վտանգավոր է նեղ անցնում ներքեւ կողմերում . Բայց ես քայլում էի ամուր քայլով ՝ առանց որևէ գեղարվեստական զգալու: այժմ ես ցատկեցի մի ծալք, որի խորությունը ինձ կդարձնի երկմտելու, եթե դա լիներ երկրի սառցադաշտերի շարքում. Հիմա ես է անկայուն միջքաղաքային մի ծառի նետել ողջ մեկ անդունդ է, մյուսը, առանց փնտրում տակ իմ ոտքերի, ունենալով միայն աչքերը հիանում վայրի կայքերը այս տարածաշրջանում:

Այնտեղ, մոնումենտալ ժայռերի, հենվելով իրենց պարբերաբար-կտրել հիմքերի, թվում էր, պետք է արհամարհել բոլոր օրենքներին հավասարակշռություն. Սկսած նրանց միջեւ ժայռոտ ծնկի ծառերի ցատկեց, նման ինքնաթիռի տակ ծանր ճնշման, եւ անփոփոխ է թողել ուրիշներին, որը հաստատում է նրանց. Բնական աշտարակներ, մեծ , կտրել ուղղահայաց, նման է «վարագույրի» հակված է մի անկյան տակ, որի օրենքները գրավիտացիայի երբեք չեմ կարող հանդուրժել երկրային շրջաններում:

Երկու ժամ հետո դուրս գալ մենք էինք անցել ծառերի, եւ հարյուր ոտնաչափ գլխներիս բարձրացել է արագած լեռան գագաթին, որը ստվեր է գցում փայլուն ճառագայթում հակառակ լանջին: որոշ քարացած թփերի վազեց այստեղ, եւ այնտեղ: ծկներ վեր կացավ մեր ոտքերի տակ, ինչպես թռչունների երկար խոտի. Զանգվածային ժայռերը ճեղքուեցան հետ անանցանելի կոտրվածքների, խորը , եւ անպատում անցքերի, ներքեւի մասում, որը ահռելի արարածներ կարող է լսած շարժվում: իմ արյան թթվեցրած երբ տեսա հսկայական ալեհավաքի փակել ճանապարհը, կամ ինչ - որ սարսափելի պատռել փակման հետ աղմուկի ստվերում որոշ խոռոչի. Միլիոնավոր լուսավոր կետերում պայծառ լուսավորում մեջտեղն է մթության մեջ. Նրանք էին աչքերը հսկա խոնարհվեց իրենց անցքերի. Հսկա ընդլայնված իրենց պես , եւ շարժվում են իրենց հետ, սեղմելով ծայնի աքցանի. Տիտանական , մատնացույց նման մի ատրճանակ իր փոխադրման; եւ սարսափելի փնտրում , իրենց նման մի կենդանի բույնի ջարդուեցան:

Մենք այժմ ժամանել առաջին հարթակ, որտեղ այլ անակնկալներ սպասում է ինձ: մեր առջեւ դնելու որոշ գեղատեսիլ ավերակները, որ մատնելու էր մարդու ձեռքը եւ ոչ թե ստեղծող: կային հսկայական կույտ քարի, ի թիվս որոնց կարող անհասկանալի եւ անորոշ ձեւեր ամրոցներ եւ տաճարներում, հագած մի աշխարհում ծաղկունքի , եւ որի նկատմամբ, փոխանակ , ծովային- եւ նետեց հաստ թիկնոց: բայց ո՞րն էր երկրագնդի այս մասը, որը կոլակիզմներով կուլ էր տվել: ով էր տեղադրված այդ ժայռերի եւ քարերի, ինչպիսիք նախապատմական ժամանակներում. Ուր էր ես. Ո՞ւր էր կապիտան նեմոյի սիրտը շտապում ինձ:

Ես կցանկանայի, որ նրան հարցնեի. Չկարողանալով, ես կանգնեցի նրան. Ես ձեռքը բռնեցի: բայց, օրորելով գլուխը, եւ մատնացույց անելով ամենաբարձր կետն է լեռը, նա կարծես ասում է.

«արի, արի միասին; գալ ավելի բարձր»

Ես հետևեցի, և մի քանի րոպե անց ես բարձրանա գագաթ, որը տասը բակերով շրջապատի համար պատվիրում էր ժայռերի ամբողջ զանգվածը:

Ես նայեցի ներքեւ կողմը էինք բարձրացել: լեռը չի բարձրանա, ավելի քան յոթ կամ ութ հարյուր ոտքերը բարձր մակարդակի դաշտի. Բայց հակառակ կողմում, այն պատուիրել է երկու անգամ, որ բարձրությունից խորքերը այս մասում ատլանտյան. Իմ աչքերը տեւական հեռու է ավելի մեծ տարածություն լուսավորված է բռնի : փաստորեն, սարը էր հրաբուխ:

Յիսուն ոտքերը բարձր գագաթնակետին, իսկ մեջտեղում մի անձրեւից քարերի եւ , մեծ խառնարան էր փսխում չորրորդ հեղեղների լավա, որը ընկել է կասկադի կրակի մեջ ծոցում հեղուկ զանգվածը: այսպիսով գտնվում, դա իրաբուխ վառեց ստորին հարթավայրը նման է իսկայական ջահ, նույնիսկ ծայրահեղ սահմաններում հորիզոնում: ես ասացի, որ սուզանավային խառնարանը լավա է նետել, բայց ոչ մի բոց: Փլեյմզ պահանջում թթվածին է օդի կերակրել վրա եւ չի կարող լինել զարգացած ջրի տակ. Բայց հոսքերի լավա, ունենալով իրենց սկզբունքները իրենց շիկացման, կարող է հասնել սպիտակ շոգին, պայքարելու վճռականորեն դեմ հեղուկ տարր, եւ իր հերթին այն սրահները կողմից շփման:

Արագ հոսանքներ կրող բոլոր այդ գազերի դիֆուզիոն եւ հեղեղների լավա է ներքեւի լեռան նման է ժայթքում վրա մյուսը .

Կան իսկապես տակ իմ աչքերով, քանդված, ոչնչացվել, պառկել մի քաղաք-ն իր տանիքները բաց է երկնքում, նրա տաճարները ընկել, նրա կամարները տեղակայուած, նրա սյուներ պառկած է գետնին, որից մեկը, որ դեռեւս ճանաչելու զանգվածային բնույթ ճարտարապետության. Հետագայում, որոշ մնացորդներ վիթխարի ջրուղի. Այստեղ ՝ ակրոպոլիսի բարձր հիմքը ՝ պարթենոնի լողացող ուրվագծով. Կան հետքեր է նավամատույց, քանի որ եթե հնագույն նավահանգիստ նախկինում հայաստանի սահմաններից օվկիանոսում, եւ անհետացել իր առեւտրային անոթների եւ նրա ռազմական : հեռու նորից, երկար տողերը նիհարած պատերի եւ լայն, ամայի փողոցներում, կատարյալ դիմել է փախուստի տակ ջրերում. Նման էր տեսարան, որը կապիտան բերել իմ աչքի առաջ:

Որտեղ էի ես որտեղ էի ես ես պետք է իմանա, ցանկացած գնով: ես փորձեցի խոսել, բայց կապիտան կանգնեցրել ինձ մի ժեստ, եւ, ջոկելը մինչեւ մի կտոր կավիճ-քար, առաջադեմ մի ժայռի սեւ բազալտից, իսկ նկատելի է մեկ բառը:

Ատլանտիս

Ինչ թեթև կրակ էր մտքումս: ատլանտիս: ատլանտիս պլատոնի, որ մայրցամաքը հերքել է օրիգենեսի եւ , ով է իր անհետացումը շրջանում լեգենդար հեքիաթների. Ես այն, որ այժմ իմ աչքի առաջ, կրելով դրա վրայ անպայման վկայություն դրա աղետի. Տարածաշրջանը այսպիսով վարակել էր դուրս եվրոպայում, ասիայում, եւ լիբիայում ծավալվող, դուրս սյուների հերկուլես, որտեղ այդ հզոր մարդկանց, , ապրել, ում դեմ առաջին պատերազմները հին հույների են մղվում:

Այսպիսով, որը գլխավորում է ճակատագրի, ես տակ ոտքով լեռները այս մայրցամաքում, հուզիչ իմ ձեռքով այդ ավերակները հազար սերունդներ հին եւ ժամանակակից հետ երկրաբանական դարաշրջանների. Ես քայլում էի հենց այն վայրում, որտեղ քայլել էին առաջին մարդու ժամանակակիցները:

Մինչդեռ ես փորձում է ամրագրել իմ մտքում, ամեն մի մանրուք այս մեծ դաշտում, կապիտան մնաց անշարժ, քանի որ եթե է լուռ զմայլանք, բռնվելով մի քարի. Նա երազում էր այդ սերունդների մասին, որոնք վաղուց անհետացել էին: նա հարցնում էր նրանց մարդկային ճակատագրի գաղտնիքը: Եղել է այն այստեղ, այս տարօրինակ մարդը եկել է կտրուկ իրեն պատմական հիշողություններով, եւ կրկին ապրել այս հինավուրց կյանքը, նա, ով ցանկանում էր ոչ ժամանակակից մեկին. Ինչ կանեի ես չեն տրուած իմանալ իր մտքերը, կիսվել նրանց, հասկանալ նրանց. Մնացինք մեկ ժամ, այս վայրում, մտածելով մեծ հարթավայրեն տակ պայծառությունը լավա, որը եղել է մի քանի անգամ հրաշալի ինտենսիվ: արագ վազեց երկայնքով հետեւանքով ճանապարհամերծ սարի ներքին , խորը աղմուկը, հստակ փոխանցվում միջոցով հեղուկ միջին նույն կարծիքին վեհասքանչ վեհություն. Այս պահին լուսինը հայտնվել միջոցով զանգվածի ջրերի եւ նետել իր գունատ ճառագայթները է թաղված մայրցամաքում: այն էր, բայց մի , բայց այն, ինչ աննկարագրելի ազդեցություն! Նավապետը վարդ, գցել մի վերջին հայացք է հսկայական հարթավայրի, եւ ապա հրաւիրեց ինձ հետեւում են նրան:

Մենք իջավ լեռը արագ, եւ, հանքային անտառը մեկ անգամ անցել, ես տեսա, լապտերը է փայլող նման աստղի: կապիտանը քայլում ուղիղ այն, եւ մենք ստացել է ներգրավվել որպես առաջին ճառագայթները լույսի գունաբացված մակերեւույթը օվկիանոսում:

Գլուխ

Սուզանավային -

Յաջորդ օրը, փետրվարի 20-ին, ես արթնացա, շատ ուշ է. Նախորդ գիշերը էր երկարաձգվել է իմ քունը մինչեւ ժամը տասնմեկին: հագնված արագ, եւ շտապեց գտնել դասընթացի Նաուտիլուսը էր ունենում: գործիքները ցույց տվեց, որ այն պետք է լինի դեռ դէպի հարաւ, մի արագությամբ քսան մղոն մեկ ժամ ու խորության իիսուն :

Տեսակին ձկներ այստեղ չէին տարբերվում են նրանցից, արդեն նկատել է. Կային ճառագայթները իսկա չափի, հինգ յարդ երկարություն եւ օժտված մեծ մկանային ուժով, որը հնարավորություն է տվել նրանց է նկարահանել վերեւում ալիքների. Շնաձկներ շատ տեսակի. Ի թիվս այլոց, մեկ տասնիինգ ոտքերը երկար, եռանկյունաձեւ սուր ատամները, եւ որոնց թափանցիկության մատուցվում է գրեթե անտեսանելի է ջրի.

Ի թիվս զորավոր ձուկ նկատել է որոշ մոտ երեք յարդ երկարություն զինված վերին ծնոտի հետ պիրսինգ սրի այլ վառ գունավոր արարածներ, հայտնի է ժամանակ արիստոտելի կողմից անունով ծովի , որոնք վտանգավոր են գրավել `հաշվի առնելով իրենց մեջքին.

Մոտ չորս ժամը, իսկ հողը, ընդհանուր առմամբ կազմված է հաստ ցեխի մեջ խառնած քարացած փայտի, փոխվել են աստիճանով, եւ դա դարձել է ավելի քարքարոտ, եւ թվում էր, հետ կոնգլոմերատի եւ կտոր բազալտից, մի լավա. Ես մտածեցի, որ լեռնային տարածաշրջանը հաջող էր ընթացել երկար հարթավայրերն. Եւ համապատասխանաբար, հետո մի քանի կենսաիոսքերին է , տեսա հարավային հորիզոնը արգելափակված է բարձր պատի, որը կարծես փակել բոլոր ելքը: դրա գագաթնաժողովն ակնհայտորեն անցավ օվկիանոսի մակարդակը: այն պետք է լինի մայրցամաքում, կամ առնվազն կղզյակ-մեկը կանարյան կղզիներում, կամ այն կաբո-վերդե կղզիներ: առանցքակալները դեռ չեն վերցվել, միգուցե նախագծված, ես անտեղյակ էի մեր ճշգրիտ դիրքի համար: ցանկացած դեպքում, այդպիսի պատ թվում էր ինձ նշելու սահմանները այդ ատլանտիս, որի մասին մենք ունեցել իրականում անցել միայն ամենափոքր մասի:

Շատ ավելի երկար պետք է ես մնացել են պատուհանից գեղեցկությունները ծովի եւ երկնքի, սակայն վահանակներ փակվել: այս պահին նաուտիլուսը ժամանել է կողմում այս բարձր, ուղղահայաց պատին. Թե ինչ է դա անել, ես չէի կարող գուշակել: ես վերադարձա իմ սենյակ; այն այլեւս չի տեղափոխվել: ես դրել եմ ինքս ինձ ներքեւ հետ լիարժեք մտադրության մի քանի ժամ անց 'քնի. Բայց դա եղել ութ ժամը, իսկ հաջորդ օրը, երբ ես մտել ճաշարան: նայեցի մանոմետրին: դա ինձ ասաց, որ նաուտիլուսը էր լողում է մակերեսի օվկիանոսում: բացի այդ, ես լսել եմ քայլեր է հարթակ. Ես գնացի վահանակ: բաց էր; բայց, փոխարեն ցերեկով, քանի որ ես ակնկալում էի, ես շրջապատված խոր մթության մեջ: ո՞ւր էինք մենք սխալվեցի: դեռ գիշեր էր: ոչ; ոչ մի աստղ փայլում էր, եւ գիշերը չի, որ արտաքին խաւարը.

Ես գիտեի, թե ինչ է մտածել, երբ մի ձայն ինձ մոտ, ասաց.

«դա դու ես, պրոֆեսոր»:

«ա՛խ, կապիտան», - պատասխանեցի ես, - «որտեղ ենք մենք».

«ստորգետնյա՛ն, պարոն»:

«ստորգետնյա»: ես բացականչեցի: «իսկ նավատորմը դեռ լողում է»:

«դա միշտ էլ փչովի բարձիկներ»:

«բայց ես չեմ հասկանում»:

«սպասել մի քանի րոպե, մեր լապտեր կվառվի, եւ, եթե ցանկանում եք թեթեւ տեղերը, դուք պետք է գոհ»:

Ես կանգնեցի հարթակի վրա և սպասեցի: խաւարը այնքան ամբողջական են, որ ես չէի կարող տեսնել նույնիսկ կապիտան . Բայց, նայելով դեպի զենիթից, հենց գլխիս վերեւում, ես կարծես բռնել է կողմնորոշվել, փայլ, մի տեսակ մթնշաղի լիցքավորողին շրջանաձեւ փոս: այս ակնթարթում լապտերը էր վառեց, եւ դրա գունագեղություն փարատեց այն թույլ լույսը: ես փակեցի իմ շլացած աչքերը մի ակնթարթում, եւ ապա նայեց կրկին. Էր գրենական պիտույքներ, լողացող մոտ մի սարի, որը ձեւավորված մի տեսակ . Լիճը, ապա, աջակցելով այն էր լիճը բանտարկել են մի շրջանակի պատերի, չափիչ երկու մղոն տրամագծով եւ վեց շրջապատ: Նրա մակարդակը (այդ ցույց տվեց) կարող է լինել միայն նույնը, քանի որ արտաքին մակարդակով, պետք է պարտադիր լինի կապը լճի եւ ծովը. Բարձր , բռնվելով առաջ իրենց բազան, վերաճեց մի կամարակապ տանիքի կրող ձեւավորել մի հսկայական ձագար գլխիվայր շուռ է եկել, իսկ բարձրությունը լինելու մոտ հինգ կամ վեց հարյուր յարդ. Գագաթնաժողովում էր շրջանաձեւ բացվածք, ըստ որի ես բռնել աննշան փայլ լույսի, ակներեւաբար լուսաբաց:

"որտեղ ենք մենք?" ես հարցրեցի.

«հենց սրտում է հանգած հրաբխի, որ ներքին որն արդեն ներխուժել է ծովը, հետո ինչ-որ մեծ տագնապի ու ցավի մեջ երկրի վրա. Մինչդեռ դուք քնած էին, պրոֆեսոր, թափանցած այս ծովածոց է բնական ջրանցքի, որը բացվել է մոտ տասը բակերը խորության վրա օվկիանոսում. Սա է նրա նավահանգիստներում ապաստան է , հարմարավետ, եւ խորհրդավոր մեկը, ապաստանած բոլոր ., ցույց տվեք ինձ, եթե կարող եք, ափերին ցանկացած ձեր մայրցամաքներ կամ կղզիներում, ճանապարհի որը կարող է այդպիսի կատարյալ ապաստան տալ բոլոր փոթորիկներից »:

«իհարկե,« ես պատասխանեցի, «դուք անվտանգության այստեղ, կապիտան ով կարող հասնել ձեզ սրտում մի հրաբխի., բայց ինչու ես չեմ տեսնում այնպիսի բացման իր գագաթաժողովի».

«այո, նրա խառնարանը, նախկինում լցված , պատրանք, եւ կրակի մեջ, եւ որն այժմ հնարավորություն է տալիս մուտք գործել կենսատու օդ ենք շնչում»:

«բայց ի՞նչ է այս հրաբխային սարը»:

«դա պատկանում է բազմաթիվ կղզիների հետ, որն այս ծովը -է անոթների մի պարզ ավազոտ ծանծաղուտ է՝ մեր իսկայական քարայր. Հնարավորությունն հանգեցրեց ինձ բացահայտել այն, եւ հնարավորություն ծառայել ինձ լավ »:

«բայց ինչ օգուտ ունի այս ապաստանը, կապիտան, նավատորմը նավահանգիստ չի ուզում»:

«ոչ, սըր, բայց դա ցանկանում է էլեկտրաէներգիա է այն դարձնել շարժվել, եւ միջոցներ, որպեսզի էլեկտրաէներգիայի նատրիումի կերակրել տարրեր, ածուխ, որից ստանալ նատրիումի, եւ ածուխ իմը մատակարարել ածուխ, եւ հենց դա տեղում է ծովը ընդգրկում ամբողջ անտառները ներդրված ընթացքում երկրաբանական ժամանակաշրջանների, այժմ հանքայնացված եւ վերածվել ածուխ, ինձ համար, որ նրանք անսպառ իմն է »

«ձեր տղամարդիկ հետեւել առեւտուրը հանքագործներ այստեղ, ապա, կապիտան».

«հենց այդպես. Այդ հանքերը տարածվում ալիքների տակ նման հանքավայրերի նյուքասլ. Այստեղ, իրենց սուզվելու-զգեստներով, վերցնել կացինը եւ թիակ ձեռքին, իմ տղամարդիկ հանել այն ածուխ, որը ես չեմ էլ հարցնում, հանքերի երկրի. Երբ ես այրել սա դյուրավառ համար արտադրության նատրիումի, ծխի, փախչում է խառնարան է լեռը, տալիս այն տեսքը, որը դեռեւս ակտիվ հրաբխի. »

«իսկ մենք ձեր ուղեկիցներին տեսնելու ենք աշխատանքի՞ն»:

«ոչ, ոչ, այս անգամ գոնե, որովհետեւ ես շտապում եմ, շարունակելու ենք մեր սուզանավ շրջագայությունը երկրի վրա. Այնպես որ ես պետք է բավարարվել եմ նկարելու արգելոցի նատրիումի ես արդեն ունեն: ժամանակն է, բեռնման է մեկ օր միայն, եւ մենք շարունակում ենք մեր ճանապարհորդությունը այնպես որ, եթե դուք ցանկանում գնալ ավելի քարայր եւ դարձնել փուլը ծովածոց, դուք պետք է օգտվել մինչեւ այսօր, . »:

Ես շնորհակալություն է հայտնել նավապետը եւ գնաց փնտրելու իմ ուղեկիցները, որոնք դեռ չէր թողած իրենց տնակում: ես նրանց հրավիրեցի հետևել ինձ ՝ առանց ասելու, թե որտեղ ենք մենք: նրանք տեղադրեցին հարթակը: , ով զարմացած էր ոչինչ, թվում էր, նայում են դրան, քանի միանգամայն բնական է, որ նա պետք է արթնացնել տակ լեռը, հետո ընկել է քնած տակ ալիքների: բայց հողատարածք միտքը ոչ այլ ինչ է գտնելու, թե արդյոք այր որեւէ ելքը: նախաճաշից հետո, մոտ տասը ժամը, մենք գնացինք դեպի լեռը.

«այստեղ մենք, մեկ անգամ եւս հողի վրա», - ասել :

«ես կոչ չեմ անում այդ երկիրը», - ասել է կանադացի: «եւ բացի այդ, մենք չենք դրա վրա, բայց դրա տակ»:

Միջեւ պատերին լեռների ու լճի կդնի ավազոտ ափին, որը, իր մեծագույն լայնությունն, չափվում հինգ հարյուր ոտքերը. Այս հողի վրա կարելի է հեշտությամբ կատարել շրջայց է լիճը. Բայց բազան բարձր քարոտ էր գետնին, հրաբխային եւ կողպեքներ հսկայական պեմզա քարերի ընկած գեղատեսիլ . Բոլոր այդ առանձնատների զանգվածները, ծածկված էմալ, փայլուն է գործողության հրդեհների, շողաց փառահեղ լույսով մեր էլեկտրական լապտեր. Միկա փոշին ափին, աճող մեր ոտքի տակ, պես թռավ ամպի . Իսկ ներքեւի կացավ ուշադրությամբ, եւ մենք շուտով ժամանել է երկար զարտուղի լանջերին, կամ թեքահարթակներ, որը մեզ տարավ բարձր է աստիճանով. Բայց մենք պարտավոր էինք ուշադիր քայլել այդ կոնգլոմերատների, կապված են ոչ ցեմենտի, ոտքերը է հարթ բյուրեղյա, , եւ որձաքար.

Հրաբխային բնույթը այս հսկայական պեղումների հաստատել էր բոլոր կողմերին, եւ ես նշեց այն իմ ուղեկիցները:

«նկար ձեր անձերին», - ասել ես, «այն, ինչ այս խառնարանը պետք է լիներ, երբ լցված եռացող լավա, եւ երբ մակարդակը շիկացած հեղուկ բարձրացել է բացվածք լեռան, քանի որ թեեւ հալված գազաթին մի տաք ափսեի."

«ես կարող պատկերացնել, այն կատարելապես», - ասել է : «բայց, սըր, կարող եք ինձ ասել, թե ինչու է մեծ ճարտարապետը ն դադարեցրել գործողությունները, եւ ինչպես է այն է, որ հնոց փոխարինվում է հանգիստ ջրերի լճի».

«ամենայն հավանականությամբ, , քանի որ որոշ ցնցում տակ օվկիանոսում արտադրվում է, որ շատ բացման, որը ծառայել է որպես անցման համար . Ապա ջրերի ատլանտյան ներխուժել ինտերիերի լեռը. Պետք է լիներ մի սարսափելի պայքար միջեւ երկու տարրեր, մի պայքար է, որը ավարտվել է հաղթանակով, Նեպտունի բայց շատ տարիքի են սպառել վեր, իսկ ընկղմված հրաբուխ այժմ խաղաղասեր քարանձավ »:

«շատ լավ է», - պատասխանել հողը. «ես ընդունում եմ, բացատրությունը, սըր, բայց, մեր սեփական շահերից, ես ցավում եմ, որ բացումը, որը դուք խօսիմ չի կատարվել բարձր մակարդակի ծովի»:

«բայց, ընկերը », - ասել , «եթե ընդունումը չի եղել տակ ծովի, չէր կարող անցել դրան»:

Մենք շարունակեցինք աճել: այն քայլերը, դարձել է ավելի ու ավելի ուղղահայաց եւ նեղ: խորը պեղումները, որը մենք պարտավոր են անցնել, կտրել նրանց այստեղ, եւ այնտեղ. Զանգվածները պետք էր դիմել: մենք սայթաքեցինք ծնկներին և սողացինք երկայնքով: բայց ի ճարտարություն եւ կանադայի ուժը հաղթահարել բոլոր խոչընդոտները: մի բարձրությունը մոտ 31 ոտքերին բնույթը գետնին փոխվել առանց դառնում է ավելի հնարավոր է. Է համախմբություն ու հաջողվել սեւ բազալտ, առաջին շերտերի լի փուչիկները, վերջինս ձեւավորող հերթական , տեղադրված է նման սյունաշարով աջակցող գարնանը իսկայական պահոց, սքանչելի նմուշի բնական ճարտարապետության. Բլոկների միջեւ բազալտից վերքը երկար հոսքերի լավա, վաղուց ի վեր սառել, պատված է բիտումային ճառագայթների իսկ որոշ տեղերում էին տարածվել խոշոր գորգերը ծծումբ: ավելի հզոր լույս շողաց միջոցով վերին խառնարան, թափելու անորոշ կայծ են այդ իրաբխային դեպրեսիաների համար երբեւէ թաղված ծոցում այս հանգցրել են լերան վրայ. Բայց մեր դեպի վեր, երթը շուտով կանգ է առել մի բարձրության մոտ երկու հարյուր հիսուն ոտքերով կողմից անանցանելի խոչընդոտների: կար մի ամբողջական թաղածածկ մեզ, եւ մեր վերելքը փոխվեց մի շրջանաձեւ զբոսանքի. Ժամը վերջին փոփոխության բուսական կյանքի պայքար սկսեցին հետ հանքային. Որոշ թփեր և նույնիսկ որոշ ծառեր աճում էին պատերի կոտրվածքներից: ես ճանաչեցի որոշ հետ կծու շաքարի առաջիկա նրանցից. , բավականին անընդունակ արդարացնելու իրենց անունը, ցավոք, իրենց կլաստերների ծաղիկներից, այնպես էլ իրենց գույնը եւ օծանելիք կես գնացել. Այստեղ եւ այնտեղ որոշ քրիզանտեմներ աճել երկչոտ ստորոտին է հալվե երկար, հիվանդոտ փնտրում տերեւների. Բայց միջեւ հոսքերի լավա, ես տեսա, որ որոշ փոքրիկ դեռ փոքր բուրումնավետ, եւ ես ընդունում եմ, որ հոտ նրանց հիացմունքով: օծանելիք է հոգին ծաղիկ, եւ ծովային ծաղիկներ չունեն հոգի:

Մենք էինք ժամանել ստորոտին որոշ համառ -ծառերի, որոնք նախկինում մի կողմ իրել ժայռերի հետ իրենց ուժեղ արմատներին, երբ հողատարածք բացականչեց.

«ախ, պարոն, մի փեթակ! Փեթակ!"

«փեթակ»: ես պատասխանեցի, ժեստ անհաւատութիւնը:

«այո, մի փեթակ», կրկնեց կանադական », եւ մեղուները հոլ դրա շուրջ»:

Ես մոտեցա և պարտավոր էի հավատալ իմ սեփական աչքերին: կա մի փոս ծանծրացրել մեկում -ծառերի որոշ հազարավոր այդ հանճարեղ միջատների, այնքան տարածված է բոլոր կանարյան կղզիներում, եւ որի արտադրանքը այնքան շատ գնահատվում: բնականաբար, բավարար է, որ կանադացի մաղթել է հավաքել մեղր, եւ ես չկարողացա լավ ընդդիմանալ իր ցանկությունը: քանակն չոր տերեւների, խառնել ծծմբի, նա վառեց մի կայծ իր կայծքարի, եւ նա սկսեց ծխում դուրս մեղուները: որ հոլ դադարել են աստիճանով, իսկ փեթակ, ի վերջո, տվել մի քանի ֆունտ ամենաքաղցր մեղր, որի հետ հողատարածք լցված իր պայուսակ:

«երբ ես խառնվում այս մեղր հետ տեղադրեք կերակրողի պտղից», - ասել է նա, - «ես պետք է կարողանա առաջարկել ձեզ հյութեղ տորթ."

[կողմից: «հաց-պտուղը», արդեն փոխարինվել է « 'այս խմբ.]

«« իմ խոսքի », - ասել է ,« դա կլինի ճոխ »:

«երբեք դեմ ճոխ», - ասել է . «եկեք շարունակենք մեր հետաքրքիր քայլքը»:

Յուրաքանչյուր ուղու վրա, որին մենք հետևում էինք, լիճը հայտնվեց ամբողջ երկարությամբ և լայնությամբ: լապտերը վառեց իր ողջ խաղաղ մակերեսին, որը գիտեր, ո՛չ ծածանք, ոչ ալիք: նավատորմը մնաց անթերի անշարժ: պլատֆորմի վրա, եւ լեռան վրա, նավի անձնակազմի աշխատում էին նման սեւ ստվերների հստակ փորագրված դեմ լուսավոր մթնոլորտ: մենք այժմ շրջում ամենաբարձր կատարին առաջին շերտերի ժայռի որը պաշտպանել է տանիքը: ես տեսա, որ մեղուները էին ոչ միայն ներկայացուցիչները կենդանական թագավորության ի ներքին գործերի այդ հրաբխի. Թռչունների որս այստեղ, եւ այնտեղ է ստվերում, կամ փախել են իրենց գագաթին ժայռերի. Կային ճնճղուկ հոքս, սպիտակ դոշիկներ, եւ , եւ ներքեւ լանջերին , իրենց երկար ոտքերի, քանի նուրբ հաստծ : ես թողնում եմ, որ որեւէ մեկը պատկերացնել, թե ագահութիւն կանադայի ին հայացքից այս կծուծ ախորժակ բացող նախուտեստ խաղում, եւ արդյոք նա չի զղջում չունենալով հրացան: բայց նա արեց ամեն փոխարինել առաջատարը, ըստ քարերով, եւ, հետո, մի քանի ապարդյուն փորձերից, նրան հաջողվել է վիրաւորել եւ հարուածել մի հրաշալի թռչուն. Ինչպես ասում են, որ նա իր կյանքը վտանգի ենթարկեց քսան անգամ, մինչեւ հասնելը դա բացի ճշմարտությունից. Բայց նա կարողացավ այնքան լավ, որ արարած միացել է մեղր տորթեր իր տոպրակի մեջ. Մենք այժմ պարտավոր են իջնել դեպի ափը, զինանշանը դառնալով անիրագործելի: վերը մեզ խառնարան թվում էր, հորանջել, ինչպես բերանից մի ջրհոր: այս վայրում, երկինքը կարող է հստակ երեւում, եւ ամպերը, փարատված են արեւմուտքում քամու, թողնելով ետեւում նրանց, նույնիսկ գագաթաժողովին լեռան, իրենց մառախլապատ մնացորդները-որոշակի ապացույցներ, որ Նրանք ոչ միայն չափավոր բարձր, որովհետեւ հրաբուխ չի բարձրանա ավելի քան ութ հարյուր մետր բարձրության վրա `օվկիանոսի մակարդակից: կես ժամ անց է կանադայի վերջին շահագործել մենք էինք վերականգնել է ներքին ափին: մականուն բուսական ներկայացված էր խոշոր գորգերի ծովային բյուրեղյա, մի քիչ գործարանը շատ լավ է թթու, որը նույնպես կրում է անունը -քարի եւ ծովի սամիթ: - ը հավաքեց դրա մի քանի փաթեթ: ինչպես նաեւ կենդանական աշխարհին, ապա դա կարող է հաշվել է հազարավոր բոլոր տեսակի, , եւ այլն: - եւ, քամելեոն ծովախեցգետին, եւ մի մեծ շարք կճեպով, , եւ . Երեք քառորդը մեկ ժամ անց մենք, աւարտելով զարտուղի քայլել եւ ինքնաթիռում եղել է: անձնակազմը էր ավարտել բեռնելիս նատրիումի, եւ կարող էր այդ ակնթարթային. Բայց կապիտան նեմոն հրաման չի տվել: է նա ցանկանում է սպասել, մինչեւ գիշերը, եւ թողնել սուզանավ ընդունումը գաղտնի. Գուցե այդպես է: ինչ էլ որ այն կարող է լինել, հաջորդ օրը, , որ թողել է իր նավահանգստից, պարզ է ամբողջ երկիրը, մի քանի բակերում ալիքների տակ ատլանտյան օվկիանոսից:

Գլուխ

Սարգասոյի ծովը

Այդ օրը Նաուտիլուսը անցել է մի եզակի մասում ատլանտյան օվկիանոսում: ոչ ոք չի կարող անտեղյակ լինել գոյության ընթացիկ տաք ջրի հայտնի անունով . Ֆլորիդայի ծոցը թողնելուց հետո մենք գնացինք դեպի սփիցբերգենի ուղղությամբ: բայց մտնելուց առաջ ծոցի մեքսիկայի, մոտ 45 ° Է . ., այս ընթացիկ բաժանում է երկու ձեռքերով, մայր մեկի պատրաստվում դեպի ափին իռլանդիայի եւ նորվեգիայի, մինչդեռ երկրորդ դեպի հարավ մոտ բարձրության վրա . Ապա, շոշափելու աֆրիկյան ափին, եւ նկարագրում է օվալ, վերադառնում է անտիլյան կղզիներ այս երկրորդ -դա բավականին մանյակ է, քան - իր շրջանակների տաք ջուր, որ մասը սառը, հանգիստ, անշարժ օվկիանոսի կոչվում է ծովը, մի կատարյալ լիճը բաց : այն տեւում է ոչ պակաս, քան երեք տարի որպեսզի մեծ հոսանքն անցնի դրա շուրջը: նման էր տարածաշրջան Նաուտիլուսը այժմ այցելում, կատարյալ մարգագետին, մտերիմ գորգը լոռ, , եւ արեւադարձային հատապտուղների, այնպես որ, հաստ եւ այնքան կոմպակտ է, որ ցողունային մի նավի կարող հազիվ պոկել է իր ճանապարհը միջոցով այն. Եւ կապիտան , չկամենալով խառնակել իր պտուտակով այս խոտի զանգվածի, պահեց որոշ բակերում տակ մակերեսի ալիքների: անունը գալիս է իսպանական «» բառից, որը նշանակում է խոզապուխտ: այս լամինարիա, կամ հատապտուղ-բույս, այն է, որ սկզբունքային ձեւավորումն այդ հսկայական բանկի. և դա է պատճառը, որ այս բույսերը միավորվում են ատլանտի խաղաղ ավազանում: միակ բացատրությունը, որը կարող է տրվել, - ասում է նա, ինձ թվում է հանգեցնել փորձից հայտնի է ամբողջ աշխարհում: տեղադրել է մի ծաղկաման որոշ դրվագներ խցան կամ այլ լողացող մարմնի, եւ տալիս է ջրի մեջ ծաղկամաններ շրջանաձեւ շարժում, ցրված բեկորները կմիավորվեն մի խումբ կենտրոնում հեղուկ մակերեսի, այսինքն, ի մասով նվազագույն գրգռված: է երեւույթի ենք նկատի, ատլանտյան ծաղկաման, շրջանաձեւ ընթացիկ եւ ծովը կենտրոնական կետն է, որի լողացող մարմինները միավորվեն:

Ես կիսում եմ կարծիքը, եւ ես կարողացել է ուսումնասիրել երեւույթը հենց մեջտեղը, որտեղ անոթները հազվադեպ թափանցում: մեզանից վեր ՝ բոլոր տեսակի լողացող ապրանքներ, որոնք հավաքվել էին այս գորշ բույսերի մեջ. Ծառերի կոճղերը պատռված է անդերի կամ ժայռոտ լեռների, եւ կողմից ամազոնի կամ միսիսիպի բազմաթիվ խարխուլ, մնում , կամ նավերի , կողք- վառարան, եւ այնքան կշռված կճեպով եւ , որ իրենք չեն կարող կրկին բարձրանալ է մակերեսի: եւ ժամանակը ցույց կտա, մեկ օր արդարացնել մյուս կարծիքը, որ այդ նյութերը այդպիսով կուտակված համար տարիքի կդառնա քարացած է գործողության ջրի եւ ապա ձեւավորել անսպառ ածուխ հանքավայրերի թանկարժեք պահուստ կողմից պատրաստված հեռու սրաթափանց բնության համար այն պահին, երբ տղամարդիկ պետք է սպառել հանքերն մայրցամաքներում:

Ի մեջ այդ անելանելի զանգվածի բույսերի եւ ծովի մոլախոտերի ես նկատեցի որոշ հմայիչ վարդագույն եւ , իրենց երկար հետո նրանց, եւ , կանաչ, կարմիր, եւ կապույտ.

Ամբողջ օրը, փետրվարի 22-ին մենք անցել է ծովի, որտեղ նման ձուկ, ինչպես են մասնակի ծովային բույսերի գտնելու առատ սնուցում: հաջորդ, օվկիանոսի էր վերադարձել է իր սովորական առումով: այս ժամանակի համար տասնինն օր է, սկսած 23 փետրվարի 12-մարտի պահվում է կեսին , մեզ տանում է հաստատուն արագությամբ հարյուր լիգաներում քսանչորս ժամվա ընթացքում: կապիտան ակներեւաբար նախատեսված կատարելու իր ստորջրյա ծրագիրը, եւ ես պատկերացնել, որ նա նպատակ, այն բանից հետո, կրկնապատկելով , վերադառնալ ավստրալիայի ծովերի եւ խաղաղ օվկիանոս: հողը վախի պատճառ էր դարձել: այս մեծ ծովերում, կղզիներից զուրկ, մենք չէինք կարողանա փորձել լքել նավը: ոչ էլ մենք որեւէ միջոց ընդդիմանում կապիտան կամքը: մեր միակ ուղին էր ներկայացնել. Բայց այն, ինչ մենք կարող ոչ շահ ուժով, ոչ էլ խորամանկ, ես սիրում էր մտածել, կարող է ձեռք բերել հայացքներից: այս նաւարկութիւնը ավարտվեց, չէր նա չհամաձայնվեց է վերականգնել մեր ազատություն, համաձայն երդումով երբեք բացահայտել իր գոյությունը? - երդումը պատվի, որը մենք պետք է կրոնական պահվում: բայց մենք պետք է հաշվի առնենք, որ նուրբ հարց է ավագ. Բայց ես ազատ էի պահանջել այդ ազատությունը: եթե նա ինքը ասել է սկզբից, ի ձեւով, որ գաղտնիքը իր կյանքի բռնագանձվում նրան, մեր հարատեւ ազատազրկման խորհրդի . Եւ չէր իմ չորս ամիսների լռությունը հայտնվում է նրա լուռ ընդունում մեր իրավիճակում. Եւ չէր վերադարձ դեպի առարկայի արդյունքի բարձրացման կասկածները, որոնք կարող են վնաս պատճառել մեր նախագծերին, եթե ինչ-որ ապագա ժամանակ բարենպաստ հնարավորություն առաջարկել է վերադառնալ նրանց.

Ընթացքում տասնիննն օրերի վերը նշված, որեւէ միջադեպ ցանկացած տեսակի տեղի է ունեցել մեր նավարկությունը: ես տեսա նավապետի քիչ մասը. Նա աշխատանքի էր: գրադարանում ես հաճախ գտել է իր գրքերն բաց է, հատկապես բնական պատմության մեջ: իմ աշխատանքը սուզանավ խորքերը, խաբված ավելի քան, ըստ նրա, ծածկված էր լուսանցքներում, հաճախ հակասական իմ տեսությունների եւ համակարգերի, բայց նավապետը բավարարվեց իրեն հետ, այդպիսով լուծողական իմ աշխատանքը. Դա շատ հազվադեպ է նրան քննարկել այն ինձ հետ. Երբեմն ես լսել է մելամաղձոտ տոննա նրա օրգանի. Բայց միայն գիշերը, ի մեջ խորին խավարից, երբ նաուտիլուսը քնում վրա ամայի օվկիանոսում: ընթացքում այս հատվածում մեր ճամփորդության նաւարկեցինք ամբողջ օր է մակերեսի ալիքների: ծովը կարծես լքված էր: մի քանի ծովագնացություն, նավեր, ճանապարհի վրա է հնդկաստան, անում էին համար, հրվանդանի լավ հույսի: մեկ օր էինք հաջորդում է նավակների մի , ով, ոչ մի կասկած, ինչ արեց մեզ ինչ-որ իսկայական կետ մեծ գնով. Բայց կապիտան չի ցանկանում իր արժանի կրթաթոշակառուներին է կորցնել իրենց ժամանակը եւ խնդիրներ, այնպես որ, ավարտվեց կողմից խորասուզվել ջրի տակ: մեր նավարկությունը շարունակվեց մինչև մարտի 13-ը; այդ օրը նաուտիլուսը աշխատում էր հաշվի , որը մեծապես շահագրգռված է ինձ: մենք այնուհետեւ կազմել է մոտ 13,000 լիգաներում, քանի որ մեր մեկնումից ից բարձր ծովերի եւ խաղաղ օվկիանոս: առանցքակալներ մեզ տվեց 45 ° 37 '. Լատ., և 37 ° 53 'վտ: երկար. Դա նույնն էր ջուրը, որի նավապետը է հնչեց 7000 առանց գտնելու հատակին: այնտեղ եւս, լեյտենանտ , քան ամերիկյան ֆրեգատի համագումարի, չէր կարող դիպչել հատակին հետ 15,140 : կապիտան նախատեսված ձգտում է ներքեւի օվկիանոսում է շեղակի բավականաչափ երկարաձգվել միջոցով կողային ինքնաթիռների տեղադրված է մի անկյան տակ 45 ° հետ ջրագծի վրա . Ապա պտուտակով մտադիր է աշխատել իր առավելագույն արագությամբ, դրա չորս շեղբեր ծեծի ալիքների հետ ուժի մեջ: սույն հզոր ճնշման, կմախք է դողում նման մի հնչեղ ակորդը եւ պարբերաբար ջրի տակ:

Ժամը 7000 ես տեսա մի քանի սլավուն գագաթներով աճում միջից ջրերի. Բայց այդ գագաթնաժողովները կարող է պատկանել բարձր լեռներում, ինչպիսիք հիմալայներից կամ , նույնիսկ ավելի բարձր է. Եւ խորությունը անդունդ անհամար. Չնայած մեծ ճնշմանը, նավատորմը իջնում էր դեռ ավելի ցածր: ես զգացի, որ պողպատե սալերը դողում էին պտուտակների ամրացման վրա. Նրա ծողերը թեքում էին, դրա միջնապատերը հառաչում էին. Սրահի պատուհանները կարծես կորում էին ջրերի ճնշման տակ: եւ դա ամուր կառույց անկասկած, տվել են իրենց, եթե, քանի որ դրա կապիտան ասել էր, որ դա չի եղել, որոնք ընդունակ են դիմադրության նման ամուր բլոկի: մենք հասել խորություն 16000 բակերում (չորս լիգաների), եւ կողմերը ապա ծնեց մի ճնշումը 1600 միջավայրից, այսինքն, 3200 . Յուրաքանչյուր քառակուսի երկու հինգերորդով մի թիզ իր մակերեսին.

«ինչ իրավիճակում պետք է լինել»: ես բացականչեցի: «է անցնել այդ խոր շրջանները, որտեղ մարդը երբեք չի կոխ! Նայում, կապիտան, նայում այդ հոյակապ ժայռերի, այդ չբնակեցված , այդ ամենացածր բնիկների աշխարհում, որտեղ կյանքը այլեւս հնարավոր, ինչ անհայտ տեսարժան վայրեր այստեղ, թե ինչու մենք պետք է անկարող է պահպանել վերացնեմ նրանց յիշատակը ».

«կցանկանայիք իրականացնել հեռու ավելի, քան յիշատակի». - ասել է կապիտան :

«ի՞նչ նկատի ունեք այդ խոսքերով»:

«ես ասել, որ ոչինչ ավելի հեշտ է, քան կարելի է կատարել լուսանկարչական տեսակետը այս սուզանավ տարածաշրջանում»:

Ես չեմ ժամանակ արտահայտել իմ զարմանքը այս նոր առաջարկություն, երբ, ժամը կապիտան կոչին, որը նպատակն էր բերվում է սրահում: միջոցով լայնորեն բացված վահանակի, հեղուկը էր պայծառ էլեկտրականությամբ, որին բաշխված նման միօրինակության, որ ոչ թե ստվերային, ոչ թե աստիճանավորում, էր որ կարելի է տեսնել մեր արտադրվող լույսի. Մնաց անշարժ, ուժը իր պտուտակով կողմից թեքում իր ինքնաթիռների, գործիքը հենված է ներքեւի մասում օվկիանոսային կայքում, եւ մի քանի վայրկյան, մենք ստացել կատարյալ բացասական:

Բայց, գործողությունը լինելով, կապիտան ասել է. «եկեք գնանք մինչեւ, մենք չպետք է չարաշահում ենք մեր դիրքորոշումը, եւ ոչ էլ բացահայտում չափազանց երկար է նման մեծ ճնշման»:

«նորից վեր կաց»: ես բացականչեցի:

«լավ պահիր»:

Ես չեմ ժամանակ հասկանալ, թե ինչու է նավապետը զգուշացրել է ինձ այսպիսով, երբ ես նետում սպասում է գորգի վրա: մի ազդանշան է կապիտանի, նրա պտուտակով էր առաքվել, եւ նրա շեղբեր բարձրացրել ուղղահայաց. Կրակել օդ նման մի փուչիկ է, աճում 22մեցնող արագությամբ, եւ կտրում զանգվածը ջրերի հետ հնչեղ քարոզչությունից: ոչինչ չէր երևում; եւ չորս րոպե է, որ կրակել միջոցով չորս լիգաներում, որոնք առանձնացված այն օվկիանոսում, եւ, հետո ձեւավորվող նման էր թռչող-, ընկավ, դարձնելով ալիքները ընկրկել է իսկայական բարձրության:

Գլուխ

եւ

Ընթացքում գիշեր 13 եւ 14-երթը վերադարձել է իր հարավային ընթացքում: ես թվաց, որ երբ մի մակարդակի հետ , նա կդառնար դեկին արեւմուտք, որպեսզի հաղթել ծովերի, եւ այսպես ավարտելու շրջայց է աշխարհում: նա ոչինչ չի արել այդ տեսակի, բայց շարունակեց իր ճանապարհը դեպի հարավային շրջաններում: ուր էր գնում բևեռին: դա խելագարություն էր: ես սկսեցի մտածել, որ հրամանատարի խենթություն արդարացված հողի մտավախությունները: որոշ ժամանակ անց կանադացին ինձ հետ չէր խոսել իր թռիչքի նախագծերի մասին. Նա ավելի քիչ շփվող էր, համարյա լուռ: ես կարող էի տեսնել, որ այս երկար ազատազրկումը քաշով նրա վրայ, ու ես զգացի, որ զայրույթ էր այրվում է իրեն: երբ նա հանդիպել է նավապետը, նրա աչքերը փայլատակեցին ճնշվել բարկութեան եւ ես վախենում է, որ իր բնական բռնությունը կարող է հանգեցնել նրան ինչ - որ ծայրահեղ. Որ օրը, 14-րդ-ին, եւ նա եկավ ինձ իմ սենյակում: ես հետաքրքրվեցի նրանց այցի պատճառը:

«մի պարզ հարց է ուղղել ձեզ, սըր», - պատասխանեց է կանադայի.

«խոսիր, չես»:

«քանի՞ մարդ կա այդ նավատորմում:

«ես չեմ կարող ասել, իմ ընկեր».

«ես պետք է ասեմ, որ իր աշխատանքային չի պահանջում մեծ անձնակազմին:»:

«իհարկե, համաձայն գոյություն ունեցող պայմաններում, տասը մարդ, ամենաշատը, պետք է լինի բավարար է»:

«լավ, ինչու՞ այլևս պետք է լինի»:

«ինչո՞ւ»: ես պատասխանեցի, նայելով սեվեռած հողի, որի իմաստը հեշտ է կռահել: «քանի որ,« ես ավելացրել է, որ «եթե իմ ենթադրում են ճիշտ, եւ եթե ես լավ հասկանում ավագի գոյությունը, ապա է ոչ միայն նավը դա նաեւ մի ապաստան նրանց համար, ովքեր, ինչպես նրա հրամանատար, կոտրել են ամեն կապել երկրի վրա »:

- գուցե այդպես է, - ասաց կոնսիլը; «բայց, ամեն դեպքում, ապա կարող է պարունակել միայն որոշակի քանակությամբ տղամարդկանց. Ձեզ չհաջողվեց, սըր, գնահատել դրանց առավելագույնը»:

«ինչպե՞ս, զամբյուղ»:

«հաշվարկով, հաշվի առնելով չափը նավի, որը դուք գիտեք, թե, սըր, եւ, հետեւաբար, քանակի օդում պարունակում, իմանալով նաեւ, թե որքան յուրաքանչյուր մարդ խթանում է շունչ, եւ համեմատելով այդ արդյունքները, ինչպես նաեւ այն փաստը, որ նաուտիլուսը պարտավոր է գնալ մակերեսի յուրաքանչյուր քսանչորս ժամ ».

չէր վերջացրել նախադասությունը մինչեւ ես տեսա, թե ինչ է նա վարում էր.

«ես հասկանում եմ», - ասել ես. «բայց որ հաշվարկը, թեեւ պարզ չէ, կարող է տալ, բայց շատ անորոշ արդյունք է»:

- երբեք մի՛ մտածիր, - շտապ ասաց ցամաքային հողը:

- ահա, ահա, - ասաց ես: «մեկ ժամ իւրաքանչիւրը սպառում թթվածին պարունակած քսան լիտր օդ, եւ քանչորս, որ պարունակում է 480 գալոն լցրեք. Մենք պետք է, հետեւաբար գտնել, թե քանի անգամ է 480 գալոն լցրեք օդում նաուտիլուսը պարունակում»:

«պարզապես», - ասում :

«կամ,« ես շարունակեցի. «չափը լինելու 1500 տոննա, իսկ մեկ տոննա անցկացման 200 գալոն լցրեք, այն պարունակում է 300.000 լիտր օդ, որը, բաժանված 480, տալիս է քանորդ է 625. Որը նշանակում է ասել, խիստ ասած , որ օդը պարունակվող կիերիքի 625 տղամարդկանց համար քսանչորս ժամվա ընթացքում: »:

«վեց հարյուր քսանիինգիինգ»: կրկնել .

«սակայն հիշեք, որ մենք բոլորս, ուղեւորների, նավաստիները, եւ սպաներ ընդգրկված, չէր ձեւավորել տասներորդ մասը այդ թվի մասին»

«երեք տղամարդու համար դեռ շատ», - մրթմնջաց ագռավը:

Կանադացին սեղմեց գլուխը, ձեռքը փոխանցեց ճակատին և դուրս եկավ սենյակից ՝ առանց պատասխանելու:

«եք թույլ տվեք կատարել մեկ դիտարկումը, սըր». Ասաց կոնսիլը: «աղքատ կարոտ է ամեն ինչ, որ նա չի կարող ունենալ: Նրա անցյալը, որ կյանքը միշտ ներկա է նրան, ամեն ինչ, որ մենք արգելվում է ցավում. Նրա գլուխը լի է հին հիշողություններով, եւ մենք պետք է հասկանանք, նրան թե ինչ է նա պետք է անել այստեղ ? Ոչինչ, նա չի իմացել, ինչպես ձեզ, սըր, եւ ունի ոչ նույն համն համար ծովի, որ մենք ունենք. Ինքը ռիսկի ամեն ինչ, որպեսզի կարողանանք գնալ անգամ ավելի շատ են պանդոկում իր սեփական երկրում »:

Իհարկե, միապաղաղություն է խորհրդի, հավանաբար, անհանդուրժելի է կանադական, սովոր, քանի որ նա էր մի կյանքի ազատության ու գործունեությանը: իրադարձությունները հազվադեպ են եղել, որոնք կարող են արթնացնել նրան ցանկացած շունին ոգու. Բայց այդ օրը մի իրադարձություն եղավ, որը հիշեցրեց բռունցքի պայծառ օրերը: մոտ տասնմեկին ի առավոտյան, լինելով վրա մակերեւույթը օվկիանոսում, որ ընկել է մի ջոկատ - բախվում, որոնք չէին զարմացնել ինձ, իմանալով, որ այդ արարածները, է մահվան էր ապաստանել է բարձր լայնություններում:

Մենք նստած էինք հարթակի վրա ՝ հանգիստ ծովով: հոկտեմբեր ամսվա այդ լայնություններում մեզ տրվեցին գեղեցիկ աշնանային օրեր: այն էր, որ կանադական նա չի կարող լինել սխալվում-ով ազդանշան է մի կետ արեւելյան հորիզոնում: փնտրում ուշադրությամբ, մեկը կարող է տեսնել իր սեւ մեջքի աճ եւ ընկնելու հետ ալիքների հինգ մղոն հեռավորության վրա .

«ահ»: բացականչեց հողը », - եթե ես խորհրդի մի կետորսանավ, այժմ, այդ հանդիպումը կտա ինձ հաճույք դա մեկն է խոշոր չափի տեսնել, թե ինչ ուժ իր հարված անցքեր նետում մինչեւ սյուները օդում է գոլորշու!

Շփոթել այն, թե ինչու եմ ես կապու՞մ եմ այս պողպատե թիթեղները »:

«ինչ, », - ասել ես, «դուք չեք մոռացել, ձեր հին գաղափարները ձկնորսության»:

«կարո՞ղ է երբևէ ձկնորսը մոռանալ իր հին առևտուրը, պարո՛ն, կարո՞ղ է նա երբևէ հոգնել այդպիսի հալածանքների հետևանքով առաջացած հույզերից»:

«դուք երբեք չեք ձկնորսել այս ծովերում, չե՞ք»:

«երբեք, սըր, որ հյուսիսային միայն, եւ որքան է , ինչպես նեղուցներին»:

«ապա հարավային կետ դեռեւս անհայտ է ձեզ. Դա այն կետ եք մինչեւ այս պահին, եւ որ չի ռիսկի անցնելով տաք ջրերի հասարակածից. Են տեղայնացված, ըստ իրենց տեսակի, որոշ ծովերի որը նրանք երբեք չեն լքում. Եւ եթե այդ արարածների գնաց դեւիսի նեղուցների, այն պետք է լինի, պարզապես, քանի որ կա մի հատվածը մեկ ծովի մյուս, կամ ամերիկյան կամ ասիական կողմում »:

«այդ դեպքում, քանի որ ես երբեք չեմ սիգը սպառվում է այդ ծովերի, ես չգիտեմ, թե այդպիսի կետ նրանց»

«ես ձեզ ասել եմ, »:

«ավելի մեծ պատճառ է կատարելու իրենց ծանոթ», - ասել է :

«նայիր, նայիր»: բացականչեց կանադացին, «նրանք մոտենում են. Նրանք սրում են ինձ, նրանք գիտեն, որ ես չեմ կարող նրանց մոտենալ»:

կնքվում է իր ոտքերը: Նրա ձեռքը, վախէն դողալով, քանի որ նա ըմբռնում է երեւակայական եռաժանի.

«որոնք են այդ , ինչպես մեծ, որքան այն, հյուսիսային ծովերի». Յարցրեց նա:

«շատ գրեթե, »:

«քանի որ ես տեսել խոշոր կէտեր, սըր, չափման հարյուր ոտքերը. Ես նույնիսկ ասել են, որ նրանք, ովքեր եւ , որ կղզիներ, երբեմն մի հարյուր հիսուն ոտնաչափ երկարություն."

«որ ինձ թվում է, չափազանցություն: այդ արարածներ են միայն մատուցվող կռնակի , եւ, նման են, ընդհանուր առմամբ, շատ ավելի փոքր է, քան կետ»:

«ահ»: բացականչեց կանադական, որի աչքերը երբեք չի հեռացել օվկիանոսում », նրանք գալիս են , նրանք գտնվում են նույն ջրի որպես »:

Ապա վերադառնալով խոսակցությանը ՝ նա ասաց.

«դուք խոսում էր կաշալոտ որպես փոքր արարածի ես լսել եմ, իսկայական նորերը. Նրանք խելացի կիտազգի. Այն, որ ոմանք, որ դրանք ընդգրկում են իրենց հետ լոռ եւ , եւ ապա փորձ է արվում կղզիների. Մարդիկ իջեւան անոնց վրայ, եւ բնակություն հաստատեք այնտեղ, կրակ վառեց »

«եւ կառուցել տները», - ասել :

- այո, կատակ, - ասաց նեղ հողը: «և մի լավ օր արարածը թափվում է, և իր հետ բերում է բոլոր բնակիչներին ծովի հատակին»:

«նման բան ճամփորդությունների է ,« ես պատասխանեցի, ծիծաղում:

«ահ»: հանկարծ բացականչեց հող, «դա ոչ թե մեկ կետ, կան տասը-կան քսան-դա մի ամբողջ բազմություն. Եւ ես ի վիճակի չէ որեւէ բան անել! Ձեռքերն ու ոտքերը կապած»

«բայց, ընկերը », - ասել , «ինչու չեք հարցնում կապիտան թույլտվություն է հետապնդելու նրանց».

 չէր ավարտել իր պատիժն է, երբ բեռնել հողամասը իջեցվել իրեն միջոցով վահանակի ձգտում է նավապետը: մի քանի րոպե անց երկուսը միասին հայտնվեցին հարթակում:

Կապիտան նեմոն նայում էր ջրիմուռի զորքին, որը ջրերի վրա խաղում էր ծովագնացությունից մի մղոն հեռավորության վրա:

«նրանք են հարավային կետերը», - ասել է նա. «այնտեղ գնում է - ի ամբողջ նավատորմի բախտը»:

«լավ, սըր», հարցրեց կանադական «չեմ կարող հետապնդելու նրանց, եթե միայն հիշեցնել ինձ իմ հին առեւտրի ».

«և ի՞նչ նպատակով»: պատասխանեց կապիտան նեմո; «միայն ոչնչացնելու համար, մենք ոչ մի ընդհանուր բան չունենք նավում գտնվող նավթի նավթի հետ»:

«բայց, սըր», - շարունակեց կանադական «կարմիր ծովը եք թույլ տվեց մեզ հետեւել »:

«ապա դա եղել է ձեռք բերել թարմ միս իմ անձնակազմի. Այստեղ այն կլինի սպանում սպանելու համար հանուն. Ես գիտեմ, որ դա արտոնություն վերապահված մարդու համար, բայց ես չեմ ընդունում նման սպանիչ ժամանցին: կործանել հարավային կետ (նման է գրենլանդիայի , որը վիրավորական արարած), ձեր վաճառականները անել մի գործողություն, վարպետության երկիրը. Նրանք արդեն դատարկվել ամբողջը ի , եւ քայքայում է դաս օգտակար կենդանիների. Չեռանալ դժբախտ կետանմանները միայնակ. Նրանք ունեն շատ բնական թշնամիների , թուրն ու սղոց. Առանց նրանց անհանգստացնելու »:

Նավապետը ճիշտ էր: բարբարոսական եւ անուշադիր ագահությունը այդ ձկնորսների, մի օր կարող է առաջացնել անհետացման վերջին կետ օվկիանոսում: հողատարածք սուլեց «-խզբզոց», նրա ատամների արանքից, հրել է իր ձեռքերը իր գրպանները, եւ դիմել է իր մեջքը մեզ վրա: բայց կապիտան դիտեցին ջրկատ կետանմանները, եւ, դիմելով ինձ, ասաց.

«ես ճիշտ էր ասում, որ ունեցել բնական թշնամիներ բավարար, առանց հաշվելու մարդուն. Սրանք ստիպված շատ անելիքներ երկար. Տեսնում եք, մ. , մոտ ութ մղոն քամուց պաշտպանվածծ հողմահակառակ, այդ սլավուն շարժվող միավոր»:

«այո, կապիտան», - պատասխանեցի ես:

«նրանք, ովքեր -սարսափելի կենդանիներ, որոնք ես հանդիպել է զորքերի երկու կամ երեք հարյուր., ինչպես նաեւ նրանց, որ նրանք դաժան, չար արարածներ, նրանք կլինի հենց մակաբույծների նրանց»:

Վերջին խոսքերով արագորեն շրջվեց կանադացին:

«լավ, կապիտան», - ասաց նա, - «դա դեռ ժամանակ է, շահ »:

«անիմաստ է ենթարկում մեկի ինքնակառավարման պրոֆեսոր է: կլինի ցրել նրանց: այն զինված է պողպատի գնդակն ուղարկեց դեպի որպես լավ, քանի որ տերը հողի եռաժանի, ես պատկերացնում եմ»:

Կանադական չի դնում իրեն դուրս է վիճակվել թոթվում ուսերը: հարձակումը կիտազգի հարվածելով մի գնդակն ուղարկեց դեպի! Ով երբևէ լսել է նման բանի մասին:

«սպասել, մ. », - ասել է կապիտան : «մենք ձեզ ցույց կտանք մի բան, որը դուք դեռ չեք տեսել: մենք խղճահար չենք այդ վայրագ արարածների համար: նրանք ոչ այլ ինչ են, քան բերանը և ատամները»:

Բերանը եւ ատամները. Ոչ ոք չի կարող ավելի լավ նկարագրել այն կաշալոտ, որը երբեմն ավելի քան յոթանասուն-հինգ ոտնաչափ երկարությամբ: նրա հսկայական գլուխը զբաղեցնում է իր ամբողջ մարմնի մեկ երրորդը: ավելի լավ է զինված, քան կետ, որի վերին ծնոտի կահավորված է միայն կետոսկր, որ մատակարարվում է քսանիինգ խոշոր ժանիքների, մոտ ութ դյույմ երկարությամբ, գլանաձեւ եւ կոնաձլ վերեւում, յուրաքանչյուր քաշով երկու ֆունտ: այն գտնվում է վերին մասում այս հսկայական ղեկավարի, մեծ բաժանված , որ պետք է ավելացնել վեց ութ հարյուր ֆունտ այդ թանկարժեք յուղով, որը կոչվում է : կաշալոտ է անդուր արարած, ավելի շերեփուկ քան ձուկ, ըստ նկարագրության: այն վատ ձեւավորվում, ամբողջ իր ձախ կողմում է (եթե կարելի է ասել, որ այն), որը «ձախողումը», եւ լինելով միայն կարող է տեսնել իր աջ աչքը. Բայց ահեղ զորքերի մոտենում մեզ: նրանք տեսել եւ պատրաստվում էին հարձակվել նրանց. Ոք չէր դատել նախապես որ կլինի հաղթական, ոչ միայն այն պատճառով, որ նրանք ավելի լավ կառուցվել է հարձակման, քան իրենց անշառ հակառակորդներէն, այլ նաեւ այն պատճառով, որ նրանք կարող է մնալ ավելի երկար են ջրի տակ, առանց գալիս է մակերեսին. Կար միայն պարզապես ժամանակն է գնալ օգնությամբ . Նավատորմը ջրի տակ էր ընկել: , հողը, եւ ես վերցրել մեր տեղերը մինչեւ պատուհանից սրահում, եւ կապիտան միացավ օդաչուին է իր վանդակի աշխատել իր ապարատը որպես շարժիչ ոչնչացման. Շուտով ես զգացի ծեծի ենթարկված պտուտակային արագանալ, եւ մեր արագությունն աճել: ճակատամարտը միջեւ ու արդեն սկսվել է, երբ ժամանել: նրանք չեն առաջին հերթին ցույց տալ որեւէ վախ է աչքում այս նոր հրեշ միանալու է հակամարտության: բայց շուտով նրանք ստիպված են պահակ դեմ իր հարվածներից: թե ինչ պայքար. Ոչ այլ ինչ էր ահռելի եռաժանի, ծածանում ձեռքով, իր ավագ. Դա նետեց իրեն դեմ մոտ զանգվածի, որն անցնում է մի մասը, մյուս կողմից, ետեւում թողնելով դրա երկու դողդոջուն մասերը կենդանու. Դա չի կարող զգալ ահռելի հարվածներ են իրենց է իր կողմերից, ոչ էլ շոկային, որը արտադրում է իրեն, շատ ավելի: մեկ կաշալոտ սպանվել, դա վազեց հաջորդ, վրա տեղում, որ այն կարող է ոչ կարոտում իր զոհին, պատրաստվում հարձակվողներ եւ հետընթաց, պատասխանելով իր ղեկին, ընկղմվող երբ սուզվել մեջ խորը ջրերում, գալիս, երբ այն վերադարձել է մակերեւույթը, հարվածեցին այն առջեւի կամ ծուռ, կտրում, կամ կատաղի բոլոր ուղղություններով, եւ ցանկացած տեմպերով, ծակող այն իր սարսափելի գնդակն ուղարկեց դեպի: թե ինչ կոտորած! Թե ինչ աղմուկ է մակերեսի ալիքների! Թե ինչ սուր սուլոցը, եւ այն, ինչ բնորոշ է այդ գազազած կենդանիների! Մեջտեղ այդ ջրերի, ընդհանուր առմամբ, այնքան խաղաղ, անոնց պոչերը կազմել կատարյալ : մեկ ժամ այս մեծածախ ջարդը շարունակվում է, որից չի կարող փախչել. Մի քանի անգամ տասը կամ տասներկու միանական փորձել է երկրպագուին են իրենց քաշը. Պատուհանից մենք կարող ենք տեսնել իրենց հսկայական բերանները, հետ ժանիքների, եւ նրանց ահեղ աչքերը. Երկիրը նրանց չէր պարունակել իրեն. Նա սպառնաց և երդվեց նրանց վրա: մենք կարող ենք զգալ դրանք է մեր նավի նման շներ հուզող մի վայրի մի : բայց , աշխատում է իր պտուտակ, իրականացվում է նրանց այստեղ, եւ այնտեղ, կամ վերին մակարդակներում օվկիանոսում, առանց հոգատար իրենց ահռելի քաշով, ոչ էլ հզոր լարվածություն է նավի վերաբերյալ. Ժամը երկարությամբ զանգվածը սկսվեց, ալիքները դարձան հանգիստ, եւ ես զգացի, որ մենք բարձրանում է մակերեսին. Վահանակը բացվել, եւ մենք շտապեցինք դեպի հարթակ: ծովն ալ ալեկոծ էր ծածկված խոշտանգված դիակներ: ահռելի պայթյուն չէր կարող բաժանել եւ պատռել այս մոտ զանգվածը ավելի բռնության: մենք լողում էին պայմաններում հսկայական մարմինների, կապտություն է հետեւի եւ սպիտակ տակը, ծածկված հսկայական : որոշ սարսափելի պահախաղեր թռչում էին դեպի հորիզոն: ալիքները էին, կարմիր ներկված է մի քանի մղոն, եւ է ծովում արյան: կապիտան միացավ մեզ:

«լավ, վարպետ երկիր»: ասաց նա:

«լավ, սըր», - պատասխանեց կանադայի որի խանդավառությունը էր որոշ չափով հանգստացրել. «դա մի սարսափելի տեսարան, իհարկե, բայց ես ոչ մի մորթել. Ես մի որսորդ, եւ կոչ եմ անում դա մի սպանդանոց»:

«դա մի ջարդը չար արարածների», - պատասխանել նավապետը. «իսկ չէ մի մսագործ է դանակ»:

«ես սիրում եմ իմ եռաժանի ավելի լավ», - ասաց կանադական:

- ամեն մեկը իր անձին, - պատասխանեց կապիտանը ՝ հաստատ նայելով չքավոր երկիրը:

Ես վախեցա, որ նա պարտավորվում է որոշակի բռնարարքը, որը պետք է վերջ տխուր հետեւանքների: բայց նրա բարկութիւնը դիմել է աչքում մի կետ, որի նաուտիլուսը էր հենց գալ: Էակը չէր այնքան էլ փախչելով կաշալոտ ատամները. Ես ճանաչել է հարավային կետ իր տափակ գլուխը, որը ամբողջությամբ սեւ. Անատոմիական, դա առանձնանում է սպիտակ կետ եւ հյուսիս կաբո կետ կողմից յոթ արգանդի վզիկի , եւ այն ունի երկու կողերը, քան իր : ցավալի էր պառկած է իր կողքին, անընդհատ անցքերի ից խայթոցների դեմ, եւ միանգամայն մեռած. Իր խեղված դեռ կախել է մի երիտասարդ կետ, որը դա չի կարող փրկել կոտորածի: նրա բաց բերանը, թող ջրի հոսքը եւ դուրս, նման ալիքների կրճատել են մազութի ափին. Կապիտան մոտ է դիակի արարածի: նրա երկու տղամարդկանց հեծյալ իր կողմը, եւ ես տեսա, ոչ առանց անակնկալի, որ նրանք մոտենում է իր դոշիկներ բոլոր կաթի, որը նրանք պարունակվող, այսինքն, մոտ երկու կամ երեք տոննա: կապիտանն ինձ առաջարկեց մի բաժակ կաթ, որը դեռ տաք էր: ես չէի կարող օգնել, ցույց իմ զզվանքը խմիչքը. Բայց նա հավաստիացրեց ինձ, որ դա հիանալի է, եւ ոչ թե պետք է տարանջատվի կովի կաթից: ես ճաշակել այն, եւ էր իր կարծիքով: դա մի օգտակար ռեզերվ է մեզ, որովհետեւ վիճակում աղի կարագի կամ պանիր է, որ ծեւավորել է հաճելի բազմազանություն մեր սովորական սննդի. Այդ օրվանից ես նկատել , որ հողի նկատմամբ անբարյացակամ վերաբերմունք կապիտան աճել, եւ ես որոշեցի հետեւել է կանադական ի ժեստեր սերտորեն.

Գլուխ

Սառցեբերգը

անշեղորեն հետապնդելով իր հարավային ընթացքը, հետեւելով հիսուներորդ զենիթ զգալի արագությամբ: ցանկացել է հասնել բեւեռ: ես չեմ կարծում, որ այդպես է, յուրաքանչյուր փորձելով հասնել այդ կետը մինչ ծախողված: կրկին, մրցաշրջանն հեռու զարգացած, որովհետեւ անտարկտիկայի շրջաններում մարտի 13-ին համապատասխանում է 13 սեպտեմբերի հյուսիսային շրջաններում, որոնք սկսում է գիշերահավասարի սեզոնի. 14 մարտի տեսա լողացող սառույցը լայնության 55 °, սոսկ գունատ բեկորներ են քսան քսանիինգ ոտնաչափ երկարությամբ, ծեւավորելով բանկեր, որոնց նկատմամբ ծովը գանգրացնել: մնացել է մակերեսի օվկիանոսում: հողատարածք, ով էր սիգը սպառվում է արկտիկայի ծովերի, ծանոթ էր իր սառցաբեկորներով. Բայց - ը և ես հիացա նրանց առաջին անգամ: մթնոլորտում նկատմամբ հարավային հորիզոնում ծգվեց մի սպիտակ խումբը: են տվել այն անունը " առկայծում." սակայն հաստ ամպերը կարող են լինել, դա միշտ էլ տեսանելի է, եւ հայտարարում է ներկայությունը սառույցի տուփի կամ բանկում: համապատասխանաբար, ավելի մեծ արգելափակում շուտով հայտնվեց, որի փայլով փոխվել է քմահաճույքից մառախուղի: մի քանիսը զանգվածների ցույց տվեց կանաչ , քանի որ եթե երկար գծեր էր նկատելի, ինչպես սուլֆատ պղնձից. Մյուսները նման էր իսկայական լույսով փայլում նրանց միջոցով. Ոմանք արտացոլված լույսը օրը վրայ հազար բյուրեղյա արտահայտություններով: մյուսները հետ վառ կրային ժողժուռ յիշեցնում կատարյալ քաղաք մարմարի: ավելի շատ մենք մոտեցել ենք հարավ ավելի այդ լողացող կղզիները ավելացել թե քանակով, թե կարեւորության:

Ժամը 60 ° . Ամեն լեռնանցքում անհետացել էր: բայց, ձգտելով ուշադիր, կապիտան շուտով գտել մի նեղ բացումը, որի միջոցով նա համարձակորեն սայթաքեց, իմանալով, սակայն, որ դա կլինի փակել ետեւում նրան. Այսպիսով, առաջնորդվում է այս խելացի կողմից, անցել ամբողջ սառույցի հետ ճշգրտությամբ, ինչը բավական . Կամ լեռները, -դաշտերը կամ հարթ հարթավայրեր, թվացող չունեն սահմաններ, - կամ լողացող - տոպրակներ, հարթավայրեր ջարդված է, որը կոչվում է , երբ նրանք շրջանաձեւ, եւ գետ, երբ նրանք կազմված են երկար շերտերով: իսկ ջերմաստիճանը ցածր է եղել. Ջերմաչափ ենթարկվում օդում նշանավորվեց 2 - ի: կամ 3 ° զրոյից ցածր, բայց մենք ջերմորեն ծածկել մորթյա, հաշվին է ծովի արջի եւ կնիքով: ինտերիերի եւ , պարբերաբար իր էլեկտրասարքի, անտեսեց առավել ինտենսիվ ցուրտ: բացի այդ, դա միայն եղել անհրաժեշտ է գնալ որոշ բակեր ալիքների տակ է գտնել ավելի տանելի ջերմաստիճանը: երկու ամիս շուտ մենք պետք է ունեցել հավերժական ցերեկվա է այդ լայնություններում. Բայց արդեն մենք արդեն ունեցել երեք կամ չորս ժամ գիշերը, եւ առ չէր լինի վեց ամիս խաւարի այդ շուրջբեւեռային շրջաններում: 15-ին երթի էինք լայնության նոր եւ հարավ

. Նավապետը ինձ ասաց, որ նախկինում բազմաթիվ ցեղերը կապարակնիքների բնակեցված նրանց. Բայց որ անգլերեն եւ ամերիկացի , իրենց զայրույթ ոչնչացման, կոտորեցին ծերին ու երիտասարդին. Այսպիսով, որտեղ կար մեկ կյանքի եւ անիմացիայի, նրանք թողել լռությունը եւ մահ.

Այս մասին ութ ժամը են առավոտյան 16 մարտի , հետեւելով հիսուն հինգերորդ զենիթ, կտրել է անտարկտիկայի բեւեռային շրջանակը: սառույց շրջապատված մեզ բոլոր կողմերից, եւ փակվել հորիզոնում: բայց կապիտան գնաց մեկ բացման մյուսը, դեռ շարունակվում բարձր. Ես չեմ կարող արտահայտել իմ տարակուսանքն է գեղեցկությունների այդ նոր շրջաններ. Սառույցը վերցրեց առավել զարմանալի ձեւերը: այստեղ խմբավորումը ձեւավորվել է արեւելյան քաղաք, ինչպես նաեւ անթիվ մզկիթների եւ մինարեթների. Կա մի ընկել քաղաք նետուեցաւ երկրի վրայ, քանի որ դա եղել է, ինչ-որ տագնապի ու ցավի մեջ բնության. Ամբողջ ասպեկտը անընդհատ փոխվել են ծուռ արեւի ճառագայթների, կամ կորցրել է գորշավուն մառախուղի մեջտեղ փոթորիկները ձյուն. Եւ ընկնում էին լսել է բոլոր կողմերից, մեծ տապալման սառցաբեկորներով, որը փոխեց ամբողջ լանդշաֆտը նման մի : հաճախ ելք չտեսնելով, ես մտածում էի, որ մենք անպայման բանտարկյալ ենք. Բայց, բնազդ առաջնորդել նրան փոքր - ինչ նշման, կապիտան էր բացահայտել նոր փոխանցում է կատարում: նա երբեք սխալվում, երբ նա տեսավ, որ բարակ թելերը ջուր երկայնքով սառույցի արտերի եւ ես կասկած չունեի, որ նա արդեն մեջ մեջ այդ ծովերի առաջ: 16-ին երթի, սակայն, սառույցի դաշտերը բացարձակապես արգելափակվել մեր ճանապարհը. Դա չի եղել այսբերգ ինքնին, քանի դեռ, բայց իսկայական դաշտերը ամրապնդված է ցուրտ. Բայց դա խոչընդոտ չի կարող կանգնեցնել կապիտան : գցեց իրեն դրա դեմ սարսափելի բռնության: մտել փխրուն զանգված նման մի սեպ, եւ բաժանել այն հետ զարհուրելի : այն էր, որ պարսպակործան խոյ է նետված է անսահման ուժով: սառույցը, նետում բարձր է օդում, ընկավ նման կարկուտի շուրջը. Իր սեփական լիազորությունների մղումը մեր ապարատները, ջրանցքով իր համար. Որոշ ժամանակ իրականացվում հեռավորության վրա սեփական խթան է, որ բողոք բերած վրա սառույցը դաշտում, ջախջախիչ այն իր քաշով, եւ երբեմն թաղված տակ, բաժանելով այն պարզ շարժման, արտադրող խոշոր վարձավճարների համար անհրաժեշտ թույլատվություն: բռնի հարձակվել մեզ այս անգամ, ուղեկցվում է հաստ մառախուղներ, որի միջոցով, մեկ ավարտին հարթակ է մյուսը, մենք կարող ենք տեսնել, ոչինչ: քամին փչեց կտրուկ բոլոր մասերում կողմնացույց, իսկ ձյունը կդնի այնպիսի ծանր , որ մենք պետք է կոտրել այն հարվածների մի բրիչ. Ջերմաստիճանը եղել միշտ 5 . Զրոյից ցածր; ամեն արտաքին մասն է էր մերկասառույց: ա կեղծվում նավը կլիներ խճճվելու է արգելափակված մինչեւ կիրճերում: նավը, առանց , էլեկտրաէներգիայով դրա շարժիչ ուժը, եւ ցանկանում ոչ ածուխ, կարող էր միայնակ քաջ նման բարձր լայնություններում: երկարությամբ ին, 18-երթի հետո շատ անիմաստ հարձակումների, իսկ դրական արգելափակվել: այն էր, այլեւս էլ հոսքերի, տուփ, կամ սառույց - սեռի անհայտ, բայց մի անվերջանալի եւ անխախտ խոչընդոտ է, որը ձեւավորվել է լեռներում միասին:

«սառցաբեկոր»: ասել է, որ կանադական ինձ համար:

Ես գիտեի, որ պետք է հողի, ինչպես նաեւ մյուս բոլոր ծովագնացներ, ովքեր էին նախորդել են մեզ, դա էր անխուսափելի խոչընդոտ. Արեւը հայտնվելուց մի ակնթարթ-ի կեսօրին, կապիտան վերցրել դիտարկման, ինչպես նաեւ մոտ, որքան հնարավոր է, որը տվել է մեր վիճակը, ժամը 51 ° 30 'երկար. Եւ 67 ° 39 'անձնագիրը . Լատ. Մենք էինք զարգացած մեկ աստիճան ավելի շատ այս տարածաշրջանում. Է հեղուկ մակերեսի ծովի կար այլեւս մի շող. Տակ խթանում է պառկած մի իսկայական պարզ է, հետ շփոթված բլոկների. Այստեղ, եւ այնտեղ սուր միավոր եւ բարեկազմ ասեղներ աճող մի բարձրության 200 ոտքերի հույսին. Չետագայում կտրուկ ափին, տաշած, քանի որ դա եղել է կացնով, եւ հագած գորշավուն երանգներով. Յսկայական հայելիներ, արտացոլելով մի քանի արեւի ճառագայթների, կես խեղդվել է մշուշի մեջ: եւ այս ամայի դեմքը բնության խիստ լռություն թագավորում, հազիվ կոտրված է թեւերի եւ . Ամեն ինչ եղել է սառեցված նույնիսկ աղմուկը: այնուհետեւ պարտավոր է դադարեցնել իր արկածախնդրական պայմաններում այդ ոլորտներում սառույցի. Չնայած մեր ջանքերին, չնայած հզոր միջոցների է կոտրել մինչեւ սառույցը, ապա մնաց անշարժ: ընդհանուր առմամբ, երբ մենք կարող ենք շարունակել, ոչ ավելի, մենք ունենք վերադարձը դեռեւս բաց է մեզ. Բայց այստեղ վերադարձը, ինչպես անհնար է, քանի որ նախապես, յուրաքանչյուր լեռնանցքը փակել էին ետեւում. Եւ որ մի քանի պահերին, երբ մենք էինք գրենական պիտույքներ, մենք էինք, ամենայն հավանականությամբ, պետք է ամբողջությամբ արգելափակել, որը իսկապես տեղի ունենա մոտ երկու ժամը կեսօրին, թարմ սառույցը ձեւավորման շուրջ իր կողմից զարմանալի արագությամբ. Ես պարտավոր էր ընդունել, որ կապիտան ավելին էր, քան անխոհեմ քայլ: ես այդ պահին հարթակում էի: նավապետը եղել է դիտարկելով մեր վիճակը որոշ ժամանակ անցյալում, երբ նա ասաց ինձ.

- դե, պարոն, ինչ եք կարծում այս մասին:

«ես կարծում եմ, որ մենք բռնել, կապիտան»:

«ուրեմն, պարոն արոնաքս, իսկապես կարծում եք, որ նավատորմը չի կարող ինքն իրեն դուրս հանել»:

«մեծ դժվարությամբ, կապիտան, համար սեզոնի արդեն չափազանց հեռու զարգացած է, որ դուք հաշվի նստի վրա խախտելու սառույցի»:

«ա՛խ, պարոն», - ասել է կապիտան , որպես հեգնական տոնով, «դուք միշտ պետք է նույնը լինի. Դուք տեսնում եք, ոչինչ, բայց դժվարությունների եւ խոչընդոտների. Ես պնդում են, որ ոչ միայն կարող է մեկուսացնել ինքը, այլ նաեւ, որ այն կարող է գնալ հետագա դեռ »»

«հետագա դեպի հարավ». Հարցրեցի ՝ նայելով նավապետին:

«այո, սըր, ապա այն պետք է գնալ բեւեռ»:

«դեպի բեւեռ»: բացականչեց, չկարողանալով զսպել մի ժեստ զարմանում:

«այո», - պատասխանել կապիտանին, սառը, «անտարկտիկայի բեւեռ է, որ անհայտ կետի ուրկէ աղբյուրներով ամեն գագաթնակետ է աշխարհում. Դուք գիտեք, թե արդյոք կարող եմ անել, քանի որ ես խնդրում եմ, հետ »

Այո, ես գիտեի, որ. Ես գիտեի, որ այս մարդը համարձակ է, նույնիսկ կոպիտության: սակայն գրավել այն խոչընդոտները, որոնք էլ զայրացավ փուլը հարավային բեւեռ, այն վերածելով ավելի անմատչելի է, քան երկրի հյուսիսում, որը դեռեւս չեն կայացվել է, նույնիսկ ամենահամարձակ նավիգատորներ էր, որ դա ոչ թե խելագար ձեռնարկության, մեկ է, որը միայն մոլագար կլիներ բեղմնավորված. Ապա դա մտավ իմ գլխին է հարցնել կապիտան եթե նա երբեւէ հայտնաբերել է, որ բեւեռը, որը երբեք չէի եղել հասնեն է մարդկային արարածի.

«ոչ, պարոն», - պատասխանեց նա; «բայց մենք պետք է բացահայտել այն միասին., որտեղ մյուսները չեն, ես չի կարողանա: ես երբեք չի հանգեցրել իմ նաուտիլուսը այնքան հեռու են հարավային ծովերի, բայց, կրկնում եմ, այն պետք է գնալ ավելի հեռուն չկա»:

«ես կարող է նաեւ հավատալ, ձեզ, կապիտան», - ասել է ինձ, մի փոքր հեգնական տոնով: «ես հավատում եմ քեզ! Եկեք առաջ գնալ! Չկան խոչընդոտներ մեզ! Եկեք այս այսբերգ! Եկեք ֆենով այն, եւ, եթե այն դիմանում, եկեք տալ թեւերը թռչել է դրան»:

«ավելի քան այն, սըր» ասաց նավապետ նեմո, հանգիստ. «ոչ, ոչ թե դրան, այլ դրա տակ»:

«դրա տակ»: ես բացականչեցի, մի հապճեպ գաղափար կապիտան նախագծերի մասին, որոնք փչում էին միտքս: ես հասկացա; ծովագնացության հրաշալի հատկությունները պատրաստվում էին մեզ ծառայել այս գերմարդկային ձեռնարկությունում:

«ես տեսնում եմ, մենք սկսում ենք հասկանալ միմյանց, սըր», - ասել է կապիտանը, կեսը ժպտում: «դուք սկսում է տեսնել հնարավորությունը-ասեմ հաջողությունը-այս փորձի. Այն, ինչն անհնար է շարքային նավի շատ հեշտ է . Եթե մայրցամաք ընկած բեւեռ, այն պետք է դադարեցնել մինչեւ մայրցամաքում, բայց եթե, ընդհակառակը, այդ բեւեռը լվանում է բաց ծով, դա կլինի գնալ նույնիսկ բեւեռ »:

- իհարկե, - ասաց ես, որը տարված էր կապիտան հիմնավորմամբ. «եթե ծովի մակերեսը ամրացվի սառույցով, ապա ստորին խորքերը ազատ են այն ապացուցողական օրենքով, որը օվկիանոսի ջրերի խտության առավելագույն չափը դրել է մեկ աստիճանով բարձր, քան սառեցման կետը, և, եթե չեմ սխալվում: ջրից վեր ընկած այս սառցադաշտի բաժինը նույնն է, ինչը ներքևում գտնվող մեկից չորսն է »:

«շատ գրեթե, սըր, մեկ ստորոտի այսբերգ ծովի կան երեք ստորեւ. Եթե այդ սառույցի լեռները ոչ ավելի, քան 300 ոտքերը բարձր մակերեւույթի վրա, որ նրանք ոչ ավելի, քան 900 տակ. Եւ ինչ են 900 ոտքերը են »

«ոչինչ, պարոն»:

«դա կարող է նույնիսկ դիմել է ավելի մեծ խորություններին վրա, որ միասնական ջերմաստիճանը ծովի ջուր, եւ այնտեղ համարձակ անպատիժ երեսուն կամ քառասուն աստիճաններ մակերեսային ցրտին»:

«հենց այնպես, սըր, ճիշտ այնպես,« ես պատասխանեցի, ստանալով անիմացիոն.

«միակ դժվարությունը», - շարունակեց կապիտան «այն է, որ մնացած մի քանի օր առանց մեր տրամադրումը օդի»:

«այն է, որ բոլորը ինչ է ունի իսկայական ջրամբարներ, մենք կարող ենք լրացնել դրանք, եւ նրանք կմատակարարի մեզ բոլոր թթվածնի մենք ուզում»:

- լավ մտածեցիր, մ. Արոնաքս, - պատասխանեց կապիտանը ՝ ժպտալով: «բայց, չցանկանալով ձեզ մեղադրում են ինձ անխոհեմության, ես առաջին հերթին ձեզ իմ բոլոր առարկությունները."

«դուք այլևս անելու եք»:

«միայն մեկ դա հնարավոր է, եթե ծովը գոյություն ունի հարավային բեւեռ, որ այն կարող է ծածկված, եւ, հետեւաբար, մենք պետք է ի վիճակի է գալ մակերեսին.«

«լավ, սըր, բայց դուք մոռացեք, որ Նաուտիլուսը զինված է հզոր գնդակն ուղարկեց դեպի, եւ կարող ենք ոչ թե այն ուղարկում դեմ այդ ոլորտներում սառույցի, որը պետք է բացել է ցնցումների»:

«հա, պարո՛ն, դուք այսօր լի գաղափարներով եք լցված»:

«բացի այդ, կապիտան,« ես եմ հավելել է, խանդավառությամբ, «ինչու չպետք է գտնել ծովը բաց է հարավային բեւեռ, ինչպես նաեւ երկրի հյուսիսում: սառեցված բեւեռները երկրի չեն համընկնում, կամ հարավային կամ հյուսիսային շրջաններում , եւ, մինչեւ այն ապացուցեց, ընդհակառակը, մենք կարող ենք ենթադրել, կամ մայրցամաք կամ օվկիանոսը ազատ է սառույցի այդ երկու կետերի աշխարհում »:

«ես կարծում եմ, որ այնպես էլ, մ. », - պատասխանեց կապիտան . «ես միայն կցանկանայի ձեզ նկատել, որ իմ նախագծին այսքան շատ առարկություններ հայտնվելուց հետո դուք այժմ ջարդում եք ինձ ՝ իր օգտին բերված փաստարկներով»:

Նախապատրաստական այս հանդուգն փորձ այժմ սկսեց. Հզոր պոմպեր են էին աշխատում օդ ջրամբարների եւ պահելու այն բարձր ճնշման. Մոտ չորս ժամը, կապիտան հայտարարեց փակումը վահանակների վրա հարթակ. Ես գցում մի վերջին հայացք զանգվածային այսբերգ, որը մենք պատրաստվում էին անցնել. Եղանակ էր, պարզ է, որ մթնոլորտը մաքուր բավարար է, որ ցուրտ շատ մեծ, լինելով 12 ° զրոյից ցածր: բայց, քամին, որ իջաւ, սա ջերմաստիճանը եղել է ոչ այնքան անտանելի: մոտ տասը տղամարդիկ տեղադրված կողմերը , զինված է կոտրել սառույցը շուրջ նավի, որը շուտով անվճար. Գործողությունը արագորեն կատարվեց, քանի որ թարմ սառույցը դեռ շատ բարակ էր: մենք բոլորս գնացինք ստորեւ. Սովորական ջրամբարներ, որոնք լցված նոր ազատագրված ջրի, իսկ շուտով իջավ: ես վերցրել էր իմ հետ տեղի է սրահում, միջոցով բաց պատուհանից մենք կարող ենք տեսնել, ցածր մահճակալ հարավային օվկիանոսում: ջերմաչափ գնաց մինչեւ, ասեղ է կողմնացույցի շեղված է հավաքեք: է մոտ 900 ոտքերին, քանի որ կապիտան էր նախատեսվում, մենք լողում տակ ներքեւի մասում այսբերգ. Բայց գնաց ստորին դեռեւս դա գնաց խորության չորս հարյուր : ջերմաստիճանը ջրի մակերեւույթին ցույց տվեց տասներկու աստիճանով, այն էր, հիմա միայն տասը: մենք ստացել էինք երկու. Ես պետք չէ ասել, որ ջերմաստիճանը էր բարձրացրել է իր ջեռուցման ապարատի է շատ ավելի բարձր աստիճան. Ամեն մանեւրը իրականացվեց հրաշալի ճշգրտությամբ.

«մենք այն կանցնենք, եթե ցանկանում եք, պարոն», - ասաց կոնսիլը:

«կարծում եմ, մենք պետք է», - ասացի, մի տոնով ֆիրմային համոզմամբ:

Այս բաց ծովում, էր վերցրել իր ընթացքը ուղիղ դեպի բեւեռ, առանց թողնելով հիսուն-րդ գագաթնակետ. 67 ° 30 ից մինչև 90 հատ, քսաներկու աստիճանի և լայնության կեսը մնաց ճամփորդելու. Այսինքն ՝ մոտ հինգ հարյուր լիգա: պահում միջին արագությունը քսան - վեց մղոն ժամում-ի արագությունը արագընթաց գնացքի. Եթե դա պահպանված լիներ, քառասուն ժամվա ընթացքում մենք պետք է հասնեինք բևեռ:

Մի մասի համար գիշերով նորություն իրավիճակի պահվում մեզ պատուհանից: ծովը լուսավորված էր էլեկտրական լապտերով: բայց դա դատարկված էր. Ձկներ չի պանդխտութեան այդ անազատության մեջ ջրերում. Նրանք միայն գտել այնտեղ մի հատված վերցնելու նրանց անտարկտիկայի օվկիանոսում բաց բևեռային ծովը. Մեր տեմպը կազմել է արագ. Մենք կարող ենք զգալ այն է դողդոջուն երկար պողպատից մարմնի. Մոտ երկու առավոտյան ես վերցրել որոշ ժամ հանգստություն, եւ արեց նույնը: է անցնել իրան չեմ հանդիպել կապիտան : ես ենթադրվում է նրան լինել փորձնական վանդակի. Հաջորդ առավոտ, մարտի 19-, ես վերցրել եմ իմ պաշտոնը մեկ անգամ եւս սրահում: էլեկտրական տեղեկամատյան ինձ ասաց, որ արագությունը էր դանդաղեցրեց: դա էր, ապա գնում է դեպի մակերեսի. Բայց խոհեմ դատարկման իր ջրամբարները շատ դանդաղ: սիրտս արագ ծեծեց: որ մենք պատրաստվում ենք հայտ վերականգնել բաց բևեռային մթնոլորտը. Ոչ! Ա ցնցում ինձ ասաց, որ Նաուտիլուսը հարվածել է հատակին այսբերգի, դեռ շատ խիտ է, դատելով անզգայացած ձայնի: մենք ունեինք գործով "հարվածել", օգտագործել ծովային արտահայտությունը, բայց հակառակ իմաստով, եւ մի հազար ոտնաչափ խորությամբ: այս կտար երեք հազար ոտքերը սառույցի վերը մեզ. Հազարը ջրի նշանից վեր է: այսբերգ էր, ապա ավելի բարձր է, քան իր սահմանների, ոչ թե շատ հուսադրող փաստ է: մի քանի անգամ այդ օրը փորձել կրկին, եւ ամեն անգամ հարվածեց պատը, որը պառկած է նման առաստաղի բարձր է: երբեմն դա հանդիպում է ունեցել, բայց 900 բակերը, միայն 200-ը, որը բարձրացավ վեր մակերեսին. Այն էր, երկու անգամ, իսկ բարձրությունը, այն էր, երբ Նաուտիլուսը գնացել ալիքների տակ. Ես ուշադիր նշել տարբեր խորքերը, եւ այդպիսով ձեռք բերել մի սուզանավ պրոֆիլը շղթայի, քանի որ այն մշակվել է ջրի տակ: որ գիշեր ոչ մի փոփոխություն տեղի էր ունեցել մեր իրավիճակում. Դեռ սառույց միջեւ չորս եւ հինգ հարյուր յարդ խորություն! Դա ակնհայտ է նվազելու, բայց, միեւնույն է, թե ինչ է հաստությունը մեր միջեւ եւ մակերեւույթը օվկիանոսում. Այն ժամանակ ութն էր: ըստ ամենօրյա սովորության վրա խորհրդի , Նրա օդը պետք նորացվել չորս ժամ առաջ; բայց ես այդպես շատ չի տուժի, թեեւ կապիտան դեռ չի արել, որեւէ պահանջ վրա իր ռեզերվ թթվածնի. Իմ քունը այդ գիշեր ցավոտ էր; հուսով եմ, եւ վախը պաշարեց ինձ, հերթափոխով: աճել է մի քանի անգամ: խարխափում է շարունակվել: այս մասին երեք առավոտյան, ես նկատեցի, որ ստորին մակերեսը այսբերգի էր ընդամենը մոտ հիսուն ոտնաչափ խորությամբ: հարյուր հիսուն ոտնաչափ այժմ բաժանված մեզ ջրերի վրայ: այսբերգ էր աստիճանով դառնալու -դաշտ, սարը մի պարզ. Իմ աչքերը երբեք դուրս է եկել : մենք դեռ բարձրանում է մակերեսի, որը շողշողուն տակ էլեկտրական ճառագայթների. Այսբերգ էր ձգվում, այնպես էլ վերը նշված եւ ներքեւից երկարացնելուն լանջերը. Մղոն հետո մղոն, այն էր ստանում . Ժամը երկարությամբ, ժամը վեցին ի առավոտյան այդ հիշարժան օրը, մարտի 19-, դուռը սրահում բացվեց, եւ կապիտան հայտնվել:

«ծովը բաց !!" նա այն ամենն էր, ինչ նա ասաց:

Գլուխ

Հարավային բևեռ

Ես շտապեցի հարթակ: այո! Բաց ծովում, ինչպես այլ մի քանի ցրված կտորները սառույցի եւ շարժվում սառցաբեկորները-երկար ձգվող ծովի. Մի աշխարհի թռչունների օդում, եւ անհամար, ձկներից տակ այն ջրերը, որոնք բավականին տարբեր ինտենսիվ կապույտ է ձիթապտղի կանաչ, ըստ ներքեւում: ջերմաչափը նշված է 3 ° : զրոյից բարձր: դա եղել է համեմատաբար գարուն, փակել են, քանի որ մենք էինք հետեւում այս այսբերգ, որի երկարաձգվել պատարագ աղոտ երեւում է մեր հյուսիսային հորիզոնում.

«մենք բևեռո՞ւմ ենք»: հարցրեցի կապիտանին ՝ ծեծող սրտով:

«ես չգիտեմ, թե,« նա պատասխանեց. «կեսօրին ես կվերցնեմ մեր առանցքակալները»:

«բայց չի արեւը ցույց տալ իրեն մինչեւ այս մառախուղի». Ասաց ես, նայելով կապիտալ երկնքին:

«սակայն քիչ այն ցույց է տալիս, որ դա կլինի բավարար», - պատասխանեց նավապետը:

Մոտ տասը մղոն հարավ միայնակ կղզի բարձրացել է բարձրության հարյուր չորս բակերում: մենք կազմել դրա համար, բայց ուշադիր, քանի որ ծովի կարող է հետ բանկերի: մեկ ժամ, որից հետո մենք հասել այն, երկու ժամ անց մենք արել փուլը դրա: չափվում է չորս կամ հինգ մղոն շրջագծով. Նեղ ջրանցքը առանձնացվել այն մի զգալի հատվածի հողերի, գուցե մի մայրցամաք, որովհետեւ մենք չէինք կարող տեսնել իր սահմանները: առկայությունն այս հողի թվում էր տալ մի քիչ գույն տեսության. Սրամիտ ամերիկյան Ն նշել է, որ, միջեւ հարավային բեւեռի եւ վաթսուներորդ զուգահեռ, ծովը ծածկեց լողացող սառույցի հսկայական չափի, որը երբեք չի դիմավորել են հյուսիսատլանտյան: այս փաստը, նա գրավել է եզրակացությունը, որ հարավային բեվեռամաս շրջանակը կից զգալի մայրցամաքներում, քանի որ չի կարող ձեւավորել է բաց ծովում, բայց միայն հողամասին: ըստ այդ հաշվարկների, զանգվածային սառույցի շրջապատող հարավային բեւեռի ձեւավորում մի հսկայական գլխարկը, շրջապատ, որը պետք է լինի, առնվազն, 2,500 մղոն. Սակայն , վախենալով վազում ծանծաղուտի մեջ խրված, դադարեցվել էր մոտ երեք կաբելային երկարությունները է մի շար, որի շուրջ կառուցվել է բարձրորակ կույտ ժայռերի. Նաւը կը մեկնարկել. Նավապետը, նրա երկու տղամարդկանց, կրելով գործիքները, , եւ ինքս էին դրան: դա եղել տասը է առավոտյան: ես չէի տեսել հողը: անկասկած կանադական չի ցանկանում խոստովանել, ներկայությունը հարավային բեւեռ. Մի քանի հարվածներով մեզ բերեց, ավազի, որտեղ մենք հոսում ափ: պատրաստվում էր ցատկել է հողի, երբ ես անցկացրել նրան ետ.

«սըր», - ասել է ես, կապիտան է, որ «դուք պատկանում պատիվը առաջին ընդլայնված ոտքով այս երկրից»:

«այո, սըր», - ասել է նավապետը, «իսկ եթե ես մի երկմտեք քայլք այս հարավային բեւեռ, այն պատճառով, որ, մինչեւ այդ ժամանակ, ոչ մի մարդկային էակ է թողել հետք կա»:

Ասիկա ըսելով, նա թռավ թույլ է ավազի վրա. Նրա սրտի հետ զգացմունքներով: նա բարձրացել է ժայռին, մի փոքր հրվանդան, եւ այնտեղ, իր ձեռքերը հատել, համր եւ անշարժ, եւ ակտիվ տեսքը, նա կարծես տիրելու այդ հարավային շրջաններում: հետո հինգ րոպե անցել է այս զմայլանք, նա դիմել է մեզ:

«երբ դուր ես գալիս, պարոն»:

վայրէջք, որին հաջորդում է , թողնելով երկու տղամարդկանց նավակը. Համար երկար ճանապարհով հող էր բաղկացած է կարմրավուն ավազոտ քարի, նման մի բան մանրացված աղյուսից, , հոսքերի լավա, եւ պեմզայի խաչքարերով: չի կարելի սխալվել դրա հրաբխային ծագման մասին: որոշ մասերում, թեթեւ գանգուրներ ծխի արտանետվել է ծծմբային հոտ, ապացուցում է, որ ներքին հրդեհները կորցրել էր ոչինչ իրենց ընդլայնողական լիազորությունների, թեեւ, ունենալով բարձրացել բարձր լանջ, ես կարող էի տեսնել ոչ հրաբխի համար շառավղով մի քանի մղոն. Մենք գիտենք, որ այդ հարավային բեվեռամաս երկրներում, ջեյմս գտել երկու խառնարաններ, ինչպես նաեւ եւ , լիարժեք ակտիվության, 167 զենիթ, լայնության 77 ° 32 '. Բուսականությունը այս ամայի մայրցամաքի ինձ թվաց շատ սահմանափակված: որոշ քարաքոսեր պառկած էին սև ժայռերի վրա. Որոշ միկրոսկոպիկ բույսեր, տարրական , մի տեսակ բջիջների տեղադրված երկու որձաքար ռումբերն. Երկար ծիրանի եւ կարմիր գոյնի մանուած թելեր , աջակցում է փոքր լողի պղպջակներ, որի հրատապ ալիքների բերված է ափին: սրանք կանխորոշվել աղքատիկ բուսական այս տարածաշրջանում: ափը էր հետ կակղամորթների, փոքր , եւ . Ես տեսա բյուրավոր հյուսիսային , մեկ-եւ-մի-քառորդ դյույմ երկար, որի կետ կարող է կուլ է մի ամբողջ աշխարհը մի պատառով. Եւ որոշ կատարյալ ծովային թիթեռներ, ջրերը վերաբերյալ պոռնիկ ափին:

Այնտեղ հայտնվել է բարձր որոշ թփերի, այդ տեսակի, որը, ըստ , ապրում են անտարկտիկայի ծովերի է խորությամբ ավելի քան 1000 բակերում: ապա կային փոքր եւ ծովաստղ հողը: բայց այնտեղ, որտեղ կյանքը շատ էր, օդում էր: կան հազարավոր թռչունների եւ թռավ բոլոր տեսակի խլացուցիչ մեզ նրանց աղաղակները. Մյուսները մարդաշատ է ռոք, նայելով մեզ, քանի որ մենք անցել է առանց վախի, եւ սեղմելով մոտ է մեր ոտքերի հույսին. Կային պինգվինզ, այնքան ճկուն է ջրի մեջ, ծանր եւ անհարմար, քանի որ նրանք են գետնին. Նրանք կոպիտ աղաղակները, մեծ ժողով, սթափ է ժեստ, բայց շռայլ է . Անցել է օդում, տարածութեան նրանց թեւերի լինելու է առնվազն չորս բակերը եւ կես, եւ արդարացիորեն կոչվում է օվկիանոսում. Որոշ գիգանտ , եւ որոշ , մի տեսակ փոքր բադ, որ որի մարմինը սեւ ու սպիտակ. Ապա կային մի ամբողջ շարք , ոմանք , շագանակագույն-սահմանակից թեւերի, այլոց կապույտ, բնորոշ անտարկտիկայի ծովերի, եւ այլն, յուղոտ, ինչպես ասացի , որ բնակիչները կղզիների ոչ մի կապ չուներ, նախքան լուսավորման նրանց բայց պետք է տեղադրել մի տամպոն է:

«մի քիչ ավելի շատ», - ասել է », եւ նրանք պետք է կատարյալ լամպեր! Դրանից հետո, մենք չենք կարող ակնկալել, բնությունը նախկինում կահավորված նրանց պատրույգ».

Մոտ կես մղոն հեռու է հողի էր հետ ', մի տեսակ դնելով-գետնին, որից շատ թռչուններ են թողարկող: կապիտան էր մի քանի հարյուր . Նրանք արձակեցին ճիչը, ինչպիսին էշի էին մոտ չափը մի սագի, կշտամբել գույնի վրա մարմնի, սպիտակ տակ, ինչպես նաեւ դեղին գծի կլոր իրենց կոկորդները. Նրանք թույլ են, որոնք պետք է սպանել, ինչպես մի քար, երբեք փորձում է փախչել: բայց մառախուղը չի վերացնի, եւ ժամը տասնմեկին արեւը դեռ չէր ցույց են տվել իրեն: դրա բացակայությունն ինձ անհանգստացրեց: առանց դրա ոչ մի դիտողություն հնարավոր չէր: թե ինչպես է, ապա, կարող ենք որոշել, թե արդյոք մենք հասել բեւեռ. Երբ ես միացել կապիտան , ես գտա նրան բռնվելով մի կտոր ժայռի, լուռ հետեւում երկինքը: նա անհամբեր և անհանգիստ թվաց: բայց ինչ պետք է արվեր: այս չմտածված եւ հզոր մարդը չի կարող պատուհրեմ արեւը, քանի որ նա արեց ծովը. Կեսօր է ժամանել առանց գունդ օրը ցույց տալով իրեն համար մի ակնթարթում: մենք չէինք կարող նույնիսկ ասել, իր դիրքորոշումը ետեւում վարագույրի մառախուղի. Եւ շուտով մառախուղ դիմել է ձյան.

«մինչեւ վաղը», - ասաց կապիտանը, հանգիստ, եւ մենք վերադարձանք պայմաններում այդ մթնոլորտային անկարգությունների.

է ձյուն շարունակվեց մինչեւ հաջորդ օրը: անհնար էր մնալ պլատֆորմի վրա: ից սրահում, որտեղ ես նշումներ միջադեպերի ընթացքում տեղի սույն էքսկուրսիա դեպի բեւեռային մայրցամաքում, ես կարող եմ լսել խոսում եւ սպորտային ի մեջ այդ սոսկալի փոթորիկ. Չի մնա անշարժ, բայց շրջանցեցին ափին, առաջ քաշելով տասը մղոն ավելի դեպի հարավ - ին կես-լույսի թողած արեւի, քանի որ այն շրջանցեցին եզրին հորիզոնում: հաջորդ օրը, մարտի 20-, որ ձյունը դադարել էր: որ ցուրտ էր, մի քիչ ավելի մեծ է, ջերմաչափ է 2 ° զրոյից ցածր: մառախուղ էր բարձրանում, եւ ես հույս հայտնեց, որ այդ օրը մեր դիտարկումները կարող է ընդունվել: կապիտան չէ, որ դեռ չի հայտնվել, ապա նավակը վերցրեց եւ ինքս վայրէջք: որ հող էր դեռ այդ նույն իրաբխային բնույթ, ամենուր էին հետքեր լավա, , եւ բազալտ, բայց խառնարան, որը էր փսխել է նրանց ես չէի կարող տեսնել: այստեղ, քանի որ իջեցնել ներքեւ, այս մայրցամաքը էր կենդանի անհամար թռչունների. Բայց նրանց կանոնը այժմ բաժանված է խոշոր զորքերի -կաթնասունների, նայում մեզ իրենց փափուկ աչքերով. Կային մի քանի տեսակի կնիքների, որոշ ձգվել երկրի վրա, ոմանք սառույցի, շատերը գնում եւ դուրս է ծովը: նրանք չեն փախչել մեր մոտեցման, երբեք ոչինչ անել մարդուն. Եւ ես համարում է, որ կային դրույթներ կան հարյուրավոր անոթների.

«սըր», - ասել , «կարող եք ինձ ասել անունները այդ արարածների».

Նրանք «կնիքները եւ »:

Այժմ առավոտյան ութ էր: չորս ժամ մնացել է մեզ, մինչեւ արեւի տակ կարող է դիտարկել հետ առավելությամբ: ես ուղղված մեր քայլերը դեպի մի հսկայական ծովածոցի կտրել կտրուկ գրանիտե ափին: այնտեղ, ես կարող եմ ապացուցել, որ երկիրն ու սառույցը էին կորցրել է տեսողությունը կողմից թվերի -կաթնասունների լուսաբանել դրանք, եւ ես ակամա ձգտել հին , դիցաբանական հովիվ, ովքեր հետեւում են այս հսկայական հոտերը նեպտունի: ավելի շատ էին կնիքներ, քան որեւէ այլ բան, կազմող հստակ խմբեր, արու եւ էգ, հայրը հետեւում է իր ընտանիքի, մայրը կաթնակեր իր փոքրիկ նորերը, ոմանք արդեն բավականաչափ ուժեղ է գնալ մի քանի քայլ: երբ նրանք ցանկացել են փոխել իրենց տեղը, նրանք գրավեցին փոքրիկ , պատրաստված է կծկում իրենց մարմինների, եւ օգնեց անհարմար է բավարար են իրենց անկատար , որը, ինչպես եւ , իրենց զարմիկների, ձեւավորում է կատարյալ նախաբազուկ: ես պետք է ասեմ, որ, ջրի, ինչը նրանց տարրերից-ողնաշարի այդ արարածների է ճկուն. Չարթ եւ սերտ մաշկի եւ ոտքերը, նրանք լողալ հիանալի. է հանգստավայր է երկրի նրանք վերցնել առավել հեզաճկուն վերաբերմունքը: ուստի հին, դիտարկելով իրենց փափուկ եւ արտահայտիչ տեսք, ինչը չի կարելի գերազանցել է առավել գեղեցիկ տեսքը կինը կարող է տալ, իրենց հստակ վավաշոտ աչքերը, նրանց հմայիչ դիրքերը, եւ պոեզիան իրենց բարքերի, նրանց, արու մեջ եւ իգական ջրահարս: ես պատրաստված ծանուցման զգալի զարգացումը ուղեղի այդ հետաքրքիր : ոչ կաթնասուն, բացառությամբ մարդու, ունի այնպիսի քանակություն ուղեղի հարցի. Նրանք են նաեւ ընդունակ ստանալու որոշակի գումարը կրթության, որոնք հեշտությամբ , եւ ես կարծում եմ, այլ շուտով, որ եթե պատշաճ կերպով է սովորեցրել են, որ պետք է մեծ ծառայությունում որպես ձկնորսական-շների. Մեծ մասը, նրանց քնում ժայռերի վրա կամ ավազի մեջ. Շրջանում այդ կնիքները, ինչպես հարկն է, այսպես կոչված, որոնք չունեն արտաքին ականջները (որին իրենք տարբերվում են ջրասամույրը, որի ականջները են նշանավոր), ես նկատեցի մի քանի տեսակի կնիքների մոտ երեք յարդ երկարություն ունեցող խալաթով, բուլդոգ ղեկավարներին, զինված ատամները երկու , չորս վերեւում եւ չորս ներքեւի մասում, եւ երկու խոշոր ատամները է վիճակում է --. Նրանցից կէտեր, փիղ, մի տեսակ կնիքի հետ կարճ, ճկուն կոճղերը: հսկաները այս տեսակների չափվում քսան ոտնաչափ կլոր եւ տասը բակերում ու կես երկարությամբ. Բայց նրանք չեն շարժվել, քանի որ մենք մոտեցել:

«այս արարածները վտանգավոր չեն»: հարցրեց կոնսիլը:

«ոչ, ոչ, եթե դուք հարձակվել նրանց., երբ նրանք պետք է պաշտպանել իրենց երիտասարդ իրենց ցասումը սարսափելի է, եւ դա ոչ թե հազվադեպ է նրանց կոտրել ձկնորսություն-նավակներ են կտորների.«

«նրանք միանգամայն ճիշտ են», - ասաց - ը:

«ես չեմ ասում, որ դրանք չեն»:

Երկու մղոն հեռու, մենք դադարել են հրվանդան, որով կացարաններում է ից հարավային քամիների. Դուրս դրա մենք բարձրաձայնումը , ինչպիսիք են ջոկատ որոճողների էր արտադրում:

«լավ»: ասել է ; «համերգ, ցուլերի»

«ոչ, առավոտների համերգ»:

«նրանք պայքարում են»:

«նրանք կամ պայքարում են, կամ խաղում են»:

Մենք հիմա սկսել է բարձրանալ ժայռերը, պայմաններում անկանխատեսելի սայթակումներով, եւ ավելի քարերի, որոնք սառույցը կազմել սայթաքուն. Ավելի քան մեկ անգամ եմ շրջվել հաշվին իմ մեջքը: , ավելի խելամիտ կամ ավելի կայուն, չի սայթաքիր, եւ օգնեց ինձ, ասելով.

«եթե, սըր, դուք, որ պետք է բարություն է ձեռնարկել ավելի լայն քայլեր, դուք, որ պահպանել ձեր հավասարակշռությունը ավելի լավ»:

Ժամանել է վերին եզր հրվանդան, ես տեսա մի հսկայական սպիտակ պարզ է ծածկված : նրանք խաղում միմյանց, եւ այն, ինչ լսեցինք, եղել հաճույքի, ոչ թե զայրույթի.

Քանի որ ես անցնում էի այս հետաքրքրասեր կենդանիներին, ես կարող էի նրանց զննել հանգիստ, քանի որ նրանք չէին շարժվում: նրանց երեսվածքները էին հաստ ու խորդուբորդ, մի դեղնավուն երանգ, մոտենում է կարմիր. Նրանց մազերը կարճ էր եւ սակավ է: նրանցից ոմանք չորս բակեր և քառորդ երկարություն ունեին: հանգիստ եւ ավելի քիչ երկչոտ, քան իրենց զարմիկների հյուսիսի, նրանք չեն, ինչպես նրանց, տեղադրել պահապաններ կլոր ծայրամասում իրենց ճամբար: մորս այս քաղաքը քննելուց հետո ես սկսեցի մտածել վերադառնալու մասին: դա եղել է ժամը տասնմեկն, եւ, եթե կապիտան գտել պայմանները բարենպաստ դիտարկումներ, ես ցանկացել է ներկա լինել շահագործման. Մենք հետեւում մի նեղ ճանապարհի հոսող երկայնքով գագաթնաժողովին կտրուկ ափին: ժամը կես տասնմեկ հասել էինք վայր, որտեղ մենք վայրէջք: նավակը փախել ծանծաղուտի մեջ խրված, բերելով նավապետը: ես տեսա նրան կանգնած է մի բլոկի բազալտից, նրա գործիքների մոտ նրան, նրա աչքերը ամրագրված հյուսիսային հորիզոնում, որի մոտ արեւը այնուհետեւ նկարագրում է կորի: ես իմ տեղը գրավեցի նրա կողքին և սպասեցի առանց խոսելու: կեսօր ժամանել, եւ, ինչպես նախկինում, արեւը չի հայտնվում: դա եղել է ճակատագիր. Դիտորդությունն դեռ ցանկանում. Եթե չիրականացվեն վաղը, մենք պետք է հրաժարվենք բոլոր գաղափարը վերցնելու որեւէ. Մենք իսկապես հենց 20 մարտի. Վաղը, 21, կլիներ օրուգիշերահավասար. Արեւը պիտի անհետանալ հորիզոնում վեց ամսվա ընթացքում, եւ դրա հետ կապված անհետանալուց երկար բեւեռային գիշերը կսկսվի: թ. Սեպտեմբերից գիշերահավասարի դա էր առաջացել հյուսիսային հորիզոնում, բարձրանում է մինչեւ դեկտեմբերի 21-ին: այս ժամանակահատվածում, ամառային արեւադարձի օրը հյուսիսային շրջաններում, այն արդեն սկսել էր իջնել. Եւ վաղը էր թափել իր վերջին ճառագայթները նրանց վրա: ես հաղորդակցվում իմ մտավախությունները եւ դիտարկումները կապիտան .

«դուք ճիշտ եք, մ. », - ասել է նա. «եթե վաղը ես չեմ կարող վերցնել բարձրության արեւի, ես չպետք է կարողանա անել այն վեց ամսվա ընթացքում: բայց հենց այն պատճառով, որ հնարավորություն ունի հանգեցրել է ինձ այդ ծովերի վրա 21 մարտի իմ առանցքակալներ կլինի հեշտ է վերցնել, եթե տասներկուսին մենք կարողանանք տեսնել արևը »:

«ինչու, կապիտան».

«քանի որ այդ գունդ օր նկարագրված այնպիսի երկար կորեր, որ դա դժվար է չափել ճիշտ իր բարձրության հորիզոնում, եւ ծանր սխալներ կարող են կատարվել հետ գործիքների»:

«հետո ի՞նչ կանես»:

«ես պետք է օգտագործել միայն իմ ժամանակաչափ», - պատասխանեց կապիտան . «եթե վաղը, մարտի 21-, որ դիսկ է արեւի, որը թույլ է տալիս բեկում, որը հենց կրճատվել է հյուսիսային հորիզոնում, ապա դա ցույց կտա, որ ես է հարավային բեւեռ»:

«պարզապես», - ասում եմ: «բայց այս հայտարարությունը բոլորովին ճիշտ , քանի որ օրուգիշերահավասար պարտադիր չէ, որ սկսում կեսօրին."

«շատ հավանական է, սըր, բայց սխալ չի լինի մի քանի հարյուր յարդ, եւ մենք չենք ցանկանում, որ ավելի., մինչեւ վաղը, ապա!"

Կապիտան վերադարձել է խորիրդի. Եւ ես մնացել հետազոտության ափին, դիտարկելով եւ ուսումնասիրելով մինչեւ հինգին: հետո ես գնացի քնելու, ոչ, սակայն, առանց վկայակոչելով, նման է հնդկական, հոգուտ պայծառ գունդ. Հաջորդ օրը, մարտի 21-ին, ժամը հինգի ի առավոտյան, ես տեղադրված հարթակ: ես այնտեղ կապիտան Նեմո գտա:

«եղանակը մի փոքր թեթևանում է», - ասաց նա: «ես ունեմ որոշակի հույս. Նախաճաշից հետո մենք կգնանք ափին, եւ ընտրել գրառումը դիտարկման»:

Այդ կետը կարգավորվեց, ես ձգտում էի չտեսնված երկիր: ես ուզում էի նրան տանել ինձ հետ: սակայն համառ կանադական հրաժարվել, եւ ես տեսա, որ նրա եւ նրա վատ հումոր աճել օր օրի: ի վերջո, ես չէր ցավում է իր համառությամբ պայմաններում: իրոք, կային շատ կնիքները ափին, եւ մենք չպետք է դնելու նման գայթակղությանը այս ձկնորսի ճանապարհով: նախաճաշը ավարտվեց, մենք գնացինք ափ: որ գնացել որոշ մղոն հետագա մինչեւ ի գիշերը: դա մի ամբողջ լիգան ափին, որից բարձր դաստիարակվել է կտրուկ գագաթնակետին մոտ հինգ հարյուր յարդ բարձր: Նավակը ինձ հետ տարել , երկու տղամարդիկ անձնակազմին, իսկ գործիքները, որոնք բաղկացած է ժամանակաչափ, աստղադիտակի, եւ բարոմետր. Հատելիս, ես տեսա, բազմաթիվ պատկանող երեք տեսակի բնորոշ հարավային ծովերի. Կետ, կամ անգլերեն «ճիշտ » է, որը չունի կռնակի . Որ «կուզ», ինչպես կրծքավանդակի եւ խոշոր, սպիտակավուն , որը, չնայած իր անվանը, չեն ձեւավորել թեւեր. Եւ -ետ, մի դեղնավուն շագանակագույն, ամենաակտիվ, ամբողջ կետանմանները: այս հզոր արարած, որը լսել է երկար ճանապարհ է, երբ նա նետում է մեծ բարձրության սյուները եթերում ու գոլորշին, որը նման ծխի: այդ տարբեր կաթնասուններն են իրենց զորքերի հանգիստ ջրերի եւ ես կարող էի տեսնել, որ այս ավազանը անտարկտիկայի բեւեռի ծառայում է որպես մի տեղ ապաստան է կետանմանները շատ սերտորեն առ կողմից որսորդները. Ես նաեւ նկատեցի մեծ լողացող միջեւ, ճահճուտում:

Ինը ժամը մենք վայրէջք կատարեցինք. Երկինքը էր գունաբացող, ամպերի էին թռչում դեպի հարավ, եւ մառախուղը թվում էր, պետք է թողնելով սառը ջրերի վրայ: կապիտան գնաց դեպի գագաթնակետին, որը նա անկասկած նշանակում է լինել նրա աստղադիտարան: դա եղել է ցավոտ վերելք ավելի կտրուկ լավա եւ պեմզաքարերի, մթնոլորտում հաճախ սպասման հետ ծծմբային հոտ է ծխողների ճաքեր: մի մարդու անսովոր քայլել հողի վրա, նավապետը բարձրացել զառիթափ լանջերը հետ շարժունություն ես երբեք չեմ տեսել հավասարվել է, եւ որը մի որսորդ կլիներ նախանձում: մենք երկու ժամ հասնելով գագաթաժողովին այս գագաթնակետին, որը գտնվում էր կես ու կես բազալտ: անկէ ալ, մենք նայում են մի մեծ ծով, որը, դեպի հյուսիս, հստակ նկատելի է սահմանագծին վրայ երկնքում. Մեր ոտքերուն դնելու ոլորտները . Մեր գլխավերևում գունատ գորշ, մառախուղից զերծ: դեպի հյուսիս սկավառակը արեւի թվում էր, թե մի գնդակի կրակի, արդեն եղջյուրավոր կողմից կտրում հորիզոնում: ից ծոցում ջրի վարդ հեղուկ շիթերի կողմից հարյուրավոր. Է հեռավորության դնելու նման մի քնած է ջրի. Ետեւում մեզ, դեպի հարավ եւ արեւելք, հսկայական երկրի եւ քաոսային կույտ ժայռերի եւ սառույցի, որի սահմաններում չէին երեւում: վրա ժամանում է գագաթնաժողովը կապիտան ուշադիր էին միջին բարձրությունը համաթվի, որովհետեւ նա պետք է հաշվի առնել, որ հաշվի առնելով իր դիտողությունները: մի եռամսյակի տասներկուսից արեւի, ապա տեսել են միայն բեկում, նայեցի նման մի ոսկե սկավառակի թափելու իր վերջին ճառագայթները վրա այս ամայի մայրցամաքում եւ ծովերի, որը բնաւ ոչ ոք չէր քանդեցին. Կապիտան , կահավորված է ապակի, որի միջոցով մի հայելու, ուղղեց բեկում, դիտեցին գունդ խորտակվող ներքեւում հորիզոնում աստիճանաբար, հետեւում է անկյունագիծ: ես տեղի ունեցավ ժամանակաչափ. Սիրտս արագ ծեծեց: եթե անհետացման կես սկավառակի վրա արեւի համընկավ տասներկու ժամը վրա ժամանակաչափ, մենք էինք բեւեռ բուն.

«տասներկու»: ես բացականչեցի:

«հարավային բեւեռ» պատասխանեց կապիտան , մի ծանր ձայնով, հանձնելով ինձ ապակի, որը ցույց տվեց գունդ կտրել է, թե հավասար մասերի, հորիզոնում.

Ես նայեցի վերջին ճառագայթներից թագադրման գագաթնակետին, եւ ստուերները մոնտաժ աստիճանից մինչեւ իր լանջերին: այդ պահին կապիտան նեմոն, ձեռքը ուսիս վրա հենելով, ասաց.

«ես, կապիտան , այս 21 օրը երթ, 1868, հասել է հարավային բեւեռ իննսուներորդ աստիճանի, եւ ես տիրելու այդ մասի աշխարհում, հավասար է մեկ վեցերորդը հայտնի մայրցամաքների»:

«ում անունով, կապիտան»:

«իմ մեջ, պարոն»:

Ասացվածք, որը, կապիտան ծածանվի սեւ դրոշի, կրելու է «» ոսկու իր . Ապա, դառնալով դեպի գունդ օրը, որի վերջին ճառագայթները հորիզոնում ծովի, նա բացականչեց.

«հրաժեշտ, արեւ! Անհետանում են, եւ դու պայծառ գունդ! Հանգստանան տակ, այս բաց ծով, եւ թող մի գիշեր վեց ամսվա տարածել իր ստվերից իմ նոր տիրույթներում»

Գլուխ

Դժբախտ պատահար կամ դեպք:

Հաջորդ օրը, մարտի 22-ին, ժամը վեցին ի առավոտյան, մեկնումի պատրաստությունները սկսվել են: վերջին լուսավորում մթնշաղի են հալեցման գիշեր: որ ցուրտ էր մեծ, համաստեղությունները փայլեցաւ հրաշալի ինտենսիվությամբ: է գագաթնակետին փայլատակեց, որ -բեւեռային արջը շրջաններում: ջերմաչափ ցույց է տվել 120 զրոյից ցածր, եւ երբ քամին թարմացրեց այն էր կծու. Բաց ջրի վրա ավելացել են սառցե փաթիլներ: ծովը թվում էր ամենուրեք: բազմաթիվ սլավուն տարածել մակերեւույթի վրա, ցույց տալով ձեւավորմանը թարմ սառույցի. Ակնհայտ է, որ հարավային ավազանը, սառեցվել ընթացքում վեց ձմռան ամիսներին, բացարձակապես անհասանելի: ինչ դարձավ այդ ժամանակվա - ը: անկասկած նրանք գնացին տակ այսբերգների, ձգտելով ավելի գործնական ծովերի. Ինչպես նաեւ կնիքների եւ , սովոր է ապրել մի ծանր կլիման, նրանք մնացին այդ սառցե ափին: այդ արարածներ են բնազդ կոտրել անցքեր են սառույցի դաշտում, եւ պահել նրանց բաց. Այս անցքերին նրանք գալիս են շունչ քաշելու. Երբ թռչունները, պայմանավորված հեռու է սառը, արտագաղթել է դեպի հյուսիս, այդ ծովային կաթնասունները մնում են միանական վարպետները բեւեռային մայրցամաքում: բայց ջրամբարներ, որոնք լրացնելու ջրով, իսկ դանդաղ նվազման: 1000 ոտնաչափ խորության վրա այն դադարեց; նրա պտուտակով ծեծել ալիքների, եւ դա առաջադեմ ուղիղ դեպի հյուսիս մի արագությամբ տասնիինգ մղոն մեկ ժամ: դեպի գիշերվա արդեն լողում տակ իսկայական մարմնի այսբերգ. Ժամը երեքին ի առավոտյան ինձ արթնացրեց բռնի շոկի. Ես նստեց իմ անկողնում, եւ լսում է մթության մեջ, երբ ես նետում կեսին սենյակում. , հետո հարվածել էր բռնությամբ: ես երկայնքով բաժանման, եւ, ի սանդուղք դեպի սրահում, որը լուսավորված է լուսավոր առաստաղը: կահույքը նեղացել էր: բարեբախտաբար պատուհանները են ամուր սահմանել, եւ էր անցկացրել արագ. Պատկերներ վրա ղեկը դեպի աջ պտտել կողմից, լինելով այլեւս ուղղահայաց, կառչում էին թղթի վրա, մինչդեռ այն, որ նավահանգստի կողմի կախված էին գոնե մի ոտքը պատին. Էր պառկած է իր ղեկը դեպի աջ պտտել կողմի կատարելապես անշարժ: ես լսել եմ հետքերով, եւ շփոթություն ձայներ. Բայց կապիտան չի հայտնվում: քանի որ ես հեռանում ճաշարան, հողատարածք եւ մտել:

"բանն ինչումն է?" ասաց ես, միանգամից:

«ես եկել եմ հարցնել ձեզ, սըր», - պատասխանեց :

«խառնվեք դրանով»: - բացականչեց կանադայի, «ես գիտեմ, լավ, բավարար է! Նաուտիլուսը հարվածել, եւ, դատելով դեպ, նա ստերի, ես չեմ կարծում, որ նա կարող է աջ իրեն, քանի որ նա արեց առաջին անգամ նեղուցներին»:

«բայց,« ես հարցրի, «է նա գոնե գալ մակերեսի, ծովի».

«մենք չգիտենք», - ասաց կոնսիլը:

«հեշտ է որոշել», - պատասխանեցի ես: ես խորհրդակցեցի մանոմետրին: իմ մեծ զարմանս, այն ցույց տվեց խորությունը ավելի քան 180 : "ինչ է դա նշանակում?" ես բացականչեցի:

«մենք պետք է հարցնենք կապիտան », - ասել է :

«բայց ո՞ւր կգտնենք նրան»: ասաց նեդ հողը:

- հետևիր ինձ, - ասացի ես իմ ուղեկիցներին:

Մենք լքեցինք սրահը: ոչ ոք չի եղել գրադարանում: ժամը կենտրոնի սանդուղք, ըստ է նավի անձնակազմի, ոչ ոք չի եղել: ես մտածեցի, որ կապիտան պետք է լինի փործնական վանդակի. Ամենալավն էր սպասել: բոլորս վերադարձանք սրահ: քսան րոպե մնացինք այդպիսով, փործելով լսել, ամենափոքր աղմուկը, որը կարող է կատարվել խորհրդի , երբ կապիտան մտել: նա կարծես չի տեսնում մեզ. Նրա դեմքը, ընդհանուր առմամբ, այնպես որ, սառնասիրտ, ցույց նշաններ : որ նա հետեւում է կողմնացույց լուռ, ապա . Եւ, պատրաստվում է , դրեց իր մատը վրա տեղում ներկայացնող հարավային ծովերի. Ես չէի խանգարի նրան. Բայց, մի քանի րոպե անց, երբ նա շուռ եկավ դեպի ինձ, ես ասացի, օգտագործելով մեկը իր սեփական արտահայտություններ են նեղուցներով:

«միջադեպ է, կապիտան».

«ոչ, սըր, դժբախտ պատահար այս անգամ»:

«լուրջ»:

«գուցե»:

«վտանգն անհապաղ է»:

«ոչ»:

Որ « ն ծանծաղուտի մեջ խրված».

«այո»:

«եվ դա պատահել է. Ինչպե՞ս»:

«մի քմահաճույքի բնության, ոչ թե անտեղյակության մարդու. Ոչ մի սխալ է արվել է աշխատանքային, բայց մենք չենք կարող կանխել հավասարակշռությունը է արտադրել իր հետեւանքները. Մենք կարող ենք քաջ մարդու օրենքներ, սակայն մենք չենք կարող դիմակայել բնական նորերը»:

Կապիտան էր ընտրել մի տարօրինակ պահ այս փիլիսոփայական արտացոլումը. Ընդհանուր առմամբ, նրա պատասխանը օգնեց ինձ քիչ.

«կարող եմ հարցնել, պարոն, պատճառը այդ պատահարի».

«սառույցի իսկայական բլոկ է, մի ամբողջ սար, շրջվել է», - պատասխանեց նա: «երբ քայքայվում են իրենց բազայի տաք ջրով կամ վերահաստատել է ցնցումներին նրանց ծանրության կենտրոնը բարձրանում, եւ ամբողջ բանը շրջվել. Սա այն է, ինչ տեղի է ունեցել, մեկը՝ այդ բլոկների, քանի որ այն ընկավ, հարվածել , ապա, ճերմակ ստեղնաշարի տակ նրա կեղեվ, բարձրացրել այն անդիմադրելի ուժով, բերելով այն մահճակալների որոնք ոչ այնքան հաստ, որտեղ այն պառկած է իր կողմը »:

«բայց մենք կարող ենք ոչ ստանալ դուրս դատարկման իր ջրամբարներ, որ դա կարող է վերականգնել իր հավասարակշռությունը»:

«որ, սըր, որը արվում է այս պահին դուք կարող եք լսել պոմպեր աշխատանքային. Նայում ասեղ է , այն ցույց է տալիս, որ աճում է, սակայն բլոկի սառույցի լողացող դրա հետ, եւ, մինչեւ ինչ-որ խոչընդոտի դադարեցնում է իր վերընթաց միջնորդությունը, մեր դիրքորոշումը չի կարող փոփոխվել »:

Իրոք, որ դեռեւս տեղի է ունեցել նույն դիրքորոշումը ղեկը դեպի աջ պտտել. Անկասկած է, որ ճիշտ է, երբ թաղամաս դադարել: բայց այս պահին, ով գիտի, եթե մենք կարող ենք լինել սարսափազդու մանրացված երկու հարթ մակերեսների. Ես անդրադարձա մեր դիրքորոշման բոլոր հետևանքներին: կապիտան երբեք իր հետ վերցրեց իր աչքերը դուրս : քանի որ աշնանը այսբերգ, որ էր բարձրացել է մոտ հարյուր հիսուն ոտքերին, սակայն դա դեռ կատարվում է նույն անկյունը հետ ուղղահայաց: հանկարծ մի փոքր շարժում զգացվել է սպասում. Ակնհայտորեն, դա մի փոքր իրավացի էր: բաներ կախված է սրահում էին ուշադրությամբ վերադառնում իրենց նորմալ դիրքում: միջնապատերը մոտենում էին ուղղահայացներին: ոչ ոք չխոսեց: ծեծելու սրտով մենք հետեւում եւ զգացի, որ : խորհուրդների դարձավ հորիզոնական մեր ոտքերի տակ: անցավ տասը րոպե:

«վերջապես մենք իրավունք ստացանք»: ես բացականչեցի:

«այո», - ասաց կապիտան , պատրաստվում է դռան սրահում:

«բայց մենք լողո՞ւմ ենք»: ես հարցրեցի.

«իհարկե,« նա պատասխանեց. «քանի որ ջրամբարները դատարկ չեն, եւ, երբ դատարկ է, պետք է բարձրանալ է մակերեսի ծովի»:

Մենք բաց ծովում էինք; բայց մի հեռավորության վրա մոտ տասը բակերում է, երկու կողմերում , վարդի մի պատը սառույցի. Վերևում և նույն պատի տակ: վերը, քանի որ ավելի մակերեսային է այսբերգի ծգվում է մեզ համար նման է հսկայական առաստաղը. Տակ, քանի որ բեկանել թաղամաս, որ աստիճանաբար էր գտել հանգստի վայր վրա կողային պատերին, որը պահվում է այդ պաշտոնում: իրոք բանտարկված է կատարյալ թունելում սառույցի ավելի քան քսան բակերում լայնություն, լցված հանգիստ ջրով: այն էր, հեշտ է դուրս գալ դրանից, ըստ պատրաստվում էլ առաջ կամ ետ, եւ ապա մի ազատ անցումը տակ է այսբերգ, մի քանի հարյուր բակերում ավելի խորն: լուսավոր առաստաղը էր մարվել, սակայն սրահ էր դեռ հոյակապ ինտենսիվ լույսի. Այն էր, որ հզոր անդրադարձ ապակե միջնորմով ուղարկվել բռնությամբ ետ թերթ է : ես չեմ կարող նկարագրել այն ազդեցությունը գալվանակյան ճառագայթների վրա, մեծ բլոկների այնպես կտրել. Վերայ ամեն մի անկյունից, յուրաքանչյուր եզր, ամեն երեսակ էր նետում մի այլ լույսը, ըստ բնույթի երակների առաջադրման միջոցով սառույցի. Պլասիդո իմը ակնեղեն, մասնավորապես , նրանց կապույտ ճառագայթները հատելու եւ կանաչ է զմրուխտ: այստեղ, եւ այնտեղ էին երանգներ հրաշալի , վազում միջոցով վառ կետերում, օրինակ ալմաստների կրակի փայլով որի աչքի չէր կարող կրել. Իշխանությունը լապտերի կարծես ավելացել հարիւրապատիկ, նման մի լամպ միջոցով ափսեների առաջին կարգի փարոս.

«որքան գեղեցիկ! Որքան գեղեցիկ»: աղաղակեց կոնսիլը:

- այո, - ասացի ես, - հիանալի տեսարան է: չէ, չէ, հեչ:

«այո, շփոթել այն! Այո», - պատասխանեց երկիրը »այն հոյակապ եմ խելագար պարտավոր է ընդունել այն. Ոչ ոք երբեք չի տեսել նման բան, բայց տեսարան կարող է արժենալ մեզ սիրելիս. Եւ, եթե ես պետք է ասում են, ես կարծում եմ, որ մենք տեսնում բաներ, որոնք աստված երբեք չի նախատեսված մարդուն տեսնել »

ճիշտ էր, այն էր, շատ գեղեցիկ. Հանկարծ ուռուցքից մի ճիչ ինձ ստիպեց շրջվել:

«ինչ է դա»: ես հարցրեցի.

«փակիր աչքերդ, պարոն, մի նայեք, պարոն»: ասացվածք, որը, ծափ տվեց իր աչքերով.

- բայց ի՞նչ է, տղա՛ս:

« շլացած, կուրացած»:

Աչքերս շրջվել ակամայից դեպի ապակու, բայց չէի կարողանում կանգնել կրակը, որը կարծես կուլ տալ նրանց. Ես հասկացա, թե ինչ է տեղի ունեցել: դրել լրիվ արագությամբ. Բոլոր հանգիստ շուք սառույցի պատերի միանգամից փոխվել է կայծակները: կրակը, այդ անհամար ալմաստ : որոշ ժամանակ էր պահանջվում ՝ մեր անհանգիստ տեսքը հանգստացնելու համար: վերջապես ձեռքերը հանվեցին:

«հավատք, ես երբեք չպետք հավատում էինք», - ասաց :

Դա էր, ապա հինգ առավոտյան. Եւ այդ պահին մի ցնցում զգացվել է են . Ես գիտեի, որ դրա խխունջը սառույցի պես հարվածել է: դա պետք է լիներ կեղծ մանեւր, այս սուզանավ թունելի, խանգարել են բլոկների, ոչ շատ հեշտ, նավարկություն. Ես մտածեցի, որ կապիտան , փոխելով իր ընթացքը, կլինի կամ դիմել այդ խոչընդոտները, կամ էլ հետեւել թունելի. Ցանկացած դեպքում, այդ ճանապարհը, մինչեւ մեզ չի կարող ամբողջությամբ արգելափակված է. Բայց, հակառակ իմ սպասումների, որ վերցրեց որոշել հետադիմական միջնորդությունը:

«մենք պատրաստվում ենք հետընթաց»: ասաց կոնսիլը:

- այո, - պատասխանեցի ես: «թունելի այս ծայրը չի կարող որևէ ելք ունենալ»:

"եւ հետո?"

«ապա», - ասել ես, որ «աշխատանքային հեշտ է. Մենք պետք է գնանք նորից, ու դուրս գալ հարավային բացմանը:, որ այն ամենը»:

է խոսում այսպիսով, ես ցանկացել է հայտնվել ավելի վատահ է, քան ես, իրոք, եղել. Բայց նախանշել միջնորդությունը աճում էր. Եւ, վերանայելով պտուտակով, դա իրականացվում է մեզ մեծ արագությամբ:

«դա կլինի խոչընդոտ», - ասել է :

«ինչ է դա, թե, մի քանի ժամ ավելի կամ պակաս, պայմանով մենք դուրս վերջապես»:

«այո», կրկնեց հողը », - եթե մենք ստանում դուրս գալ վերջապես!"

Մի կարճ ժամանակով եմ քայլում է սրահում գրադարանին: իմ ուղեկիցները լուռ էին: ես շուտով նետվեցի է օսմանյան, եւ վերցրեց մի գիրք, որը իմ աչքերը մեխանիկորեն: մի քառորդ ժամ հետո, , մոտենում է ինձ, ասաց. «ահա թե ինչ եք կարդում, շատ հետաքրքիր, սըր».

"Շատ հետաքրքիր!" ես պատասխանեցի.

«ես պետք է մտածել, այնքան, սըր. Դա ձեր սեփական գիրքը, դուք կարդում»:

"իմ գիրքը?"

Եւ իսկապես ես անցկացնում իմ ձեռքին աշխատանքը մեծ սուզանավ խորքերը: ես նույնիսկ չի էլ երազում: փակեցի գիրքը եւ վերադարձա իմ զբոսանքի. Եւ բարձրացել է գնալ.

«մնալ այստեղ, իմ ընկերներին», - ասացի ես, կալանավորելու նրանց. «եկեք միասին մնանք, մինչև դուրս գանք այս բլոկից»:

«ինչպես եք, խնդրում եմ, պարոն», - պատասխանեց.

Անցավ մի քանի ժամ: ես հաճախ նայում էի միջնամասից կախված գործիքներին: ցույց տվեց, որ նաուտիլուսը պահվում է մշտական խորությամբ ավելի քան երեք հարյուր յարդ. Կողմնացույցը դեռ ուղղվում էր դեպի հարավ; մուտք նշված արագությունը քսան մղոն ժամում, որն, ի նման ծանրաբեռնված տարածքում, շատ մեծ էր: բայց կապիտան գիտեր, որ ինքը չի կարող է արագացնել շատ, եւ որ րոպե արժանի էին տարիքի մեզ. Ժամը քսանիինգ րոպե անցած ութ մի երկրորդ ցնցումը տեղի է ունեցել, այս անգամ հետեւից: ես դարձավ գունատ: իմ ուղեկիցները էին մոտ իմ կողքին: ես առգրավել եմ կոնսիլի ձեռքը: մեր հայացքները բառերն ավելի լավ էին արտահայտում, քան բառերը: այս պահին նավապետը մտավ ճաշարան: ես գնացի մինչեւ նրան.

«մեր դասընթացը արգելել հարաւ». Ես հարցրեցի.

«այո, սըր. Այսբերգ փոխվել է, եւ փակվել է ամեն ելք»:

«մենք այդ ժամանակ արգելափակված ենք»:

«այո»:

Գլուխ

Ուզում եմ օդից

Այսպիսով շուրջ , վերեւում եւ ներքեւում, եղել է անանցանելի պատ սառույցի. Մենք բանտարկված էինք սառցաբեկորով: նայում էի կապիտանին: դեմքը վերսկսել է իր սովորական անվրդովվությամբ:

«պարոնայք», - ասել հանգիստ », կան երկու եղանակներ մեռնում է հանգամանքներում, որոնց մենք տեղադրված»: (սա շփոթության մեջ գցող անձը ունեցել է օդը մի մաթեմատիկական պրոֆեսոր դասախոսելու է իր աշակերտների) «առաջին պետք է մանրացված, իսկ երկրորդը այն է, մահանալ շնչահեղձությունից: ես չեմ խոսում այն հնարավորության մասին, մեռնում սովից, մատակարարման դրույթների է անպայման կտեւի ավելի երկար, քան մենք պետք է. Եկեք, ապա, հաշվարկել մեր հնարավորությունները »:

«ինչ վերաբերում է շնչահեղձություն, կապիտան,« պատասխանեց, «որ ոչ թե պետք է վախենում, քանի որ մեր ջրամբարները լիքն են»:

«հենց այնպես որ, բայց նրանք միայն զիջելու երկու օր մատակարարման օդում: այժմ, երեսուն-վեց ժամվա ընթացքում մենք արդեն թաքնված ջրի տակ, եւ արդեն ծանր մթնոլորտը պահանջում նորացման. Քառասունութ ժամվա ընթացքում մեր ռեզերվ կամք սպառվել »:

«լավ, կապիտան, կարող ենք լինել առաքվել մինչեւ քառասունութ ժամվա ընթացքում:»:

«կփործենք այն, գոնե, պիրսինգ պատը, որը շրջապատում է մեզ»:

«ո՞ր կողմում»:

«ձայնային կպատմի մեզ. Ես պատրաստվում եմ գործարկել ծանծաղուտի մեջ խրված է ստորին բանկի, եւ իմ տղամարդիկ հարձակվել այսբերգ վրա կողմում, որը գոնե հաստ."

Կապիտան նեմոն դուրս եկավ: շուտով ես հայտնաբերեցի մի սուլոցը աղմուկը, որ ջուրը մտնելու ջրամբարները. Դանդաղ, եւ սառույցի վրա մի խորության 350 բակերում, խորության, որի ընթացքում ավելի ցածր բանկը :

«իմ ընկերները», ասացի, «մեր վիճակը շատ լուրջ է, բայց ես ապավինել ձեր քաջության եւ էներգիա».

«սըր», - պատասխանել է կանադայի «ես պատրաստ եմ անել ամեն ինչ, ընդհանուր անվտանգության»:

«լավ », եւ ես անցկացրել իմ ձեռքը կանադայի.

«ես կարող են ավելացնել», - շարունակեց նա, - «որ, լինելով որպես հարմար է բրիչ որպես հետ եռաժանի, եթե ես կարող եմ օգտակար լինել նավապետը, նա կարող է կարգադրել եմ իմ ծառայությունները»:

«նա չի հրաժարվել ձեր օգնությունը. Գալ, »

Ես նրան տարան սենյակ, որտեղ անձնակազմը են դնելով իրենց խցանակեղեւից, բաճկոններ: ես ասել է ավազ առաջարկին, որը նա ընդունված: կանադական դրեց ծովի զգեստները, եւ պատրաստ էր շուտ նրա ուղեկիցները: երբ էր հագնված, ես կրկին մտել նկարչություն սենյակ, որտեղ է ապակու էին բաց, եւ, տեղադրված մոտ , ես ուսումնասիրել եմ շրջապատող մահճակալներ, որոնք ապահովել են . Որոշ ակնթարթներում հետո, մենք տեսանք մի քանի տասնյակ անձնակազմի ոտք է բանկի սառույցի, եւ նրանց մեջ հողը, հեշտությամբ հայտնի է իր հասակ: կապիտան նրանց հետ էր. Մինչ քանդել պատերը, առաւ , վստահ լինել, որ աշխատում է ճիշտ ուղղությամբ: երկար հնչեղության գծեր են ջրասույզ է կողմնային պատերից, բայց հետո տասնիինգ բակերում նրանք կրկին դադարեցվել են հաստ պատի: դա անիմաստ էր հարձակվել է առաստաղը նման մակերեսին, քանի որ այսբերգ ինքն չափվում է ավելի շատ, քան 400 բակերում բարձրության. Կապիտան ապա հնչեց ստորին մակերեսին. Այնտեղ տասը բակերը պատի առանձնացվել մեզ ջրից, այնքան մեծ էր հաստությունը սառույցը դաշտում. Անհրաժեշտ էր, հետեւաբար, պետք է կտրել դրանից մի կտոր հավասար է այնքանով, որքանով է ջրագիծ է . Կային մոտ 6000 խորանարդ բակերը բաժանել, այնպես է փորել մի փոս, որի միջոցով մենք կարող ենք իջնել դեպի սառույցը դաշտում. Որ աշխատանքը սկսվել էր անմիջապես եւ շարունակում են անխոնջ էներգիայով: փոխարեն փորում տուրում որը կլիներ ներգրավված ավելի մեծ դժվարություններ, կապիտան է ունեցել մեծ խրամատ արված ութ բակերում նավահանգստի եռամսյակի: ապա տղամարդիկ սահմանվել է աշխատել միաժամանակ իրենց պտուտակներ վրա մի քանի կետերի իր շրջապատ: ներկայումս քլունգ հարձակվել այս կոմպակտ հարցը ակտիվորեն, եւ խոշոր արգելափակում են կտրված զանգվածի. Մի հետաքրքիր ուժի տեսակարար կշռի, այդ բլոկների, թեթեւ է, քան ջրի մեջ, փախան, այսպես ասած, դեպի պահոց թունելի, որ ավելացել է հաստությամբ վերեւում համամասնորեն, քանի որ այն նվազել է այդ բազայի. Սակայն, որ փոքր-, այնքան ժամանակ, քանի դեռ ստորին մասը աճել . Հետո երկու ժամ քրտնաջան աշխատանքի, հողատարածք եկավ սպառված է: նա եւ նրա ընկեր փոխարինվել են նոր աշխատողների, որին եւ ես միացա: երկրորդը լեյտենանտ մեզ. Որ ջուրը թվում էր առանձին ցուրտ, բայց ես շուտով ստացել ջերմ բեռնաթափման քլունգ: իմ շարժումները ազատ էին բավարար, թեեւ դրանք կատարվել են մի ճնշման երեսուն միջավայրերին: երբ ես կրկին մտել, հետո աշխատել է երկու ժամ, վերցնել ինչ - որ ուտելիք եւ հանգիստ, ես գտա մի զգալի տարբերությունը մաքուր հեղուկ, որի հետ շարժիչը մատակարարված ինձ եւ մթնոլորտի , արդեն մեղադրվում է ածխաթթվի: օդը չէր նորացվել քառասունութ ժամվա ընթացքում, եւ նրա կենարար հատկանիշները զգալիորեն : սակայն, հետո մի դադարեցման տասներկու ժամ, մենք միայն բարձրացրել մի բլոկի սառույցի մեկ բակ հաստ է, նշված մակերեսին, որը եղել է մոտ 600 խորանարդ բակերը. Մտածելով, որ այն տեւել է տասներկու ժամ է իրականացնել այս շատ դա կարող են վերցնել հինգ գիշեր եւ չորս օր է բերել այս ձեռնարկության բավարար եզրակացության. Հինգ գիշեր եւ չորս օր: եւ մենք ունենք միայն օդը բավարար երկու օրերին հանրապետության ջրամբարների! «առանց հաշվի առնելու», - ասել է , «որ, նույնիսկ եթե մենք դուրս գալ այս սատանայական բանտում, մենք նույնպես պետք է ազատագրկվի տակ է այսբերգ, փակել են բոլոր հնարավոր կապի հետ մթնոլորտում»: ճիշտ է բավարար. Այդ դեպքում ո՞վ կարող էր կանխատեսել մեր փրկության համար անհրաժեշտ նվազագույն ժամանակը: մենք կարող ենք խեղդվում նախքան նաուտիլուսը կարող վերականգնենք մակերեւույթը ալիքների. Էր վիճակված է մեռնել, այս -գերեզմանէն, բոլոր նրանց հետ, դա կցվում. Իրավիճակն էր սարսափելի. Բայց բոլորն էլ նայեց վտանգը, ի դեմս, եւ յուրաքանչյուր որոշվել է կատարի իր պարտքը վերջին.

Քանի որ ես սպասվում էր, գիշերը մի նոր բլոկ մի բակ քառակուսի տարան, եւ դեռ ավելի խորտակվել իսկայական խոռոչ: բայց առավոտյան, երբ, հագած իմ խցանակեղեւից-բաճկոնը, ես շրջեց ցեխոտ զանգվածը ջերմաստիճանի վեց կամ յոթ աստիճանով ցածր զրոյից, ես նշել է, որ կողմնային պատերից աստիճանաբար փակելու է. Մահճակալներ ջրի հեռավոր խրամատ, որ տղամարդկանց աշխատանքով չէին տաքանում, ցույց տվեցին համախմբման միտում: ներկայությամբ այս նոր եւ անմիջական վտանգի, ինչ պետք է դառնար մեր շանսերը անվտանգության, եւ թե ինչպես է խոչընդոտում են պնդացման այս հեղուկ միջին, որ կպայթեն է նման ապակե.

Ես իմ ընկերներին չեմ ասել այս նոր վտանգի մասին: թե ինչ էր լավ մարում էներգիան գնում ցուցադրվում է ցավոտ աշխատանքի փախուստի: բայց երբ ես գնում է խորհրդի նորից, ես ասացի կապիտան այս ծանր բարդացումը.

«ես գիտեմ, որ», - ասել է նա, այդ հանգիստ տոնով, որը կարող է հակազդել առավել սարսափելի մտավախությունները: «դա մեկն է վտանգ ավելի, բայց ես տեսնում, ոչ մի կերպ խույս այն, իսկ միակ շանսը անվտանգության գնալ ավելի արագ, քան պնդացման. Մենք պետք է նախապես դրա հետ, որ այն ամենը,.»

Այս օրը մի քանի ժամ ես օգտագործում եմ իմ քլունգ ակտիվորեն: աշխատանքը շարունակեց ինձ: բացի այդ, աշխատանքի էր դուրս գալ , եւ շնչել ուղղակիորեն մաքուր օդը վերցված է ջրամբարների, եւ մատակարարված մեր ապարատի, եւ դուրս գալ աղքատ եւ մթնոլորտ: դեպի երեկոյան խրամուղի մեկ բակ ավելի խորն: երբ ես վերադարձել է խորհրդի, ես գրեթե շնչահեղձ է ածխաթթու որի հետ օդը լցված էր, oh! Եթե մենք ունեինք միայն քիմիական նշանակում է քշել հեռու այդ վնասակար գազ: մենք շատ թթվածին ունեինք; այս ամենը ջուրը պարունակվում է զգալի քանակությամբ, եւ լուծարման այն մեր հզոր , ապա դա վերականգնել կենդանացնող հեղուկ: ես մտածում էր նաեւ վրայ բայց ինչ լավ էր, որ, քանի որ ածխաթթու արտադրվում է մեր շնչառության էր ներխուժել յուրաքանչյուր մասը նավի. Կլանել այն, որ անհրաժեշտ է լրացնել որոշ բանկա հետ կաուստիկ պոտաշ, եւ թափահարում նրանց անընդհատ: այժմ այս նյութը էր ցանկանում է խորհրդի, եւ ոչինչ չի կարող փոխարինել այն. Որ երեկոյան, կապիտան պետք է բացել ծորակներից իր ջրամբարների, եւ թող որոշ մաքուր օդ մեջ ներքին . Առանց այս նախազգուշական միջոց, մենք չկարողացանք ձերբազատվել այն իմաստով, խեղդում. Հաջորդ օրը, մարտի 26, վերսկսեցի իմ աշխատանքը սկսած հինգերորդ բակը: տեսանելիորեն խտացրին կողային պատերը և սառցապարկի ստորին մակերեսը: ակնհայտ էր, որ Նրանք պետք է նախքան նաուտիլուսը կարողացել է մեկուսացնել իրեն. Յուսահատություն խլել ինձ համար մի ակնթարթում. Իմ քլունգ գրեթե ընկավ իմ ձեռքում: թե ինչ էր լավ փորում, եթե ես պետք է խեղդվում, մանրացված կողմից այն ջուրը, որ վերածվում է քարի. - պատիժ է, որ դաժանություն է նույնիսկ չէր հորինել: պարզապես ապա կապիտան անցել ինձ մոտ: դիպչեցի Նրա ձեռքին և ցույց տվեցի Նրան մեր բանտի պատերը: պատի նավահանգիստ էր զարգացած է առնվազն չորս բակերում է կմախք է . Նավապետը հասկացել է ինձ, եւ ստորագրել ինձ հետեւել նրան: մենք գնացինք խորհրդի. Ես հանեցի իմ -բաճկոնը եւ ուղեկցել նրան դեպի հյուրասենյակում:

«մ. , մենք պետք է փորձել որոշ հուսահատ միջոցներ, կամ մենք պետք է կնքված է այս ջրի, ինչպես ցեմենտի»:

«այո, բայց ի՞նչ է արվելու»:

«ախ, եթե իմ նաուտիլուսը էին բավականաչափ ուժեղ է կրել այդ ճնշումը առանց մանրացված»

«լավ»: ես հարցրեցի չի բռնում ավագի գաղափարը:

«չէք հասկնար», - պատասխանեց նա, - «որ այս սառում ջրի կօգնի մեզ. Չեք տեսնում, որ իր պնդացման, որ դա պայթել է այս ոլորտում սառույցի, որը բանտարկում է մեզ, քանի որ, երբ այն սառեցնում, այն է ամենադժվար քարեր? Չեք ընկալում, որ դա կլինի մի գործակալ անվտանգության փոխարեն ոչնչացման »:

«այո, կապիտան, թերեւս, բայց, այն, ինչ դիմադրություն ջախջախիչ ունի, դա չէր կարող աջակցել այս սարսափելի ճնշմանը, եւ պետք է նման է երկաթե ափսեի»:

«ես գիտեմ, որ, սըր. Հետեւաբար մենք պետք է ոչ թե հաշվի նստի վրա օգնության բնության, բայց մեր սեփական ջանքերի. Մենք պետք է կանխել այս պնդացման. Ոչ միայն կողմնային պատերից է սեղմված միասին, բայց չկա ոչ տասը ոտքերը ջրի առաջ կամ ծովագնացության հետևում. Միաբանությունը մեզ բոլոր կողմերից է շահում »:

«որքան է տեւելու օդը ջրամբարներում տեւել է մեզ համար շնչել խորիրդի»

Կապիտանը նայեց իմ դեմքին: «հետո վաղը նրանք կարող են լինել դատարկ»

Սառը քրտինքը պատեց ինձ: այնուամենայնիվ, պետք է զարմացած լինեի պատասխանից: մարտի 22-ին, էր բաց բեւեռային ծովերի. Մենք գտնվում էինք 26 ° -ի սահմաններում: հինգ օրերի ընթացքում մենք էր ապրել է արգելոցի վրա խորհրդի. Եւ այն, ինչ մնացել է օդի պետք է պահվեն աշխատողների համար: նույնիսկ հիմա, քանի որ ես գրել, իմ հիշողությունն դեռ այնքան վառ են, որ ակամա տեռոր ինձ եւ իմ թոքերը, կարծես, պետք է առանց օդի. Մինչդեռ, կապիտան արտացոլված լուռ, եւ ակնհայտորեն գաղափարն էր հարվածել նրան. Բայց նա կարծես մերժել այն: վերջապես, այդ բառերը փախայ նրա շուրթերը:

«եռացող ջուր»: նա փնթփնթաց.

«եռացող ջուր»: ես լացեցի.

«այո, սըր. Մենք կցվում է մի տարածություն, որը համեմատաբար սահմանափակվում: չէր եռացող ջրի մեջ, մշտապես ներարկվել է պոմպերի, բարձրացնել ջերմաստիճանը այս մասով եւ մնալ սառում».

- եկեք փորձենք, - վճռականորեն ասացի ես:

«փորձենք, պրոֆեսոր»:

Ջերմաչափն այնուհետեւ դրսում կանգնած էր 7 ° -ի սահմաններում: կապիտան տարավ ինձ դեպի , որտեղ հսկայական մեքենաներ էր, որ կահավորված է խմելու ջուրը գոլորշիների. Նրանք լցված դրանք ջրով, եւ բոլոր էլեկտրական ջերմային է է շպրտվել միջոցով որդերն է հեղուկ. Մի քանի րոպեի ընթացքում այս ջուրը հասավ 100 ° -ի: այն էր, ուղղված պոմպերի, իսկ թարմ ջուր փոխարինվել այն համամասնությամբ. Որ ջերմային մշակվել է այնպիսին էր, որ սառը ջուր, կազմվել ծովից հետո միայն անցել է մեքենաների, եկան եռացող մեջ մարմնի պոմպ. Ներարկում էր սկսվել, եւ երեք ժամ անց ջերմաչափ նշանավորվեց 6 ° զրոյից ցածր դրսից: մեկ աստիճան էր ձեռք բերել: երկու ժամ անց ջերմաչափը նշում էր միայն 4 °:

«մենք պետք է հաջողության հասնել», - ես ըսաւ հարիւրապետին, հետո անհանգստությամբ հետեւում էին արդյունքը շահագործման:

«ես կարծում եմ," նա պատասխանեց, «որ մենք չպետք է մանրացված. Մենք այլեւս շնչահեղձություն վախենալու»:

Գիշերվա ընթացքում ջերմաստիճանը ջրի բարձրացել է 1 ° զրոյից ցածր: ներարկումները չէին կարող այն հասցնել ավելի բարձր կետի: բայց, քանի որ սառում է ծովի ջուր արտադրում է առնվազն 2 °, ես առնվազն հավաստիացրեց, դեմ վտանգների պնդացման:

Հաջորդ օրը, 27, վեց բակերը սառույցի արդեն մաքրվել է, տասներկու ոտքերը միայն մնացած է մաքրել հեռավորության վրա: կար դեռ քառասունութ ժամվա աշխատանքը: օդը չի կարող երկարաձգվել է ներքին եւ . և այս օրը ավելի կվատթարանա: անընդունելի քաշը ճնշվածների ինձ: դեպի երեքին ի երեկոյան այս զգացումը բարձրացել է բռնի աստիճանի: հորիզոնները պոկել էին ծնոտներս: իմ թոքերը շունչ քաշի, քանի որ նրանք այս վառվող հեղուկ, որը դարձավ ավելի ու ավելի է: բարոյական տորպոր բռնեց ինձ: ես անզոր էր, համարյա անգիտակից վիճակում. Իմ քաջ , թեեւ նույն ախտանիշները եւ տառապում է նույն ձեւով, երբեք չի լքել ինձ: նա բռնեց իմ ձեռքը եւ քաջալերեց ինձ, եւ ես լսել եմ նրան տրտնջալ, «օ՜, եթե ես կարող եմ միայն շնչել, որպեսզի թողնել ավելի շատ օդ է իմ տիրոջ»

Արցունքներ մտաւ իմ աչքերով լսելով խոսում այդպիսով: եթե մեր իրավիճակը եղել է անհանդուրժելի է ներքին, ինչպես նաեւ, թե ինչ է շտապողականություն եւ ուրախություն, որ մենք դնում ենք մեր խցանակեղեւից, բաճկոններ է աշխատել մեր հերթին! Չնչել սառեցված - մահճակալների. Մեր ձեռքերը , որ մաշկը պատռված դուրս մեր ձեռքերը: բայց ինչ էին այդ , ինչ էին վերքերը, թե. Կենսական օդը հասավ թոքերին: մենք շնչեցինք: մենք շունչ!

Այս ամենը ժամանակ ոչ ոք երկարացրեց իր կամավոր առաջադրանքը դուրս է սահմանված անգամ. Նրա խնդիրն իրականացվում, ամեն մեկը հանձնել իր հերթին իր հեւասպառ ուղեկիցները սարքավորման, որ մատակարարված նրան կյանքի հետ. Կապիտան սահմանել օրինակին, եւ ներկայացվել առաջինը այս ծանր կարգապահության. Երբ ժամանակը եկավ, նա տվել է իր ապարատը մյուսը եւ վերադարձել է եթերում խորհրդի հանգիստ, անհողդողդ, .

Այդ օրը սովորական աշխատանքը կատարվել է անսովոր ուժով. Մակերեսից միայն երկու բակեր են մնացել: երկու բակերը միայն առանձնացված մեզ բաց ծովում. Բայց ջրամբարներ, որոնք գրեթե դատարկ օդում: այն փոքրիկ մասը, որը պետք է պահեր աշխատողների համար. Ոչ մի մասնիկ `նաուտիլուսի համար: երբ ես նորից գնացի ինքնաթիռ, ես կեսից շնչահեղձ էի լինում: ինչ գիշեր է: չգիտեմ, թե ինչպես նկարագրել դա: հաջորդ օրը իմ շնչառական ճնշվեց: գլխապտույտ ուղեկցում է ցավը իմ գլխին եւ կազմել ինձ նման մի հարբած մարդու. Իմ ուղեկիցները ցույց տվեցին նույն ախտանիշները: որոշ անձնակազմի էր հորդ կոկորդին:

Որ այդ օրը, վեցերորդ մեր ազատագրկման, կապիտան , գտնելով, որ աշխատանքը շատ դանդաղ, լուծվել է երկրպագուների սառույցը մահճակալ, որը դեռեւս առանձնացված մեզ հեղուկ թերթիկ: այս մարդու զովություն եւ էներգետիկ երբեք թողեցին նրան. Նա ենթարկեց իր Ֆիզիկական ցավերը բարոյական ուժով:

Իր հրամաններով նավը, որը լուսավորվում, այսինքն, բարձրացրել է պաղպաղակի անկողնում մի փոփոխության տեսակարար կշռի: երբ այն նրանք այն, որպեսզի բերել այն վերեւում իսկայական խրամատ հիման վրա մակարդակով ջրագծի. Ապա, լրացնելով իր ջրամբարները ջուր, իջավ եւ փակել իրեն է գրանցվեք:

Հենց այդ ժամանակ ամբողջ անձնակազմը եկավ ինքնաթիռ, և կապի կրկնակի դուռը փակվեց: ապա հանգստացավ անկողնում սառույցի, որը եղել է ոչ թե մեկ բակ հաստ, եւ որի հնչեղության տանում էին մի հազար վայրերում: ծորակները են ջրամբարների են, ապա բացվեց, եւ հարյուր խորանարդ բակերը ջուր էր թույլ, ավելացնելով կշիռը 1800 հազար տոննա: մենք սպասում էինք, լսեցինք,, մոռանալով մեր տառապանքները հույսով: մեր անվտանգությունը կախված էր այս վերջին հնարավորությունից: չնայած իմ գլխին, ես շուտով լսել է հոլ ձայնը տակ կմախք է . Սառույցը խեյլացնոր եզակի աղմուկի, ինչպես կատաղի թուղթ, եւ .

«մենք դուրս ենք մնացել»: տրտնջացին իմ ականջին:

Ես չէի կարող պատասխանել նրան: բռնեցի նրա ձեռքը և սեղմիչ սեղմեցի այն: բոլորը միանգամից, տանում հեռու է իր սարսափելի գնով, ապա նման մի գնդակից տակ, ջրերի, այսինքն, այն նվազել է, քանի որ, եթե դա եղել է մի վակուումը. Ապա բոլոր էլեկտրական ուժը դրվել է պոմպեր, որոնք շուտով սկսեցին թույլ տալ, որ ջուրը դուրս է ջրամբարների: մի քանի րոպե անց մեր անկումը դադարեցվեց: շուտով եւս նշված վերընթաց շարժումը. Պտուտակով, պատրաստվում է լրիվ արագությամբ, կատարել է երկաթե պատյանավոր դողալ է իր հենց հեղույսներ եւ ոչ-ոքի է մեզ դեպի հյուսիս: բայց եթե դա լողացող տակ այսբերգ կտեւի եւս մեկ օր, մինչեւ մենք հասնում է բաց ծովում, պիտի մեռած առաջինը:

Գրադարանի մի կեսի վրա ձգված, ես շնչահեղձ էի: իմ դեմքը մանուշակագույն, իմ շուրթերը կապույտ, իմ ֆակուլտետներ կասեցվել: ես ոչ տեսել եմ, ոչ լսել: բոլորը հասկացությունը ժամանակի գնացել իմ մտքում: իմ մկանները չի կարող պայմանագրով: ես չգիտեմ, թե ինչպես շատ ժամեր անցել դրանով, բայց ես գիտակցում էր հոգեվարքի որ գալիս է ինձ համար: ես զգացի, ինչպես նաեւ, եթե ես պատրաստվում էր մեռնել: հանկարծ եկա: որոշ օդի թափանցել իմ թոքերը: էինք բարձրացել է մակերեւույթը ալիքների. Որ մենք ազատ է այսբերգ. Ոչ. Եւ , իմ երկու քաջ ընկերները էին զոհաբերում իրենց ինձ փրկել: օդի որոշ մասնիկներ դեռ մնում էին մեկ ապարատի հատակին: փոխարեն օգտագործելով այն, որ նրանք պահվում են այն ինձ համար, եւ, երբ նրանք էին շնչահեղձ, նրանք ինձ կյանքը, կաթիլ առ կաթիլ: ես ուզում էի մղել ետ բանը. Նրանք անցկացրել իմ ձեռքերը, եւ որոշ պահերի ես շունչ ազատ. Ես նայեցի ժամացույցի. Դա եղել տասնմեկ է առավոտյան: այն պետք է լինի մարտի 28-ը: գնաց մի սարսափելի տեմպերով, քառասուն մղոն մեկ ժամ: բառացիորեն պոկվեց ջրի միջով: ուր էր կապիտան . Էր նա մահացավ: Նրա ուղեկիցները նրա հետ մեռան: այս պահին նշել է, որ մենք չէինք ավելի քան քան ոտնաչափ հեռավորության վրա մակերեսին. Ընդամենը ափսե սառույցի առանձնացվել է մեզ մթնոլորտում: կարող ենք չի խախտել այն. Գուցե. Ցանկացած դեպքում Նաուտիլուսը պատրաստվում էր փորձել այն. Ես զգացի, որ դա եղել է թեք դիրքում, իջեցնել խիստ, եւ բարձրացնել . Ներդրումը ջրի եղել են միջոցները խանգարում է իր հավասարակշռությունը: ապա, մղում է իր հզոր պտտվել, որ հարձակվել է -արտը տակ, ինչպես մի աիռելի -. Դա կոտրեց այն աջակցելու եւ ապա շտապում ենք դեմ դաշտի, որը աստիճանաբար զիջել. Եւ վերջապես, խիզախ հանկարծ դրա դեմ, կրակել հարձակվողներ վրա սառույցը դաշտում, որ մանրացված տակ իր քաշով: վահանակը բացվեց-կարելի է ասել, պատռված դուրս եւ մաքուր օդը եկավ առատությամբ բոլոր մասերում .

Գլուխ

Ից Է

Ինչպես ես մտա հարթակ, գաղափար չունեմ; երևի կանադացին ինձ տարել էր այնտեղ: բայց ես շունչ, ես աշխուժություն ծովային օդը: իմ երկու ուղեկիցները են հարբած հետ թարմ մասնիկների. Մյուս դժբախտ մարդիկ եղած լինեին այնքան երկար, առանց ուտելիքի, որ նրանք կարող են ոչ թե անպատժելիության անձնատուր ամենապարզ որոնք տրված են նրանց: մենք, ընդհակառակը, վերջ չունեինք զսպելու համար. Մենք կարող ենք հրավիրել այս օդը ազատորեն մեր, թոքերի, եւ դա եղել է , զեփիւռն մենակ, որ լի է մեզ հետ, այս շահագրգիռ օգտվելու.

«ահ»: ասել է , «թե ինչպես սքանչելի այդ թթվածնային է! Վարպետ պետք չէ վախենալ, շնչել այն. Կա բավականաչափ բոլորի համար»:

երկիրը նրանց չէր խոսում, բայց նա բացեց իր լայն բավարար է վախեցնել . Մեր ուժը շուտով վերադարձավ, եւ, երբ ես նայեցի շուրջս, տեսա էինք մենակ է հարթակ. Ահա օտարերկրյա նավաստիներն է էին գոհ օդում որ շրջանառվող ինտերիերի նրանցից ոչ մեկը չէր եկել խմելու բաց երկնքի տակ:

Առաջին բառերը, ես խօսեցի էին երախտագիտության խոսքեր եւ երախտագիտության իմ երկու ուղեկիցները: եւ էր երկարացվել է իմ կյանքը ընթացքում վերջին ժամերին այս երկար հոգեվարքի. Իմ ամբողջ երախտագիտությունը չէր կարողացել վերադարձնել այդպիսի նվիրվածությունը:

«իմ ընկերները», ասացի ես, «մենք պարտավորված իրար համար երբեւէ, եւ ես համաձայն անսահման պարտավորությունների ձեզի»:

«որը ես պետք է օգտվել», - բացականչեց է կանադայի.

"ինչ ի նկատի ունես?" ասաց կոնսիլը:

«ես նկատի ունեմ, որ ես պետք է վերցնել ձեզ ինձ հետ, երբ ես դուրս գալ այս դժոխային »:

«լավ», - ասել է , «այս ամենից հետո, ենք գնում ճիշտ է»:

«այո,« ես պատասխանեցի, «որովհետեւ մենք գնում ճանապարհը արեւի, եւ այստեղ արեւը գտնվում է հյուսիսում»:

«անկասկած», - ասաց նեդ երկիրը; «բայց այն մնում է տեսնել, թե արդյոք նա կարող է բերել նավը դեպի խաղաղ կամ ատլանտյան օվկիանոսի, այսինքն, դեպի հաճախակի կամ դասալիք ծովերի."

Ես չեմ կարող պատասխանել այդ հարցին, եւ ես վախենում էր, որ կապիտան , որ բավական մեզ կտանի ճնշող օվկիանոսում, որ անդրադառնում ափերը ասիայի եւ ամերիկայի միեւնույն ժամանակ. Նա դրանով ավարտելու շրջայց է սուզանավ աշխարհում, եւ վերադառնալ այն ջրերում, որի նաուտիլուսը կարող լողալ ազատ. Մենք վաղուց պետք է լուծեինք այս կարեւոր կետը: նավատորմը արագ տեմպերով գնաց: բեւեռային շրջանը շուտով անցել, իսկ դասընթացը ձեւավորված է . Մենք էինք դուրս ամերիկյան կետի, մարտի 31-ին, ժամը յոթին ի երեկոյան: ապա մոռացվեցին մեր անցյալի բոլոր տառապանքները: հիշատակի այդ ազատազրկման սառույցի էր բնաջինջ մեր մտքերից: մենք միայն մտածում ապագայի մասին: կապիտան չի հայտնվել կրկին կամ ի հյուրասենյակում կամ հարթակ. Բանն այն ցույց է տվել, ամեն օր այդ , եւ, նշվում է լեյտենանտի, ցույց տվեց ինձ ճշգրիտ ուղղությունը . Այժմ, որ երեկոյան, այն էր, ակնհայտ, է, իմ մեծ գոհունակությամբ, որ մենք պատրաստվում էին վերադառնալ դեպի հյուսիս է ատլանտյան. Հաջորդ օրը, ապրիլի 1-ին, երբ համբարձվելուց է մակերեսի մի քանի րոպե մինչեւ կեսօր, մենք հեռատես հողը դեպի արեւմուտք: այն էր, , որի առաջին նավիգատորներ այդպիսով ից տեսնելով քանակությամբ ծուխ, որը բարձրացավ բնիկները 'վիշապածայն բուքը վսեմ: ափ թվում էր, ցածր է ինձ, բայց հեռավորության վրա բարձրացել բարձր լեռները. Ես նույնիսկ մտածում եմ, որ մի շող լեռան սարմիենտո, որ աճում 2,070 բակերը բարձր մակարդակի վրա ծովի, մի շատ սուր գագաթնաժողովի, որը, ինչպես դա միգապատ, թե պարզ է, մի նշան տուգանք կամ խոնավ եղանակին: այս պահին գագաթը հստակորեն սահմանված դեմ երկնքում. , կրկին ջրի տակ, մոտեցել ափին, որը միայն որոշ քանի մղոն հեռու: ից ապակե պատուհանները հյուրասենյակում, ես տեսա երկար ջրիմուռների եւ հսկայական եւ , որի բաց բեւեռային ծովը պարունակում է այնքան նմուշներ, իրենց սուր ողորկ թելերի. Նրանք չափվում մոտ 300 բակերում երկարությամբ իրական մալուխների, հաստ է, քան մեկ ի բութ. Եւ, ունենալով մեծ տոկունություն, նրանք հաճախ օգտագործվում են որպես պարանների համար անոթների. Մեկ այլ մոլախոտ հայտնի է որպես , տերեւների հետ չորս ոտքերը երկար, թաղված է մարջան , կախել ներքեւի մասում: այն ծառայել է որպես բույն եւ սննդի համար անհամար եւ կակղամորթների, , եւ . Կան կնիքները եւ ջրասամույրը ունեցել շքեղ հոգեհացի, ուտում միս ձուկ ծովային բանջարեղեն, ըստ անգլիական նորաձեւության. Է այս պարարտ եւ սաղարթախիտ գետնին նաուտիլուսը անցել է մեծ արագությամբ: դեպի երեկոյան մոտեցել Ֆոլկլենդյան խումբը, կոպիտ գագաթնաժողովները, որոնց ես ճանաչված հաջորդ օրը. Խորությունը ծովի չափավոր էր: ափին մեր ուռկանները բերեց գեղեցիկ նմուշների ծովի մոլախոտերի եւ մասնավորապես որոշակի , որի արմատները լցված էին լավագույն է աշխարհում. Սագ եւ դաքս նվազել են տասնյակ պլատֆորմի վրա, եւ շուտով վերցրել են իրենց տեղերը մառան վրա խորհրդի.

Երբ վերջին բարձունքները է անհետացել է հորիզոնում, որ է միջեւ քսան եւ քսանհինգ բակերում, եւ հետեւեց ամերիկյան ափին: կապիտան Նեմոն իրեն չդրսեւորեց: մինչեւ 3-ի ապրիլին մենք չթողեց ափերը , երբեմն տակ օվկիանոսում, երբեմն մակերեսին. Նավատորմը անցավ ուրուգվայի կողմից ձեւավորված մեծ գետաբերանից այն կողմ: Նրա ուղղությունը դեպի հյուսիս էր և հետևում էր հարավային ամերիկայի ափի երկար ոլորուններին: մենք այն ժամանակ ապոնիայի ծովերում մեր նավարկվելուց հետո կատարել ենք 1600 մղոն: ժամը մոտ տասնմեկին ի առավոտյան արեվադարձային է այծեղջյուր անցել է երեսունյոթերորդ զենիթ, իսկ մենք անցել կաբո կանգնած են ծովը: կապիտան , որպեսզի հողի մեծ դժգոհության, դուր չի եկել հարեւանությամբ բնակելի ափերի բրազիլիայում, որովհետեւ մենք գնացինք մի գլխապտույտ արագությամբ: ոչ մի ձուկ, ոչ մի թռչուն է ամենաարագ տեսակի, կարող են հետեւել մեզ, եւ բնական այդ ծովերի փախել է բոլոր դիտարկումը:

Այդ արագությունը էր պահվում, մինչեւ մի քանի օր է, իսկ երեկոյան 9-ապրիլին հեռատես առավել կետը հարավային ամերիկայի, որը ձեւավորում կաբո . Բայց ապա շեղվել նորից, եւ ձգտել ամենացածր խորությունը մի սուզանավ հովտում, որը միջեւ հրվանդանի եւ սիեռա լեոնեի աֆրիկյան ափին: այս հովիտ է զուգահեռ անտիլյան, եւ դադարում է բերանը կողմից հսկայական դեպրեսիայի 9000 բակերում: այս վայրում, երկրաբանական ավազանը օվկիանոսների ձեւերի, որքան փոքր անթիլյան կղզիների, մի ժայռ է երեք ու կես մղոն ուղղահայաց բարձրության, եւ, զուգահեռ գործում կաբո - վերդե կղզիների, մի այլ պատի ոչ պակաս զգալի է, որ զետեղված այդպիսով բոլոր գլորվել մայրցամաքում ատլանտյան. Ստորին սույն հսկայական հովիտ կետավոր որոշ լեռներում, որը տալիս է այդ սուզանավ վայրերում մի գեղատեսիլ ասպեկտ: ես խոսում եմ, ընդ որում, ձեռագրերի տրամագրերը, որոնք գրադարանում գործում -տրամագրերը, ակներեւաբար պատճառով կապիտան ձեռքը, իսկ հետո կատարվել է նրա անձնական դիտարկումների: երկու օրերի ընթացքում անապատ եւ խորքային ջրերը այցելել միջոցով թեք հարթություններում: լեցուեցաւ երկար շեղակի որը իրականացվող այն բոլոր . Բայց ապրիլի 11-ին այն աճել հանկարծակի, եւ հողի հայտնվել է բերանը ամազոն գետը, մի իսկայական գետաբերան, որի գետաբերան որոնց այնքան զգալի է, որ թարմացնում է ծովի ջուր է հեռավորության վրա մի քանի լիգաներում:

Չաասարակած էր անցել: քսան մղոն դեպի արեւմուտք, էին , Ֆրանսիայի տարածք, որի վրա մենք կարող ենք գտել է հեշտ ապաստան. Բայց մի հողմի էր փչում, իսկ զայրանում ալիքները, որ չեն թույլատրվում մի նավակ է դիմակայել նրանց: հողատարածք հասկացել է, որ, ոչ մի կասկած, որովհետեւ նա խոսել է ոչ թե մի խոսք դրա մասին: իմ կողմից, ես ոչ մի ակնարկ է իր սխեմաների թռիչքի համար, ես չէի կոչ են անում նրան, որպեսզի փորձ է, որ պետք է անխուսափելիորեն ձախողվել: ես պատրաստված ժամանակը անցնում է հաճելիորեն հետաքրքիր ուսումնասիրություններով: օրերին, ապրիլի 11-ին եւ 12-է, չի թողնում մակերեւույթը ծովի, եւ զուտ բերել մի հրաշալի քարշ , ձուկ եւ սողունների. Որոշ էր որսում կողմից շղթայի ցանցերի; նրանք էին, մեծ մասը գեղեցիկ պատկանող ընտանիքում, եւ ի թիվս այլ տեսակներին, որոնց , բնորոշ է այդ մասում օվկիանոսի, մի քիչ գլանաձեւ բնի, զարդարված է ուղղահայաց գծեր, բծավոր կարմիր , պսակելու մի սքանչելի արշավանքների ծաղկում: ինչ վերաբերում է այն կակղամորթների, դրանք ոմանց ես արդեն նկատվող-, զեյթունի , կանոնավոր գծեր խաչվել, կարմիր բծերը կանգնած դուրս պարզորոշ դեմ է մարմնին. Կենտ , նման քարացած կարիճներու, , արգոնավորդներն, ձուկ (գերազանց ուտում), եւ որոշ տեսակներ որ բնագետները անտիկ են ակցիային շրջանում թռչող-, եւ որ ծառայում սկզբունքորեն համար խայծ ձկան-ձկնորսությամբ. Ես այժմ հնարավորություն սովորելու մի քանի տեսակներ ձուկ ափերը: շրջանում նորերը, -, մի տեսակ օձաձուկ, տասնհինգ դյույմ երկար է, կանաչավուն գլխի, մանուշակի , մոխրագույն-կապույտ ետ, շագանակագույն փորը, արծաթապատ, եւ վառ կետերում, աշակերտ աչքով շրջապատում - մի հետաքրքիր կենդանին, որ ներկա պահին ամազոնի էր կազմված է ծովը, որովհետեւ նրանք բնակվում քաղցրահամ ջրերի- , սուր մռութների, եւ երկար ազատ պոչ, զինված երկար ատամնավոր . Փոքրիկ շնաձկներ, մի բակ երկար, մոխրագույն եւ մաշկի, եւ մի քանի շարքերում ատամների, թեքում վերադառնալ, որոնք, ընդհանուր առմամբ, հայտնի անունով . , մի տեսակ կարմիր հավասարասրուն եռանկյան, կես բակ երկար, որի են կցվում է մոտ որ դրանք տեսք , սակայն, որ իրենց մինետ ճարպոտ, գտնվում մոտ , տվել նրանց անունը ծովային . Վերջապես, որոշ տեսակներ , որ , որի կետեր եղել է փայլուն ոսկե գույն, եւ հստակ , եւ տարբեր երանգներ, ինչպիսիք աղավնի կոկորդից:

Ես վերջ այստեղ այս կատալոգ, որը փոքր - ինչ չոր թերեւս, բայց շատ ճշգրիտ, մի շարք զորավոր ձուկ է, որ ես նկատվում է մահվան պատկանող , եւ որի մռութ է սպիտակ որպես ձյուն, մարմինը գեղեցիկ սեւ, նշված է շատ երկար չամրացված մոտ քերթել. , զինված . Ինը դյույմ երկար, մի պայծառ արծաթե լույսի ներքո. Մի տեսակ սկումբրիա նախատեսված երկու մինետ . Մի սլավուն երանգ, որոնք որսում են ջահերով, երկար ձուկ, երկու բակերի երկարությամբ, յուղ մարմնի սպիտակ եւ ամուր, որը, երբ նրանք թարմ, համտեսել պես օձաձուկ, եւ երբ չոր, ինչպես ապխտած սաղմոնի. , կես կարմիր, ծածկված թեփուկներով միայն ներքեւի մասում կռնակի եւ սիրողական , , որի վրա ոսկե եւ արծաթե խառնուրդ են իրենց պայծառությունը հետ, որ այդ եւ տպազիոն, - ավտոպահեստամասեր, մարմինը, որը չափազանց նուրբ է, եւ որի հատկությունների է դավաճանել նրանց մէջտեղն ջրերի. Նարնջագույն գունավոր խնայում երկար լեզուներով. , ոսկի , մուք փուշ-, սուրինամի եւ այլն

Չնայած այս « ,« ես չպետք է չնկատել նշել, ձուկ, որ որը երկար հիշելու, եւ լավ պատճառով. Մեկը մեր ցանցեր էր քաշում մի տեսակ շատ հարթ ձուկ, որը, ինչպես պոչը կտրել, ձեւավորվել է կատարյալ սկավառակը, եւ կշռադատված քսան ունցիա: դա եղել է սպիտակ տակը, կարմիր վերեւում, մեծ կլոր կետեր մուգ կապույտ օղակված սեւ, շատ փայլուն մաշկի, դադարեցնելու է . Դրել դուրս է հարթակ, այն պայքարեց, փորձել է դիմել իրեն ջղաձգական շարժումների, եւ այնքան մեծ ջանքեր, որ մի վերջին հերթը գրեթե ուղարկվել ծովը: բայց , չցանկանալով թույլ տալ, որ ձուկ գնա, շտապել է այն, եւ, մինչ ես կարող կանխել նրան, զավթել այն երկու ձեռքերով: մի պահ նա գահընկեց, ոտքերը օդում, եւ կես նրա մարմինը կաթվածահար է, -

«օ՜ վարպետ, վարպետ! Օգնիր ինձ»

Այն էր, որ առաջին անգամ է աղքատների տղան էր խոսել ինձ այնքան . Կանադական եւ ես ոտքի հանեց զայն, եւ իր պայմանագրային ձեռքերը մինչեւ նա դարձավ խելամիտ: ցավալի էր հարձակվել մի սահման-ձուկ է առավել վտանգավոր տեսակ է, : սա տարօրինակ է կենդանին, մի միջին դիրիժոր ջրի պես, գործադուլները ձուկ է մի քանի բակերում 'հեռավորության վրա, այնքան մեծ է դրա ուժի էլեկտրական օրգանի, երկու հիմնական մակերեսները, որի չեն չափում պակաս, քան քսանյոթ քառակուսի ոտքերը. Հաջորդ օրը, ապրիլի 12-րդ, իսկ մոտեցել է հոլանդական , մոտ բերանը : կան մի քանի խմբեր ծովային կովերի միասին. Նրանք էին , որ, ինչպես եւ եւ , պատկանում է կարգի: այս գեղեցիկ կենդանիներ, խաղաղարար եւ անշառ, տասնությից քսանմեկ ոտքերի երկարությունը, կշռել առնվազն տասնվեց ցենտներ: ես ասացի հողը եւ , որ հեռատես բնությունն էր նշանակված կարեւոր դեր է այդ : իրոք, նրանք, ինչպես կնիքների, նախագծված են, որպեսզի տրորել սուզանավ , եւ այդպիսով ոչնչացնել կուտակման մոլախոտ, որը խոչընդոտում է արեւադարձային գետերը.

«եւ դուք գիտեք,« ես ավելացրել է, «թե ինչ է եղել, որ արդյունքը, քանի որ տղամարդիկ գրեթե ամբողջությամբ ոչնչացրել են այս օգտակար մրցավազքում. Որ սգազգեստ թունավորվել օդը, եւ թունավորվել օդը առաջացնում դեղին տենդը, որ այդ գեղեցիկ երկրներին: իսկայական վեգետացիոն են բազմապատկած տակ ծովերի, եւ չար է մշակվել է բերանը, որ ռիո դե լա պլատա ֆլորիդա: եթե մենք ուզում ենք հավատալ, , սա ժանտախտը ոչինչ է, թե ինչ կլիներ, եթե ծովերի, որոնք մաքրվել են եւ կնիքները, ապա, հետ , , եւ -, նրանք դառնում իսկայական կենտրոններ վարակի, քանի որ նրանց ալիքները չէր տիրապետում 'այդ իսկայական ստամոքս, որ աստված էր մեղադրանք է հեղեղել մակերեւույթը ծովերի. »»

Գլուխ

Թաթերը

Մի քանի օր է, ինչ Նաուտիլուսը պահվում դուրս է ամերիկյան ափին: դա ակնհայտորեն չի ցանկանում ռիսկի եւ ծոցի մեքսիկայի կամ ծովի անտիլյան: ապրիլի 16-րդ, մենք հեռատես մարտինիկ եւ մի հեռավորության վրա, մոտ երեսուն մղոն. Ես տեսա, իրենց բարձրահասակ գագաթները համար մի ակնթարթում: կանադական, ովքեր հաշվել է իրականացնել իր ծրագրերը, վիիի կողմից կամ վայրէջքի կամ կարկուտ մեկը բազմաթիվ նավակներ, որոնք ափ են մի կղզու մյուսը, եղել է բավականին հիասթափվել: չվերթը կլիներ միանգամայն իրագործելի, եթե հողատարածք կարողացել է տիրելու նավակը առանց նավապետի գիտելիքների: բայց բաց ծովում, այն չի կարող մտածել: կանադական, , եւ ես երկար զրույց այս թեմայի. Վեց ամիս մենք բանտարկված էինք ծովային նավում: մենք էինք ճանապարհորդում 17,000 լիգաներ. Եւ, քանի որ հողատարածք ասել է, չկար ոչ մի պատճառ, թե ինչու դա պետք է գալ ավարտին: մենք կարող ենք հույս ունենք, ոչինչ ավագ , բայց միայն ինքներս մեզ: բացի այդ, որոշ ժամանակ անցյալը նա դարձել էր վեր, ավելի թոշակառու, ավելի քիչ շփվող: նա կարծես հրաժարվել ինձ. Ես հանդիպել եմ նրան հազվադեպ: նախկինում նա բարեհաճեց է բացատրել ստորջրյա զարմանահրաշ ինձ. Այժմ նա թողել ինձ իմ ուսումնասիրությունների, եւ եկել այլեւս սրահում: ինչ փոփոխություններ եկել է նրան. Համար, թե ինչ է առաջացնել: իմ կողմից, ես չէի ցանկանում թաղել ինձ հետ, իմ հետաքրքրասեր ու վեպ ուսումնասիրություններ: ես այժմ իշխանությունը գրելու ճշմարիտ գիրքը, ծովուն վրայ. Եւ այս գիրքը, վաղ թե ուշ, ես ցանկացել է տեսնել ցերեկվա: որ հողը մոտակա մեզ էր կղզիախումբ է բահամներ. Այնտեղ աճել են բարձր սուզանավային ժայռեր, որոնք ծածկված են մեծ մոլախոտերով: այն մասին էր, ժամը տասնմեկն է, երբ հողատարածք իմ ուշադրությունը դեպի ահռելի , ինչպես խայթոցից մի մրջյունի, որն արտադրվել միջոցով խոշոր .

«լավ», ասացի, «սրանք պատշաճ քարանձավներ համար , եւ ես չպետք է զարմանում տեսնել մի քանիսը հրեշներին:»:

"ինչ!" ասել է ; «, իրական է դասի».

«ոչ», ասացի, « վիթխարածավալ հարթություններում»:

«ես երբեք չեմ հավատում, որ այդ կենդանիները գոյություն ունեն», - ասել է :

«լավ», - ասաց , ինչպես նաեւ առավել լուրջ օդի աշխարհում », - հիշում կատարելապես տեսել մեծ նավը կազմված ալիքների տակ է ութոտնուկ բազկի»:

«դու դա տեսար»: ասաց կանադացին:

«այո, »:

«ձեր սեփական աչքերով»:

«իմ սեփական աչքերով»:

«որտեղ, աղոթում են, կարող է դա լինել?"

«սբ. », - պատասխանեց :

«նավահանգստում»: ասել է , հեգնանքով.

«ոչ, մի եկեղեցում», - պատասխանեց :

«եկեղեցում»: - գոչեց է կանադայի.

«այո, ընկերը . Պատկերված ներկայացնող հարցականի տակ»:

«լավ»: ասել է հողը, է ծիծաղում:

«նա շատ ճիշտ է», - ասացի ես: «ես լսել եմ, որ այս նկարի, սակայն այդ թեման ներկայացված վերցված է լեգենդի, եւ դուք գիտեք, թե ինչ է մտածել լեգենդներից է հարցում բնական պատմության մեջ. Բացի, երբ դա մի հարց է հրեշներին, որ երեւակայությունը բն վազում վայրի ոչ միայն, որ դա ենթադրվում է, որ այդ կարող նկարել ներքեւ անոթների, բայց որոշակի մագնուս խոսում է ուլթոտնուկ մղոն երկարությամբ, որը ավելի շատ նման է կղզու, քան որեւէ կենդանու. Դա նաեւ ասել է, որ եպիսկոպոսը էր կառուցելու զոհասեղան աhռելի ռոք. Զանգվածային ավարտված է, ռոք սկսեց քայլել, եւ վերադարձել է ծովը. Այդ վէմը մի . Մյուսը եպիսկոպոսը, , խոսում է նաեւ մի , որի վրա մի գնդի հեծելազոր կարող մանեւրի. Վերջապես, հնագույն բնագետները խոսում հյուղատետր տեսիլքներ, որոնց բերանները էին նման , եւ որը չափազանց մեծ է անցնել նեղուցներով ջիբրալթարի »:

«բայց որքանո՞վ է ճիշտ այդ պատմությունները»: հարցրեց կոնսիլը:

«ոչինչ, իմ ընկերները, առնվազն, որը հայտնի է սահմանը ճշմարտության հասնել առակը, կամ լեգենդ, այնուամենայնիվ, պետք է լինի մի հիմք երեւակայության հեքիաթասացների. Ոչ ոք չի կարող ժխտել, որ եւ գոյություն ունեն մի մեծ տեսակներ, զիջում, սակայն, ինչպես նաեւ . Արիստոտելը ն հայտարարել է, որ չափորոշիչներ մի , ինչպես հինգ կանգուն կամ ինը ոտքերով երկու մատնաչափ. Մեր ծկնորսները հաճախ տեսնում ենք, ոմանք, որոնք ավելի քան չորս ոտքերը երկար. Որոշ կմախքներ պահպանվել են թանգարաններում տրիեստ եւ , այդ միջոցի երկու բակերը երկարությամբ. Բացի, ըստ հաշվարկների որոշ բնապահպանների, մեկը այդ կենդանիների միայն վեց ոտնաչափ երկարությամբ կունենայինք քսանյոթ ոտքերը երկար. Է, որ բավարար է, որպեսզի մի աhարկու հրեշ »:

«արդյոք նրանք ծուկ նրանց համար այս օրերին». Խնդրեց :

«եթե նրանք չեն ծուկ նրանց համար, նավաստիները տեսնել նրանց գոնե մեկի իմ ընկերներից, կապիտան Է , հաճախ Է հաստատել է, որ ինքը հանդիպել է մեկը այս հրեշներին վիթխարի չափսերի Է հնդկաստանի ծովերի, բայց ամենազարմանալին այն փաստը, եւ որը չի թույլատրում, որ ժխտման գոյության այդ հսկայական կենդանիների, տեղի Է ունեցել մի քանի տարի առաջ, 1861 թ .: "

«ինչ Է այն փաստը»: հարցրեց Նեդ հողը:

«սա Է այն: 1861, դեպի հյուսիս-արեւելք , շատ մոտ Է նույն լայնության մենք գտնվում ենք հիմա, անձնակազմը առաքման-նավակի ընկալվում Է հրեշավոր լող ջրերի. Կապիտան բուգեի մոտեցավ են կենդանիների, եւ հարձակվել այն եռաժանի եւ , առանց մեծ հաջողության, գնդակներ եւ ավելի փափուկ մարմնի վրա. Այն բանից հետո, մի քանի ապարդյուն փորձերից անձնակազմը փորձել Է անցնել բլանկ-հանգույց կլոր մարմնի . Օղակն սայթաքեց որքան պոչը եւ այնտեղ կանգնեցրել. Նրանք փորձել, ապա քարշ այն խորհրդի, սակայն նրա քաշը եղել, այնքան զգալի է, որ է լարը առանձնացվել պոչը մարմնի, եւ, զրկված այս դրվագ, նա անհետացել ջրի տակ »:

«իրոք, դա փաստ է»:

«անվիճելի փաստ է, իմ լավ նրանք առաջարկել են անվանել այս ՝ բուգեի ի . »»

«այն, ինչ երկարությունը էր դա»: հարցրեց կանադացին:

«մի՞թե դա չի չափել մոտ վեց բակեր»: ասել է , ով, տեղադրված է պատուհանից էր քննում կրկին անկանոն է ժայռի:

«ճիշտ», - պատասխանեցի ես:

«նրա գլուխը,« վերամիավորվում , «չէր դա չի պսակվել ութ , որ ծեծել ջուրը նման է բույնի օձերու».

«ճշգրիտ»:

«արդյո՞ք նրա աչքերը, որոնք դրված չէին գլխի հետևում, զգալի զարգացում»:

«այո, զամբյուղ»:

«եւ չէր նրա բերանը թութակի պես ի քիթ».

«ճշգրիտ, կոնսիլ»:

«շատ լավ, ոչ մի վիրավորանք տիրապետելու համար», - պատասխանեց նա հանգիստ. «եթե սա չի բուգեի ի , դա, առնվազն, մեկ նրա եղբայրների».

Ես նայեցի ուռուցիկին: հողը շտապեց դեպի պատուհանը:

«ինչ սարսափելի գազան»: նա լացեց.

Ես նայեցի իմ հերթին, եւ չի կարող ճնշում է ժեստ գարշանք: մինչեւ իմ աչքերը մի սարսափելի հրեշ արժանի է պարզել է լեգենդներից սքանչելի. Դա եղել է իսկայական , լինելով ութ յարդ երկարություն: դա լցվել է այդ ուղղությամբ մեծ արագությամբ, հետեւում է մեզ հետ, իր իսկայական չափազանց աչքի ընկնող կանաչ աչքերով. Նրա ութ զենք, կամ ավելի ճիշտ, ոտքերը, ֆիքսված է իր գլխին, որոնք տրված անունը այդ կենդանիների, երկու անգամ, քանի դեռ նրա մարմնի, եւ էին ոլորված նման մազ. Կարելի է տեսնել 250 օդային անցքեր ներսի կողմում . Բերանը, մի եղջյուրավոր քիթ նման մի թութակ է, բացվել է եւ փակել ուղղահայաց: նրա լեզուն, մի եղջյուրավոր նյութ, կահավորված մի քանի շարքերում նշեց ատամները, դուրս եկավ դողդոջուն այս ճշմարիտ զույգ . Թե ինչ է հրեշ բնության, մի թռչուն քիթ վրա ! Նրա նման մարմինը ձեւավորվել է մսոտ զանգված, որը կարող է կշռել 4000 5000 դրամ; է, տարբեր գույնի փոխելով մեծ արագությամբ, ըստ գրգռում է կենդանու, անցել հաջորդաբար ից կապտագույն մոխրագույն է կարմրավուն շագանակագույն: ինչն էր նյարդայնացնում այս մոլուսը: կասկած չկա, որ ներկայությունը , ավելի ահարկու քան ինքնին, եւ որի վրա դրա աստղ կամ նրա ծնոտը չուներ պահումը: դեռ ավելին, այն, ինչ տեսիլքներ այդ են. Ինչ կենսունակություն է տվել ստեղծագործողին: ինչ ուժգնություն նրանց շարժումներում: եւ նրանք ունեն երեք սրտերը. Հնարավորություն է մեզ բերել ներկայությամբ այս , եւ ես չէի ցանկանում կորցնել հնարավորությունը, ուշադիր ուսումնասիրելով այս նմուշի գլխոտանիները: ես հաղթահարեց սարսափը, որ ոգեշնչված է ինձ, եւ, հաշվի մատիտ, սկսեց նկարել այն:

«գուցե սա է այն նույնը, ինչ տեսել է ընտրողը», - ասաց - ը:

«ոչ», - պատասխանեց է կանադայի. «որովհետեւ սա է ամբողջ, իսկ մյուսը կորցրել էր իր պոչը»:

«դա ոչ մի պատճառ չունի», - պատասխանեցի ես: «զենք ու պոչերը այդ կենդանիների կրկին ձեւավորվում է նորացման, իսկ յոթ տարիների պոչը բուգեի ի կասկած չունի ունեցել ժամանակ աճել»:

Այս անգամ այլ հայտնվել նավահանգստային լույսի. Ես հաշվել եմ, յոթ. Նրանք ձեւավորվել է երթ հետո , եւ ես լսել եմ իրենց դեմ երկաթե կմախք. Ես շարունակեցի իմ աշխատանքը: այդ տեսիլքներ պահվող ջրի հետ այնպիսի ճշգրտությամբ, որ նրանք կարծես անշարժ: հանկարծ դադարել: մի շոկային արել, որ դողում են ամեն ափսեի.

«մենք ինչ-որ բան խփեցինք»: ես հարցրեցի.

«ցանկացած դեպքում», - պատասխանեց կանադայի «մենք պետք է լինեն ազատ, որովհետեւ մենք լողացող»:

Էր լողացող, ոչ մի կասկած, բայց դա չի շարժվել: մի րոպե անցել: կապիտան , որին հաջորդում է նրա լեյտենանտի, մտել հյուրասենյակը: ես նրան չի տեսել, որոշ ժամանակ. Նա կարծես ձանձրալի. Չնկատելով կամ մեզ հետ խոսելիս, նա գնացել է վահանակի, նայեց , եւ ասաց, ինչ-որ բան իր լեյտենանտ: վերջինս դուրս գնաց: շուտով վահանակներ են փակել: առաստաղը լուսավորված: ես գնացի դեպի կապիտանի:

«թռչունների հետաքրքրաշարժ հավաքածու»: ես ասացի.

«այո, իսկապես, . Բնագետ," նա պատասխանեց. «եւ մենք պատրաստվում ենք պայքարել նրանց, մարդուց մինչեւ անասուն»:

Ես նայեցի նրան: ես կարծում էի, որ չի լսել ճիշտ.

«մարդը պետք է գազանին.« ես կրկնում.

«այո, սըր. Պտուտակով է դադարել. Կարծում եմ, որ մեծ կրծքեր մեկի վրա է խճճվելու է շեղբեր. Այն է, թե ինչն է խանգարում մեր շարժվում»:

"ինչ ես պատրաստվում անել?"

«բարձրանալ է մակերեսի, եւ մորթում այս վնասատուներ:»:

«ա բարդ ձեռնարկություն».

«այո, իսկապես. Էլեկտրական փամփուշտները դեմ անզոր փափուկ մարմնով որտեղ նրանք չեն գտնում դիմադրություն բավարար է գնալ դուրս, բայց մենք պետք է հարձակվել նրանց հետ կացին»:

«եւ եռաժանի, սըր», - ասել է կանադական «եթե դու չես հրաժարվում իմ օգնության»:

«ես կընդունեմ այն, վարպետության հողը»:

«մենք պիտի հետեւիմ քեզի," ես, եւ, հետեւելով կապիտան , մենք գնացինք դեպի կենտրոնական աստիճաններ.

Այնտեղ, մոտ տասը տղամարդիկ, տուն-ինտերնատների կացիններ պատրաստ էին հարձակման. Եւ ես վերցրել երկու կացիններ, հողատարածք խլել է եռաժանի. Էր, ապա բարձրացել է մակերեսին. Մեկը նավաստիների, տեղադրված է սկիզբ , հեղույսներ վահանակների. Բայց հազիվ թե էին պտուտակներ կապանքներն ընկան, երբ վահանակը աճել է, մեծ բռնութեամբ, ակներեւաբար կազմված է է մի բազկի. Անմիջապես մեկը այդ զենքի նման օձի ներքեւ բացման եւ քսան ուրիշներ եղել վերը: մեկ հարված է կացինը, կապիտան կտրել այս ահռելի շոշափուկ, որ ներքեւ սանդուղք. Ճիշտ այնպես, ինչպես մենք էինք սեղմելով իրար վրա են հասնել հարթակ, երկու այլ զենք, ծեծ օդը, իջաւ այն նավաստուն տեղադրված առջեւ կապիտան , բարձրացրեց նրան անդիմադրելի զօրութեամբ. Կապիտան արձակեցին ճիչը, եւ շտապել դուրս: մենք շտապեցինք հետո նրան.

Թե ինչ է տեսարան դժբախտ մարդը, բռնագրավվել է շոշափուկ եւ Փիքսված է , հավասարակշռված էր օդում կամայականությունից այս հսկայական բեռնախցիկ. Նա իր կոկորդին, նա խեղդվել, - բացականչեց նա, - «! Օգնել!" այդ խոսքերը, խոսում Ֆրանսերեն, եկանք ինձ! Ես մի ընկեր-հայրենակիցներին խորհրդի, գուցե մի քանի! Որ աղեկտուր ճիչը! Ես պիտի լսեն այն իմ կյանքում: ցավալի մարդը կորցրել. Ով կարող էր փրկել նրան այդ հզոր ճնշման. Սակայն, կապիտան շտապել էր , եւ մեկ հարված է կացնի էր կտրել միջոցով մեկ թեւի. Նրա լեյտենանտ պայքարեց կատաղած դեմ, այլ տեսիլքներ, որոնք ուղղվել է է . Անձնակազմը կռվել իրենց . Կանադական, , եւ ես թաղված մեր զենքի մարմնեղեն զանգվածների. Ուժեղ հոտը մուշկ թափանցել մթնոլորտը: ահավոր էր:

Մեկ ակնթարթում, ես մտածեցի, որ դժբախտ մարդ, հետ , պետք է պատռված իր հզոր . Յոթ ութ զենքի էր կտրել: մեկը միայն է օդում, զոհին նման մի փետուր. Բայց քանի որ կապիտան եւ նրա լեյտենանտ իրենց գցեցին դրա վրա, որ կենդանին է հոսքի սեւ հեղուկ: էինք կուրացած դրա հետ: երբ ամպը ցրվել է, անհետացել էր, եւ իմ դժբախտ հայրենակից դրա հետ: տասը կամ տասներկու այժմ ներխուժել հարթակ, եւ կողմերից, . Մենք ուղղում անկարգություն մտան այդ բույն օձերի, որ հարթակի վրա ալիքների արյան եւ թանաքով. Կարծես այդ ցեխոտ բունելով նման է -ի ղեկավարների. Յողի եռաժանի, յուրաքանչյուր ինսուլտի էր մեջ չափազանց աչքի ընկնող աչքերին ծուկ. Բայց իմ համարձակ ուղեկիցը հանկարծ բեկանել է մի հրեշ նա չէր կարողացել խուսափել:

Ա թե ինչպես է իմ սիրտը ծեծում զգացմունքներով ու սարսափով! Որ ահռելի կտուց է բաց է եղել ավելի քան հողի. Դժբախտ մարդը պիտի կտրել է երկու. Ես շտապեցի նրա օգնականը: բայց կապիտան առաջ էր ինձ համար. Նրա կացինը անհետացել երկու հսկայական , եւ, հրաշքով փրկվել, կանադայի, աճող, իր եռաժանի խորը մեջ եռակի սրտում է :

«ես ինքս պարտական էի այս վրեժխնդրությանը»: ասաց նավապետը կանադական:

խոնարհվեցին առանց պատասխանել: մարտական տեւեց քառորդ ժամից: տեսիլքներ, հաղթեց եւ կտրտված, թողել մեզ վերջապես, եւ անհետացել տակ ալիքների: կապիտան , ծածկված արյունով, գրեթե ուժասպառ, նայեցին ծովի վրա, որ ընկղմեցան մեկը իր ուղեկիցները, եւ մեծ արցունքներ հավաքվել նրա աչքերում:

Գլուխ

Ծոցի հոսքը

Այս սարսափելի տեսարան է ապրիլի 20-ին, ոչ մեկս կարող երբեւէ մոռանալ. Ես գրեցի ազդեցության տակ բռնի զգացմունքներով: այդ ժամանակից ի վեր ես վերանայվել շարադրանք. Ես կարդացել եմ այն բծախնդրություն և կանադական: նրանք պարզեցին, որ դրանք փաստեր են, բայց անբավարար, որքանով դա: ինչպես նկարել նման պատկերներ, մեկը պետք է ունենա գրիչ առավել հռչակավոր մեր բանաստեղծների, որ հեղինակը աշխատավորների նկատմամբ խոր.

Ես ասել եմ, որ կապիտան Նեմոն լացը նայում էր ալիքներին: նրա վիշտը մեծ էր: այն էր, որ երկրորդ ուղեկիցը նա կորցրել էր, քանի որ մեր ժամանելու խորհրդի, եւ թե ինչ է մահը: որ ընկերը, մանրացված, խեղդել, կապտուկներ են դժնդակ զենքի մի , մինեւ, նրա երկաթյա , չէի հանգստանա իր ընկերների հետ խաղաղ մարջանե գերեզմանոցի! Մեջտեղում պայքարի, այն էր, որ անհույս է ճիչը ինչեցրել դժբախտ մարդուն, որ պատռված իմ սիրտը: որ աղքատ Ֆրանսիացի, մոռանալով իր պայմանական լեզուն էր վերցրել իր սեփական մայրենի լեզուն, պետք է ասել, վերջին բողոքարկումը շրջանում անձնակազմի , կապված մարմնի եւ հոգու կապիտանի, նրա նման ամբողջ շփման տղամարդկանց հետ, ես մի ընկեր-հայրենակիցներին: միթե նա մենակ ներկայացնում Ֆրանսիա այս խորհրդավոր հետ, ակներեւաբար կազմված անհատների պեսպես ազգությունների. Դա մեկն էր այդ անլուծելի խնդիրներ, որոնք բարձրացել է մինչեւ անդադար իմ մտքում!

Կապիտան Նեմոն մտավ իր սենյակ, և ես նրան այլևս որոշ ժամանակ չէի տեսել: բայց որ նա տխուր էր ու անվճռական ես կարող էի տեսնել կողմից նավի, որի համար նա հոգին, եւ որը ստացել է իր բոլոր տպավորություններով: չշարունակեր է իր բնակություն ընթացքում. Դա մոտ նման դիակի ին կամքի ալիքների: այն անցավ պատահականորեն: նա չէր կարող պոկել իրեն հեռու է դեպքի վայր վերջին պայքարի, այս ծովի որ մեկը իր մարդկանց: տասն օր անցել դրանով: դա չի եղել մինչեւ մայիսի 1-ը, որ նաուտիլուսը վերսկսեց իր ընթացքը, հետո հեռատես բահամներ է բերանը, որ ջրանցքի. Էինք, ապա հետեւելով ընթացիկ ից խոշորագույն գետի դեպի ծով, որ ունի իր բանկերին, իր ձուկ, եւ դրա պատշաճ ջերմաստիճանը: ես նկատի ունեմ . Դա իսկապես մի գետ, որ հոսում ազատորեն կեսին ատլանտյան, եւ որի ջրերը չեն խառնել հետ օվկիանոսների ջրերով: դա մի աղ գետ, քան շրջապատող ծովը. Դրա նշանակում խորությունը 1500 , նրա ստոր լայնութիւնը, տասը մղոն. Որոշ տեղերում ընթացիկ հոսքերի արագությամբ երկու մղոն եւ կես ժամ: մարմինը իր ջրերի ավելի զգալի է, քան բոլոր գետերի աշխարհում. Դա եղել է այս օվկիանոսի գետի որ նաուտիլուսը ապա .

Ես պետք է ավելացնել, որ, գիշերվա ընթացքում, ապա ֆոսֆորեսցենտ ջրերի ծոցի հոսքի մրցակիցն էլեկտրաէներգիան մեր ժամացույցների լույսի, հատկապես բուռն եղանակին, որը սպառնացել է մեզ այնքան հաճախ: մայիսի 8-, մենք դեռ անցնելիս , ժամը բարձրության հյուսիս . Լայնությունը պարսից ծոցի հոսքի կա եօթանասունհինգ մղոն, եւ նրա խորությունը 210 բակերը. Դեռ գնաց պատահական. Ամբողջ վերահսկողությունը կարծես լքված էր: ես մտածեցի, որ, այս պայմաններում, խուսափել հնարավոր է: իսկապես, բնակեցված ափերը ցանկացած վայրում հեշտ ապաստան էին առաջարկում: ծովը անընդհատ տղամարդ է է շոգենավերի որ փաներա միջեւ նյու յորքում կամ բոստոն եւ ծոցի մեքսիկայի, եւ ասպատակել օր ու գիշեր է փոքր անկէ մասին մի քանի մասերի ամերիկյան ափին: մենք կարող էինք հուսալ, որ կհանենք: դա եղել է բարենպաստ հնարավորություն, չնայած երեսուն մղոն, որը բաժանեց դուրս ելնելով միության. Մեկ հանգամանքը, խոչընդոտեցին է կանադական ծրագրերը: եղանակ էր, շատ վատ է: մենք մոտենում էին այն ափին, որտեղ փոթորիկների են այնքան հաճախակի, այդ երկրին օվկիանոսներում եւ իրականում դադարեցմանը ներկա է պարսից ծոցի հոսքի. Ինչպես գայթակղել ծովը մի դյուրաբեկ նավակը էր որոշակի ոչնչացումը: պատկանող հողը, այս ինքն իրեն: նա անհանգստություն, խլել կարոտախտով, որ չվերթը միայն կարող բուժելու:

«տերը», - ասել է նա, որ օրը ինձ համար », - այս մասին պետք է գան վերջ. Ես պետք է կատարել մի մաքուր դոշ դրա: այս մասին մեկնում հողը եւ պատրաստվում է մինչեւ հյուսիս., բայց ես հայտարարում եմ ձեզ, որ ես ունեցել բավարար հարավային բեւեռ, եւ ես չեմ հետեւել նրան դեպի հյուսիս. «

«այն, ինչ պետք է արվի, , քանի որ չվերթը անիրագործելի հենց հիմա».

«մենք պետք է խոսենք նավապետի հետ», - ասաց նա; «դուք ասել եք ոչինչ, երբ մենք էինք քո հայրենի ծովերի. Կխոսեմ, հիմա մենք գտնվում ենք հանքում., երբ ես կարծում եմ, որ շուտով նաուտիլուսը կլինի շոտլանդիա, եւ որ այնտեղ մոտ նոր մի մեծ բեյ, եւ այն, որ , փ. Դատարկվում է ինքն իրեն, եւ որ փ. Իմ գետը, գետը, ըստ քվեբեկ, իմ հայրենի քաղաք, երբ ես կարծում եմ, որ այս, ես զգում եմ, զայրանում, որ ստիպում է իմ մազերը կանգնել մինչեւ վերջ: , ես նախընտրում եմ գցել ինքս ինձ մեջ ծով ես չեմ մնա այստեղ, ես խեղդվել »

Կանադացին ակնհայտորեն կորցնում էր համբերությունը: նրա եռանդուն բնությունը չէր կարող հանդուրժել այս երկարատեւ ազատազրկման: նրա դեմքը փոփոխվել օրական. Նրա դարձել է ավելի մռայլ: ես գիտեի, թե ինչ պետք է տուժի, որովհետեւ ես խլել, ինչպես տուն-հիվանդության ինքս ինձ. Մոտ յոթ ամիս էլ չէր անցել, առանց դրա որեւէ լուր հողի. Կապիտան մեկուսացումը, նրա փոփոխվել ոգիները, հատկապես, քանի որ պայքարի հետ , նրա , բոլորը ստիպեց ինձ տեսնելու բաներ այլ լույսի ներքո:

«լավ, սըր». Ասել է , տեսնելով ես չէի պատասխանել.

«լավ, , դուք ցանկանում ինձ հարցնել կապիտան իր մտադրությունների վերաբերյալ, մեզ».

"այո պարոն."

«չնայած նա արդեն հայտնի է դարձրել դրանք»:

«այո, ցանկանում եմ, որ կարգավորվի վերջապես. Խոսել ինձ համար, իմ անունովս, միայն, եթե ցանկանում եք»:

«բայց ես այնքան հազվադեպ հանդիպել նրան. Նա խուսափում է ինձ».

«որ այն ամենը եւս մեկ պատճառ է, որ դուք պետք է գնալ տեսնել նրան»:

Ես գնացի իմ սենյակ: այդ ժամանակ ես նկատի ունեի գնալ կապիտան Նեմոյի մոտ: դա չէր անի թող այս հանդիպելու հնարավորության նրան սահում. Ես թակեց դուռը: պատասխան չկա. Ես թակեցի կրկին, ապա դիմել է բռնակի. Դուռը բացվեց, ես գնաց. Նավապետը էր այնտեղ: կռում է իր աշխատանքային սեղանին, ինքը չի լսել ինձ: լուծվի ոչ թե գնալ առանց խոսվում, ես մոտեցա նրան: նա բարձրացրեց գլուխը արագ, խոժոռվեց, եւ ասաց մոտավորապես «դուք այստեղ!, թե ինչ եք ուզում»:

«խոսել քեզ հետ, կապիտան»:

«բայց ես զբաղված եմ, սըր, ես աշխատում եմ, թողնում եմ ձեզ ազատ է փակել ինքներդ մինչեւ, չի կարողանում ես լինել թույլատրվում է նույնը»:

Այս ընդունելություն չէր հուսադրող. Բայց ես վճռել էր լսել եւ պատասխանել ամեն ինչ:

«սըր», ասացի սառը, «ես պետք է խոսել ձեզ մի հարց է, որ ընդունում է, քան առանց որեւէ ուշացման:»:

«ի՞նչ է դա, պարոն»: նա պատասխանեց, հեգնանքով. «դուք հայտնաբերել մի բան, որ խուսափում է ինձ, կամ ունի ծովը մատնուի որեւէ նոր գաղտնիքներ».

Մենք խաչմերուկում էինք: բայց, մինչ ես կարող պատասխանել, նա ցույց տվեց ինձ բաց ձեռագիրը իր սեղանին, եւ ասաց, որ ավելի լուրջ տոնով, «այստեղ, մ. , մի ձեռագիրը գրված է մի քանի լեզուներով. Այն պարունակում է այդ գումարը, իմ ուսումնասիրությունների վերաբերյալ ծովային, իսկ, եթե դա խնդրում եմ աստված, դա չպետք է մեռնել, ինձի հետ: այս մասին ձեռագիրը, ստորագրել իմ անունով, ամբողջական պատմության հետ իմ կյանքի, պիտի փակել մինչեւ մի քիչ լողացող դեպքում. Վերջին վերապրող մեզ բոլորիս վրա խորհուրդ է նետում այդ գործը ծովը, եւ այն կարող է գնալ կամ ուր է կրում են ալիքների: »

Այս մարդու անունը: նրա պատմությունը գրված իր կողմից. Նրա առեղծված, ապա պիտի յայտնուի մի օր:

«կապիտան», ասացի, «ես կարող եմ, բայց հավանություն այն միտքը, որ ստիպում է ձեզ գործեն այդպիսով, արդյունք է ձեր ուսումնասիրությունների չպետք է կորցրել, բայց այն միջոցները դուք աշխատում, ինձ թվում է պետք է պարզունակ: ով գիտի, որտեղ քամիները կիրականացնի այս գործը, եւ որի ձեռքերը այն կնվազի: կարող եք ոչ օգտագործել մի շարք այլ միջոցներ. Չէր կարող, կամ մեկը -- »

«երբեք, սըր» նա ասել է, հապշտապ ընդհատելով ինձ:

«բայց ես եւ իմ ուղեկիցները պատրաստ են պահպանել այս ձեռագիրը խանութ, եւ, եթե դուք պետք է դնում մեզ -- »

«ազատության մեջ»: ասել է, որ նավապետը, բարձրանում.

«այո, սըր, այն է, որ թեման, որի վրա ես ցանկանում հարցնէ քեզի. Յոթ ամիսների ընթացքում մենք արդեն այստեղ խորհրդի, եւ ես խնդրում եմ ձեզ օրը, հանուն իմ ուղեկիցները եւ իմ սեփական, եթե ձեր նպատակն է ինչպես պահել մեզ այստեղ միշտ ».

«մ. , ես կպատասխանեմ քեզ այսօր, քանի որ ես յոթ տարի առաջ: ով մտնում է , երբեք չպետք է դուրս գալ այն»:

«դուք մեզ վրա եք իրական ստրկություն պարտադրում»:

«տվեք այն, ինչ անունն եք խնդրում»:

«բայց ամենուրեք ստրուկը իրավունք ունի վերականգնել իր ազատությունը»:

«ո՞վ է քեզ հերքում այդ իրավունքը, արդյո՞ք ես երբևէ փորձել եմ քեզ երդվել շղթայով»:

Նա նայեց ինձ իր ձեռքերը հատել.

«սըր», ասացի, «վերադարձնել երկրորդ անգամ այս թեմայի կլինի ոչ ձեր, ոչ էլ իմ ճաշակով, բայց, քանի որ մենք արդեն մտել դրա վրայ, եկեք գնանք դրա միջով: կրկնում եմ, դա ոչ միայն ինքս ում է այն վերաբերում: ուսումնասիրություն է ինձ համար թեթեւացում, մի դիվերսիոն է, կիրք, որը կարող է կատարել ինձ մոռանալ ամեն ինչ. Ձեզ նման, ես պատրաստ եմ ապրել անհասկանալի է, դյուրաբեկ հույսով կտակելով մեկ օր, ապագա ժամանակ, որի արդյունքում իմ գործերը, բայց դա այլ բան կապնվել հողում. Ամեն մարդ, արժանի անունով, արժանի ուշադրություն. Ես մտածել, որ սերը ազատության, ատելությունը ստրկության, կարող է առիթ տալ սխեմաների ռեւանշի է բնության նման կանադական ի, որ նա կարող էին մտածել, փորձել և փորձել »:

Ես լռել է. Կապիտան վարդ.

«այն, ինչ հողատարածք կարծում է, փորձերը, կամ փործում է, թե ինչ է դա կարեւոր է ինձ համար. Ես չէի ձգտում նրան. Դա ոչ թե իմ հաճույքի, որ ես պահել նրան է խորհրդի նախագահ, քանի որ ձեզ համար, մ. , դուք մեկը նրանք, ովքեր կարող են հասկանալ, թե ամեն ինչ, նույնիսկ լռությունը: ես ոչինչ չունեմ ասելու ձեզ: թող այս առաջին անգամ, երբ դուք պետք է գալ բուժել այս թեմայի վերջին, երկրորդ անգամ ես չեմ լսել ձեզ »:

թոշակի. Մեր վիճակը ծանր էր. Ես կապված եմ իմ խոսակցությունը իմ երկու ուղեկիցները:

«մենք գիտենք, հիմա», - ասել է »է, որ մենք կարող ենք ակնկալել, ոչինչ այս մարդը. Նաուտիլուսը մոտենում երկար կղզին. Մենք պետք խուսափել, այն, ինչ եղանակը կարող է լինել»:

Բայց երկինքը ավելի ու ավելի էր սպառնում: փոթորիկի ախտանիշները ակնհայտ դարձան: մթնոլորտը դառնում էր սպիտակ և մառախլապատ: վրա, հորիզոնում նուրբ են ամպերի հաջորդում էին զանգվածների : այլ ցածր ամպերն արագ անցան կողքով: այտուցված ծովը բարձրացավ հսկայական բլթերի մեջ: թռչունները անհետացան, բացառությամբ մանրածախների, փոթորկի այդ ընկերների: բարոմետրը խելամիտ ընկավ և ցույց տվեց գոլորշիների ծայրահեղ երկարացումը: խառնուրդ է փոթորկի ապակու եղել է քայքայված ազդեցության տակ էլեկտրաէներգիայի, որը համակեց մթնոլորտը: պայթել է 18-մայիսին, ճիշտ այնպես, ինչպես որ նաուտիլուսը էր լողացող դուրս երկար կղզին, որոշ մղոն հեռավորության նավահանգստում նոր . Ես կարող եմ նկարագրել տարրերի այս կռիվը: համար, փոխարեն փախչում է խորքերը ծովի, կապիտան , ըստ որի անվերահսկելի քմահաճույքի, պիտի քաշ այն մակերեսին. Սկզբում քամին փչում էր հարավ-արևմուտքից: կապիտան նեմոն, հավաքականների ժամանակ, իր տեղը գրավեց հարթակում: նա իրեն արագ էր պատրաստել ՝ կանխելու համար հրեշավոր ալիքներից դուրս գալը: ես վեր բարձրացա և ինքս արագորեն պատրաստեցի ՝ բաժանելով իմ հիացմունքները գայթակղիչի և դրանում հաղթահարող այս արտասովոր մարդու միջև: մոլեգնում ծովը ծածկի է մեծ ամպ , որոնք, ըստ էության, հագեցած ալիքների: նավատորմը, որը երբեմն պառկած էր նրա կողքին, երբեմն կանգնած լինելով վարպետի պես ՝ գլորվելով և սարսափելի պտտվելով: մոտավորապես ժամը հինգին անձրևի հորդ էր ընկել, որը ոչ լողում էր ոչ ծով, ոչ էլ քամի: հուրի ձեռնափայտը պայթեցրեց շուրջ քառասուն լիգա մեկ ժամ: այս պայմաններում այն տապալում է տները, կոտրում երկաթյա դարպասները, տեղահանում քսան չորս ֆունտ: այնուամենայնիվ, ծովագնացը, խառնաշփոթի մեջ ընկնելով, հաստատեց խելացի ինժեների խոսքերը. «չկա մի լավ կառուցված կարկանդակ, որը չի կարող ծով չհաղթել»: սա դիմադրողական ժայռ չէր. Դա եղել է պողպատե , հնազանդ եւ շարժական, առանց կեղծիքների կամ , որ ցրտին իր գայրույթը անպատիժ: այնուամենայնիվ, ես ուշադիր հետևում էի այս կատաղած ալիքներին: նրանք չափում էին տասնհինգ ոտնաչափ բարձրություն, իսկ 150-ից 175 բակեր երկարություն, իսկ դրանց տարածման արագությունը վայրկյանում երեսուն ոտք էր: նրանց մեծամասնությունն ու ուժն ավելացան ջրի խորությամբ: այսպիսի ալիքները, այսպիսիներով, հեբրիդներում, տեղահանել են 8,400 լիտր քաշ ունեցող զանգված, դրանք դրանք են, որոնք 1864-ի դեկտեմբերի 23-ի գայթակղության ժամանակ, 64ապոնիայում եդդո քաղաքը ոչնչացնելուց հետո, նույն օրը կոտրեցին ամերիկայի ափերին: . Գայթակղության ուժգնությունը գիշերվա հետ ավելացավ: բարոմետրը, ինչպես 1860-ին ՝ ցիկլոնի ժամանակ վերամիավորվելիս, օրվա վերջում ընկավ յոթ տասներորդը: տեսա, որ մի մեծ նավ է անցնում հորիզոնը, որը ցավալիորեն պայքարում էր: նա փորձում էր ստել կես գոլորշու տակ, ալիքներից վեր կանգնել: դա, հավանաբար, գծի շեղողներից մեկն էր ՝ նոր յորքից մինչև լիմպուլ, կամ խավար: այն շուտով անհետացավ մռայլության մեջ: երեկոյան ժամը տասին երկինքը կրակի մեջ էր: մթնոլորտը ցրված էր վառ կայծակով: ես չէի կարող կրել դրա պայծառությունը; մինչ կապիտանը, նայելով դրան, թվում էր, թե նախանձում էր տեմպերի ոգին: սարսափելի աղմուկը լցրեց օդը, բարդ աղմուկը, որը բաղկացած էր մանրացված ալիքների կուռքերից, քամու մռնչոցից և ամպրոպի պատերից: քամին հանկարծակի ուղղվեց դեպի հորիզոնի բոլոր կետերը. և ցիկլոնը, որը բարձրանում էր արևելքում, վերադարձավ հյուսիսից, արևմուտքից և հարավից անցնելուց հետո ՝ հարավային կիսագնդի շրջանաձև փոթորկով հետապնդվող հակադարձ ընթացքով: ա, այդ ծոցի հոսքը: այն արժանի է իր գայթակղությունների արքայի անվանմանը: դա այն է, որ առաջացնում է այդ ահռելի ցիկլոններին, միայն այն տարբերությամբ, ջերմաստիճանի միջեւ իր օդ եւ նրա հոսանքներով: կրակի ցնցուղը հաջող էր եկել անձրևին: ջրի կաթիլները փոխվեցին կտրուկ բծերի: ոք չէր էլ մտածում, որ կապիտան էր փորձելն է մահվան արժանի ինքն իրեն, մի մահ է կայծակը: քանի որ նավատորմը, սարսափելիորեն սուզվելով, բարձրացրեց իր պողպատե խոռոչը օդում, թվում էր, որ դիրիժոր էր, և ես տեսա դրանից երկար կայծեր: մանրացված եւ առանց ուժի ես տարածման վահանակի, բացեց այն, եւ իջավ դեպի սրահում: փոթորիկն այն ժամանակ իր բարձրության վրա էր: անհնար էր ուղիղ կանգնել նավատորմի ինտերիերում:

կապիտան Նեմոն իջավ մոտ տասներկու: ես լսեցի ջրամբարները աստիճանաբար լցվելով, և նավատորմը դանդաղ թափվեց ալիքների տակ: միջոցով բաց պատուհանների սրահում տեսա մեծ ձուկ սարսափած, անցնելով նման տեսիլք է ջուրը. Ոմանք հարվածեցին աչքերիս առաջ: նավատորմը դեռ իջնում էր: ես կարծում էի, որ մոտ ութ ֆաթոմ խորքում պետք է հանգստություն գտնենք: բայց ոչ! Դրա համար վերին մահճակալները չափազանց բռնի բռնկվեցին: մենք ստիպված էինք փնտրել հանգստություն քսանիինգիինգ հոգուց ավելի խորը աղիքներում: բայց այնտեղ, ինչ լռություն, ինչ լռություն, ինչ խաղաղություն: ո՞վ կարող էր ասել, որ այդպիսի փոթորիկը ազատվել է այդ օվկիանոսի մակերեսից:

Գլուխ

Սկսած լայնության 47 ° 24 'Է երկայնությունը 17 ° 28'

Փոթորկի հետևանքով մենք ևս մեկ անգամ նետվել էինք դեպի արևելք: հույս փախուստի ափին , կամ սբ. Էր խունացած հեռու. Եւ աղքատ է, հուսահատության էր մեկուսարանար նման կապիտան . - ը և ես, սակայն, երբեք միմյանց չենք հեռացել: ես ասացի, որ նավատորմը մի կողմ է գնացել դեպի արևելք: ես պետք է ասեի (ավելի ճշգրիտ լինել) հյուսիս-արևելք: որոշ օրեր այն թափառում էր առաջին հերթին մակերևույթի վրա, այնուհետև դրա տակ ՝ այն մառախուղների միջով, որոնք վախեցած էին նավաստիների կողմից: ինչ վթարներ են այս խիտ մառախուղի պատճառով: ի՞նչ ցնցում է այս ժայռերին, երբ քամին խեղդում է ալիքների կոտրումը: ինչ բախումներ են սպասվում անոթների միջև, չնայած նրանց նախազգուշական լույսերին, սուլիչներին և ահազանգերին: և այս ծովերի ստորին մասերը նման են մարտական դաշտի, որտեղ դեռ գտնվում են օվկիանոսի բոլոր նվաճված տարածքները: ոմանք հին և արդեն ծածկված, իսկ մյուսները ՝ թարմ և իրենց երկաթյա կապանքներից ու պղնձե սալերից արտացոլելով մեր լապտերի փայլը:

15-ին կարող էինք ծայրահեղ հարավ ափին . Այս բանկը բաղկացած , կամ խոշոր օրգանական հարցում, բերել է կամ է հասարակած կողմից պարսից ծոցի հոսքի, կամ հյուսիս բեւեռ կողմից հանդիպակաց հոսանքի սառը ջրով, որը պոռնիկ ամերիկյան ափին: կան նաեւ մինչեւ այն անկայուն արգելափակում, որոնք իրականացվում երկայնքով կողմից կոտրված սառույցի. և մերձակայքում ՝ մոլեգնքների մի հսկայական կառք, որը միլիոնավոր մարդկանց կողմից կործում է այստեղ: ծովի խորությունը նոր հողատարածքում մեծ չէ. Ոչ ավելի, քան հարյուրավոր Փաթոմներ. Բայց դեպի հարավ ընկած ժամանակահատվածը կազմում է 1500 մահվան դեպրեսիա: այնտեղ ծոցի հոսքը լայնանում է: այն կորցնում է իր արագության և ջերմաստիճանի մի մասը, բայց այն դառնում է ծով:

Դա եղել է մայիսի 17-ին մոտ 500 մղոն հեռավորության սրտի պարունակությունը, ժամը խորությամբ ավելի քան 1400 , որ ես տեսա, էլեկտրական մալուխի պառկած է ներքեւում. - ը, որին ես այդ մասին չէի նշել, սկզբում կարծում էին, որ դա հսկա ծովային օձ է: բայց ես արժանի ընկեր, եւ ի դեպ, մխիթարանքի հետ կապված մի շարք առանձնահատկությունների հետ երեսարկման այս մալուխի. Առաջինը դրել է տարիների ընթացքում 1857 եւ 1858; բայց մոտ 400 հեռագիր փոխանցելուց հետո այլևս չէր գործելու: 1863 թ ինժեներները կառուցվել է մյուսին, չափիչ 2000 մղոն երկարությամբ, եւ քաշով 4500 տոննա, որի ձեռնամուխ է մեծ արեւելյան: այս փորձը նույնպես ձախողվեց:

Մայիսի 25-ին, նավատորմը, գտնվելով ավելի քան 1918 ֆաթոմի խորության վրա, գտնվում էր այն ճշգրիտ տեղում, որտեղ տեղի է ունեցել փլուզումը, որը ավերել է ձեռնարկությունը: այն գտնվում էր իռլանդիայի ափերից 638 մղոն հեռավորության վրա. Կեսգիշերին կեսօրին նրանք հայտնաբերեցին, որ եվրամիության հետ շփումը դադարել է: էլեկտրիկները խորհրդի լուծվում է կտրել մալուխի առաջ ձկնորսությամբ այն, եւ ժամը տասնմեկին գիշերը նրանք վերականգնվել վնասված մասը: նրանք մեկ այլ կետ էլ մտցրեցին և փռեցին այն, և դա ևս մեկ անգամ ընկղմվեց: բայց այն մի քանի օր անց կրկին փչացավ, և օվկիանոսի խորքերում չհաջողվեց վերականգնել: ամերիկացիները, սակայն, չհուսահատվեցին: - ը ՝ ձեռնարկության համարձակ խթանողը, քանի որ նա խորտակել էր իր ամբողջ բախտը, ոտքով նոր բաժանորդագրություն էր սահմանում, որին միանգամից պատասխան էր տրվել, և մեկ այլ մալուխ կառուցվեց ՝ ավելի լավ սկզբունքների հիման վրա: խրձերին անցկացման լարերը էին իրար է գուտապերչ, եւ պաշտպանված է բամբակ մասին կանեփ, պարունակվող մետաղական ծածկոցի: մեծ արևելքը նավարկվեց 1866 թվականի հուլիսի 13-ին: գործողությունն անցավ լավ: բայց տեղի է ունեցել մեկ դեպք: մի քանի անգամ մալուխը չմշակելու ժամանակ նրանք նկատել են, որ վերջերս եղունգները ստիպված են եղել դրա մեջ ՝ ակնհայտորեն այն ոչնչացնելու շարժառիթով: կապիտան անդերսոնը, սպաները և ինժեներները միասին խորհրդակցում էին, և եթե դա աներ, եթե հանցագործը անակնկալի էր գալիս նավի վրա, նրան առանց հետագա դատավարությունների նետվում էին ծով: այդ ժամանակվանից հանցավոր փորձը երբեք չի կրկնվել:

Յուլիսի 23-ին հուլիսի մեծ արեւելյան եղել, ոչ ավելի, քան 500 մղոն հեռավորության , երբ նրանք հեռագրեց իռլանդիայի նորություններ զինադադարի միջեւ կնքված պրուսիայի եւ ավստրիայի հետո : 27-ին, ի մեջ ծանր մառախուղներ, նրանք հասել նավահանգստի սրտի ուզածի պես: ձեռնարկությունը հաջողությամբ դադարեցվել. Եւ իր առաջին առաքման, հասցեագրված հին եվրոպան այդ իմաստության խոսքեր այնքան հազվադեպ է հասկանալ `« փա՛ռք աստծուն, բարձունքներում, եւ երկրի վրայ խաղաղութի՛ւն, բարյացակամությունը մարդոց առջեւ: »:

Ես չէի սպասում, որպեսզի գտնել էլեկտրական մալուխ իր նախնական վիճակին, ինչպես, օրինակ, դա եղել է դուրս գալու արտադրամաս: որ երկար օձը, ծածկված մնացորդները կճեպով, հետ էր պատված է ուժեղ ծածկույթների որը ծառայել է որպես պաշտպանության դեմ բոլոր ձանձրալի կակղամորթների: այն հանգիստ պատսպարված էր ծովի շարժումներից և բարենպաստ ճնշման տակ ` էլեկտրական կայծ փոխանցելու համար, որը եվրոպան տեղափոխվում է ամերիկա վայրկյանների 32: անկասկած, այս մալուխը կտևի շատ երկար ժամանակ, քանի որ նրանք գտնում են, որ գութա-պերչայի ծածկույթը բարելավվում է ծովի ջրով: բացի այդ, այս մակարդակի վրա, այնքան լավ ընտրված, մալուխը երբեք այնքան խորությամբ չի ընկղմվում, որքանով այն կոտրում է: նավատորմը հետևեց այն մինչև ամենացածր խորությունը, որը կազմում էր ավելի քան 2,212 ֆաթոմ, և այնտեղ պառկեց առանց խարիսխի. և այն ժամանակ հասանք այն վայրին, որտեղ տեղի է ունեցել վթարը 1863-ին: օվկիանոսի ստորին հատվածը այնուհետև 100 մղոն լայնությամբ ծորը ձևավորեց, որի մեջ հնարավոր էր տեղադրել մոնտաժը, առանց դրա գագաթնակի, որը երևում էր ալիքներից վեր: այս հովիտը արևելքում փակվում է ուղղահայաց պատով, ավելի քան 2000 բակեր բարձրությամբ: հասանք այնտեղ 28 մայիսի, իսկ է եղել, ապա ոչ ավելի, քան 120 մղոն հեռու իռլանդիայում.

Էր կապիտան պատրաստվում է վայրէջք է բրիտանական . Ոչ իմ մեծ զարմանս նա արել է հարավ, եւս մեկ անգամ գալիս ետ դեպի եվրոպական ծովերի. Ի հաշվարկի զմրուխտ մեն, մեկ ակնթարթում ես բռնել տեսողությունը իրվանդանի հստակ, եւ լույսը, որն ուղղորդում է հազարավոր անոթների մեկնող կամ լիվերպուլ. Կարեւոր հարց, ապա վեր կացաւ իմ մտքում. Արեց համարձակվում խառնակել հայտնվել է . Երկիր, որը կրկին հայտնվեց, քանի որ մենք մոտենում էինք հողին, չդադարեց ինձ հարցաքննել: ինչպե՞ս կարող էի պատասխանել: կապիտան նեմոն մնաց անտեսանելի: կանադացիներից հետո ցույց տալով ամերիկյան ափերը, արդյո՞ք նա պետք է ինձ ցույց տա Ֆրանսիայի ափերը:

Բայց նավատորմը դեռ գնում էր դեպի հարավ: 30-ին, մայիսի, այն անցել է աչքում հողի վերջ, միջեւ ծայրահեղ կետի անգլիայի եւ , որը մնացել է ղեկը դեպի աջ պտտել: եթե մենք ցանկացել է մտնել , նա պետք է գնա ուղիղ դեպի արեւելք: նա այդպես չի վարվել:

Ամբողջ ընթացքում 31 մայիսի, նկարագրված է մի շարք շրջանակների վրա, ջրի, որը մեծապես շահագրգռված ինձ: թվում էր, թե փնտրում է մի տեղ, որը որոշ խնդիրներ է ունեցել գտնելու համար: կեսօրին նավապետ նեմոն ինքն էր եկել աշխատելու նավի մատյանները: նա խոսեց ոչ մի լուր ինձ, բայց թվում էր, մթնեցնում, քան երբեւէ: ի՞նչը կարող էր նրան այդպիսով տխրել: եղել է այն, որ իր է եվրոպական ափերը. Մի՞թե նա հիշում էր իր լքված երկրի մասին: եթե ոչ, ի՞նչ զգաց նա: զղջում կամ զղջում: երկար ժամանակ այս միտքը հյուծում էր միտքս, և ես ունեի մի տեսակ ներկայություն, որը մինչ շատ պատահականությունը դավաճանում էր կապիտանի գաղտնիքներին:

Հաջորդ օրը, հունիսի 1-ին, իսկ շարունակեց նույն գործընթացը: դա ակնհայտորեն ձգտում է որոշակի առանձնահատուկ տեղը օվկիանոսում: կապիտան վերցրել արեւի բարձրության, քանի որ նա էր արել մեկ օր առաջ: ծովը գեղեցիկ էր, երկինքը ՝ պարզ: մոտ ութ մղոն դեպի արեւելք, մեծ գոլորշու նավը կարող են նկատել հորիզոնում. Ոչ մի դրոշ չէր թափվում նրա տաշտից, և ես չէի կարողանա բացահայտել նրա ազգությունը: մի քանի րոպե առաջ արևը մերիդիան անցնելիս, կապիտան նեմոն վերցրեց իր հատվածը և մեծ ուշադրությամբ հետևեց: ջրի կատարյալ հանգիստը մեծապես օգնեց գործողությանը: ծովային շարժումն անշարժ էր. Դա ոչ գլորվեց, ոչ էլ փոս:

Ես եղել է հարթակ, երբ բարձրությունը տեղափոխվել, իսկ կապիտան արտասանեց այդ խոսքերը. «դա այստեղ»

Նա շրջվեց և գնաց ներքև: որ նա տեսել է նավը, որը փոխում է իր ընթացքը, եւ, կարծես, մոտենում է մեզ. Ես չէի կարող ասել: ես վերադարձա սրահում: վահանակներ փակվել, լսեցի ջրի ջրամբարների. Սկսեց սուզվել, հետեւելով մի ուղղահայաց տողով, իր պտուտակով հաղորդվեն ոչ միջնորդությունը դրան: որոշ րոպե անց այն դադարել է խորությամբ ավելի քան 420 , հանգստավայր է գետնին: լուսավոր առաստաղը խավարվեց, հետո վահանակները բացվեցին, և ապակու միջով ես տեսա ծովը, որը փայլուն լուսավորված էր մեր լապտերի ճառագայթներից ՝ մեզ համար առնվազն կես մղոն շրջապատելու համար:

Ես նայեցի դեպի նավահանգստի կողքին, եւ տեսա, ոչինչ, բայց մի անսահմանություն հանգիստ ջրերի. Բայց պետք է ղեկը դեպի աջ պտտել, իսկ ներքեւում հայտնվել է մեծ ուռուցք, որը միանգամից գրավեց իմ ուշադրությունը: մեկը կմտածեր, որ սպիտակ կճեպի ծածկույթի տակ թաղված ավերակ է, որը շատ նման է ձյան ծածկույթի: զգուշորեն զանգվածը ուշադիր ուսումնասիրելուց հետո ես կարող էի ճանաչել նրա վարագույրներից բաղկացած նավի ամուր հաստությունը, որը պետք է ընկած լիներ: այն, իհարկե, պատկանել է անցյալ ժամանակներին: այս մասին խորտակում, պետք է դրանով պատված կրաքարի ջրի մեջ, պետք է արդեն ի վիճակի է հաշվել շատ տարիներ են անցել ներքեւի մասում օվկիանոսում:

Ինչ էր այս նավը: ինչու նաուտիլուսը այցելել է իր գերեզմանը: կարող է դա եղել մի բան, սակայն խորտակվել, որը գծել էին այն ջրի տակ. Ես գիտեի, թե ինչ է մտածել, երբ ինձ մոտ է դանդաղ ձայնը լսեցի կապիտան ասում:

«մի ժամանակ այս նավը կոչվում էր . Դա իրականացվել յոթանասունչորս զենքերը, եւ մեկնարկել է 1762. Է 1778, օգոստոսի 13-հրամանատար - , դա կռվել համարձակորեն դեմ . 1779, 4-ին, հուլիսի, այն էր վերցնելու գրենադա հետ էսկադրիլիայի ծովակալ դ'Էստենը. Է 1781-ին, 5-սեպտեմբերին, այն տեւել է մասնակցել ճակատամարտում դե , ի . 1794, Ֆրանսիական հանրապետություն փոխել է իր անունը: 16-ին ապրիլի, նույն տարում, միացել է էսկադրիլիա , ժամը , վստահված ուղեկցությամբ մի բեռ եգիպտացորենի եկող ամերիկայից, հրամանատարության ներքո ծովակալ վան :-ին 11-րդ եւ 12-րդ երկրորդ տարվա, այս Էսկադրիլիա ընկել է հետ անգլերեն նավի վերաբերյալ. Սըր, է, օր 13-րդ , առաջին , 1868. Դա հիմա եօթանասուն-չորս տարի առաջ, օր օրվանից սա շատ տեղում է, լայնության 47 ° 24 ', երկայնության 17 ° 28', որ այս նավը, հետո հերոսաբար մարտնչելով, կորցնելով իր երեք , հետ ջուր, իր պահման եւ երրորդը `անձնակազմի անջատված, գերադասեց հեղեղում իր 356 նավաստիների են հանձնելու. և իր գույները մեխելով գետնին, անհետացավ ալիքների տակ `« կեցցե հանրապետությունը »:

«վրիժառու»: - բացականչեց.

«այո, սըր, վրիժառուն! Լավ անուն» մրթմրթաց կապիտան , անցնելով իր ձեռքերը:

Գլուխ

Հեկաթումբ

Ճանապարհը նկարագրելով այս անսպասելի տեսարանը, որ պատմությունը հայրենասեր նավը, հայտնել է նախ սառը, իսկ զգացմունք հետ, որն այս տարօրինակ մարդը արտասանեց վերջին խոսքերը, անունը, վրիժառուի, որի կարեւորությունը չէր կարող փախչել ինձ , բոլորը տպավորեցին իրեն խորապես իմ մտքում: իմ աչքերը չէին թողնում նավապետը, ով իր ձեռքը երկարեց դեպի ծով, նայում էր մի կարմրագույն աչքով փառահեղ վթարում: գուցե ես երբեք պետք է իմանալ, թե ով է նա, որտեղից նա եկել է, կամ որտեղ նա պատրաստվում էր, բայց ես տեսա, որ մարդ քայլը, եւ բացի այդ : այն էր, ոչ ընդհանուր մարդատյացությանը որն էր փակել կապիտան եւ նրա ուղեկիցները ներսում , բայց ատելություն, կամ հրեշավոր կամ նուրբ, որի ժամանակ երբեք չէր կարող թուլացնել: արդյո՞ք այս ատելությունը դեռ վրեժխնդրության էր ձգտում: ապագան ինձ շուտով կսովորեցնի դա: բայց էր բարձրանում դանդաղ է մակերեսի ծով, եւ ձեւով վրիժառուի անհետացել են աստիճանով իմ հայացքից. Շուտով մի փոքր պտտվեց ինձ, որ մենք բաց երկնքի տակ ենք: այդ պահին լսվեց տիաճ բում: նայեցի նավապետին: նա չի շարժվել:

«կապիտան»: ասաց ես

Նա չպատասխանեց: ես թողեցի նրան և տեղադրեցի հարթակը: եւ կանադական էին արդեն կա.

«ուր էլ որ ձայնը գալիս». Ես հարցրեցի.

«դա է հրազենային», - պատասխանեց հողը:

Ես նայեցի ուղղությամբ նավի ես արդեն տեսել: այն էր, մոտենում է , եւ մենք կարող ենք տեսնել, որ դա եղել դնում է գոլորշու. Դա եղել է վեց մղոն մեզ.

«ի՞նչ է այդ նավը, նեդ»:

«իր կեղծիքներով, եւ բարձրությունը իր ցածր », - ասել է կանադական «ես գրազ նա մի նավ-պատերազմի. Այն կարող է հասնել մեզ, եւ, եթե անհրաժեշտ է, լվացարան այս անիծված »:

«ընկերը », - պատասխանել , «այն, ինչ վնաս կարող է դա անել է . Կարող է դա հարձակվել է ալիքների տակ. Կարող է իր թնդանոթների մեզ ներքեւի մասում ծովի».

«ասա ինձ, », - ասաց », կարող եք ճանաչել, թե ինչ է երկիր, որտեղ նա պատկանում է».

Կանադական յօնքերը, իջել է իր , եւ պտուտակված մինչեւ անկյուններում իր աչքերը, եւ մի քանի րոպե ամրագրված թափանցող հայացք վրա նավի.

«ոչ, պարոն», - պատասխանեց նա; «ես չեմ կարող ասել, թե ինչ ազգ նա պատկանում է, որովհետեւ նա ցույց է տալիս, ոչ մի գույներով, բայց ես կարող եմ հայտարարել, որ նա մի մարդ--պատերազմ, մի երկար իր հիմնական կայմ»:

Մեկ քառորդ ժամվա ընթացքում մենք դիտեցինք նավը, որը դանդաղեցնում էր մեր կողմը: ես չէի կարող, սակայն, կարծում են, որ նա կարող է տեսնել այն այդ հեռավորության վրա. և դեռ ավելի քիչ, որ նա կարող էր իմանալ, թե որն է այս սուզանավային շարժիչը: շուտով կանադացին ինձ տեղեկացրեց, որ ինքը մեծ, զրահապատ, երկչոտ խոյ է: նրա երկու ծագարից թափվում էր հաստ սև ծուխ: նրա սերտաճած պարկերը կանգ առան նրա բակերին: նա իր դրախտի գագաթին ոչ մի դրոշ չի բարձրացրել: որ հեռավորությունը խանգարել մեզ առանձնացնելով գույները իր , որը նման է բարակ ժապավենով: նա արագ առաջադիմեց: եթե կապիտան նեմոն թույլ էր տալիս նրան մոտենալ, մեզ համար փրկության հնարավորություն կար:

«սըր», - ասել հողը », եթե այդ նավը անցնում ներսում մղոն մեզ ես պետք է գցել ինքս ինձ ծովը, եւ ես պետք է խորհուրդ տալ ձեզ անել նույնը»:

Ես նրան չպատասխանեցի կանադայի առաջարկությամբ, սակայն շարունակեց հետեւում նավը. Արդյոք անգլերեն, ֆրանսերեն, ամերիկյան, կամ ռուսերեն, նա վստահ լինել, որ մեզ, եթե մենք կարող ենք հասնել միայն նրան: ներկայումս սպիտակ ծուխը պայթել է ճակատի մասում նավի. Որոշ վայրկյան հետո, ջուրը, հուզված է աշնանը ծանր մարմնի, շաղ է անդրդվելի է , եւ շուտով մի բարձր պայթյուն հարվածել իմ ականջը:

«ի՞նչ, նրանք կրակում են մեզ վրա»: - բացականչեց.

«ուստի խնդրում եմ ձեզ, պարոն», - ասել է , «նրանք ճանաչել են միաեղջյուր, եւ նրանք կրակում են մեզ»:

«բայց», - բացականչեցի ես, - «անշուշտ նրանք կարող են տեսնել, որ կան տղամարդիկ գործով».

«դա, թերեւս, այն պատճառով, որ այդ», - պատասխանեց հողը, նայելով ինձ:

Լույսի մի ամբողջ ջրհեղեղ պայթեց միտքս: անկասկած Նրանք հիմա գիտեին, թե ինչպես հավատալ հավակնորդ հրեշի պատմություններին: անկասկած, աբրահամի լինքոլնի տախտակի վրա, երբ կանադացին հարվածեց այն մուրի հետ, հրամանատար Ֆարագուտը ենթադրաբար նարխալում ճանաչեց սուզանավային նավը, որն ավելի վտանգավոր էր, քան գերբնական ծովախեցգետինը: այո, պետք է այդպես լիներ; և յուրաքանչյուր ծովում նրանք այժմ փնտրում էին ոչնչացման այս շարժիչը: ահավոր իսկապես: եթե, ինչպես մենք ենթադրել ենք, կապիտան աշխատում է այս ստեղծագործությունների վրեժխնդրության: այն գիշերը, երբ մենք բանտարկեցինք այդ խցում, հնդկական օվկիանոսի մեջտեղում, մի՞թե նա չէր հարձակվել ինչ-որ նավի վրա: այն տղամարդը, որը թաղված էր մարջան գերեզմանատանը, մի՞թե նա զոհ չէր դառել նացիստների կողմից առաջ բերված ցնցման մասին: այո, կրկնում եմ, պետք է այդպես լինի: բացահայտվեց կապիտան Նեմոյի խորհրդավոր գոյության մի մասը. և, եթե նրա ինքնությունը չճանաչված լիներ, համենայն դեպս, նրա դեմ համախմբված ժողովուրդներն այլևս չէին որսորդական արարած որս, այլ մի մարդ, որը երդվել էր մահացու ատելություն նրանց դեմ: ամբողջ ահավոր անցյալը բարձրացավ իմ առջև: փոխարենը մոտենալ նավի վրա գտնվող ընկերներին հանդիպելու փոխարեն, մենք կարող էինք միայն թշնամի թշնամիներ ակնկալել: բայց կրակոցը ցնցվեց մեր մասին: նրանցից ոմանք հարվածեցին ծովին և վերամշակվեցին ՝ հեռավորության վրա կորցնելով: բայց ոչ մեկը չէր դիպչում նավատորմին: նավը մեզանից երեք մղոնից ավելի չէր: չնայած լուրջ թնդանոթի ՝ նավապետ Նեմոն չհայտնվեց հարթակում; բայց, եթե կոնաձև հրետակոծերից մեկը հարվածներ էր հասցրել նավթիլոսի կեղևին, ապա դա ճակատագրական կլիներ: կանադացին այնուհետև ասաց. «տե՛ր, մենք պետք է անենք հնարավոր ամեն բան, որպեսզի դուրս գանք այս երկընտրանքից: եկեք ազդանշանենք նրանց: նրանք, հնարավոր է, հասկանան, որ մենք ազնիվ մարդիկ ենք»:

հողատարածք վերցրեց իր թաշկինակը ալիք է օդում. Բայց նա հազիվ էր դրսեւորվում է այն ժամանակ, երբ նա կոտորեց է երկաթե ձեռքով, եւ ընկավ, չնայած իր մեծ ուժով, վրա տախտակամած.

«հիմար»: բացականչեց նավապետը, «դուք ցանկանում է պիրսինգով կողմից գնդակն ուղարկեց դեպի նախքան այն է այս նավի»:

Նավապետ Նեմոն սարսափելի էր լսել; նա դեռ ավելի սարսափելի էր տեսնել: նրա դեմքը մահացու գունատ էր, նրա սրտում սպազմ էր: մի ակնթարթում այն պետք է դադարեր ծեծել: նրա սաները վախից պայմանագրային էին: նա չխոսեց, կատաղեց, քանի որ, իր մարմնով նետված առաջ, նա փաթաթեց կանադական ուսերը: հետո, թողնելով նրան և վերադառնալով պատերազմի նավին, որի կրակոցը դեռ անձրևում էր նրա շուրջը, նա ուժեղ ձայնով բացականչեց ՝ «հա, անիծյալ ազգի նավը, դուք գիտեք, թե ով եմ ես: չեմ ուզում ձեր գույները ճանաչել քեզ, նայիր, և ես քեզ ցույց կտամ իմը »:

և հարթակի առաջին մասում կապիտան Նեմոն ցրեց սև դրոշ, որը նման էր հարավային բևեռում տեղադրվածին: այդ պահին կրակոց հարվածել շելլը է թեք, առանց ծակող այն. և վեր բարձրանալով նավապետի մոտ, կորել էր ծովում: նա ուսերը սեղմեց. և, դիմելով ինձ, կարճ ասաց. «իջիր, դու և քո ուղեկիցները, իջե՛ք»:

- սըր, - գոչեցի ես, - պատրաստվում եք հարձակվել այս նավի վրա:

«պարոն, ես պատրաստվում եմ այն խորտակել»:

«դուք դա չեք անի»:

«ես պետք է դա անել», - պատասխանեց նա սառը «եվ ես խորհուրդ չենք տալիս դատել ինձ, սըր. Ճակատագիրը ցույց է տվել, թե ինչ դուք չպետք է տեսել. Հարձակումը սկսվել է, իջնում է»:

«թե ինչ է սա անոթ».

«դուք չգիտեք, թե? Շատ լավ! Այնքան լավ! Իր ազգությունը ձեզ, գոնե, կլինի մի գաղտնիք., իջնում»:

Մենք կարող էինք hնազանդվել: տասնիինգ է նավաստիների շրջապատված նավապետը, նայելով անհաշտ ատելությամբ ժամը նավի մոտենում նրանց. Կարելի էր զգալ, որ նույն ցանկությունն վրեժխնդրության անիմացիոն ամեն հոգին: ես գնացի ներքեւ պահին մեկ այլ արկ հարուածեցիր , եւ ես լսեցի կապիտան բացականչել է.

«, խելագար նավի լոգանք ձեր անիմաստ կրակոցի! Եւ ապա, դուք կարող եք խուսափել գնդակն ուղարկեց դեպի , բայց դա այն չէ, այստեղ է, որ դուք պետք է կործանվում ես չէի ունենա ձեր ավերակները խառնվել նրանց հետ է վրիժառուի»

Հասա իմ սենյակ: նավապետը և նրա երկրորդը մնացել էին հարթակում: պտուտակով ստեղծվել է շարժման, իսկ , շարժվում արագությամբ, շուտով դուրս գալ նավի ի մասին: բայց հետապնդումը շարունակվեց, և կապիտան նեմոն գոհացավ իրեն հեռավորության վրա պահելուց:

Չորս ի կեսօրին, լինելով այլեւս ի վիճակի է պարունակել իմ անհամբերության, ես գնացի կենտրոնական աստիճաններ. Վահանակը բաց էր, եւ ես դեպի հարթակ: նավապետը էր դեռ քայլում վեր ու վար հետ քայլ: նա նայում էր նավին, որը հինգ կամ վեց մղոն հեռու էր մնում:

Նա պատրաստվում էր կլոր պես վայրի գազանի, եւ, նկարչություն, այն դեպի արեւելք, նա թույլ տվեց նրանց հետապնդել. Բայց նա չի հարձակվել: գուցե նա դեռ երկմտեց: ցանկացա ևս մեկ անգամ միջնորդել: բայց ես հազիվ էի խոսել, երբ կապիտան Նեմոն լռություն էր պարտադրում ՝ ասելով.

«ես եմ, որ օրենքը, եւ ես եմ դատավորը, ես ճնշվածների, եւ կա ճնշող!, Նրա միջոցով ես կորցրել, որ ես սիրում էի, փայփայել, եւ երկրպագում երկիր, կին, երեխաներ, հայր, եւ մայր: ես տեսա, որ բոլորը կորչում են. Այնտեղ ամեն ինչ, ինչ ատում եմ, այլևս մի ասա »:

Ես գցել մի վերջին հայացք է այդ մարդը-պատերազմի, որի դնում է գոլորշու, եւ վերսկսել եւ :

«մենք թռչելու ենք»: - բացականչեց.

«լավ»: ասաց Նեդ: «թե ինչ է սա անոթ».

«ես չգիտեմ, թե, բայց, ինչ էլ դա է, որ կարող է խրվել մինչեւ գիշերվա. Ցանկացած դեպքում, դա ավելի լավ է մեռնել, դրա հետ, թե կարող է կազմել հանցակիցներ են վրեժխնդրությունից արդարադատությունը, որը մենք չենք կարող դատել»:

«դա իմ կարծիքն էլ», - ասել է հողատարածք, սառնասրտորեն: «եկեք գիշեր սպասենք»:

Գիշերը հասավ: խորը լռությունը տիրում էր տախտակին: կողմնացույցը ցույց տվեց, որ նավատորմը չի փոխել իր ընթացքը: այն մակերեսին էր, մի փոքր պտտվելով: իմ ուղեկիցները եւ ես որոշեցի թռչել, երբ նավը պետք է լինի մոտ բավարար կամ լսել կամ տեսնել մեզ, լուսնի համար, որը երկու-երեք օրվա ընթացքում լի կլիներ, պայծառ փայլում էր: մի անգամ նավի վրա նստելիս, եթե չկարողանայինք կանխել հարվածը, որը նրան սպառնում էր, մենք կարող էինք, գոնե մենք, գանք այդ ամենը, ինչը թույլ կտար: մի քանի անգամ մտածեցի, որ նավատորմը պատրաստվում է հարձակման; բայց կապիտան նեմոն գոհացավ իրեն թույլ տալուց, որ իր հակառակորդին մոտենա, իսկ հետո նորից փախավ դրա առաջ:

Գիշերվա մի մասն անցավ առանց որևէ միջադեպի: մենք հետեւում հնարավորություն գործողությունների համար: մենք խոսել ենք քիչ, քանի որ մենք չափից շատ տեղափոխվել: հողը ինքն իրեն ծով էր նետելու, բայց ես ստիպեցի նրան սպասել: ըստ իմ գաղափարի ` նավատորմը հարձակվում էր նավի վրա իր ջրագծի վրա, և այդ դեպքում դա ոչ միայն հնարավոր կլիներ, այլև հեշտ էր թռչել:

Ժամը երեքին ի առավոտյան, լի , ես տեղադրված հարթակ: կապիտան նեմոն չէր լքել այն: նա կանգնած էր իր դրոշի առջևի հատվածում, որը գլխի վերևում ցուցադրված էր թեթև քամի: նա աչքերը չհանեց նավից: նրա հայացքի ուժգնությունը, կարծես, գրավում էր և իրապուրում էր, և այն ավելի առաջ էր քաշում, ավելի շուտ, քան եթե նա տարար դրան: լուսինը այն ժամանակ անցնում էր - ով: յուպիտերը բարձրանում էր արևելքում: բնության այս խաղաղ տեսարանի պայմաններում երկինքը և օվկիանոսը միմյանց հետ մրցակցում էին միմյանց հանդարտության հետ, ծովային ընծայելով գիշերվա օրբիններին `այն լավագույն հայելիը, որը նրանք երբևէ կարող էին ունենալ, որում արտացոլում էին իրենց պատկերը: քանի որ ես մտածեցի, որ խոր հանգիստ այդ տարրերի հետ համեմատած, բոլոր այդ կրքերը աննկատ շրջանակներում , ես ցնցվեց.

Նավը մեզանից երկու մղոնի մեջ էր: որ երբեւէ մոտենում այդ լույսը, որը ցույց է տվել ներկայությունը . Ես կարող էի տեսնել իր կանաչ եւ կարմիր լույսերը, եւ նրա սպիտակ լուսարձակ կախված մեծ առաջակայմ: մի աղոտ թրթռում դողում է իր կեղծիքներով, ցույց տալով, որ վառարաններ են ջեռուցվում, մինչեւ վախճանը: խրձերը դարձան վայրերում կայծը եւ կարմիր մոխրի թռավ է , փայլում մթնոլորտում նման աստղերի.

Ես այդպես մնացի մինչև առավոտյան ժամը վեց, առանց կապիտան Նեմոյի նկատելով ինձ: նավը կանգնած էր մեզանից կես մղոն հեռավորության վրա և օրվա առաջին լուսաբացին կրակահերթերը սկսվեցին նորից: պահը չէր կարող հեռու լինել, երբ Նավը հարձակվեց իր հակառակորդի վրա, իմ ուղեկիցները և ես ինքներս պետք է ընդմիշտ թողնեին այս մարդուն: ես պատրաստվում էր գնալ ներքեւ հիշեցնել նրանց, երբ երկրորդ հեծյալ հարթակ, ուղեկցությամբ մի քանի նավաստիների: կապիտան Նեմոն կամ չի տեսել կամ չի տեսել: ձեռնարկվել են որոշ քայլեր, որոնք կարող են համարվել գործողությունների ազդանշան: դրանք շատ պարզ էին: երկաթյա ճաղաշարք շուրջ պլատֆորմի էր իջեցվել, եւ լապտերի եւ փորձնական վանդակներ մղվեցին շրջանակներում , մինչեւ որ նրանք լցվել է տախտակամած. Պողպատե սիգարի երկար մակերեսը այլևս չէր առաջարկում մի կետ ՝ ստուգելու նրա զորավարժությունները: ես վերադարձա սրահ: Նավատորմը դեռ լողում էր. Լույսի որոշ շերտեր զտվում էին հեղուկ մահճակալների միջով: հետ է ալիքների պատուհանները պայծառացավ են կարմիր աճող արեւի, եւ դա սարսափելի օր 2-հունիսին էր :

Ժամը հինգին, մուտք ցույց տվեց, որ արագությունը էր թուլացումը, եւ ես գիտեի, որ դա եղել թույլ է տալիս նրանց մոտենալ. Բացի այդ, զեկույցներ են ավելի լսելի հստակ, իսկ , քրտնաջան աշխատում միջոցով շրջապատող ջրի, հանգան մի տարօրինակ աղմուկի.

«իմ ընկերները», - ասել ես, որ «պահը հասած է. Մեկը բռնեք ձեռքը, եւ կարող է աստված պաշտպանել մեզ»

 հողատարածք վճռական, հանգիստ, ինքս այդքան նյարդային, որ ես գիտեի, թե ինչպես կարելի է պարունակել ինքս ինձ: մենք բոլորս անցել են գրադարանում. Բայց պահը ես հրում դուռը բացման դեպի կենտրոնական սանդուղք, ես լսել եմ վերին վահանակը մոտ կտրուկ. Կանադացին շտապեց աստիճանները, բայց ես կանգնեցի նրան: մի հայտնի ծիծաղելի աղմուկ ասաց ինձ, որ ջուրը հոսում էր ջրամբարների մեջ, և մի քանի րոպեի ընթացքում նավատորմը ալիքների մակերեսի տակ էր մի քանի բակեր: ես հասկացա մանևրը: գործելու շատ ուշ էր: որ չի ցանկանում հարված է անմատչելի զրահ, բայց ներքեւում ջրագծի, որտեղ մետալիկ ծածկման այլեւս պաշտպանված այն.

Մենք կրկին բանտարկվեցինք, չցանկանալով ականատես լինել այն սարսափելի դրամայի, որը պատրաստվում էր: մենք դժվար թե ժամանակ արտացոլվեինք. Ապաստանելով սենյակս ՝ առանց խոսելու նայեցինք միմյանց: խորը ապշեցուցիչ միտքս բռնեց. Միտքը կարծես կանգ էր առնում: ես այդ ցավալի սպասման մեջ էի, որը նախորդում էր ահավոր զեկույցին: ես սպասում էի, ունկնդրում էի, ամեն իմաստ միավորված էր լսելու իմաստին: արագացավ նավատորմի արագությունը: պատրաստվում էր շտապել: ամբողջ նավը դողաց: հանկարծ ես գոռացի: ես զգացի ցնցումը, բայց համեմատաբար թեթև: ես զգացի պողպատե խոռոչի թափանցող ուժը: ես լսեցի խռխռոցներ և գրություններ: բայց նավատորմը, որը տարվում էր իր շարժիչ ուժով, անցնում էր նավի զանգվածին ասեղի նման ասեղով, առագաստների կտորով:

Ես այլևս չէի դիմանա: խելագարված, մտքիցս դուրս գալով ՝ ես շտապեցի իմ սենյակից դեպի սրահ: կապիտան Նեմոն այնտեղ էր, լուռ, մռայլ, անթափանցելի; նա նայում էր նավահանգստի վահանակին: մի մեծ զանգված ստվեր է նետում ջրի վրա. և, որ դա կարող էր ոչինչ կորցնել իր հոգեվարքից, ծովագնացը ընկնում էր անդունդը նրա հետ: տասը բակերում ինձանից տեսա բաց կմախք, որի միջոցով ջուրը շտապում աղմուկից ամպրոպ, այնուհետեւ կրկնակի գծի եւ ցանցեր: կամուրջը ծածկված էր սև, գրգռված ստվերներով:

Ջուրը բարձրանում էր: խեղճ արարածներ էին կուտակումներ , է , պայքարում են ջրի տակ: դա եղել է մարդկային - կողմից ծովը. Կաթվածահար է, ցավով, իմ մազերը կանգնած վերջ, աչքերով լայն բաց, հեւում, առանց շունչը, եւ առանց ձայնի, ես էլ հետեւում էր! Անդիմադրելի գրավչությունը սոսնձեց ինձ բաժակին: հանկարծ պայթյուն տեղի ունեցավ: սեղմված օդի պայթեցին իր տախտակամաց մուտքը արգելված է, քանի որ եթե ամսագրեր էին բռնկվել. Ապա ցավալի նավը խորտակվեց ավելի արագ. Նրա կայմաձող բեռնված զոհերի, այժմ հայտնվել. Ապա նրա , ճկումից ծանրության տակ, մարդոց. Եւ, ի վերջո, վերին իր միջակայմ: ապա մութ զանգվածային անհետացել, եւ դրա հետ մեռած անձնակազմը կազմված նվազել է ուժեղ .

Ես դիմել է կապիտան . Որ սարսափելի վրիժառուն, կատարյալ հրեշտակապետը ատելության, շարունակում էր փնտրում. Երբ ամեն ինչ ավարտվեց, նա դիմեց իր սենյակին, բացեց դուռը և ներս մտավ: ես հետևեցի նրան աչքերով: ին վերջնական պատին տակ իր հերոսներին, տեսա դիմանկարը մի կնոջ, դեռ երիտասարդ է, եւ երկու փոքրիկ երեխաներին: կապիտան նայեց նրանց համար որոշ պահերի, ձգվեց իր ձեռքերը նրանց նկատմամբ, եւ, ծնրադրեց, պայթել է խոր հեկեկոցների:

Գլուխ

Կապիտան նեմոյի վերջին խոսքերը

Վահանակներ փակել էին այս սարսափելի տեսլականի, բայց թեթեւ չէր վերադարձել է սրահում: բոլորը լռություն էր, եւ խաւար շրջանակներում . Ժամը հրաշալի արագությամբ, մի քանի հարյուր ոտնաչափ տակ ջրի մեջ, այն էր, թողնելով այս ամայի տեղում: ո՞ւր էր գնում: դեպի հյուսիս կամ հարավ որտեղ այդ մարդը թռչում են այն բանից հետո, նման ահեղ վրեժխնդրությունից: ես վերադարձել էր իմ սենյակում, որտեղ եւ մնացել է լուռ է բավարար: ես զգացի անհաղթահարելի սարսափը համար կապիտան . Այն, ինչ նա կրել է ձեռքում այդ տղամարդկանց, նա իրավունք չուներ պատժել դրանով: նա արել էր ինձ, եթե ոչ հանցակիցը, գոնե մի վկան իր վրեժխնդրության: ժամը տասնմեկին էլեկտրական լույսը հայտնվեց. Ես անցել են սրահում: այն ամայի էր: ես խորհրդակցեցի տարբեր գործիքների. Թռչում էր դեպի հյուսիս փոխարժեքով քսանիինգ մղոն ժամում, հիմա մակերեւույթի վրա, եւ այժմ երեսուն ոտքերը ստորեւ. Վրա վերցնելով առանցքակալներ կողմից աղյուսակում, ես տեսա, որ մենք անցնում էինք բերանը , եւ որ մեր իիարկե շտապում էր դեպի հյուսիսային ծովերի է սարսափելի արագությամբ. Այդ գիշեր մենք հատել երկու հարյուր մղոն ատլանտյան. Ստվերից ընկավ, եւ ծովը ծածկված էր մթության մեջ մինչեւ աճող է լուսնի. Ես գնացի իմ սենյակ, բայց չի կարող քնել: ես տագնապած էի սարսափելի մղձավանջից: սարսափելի տեսարան ոչնչացման էր շարունակ իմ աչքի առաջ: այդ օրվանից, ով կարող է ասել, է, թե ինչ մասն է հյուսիս-ատլանտյան ավազանում տանում է մեզ. Դեռեւս հետ անվերահսկելի արագությամբ: դեռ ի մեջ այդ հյուսիսային մառախուղներ. Կլիներ, որ մերձենաս , կամ ափին . Մենք պետք է ուսումնասիրել այդ անհայտ ծովերով, սպիտակ ծով, ծով , ծոցի , արշիպելագը եւ անհայտ ափին ասիա ես չէի կարող ասել: այլեւս չէի կարող դատավոր այն ժամանակ, երբ անցնում էր: ժամացույցներ արդեն դադարել էր վրա խորհրդի. Կարծես, քանի որ բեւեռային երկրներում, որոնք օր ու գիշեր այլեւս հաջորդում են իրենց բնականոն հունով: ես զգացի, ինքս լինելով ներքաշվել այդ տարօրինակ տարածաշրջանում, որտեղ երեւակայությունը էդգար պոյի դեգերել կամքի: նման առասպելական , ամեն պահի ես ակնկալում էի տեսնել », որ մարդկային գործիչ, խոշոր համամասնություններով, քան նրանք, ովքեր որեւէ բնակչի վրայ, նետում ամբողջ կատարակտ, որը պաշտպանում է մոտեցումը դեպի բեւեռ»: գնահատվում (թեեւ, գուցե, ես կարող եմ սխալվել) - գնահատվում այս համարձակ ընթացքը է տեւել տասնիինգ կամ քսան օր: եւ ես գիտեմ, թե որքան երկար է այն կարող է տեւել, եթե չլիներ համար աղետի որն ավարտվել է այս նավարկությունը: հյուրատետր կապիտան տեսա ոչինչ, ինչ այժմ, ոչ էլ նրա երկրորդ. Ոչ մի մարդ անձնակազմի էր տեսանելի մի ակնթարթում: որ էր գրեթե անդադար ջրի տակ: երբ մենք եկանք այն մակերեսի թարմացնելու օդը, վահանակներ բացվեց եւ փակել մեխանիկորեն: նախագծի վրա այլևս նշաններ չկար: ես չգիտեի, թե որտեղ ենք մենք: եւ կանադական, նույնպես, նրա ուժն ու համբերությունը է վերջ, հայտնվել ոչ ավելի: - ը չէր կարող նրանից որևէ բառ քաշել. Եւ, վախենալով, որ մի սարսափելի տեղավորել խելագարության, նա կարող է սպանել իրեն, դիտեցին նրան անընդհատ նվիրումով: մի առավոտ (ինչ ամսաթիվը այն էր, ես չէի կարող ասել,) ես ընկել ծանր քնի նկատմամբ վաղ ժամերին, մի քնի, այնպես էլ ցավալի է եւ անառողջ, երբ ես հանկարծ զարթնեց. Հողատարածք էր ընկնելով ինձ, ասելով. Ցածր ձայնով, «մենք պատրաստվում ենք թռչել»: նստեցի

«երբ գնանք»: ես հարցրեցի.

«գիշեր. Բոլորը զննում խորհրդի Նաուտիլուսը, կարծես, արդեն դադարել. Բոլորը, կարծես, դուք պատրաստ կլինի, սըր».

«այո, որտե՞ղ ենք մենք»:

«աչքում հողի. Ես վերցրեց հաշիվ այս առավոտ է մառախուղ-քսան մղոն դեպի արեւելք».

«ո՞ր երկիրն է»:

«ես չգիտեմ, թե, բայց, ինչ էլ դա է, մենք պետք է ապաստան այնտեղ»:

«այո, , այո. Մենք պետք թռչել-ի գիշերը, նույնիսկ եթե ծովը պետք կուլ»:

«ծովը վատ է, քամին բռնի, բայց քսան մղոն այդ թեթեւ նավակ է չի վախեցնել ինձ անհայտ է անձնակազմի, ես կարողացել են ձեռք բերել սնունդ եւ մի քանի շիշ ջուր».

"ես կհետեւեմ քեզ."

«բայց», - շարունակեց է կանադայի, եթե «ես զարմանում եմ, ես ինձ կպաշտպանեմ, որովհետեւ ես կստիպի նրանց սպանել ինձ»:

«մենք պետք է միասին մեռնելու, ընկերը "

Ես բոլորի մտքովս էի պատրաստել: կանադացին թողեց ինձ: ես հասել է հարթակ, որի վրա ես կարող եմ մեծ դժվարությամբ աջակցել ինքս դեմ հարվածի ալիքների: երկինքը սպառնում էր. Բայց, քանի որ հողը այդ հաստ շագանակագույն ստվերից, մենք պետք է թռչել. Ես վերադարձել է սրահում, վախենալով եւ դեռ հույս է տեսնել կապիտան , մաղթելով եւ դեռ չցանկանալով տեսնել նրան: ինչ կարող էի ասել նրան: կարող ես թաքցնել ակամա սարսափը, որի հետ նա ոգեշնչված ինձ. Ոչ դա լավ է, որ ես չպետք է բավարարել նրան երես առ երես: ավելի լավ է մոռանալ նրան: եւ --, թե որքան երկար է թվում էր, որ օրը, վերջինը, որ ես պետք է անցնեն է . Ես մնացի մենակ: հողի եւ խուսափել խոսում, վախենալով մատնել իրենց: ժամը վեցին ես ճաշել, սակայն ես ոչ սոված. Ես ստիպված եմ ուտել, չնայած իմ զզվանք, որ ես կարող է թուլացնել ինքս ինձ: ժամը կես անցյալը վեց հողատարածք եկավ իմ սենյակ, ասելով, «մենք չպետք է տեսնել միմյանց կրկին մեր մեկնումից. Ժամը տասին լուսինը չի բարձրացել: մենք պետք է օգուտ է մթության մեջ. Գալ դեպի նավակը. Եւ ես կսպասեմ քեզ »:

Կանադական դուրս ելաւ, առանց տալով ինձ ժամանակ է պատասխանել: ցանկանալով ստուգելու ընթացքը , ես գնացի սրահում: էինք վազում ժամը սարսափելի արագությամբ, եւ ավելի քան հիսուն յարդ խոր. Ես զգել մի վերջին հայացք է այդ բնության հրաշալիքների վրա հարստությունների արվեստի մինչեւ այս թանգարանում, ի վերայ անզուգական հավաքածուի վիճակված է մեռնել, ներքեւի մասում, ծովի, նրա հետ, ով էր ձեւավորվել է այն: ես մաղթել է ամրագրել անջնջելի տպավորություն է դրա համար իմ մտքում. Ես մնացի մեկ ժամ այսպիսով, է լույսի ներքո այդ լուսավոր առաստաղից, եւ անցնում է վերանայման այդ գանձերը փայլուն տակ իրենց ակնոցներով. Դարձայ իմ սենյակում:

Ես հագնվեցի ուժեղ ծովային հագուստով: հավաքեցի իմ գրառումները ՝ դրանք ուշադիր տեղադրելով իմ մասին: իմ սրտի բարձրաձայն: ես չկարողացա ստուգել դրա իմպուլսները: իհարկե, իմ դժվարությունների եւ ագիտացիան կլիներ դավաճանել ինձ կապիտան աչքերով: ինչ էր անում նա այս պահին: ես լսեց դռան իր սենյակում: ես քայլեր լսեցի: կապիտան այնտեղ էր: նա չէր գնացել հանգստանալու: ամեն պահի ես ակնկալում էի տեսնել նրան հայտնվել, եւ հարցրեք, թե ինչու ես ցանկացել է թռչել. Ես անընդհատ ահազանգում էի: իմ երեւակայությունը կմեծանա ամեն ինչ: տպավորությունն այնպիսին է դարձել վերջապես այնքան դառը, որ ես ինքս ինձ հարցրեցի, եթե դա չէր լինի, ավելի լավ է գնալ կապիտանի սենյակում, տեսնել նրան դեմ առ դեմ, եւ համարձակ նրան տեսքը եւ ժեստ:

Այն էր, որ ոգեշնչումը խելագարը. Բարեբախտաբար ես դիմադրում ցանկություն, եւ ձգվել ինքս իմ անկողնում հանգիստ իմ մարմնական քարոզչությունը. Իմ նյարդերը էին ինչ-որ չափով ավելի հանգիստ, բայց իմ հուզված ուղեղի տեսա նորից բոլորը իմ գոյությունը խորհրդի .

Ամեն դեպքը, կամ երջանիկ կամ դժբախտ, որը տեղի էր ունեցել, քանի որ իմ անհետացման ից -ի սուզանավ որս, որ , ապա պապուա, որ վազում ափ, մարջան գերեզմանատունը, որի ընդունումը , կղզու , եւ գրպանահատ, բեյ, , այսբերգ, հարավային բեւեռ, բանտ է սառույցի, պայքարը շարքում , որ փոթորիկը է պարսից ծոցի հոսքի, որ վրիժառուի, եւ սարսափելի տեսարան նավի ջրասույզ բոլոր իր անձնակազմի . Այս բոլոր իրադարձությունները աչքերիս առաջ անցան դրամայի տեսարաններով: ապա կապիտան թվում էր, թե աճում մեծապես, իր առանձնահատկություններ ենթադրել գերմարդկային չափերի. Նա այլեւս իմ հավասար, բայց մի մարդ ջրերի, ջին ծովը.

Էր, ապա կես անց ինը. Ես գլուխս պահեցի ձեռքերիս միջև, որպեսզի այն չփչանա: փակեցի աչքերս; ես չէի կարծում, որ այլեւս: կա մեկ այլ կես ժամ սպասել, մյուսը կես ժամ մղձավանջ, որը կարող է քշել ինձ խելագար.

Այդ պահին ես լսել եմ հեռավոր են երգեհոնի, մի տխուր ներդաշնակության է երգել, սուգ ու շիվան հոգու կարոտը կոտրել այդ երկրային պարտատոմսեր: ես լսում էի ամեն իմաստով, հազիվ թե շնչում; , ինչպես կապիտան , այդ երաժշտական զմայլանք, որն նկարչություն նրան հոգով կյանքի վերջը:

Ապա հանկարծակի միտքը սարսափեցնում է ինձ: կապիտան էր թողել իր սենյակը: նա գտնվում էր սրահում, որը ես պետք է հատեմ թռչելու համար: այնտեղ ես պետք է հանդիպեմ վերջին անգամ: նա պիտի տեսնէք զիս, թերեւս խոսում է ինձ հետ: նրա ժեստը կարող է ինձ ոչնչացնել, մեկ բառով ինձ շղթայում է:

Բայց տասը մոտ էր գործադուլ: եկել էր պահը, որ ես լքեմ իմ սենյակը և միացնեմ իմ ուղեկիցներին:

Ես չպետք է հապաղեք, նույնիսկ եթե կապիտան ինքը պետք է բարձրանալ մինչեւ ինձ համար: ես ուշադիր բացեցի իմ դուռը; եւ նույնիսկ դրանից հետո, քանի որ այն շրջվել է նրա կախված, ինձ թվում էր, որպեսզի ահեղ աղմուկ. Երևի դա գոյություն ուներ միայն իմ սեփական երևակայության մեջ:

Ես գաղտագողի երկայնքով մութ աստիճաններին , կանգ յուրաքանչյուր քայլ պետք է ստուգել են ծեծում իմ սրտում. Հասա սրահի դուռը և նրբորեն բացեցի այն: այն էր է խոր մթության մեջ. Օրգանի շտամները թույլ էին հնչում: կապիտան այնտեղ էր: նա ինձ չտեսավ: լրիվ լույսի չեմ կարծում, որ նա չէր նկատել ինձ, այնպես որ, ամբողջովին էր, որ նա կլանել է զմայլանք.

Ես գաղտագողի երկայնքով գորգի, խուսափելով փոքր - ինչ ձայնը, որը կարող է դավաճանում իմ ներկայությունը: ես գոնե հինգ րոպե հասնելով դուռը, հակառակ կողմում, բացելով մեջ գրադարանում:

Ես պատրաստվում էր բացել այն, երբ մի հոգոց է կապիտան ինձ տեղում: ես գիտեի, որ նա բարձրանում: ես նույնիսկ կարող տեսնել նրան, որովհետեւ լույսի գրադարանի եկավ միջոցով սրահում: նա եկավ դեպի ինձ լուռ, իր ձեռքերը հատել, ճերմակ ստեղնաշարի նման մի տեսիլ, այլ ոչ թե քայլում: նրա կրծքի էր ուռուցք հեկեկոցների. Եւ ես լսեցի, որ նա տրտնջում են այդ խոսքերը (վերջինը, որի երբեւէ հարվածել է իմ ականջը):

«ամենակարող աստված! Բավական բավարար է»

Էր այն խոստովանությունը զղջման որոնք դրանով փախել է այս մարդու խղճի.

Յուսահատության, ես շտապել են գրադարանի, տեղադրված կենտրոնական սանդուղք, եւ, հետեւելով վերին թռիչքը, հասել նավակը: ես սողոսկեցի այն բացումից, որն արդեն ընդունել էր իմ երկու ուղեկիցներին:

«եկեք գնանք! Եկեք գնանք». Ես բացականչեցի:

«ուղղակիորեն»: պատասխանեց կանադացին:

բացվածք է ափսեների վրա առաջին անգամ փակվել է, եւ ամրացվեն ներքեւ միջոցով կեղծ բանալիով, որի հետ հողամասը տրամադրվող իրեն. Բացումը է նավակը նույնպես փակվեց: կանադական սկսեց թուլացնել հեղույսներ, որոնք դեռեւս տեղի է մեզ սուզանավ նավակը.

Հանկարծ աղմուկ լսվեց: ձայները բարձրաձայն պատասխանում էին միմյանց: ինչն էր գործը ուներ նրանք հայտնաբերել են մեր թռիչքը. Ես զգացի, հողը մի խանչալ իմ ձեռքը.

«այո,« տրտնջացին, «մենք գիտենք, թե ինչպես պետք է մեռնել»:

Կանադական դադարել էր իր աշխատանքում: բայց մեկ բառը շատ անգամ կրկնեց, ահեղ բառը, բացահայտեց պատճառը քարոզչության տարածման վրա խորիրդի . Այն էր, չէ, մենք անձնակազմը էինք նայում:

«հորձանուտ! Յորձանուտ» կարող է ավելի սարսափելի բառն է ավելի սարսափելի իրավիճակում են ինչել է մեր ականջներին! Մենք այն ժամանակ գտնվում էինք Նորվեգիայի վտանգավոր ափին: էր ներքաշվելու են այս անդունդի ներկայումս մեր նավակը պատրաստվում էր հեռանալ իր կողմերին. Մենք գիտեինք, որ ալիքը զսպված ջրերը միջեւ կղզիների եւ շտապում անդիմադրելի բռնության, կազմելով հորձանուտ, որից ոչ մի անոթ երբեւէ խուսափում: ցանկացած կետից, հորիզոնում իսկայական ալիքների հանդիպում էին, ձեւավորելով անդունդ արդարաբար կոչվում է «պորտը օվկիանոսի», որի իշխանության ներգրավման տարածվում է հեռավորության վրա տասներկու մղոն. Այնտեղ, ոչ միայն անոթների, բայց են զոհաբերել, ինչպես նաեւ սպիտակ արջ հյուսիսային շրջաններում:

Դա հոն է, որ , կամա թե ակամա, արդեն առաջադրվել է կապիտանի:

Այն էր, նկարագրելով պարույր, շրջապատ, որը կնվազեցնի կողմից աստիճանով, իսկ նաւը, որը դեռեւս ամրացվեն իր կողմը, իրականացվում էր հետ միասին գլխապտույտ արագությամբ: ես զգացի, որ հիվանդոտ գլխապտույտ որոնք բխում են երկար-շարունակվել փուլում:

Մենք վախի մեջ էինք: մեր սարսափ էր իր բարձրության, շրջանառության դադարեցվել էր, բոլորը նյարդային ազդեցությունը ոչնչացվել էր, եւ մենք ծածկված էին սառը քրտինքով, նման քրտինքով հոգեվարքի մեջ: եւ այն, ինչ շուրջ աղմուկը մեր ունայն հաչալ! Ինչ պտույտներ, որոնք կրկնում էին արձագանքը ՝ մի քանի մղոն հեռու: թե ինչ աղմուկ էր, որ ջրերը կոտրված է սուր ժայռերի ներքեւում, որտեղ ամենադժվար մարմինները մանրացված, ծառեր մաշված հեռու, «ամբողջ մորթյա դուրս», - նշվում է նորվեգերեն արտահայտություն.

Ինչ վիճակ է լինել! Մենք որոտացել սարսափազդու: պաշտպանեց իրեն նման մի մարդու. Նրա պողպատե մկանները ճաքել են: երբեմն թվում էր, պետք է կանգնել շիտակ, եւ մենք դրա հետ!

«մենք պետք է անցկացնել», - ասաց », եւ նայում հետո հեղույսներ. Մենք կարող ենք դեռ կարող փրկվել, եթե մենք մնում է »:

Ինքը չի ավարտվել այն խոսքերը, երբ մենք լսեցինք մի հարվածով աղմուկ է, որ հեղույսներ տվեց ճանապարհը, եւ նավակը, պատռված իր ակոս, գցվեց քարի պես մի պարսատիկ մեջ մէջտեղը հորձանուտ:

Իմ գլուխը հարվածել է մի կտոր երկաթ, եւ դաժան շոկի ես կորցրել եմ բոլոր գիտակցությունը:

Գլուխ

Եզրակացություն

Այսպիսով ավարտվում է ճանապարհորդությունը ծովերի տակ: թե ինչ ընդունվել է, որ գիշերը, թե ինչպես է նավակը փախչելով է հորձանուտ - հաու հողի, , եւ ինքս երբեւէ դուրս եկավ ծոցի, ես չեմ կարող ասել.

Բայց երբ ես վերադարձա գիտակցության, ես պառկած էր մի ձկնորս ի խրճիթ, վրա կղզիների. Իմ երկու ուղեկիցները, ողջ եւ առողջ, մոտ էին ինձ անցկացնելու իմ ձեռքերը. Մենք իրար սրտանց գրկեցինք:

Այդ պահին մենք չէինք կարող մտածել Ֆրանսիա վերադառնալու մասին: կապի միջոցների միջեւ հյուսիսում նորվեգիայի եւ հարավում հազվադեպ են: եւ ես ստիպված է սպասել համար շոգենավ հոսող ամսական ից հյուսիսից:

Եւ, ի թիվս արժանի մարդկանց, ովքեր այդքան սիրով ընդունեց մեզ, ես վերանայել իմ ռեկորդը այդ արկածների եւս մեկ անգամ. Ոչ մի փաստ չի առնվել, ոչ մի մանրամասն չափազանցված է: դա հաւատարիմ պատմողական այս անհավատալի արշավախմբի տարրի անհասանելի է մարդուն, բայց որի առաջընթաց կլինի մի օր բացել ճանապարհը:

Յավատա՞մ ես չգիտեմ. և ի վերջո դա շատ քիչ է: թե ինչ ես հիմա պնդում են, այն է, որ ես իրավունք ունեն խոսելու այդ ծովերի, որի ներքո, ավելի քիչ, քան տասը ամիսների ընթացքում, ես հատել 20000 լիգաներ այդ սուզանավ շրջագայության աշխարհում, որը ցույց տվեց, որ շատ հրաշալիքների.

Բայց ի՞նչ է դարձել ծովագնացությունից: դիմադրե՞լ է մելիստրոմի ճնշմանը: չի կապիտան դեռ ապրում. և արդյո՞ք նա դեռ հետևում է օվկիանոսի տակ այդ սարսափելի պատասխան գործողություններին: կամ, նա դադարեց վերջին հեքաթոմից հետո:

Կլինի ալիքների մի օր իրականացնել իրեն. Այս ձեռագիրը պարունակող պատմությունը իր կյանքի. Պիտի ես երբեւէ իմանալ անունը այս մարդուն. Անհետ կորած նավը մեզ իր ազգությամբ կասի կապիտան Նեմոյի մասին:

Յույս ունեմ. Եւ ես նաեւ հույս ունեմ, որ նրա հզոր նավը նվաճել ծովը իր առավել սարսափելի պարսից ծոցի, եւ որ է գոյատեւել, որտեղ այնքան շատ այլ անոթներ են կորցրել: եթե դա լինի, այսպես, եթե կապիտան դեռեւս օվկիանոս, նրա որդեգրած երկիրը, կարող ատելությունը կարելի է այդ դաժան սրտում. Կարող է զննում այդքան հրաշքներով մարել յաւիտեանս ոգով վրեժխնդրության! Թող դատավորը անհետանալ, իսկ փիլիսոփա շարունակել խաղաղ հետախուզական ծովի! Եթե նրա ճակատագիրը տարօրինակ է, ապա դա նաև նուրբ է: ես ինքս դա չեմ հասկացել: ես չեմ ապրել, տասը ամիս այս անբնական կյանքում: եւ հարցին ժողովող երեք հազար տարի առաջ, «այն, ինչը հեռու է, եւ դարձայ, ով կարող է գտնել այն». Միայն այժմ ապրող երկու տղամարդիկ իրավունք ունեն պատասխան տալու

Կապիտան եւ ինքս.

CPSIA information can be obtained
at www.ICGtesting.com
Printed in the USA
FSHW020707151219
65106FS

9 789938 946420